The Grandmaster of Demonic Cultivation

BAND 1

MO XIANG TONG XIU

TOKYOPOP®

Kapitel 1:

Wiedergeburt

»Freudige Neuigkeiten – Wei Wuxian ist tot!«

Noch am selben Tag, an dem die Belagerung der Grabhügel ihr Ende gefunden hatte, verbreitete sich diese Nachricht schneller als ein Lauffeuer in der gesamten Kultivierungswelt.

Plötzlich redete jeder, angesehene Familienclans wie auch wandernde Kultivierer, über die Schlacht, die von den vier großen Clans angeführt worden war und bei der Hunderte weitere mitgekämpft hatten.

»Großartig, das ist wahrlich ein Grund zur Freude! Welcher Held hat den *Yiling-Patriarchen* zur Strecke gebracht?«

»Na wer wohl?! Sein *Shidi** Jiang Cheng, das junge Oberhaupt des Jiang-Clans. Angeführt von den vier großen Clans, dem *Jiang-Clan aus Yunmeng*, dem *Jin-Clan aus Lanling*, dem *Lan-Clan aus Gusu* und dem *Nie-Clan aus Qinghe* legten sie im Namen der Gerechtigkeit Wei Wuxians Versteck, die *Grabhügel*, in Schutt und Asche.«

»Ich muss sagen, da haben sie vortreffliche Arbeit geleistet.«

Sofort klatschte jemand in die Hände und stimmte fröhlich zu: »Das stimmt allerdings! Hätte der Jiang-Clan ihn damals nicht aufgenommen und sich seiner angenommen, wäre Wei Ying** nichts weiter als ein herumstreunender Taugenichts gewesen. Doch das einstige Oberhaupt hat ihn wie sein eigen Fleisch und Blut aufgezogen. Und er besitzt doch tatsächlich die Unverfrorenheit, sie alle zu verraten! Er hat sich jeden zum Feind gemacht und das Ansehen des Jiang-Clans beschmutzt. Beinahe wäre seinetwegen der gesamte Clan ausgelöscht worden. So ein undankbarer Hund!«

»Jiang Cheng hat diesen Kerl viel zu lange gewähren lassen. Ich an seiner statt hätte ihn direkt getötet, als er abtrünnig wurde, und nicht nur niedergestochen. Dann hätte er auch keine Gelegenheit gehabt, diese abscheulichen Gräueltaten zu verüben. Bei so jemandem darf man keine Gnade walten lassen – auch nicht, wenn man zusammen aufgewachsen ist und gemeinsam kultiviert hat.«

* Jüngeres, männliches Mitglied des gleichen Clans. ** Geburtsname von Wei Wuxian.

»Da habe ich aber was anderes gehört. Erlitt Wei Ying damals nicht einen Rückschlag, als er sich an den dunklen Künsten versuchte und von seinen eigenen Geistern zerfleischt wurde? Er soll bei lebendigem Leib in Stücke gerissen worden sein.«

»Ha ha ha ha! Das nennt man Karma. Ich habe es doch gleich gesagt. Diese bösen Geister, die er immer beschworen hat, haben wie ein Rudel tollwütiger Hunde alles und jeden angefallen – letztendlich sogar ihn. Geschieht ihm recht!«

»Das mag ja sein, aber wer weiß, wie die Belagerung der Grabhügel ausgegangen wäre, wenn das junge Oberhaupt des Jiang-Clans die Schwachpunkte des Yiling-Patriarchen nicht gekannt und seine Pläne entsprechend geschmiedet hätte. Vergesst nicht, welchen Gegenstand Wei Wuxian sein Eigen nannte. Und wie damals in nur einer Nacht über dreitausend angesehene Kultivierer einfach ausgelöscht worden sind!«

»Waren es nicht fünftausend?«

»Ob dreitausend oder fünftausend, ändert doch nichts an der Sache. Vielleicht waren es aber wirklich eher fünftausend.«

»Wahrhaft abscheulich ...«

»Zum Glück hat er das *Yin-Tiger-Amulett* vor seinem Tod zerstört – eine gute Tat kann man ihm also durchaus zuschreiben. Andernfalls würde dieses unheilvolle Ding noch immer in der ganzen Welt Schaden anrichten und all die Sünden, die er begangen hat, noch weiter verschlimmern.«

Als das Wort »Yin-Tiger-Amulett« fiel, breitete sich augenblicklich bedrückende Stille aus.

Einen Moment später seufzte jemand. »Hach ... Wei Wuxian war früher so ein vielversprechender junger Kultivierer und hat durchaus Gutes getan. Bereits in jungen Jahren feierte er Erfolge und genoss das Ansehen vieler. Wie konnte es nur so weit kommen ...?«

Der Themenwechsel belebte die Diskussion erneut.

»Wie man sieht, muss man bei der Kultivierung letztendlich doch den traditionellen Weg gehen. Der Pfad der Dämonenlehre mag zwar für eine Weile verlockend und eindrucksvoll erscheinen, doch, pah, was passiert danach?«

Die Menge antwortete einhellig: »Man stirbt einen grausamen Tod, bei dem der Körper nicht vollständig und unversehrt bleibt!«*

»Es lag aber nicht ausschließlich an seiner Art der Kultivierung. Letztendlich besaß Wei Wuxian einfach einen miesen Charakter, der den Himmel und die Menschen erzürnte. Somit wird Gutes belohnt und Böses bestraft. Jeder bekommt, was er verdient ...«

...

Nach seinem Ableben hatte die Allgemeinheit schnell ihr Urteil über ihn gefällt. Dieses fiel bei jedem mehr oder minder gleich aus – denn existierte auch nur die geringste Gegenmeinung, wurde diese sofort im Keim erstickt.

Doch es gab einen besorgniserregenden Punkt, der den Menschen keine Ruhe ließ ...

Obwohl es hieß, der Yiling-Patriarch Wei Wuxian wäre bei der Belagerung der Grabhügel gestorben, war es ihnen nicht möglich, seine Seele zu beschwören. Möglicherweise war sie in Stücke gerissen worden, als die unzähligen Geister ihn verschlungen hatten – oder aber sie war entkommen.

Wenn Ersteres zuträfe, wäre das ein Grund zum Feiern, doch der Yiling-Patriarch hatte unvorstellbare Kräfte besessen. Er konnte Berge versetzen und Meere umwälzen – zumindest besagten das die Gerüchte. Für so jemanden wäre es sicher ein Leichtes, sich einer Beschwörung zu widersetzen. Sollte seine Seele also zurückkehren und von einem Körper Besitz ergreifen, könnte er wiederauferstehen. Dann stünde

* Diese Art zu sterben galt im früheren China als besonders schlimm. Zudem deutete sie an, dass der Tote im Leben besonders schwerwiegende Sünden verübt hatte.

der Kultivierungswelt, nein, vielmehr der gesamten Menschheit, eine grausame, finstere Rache bevor. Düstere, blutige Zeiten würden anbrechen.

Daher wurden auf den Grabhügeln einhundertzwanzig Steinstatuen von Bestien aufgestellt und die großen Clans führten unablässig Seelenbeschwörungszeremonien durch. Gleichzeitig wurden jegliche Körperbesitzergreifungen durch Geister strengstens überwacht. Man sammelte allerorts Informationen bezüglich übernatürlicher Erscheinungen und war in höchster Alarmbereitschaft.

Im ersten Jahr war alles ruhig und friedlich.

Im zweiten Jahr war alles ruhig und friedlich.

Im dritten Jahr war alles ruhig und friedlich.

...

Im dreizehnten Jahr war immer noch alles ruhig und friedlich.

So glaubten schließlich immer mehr Menschen, dass Wei Wuxian vielleicht doch nicht über eine derartige Stärke verfügt hatte und seine Seele vielleicht doch vollständig ausgelöscht worden war.

Derjenige, der einst die Rolle des Jägers gespielt hatte, war schließlich zum Gejagten geworden.

Niemand wird bis in alle Ewigkeit verehrt und Legenden sind letztendlich nichts weiter als Legenden.

Kapitel 2:

Wild

Wei Wuxian hatte kaum die Augen geöffnet, da wurde er auch schon von jemandem getreten.

Eine donnernde Stimme ertönte nah an seinem Ohr. »Was stellst du dich tot?!«

Der Tritt gegen seine Brust ließ ihn beinahe Blut spucken. *Mumm hat er ja, den leibhaftigen Patriarchen zu treten,* dachte er benommen, während er rücklings auf dem Boden lag.

Wei Wuxian wusste nicht mehr, wie lange es her war, dass er die Stimme eines Lebenden vernommen hatte – geschweige denn ein derartiges Gebrüll. Verschwommen nahm er eine junge, quakende Stimme wahr, die nervtötend in seinen Ohren widerhallte.

»Du weißt wohl nicht, unter wessen Dach du lebst, an wessen Tisch du isst und wessen Geld du ausgibst! Was ist schon dabei, wenn ich mir ein paar Sachen von dir nehme? Die gehören doch eigentlich sowieso alle mir!«

Das Klirren und Krachen von Regalen, die umgeworfen und zerschlagen wurden, war von allen Seiten zu hören. Nur langsam wurde Wei Wuxians Sicht klarer. Vor ihm erschien schemenhaft ein Dach. Dann entdeckte er ein Gesicht, grün vor Zorn, das ihn mit wütenden Augen anfunkelte. Sein Besitzer spuckte ihn wild von oben an, während krächzend Worte aus seinem Mund schossen: »Du wagst es sogar, mich zu verpetzen! Glaubst du ernsthaft, ich hätte Angst davor, dass jemand in diesem Haus auf deiner Seite steht?«

Zwei stämmige Männer, wahrscheinlich Diener, kamen angelaufen. »Junger Herr, wir haben alles zerschlagen!«

»So schnell?«, quakte der junge Mann.

»In diesem heruntergekommenen Zimmer gibt es nicht viel«, antwortete einer der Diener.

Der junge Mann mit der quakenden Stimme wirkte zufrieden. Also drehte er sich zu Wei Wuxian und schien mit seinem Zeigefinger zwischen seinen Augenbrauen ein Loch in seine Stirn bohren zu wollen. »Erst den Mut haben, mich anzuschwärzen, und sich dann tot stellen. Für wen führst du diese Scharade auf?! Als würde irgendjemand deinen Plunder haben wollen. Ich habe alles zerstören lassen. Wollen wir doch mal sehen, womit du mich jetzt noch verpetzen kannst! Nur weil du ein paar Jahre unter Kultivierern gelebt hast, hältst du dich für was Besseres?! Du wurdest doch fortgejagt wie ein streunender Hund!«

Sich mehr tot als lebendig fühlend dachte Wei Wuxian angestrengt nach. Dass er viele Jahre tot gewesen war, war nicht gespielt.

Wer war das?

Wo war er??

Und wann hatte er ein Ritual zur Körperbesitzergreifung durchgeführt???

Nachdem der quakende Mann ihn getreten, das Zimmer verwüstet und seiner Wut Luft gemacht hatte, trat er nun großspurig mit beiden Dienern aus der Tür und ließ sie mit einem lauten Knall hinter sich ins Schloss knallen. »Behaltet ihn gut im Auge und lasst ihn nicht raus! Er würde uns nur zum Gespött machen.«

Hastig stimmten die Diener zu.

Als sie fort waren, kehrte Ruhe ein.

Wei Wuxian wollte aufstehen, aber seine Glieder reagierten nicht auf seine Befehle, sodass er gezwungen war, liegen zu bleiben. Lediglich in der Lage, sich so weit zu drehen, dass er die fremde Umgebung und die Unordnung auf dem Boden betrachten konnte, wurde ihm erneut schwindelig.

Seitlich von ihm lag ein achtlos hingeworfener Bronzespiegel. Als er ihn aufhob und sich darin betrachtete, blickte er in ein ungewöhnlich weißes Gesicht. Auf die Wangenpartie war jeweils ein großer, roter, ungleichförmiger Fleck gemalt. Es fehlte nur noch die herausgestreckte blutrote Zunge, dann hätte er als der Geist eines Gehängten durchgehen können.

Ungläubig warf Wei Wuxian den Spiegel fort und rieb sich über das Gesicht, woraufhin weißer Puder herabrieselte. Glücklicherweise sah dieser Körper nicht von Natur aus so kurios aus, es handelte sich lediglich um extravaganten Geschmack.

Dass ein Mann sein ganzes Gesicht bemalte, war eine Sache, dass das Ergebnis aber derart hässlich und talentfrei ausfiel, eine andere.

Langsam erholte er sich von dem Schock und schaffte es endlich aufzustehen. Jetzt erst bemerkte er, dass sich unter seinem Körper ein Beschwörungskreis befand. Die Linien waren scharlachrot und die Form nicht richtig rund. Es wirkte ganz so, als hätte ihn jemand händisch mit Blut gemalt. Er war noch nicht vollständig getrocknet und so hing der Geruch von Eisen in der Luft. In das Innere des Kreises waren einige verworrene Beschwörungsformeln gekritzelt, die ein wenig von seinem Körper verwischt worden waren. Die übrigen Symbole und Formeln strahlten etwas Unbehagliches aus.

Wei Wuxian hatte über die Jahre alle möglichen Spitznamen bekommen, *höchstes Übel*, *Gründer des dämonischen Wegs* – alle in der Art. Er erkannte daher auf den ersten Blick, dass diese Anordnung nichts Gutes bedeutete: Er hatte nicht von einem Körper Besitz ergriffen – ihm war einer geopfert worden!

Die *Körperopferung* war im Grunde genommen ein Fluch, bei dem der Beschwörer durch gewaltsame Selbstverstümmelung seinem Körper Wunden zufügte und die Formation des Bannkreises sowie die Beschwörungsformeln mit dem eigenen Blut malte. In der Mitte des Kreises sitzend, opferte er seinen Körper dann einem abgrundtief bösen Geist. Damit dieser ihm einen Wunsch erfüllte, bat er ihn darum, vom Körper Besitz zu ergreifen. Der Preis für die Heraufbeschwörung war die eigene Seele, die zum großen Ganzen zurückkehrte.

Somit unterschied sich die *Körperopferung* vollkommen von der *Körperbesitzergreifung*. Bei beiden handelte es sich um verbotene Künste und sie besaßen daher auch beide keinen guten Ruf. Allerdings war erstere nicht so nützlich und beliebt wie letztere. Schließlich haben nur sehr wenige Menschen einen so starken Wunsch, dass sie sich selbst dafür opfern würden.

Da sich dementsprechend kaum jemand praktisch daran versucht hatte, war die Kunst im Laufe der Jahrhunderte beinahe in Vergessenheit geraten. Alten Überlieferungen aus zuverlässiger Quelle zufolge gab es in den vergangenen Jahrtausenden nur drei oder vier Beispiele. Und die Menschen, die sich geopfert hatten, wünschten sich alle ausnahmslos dasselbe: Rache.

Die beschworenen bösen Geister hatten diese stets perfekt ausgeführt, grausam und blutrünstig.

Wei Wuxian konnte es nicht fassen.

Wieso wurde er als »abgrundtief böser Geist« eingestuft?

Sicher, er hatte nicht den besten Ruf genossen und war einen grausamen Tod gestorben, aber er hatte erstens nie als Geist sein Unwesen getrieben und zweitens nie Rache verübt. Er konnte schwören, dass er der friedlichste und anständigste Geist zwischen Himmel und Erde war!

Problematisch war, dass es bei der Körperopferung nur um den Willen des Beschwörers ging – und egal wie sehr ihm das auch missfiel, er war bereits in diesen Körper gefahren und das Abkommen zwischen beiden Parteien galt damit stillschweigend als geschlossen. Er war verpflichtet, den Wunsch des Beschwörers zu erfüllen, andernfalls würde der Fluch auf ihn zurückfallen, seine Seele würde zerstört und er würde niemals wiedergeboren werden.

Wei Wuxian öffnete seinen Gürtel, um sein Gewand zu lockern, hob dann beide Arme und betrachtete die Handgelenke. Wie erwartet waren sie kreuz und quer mit Wunden übersät, die von einer scharfen Waffe stammen mussten. Zwar bluteten sie nicht mehr, aber Wei Wuxian wusste, dass es sich dabei nicht um gewöhnliche Verletzungen handelte.

Sollte er den Wunsch des ursprünglichen Besitzers dieses Körpers nicht erfüllen, würden sie auch nicht verheilen. Je länger er brauchte, desto schlimmer würde es werden. Und überschritt er die Frist, würde es ihn, der diesen Körper erhalten hatte, mitsamt seiner Seele zerreißen.

Wieder und wieder vergewisserte sich Wei Wuxian, dass kein Fehler vorlag, und wiederholte innerlich immer wieder fluchend: *Das darf doch nicht wahr sein!*, bis er sich an der Wand abstützte und aufstand.

Das Zimmer war groß, aber leer und karg. Es war unklar, wann die Tagesdecke zuletzt gewaschen worden war, jedenfalls ging ein muffiger Geruch von ihr aus. In der Ecke lag ein Bambuskorb, der als Abfalleimer verwendet worden war. Bei der Auseinandersetzung war er umgestoßen worden, sodass nun überall Müll und Papier verstreut herumlag.

Wei Wuxian bemerkte Tintenflecke auf dem zusammengeknüllten Papier. Also hob er ein Knäuel auf, öffnete es und sah, dass es mit winzigen Buchstaben vollgekritzelt war. Er machte sich daran, auch alle anderen Papierknäuel vom Boden aufzusammeln.

Bei dem Geschriebenen handelte es sich um den Kummer und die Sorgen, die sich der Besitzer des Körpers verzweifelt von der Seele geschrieben hatte. Einige Passagen waren wirr und konfus, und die innere Unruhe des Verfassers wurde durch die verzerrte Schrift auf dem Papier noch verdeutlicht. Geduldig las Wei Wuxian Seite für Seite und immer mehr beschlich ihn das Gefühl, dass hier etwas nicht stimmte.

Allmählich konnte er sich einige Dinge zusammenreimen.

Der Besitzer dieses Körpers hieß Mo Xuanyu und er befand sich hier im Dorf Mo.

Mo Xuanyus Großvater war ein einflussreicher Mann in dieser Gegend gewesen. Die Familie war jedoch klein und er hatte keinen Sohn gezeugt. Auch nach jahrelangen Bemühungen waren ihm lediglich zwei Töchter vergönnt gewesen. Die Namen der beiden wurden nicht genannt.

Die erste Tochter stammte von seiner Hauptfrau. Nach ihrer Vermählung zog ihr Mann bei der Familie Mo ein. Die zweite Tochter war zwar von außerordentlicher Schönheit, jedoch das Kind einer Dienerin. Daher war die Familie ursprünglich bei ihrem Zukünftigen nicht sehr wählerisch gewesen. Sie wollten sie einfach nur aus dem Haus haben. Wer hätte auch damit rechnen können, dass sie mit sechszehn Jahren dem Oberhaupt eines angesehenen Kultivierungsclans begegnen würde, der sich auf den ersten Blick in sie verliebte?

Ihre Treffen im Dorf Mo fanden heimlich statt und ein Jahr später gebar sie ein Kind: Mo Xuanyu.

Eigentlich zeigten sich die Bewohner des Dorfes solchen Angelegenheiten gegenüber stets verächtlich, aber die Menschen verehrten nun mal die Kultivierung. Und in den Augen Normalsterblicher wirkten Kultivierer mit ihrer mystischen und noblen Ausstrahlung wie Auserwählte des Himmels. Zudem half ihnen dieses große Oberhaupt gelegentlich aus, sodass sich das Blatt plötzlich wendete.

Nicht nur die Familie Mo war stolz darauf, auch die anderen bewunderten sie zutiefst.

Nichts währt jedoch ewig.

Eine Weile konnte sie das Verlangen des Oberhaupts nach Frischfleisch zwar stillen, doch schon nach weniger als zwei Jahren war er ihrer überdrüssig und seine Besuche wurden immer seltener. Als Mo Xuanyu vier Jahre alt war, kam er gar nicht mehr.

In dieser Zeit wandelte sich das Urteil der Dorfbewohner erneut in Missgunst und zu Verachtung und Hohn kam nun auch noch spöttisches Mitleid. Die zweite Tochter der Familie Mo wollte ihr Schicksal nicht wahrhaben. Sie war fest davon überzeugt, dass der Kultivierer nicht einfach so seinen eigenen Sohn vergessen würde. Und tatsächlich sandte er eine Garde, um Mo Xuanyu zu sich zu holen, als dieser vierzehn Jahre alt war.

Die zweite Tochter konnte somit wieder erhobenen Hauptes nach vorne blicken, denn obwohl sie nicht mitgehen konnte, trat anstelle der vorherigen Schmach ein Gefühl von Stolz. Sie prahlte vor jedem damit, dass ihr Sohn in Zukunft zum Oberhaupt der Kultivierungswelt aufsteigen und seinen Vorfahren Ruhm und Ehre einbringen würde. Also änderte sich die Meinung der Dorfbewohner zum dritten Mal und sie diskutierten eifrig über das Geschehene.

Doch noch bevor Mo Xuanyu seine Ausbildung zum Kultivierer abgeschlossen hatte und in die Fußstapfen seines Vaters treten konnte, wurde er wieder zurückgeschickt – und das auf eine überaus peinliche Art und Weise. Mo Xuanyu, der homosexuell war und dies auch ohne Zurückhaltung auslebte, belästigte nämlich ein anderes Mitglied des Clans, sodass bald jeder von dieser hässlichen Angelegenheit erfuhr. Dazu kam, dass er nicht mit Talent gesegnet war und keine besondere Stärke für das Kultivieren besaß, sodass es keinen Grund gab, ihn weiter dazubehalten.

Zur Krönung führte sich Mo Xuanyu nach seiner Rückkehr auch noch wie ein Wahnsinniger auf. Niemand verstand, was in ihm vorging. An einigen Tagen ging es ihm gut, an anderen wiederum nicht, und seine Launen waren so instabil wie die eines Geisteskranken.

An dieser Stelle runzelte Wei Wuxian die Stirn.

Homosexuell und verrückt. Kein Wunder, dass er sich das Gesicht derart zu puderte und keiner sich über die blutigen Symbole auf dem Boden gewundert hatte. Selbst wenn Mo Xuanyu vom Boden bis zur Decke und zum Dach alles mit Blut beschmiert hätte, hätte das wahrscheinlich niemand seltsam gefunden. Weil jeder wusste, dass er verrückt war!

Nachdem Mo Xuanyu in sein altes Zuhause zurückgekehrt war, hatte es von allen Seiten Hohn und Spott gehagelt. Diesmal wirkte es allerdings nicht so, als könnte der Wind ein weiteres Mal drehen. Die zweite Tochter der Familie Mo ertrug diesen Rückschlag nicht. In ihr staute sich unaussprechliche Wut an, bis sie bei lebendigem Leibe daran erstickte.

Zu jenem Zeitpunkt war Mo Xuanyus Großvater bereits verstorben und seine erste Tochter hatte den Platz als Familienoberhaupt eingenommen. Diese konnte ihre kleine Schwester seit jeher nicht ausstehen und verachtete deren unehelichen Sohn nur umso mehr.

Frau Mo hatte einen Sohn, eben jenen quakenden jungen Mann, der gerade befohlen hatte, das Zimmer zu verwüsten: Mo Ziyuan.

Nachdem Mo Xuanyu so eindrucksvoll von den Kultivierern abgeholt worden war, hatte sie sich Hoffnungen gemacht, dass die Gesandten ihren Sohn ebenfalls mitnehmen und ausbilden würden. Sie waren ja schließlich verwandt. Allerdings hatte man ihn abgewiesen, oder besser gesagt: ignoriert.

Selbstverständlich. Das ist nicht wie auf dem Markt, wo man über Chinakohl verhandelt und zwei zum Preis von einem bekommt!

Es war Wei Wuxian schleierhaft, woher die Mitglieder dieser Familie ihr Selbstvertrauen hatten. Sie waren seltsamerweise alle fest davon überzeugt, dass Mo Ziyuan das Zeug und die Gabe zum Kultivierer besaß. Sie glaubten, dass, wenn er damals gegangen wäre, ihn die Kultivierer sicher anerkannt hätten und er erfolgreicher gewesen wäre als sein Cousin. Als Mo Xuanyu fortgegangen war, war Mo Ziyuan noch klein gewesen. Doch dieser Gedanke, der jeglicher Logik entbehrte, war ihm von Kindesbeinen an immer wieder eingetrichtert worden und so glaubte er nun fest daran. Ständig erniedrigte er Mo Xuanyu und warf ihm vor, er hätte ihm seine Chance zum Kultivieren genommen. All die Talismane, magischen Pillen und kleinen Instrumente, die Mo Xuanyu von seiner Ausbildung mit nach Hause gebracht hatte, liebte Mo Ziyuan so sehr, dass er sie nicht mehr aus der Hand gab. Er erhob alleinigen Anspruch auf die Gegenstände und verfuhr mit ihnen, wie es ihm beliebte.

Mo Xuanyu stand zwar des Öfteren geistig vollkommen neben sich, aber auch er wusste, wann er gedemütigt wurde. Er schluckte es wieder und wieder. Mo Ziyuan wiederum nahm sich immer mehr heraus und plünderte fast sein gesamtes Zimmer. Schließlich hielt Mo Xuanyu es nicht mehr aus, trat vor seinen Onkel und seine Tante und beschwerte sich stotternd.

Das erklärte den Ärger, den Mo Ziyuan gerade angezettelt hatte.

Die Schrift auf dem Papier war so klein und dicht, dass Wei Wuxian beim Lesen die Augen schmerzten und er sich fragte, was das heute nur für ein bescheuerter Tag war. Kein Wunder, dass Mo Xuanyu seinen Körper geopfert hatte, um einen bösen Geist zu beschwören, der Rache für ihn nehmen sollte.

Mittlerweile taten ihm nicht mehr nur die Augen, sondern der gesamte Kopf weh. Eigentlich musste der Beschwörer während des Rituals seinen Wunsch gedanklich präzise formulieren, und als beschworener Geist hätte Wei Wuxian diese Forderungen auch genau hören müssen. Mo Xuanyu hatte das Ritual jedoch anhand eines lückenhaften Buches über verbotene Künste durchgeführt, das er wohl heimlich irgendwo hatte mitgehen lassen. Da er das Ritual somit nicht vollständig erlernt hatte, ließ er diesen Schritt aus. Auch wenn Wei Wuxian vermutete, dass es ihm um Rache an der Familie Mo ging, blieb immer noch die Frage, *wie* er sie verüben sollte? Wie weit sollte er gehen? Sollte er die gestohlenen Sachen zurückholen? Die Familie Mo übel zurichten? Oder ... die gesamte Familie auslöschen?

Wahrscheinlich war es das. Er sollte sie auslöschen! Immerhin wusste jeder in der Kultivierungswelt, mit welchen Worten Wei Wuxian am häufigsten beschrieben wurde: undankbar und grausam. Gab es jemanden, der den Titel »dämonischer Teufel« mehr verdiente als er?

Da Mo Xuanyu den Mut gehabt hatte, ausgerechnet ihn herbeizurufen, konnte es sich nicht um einen einfachen Wunsch handeln.

»Du hast dir den Falschen ausgesucht ...«, sagte Wei Wuxian verzweifelt.

Eigentlich wollte er sich das Gesicht waschen und diesen Körper einmal begutachten, stellte dann jedoch fest, dass es im Zimmer kein Wasser gab – weder zum Trinken noch zum Waschen. Die einzige Schüssel im Raum schien für den Toilettengang gedacht zu sein.

Als er gegen die Tür drückte, stellte er fest, dass sie von außen verriegelt war. Wahrscheinlich befürchteten sie, dass Mo Xuanyu draußen herumlaufen und Unfug anstellen könnte.

Nichts veranlasste Wei Wuxian auch nur ansatzweise dazu, Freude über seine Wiedergeburt zu verspüren!

Er entschied, dass er genauso gut erst einmal meditieren konnte, um sich an seinen neuen Körper zu gewöhnen. Währenddessen brach ein neuer Tag an. Als er die Augen wieder öffnete, fielen Sonnenstrahlen durch die Tür- und Fensterspalten ins Zimmer. Obwohl er nun aufstehen und gehen konnte, schmerzte sein Kopf noch immer und es gab keine Anzeichen auf Besserung. Wei Wuxian konnte sich keinen Reim darauf machen.

»Mo Xuanyus spirituelle Energie ist verschwindend gering. Es kann also nicht sein, dass ich diesen Körper nicht kontrollieren kann. Wieso ist das nur so schwer?«

Erst als er ein Rumoren in der Magengegend verspürte, verstand er, dass sein Zustand nichts mit spiritueller Energie zu tun hatte – dieser Körper war lediglich nicht ans Fasten gewöhnt und nun hungrig. Wenn er jetzt nicht auf die Suche nach etwas Essbarem ging, würde er vielleicht als der erste böse Geist in die Geschichte eingehen, der direkt nach seiner Beschwörung den Hungertod starb.

Wei Wuxian atmete tief ein, hob einen Fuß und wollte gerade die Tür eintreten, als er plötzlich hörte, wie jemand sich näherte und der Tür schließlich von außen einen ungeduldigen Tritt versetzte.

»Essen!«

Zwar brüllte die Person laut, machte jedoch keine Anstalten, die Tür zu öffnen.

Wei Wuxian senkte den Kopf und sah, wie sich eine Luke im unteren Teil der Tür öffnete und eine kleine Schüssel davor abgestellt wurde.

Der Diener draußen rief: »Beeil dich mal! Was trödelst du so rum?! Iss und stell dann die Schüssel wieder raus!«

Die Luke war kleiner als eine für Hunde. Durch sie passte kein Mensch, aber eine Schüssel schon. Zwei Gerichte und Reis, besonders appetitlich sah das nicht aus.

Wei Wuxian stocherte mit den Stäbchen, die im Reis steckten, im Essen herum und ein Gefühl der Traurigkeit erfüllte ihn.

Der große Yiling-Patriarch war gerade erst in die Menschenwelt zurückgekehrt, schon wurde er getreten und übel beschimpft. Sein Willkommensmahl bestand aus kalten Essensresten. Was war mit dem Blutbad? Dem Gemetzel? Der Ausrottung aller Clans? Wer würde das hier schon glauben? Er glich einem Tiger, der auf dem Flachland von Hunden schikaniert wurde. Oder einem Drachen, den im seichten Wasser Garnelen traktierten. Einem Phönix, dem man die Federn gerupft hatte, sodass er nun nicht besser war als ein Huhn.

In diesem Augenblick ertönte erneut die Stimme des Dieners, doch diesmal wirkte sie wie ausgewechselt. Er lachte fröhlich. »A-Ding! Komm mal her!«

Eine klare, sanfte Frauenstimme antwortete von Weitem: »A-Tong, bringst du dem da drinnen wieder das Essen?«

Abwertend erwiderte A-Tong: »Was sollte ich sonst in diesem unheilvollen Hof machen?!«

A-Dings Stimme war jetzt sehr viel näher. Sie musste mittlerweile vor der Tür stehen. »Du musst ihm nur einmal am Tag etwas zu Essen bringen. Und wenn du gelegentlich faulenzt, sagt auch niemand was. Es ist so eine entspannte Aufgabe und trotzdem beschwerst du dich noch darüber, wie unheilvoll der Hof ist. Schau mich mal an! Ich habe so viel zu tun, dass ich nicht mal ausgehen und mich etwas vergnügen kann.«

A-Tongs Beschwerde folgte prompt. »Ich bringe ihm ja nicht nur das Essen! In diesen Zeiten traust du dich noch auszugehen? Bei den vielen Untoten verriegelt doch jedermann fest seine Türen.«

Wei Wuxian hockte sich an die Tür. Mit der Schüssel und den beiden verschieden langen Stäbchen in der Hand aß er, während er nebenbei lauschte.

Anscheinend war es im Dorf Mo in letzter Zeit nicht allzu friedlich zugegangen.

Untote waren Verstorbene, die sich bewegen und laufen konnten. Sie gehörten einer relativ niedrigen Klasse transformierter Leichen an und waren keine Seltenheit. In der Regel hatten sie einen leblosen Blick, schlurften langsam herum und waren nicht besonders stark. Das reichte allerdings bereits aus, um gewöhnliche Menschen zu erschrecken. Allein ihr Fäulnisgeruch löste bei den meisten schon einen Brechreiz aus.

Für Wei Wuxian jedoch waren sie die am einfachsten zu kontrollierenden und gehorsamsten Marionetten, und es flackerte kurz ein Gefühl der Vertrautheit in ihm auf, als sie so plötzlich erwähnt wurden.

A-Tong schien der Dienerin beim Sprechen zuzuzwinkern. »Wenn du ausgehen willst, musst du mich mitnehmen. Ich beschütze dich ...«

»Du? Mich beschützen? Du Angeber, kannst du diese Ungeheuer etwa abwehren?«

»Wenn ich es nicht kann, können andere es genauso wenig«, entgegnete er ihr ärgerlich, woraufhin A-Ding lachte.

»Woher willst du bitte wissen, dass andere es nicht können? Ich erzähl dir mal was: Heute sind Kultivierer bei uns eingetroffen und ich habe gehört, dass sie von einem berühmten Clan kommen! Die Herrin begrüßt sie gerade in der Empfangshalle und alle im Dorf wohnen dem seltenen Spektakel bei. Hör doch, es ist ziemlich laut, oder? Als ob ich da Zeit hätte, mit dir herumzualbern. Wahrscheinlich tragen sie mir gleich wieder etwas auf.«

Konzentriert horchte Wei Wuxian und vernahm vages Stimmengewirr aus östlicher Richtung. Einige Augenblicke dachte er nach, dann stand er auf und trat die Tür ein, sodass der Riegel mit einem Krachen zerbarst.

Die beiden Diener waren gerade dabei gewesen, kichernd verliebte Blicke und Worte auszutauschen, als die Tür zu beiden Seiten aufsprang und sie erschrocken aufschrien.

Wei Wuxian warf Schüssel und Stäbchen hin und trat geradewegs hinaus ins Sonnenlicht. Es stach so sehr in seinen Augen, dass er sie einen Moment lang nicht öffnen konnte. Auch auf der Haut spürte er ein leichtes Prickeln. Er hob die Hand vor die Augen und schloss sie für einen Moment.

A-Tongs Schrei war sogar noch schriller als der von A-Ding gewesen. Nach einem kurzen Moment des Schrecks erinnerte er sich jedoch daran, dass es der Verrückte war, der da vor ihm stand und auf dem jeder herumtrampelte. Also kehrte sein Übermut zurück. Er wollte die Blamage von eben wieder ausgleichen, sprang auf ihn zu, schimpfte ihn aus und versuchte, ihn mit einer wedelnden Geste fortzujagen wie einen Hund.

»Husch, husch! Geh zurück! Wieso bist du rausgekommen?!«

Nicht einmal einen Bettler oder eine Fliege behandelte man abwertender. Dass sich diese Diener gegenüber Mo Xuanyu ohne Hemmungen so benahmen, lag daran, dass er sich nie gewehrt hatte.

Wei Wuxian versetzte A-Tong einen leichten Tritt und lachte, als dieser sich purzelnd überschlug. »Was glaubst du, wen du hier gerade beleidigst?!« Anschließend folgte er dem Lärm in Richtung Osten.

Im Ost-Hof und in der Ost-Halle hatte sich eine Menschenmenge gebildet.

Wei Wuxian war gerade dabei, einen Schritt auf die freie Fläche zu setzen, als eine Frauenstimme, deren Lautstärke die der anderen Umstehenden übertönte, sagte: »Wir haben jemanden in der Familie, der einst das Potenzial zum Kultivierer hatte …«

Das war mit Sicherheit Frau Mo, die wieder einmal mit allen Mitteln eine Verbindung zu den Kultivierungsclans herstellen wollte. Wei Wuxian drängelte sich eilig durch die Menge und bahnte sich seinen Weg zur Empfangshalle. Noch bevor die Frau ihren Satz beenden konnte, fuchtelte er wild mit den Armen und rief: »Ich komm ja schon, ich komm ja schon! Hier bin ich, hier bin ich!«

Als er einen Blick in die Halle warf, entdeckte er eine Frau mittleren Alters, die sich gut gehalten hatte und prächtige Kleider trug. Es war Frau Mo.

Ihr eingeheirateter Mann saß eine Stufe unter ihr. Ihnen gegenüber hatten sich einige junge Männer in weißen Gewändern mit Schwertern auf ihren Rücken niedergelassen.

Zerzaust, ungepflegt und offensichtlich verrückt trat Wei Wuxian hervor. Die Menge verstummte abrupt.

Wei Wuxian tat so, als würde er nicht bemerken, dass plötzlich alles in Stille versank, und sagte ohne Scheu: »Wer hat mich gerufen? Jemand, der das Potenzial zum Kultivierer hatte, das bin ja wohl ich!«

Er hatte immer noch zu viel Puder im Gesicht, der herabrieselte, sobald er lachte. Einer der weiß gekleideten jungen Männer konnte sich bei diesem Anblick das Lachen kaum verkneifen und erntete dafür von dem neben ihm sitzenden Anführer der Gruppe einen missbilligenden Blick. Schnell setzte er wieder eine ernste Miene auf.

Wei Wuxians Aufmerksamkeit folgte der Stimme und er musterte die Gruppe eingehend. Er war etwas überrascht, denn er hatte erwartet, dass die Diener maßlos übertrieben hätten. Wer hätte auch ernsthaft mit Schülern eines »berühmten Clans« gerechnet?

Die Roben der Männer besaßen elegante Ärmel und die Bänder an ihren breiten Gürteln wehten sanft im Wind. Wahrlich eine Augenweide.

Anhand ihrer Kleidung erkannte man sofort, dass sie vom Gusu-Lan-Clan stammten. Zudem waren diese Schüler Blutsverwandte der Familie Lan, zu erkennen an ihren schmalen weißen Stirnbändern, die ein Federwolkenmuster zierte.

Die Federwolke war das Symbol der Lan-Familie und das Stirnband stand für »Selbstbeherrschung«. Das Motto des Lan-Clans lautete »Rechtschaffenheit«. Gastkultivierer oder Schüler, die aus anderen Clans stammten, trugen ein Stirnband ohne das Wolkensymbol.

Der Anblick der Mitglieder des Lan-Clans verursachte Wei Wuxian Zahnschmerzen. In seinem vorherigen Leben hatte er ihre Roben häufig heimlich als »Trauerkleidung«* bezeichnet, daher konnte er sich nicht irren.

Frau Mo hatte ihren Neffen eine Weile nicht gesehen und erwachte daher erst nach einer ganzen Weile aus ihrer Schockstarre. Als sie die exzentrisch geschminkte Person erkannte, tobte sie innerlich. Sie durfte jedoch nicht die Fassung verlieren. Daher gab sie sich alle Mühe, ihre Stimme beim Sprechen so kontrolliert wie möglich klingen zu lassen, als sie sich an ihren Mann wandte. »Wer hat den rausgelassen?! Bring ihn zurück!«

Eilig antwortete er ihr mit einem unterwürfigen Lächeln und stand mit finsterer Miene auf, um Wei Wuxian wegzuführen. Der jedoch schmiss sich auf den Boden und klammerte sich mit Händen und Füßen daran fest. Egal wie sehr Frau Mos Mann auch an ihm zog und zerrte, er bekam ihn einfach nicht vom Fleck, und auch die herbeieilenden Diener versuchten es vergeblich. Wären keine Außenstehenden anwesend gewesen, wären sie längst zu Tritten übergegangen.

Als Frau Mos Mann sah, wie sich die Miene seiner Gattin immer mehr verfinsterte, geriet er ins Schwitzen und fing an zu schimpfen: »Du verdammter Verrückter! Wenn du jetzt nicht zurückgehst, kannst du dein blaues Wunder erleben!«

Obwohl alle im Dorf wussten, dass in der Familie Mo ein junger Herr lebte, der dem Wahnsinn verfallen war, hatte sich Mo Xuanyu seit Jahren in seinem dunklen Zimmer verkrochen und sich nicht unter Menschen getraut. Sein Aussehen und Benehmen glichen dem eines Dämons, sodass die Zuschauer nun anfingen zu tuscheln und sich über die gute Unterhaltung freuten.

* In China ist Weiß die traditionelle Trauerfarbe.

»Ich kann zurückgehen«, sagte Wei Wuxian und zeigte direkt auf Mo Ziyuan. »Aber sag ihm, dass er zuerst die Sachen zurückgeben soll, die er mir gestohlen hat.«

Nicht mal in seinen kühnsten Träumen hätte Mo Ziyuan erwartet, dass dieser Verrückte derart furchtlos sein konnte. Gestern noch hatte er ihm eine Lektion erteilt, und doch traute er sich heute tatsächlich, hier aufzutauchen. Er schrie mit wutverzerrtem Gesicht: »Lügner! Wann habe ich dir etwas gestohlen? Ich soll es nötig haben, dich zu bestehlen?«

»Du hast recht! Du hast nichts gestohlen, du hast die Sachen an dich gerissen!«, erwiderte Wei Wuxian.

In dem Moment erkannte Frau Mo, dass Mo Xuanyu sich offensichtlich hierauf vorbereitet hatte. Er war bei klarem Verstand und hatte sich zum Ziel gesetzt, sie alle bloßzustellen. Überraschung und Wut übermannten sie nun doch, sodass sie nicht in der Lage war, sich zurückzuhalten: »Du bist mit voller Absicht hergekommen, um Ärger zu machen, ist es nicht so?!«

Wei Wuxian spielte den Ahnungslosen. »Er hat meine Sachen gestohlen, ich möchte sie zurückhaben. Zählt das etwa als ›Ärger machen‹?«

Noch bevor Frau Mo etwas entgegnen konnte, war es um Mo Ziyuans Selbstbeherrschung geschehen und er holte mit einem Bein aus, um zuzutreten. Einer der Kultivierer machte jedoch eine kleine Bewegung mit den Fingern und Mo Ziyuan verlor den Halt, sodass sein Tritt Wei Wuxian nur streifte, ins Leere ging und er schließlich hinfiel.

Wei Wuxian aber rollte sich auf dem Boden hin und her, ganz so, als wäre er wirklich getreten worden. Er öffnete sogar seine Kleidung und offenbarte den Fußabdruck auf seiner Brust, der noch von Mo Ziyuans gestrigem Tritt stammte.

Aufgeregt und mit großem Vergnügen verfolgten die Bewohner des Dorfes das Schauspiel. Dieser Fußabdruck konnte schließlich unmöglich von Mo Xuanyu selbst stammen, und egal wie man es auch drehte und wendete, er war trotz allem ein Blutsverwandter. Schrecklich, wie grausam diese Familie war. Nach seiner Rückkehr war es noch nicht so schlimm um ihn bestellt gewesen, höchstwahrscheinlich hatten sie ihn immer weiter in den Wahnsinn getrieben. Aber letztendlich war ihnen allen das egal, solange nur etwas Aufregendes passierte. Schließlich waren nicht sie diejenigen, die geschlagen wurden. Und das Spektakel war sogar noch spannender als der Besuch der Kultivierer!

Bei so vielen Augenpaaren, die sie beobachteten, konnte Frau Mo ihn weder schlagen noch fortjagen. Die Wut blieb ihr im Halse stecken und sie hatte keine andere Wahl, als zu vermitteln. Sie versuchte, Ruhe zu bewahren.

»Was heißt hier stehlen oder an sich reißen? Das hört sich schlimm an. Dabei sind wir doch eine Familie! Da ist es doch ganz natürlich, sich mal etwas zu leihen. A-Yuan ist doch quasi dein kleiner Bruder. Was ist so ungewöhnlich daran, wenn er sich ein paar deiner Sachen nimmt? Bist du wirklich so kleinlich, obwohl du der Ältere bist? Wegen so einer Nichtigkeit rastest du aus wie ein kleines Kind? Dabei ist es ja gar nicht so, als würde er sie dir nicht zurückgeben.«

Die Kultivierer in den weißen Roben schauten einander ratlos an. Einer von ihnen, der gerade Tee trank, verschluckte sich beinahe bei ihren Worten.

Die Schüler, die im Lan-Clan aufgewachsen waren, kannten nur die Natur und schöne Landschaften. Derartige Szenen hatten sie wahrscheinlich noch nie erlebt, geschweige denn solch unehrenwertes Gebaren bezeugt. Das heutige Erlebnis erweiterte offensichtlich ihren Horizont.

Wei Wuxian krümmte sich innerlich vor Lachen. Schließlich streckte er die Hand aus. »Dann gib sie mir zurück.«

Mo Ziyuan konnte natürlich nichts zurückgeben. Er hatte die Sachen längst weggeworfen oder zerstört. Und selbst wenn nicht, hätte er sie nicht herausrücken wollen. Sein Gesicht wurde aschfahl.

»Mutter!«, rief er. Und mit nur einem Blick machte er ihr deutlich, was in ihm vorging: *Lässt du zu, dass er mich so demütigt?*

Frau Mos Blick hingegen machte klar, dass er die ganze Situation nicht noch schlimmer machen möge. Doch da setzte Wei Wuxian wieder an.

»Wo wir gerade dabei sind: Nicht nur sollte er nicht meine Sachen stehlen, er sollte es umso weniger mitten in der Nacht tun. Es weiß doch jeder, dass ich den Männern verfallen bin. Auch wenn er sich nicht dafür schämt, will ich nicht in falschen Verdacht geraten.«

Frau Mo schnappte nach Luft und schrie: »Was redest du da vor den anderen Dorfbewohnern! Du hast wirklich keinerlei Schamgefühl, A-Yuan ist dein Cousin!«

Wenn es darum ging, Chaos zu stiften, hatte Wei Wuxian nichts von seinem Talent eingebüßt. Früher hatte er dabei noch auf sein Ansehen achten müssen, da niemand denken sollte, er wäre nicht anständig erzogen worden. Doch nun trug er eh den Stempel eines Verrückten, weshalb sollte er sich also noch um seinen Ruf scheren? Er konnte sich nach Herzenslust austoben. Zudem sah er sich im Recht.

»Obwohl er weiß, dass er mein Cousin ist, geht er trotzdem nicht auf Abstand. Wem mangelt es hier also an Schamgefühl?! Wenn dir dein Ansehen nicht wichtig ist, soll mir das egal sein. Aber ruiniere bitte nicht meine Unschuld! Ich möchte noch einen guten Mann finden!!!«

Mo Ziyuan schrie laut auf, hob einen Stuhl hoch und wollte ihn auf Wei Wuxian zerschmettern. Doch als dieser sah, dass er endlich explodierte, sprang er mit einem Satz auf und wich behände aus.

Der Stuhl krachte auf dem Boden auseinander, woraufhin sich die Menge, die sich in und um die Ost-Halle versammelt und die große Blamage der Familie Mo bis hierhin voller Schadenfreude mitverfolgt hatte, panisch zerstreute, da sie wohl fürchteten verletzt zu werden.

Wei Wuxian ging geduckt zu den jungen Kultivierern des Lan-Clans hinüber. Während die noch wie geistesabwesend versuchten, dem

Geschehen zu folgen, raunte er ihnen zu: »Ihr habt es jetzt gesehen, oder? Oder? Er ist nicht nur ein Dieb, sondern auch ein Schläger! So ein herzloser Mensch!«

Mo Ziyuan wollte ihm folgen und ihn verprügeln, als der Anführer der jungen Männer ihn hastig aufhielt. »Junger Herr … wenn dich etwas bedrückt, dann lass uns darüber reden.«

Frau Mo erkannte, dass der junge Mann den Verrückten beschützen wollte, woraufhin sie panisch wurde und gezwungen lachte. »Das ist der Sohn meiner kleinen Schwester. Nun, er ist nicht ganz bei Verstand. Jeder im Dorf weiß, dass er ein Verrückter ist und wirre Dinge von sich gibt, die man nicht ernst nehmen sollte. Bitte …«

Bevor sie ihren Satz beendet hatte, streckte Wei Wuxian seinen Kopf hinter dem Rücken des Kultivierers hervor. »Wer sagt, dass man meine Worte nicht ernst nehmen kann? Von heute an gilt: Wer noch mal versucht, meine Sachen zu stehlen, dem schlage ich die Hand ab!«

Mo Ziyuan wurde zwar von seinem Vater festgehalten, doch als er das hörte, verlor er beinahe erneut die Beherrschung.

Fröhlich wie ein Fisch im Wasser begann Wei Wuxian zu summen und hüpfte hinaus. Der Kultivierer blockierte daraufhin den Eingang, wechselte das Thema und sprach mit ernster Miene die eigentliche Angelegenheit an. »Nun … Wir würden uns gerne heute Abend Euren West-Hof ausborgen. Bitte haltet Euch unbedingt an das, was ich zuvor gesagt habe: Verschließt am Abend fest die Fenster und Türen und kommt nicht heraus. Und begebt Euch vor allem nicht in die Nähe des Hofes.«

Frau Mo zitterte vor Wut. Da er sie aufhielt, konnte sie nicht einfach so an ihm vorbeistürmen, sodass sie schließlich nur erwiderte: »Ja, natürlich. Habt vielen Dank für eure Mühen …«

Mo Ziyuan konnte es nicht fassen. »Mutter! Dieser Verrückte hat mein Ansehen vor den Augen aller in den Schmutz gezogen, und du lässt ihn davonkommen?! Du hast doch gesagt, er sei nur ein …«

Frau Mo schnitt ihm das Wort ab. »Sei still! Wir reden später.«

Mo Ziyuan hatte noch nie den Kürzeren gezogen. Er war noch nie so blamiert worden. Und er war erst recht noch nie derart von seiner Mutter gescholten worden. Er tobte vor Wut. »Dafür wird dieser Verrückte heute Nacht mit dem Leben bezahlen!«

Nachdem Wei Wuxian den Verrückten gespielt hatte und zum Tor hinausspaziert war, präsentierte er sich nun der Öffentlichkeit, indem er eine Runde durchs Dorf drehte – worüber sich unzählige Passanten überrascht zeigten. Er hatte großen Spaß daran und lernte die Freuden des Verrücktseins kennen. Selbst das Make-up, das ihn wie den Geist eines Erhängten aussehen ließ, fing an, ihm zu gefallen. Er zögerte das Abwaschen ein wenig hinaus, indem er gedanklich scheinheilige Ausreden erfand. *Hier ist ja sowieso kein Wasser, dann wasche ich es eben nicht ab.*

Er ordnete seine Haare und warf einen Blick auf seine Unterarme. Es gab keinerlei Anzeichen dafür, dass die Wunden verblassten oder heilten. Das bedeutete, das eine so harmlose Racheaktion für Mo Xuanyu bei Weitem nicht ausreichte.

Sollte er etwa wirklich die Familie Mo auslöschen?

Wenn er ehrlich war, wäre auch das kein großes Problem.

Während er darüber nachdachte, kehrte er zum Anwesen der Mos zurück. Mit kurzen, schnellen Schritten schlich er zum West-Hof und entdeckte die Schüler des Lan-Clans, die auf den Dächern und Mauern standen und ernst miteinander sprachen. Er zog sich vorsichtig ein Stück zurück, hob seinen Blick und beobachtete sie eindringlich.

Obwohl der Gusu-Lan-Clan maßgeblich an der Offensive der Kultivierungsclans gegen ihn beteiligt gewesen war, waren diese Jungen zu jener Zeit entweder noch nicht geboren oder noch sehr jung gewesen. Die Sache hatte also nichts mit ihnen zu tun.

Wei Wuxian beobachtete sie bei den Vorbereitungen. Bei genauerem Hinsehen bemerkte er plötzlich etwas Seltsames.

Irgendwie kamen ihm diese schwarzen Flaggen, die an den Dächern und Mauern angebracht waren und im Wind flatterten, bekannt vor.

Die Flaggen nannte man *Yin-Anziehungsflaggen*. Befestigte man sie an einer lebenden Person, lockten sie finstere spirituelle Wesen, hasserfüllte Seelen, wütende Untote und böse Geister in einem bestimmten Radius an, die dann diese Person anfielen. Da nur die eine Person, an der man die Flagge befestigte, zur Zielscheibe wurde, nannte man sie auch die *Zielscheibenflagge*. Man konnte sie aber auch an Häusern befestigen. Allerdings musste sich darin zumindest eine lebende Person befinden. Der Angriffsradius erweiterte sich dadurch auf alle Menschen innerhalb des Hauses.

Da dort, wo die Flagge angebracht wurde, dunkle Yin-Energie entstand und wie schwarzer Wind emporzusteigen schien, nannten einige sie auch *Schwarzwind-Flaggen*. Wenn die Kultivierer also so eine Fahnenformation im West-Hof aufstellten und den Menschen untersagten, sich diesem zu nähern, konnte das nur bedeuten, dass sie Untote herbeilocken und auf einen Schlag vernichten wollten.

Der Grund, weshalb sie ihm so bekannt vorkamen, lag auf der Hand. Denn wie hätte er sie nicht wiedererkennen können? Der Erfinder dieser Flaggen war immerhin kein Geringerer als er, der Yiling-Patriarch!

Obwohl er in der Kultivierungswelt verschrien war und sie ihn lieber tot als lebendig sahen, hatten sie wohl durchaus Verwendung für die Sachen, die er entwickelt hatte.

Ein Kultivierer, der auf dem Dach stand, bemerkte, dass er sie beobachtete. »Geh lieber zurück. Dies ist kein Ort, an dem du dich zurzeit aufhalten solltest.«

Obwohl er ihn fortschickte, war es freundlich gemeint und auch seine Art zu reden unterschied sich maßgeblich von der der Diener. Wei Wuxian nutzte seine unvorsichtige Güte aus, hüpfte hoch und riss eine Fahne herunter.

Der Kultivierer erschrak, sprang von der Mauer herunter und verfolgte ihn. »Nicht anfassen! Das ist nichts, was du an dich nehmen solltest!«

Wei Wuxian rannte und jauchzte. Mit zerzausten Haaren tanzte er wild, mit Händen und Füßen herumfuchtelnd, durch den Hof. Meisterhaft mimte er den Verrückten. »Ich geb sie nicht zurück! Ich geb sie nicht zurück! Ich will sie haben! Ich will sie!«

Der Kultivierer holte ihn mit nur zwei Schritten ein und packte ihn am Arm. »Gibst du sie jetzt zurück? Wenn nicht, bin ich gezwungen, dich zu schlagen!«

Wei Wuxian hielt die Flagge fest umklammert und ließ sie nicht los. Der Anführer der Gruppe war gerade dabei, die Formation der Flaggen zu vervollständigen, als er die Szene mitbekam. Leicht wie eine Feder sprang er von der Mauer. »Jingyi, lass gut sein. Hol einfach die Flagge zurück, du musst dich nicht mit ihm streiten.«

»Sizhui, ich habe ihn doch noch gar nicht geschlagen! Schau ihn dir an, er hat die Fahnenformation völlig ruiniert!«, antwortete Lan Jingyi.

In der Zwischenzeit hatte Wei Wuxian bereits in Höchstgeschwindigkeit die Yin-Anziehungsflagge in seiner Hand analysiert. Die Symbole waren richtig aufgemalt und an den Beschwörungsformeln gab es auch nichts auszusetzen. Alles war fehlerfrei, sodass bei der Benutzung nichts schiefgehen konnte. Das einzige Manko war, dass die Person, die die Flagge bemalt hatte, nicht sehr erfahren war. Die Formeln konnten nur böse Geister und Untote im Umkreis von maximal zweieinhalb Kilometern anlocken, aber das müsste wohl ausreichen.

Lan Sizhui lächelte ihn an. »Junger Herr Mo, es wird bald dunkel und wir werden hier gleich Untote jagen. Nachts ist es sehr gefährlich. Du solltest besser schnell zurück auf dein Zimmer gehen.«

Wei Wuxian versuchte, den Kultivierer einzuschätzen. Er bewegte sich elegant und anmutig. Sein Äußeres strahlte Würde aus und ein sanftes Lächeln umspielte seine Lippen. Ein stattlicher junger Mann, das musste Wei Wuxian anerkennen. Die Formation der Flaggen war tadellos und seine Manieren waren vorbildlich. Es war Wei Wuxian schleierhaft, wer an so einem fürchterlichen Ort und aus dem altbackenen Haufen des Lan-Clans so einen Nachfahren hatte produzieren können.

Lan Sizhui setzte erneut an: »Diese Flagge ...«

Bevor er jedoch den Satz beenden konnte, warf Wei Wuxian sie auch schon empört zu Boden. »Es ist doch nur eine blöde Flagge, was soll schon so toll daran sein?! Ich male viel besser als ihr!« Dann nahm er die Beine in die Hand und rannte fort.

Die Kultivierer, die noch auf dem Dach waren und zugeschaut hatten, lachten so sehr über seine schamlose Prahlerei, dass sie beinahe vom Dachvorsprung fielen.

Lan Jingyi war einerseits wütend, andererseits lachte auch er. Er hob die Yin-Anziehungsflagge auf und klopfte den Staub von ihr ab. »Er ist wirklich verrückt!«

»Sag das nicht. Komm lieber schnell her und hilf mit«, erwiderte Lan Sizhui sanft.

Wei Wuxian drehte noch gemütlich zwei Runden und schlenderte erst abends zurück zu Mo Xuanyus kleinem Zimmer. Den Türriegel hatte er zerstört und niemand hatte sich um die Unordnung auf dem Boden gekümmert. Er tat so, als würde er das Chaos nicht sehen, suchte sich eine freie Stelle auf dem Boden und setzte seine Meditation fort.

Er hatte nicht damit gerechnet, dass der Lärm der Außenwelt ihn vor Anbruch des Tages aus seiner Sitzung reißen würde.

Wilde Schritte, vermischt mit Schluchzen und ängstlichen Schreien, kamen rasch näher. Wei Wuxian hörte, wie sich einige Sätze wiederholten: »Geh rein und zerr ihn einfach raus!« »Das musst du melden!« »Was gibt's da zu melden, tötet ihn!«

Als er die Augen öffnete, waren bereits einige Diener hineingestürmt. Laternen erhellten den ganzen Hof und jemand schrie: »Bringt diesen verrückten Mörder in die Haupthalle! Er soll mit dem Leben bezahlen!«

Wei Wuxians erster Gedanke war, dass den Kultivierern vielleicht ein Fehler bei der Flaggenformation unterlaufen war. Bei seiner Erfindung konnte die kleinste Nachlässigkeit ein großes Desaster herbeiführen. Aus diesem Grund hatte er zuvor ja extra geprüft, ob die Bemalung der Yin-Anziehungsflaggen Fehler aufwies. Als mehrere Hände ihn nach draußen zerrten, streckte er sich und ließ es einfach geschehen. So sparte er sich die Mühe, selbst zu laufen.

In der Ost-Halle war so viel los wie am helllichten Tag, als die Dorfbewohner sich hier versammelt hatten. Alle Diener und Familienangehörigen waren gekommen, einige trugen noch ihre Schlafgewänder und hatten es nicht einmal mehr geschafft, sich zu kämmen. Und sie alle waren entsetzt.

Frau Mo saß wie gelähmt auf ihrem Stuhl, als wäre sie gerade aus der Bewusstlosigkeit erwacht. Auf ihren Wangen sah man eine Tränenspur, ihre Augen waren noch feucht. Als Wei Wuxian jedoch hereingeschleppt wurde, verwandelte sich das Leid in ihren Augen augenblicklich in Hass. Eiskalt blickte sie ihn an.

Auf dem Boden vor ihr entdeckte er eine Gestalt in der Form eines Menschen. Sein Leib war mit einem weißen Tuch zugedeckt worden und nur noch der Kopf schaute hervor. Mit ernster Miene beugten sich Lan Sizhui und die anderen Kultivierer gerade über den Körper, um ihn zu untersuchen. Leise diskutierten sie. Die Worte drangen an Wei Wuxians Ohr: »... Sie wurde vor weniger als dreißig Minuten entdeckt?«

»Wir hatten die Untoten gerade unter Kontrolle gebracht und eilten vom West- zum Ost-Hof, da lag die Leiche schon im Korridor.«

Bei der Gestalt handelte es sich um Mo Ziyuan. Wei Wuxian warf einen kurzen Blick zu ihm hinüber und konnte nicht anders, als erneut hinzusehen.

Diese Leiche sah aus wie Mo Ziyuan, dann wiederum aber auch nicht. Die Kopfform und die Gesichtszüge waren zwar eindeutig die dieses kleinlichen Cousins, aber die Wangen und Augenhöhlen waren tief eingefallen und die Augäpfel traten hervor, während die Haut ganz faltig war. Verglichen mit dem eigentlichen Mo Ziyuan, einem jungen Mann, schien diese Person um zwanzig Jahre gealtert zu sein. Auch schien es, als wäre ihm sein gesamtes Fleisch und Blut ausgesaugt worden, sodass er nur noch aus Knochen bestand, die von einer dünnen Schicht Haut umhüllt wurden. Wenn Mo Ziyuan zuvor nur hässlich gewesen war, dann war sein jetziger Leichnam nun hässlich und alt.

Wei Wuxian betrachtete die Leiche gerade genauer, als Frau Mo angestürmt kam. In ihrer Hand blitzte etwas in einem kalten Licht auf. Es war ein Dolch.

Lan Sizhui reagierte im Bruchteil einer Sekunde und wandte den Angriff ab. Noch bevor er etwas sagen konnte, kreischte Frau Mo los: »Mein Sohn ist grausam ermordet worden, ich muss ihn rächen! Wieso hältst du mich auf?«

Wei Wuxian versteckte sich hinter Lan Sizhui und ging in die Hocke. »Was hat das mit mir zu tun, dass dein Sohn grausam ermordet wurde?«

Lan Sizhui hatte die Szene miterlebt, die Wei Wuxian tagsüber in der Ost-Halle gemacht hatte. Anschließend hatte er zahlreiche ausgeschmückte Gerüchte über diesen unehelichen Sohn vernommen. Er hatte großes Mitleid mit diesem Geisteskranken und konnte daher nicht anders, als ihn zu verteidigen. »Werte Frau Mo, dem Erscheinungsbild der Leiche Eures Sohnes nach zu urteilen sind Blut, Fleisch und seine gesamte Energie vollständig aus ihm herausgesogen worden. Was eindeutig darauf hinweist, dass er bösen Geistern zum Opfer gefallen ist. Dieser Mann war es also sehr wahrscheinlich nicht.«

Frau Mos Brustkorb bebte. »Was wisst ihr denn schon?! Der Vater dieses Verrückten war ein Kultivierer, er hat sicher auch einiges an dunklen Zaubern gelernt!«

Lan Sizhui wandte sich um, schaute den anscheinend bedröppelten Wei Wuxian an und sagte: »Nun, dafür habt Ihr keine Beweise, daher ...«

»Den Beweis findet ihr am Körper meines Sohnes!« Frau Mo wies auf die Leiche am Boden. »Schaut ihn euch doch selbst an! A-Yuans Leiche hat mir bereits verraten, wer sein Mörder ist!«

Keiner der Umstehenden musste etwas tun, denn Wei Wuxian zog mit Freude das weiße Tuch weg. Er riss es vom Hals runter bis zu den Füßen.

An Mo Ziyuans Leiche fehlte etwas.

Sein linker Arm war von der Schulter abwärts einfach verschwunden!

Frau Mo war außer sich. »Seht ihr das?! Ihr habt es hier und heute doch alle gehört, oder? Was der Verrückte gesagt hat. Er meinte, wenn A-Yuan noch einmal seine Sachen anfasst, würde er ihm den Arm abschlagen!« Nach diesem emotionalen Ausbruch verbarg sie schluchzend ihr Gesicht. »Aber mein armer A-Yuan hat überhaupt nichts von diesem Verrückten genommen. Und jetzt wurde er nicht nur von ihm verleumdet, ihm wurde auch noch irrsinnig und ohne jeden Skrupel das Leben genommen ...«

Irrsinnig und ohne jeden Skrupel!

Viele Jahre waren vergangen, seit jemand ihn mit diesen Worten beschrieben hatte, und trotzdem fühlte es sich sehr vertraut an.

Wei Wuxian zeigte auf sich, hatte aber nichts zu erwidern. Er wusste auch nicht, ob nun er oder Frau Mo verrückt war. Drohungen dieser Art, etwa, dass er ganze Familien und Clans ausrotten und Abertausende Menschen töten oder dass er ein Blutbad anrichten würde, hatte er in jungen Jahren oft ausgesprochen. Meist hatte er das allerdings nur so dahingesagt. Hätte er alles, was er je von sich gegeben hatte, auch wirklich wahr machen können, wäre er längst der Herrscher über die gesamte Kultivierungswelt.

Frau Mo wollte überhaupt keine Rache für ihren Sohn, sie suchte nur nach jemandem, an dem sie ihre Wut auslassen konnte.

Wei Wuxian wollte sich auf keinen weiteren Streit mit ihr einlassen und dachte kurz nach. Dann streckte er seine Hand aus, durchsuchte Mo Ziyuans Brust und zog etwas unter seiner Kleidung hervor. Als er es aufrollte, stellte er fest, dass es eine Yin-Anziehungsflagge war.

Augenblicklich begriff er. »Daran ist nur er selbst schuld!«

Als Lan Sizhui und die anderen sahen, was er von Mo Ziyuans Brust hervorgezogen hatte, verstanden auch sie. Wenn man an das Drama von zuvor zurückdachte, konnte man sich nämlich denken, was vorgefallen war: Mo Xuanyu hatte Mo Ziyuan in einem Anfall von Wahn bis auf die Knochen blamiert, sodass dieser sich an ihm rächen wollte. Da Mo Xuanyu jedoch draußen herumgestreunt war, war von ihm den halben Tag lang keine Spur zu finden gewesen. Also war Mo Ziyuan stattdessen in der Nacht heimlich zur Tat geschritten und hatte ihm eine Lektion erteilen wollen. Als die Nacht anbrach und er heimlich hinausging, kam er am West-Hof vorbei und entdeckte die Yin-Anziehungsflaggen auf den Mauerdächern. Er dachte, die eindringliche Warnung, abends das Haus nicht zu verlassen, nicht zum West-Hof zu gehen und schon gar nicht diese schwarzen Flaggen anzufassen, diente nur der Abschreckung jener, die diese kostbaren Schätze stehlen wollten. Er hatte keine Ahnung, welche Wirkung die Flaggen in Wirklichkeit besaßen, und verwandelte sich, sobald er eine eingesteckt hatte, in eine lebendige Zielscheibe. Seit er seinen verrückten Cousin um dessen Talismane und magische Gegenstände gebracht hatte, hatte sich dieses Verhalten zur Sucht entwickelt. Er war ein notorischer Dieb und beim Anblick dieser wundersamen Zaubermittel brannte es ihm unter den Nägeln. Er musste sie unbedingt in die Finger bekommen.

Als die Besitzer der Flaggen im West-Hof mit den Untoten beschäftigt waren, passte er die Gelegenheit ab und steckte heimlich eine ein.

Für die Flaggenformation wurden insgesamt sechs Yin-Anziehungsflaggen verwendet, wovon fünf im West-Hof angebracht worden waren. Die Kultivierer des Lan-Clans dienten als Köder, trugen jedoch unzählige spirituelle Waffen zum Schutz bei sich. Mo Ziyuan hingegen hatte zwar nur eine Flagge gestohlen, trug jedoch nichts bei sich, das ihn hätte beschützen können. Er war somit ein leichtes Opfer und die bösen Geister wurden auf ganz natürliche Weise von ihm angezogen.

Wenn es nur Untote gewesen wären, wäre das nicht weiter tragisch gewesen. Sie hätten ihn vielleicht ein paar Mal gebissen, aber er wäre nicht sofort gestorben und man hätte ihn noch retten können. Zu seinem Pech hatte diese Yin-Anziehungsflagge jedoch etwas Gefährlicheres als Untote angelockt: Einen unbekannten bösen Geist, der ihn nicht nur getötet, sondern auch noch seinen Arm entwendet hatte!

Wei Wuxian warf einen Blick auf sein Handgelenk und tatsächlich, die Wunden am linken Unterarm waren vollständig verheilt. Anscheinend erkannte der Pakt Mo Ziyuans Tod als seinen Verdienst an. Immerhin hatte er die Yin-Anziehungsflaggen ja überhaupt erst erfunden, und man konnte sagen, dass durch eine Aneinanderreihung von Zufällen und durch Umwege das Ziel letztendlich erreicht worden war.

Frau Mo kannte das ungebührliche Verhalten ihres Sohnes zwar nur zu gut, würde jedoch niemals zugeben, dass Mo Ziyuans Tod eigenverschuldet war. So wurde sie erst unruhig und wirkte beschämt, dann rastete sie schließlich aus. Sie nahm eine Teeschale und schleuderte sie Wei Wuxian an den Kopf. »Hättest du ihn gestern nicht vor all den Leuten gedemütigt, wäre er nachts nicht rausgegangen! Das ist alles deine Schuld, du Bastard!«

Wei Wuxian war längst darauf vorbereitet und wich aus.

Frau Mo wandte sich zu Lan Sizhui um und fuhr ihn schrill an: »Und ihr! Ein nutzloser Haufen seid ihr! Schimpft euch Kultivierer und wollt Dämonen vertreiben, dabei schafft ihr es nicht mal, ein Kind zu beschützen! A-Yuan war doch noch so jung!«

Die anwesenden Kultivierer waren ebenfalls noch jung und hatten bisher nur bei wenigen Gelegenheiten praktische Erfahrungen sammeln können. Sie hatten nicht mit den ungewöhnlichen Ereignissen an diesem Ort gerechnet, geschweige denn mit solch bestialischen Geistern. Sie waren sich bereits darüber bewusst, dass sie etwas übersehen hatten und hatten dementsprechend Schuldgefühle. Aber derart willkürlich beschimpft zu werden, ließ sie dennoch erbleichen. Immerhin kamen sie von einem angesehenen Clan und niemand hatte es bisher gewagt, so mit ihnen umzuspringen.

Die Lehren des Gusu-Lan-Clans waren sehr streng und untersagten es, die Hand gegen normale Menschen zu erheben, die sich nicht wehren konnten. Sie durften nicht einmal unhöflich werden. Und selbst wenn es ihnen nicht behagte, mussten sie alles mit unglücklicher Miene herunterschlucken.

Wei Wuxian konnte das nicht mehr mit ansehen. *Selbst nach all den Jahren ist der Lan-Clan immer noch so tugendhaft. Wozu soll diese sinnlose Selbstbeherrschung gut sein? Man kann doch nicht all seine Emotionen unterdrücken. Schaut mich an!*

»Pah!«, platzte es aus Wei Wuxian heraus. »Was glaubst du, wen du da beschimpfst?! Behandelst du wirklich helfende Fremde wie deine hauseigenen Diener? Diese Leute kommen von weither, um die Dämonen und Geister zu vertreiben – ohne dafür Geld zu fordern. Und plötzlich schulden sie dir was? Wie alt war dein Sohn? Dieses Jahr wäre er doch siebzehn geworden. Er soll noch ein Kind gewesen sein? Wie alt ist denn ein Kind, dass es die menschliche Sprache nicht versteht? Wurden wir gestern nicht mehrmals eindringlich gewarnt, nichts innerhalb der Formation anzufassen und uns dem West-Hof nicht zu nähern? Dein Sohn geht mitten in der Nacht hinaus, um Sachen zu stehlen, und dafür gibst du mir die Schuld? Und ihnen?«

Lan Jingyi und die anderen atmeten auf und in ihre Gesichter trat endlich wieder Farbe.

Frau Mo war in tiefster Trauer und hegte zugleich einen unbändigen Hass. In ihrem Kopf schwirrte überall das Wort »sterben« herum. Es war aber nicht sie, die sterben und ihren Sohn begleiten wollte, es sollten stattdessen alle anderen Menschen auf der Welt sterben – besonders die, die vor ihr standen. Wie immer, wenn etwas vorfiel, kommandierte sie ihren Mann herum. Also packte sie ihn und keifte: »Ruf die Leute zusammen! Sie sollen alle reinkommen!«

Ihr Mann jedoch war geistig abwesend. Vielleicht war der Tod seines einzigen Sohnes ein zu schwerer Schlag für ihn, jedenfalls stieß er sie zurück.

Darauf war seine Gattin nicht vorbereitet und fiel zu Boden, starr vor Schreck.

Normalerweise hätte Frau Mo ihn nicht einmal packen müssen, sie hätte nur etwas lauter werden müssen und er hätte sich darum gekümmert. Doch jetzt wagte er es plötzlich, sich zu wehren!

Die Diener des Hauses erschraken beim Anblick ihres Gesichtsausdrucks. A-Ding wollte ihr zitternd aufhelfen. Ihre Herrin jedoch ballte nur die Hand vor der Brust zusammen und befahl ihrem Mann mit bebender Stimme zu verschwinden. »Du ... Du ... Geh mir aus den Augen!«

Ihr Mann schien sie nicht zu hören, sodass A-Ding A-Tong mit Blicken Signale gab und A-Tong ihn schließlich hastig hinausbrachte.

Im Ost-Hof herrschte überall großes Durcheinander. Als es endlich ruhiger wurde, machte sich Wei Wuxian wieder daran, die Leiche zu untersuchen. Er hatte jedoch kaum einen Blick auf sie geworfen, als ein schriller Schrei aus dem Hof ertönte.

Die Menschen in der Halle strömten hinaus. Im Ost-Hof entdeckten sie zwei Personen verkrampft auf dem Boden. Eine davon war A-Tong, der zusammengesackt dasaß. Er lebte. Die andere lag am Boden. All ihr Blut und Fleisch schien ihr ausgesaugt worden zu sein. Sie war faltig und vertrocknet. Ihr linker Arm fehlte und ihr Körper war so blutleer, das aus den Wunden nichts mehr floss. Der Zustand der Leiche glich dem von Mo Ziyuan.

Frau Mo hatte gerade A-Dings stützenden Arm abgeschüttelt, doch als sie die Leiche auf dem Boden sah, wurde ihr Blick leer. Die Kraft, um eine Szene zu machen, verließ sie und sie fiel in Ohnmacht.

Wei Wuxian stand gerade in ihrer Nähe, fing sie auf und übergab sie der herbeieilenden A-Ding. Dann schaute er auf sein rechtes Handgelenk, von dem nun auch Wunden verschwanden.

Sie waren gerade über die Türschwelle der Halle getreten und noch nicht einmal aus dem Ost-Hof heraus gewesen, als Frau Mos Mann an Ort und Stelle einen grausamen Tod gestorben war. Es war in Sekundenschnelle geschehen.

Lan Sizhui, Lan Jingyi und die anderen waren alle etwas bleich um die Nase. Lan Sizhui gewann als Erster seine Fassung zurück und fragte A-Tong, der immer noch auf dem Boden saß: »Hast du etwas gesehen?«

A-Tong war zu Tode erschrocken und bekam den Mund nicht auf. Er war nicht imstande zu antworten, sondern schüttelte nur ununterbrochen den Kopf.

Lan Sizhui war höchst beunruhigt. Er wies seine Gefährten an, ihn ins Haus zu bringen und drehte sich dann zu Lan Jingyi um. »Hast du das Signal gesendet?«

»Habe ich. Aber wenn gerade keine erfahreneren Kultivierer in der Nähe sind, die uns zu Hilfe kommen können, befürchte ich, dass unsere Leute frühestens in einer Stunde hier sind. Was machen wir jetzt? Wir wissen noch nicht mal, was das überhaupt für ein Wesen ist«, entgegnete ihm Lan Jingyi.

Sie konnten natürlich nicht einfach verschwinden. Wenn die Schüler eines Clans bei einer Auseinandersetzung mit bösen Geistern nur an sich selbst dachten und flohen, war das nicht nur eine Schande für ihren Clan, auch sie selbst würden anderen nie wieder unter die Augen treten wollen. Die zu Tode erschrockene Familie Mo konnten sie auch nicht mitnehmen, da sich der böse Geist aller Wahrscheinlichkeit nach unter sie gemischt hatte und es somit sinnlos war zu fliehen. Mit zusammengebissenen Zähnen gab Lan Sizhui schließlich die Anweisung: »Wir müssen hier ausharren, bis Verstärkung eintrifft!«

Da das Notsignal abgefeuert worden war, würden ihnen andere Kultivierer zu Hilfe eilen. Um weitere Unruhe zu vermeiden, hätte Wei Wuxian sich eigentlich zurückziehen sollen. Es wäre zwar kein Problem, wenn die Kultivierer, die kamen, ihn nicht kannten. Doch falls jemand auftauchen würde, mit dem er einst zu tun gehabt oder mit dem er auf dem Schlachtfeld die Klingen gekreuzt hatte, wusste er nicht, wie das ausgehen würde.

Da er aber mit diesem Fluch belegt war, konnte er das Dorf Mo vorerst nicht verlassen. Außerdem hatte das herbeigelockte Wesen innerhalb kürzester Zeit zwei Menschenleben genommen und war somit von außergewöhnlicher Brutalität. Wenn Wei Wuxian jetzt einfach so fortginge, waren die Straßen bis zur Ankunft der Verstärkung höchstwahrscheinlich mit Leichen gepflastert, denen der linke Arm fehlte. Und unter ihnen wären dann sicher auch einige Schüler des Lan-Clans.

Er überlegte einen Moment, dann sagte er zu sich selbst: *Wir müssen das schnell erledigen.*

Für die jungen Kultivierer war es eine ihrer ersten Missionen. Jeder von ihnen war sichtlich nervös, nahm aber dennoch verantwortungsbewusst seine Position ein, um das Anwesen der Familie Mo zu schützen. Sie brachten Talismane in- und außerhalb der Halle an.

Der Diener A-Tong war bereits hineingebracht worden. Lan Sizhui fühlte mit der linken Hand seinen Puls, während er mit der rechten Frau Mo am Rücken stützte. Er konnte beiden nicht helfen und gerade, als er sich den Kopf darüber zerbrach, stand A-Tong plötzlich vom Boden auf.

A-Ding war überrascht. »A-Tong, du bist wach!«

Sie hatte ihre Freude noch gar nicht richtig zum Ausdruck bringen können, als A-Tong auch schon seinen linken Arm hob und sich am Hals würgte.

Bei diesem Anblick drückte Lan Sizhui schnell einige Akupressurpunkte an A-Tongs Körper jeweils drei Mal hintereinander. Wei Wuxian wusste, dass der Clan elegant und sanftmütig wirkte, ihre Kampfkraft jedoch alles andere als elegant und sanft war. Egal um wen es sich handelte, durch diese Technik konnte sich die betroffene Person augenblicklich nicht mehr bewegen.

A-Tong schien das allerdings nicht zu begreifen und je mehr er versuchte, seinen linken Arm zu bewegen, desto stärker zog sich sein Körper krampfend zusammen und desto schmerzhafter und qualvoller wurde sein Gesichtsausdruck.

Lan Jingyi wollte den unheilvollen Arm abreißen, doch der war hart wie Stahl und bewegte sich kein Stück.

Kurz darauf gab es ein Knacken. A-Tongs Kopf fiel schräg herab und die Hand lockerte sich endlich. Das Genick war gebrochen.

Er hatte sich vor den Augen aller selbst erwürgt!

Bei diesem Anblick zitterte A-Dings Stimme, während sie sprach. »E... Ein Geist! Hier ist ein unsichtbarer Geist, der A-Tong dazu gebracht hat, sich umzubringen!«

Ihre schrille, schmerzerfüllte Stimme ging den Umstehenden durch Mark und Bein. Sie glaubten ihr augenblicklich. Wei Wuxian kam jedoch zu einem gegenteiligen Schluss: Das war kein bösartiger Geist.

Er hatte die Talismane gesehen, die die Kultivierer angebracht hatten: Sie wehrten böse Geister ab. Und der ganze Ost-Hof war lückenlos mit ihnen zugeklebt. Wenn wirklich ein böser Geist in die Ost-Halle eingedrungen wäre, würden die Zauberformeln sofort grün aufflammen und nicht wie jetzt regungslos bleiben.

Und es war auch nicht so, dass die Menschen hier zu langsam reagierten. Das Wesen, das sich an diesem Ort eingeschlichen hatte, war einfach nur zu mächtig.

In der Kultivierungswelt gab es eine strenge, genau festgelegte Definition des Begriffs *bösartiger Geist*. Man bezeichnete damit jene Geister, die drei Monate lang ihr Unwesen trieben und dabei jeden Monat einen

Menschen töteten. Diese Definition hatte Wei Wuxian selbst festgelegt und wahrscheinlich wurde sie noch immer genutzt. Mit derlei Dingen kannte er sich also bestens aus.

Und um einen *bösartigen Geist, der häufig tötet*, handelte es sich seiner Ansicht nach, wenn dieser jeweils innerhalb von sieben Tagen einen Menschen umbrachte. Das Wesen, mit dem sie es hier zu tun hatten, hatte jedoch drei Menschen direkt nacheinander getötet, und das innerhalb kürzester Zeit. Selbst erfahrene Kultivierer hätten Schwierigkeiten, sich auf die Schnelle eine passende Taktik auszudenken, von dieser Gruppe junger, unerfahrener Schüler ganz zu schweigen.

Gerade als Lan Jingyi genau das Gleiche dachte, flackerte das Feuer in den Laternen auf und ein schwarzer Wind voller böser Energie rauschte an ihnen vorbei. Alle Laternen und Kerzen im Hof und in der Ost-Halle erloschen.

Dann gellte ein Schrei durch die Nacht.

Die Menschen drängten und schubsten, während sie flüchteten und zu Boden fielen.

»Bleibt alle, wo ihr seid, nicht rumrennen! Wer rennt, wird von uns zum Anhalten gezwungen!«, rief Lan Jingyi.

Er sagte das nicht, um den Menschen Angst einzujagen. Es entsprach der Natur böser Geister, in der Dunkelheit Chaos zu stiften, um es zu ihrem Vorteil zu nutzen. Je mehr man weinte und je unruhiger man war, desto eher zog man also das Unheil an, wenn auch unbewusst. Es war sehr gefährlich, in solchen Momenten allein zu sein oder in Panik zu verfallen. Doch alle hatten Todesangst, wie hätte er da nicht auf taube Ohren stoßen sollen?

Nach einer Weile kehrte Ruhe in der Ost-Halle ein. Außer leisen Atemgeräuschen hörte man schwaches Schluchzen. Es war zu befürchten, dass nicht mehr viele Menschen übrig waren.

In der Finsternis erstrahlte plötzlich ein Licht. Es kam von dem Feuertalisman, den Lan Sizhui entfachte.

Seine Flammen konnten nicht durch einen bösen Wind gelöscht werden. Mit dem Feuertalisman zündete er die Kerzen wieder an, während die restlichen Kultivierer die Menschen trösteten.

Im Kerzenlicht stehend warf Wei Wuxian zufällig einen Blick auf sein Handgelenk. Eine weitere Wunde war verheilt. Als er das sah, stellte er plötzlich fest, dass etwas mit der Anzahl der Wunden nicht stimmte.

An seinem linken und rechten Unterarm waren ursprünglich je zwei Schnitte gewesen. Als Mo Ziyuan starb, verheilte eine Wunde. Als sein Vater starb, eine weitere. Als der Diener A-Tong starb, die dritte. Rechnete man alle zusammen, hätten eigentlich drei Schnitte verheilt und nur noch die letzte, die tiefste und hasserfüllteste Wunde, übrig sein müssen. Doch seine Handgelenke waren frei von Schnitten. Es befand sich keine einzige Wunde mehr an seinen Unterarmen.

Wei Wuxian war der Überzeugung gewesen, dass Frau Mo unter allen Umständen zum Personenkreis gehörte, an dem Mo Xuanyu sich hatte rächen wollen. Der längste und tiefste Schnitt galt ihr. Aber jetzt war er plötzlich verschwunden.

Hatte Mo Xuanyu plötzlich eine Eingebung und gab seinen Hass auf? Das konnte nicht sein. Seine Seele hatte er bereits als Preis für die Beschwörung Wei Wuxians geopfert. Die Wunde konnte nur verheilt sein, wenn Frau Mo tot war.

Er ließ seinen Blick langsam schweifen und blieb an der Person haften, die gerade erst wieder zu sich gekommen war. Die Person, die von der Menschenmenge umringt im Zentrum stand und weiß wie ein Leichentuch war: Frau Mo.

Nur, wenn sie bereits tot war ...

Wei Wuxian war sich sicher, dass etwas von ihrem Körper Besitz ergriffen hatte. Wenn es keine Seele war, was war es dann?

Plötzlich hörte er A-Ding schluchzen. »Der Arm ... Der Arm ... A-Tongs linker Arm!«

Lan Sizhui schwenkte das Feuer über A-Tongs Leiche. Sein linker Arm war tatsächlich ebenfalls verschwunden.

Der linke Arm!

Plötzlich ging Wei Wuxian ein Licht auf. Ein Wesen, das sein Unwesen trieb, linke Arme, die verschwanden – die Puzzleteile fügten sich. Er lachte laut auf, was Lan Jingyi wütend machte. »Dieser Dummkopf, wie kann er in so einer Situation lachen?!« Allerdings war er ja eh nur ein Dummkopf, wieso sollte er sich also mit ihm streiten?

Wei Wuxian packte ihn am Ärmel und schüttelte den Kopf. »Das stimmt nicht, das stimmt nicht!«

Entnervt zog Lan Jingyi seinen Ärmel zurück. »Was stimmt nicht? Bist du kein Dummkopf? Hör mit dem Unfug auf! Keiner hat gerade Zeit für dich.«

Wei Wuxian zeigte auf die Leichen von Mo Ziyuans Vater und A-Tong am Boden und sagte: »Das sind sie nicht.«

Lan Sizhui stoppte Lan Jingyi, der kurz vor einem Wutausbruch stand, und fragte: »Du sagtest ›Das sind sie nicht‹, was meinst du damit?«

»Der hier ist nicht Mo Ziyuans Vater und der dort drüben ist auch nicht A-Tong«, sagte Wei Wuxian ernst.

Je ernster sein Gesichtsausdruck unter der Schminkschicht wurde, desto mehr gewann man den Eindruck, dass er wirklich verrückt war. Doch wenn man bei mattem Kerzenschein eine derartige Aussage hörte, ging einem das durch Mark und Bein. Lan Sizhui war so verdutzt, dass ihm unwillkürlich ein »Warum?« entglitt.

Wei Wuxian antwortete stolz: »Na, der Arm, sie sind keine Linkshänder. Sie haben mich immer mit der rechten Hand geschlagen, soviel weiß ich noch.«

Lan Jingyi konnte es nicht mehr ertragen und seine Wut platzte aus ihm heraus. »Worauf bist du bitte gerade stolz? Wie selbstgefällig!«

Lan Sizhui jedoch lief es kalt den Rücken herunter. Er ließ die Szenen Revue passieren: Als A-Tong sich erwürgt hatte, hatte er es mit der linken

Hand getan. Und als Frau Mos Mann sie weggestoßen hatte, hatte er dafür ebenfalls seine linke Hand benutzt. Doch als Mo Xuanyu am helllichten Tag den Aufruhr in der Ost-Halle verursacht hatte und die beiden ihn fortgejagt hatten, hatten sie beide die rechte Hand benutzt. Dass sie kurz vor ihrem Tod plötzlich Linkshänder wurden, war sehr unwahrscheinlich.

Auch wenn sie den Grund nicht kannten, mussten sie mit dem Hinweis »linke Hand« arbeiten, wenn sie herausfinden wollten, was für eine Kreatur hier ihr Unwesen trieb.

Als Lan Sizhui das erkannte, zweifelte er einen Moment, sah Wei Wuxian an und konnte einen Gedanken einfach nicht beiseiteschieben: *Dass er das plötzlich gesagt hat ... wirkt nicht wirklich wie ein Zufall.*

Wei Wuxian lächelte. Er wusste, dass der Hinweis zu offensichtlich gewesen war, er hatte jedoch keine andere Wahl. Glücklicherweise hakte Lan Sizhui nicht nach.

»Egal wie man es auch betrachtet, dass der junge Herr mich darauf aufmerksam gemacht hat, entstammt höchstwahrscheinlich keiner schlechten Intention.« Er wandte seinen Blick von ihm ab und sah stattdessen hinüber zu A-Ding, die gerade von ihrer Trauer überwältigt wurde und das Bewusstsein verlor. Sein Blick blieb schließlich an Frau Mo hängen. Seine Augen wanderten von ihrem Gesicht abwärts zu ihren beiden Händen. Ihre Arme hingen gleichmäßig nach unten und waren vollständig durch die Ärmel verdeckt, nur die Finger schauten etwas darunter hervor. Die Finger ihrer rechten Hand waren schneeweiß und schlank. Es waren die Hände einer gut situierten Edelfrau, die noch nie in ihrem Leben gearbeitet hatte. Die Finger ihrer linken Hand waren jedoch um einiges länger als die der rechten, und zudem auch dicker. Sie waren gekrümmt und voller Kraft. Das war keine Hand, die zum Körper einer Frau gehörte, sondern – ganz eindeutig – die Hand eines Mannes!

Lan Sizhui schrie: »Haltet sie fest!«

Die Kultivierer reagierten sofort und packten Frau Mo.

»Verzeiht mir bitte«, entschuldigte sich Lan Sizhui. Er hielt einen Talisman in der Hand und wollte ihn an ihr anbringen, als sich ihr linker Arm in einem unvorstellbar anormalen Winkel verrenkte und auf seine Kehle zuschoß.

Wenn der Arm eines lebenden Menschen sich derart verdrehen würde, würden die Knochen brechen. Ihr Arm schnellte jedoch in einer unfassbaren Geschwindigkeit vor. Sie war kurz davor, seinen Hals zu greifen, als Lan Jingyi im letzten Moment aufschrie, sich vor Lan Sizhui stürzte und den Angriff für ihn blockte.

Das Licht des Feuers flackerte kurz und als der Arm Lan Jingyis Schulter packte, loderten dichte grüne Flammen auf. Sofort ließ Frau Mo von ihm ab.

Lan Sizhui war entkommen und wollte sich bei Lan Jingyi bedanken, der ihn unter Einsatz seines Lebens beschützt hatte. Da bemerkte Lan Jingyi, dass die äußere Stoffschicht seiner Robe bereits zur Hälfte zu Asche verbrannt war, was ihn sehr ramponiert aussehen ließ. Er zog die übrige Hälfte aus, drehte sich um und schimpfte verärgert: »Wieso trittst du mich, du verdammter Irrer?! Willst du mich umbringen?!«

Wei Wuxian machte sich eilig aus dem Staub. »Ich war's nicht!«

Und wie er es gewesen war.

Die Innenseiten der Roben des Lan-Clans waren mit Zaubersprüchen versehen, die mit dünnem, gleichfarbigem Faden aufgestickt wurden und die den Träger der Kleidung schützten. Bei einem so starken Gegner wurden sie nach einer Nutzung jedoch bereits unbrauchbar. In dieser Notsituation war Wei Wuxian nichts anderes übrig geblieben, als Lan Jingyi einen Tritt zu verpassen, damit dieser mit seinem Körper Lan Sizhuis Hals schützte.

Lan Jingyi wollte weiter schimpfen, als Frau Mo plötzlich zu Boden fiel. Fleisch und Blut in ihrem Gesicht waren völlig ausgesaugt. Zurück blieb nur eine dünne Hautschicht, die am Schädel klebte.

Der Männerarm, der nicht zu ihr gehörte, fiel von ihrer linken Schulter ab. Die fünf Finger krümmten und streckten sich und man konnte klar das Zucken der Adern und Venen auf ihnen erkennen. Ganz so, als würden sich Knochen und Muskeln sportlich betätigen.

Das war also die teuflische Kreatur, die von den Yin-Anziehungsflaggen herbeigelockt worden war!

Bei Leichen mit abgetrennten Gliedmaßen handelte es sich der Definition nach um solche, die eines grausamen Todes gestorben waren. Diese Art zu sterben galt als etwas würdevoller als die, auf die Wei Wuxian gestorben war – wenn auch nur ein wenig.

Anders als wenn die Überreste pulverisiert wurden, blieb etwas vom Groll des Toten an den zurückgebliebenen Gliedmaßen und Leichenteilen haften und sie strebten nach dem Rest ihres Leibes, um als ganzer Körper zu enden. Die Teilstücke ersannen daher alles Mögliche, um die restlichen Teile ihrer einstigen irdischen Hülle zu finden. Waren sie erfolgreich, ruhten sie entweder in Frieden oder aber stifteten noch mehr Unheil. Und wenn sie ihren restlichen Körper nicht fanden, blieb ihnen nichts anderes übrig, als die nächstbeste Option zu wählen.

Und welche konnte das wohl sein? Das Teilstück suchte sich den Körper eines Lebenden und versuchte, irgendwie mit diesem zurechtzukommen.

Genauso machte es dieser Arm: Er verschlang den linken Arm eines Lebenden, nahm dessen Platz ein und saugte die Energie, das Blut und das Fleisch der Person auf, um den Körper anschließend zurückzulassen und sich auf die Suche nach dem nächsten Wirt zu machen. Das würde so weitergehen, bis er alle Körperteile seines Leichnams fand.

Sobald dieser Arm sich in einem Körper einnistete, war der Wirt augenblicklich tot. Doch solange sein Fleisch und Blut noch nicht vollständig verzehrt war, konnte er sich unter der Kontrolle des Arms noch wie gewohnt weiterbewegen – ganz so, als würde er noch leben.

Nachdem er angelockt worden war, war der erste Wirt, den er gefunden hatte, Mo Ziyuan gewesen. Der zweite Mo Ziyuans Vater.

Als Frau Mo ihren Mann fortgejagt hatte, hatte er sie in untypischer Weise fortgestoßen. Wei Wuxian hatte ursprünglich gedacht, er habe da gerade den Tod seines Sohnes betrauert und die Tyrannei seiner Frau sattgehabt. Doch wenn er jetzt daran zurückdachte, hatte er in keinster Weise wie ein Vater gewirkt, der gerade seinen Sohn verloren hatte. Diese Taubheit war nicht von seiner Trauer gekommen. Es war das Schweigen von jemanden gewesen, der gerade gestorben war. Das Schweigen eines Toten.

Der dritte Wirt war A-Tong gewesen. Und der vierte schließlich Frau Mo.

Der Geisterarm hatte das Chaos genutzt, das beim Erlöschen der Lichter entstanden war, und hatte zu ihrem Körper gewechselt. Und in diesem Moment, in dem Moment ihres Todes, war schließlich auch die letzte Wunde auf Wei Wuxians Handgelenk verschwunden.

Als die Kultivierer des Lan-Clans bemerkten, dass die Talismane keine Wirkung erzielten, ihre Kleidung aber sehr wohl, zogen sie eilig einen Teil ihrer Roben aus, warfen sie auf den linken Arm und deckten ihn damit zu. Schicht für Schicht umwickelten sie ihn, sodass er schließlich aussah wie ein dicker Kokon. Sofort entflammte der Klumpen weißer Kleidung und grüne, bösartige Flammen stiegen zum Himmel empor. Für einen Moment erzielte dies zwar die gewünschte Wirkung, doch bereits kurze Zeit später war die Kleidung vollständig verbrannt und der Arm tauchte wieder aus der Asche auf.

Als niemand darauf achtete, rannte Wei Wuxian zum West-Hof.

Über zehn Untote waren von den Kultivierern gefangen worden. Still standen sie im Hof. Auf den Boden waren Sprüche und Formeln aufgemalt, die sie einschlossen. Wei Wuxian trat mit dem Fuß auf eines der Schriftzeichen, womit er die gesamte Formation zerstörte, und klatschte zweimal in die Hände. Plötzlich schnellten die Untoten hoch.

In ihren Augenhöhlen saßen lediglich noch pupillenlose, weiße Augäpfel. Sie blickten drein, als hätte man sie mit einem Paukenschlag geweckt.

»Aufstehen! An die Arbeit!«, sagte Wei Wuxian.

Um Untote als Marionetten unter seine Kontrolle zu bringen, hatte er noch nie komplizierte Formeln und Sprüche gebraucht. Einfache und direkte Befehle reichten vollkommen aus.

Die Untoten legten zitternd einige Schritte zurück, doch als sie sich Wei Wuxian näherten, wirkte es ganz so, als würden sie Angst bekommen. Ihre Knie schlotterten wie bei lebenden Menschen, sodass sie schließlich zu Boden fielen.

Wei Wuxian wusste nicht, wie er darauf reagieren sollte. Er klatschte erneut zweimal in die Hände, diesmal jedoch deutlich sanfter. Diese Untoten hatten wahrscheinlich vom ersten bis zum letzten Atemzug nur im Dorf Mo gelebt und kannten sonst nichts anderes. Instinktiv mussten sie den Befehlen des Beschwörers gehorchen, aber da sie mysteriöser Weise eine derartige Angst vor ihm verspürten, lagen sie wimmernd am Boden und wagten es nicht, aufzustehen.

Je grausamer ein Wesen war, desto einfacher war es für Wei Wuxian, es zu kontrollieren. Diese Untoten waren allerdings nicht von ihm abgerichtet worden und ertrugen seine direkte Kontrolle nicht. Er hatte keine Materialien bei sich und konnte somit auf die Schnelle kein Werkzeug herstellen, das sie beruhigte. Und irgendetwas aus den umliegenden Gegenständen zusammenschustern konnte er auch nicht. Als er sah, wie die lichterlohen grünen Flammen im Ost-Hof allmählich verglühten, kam ihm plötzlich noch eine Idee.

Wozu draußen nach einem extrem hasserfüllten und grausamen Toten suchen?! In der Ost-Halle waren doch welche, und zwar nicht nur einer!

Er eilte in den Ost-Hof zurück.

Nachdem die eine Methode fehlgeschlagen war, versuchte Lan Sizhui es dort nun mit einer anderen. Die Kultivierer hatten alle ihre Schwerter gezogen und sie in den Boden zu einer Art Käfig zusammengesteckt, in welchem sich der Geisterarm gerade gegen die Klingen warf. Sie hatten alle Hände voll damit zu tun, die Schwertgriffe in den Boden zu pressen, damit er nicht ausbrechen konnte, und bemerkten daher nicht im Geringsten, wer in der Halle ein- und ausging.

Wei Wuxian trat in die Ost-Halle und ließ sich neben den Leichen von Frau Mo und Mo Ziyuan nieder. Mit tiefer Stimme sagte er: »Steht ihr wohl auf!«

Ein Schrei ertönte und ihre Seelen kehrten augenblicklich zurück!

Wenige Momente später rollten die Pupillen von Mo Ziyuan und seiner Mutter zurück und das Weiß ihrer Augen trat hervor.

Beide stießen ein spitzes, kraftvolles Fauchen aus, was typisch war für bösartige Geister, nachdem ihre Seelen wiedererweckt worden waren.

Während sie fauchten, erhob sich eine weitere Leiche mit wackligen Beinen, und mit einer Stimme, die nicht leiser hätte sein können, stimmte jemand schwach in den Chor ein. Es war Frau Mos Mann.

Die Schreie waren laut und der Groll groß genug. Wei Wuxian war sehr zufrieden und lächelte. »Erkennt ihr den Arm da draußen? Zerfetzt ihn!«, befahl er.

Wie schwarze Winde preschten die drei vor.

Gerade hatte der linke Arm eines der Schwerter mit einem mächtigen Stoß zerbrochen und war dabei, aus dem Käfig auszubrechen. Doch kaum, dass er es geschafft hatte, stürzten sich die drei bösartigen Untoten, denen allen der linke Arm fehlte, gleichzeitig auf ihn.

Ganz abgesehen davon, dass sie es nicht wagen würden, sich Wei Wuxians Befehl zu widersetzen, hegte die dreiköpfige Familie auch einen tiefen Hass gegen das Wesen, das sie getötet hatte, und ließ ihre Wut nun an dem Geisterarm aus.

Die Anführerin war zweifellos Frau Mo. Weibliche Untote waren nach der Transformation häufig besonders brutal.

Ihre Haare waren zerzaust und ihre Augen blutunterlaufen. Ihre Finger schossen um ein Vielfaches in die Länge und in ihren Mundwinkeln schäumten weiße Bläschen, während ihr schriller Schrei das ganze Haus erbeben ließ. Sie war extrem tollwütig.

Mo Ziyuan folgte seiner Mutter und griff mit ihr gemeinsam mit Klauen und Zähnen an, während sein Vater hinter ihnen blieb und die Lücken füllte, die zwischen den Angriffen der beiden entstanden.

Die Kultivierer, die den Arm zuvor noch mühevoll im Zaum gehalten hatten, waren fassungslos.

Sie wussten bisher nur aus Büchern und Geschichten, dass sich bösartige Untote gegenseitig bekämpften. Somit war es das erste Mal, dass sie ein derart blutiges Spektakel mit eigenen Augen sahen. Sie waren wie gebannt und konnten ihre Augen nicht davon abwenden. Es war einfach ... fantastisch!

Die drei Untoten und der Arm lieferten sich gerade einen harten Kampf, als Mo Ziyuan plötzlich zischte und zur Seite auswich. Der Arm hatte sich in seinen Bauch gebohrt und einige Gedärme traten hervor. Daraufhin heulte Frau Mo auf und stellte sich schützend vor ihren Sohn. Sie griff nun noch energischer an, ihre Finger zerschnitten mit der Schärfe von Säbeln und Schwertern die Luft. Wei Wuxian erkannte jedoch, dass sie nicht mehr lange durchhalten würde.

Selbst drei bösartige, gerade erst verstorbene Untote zusammen konnten diesen einen Arm nicht aufhalten!

Konzentriert beobachtete Wei Wuxian den Kampf. Er rollte seine Zungenspitze leicht zusammen, hielt den schrillen Pfiff zwischen seinen Lippen aber noch zurück. Er war unentschlossen, ob er es tun sollte oder nicht. Dieser Pfiff würde noch größere böse Energien in den Untoten freisetzen, was zu einer Wende im Kampf führen konnte. Dies zu bewerkstelligen, ohne dass jemand bemerkte, dass er sie kontrollierte, war allerdings ein schwieriges Unterfangen.

In Sekundenschnelle, rasant wie ein Blitz, brach der Arm gnadenlos und treffsicher Frau Mos Genick.

Als er sah, wie die drei besiegt wurden, war Wei Wuxian allmählich doch bereit, den langen Pfiff, der ihm unter seiner Zunge brannte, auszustoßen. Aber dann vernahm er plötzlich das Zupfen zweier Saiten.

Die Töne klangen frei und klar und eine kalte Brise schwang mit ihnen mit.

Die Dämonen und Geister, die sich soeben noch im Hof einen erbitterten Kampf geliefert hatten, erstarrten augenblicklich, als sie sie vernahmen.

Die jungen Kultivierer des Lan-Clans schöpften umgehend neuen Mut, als wären sie wiedergeboren worden. Lan Sizhui wischte sich mit einer Hand die Blutflecke aus dem Gesicht, hob rasch den Kopf und strahlte den Kultivierer, der soeben aufgetaucht war, freudig an.

»Hanguang-Jun!«

Als Wei Wuxian von weit oben die Melodie der Zither hörte, wandte er sich um und ging.

Eine weitere Saite wurde gezupft. Der Ton war diesmal etwas höher und zerriss harsch die Wolken am Himmel. Die drei Untoten zogen sich eilig zurück und bedeckten mit der rechten Hand ein Ohr. Vor der *Melodie der Auslöschung* des Gusu-Lan-Clans konnte man sich so jedoch nicht schützen.

Nachdem sie wenige Schritte zurückgewichen waren, ertönte das Geräusch ihrer explodierenden Schädel.

Als nach dem harten Kampf nun auch noch diese Melodie erklang, ging der linke Arm sofort zu Boden. Die Finger krümmten und streckten sich zwar noch, aber der Arm lag bereits ruhig da.

Nach einer kurzen Stille konnten die jungen Kultivierer ihre Freude nicht mehr zurückhalten und jubelten. In den Freudenschreien schwang die Erleichterung mit, überlebt zu haben. Nachdem sie eine entsetzliche

Nacht durchgestanden hatten, war endlich die Verstärkung des Clans eingetroffen. Und selbst wenn sie später für unsittliches Verhalten, Lärm und Schädigung des Ansehens des Clans eine saftige Strafe bekommen würden, scherten sie sich nicht darum.

Als sie ihre Hände zum Mond emporstreckten, bemerkte Lan Sizhui plötzlich, dass eine Person nirgends mehr zu sehen war. Er zog an Lan Jingyis Arm und fragte: »Wo ist er?«

Lan Jingyi war noch im Freudentaumel. »Wer? Wen meinst du?«

»Der junge Herr Mo«, entgegnete Lan Sizhui.

»Ach? Wieso suchst du den Verrückten? Vielleicht hatte er Angst davor, von mir geschlagen zu werden. Keine Ahnung, wo er hingerannt ist«, erwiderte Lan Jingyi.

»...« Lan Sizhui wusste, dass Lan Jingyi unachtsam und direkt war. Er zerbrach sich selten über Dinge den Kopf und hinterfragte sie meist auch nicht groß, daher wollte er lieber Hanguang-Jun über die Geschehnisse und jene Person unterrichten, sobald sie reden konnten.

Das Dorf Mo schlief noch. Wobei es unklar war, ob es wirklich schlief oder sich nur schlafend stellte. Obwohl es im Ost- und West-Hof der Familie Mo blutige Auseinandersetzungen zwischen Untoten gegeben hatte, konnten die Bewohner ja nicht einfach so mitten in der Nacht aufstehen und zuschauen. Selbst wenn man schaulustig war, wählte man den Ort, von dem aus man zusah, mit Bedacht. Bei schrillen Schreien, die bis in den Himmel schallten, tat man gut daran, nicht näher ranzugehen.

Wei Wuxian beseitigte, so schnell er konnte, alle Spuren des Körperopferungsrituals in Mo Xuanyus Zimmer und stürmte aus der Tür.

Wieso musste unbedingt der Lan-Clan herkommen? Und jetzt auch noch ausgerechnet Lan Wangji!*

Er war eine der Personen, mit denen er zu tun gehabt hatte und mit dem er auf dem Schlachtfeld gekämpft hatte. *Nichts wie weg hier.* Eilig suchte er nach einem Reittier und kam an einem Hof vorbei, in dem,

* »Hanguang-Jun« ist der Titel von Lan Wangji.

angebunden an einen großen Mühlstein, ein vor sich hin kauender Esel stand. Als der sah, wie Wei Wuxian hastig angerannt kam, wirkte er überrascht und schaute ihn, einem Menschen gleich, skeptisch an. Sie musterten sich gegenseitig für einen Moment und Wei Wuxian war sofort von seinem leicht verächtlichen Blick angetan.

Er ging zu seinem Kopf, nahm den Führstrick und zog den Esel nach draußen. Dieser rammte ihn jedoch und beschwerte sich lauthals mit einem Schrei. Wei Wuxian lockte ihn mit allen Mitteln und umgarnte ihn mit süßen Worten, bis er ihn schließlich überzeugen konnte und sie in der Morgendämmerung über die Hauptstraße davonritten.

Kapitel 3:
Hochmut

Bereits nach wenigen Tagen kam es Wei Wuxian in den Sinn, dass er vielleicht eine falsche Entscheidung getroffen hatte.

Der Esel, den er einfach so mitgenommen hatte, war überaus schwer zufriedenzustellen.

Obwohl er nur ein Esel war, hatte er den Anspruch, lediglich frisches, saftiges Gras zu fressen, auf dem noch der Morgentau lag. Sobald es auch nur etwas gelb verfärbt war, rührte er es nicht an.

Als sie bei einer Bauernfamilie vorbeikamen, stahl Wei Wuxian etwas Stroh, um ihn zu füttern – doch der Esel kaute nur einige Male darauf herum und spuckte es dann, lauter als ein Mensch es je könnte, wieder aus.

Wenn er nichts Gutes zu essen bekam, weigerte er sich, weiterzulaufen. Obendrein war er launisch und trat mit den Hinterhufen aus, wenn ihm etwas nicht passte – wobei er Wei Wuxian einige Male fast erwischt hätte –, von seinen entsetzlichen Schreien ganz zu schweigen.

Sowohl als Reittier als auch als Haustier war er zu nichts nutze!

Wei Wuxian konnte nicht anders, als sein flugfähiges Schwert zu vermissen. Es hing wahrscheinlich als Kriegsbeute bei dem Oberhaupt irgendeines berühmten Clans an der Wand, damit dieser damit vor anderen prahlen konnte.

Nachdem er ziehend und zerrend einige Straßen mit dem Esel vorangekommen war, kamen sie an dem großen Feld eines Dorfes vorbei.

Es war ein heißer sonniger Tag. Am Rand des Ackers stand ein prächtiger Baum, der viel Schatten spendete. Zudem gab es noch einen alten Brunnen, neben den die Dorfbewohner einen Eimer mit einer Schöpfkelle gestellt hatten, damit Reisende ihren Durst stillen konnten.

Der Esel rannte hin und machte Anstalten, sich keinen Millimeter weiter fortzubewegen. Wei Wuxian sprang herunter, tätschelte seinen ehrenwerten Hintern und sagte: »Ich wusste gar nicht, dass du von adeliger Abstammung bist. Dein Gemüt ist schwieriger zufriedenzustellen als meins.«

Der Esel spuckte ihn an.

Nachdem Wei Wuxian auf alle möglichen Arten die Zeit totgeschlagen hatte, näherte sich ihm von Weitem auf der Straße, die kreuz und quer verlief, eine Gruppe Menschen.

Sie trugen handgeflochtene Bambuskörbe, Leinenhemden und Strohsandalen. Von Kopf bis Fuß sahen sie aus wie Bauern aus der tiefsten Provinz. Unter ihnen war ein junges Mädchen mit einem runden Gesicht, das gerade noch als hübsch durchging.

Wahrscheinlich waren sie zu lange in der sengenden Hitze unterwegs gewesen und wollten sich hier abkühlen und etwas trinken, doch als sie den zeternden Esel sahen, der am Baum angebunden war und mit den Hufen ausschlug, und dann auch noch einen Verrückten mit zerzausten Haaren, dessen Gesicht mit roter und weißer Farbe bepinselt war, trauten sie sich nicht näherzukommen.

Wei Wuxian brüstete sich stets damit, ein Gentleman zu sein, also entfernte er sich ein Stück, um ihnen Platz zu machen und sich mit dem Esel abzuplagen.

Erst als die Menschen erkannten, dass er harmlos war, kamen sie erleichtert rüber. Sie schwitzten und ihre Gesichter und Wangen waren gerötet. Sie fächerten sich Luft zu und holten Wasser. Das junge Mädchen ließ sich am Brunnen nieder, und als ob es wüsste, dass er ihnen absichtlich Platz gemacht hatte, lächelte es ihn schüchtern an.

Einer von ihnen hielt einen Kompass in der Hand, schaute erst in die Ferne und senkte dann besorgt seinen Kopf. »Wir sind doch bald am Fuß des *Dafan-Bergs*, wieso bewegt sich die Nadel immer noch nicht?«

Die eingravierten Symbole und die Nadel waren sonderbar. Es handelte sich nicht um einen gewöhnlichen Kompass. Er wurde nicht zur Bestimmung der Himmelsrichtungen verwendet, sondern diente als *Kompass des Bösen* und ortete dämonische Kreaturen.

Wei Wuxian wurde klar, dass er hier auf eine Familie in finanziellen Nöten getroffen war, die ihr Glück mit der Geister- und Dämonenjagd versuchte. Außer der Elite der Kultivierer, die gut bezahlt wurde, gab es wahrscheinlich viele kleinere inoffizielle Kultivierer, die es sich selbst beigebracht hatten. Wei Wuxian fragte sich, ob sie ihr Dorf verlassen hatten, um Unterschlupf bei einem großen Clan zu suchen, zu dem sie irgendwelche verwandtschaftlichen Beziehungen hatten, oder ob sie auf *Nachtjagd* gingen.

Der Anführer der Gruppe war ein Mann mittleren Alters, der die anderen zum Trinken aufforderte. »Vielleicht ist der Kompass kaputt, ich besorge dir später einen neuen. Der Dafan-Berg ist weniger als fünf Kilometer entfernt, wir können hier nicht so lange Rast machen. Wir haben so einen schweren Weg hinter uns, da wäre es unsinnig, wenn wir jetzt zurückfallen und uns jemand die Beute wegschnappen würde – nur, weil wir uns hier zu lange ausgeruht haben.«

Sie gingen also tatsächlich auf Nachtjagd.

Viele Kultivierer, die Eleganz und Bildung schätzten, bezeichneten es als »Wanderjagd«, wenn man durch das ganze Land streifte, um Geister und Dämonen zu vernichten. Da diese Wesen häufig nachts auftauchten, war diese Jagd aber im Allgemeinen unter der Bezeichnung »Nachtjagd« bekannt.

Unter den vielen Kultivierungsclans gab es nur wenige, die sich einen Namen gemacht hatten. Sofern nicht bereits die Vorfahren Ruhm und Ehre errungen hatten, mussten normale Clans sich durch ihre Leistung behaupten, wollten sie in ihrem Rang aufsteigen und sich in der Kultivierungswelt Anerkennung und Respekt verdienen. Sie gewannen erst dann an Einfluss, wenn sie böse Geister und Unheil bringende Dämonen fingen.

Eigentlich war das Wei Wuxians Spezialgebiet, doch in den letzten Tagen hatte er in den paar Gräbern, die er unterwegs geöffnet hatte, nur niedere Dämonen gefunden. Ihm fehlte ein Geist, der ihm dienen konnte. Also beschloss er, ebenfalls auf dem Dafan-Berg sein Glück zu versuchen. Wenn ihm ein nützliches Exemplar in die Hände fiele, würde er es mitnehmen und von ihm Gebrauch machen.

Die Wanderer hatten sich genug ausgeruht und machten sich wieder auf den Weg. Bevor sie aufbrachen, holte das Mädchen mit dem runden Gesicht einen kleinen Apfel, der auf der einen Seite rot und auf der anderen grün war, aus dem Korb und überreichte ihn Wei Wuxian. »Der ist für dich.«

Wei Wuxian lachte und streckte die Hand aus, um ihn entgegenzunehmen. Da hob der Esel den Kopf und schnappte sich den Apfel mit den Zähnen. Wei Wuxian holte ihn sich jedoch geschwind zurück. Als er bemerkte, wie sehr dem Esel beim Anblick des kleinen Apfels das Wasser im Mund zusammenlief, kam ihm eine Idee.

Er holte einen langen Ast und eine Angelschnur, befestigte die Frucht an ihr und hielt sein Werk dem Esel vor die Nase. Angelockt vom köstlichen Duft des Apfels, jagte dieser ihm hinterher. Er schien immer nur noch ein ganz kleines Stück entfernt zu sein! Also hob er den Kopf, preschte vorwärts und war schneller als alle Fohlen, die Wei Wuxian je zu Gesicht bekommen hatte, sodass schon bald nichts weiter als eine Staubwolke von ihnen zu sehen war!

Der Esel rannte ohne Pause und so kam Wei Wuxian noch vor Einbruch der Dunkelheit am Dafan-Berg an. Erst am Fuß des Berges verstand er, worum es sich bei dem Schriftzeichen »fan« im Namen des Berges eigentlich handelte. Die Kombination der Schriftzeichen des Dafan-Bergs bedeutete so viel wie »Großer-Buddha-Berg« und nicht, wie er ursprünglich angenommen hatte »Großer-Reis-Berg«. Von Weitem ähnelte die Form des Berges einem dicken Buddha. Am Fuß des Berges befand sich eine kleine Stadt, die *Fojiao** hieß.

Hier waren weit mehr Kultivierer versammelt, als er angenommen hatte, und er konnte sie kaum auseinanderhalten. Bei all den unterschiedlichen Roben der verschiedenen Clans und Schulen wurde ihm fast schwindelig, während er die vielen Menschen beobachtete, die auf den Straßen auf und ab gingen. Aus irgendeinem Grund wirkten alle nervös. Selbst als sie ihn in seinem grotesken Aufzug sahen, hatten sie keine Zeit, ihn auszulachen oder ihm Beachtung zu schenken.

* »Fojiao« bedeutet übersetzt »Fuß des Buddhas«.

In der Mitte der langen Straße hatte sich eine Gruppe Kultivierer versammelt, die ernst miteinander sprachen. Anscheinend hatten sie eine große Meinungsverschiedenheit.

Wei Wuxian belauschte ihr Gespräch von Weitem. Anfangs schien noch alles in Ordnung zu sein, doch dann wurde die Diskussion auf einmal hitziger.

»Ich denke nicht, dass es hier Seelen fressende Bestien oder Geister gibt. Es ist offensichtlich, warum unsere Kompassnadeln nicht ausschlagen.«

»Wenn es hier keine gibt, wie kommt es dann, dass sieben Personen in der Stadt ihre Seelen verloren haben? Sie haben ja wohl kaum plötzlich alle die gleiche seltsame Krankheit bekommen? Außerdem habe ich noch nie von so einer Krankheit gehört!«

»Nur weil der Kompass des Bösen es nicht anzeigt, soll das der Beweis dafür sein, dass hier nichts ist? Er zeigt doch eh nur die ungefähre Richtung an und ist somit nicht akkurat. Man kann sich nicht vollständig auf ihn verlassen. Vielleicht ist hier in der Nähe etwas, das das Signal blockiert.«

»Du hast wohl vergessen, wer den Kompass erfunden hat! Außerdem habe ich noch nie gehört, dass etwas sein Signal stören könnte.«

»Was redest du denn da bitte für einen Blödsinn? Natürlich weiß ich, dass Wei Ying ihn erfunden hat, aber das heißt ja wohl nicht, dass all seine Erfindungen unfehlbar sind. Darf man nicht an ihnen zweifeln, nur weil die Sachen von ihm sind?«

»Ich habe doch gar nicht gesagt, dass du es nicht infrage stellen darfst, und es war auch nie die Rede davon, dass seine Erfindungen unfehlbar sind. Der werte Herr muss mich dafür nicht in Verruf bringen!«

Und so schlug der Streit eine andere Richtung ein und Wei Wuxian ritt lachend auf dem Esel an ihnen vorbei. Er hätte nicht gedacht, dass er selbst nach so vielen Jahren Anlass für hitzige Wortgefechte unter

Kultivierern bot. Es hieß nicht umsonst, »wenn es um Wei geht, streitet man«. Keiner würde ihn schlagen, wenn man eine Abstimmung darüber machen würde, wessen Popularität bereits am längsten anhielt.

Nüchtern betrachtet hatte der Kultivierer aber durchaus einen Punkt. Der Kompass des Bösen, den diese Kultivierer nutzten, war Wei Wuxians erste Version und tatsächlich nicht sehr akkurat. Er war eigentlich dabei gewesen, ihn zu optimieren. Selbst schuld, dass sie die Grabhügel in Grund und Boden gestampft hatten, bevor er fertig geworden war. Also hatte er der Nachwelt die Unannehmlichkeit bereitet, weiterhin die erste Version benutzen zu müssen.

Um zum eigentlichen Thema zurückzukommen: Für gewöhnlich waren es niedere Dämonen wie Untote, die Fleisch fraßen und an Knochen nagten. Nur vornehmere, höherrangige Monster und Geister waren in der Lage, ihre Opfer auszusaugen, ihre Seelen zu verschlingen und zu verdauen. Das Wesen, um das es hier ging, hatte sogar sieben Menschen auf einmal auf dem Gewissen. Kein Wunder also, dass sich hier so viele Clans versammelten. Die Beute, die hier gejagt wurde, war keine gewöhnliche Kreatur, sodass es kaum verwunderlich war, dass der Kompass des Bösen nicht eindeutig reagierte.

Wei Wuxian zog am Strick, sprang vom Rücken des Esels und hielt ihm den Apfel, der den ganzen Weg lang über ihm gebaumelt hatte, direkt vor die Nase. »Einen Bissen, nur einen Bissen ... Hey, so frisst du meine ganze Hand auf!«

Wei Wuxian biss zweimal von der anderen Seite ab und stopfte den Apfel anschließend zurück in das Maul des Esels. Er fragte sich, wie er nur so tief hatte sinken können, dass er sich mit einem Esel einen Apfel teilte. Plötzlich lief von hinten jemand in ihn hinein. Als er sich umdrehte, sah er eine junge Frau, die ihn trotz des Zusammenstoßes völlig ignorierte. Ihr Blick war leer, lediglich ein leichtes Lächeln trug sie auf den Lippen, während sie unbeirrt in eine Richtung starrte.

Wei Wuxian folgte ihrem Blick. In dieser Richtung lag der unheilvolle Gipfel des Dafan-Bergs.

Dann, ganz spontan, fing sie ohne jede Vorwarnung an zu tanzen.

Ihre Bewegungen waren grob und wild. Wei Wuxian schaute ihr mit großem Vergnügen dabei zu, als eine Frau, den Rock angehoben, angerannt kam, sie weinend umarmte und sagte: »A-Yan, lass uns zurückgehen, bitte!«

A-Yan schüttelte die Frau mit aller Kraft ab, während sie die ganze Zeit über unverändert lächelte. Diese Hingabe ließ es einem eiskalt den Rücken herunterlaufen. Dann setzte sie ihren Tanz fort und der Frau blieb nichts anderes übrig, als ihr schluchzend hinterherzulaufen. Ein Straßenhändler kommentierte schließlich die Situation. »Wie schrecklich! A-Yan, die Tochter des Schmieds Zheng ist wieder ausgebrochen.«

»Ihre Mutter kann einem leidtun. A-Yan, ihr Vater und auch ihr Mann, keiner von ihnen ist in einem guten Zustand ...«

Wei Wuxian schlenderte durch die Gegend und puzzelte sich anhand der Gesprächsfetzen, die er überall aufschnappte, ein Bild der seltsamen Vorfälle dieser Gegend zusammen.

Auf dem Dafan-Berg gab es einen alten Friedhof, auf dem die meisten Vorfahren der Bewohner Fojiaos beerdigt lagen. Manchmal schaufelte man auch ein Grab für unbekannte Leichen und stellte eine Holztafel für sie auf. Einige Monate zuvor hatte es in einer Nacht besonders heftig geblitzt und gestürmt. Und nach dem starken Regen, der mit Unwetter einhergegangen war, hatte sich ein Stück Land auf dem Dafan-Berg gelöst und einen Erdrutsch verursacht. Bei diesem Stück Land hatte es sich um ebenjenen Friedhof gehandelt. Viele der alten Gräber waren dabei zerstört, andere wiederrum freigelegt worden. Ein Sargdeckel wurde durch einen Blitzeinschlag gespalten und verkohlte mitsamt der darin liegenden Leiche.

Die Bewohner der Stadt Fojiao waren sehr beunruhigt gewesen und beteten ständig für Glück. Nachdem sie den Friedhof wieder aufgebaut hatten, nahmen sie an, damit das Unheil abgewendet zu haben. Doch unerwarteterweise verloren danach viele Menschen ihre Seele.

Beim ersten Vorfall handelte es sich um einen Landstreicher. Dieser war arm wie eine Kirchenmaus gewesen und hatte nicht viel zu tun gehabt. Da er sich oft einen Spaß daraus machte, auf den Berg zu steigen und Vögel zu fangen, wurde er in der Nacht des Erdrutsches auf dem Dafan-Berg verschüttet, kam aber zum Glück mit einem Schrecken davon. Er heiratete wenige Tage darauf unverhofft, veranstaltete eine große Hochzeitsfeier und verkündete, von nun an Gutes tun zu wollen und friedlich seine Tage zu verleben.

In der Hochzeitsnacht betrank er sich reichlich, legte sich anschließend ins Bett und wachte nicht mehr auf. Auf die Rufe seiner Braut reagierte er nicht, und erst, als sie ihn schüttelte, merkte sie, dass sein Blick starr und sein Körper eiskalt war. Man hätte ihn für tot halten können, nur unterschied ihn etwas grundlegend von einer Leiche: Er atmete noch.

So lag er mehrere Tage da, ohne Nahrung oder Wasser zu sich zu nehmen, und verstarb schließlich friedlich, was die arme Braut bereits kurz nach ihrer Hochzeit zur Witwe machte.

Die zweite Person war A-Yan, die Tochter des Schmieds gewesen. Sie hatte sich gerade frisch verlobt, als ihr zukünftiger Gatte zwei Tage später während der Jagd auf dem Berg von einem Wolf totgebissen wurde. Als sie davon erfuhr, erging es ihr wie zuvor dem Landstreicher. Glücklicherweise besserte sich ihr Zustand jedoch nach einer Weile von selbst. Seitdem benahm sie sich allerdings wie eine Verrückte und tanzte jeden Tag lachend draußen vor den Leuten herum.

Der dritte war A-Yans Vater gewesen, der Schmied Zheng.

Bis zum heutigen Tag waren sieben Menschen betroffen.

Wei Wuxian grübelte und kam zu dem Schluss, dass es sich aller Wahrscheinlichkeit nach um einen Seelen fressenden Geist handelte und nicht um eine Seelen fressende Bestie.

Obwohl ihre Bezeichnungen ähnlich klangen, hatten sie nichts gemein. Geister gehörten zur Kategorie der Geisterwesen, während Bestien zu den Monstern zählten.

Er vermutete, dass beim Einsturz des alten Friedhofs und durch den Blitzeinschlag, der den Sarg geöffnet hatte, ein alter Geist freigesetzt worden war, der friedlich darin geruht hatte. Um das zu überprüfen, musste er einen Blick auf den Sarg werfen und herausfinden, ob ein Siegel zurückgeblieben war. Aber die Bewohner von Fojiao hatten die verkohlten Reste bestimmt längst an einer anderen Stelle vergraben und wahrscheinlich auch die Überreste eingesammelt und unter die Erde gebracht. Es dürften nicht allzu viele Spuren übrig geblieben sein.

Der Weg auf den Berg führte durch die Stadt und Wei Wuxian ritt ihn gemütlich auf dem Esel entlang. Nach einer Weile kamen ihnen Menschen entgegen, die gerade den Berg hinabgingen und keinesfalls glücklich wirkten.

Sie hatten Wunden im Gesicht und redeten wild durcheinander. Es war bereits dunkel und als sie aufblickten und sahen, dass sie auf einen Mann auf einem Esel und geschminkt wie ein Gespenst getroffen waren, erschraken sie. Sie gingen dann aber einfach fluchend an ihm vorbei, dem Weg Richtung Tal folgend.

Wei Wuxian schaute ihnen nach und fragte sich, ob ihre Beute zu schwer zu erlegen gewesen war und sie sich daher gerade auf dem Rückweg von der erfolglosen Jagd befanden oder ob etwas anderes dahintersteckte. Er überlegte kurz, klatschte dann dem Esel auf den Hintern und trabte mit ihm den Berg hinauf. So verpasste er die wütenden Klagen der Gruppe:

»Ich habe noch nie so einen Tyrannen erlebt!«

»Hat das Oberhaupt eines so großen Clans es etwa nötig, hierherzukommen und uns einen Seelen fressenden Geist wegzuschnappen? In seiner Jugend hat er doch sicher unzählige erlegt!«

»Was sollten wir denn machen, er ist nun mal ein Clan-Oberhaupt. Mit welchem Clan auch immer man vorhat, sich anzulegen, sich den Jiang-Clan zum Feind zu machen, wäre überaus dumm. Genauso wie man unter allen Menschen auf keinen Fall Jiang Cheng provozieren sollte. Lasst uns unsere Sachen packen, verschwinden und uns einfach damit abfinden, dass wir Pech hatten!«

Als es noch dunkler wurde, war eine Fackel nötig, um sich in den Bergwäldern zurechtzufinden. Je länger Wei Wuxian ritt, umso seltener traf er auf Kultivierer. Was ihn etwas verwunderte. *Waren etwa nur Clans anwesend, die entweder große Reden schwangen, während sie in Fojiao blieben, oder denen die Hände gebunden waren, sodass sie kläglich den Rückzug antreten mussten, wie die Gruppe gerade eben?*

Plötzlich hörte er vor sich Hilfeschreie.

»Hilfe!«

»Zu Hilfe!«

In dem Stimmengewirr fanden sich sowohl Männer- als auch Frauenstimmen, die verängstigt und hilflos klangen. Es wirkte nicht gespielt.

Hilfeschreie in abgelegenen Bergen stammten in acht oder neun von zehn Fällen von bösen Wesen, die so Unwissende in eine Falle lockten. Wei Wuxian aber freute sich sehr.

Je bösartiger, desto besser. Sie konnten ihm gar nicht böse genug sein!

Er lenkte den Esel in die Richtung, aus der die Stimmen kamen, fand jedoch niemanden. Erst als er den Kopf hob, sah er, dass es sich gar nicht um bösartige Wesen handelte, die um Hilfe schrien, sondern um die Bauern, die er zuvor getroffen hatte. Sie hatten sich als Geisterjäger versucht und hingen nun in einem riesigen, goldschillernden Netz an einem Baum.

Eigentlich hatte der Anführer mit der restlichen Gruppe die Bergwälder auskundschaften wollen. Dabei waren sie jedoch nicht auf die erhoffte Beute getroffen, sondern stattdessen in diese Netzfalle getappt, die irgendeine reiche Person aufgestellt hatte. Nun baumelten sie dort oben und riefen verzweifelt um Hilfe. Ihre Freude war grenzenlos, als sie bemerkten, dass jemand vorbeikam, doch sie wich sofort herber Enttäuschung, als sie den Verrückten wiedererkannten.

Das Seil des magischen Netzes war zwar dünn, bestand jedoch aus hochwertigem, stabilem Material. Ob Mensch, Gott, Geist, Dämon oder Monster, sobald man in diesem Netz gefangen war, kam man nicht so einfach wieder heraus. Außer man hatte ein besonderes spirituelles Werkzeug, das es durchtrennen konnte. Sie wagten gar nicht zu hoffen, dass dieser Verrückte ihnen herunterhelfen konnte. Wahrscheinlich wusste er nicht einmal, was das überhaupt war.

Gerade, als sie ihn darum bitten wollten, Hilfe zu holen, vernahmen sie das Geräusch von Schritten, die vermuten ließen, dass sich der Verursacher agil auf sie zu bewegte und dabei auf dem Boden liegende Äste und Blätter zertrat.

In der Dunkelheit der Wälder erschien ein junger Mann, gekleidet in eine blasse Robe. Zwischen seinen Augenbrauen befand sich ein zinnoberroter Punkt. Er sah gut aus, wirkte aber auch etwas bissig. Er war zudem sehr jung, etwa in Lan Sizhuis Alter, also noch ein halbes Kind. Auf dem Rücken trug er einen Köcher und ein goldglänzendes Langschwert. In der Hand hielt er einen Langbogen. Die Stickereien auf seiner Kleidung waren äußerst filigran und liefen im Brustbereich zu einer weißen Pfingstrose von besonderer Schönheit zusammen. Das goldene Garn schimmerte leicht in der Nacht.

Wei Wuxian schrie insgeheim: *Der ist reich!*

Das war bestimmt ein junger Herr des Lanling-Jin-Clans. Nur der nutzte die weiße Pfingstrose als Clansymbol. Sie galt als Königin unter den Blumen. Sich der Bedeutung bewusst, deutete der Clan hiermit an, der Herrscher-Clan in der Kultivierungswelt zu sein. Der zinnoberrote Punkt auf der Stirn symbolisierte »Weisheit und Ideale, die die Welt mit einem roten Licht erhellen«.

Der junge Mann wollte gerade einen Pfeil abschießen, als er bemerkte, dass es Menschen waren, die sich in seinem magischen Netz verfangen hatten. Enttäuscht drehte er sich ruckartig um und schimpfte gereizt: »Jedes Mal nur Idioten. Ich habe über vierhundert magische Netze in diesen Bergen angebracht. Die gewünschte Beute habe ich noch nicht erwischt, stattdessen haben Leute wie ihr über ein Dutzend meiner Fallen unbrauchbar gemacht!«

Erneut dachte Wei Wuxian: *Der ist reich!*

Ein einziges magisches Netz war bereits kostspielig, er jedoch hatte vierhundert davon in Benutzung. Für einen kleineren Clan würde das den Ruin bedeuten. Der Lanling-Jin-Clan machte seinem Ruf alle Ehre. Aber bei diesem Missbrauch magischer Netze, die wahllos alles fingen, was vorbeihuschte, war das doch keine Nachtjagd mehr. Ganz offensichtlich sollten die Leute vertrieben werden und kein anderer ein Stück vom Kuchen abbekommen. Anscheinend hatten die Kultivierer von vorhin nicht kehrtgemacht, weil die Beute so schwer zu erlegen war, sondern weil man sich lieber nicht mit prominenten Clans anlegte.

Nach einigen Tagen seiner gemütlichen Reise und durch die interessanten Geschichten in Fojiao, denen er gelauscht hatte, hatte Wei Wuxian so einiges über die Geschehnisse in der Kultivierungswelt mitbekommen. Als letztendlicher Gewinner der großen hundertjährigen Schlacht führte der Lanling-Jin-Clan nun die Kultivierungswelt an. Das Oberhaupt des Clans wurde sogar respektvoll als das »Oberhaupt der Kultivierungswelt« bezeichnet.

Der Jin-Clan war im Allgemeinen für seine Prahlerei und Verschwendungssucht bekannt. Seit Jahren genoss er viel Macht und eine hohe Stellung. Seine Schüler tyrannisierten andere nach Lust und Laune und wenn sie Mitglieder eines auch nur etwas niedereren Clans beleidigten, blieb denen nichts anderes übrig, als es zu erdulden und die Wut hinunterzuschlucken. Folglich konnte sich die Bauernfamilie, die mit knallroten

Köpfen im Netz hing, erst recht nicht gegen die Spitzzüngigkeit des jungen Mannes wehren. Mit gesenkter, wenn auch unterschwellig wütender Stimme meldete sich ihr Anführer zu Wort. »Wenn Ihr es einrichten könntet, bitten wir den jungen Herrn, uns runterzulassen.«

Der junge Mann war unruhig. Weil die Beute einfach nicht auftauchen wollte, ließ er mit verschränkten Armen seine Wut an diesen Bauern aus. »Ihr bleibt hier hängen, so könnt ihr wenigstens nicht überall herumlaufen und mich behindern! Wenn ich die Seelen fressende Bestie erlegt habe und ihr mir dann noch einmal in den Sinn kommen solltet, lasse ich euch herunter.«

Sollten sie wirklich die ganze Nacht dort so hängen bleiben und es würde zufällig das Monster vorbeikommen, das auf dem Dafan-Berg herumwanderte, so würden sie sich nicht bewegen können und es bliebe ihnen nichts anderes übrig, als sich die Seelen aussaugen zu lassen. Das junge Mädchen mit dem runden Gesicht, das Wei Wuxian zuvor den Apfel geschenkt hatte, weinte vor Angst.

Wei Wuxian hatte mit übereinandergeschlagenen Beinen auf dem Esel gesessen und abgewartet. Doch als das Tier ihr Schluchzen hörte, spitze es seine langen Ohren und stürmte plötzlich los.

Beim Lospreschen stieß es einen gellenden Schrei aus. Wenn der nicht so fürchterlich geklungen hätte, hätte man ihn mit seiner unaufhaltsamen, heldenhaften Haltung fast für ein edles Ross halten können.

Wei Wuxian, der nicht rechtzeitig reagieren konnte, fiel von seinem Rücken, wobei er sich beinahe den Kopf aufgeschlagen hätte. Der Esel rannte schnurstracks auf den jungen Mann zu, anscheinend in dem festen Glauben, ihn mit einem Kopfstoß himmelwärts befördern zu können.

Der junge Mann nahm einen Pfeil aus dem Köcher, wandte sich ihm zu und spannte den Bogen, woraufhin Wei Wuxian, der keine Lust hatte, sich ein neues Reittier suchen zu müssen, mit aller Kraft am Strick zog.

Der junge Mann musterte Wei Wuxian und wirkte kurz erschrocken. Dies schlug jedoch blitzartig in Verachtung um, und er verzog den Mund, als er sprach: »*Du* bist das also.«

In diesem Satz lag ein wenig Verwunderung und jede Menge Abscheu. Was Wei Wuxian jedoch nur zu einem Blinzeln bewegte.

Der junge Mann fuhr fort: »Na, was ist? Bist du durchgedreht, nachdem man dich nach Hause geschickt hat? Dass man dich mit diesem Gesicht überhaupt nach draußen, geschweige denn unter Menschen lässt, so zugekleistert wie du bist!«

Wei Wuxian hatte anscheinend gerade etwas äußerst Wichtiges gehört?!

War sein Vater etwa ... Wei Wuxian schlug sich aufs Bein. War Mo Xuanyus Vater etwa gar nicht das Oberhaupt irgendeines kleinen, unbedeutenden Clans, sondern der berühmt-berüchtigte Jin Guangshan?!

Jin Guangshan war das vorherige Oberhaupt des Lanling-Jin-Clans gewesen und bereits lange tot. Einen Mann wie ihn konnte man nicht in wenigen Sätzen beschreiben.

Seine strenge Gattin kam aus einer angesehenen Familie und sein Ruf als Pantoffelheld eilte ihm weit voraus. Doch so groß seine Angst vor ihr auch gewesen sein mochte, er hatte einfach nicht die Finger von anderen Frauen lassen können. Und so streng sie auch war, sie konnte ihn nicht vierundzwanzig Stunden lang überwachen. Also hatte er sich keine Gelegenheit entgehen lassen, die sich ihm geboten hatte, sei es mit schönen Frauen aus angesehenen Familien oder billigen Prostituierten auf dem Land. Und obwohl er überall Affären und uneheliche Kinder gehabt hatte, war er weiterhin sehr flatterhaft gewesen und hatte sich schnell gelangweilt. Sobald er genug von einer Frau gehabt hatte, vergaß er sie völlig und brachte ihr gegenüber keinen Funken Verantwortungsbewusstsein auf. Unter all seinen Kindern war jedoch eins gewesen, das besonders talentiert gewirkt hatte, also brachte er es mit nach Hause. Dabei handelte es sich um das jetzige Oberhaupt des Lanling-Jin-Clans, Jin Guangyao.

Auch Jin Guangshans Tod war nicht besonders glorreich gewesen. Um sich selbst zu beweisen, dass er trotz seines hohen Alters immer noch ein Mann von Stärke war, hatte er sich mit einer Gruppe Frauen vergnügt und verstarb unglücklicherweise während des Akts. Da man das kaum publik machen konnte, hatte der Lanling-Jin-Clan der Öffentlichkeit verkündet, das Oberhaupt wäre an Überanstrengung gestorben. Und obwohl jeder insgeheim den wahren Grund gekannt hatte, stellten sich alle unwissend. Letztendlich war das der wahre Grund, warum man ihn mit den Worten »berühmt-berüchtigt« beschrieb.

Bei der Belagerung der Grabhügel war Jin Guangshan nach Jiang Cheng derjenige gewesen, der am meisten zur Schlacht beigetragen hatte. Nun, da Wei Wuxian im Körper von dessen unehelichem Sohn steckte, wusste er nicht, ob sie damit quitt waren.

Der junge Mann wurde wütend, als Wei Wuxian gedankenverloren vor sich hinstarrte, und schrie ihn an: »Gehst du mir wohl aus den Augen! Dein Anblick ist echt widerlich. Elender Homo!«

Vom Alter her hätte Mo Xuanyu der Onkel dieses Jungen sein können. Eine derartige Beleidigung durch einen Heranwachsenden musste er vergelten, wenn auch nicht für sich, sondern für Mo Xuanyu. »Also wirklich! Deine Mutter hat dich zwar geboren, aber erzogen hat sie dich nicht.«

Bei diesen Worten flammte Wut in den Augen des Jünglings auf und er stürmte auf Wei Wuxian zu. Er zog das Langschwert auf seinem Rücken und mit einem Zorn, der einem Angst einflößen konnte, fuhr er ihn an: »Was ... hast du da gerade gesagt?«

Die Klinge erstrahlte in einem hellen goldenen Licht. Wieder handelte es sich um eine seltene, hochwertige Waffe. Viele Clans hätten ihr ganzes Leben dafür sparen müssen und wären trotzdem niemals auch nur in die Nähe eines so wertvollen Stücks gekommen. Konzentriert betrachtete Wei Wuxian es genauer. Es kam ihm irgendwie bekannt vor, allerdings hatte er bereits viele hochwertige und wertvolle Schwerter gesehen, die golden glänzten, sodass er nicht weiter darüber nachdachte, sondern lieber einen kleinen Stoffbeutel in seiner Hand drehte.

Es handelte sich um einen *Seelen-Verschlussbeutel*, den er vor einigen Tagen aus Materialien, die er unterwegs gefunden hatte, provisorisch zusammengeschustert hatte. Das Schwert des jungen Mannes raste frontal auf ihn zu, während Wei Wuxian ein kleines Papierstück in Form eines Menschen aus dem Beutel zog. Er wich seinem Angreifer aus, drehte seine Hand und klatschte es mit einem *Patt* auf seinen Rücken.

Der junge Mann war unglaublich schnell, doch Wei Wuxian hatte Erfahrung darin, Leute zum Stolpern zu bringen und ihnen Talismane auf ihre Rücken zu kleben, und hatte daher noch schneller reagiert. Der junge Mann spürte nur, wie sein Rücken auf einmal taub und schwer wurde, dann ging er unkontrolliert zu Boden und das Schwert fiel ihm klirrend aus der Hand. So wütend er auch war, er konnte einfach nicht aufstehen. Es war, als würde ihn die Last eines Berges zu Boden drücken.

Tatsächlich saß auf seinem Rücken ein Geist, der an Fresssucht gestorben war und ihn nun so fest zu Boden drückte, dass er kaum noch Luft bekam. Niedere Geister waren zwar schwach, aber sehr effektiv gegen Rotzbengel wie ihn. Wei Wuxian hob das Schwert auf, schätzte das Gewicht in der Hand und durchtrennte dann mit einem Schnitt das magische Netz über sich.

Die Familie fiel kläglich zu Boden, sagte jedoch nichts, sondern eilte nur hastig davon. Das Mädchen mit dem runden Gesicht schien ihm danken zu wollen, wurde aber von einem Erwachsenen mitgezogen. Womöglich würde der Groll des jungen Herrn Jin ihnen gegenüber noch größer werden, wenn sie zu viel redeten.

Dieser lag fluchend am Boden. »Du verdammter Homo! Nur weil du zu wenig spirituelle Energie hast und an der Kultivierung gescheitert bist, schlägst du nun den dämonischen Weg ein?! Pass bloß auf! Weißt du, wer heute hergekommen ist? Mein ...«

Wei Wuxian hob gestellt beide Hände vor die Brust. »Ah! Jetzt hab ich aber Angst!«

Seine Kultivierungslehre war seit jeher von den Menschen kritisiert worden, da sie langfristig dem Körper des Kultivierers schadete. Allerdings brachte sie schnell Resultate hervor und war nicht an spirituelle Energie oder Talent gebunden, was sie sehr verlockend machte. Es hatte noch nie an Leuten gemangelt, die nach Abkürzungen suchten, oder im Geheimen kultivierten. Dieser Junge war der Ansicht, Mo Xuanyu hätte, nachdem er damals aus dem Lanling-Jin-Clan geworfen worden war, den Pfad der Dämonenlehre eingeschlagen. Diese Annahme war durchaus berechtigt und ersparte Wei Wuxian auch einiges an unnötigem Kopfzerbrechen.

Der junge Mann stemmte sich einige Male mit den Händen vom Boden ab, schaffte es jedoch immer noch nicht aufzustehen. Mit knallrotem Kopf und zusammengebissenen Zähnen schrie er Wei Wuxian an. »Wenn du mich nicht sofort davon befreist, erzähle ich es meinem Onkel, dann bist du dran!«

Wei Wuxian war verwundert. »Warum deinem Onkel und nicht deinem Vater? Wer ist denn dein Onkel?«

Hinter ihm erhob sich plötzlich eine Stimme, kalt und bitter. »Das bin ich. Hast du noch irgendwelche letzten Worte?«

Als Wei Wuxian die Stimme hörte, schoss ihm augenblicklich all sein Blut in den Kopf. Es verließ diesen allerdings auch genauso schnell wieder, wie es gekommen war. Glücklicherweise war sein Gesicht bereits weiß, sodass es keinen Unterschied machte, dass er jetzt noch blasser wurde.

Ein Mann kam mit selbstbewussten Schritten näher. Er trug eine violette, leichte Robe, seine Hand ruhte auf dem Griff seines Schwerts. An seiner Hüfte hing ein silbernes Glöckchen, das beim Gehen jedoch nicht klingelte.

Dieser Mann hatte schmale Brauen, mandelförmige Augen und war auf eine durchdringende Weise attraktiv. Er hatte einen intensiven Blick, in dem Angriffslust verborgen lag, und als er Wei Wuxian ansah, war es, als würden ihn zwei kalte Blitze durchfahren. Zehn Schritte von diesem entfernt blieb er still stehen. Seine Gesichtszüge waren so angespannt wie ein spitzer Pfeil, der nur darauf wartete, abgeschossen zu werden. Selbst seine Haltung strahlte einen Hauch von Arroganz und Hochmut aus.

Er runzelte die Stirn. »Jin Ling, was verschwendest du so viel Zeit? Soll ich etwa rüberkommen und dir eine Extraeinladung geben? Schau dich doch nur an! Wie jämmerlich du aussiehst, steh endlich auf!«

Nachdem er aus der anfänglichen Schockstarre erwacht war, war Wei Wuxian schlagartig wieder bei Sinnen. Er krümmte einen Finger, verdeckt von seinem Ärmel, und rief so das Papiermännchen zurück.

Als Jin Ling fühlte, wie die Last von seinem Rücken wich, rollte er sich sofort zur Seite, griff nach seinem Schwert und kam wieder auf die Beine. Dann eilte er an Jiang Chengs Seite und zeigte wütend auf Wei Wuxian. »Ich werde dir die Beine brechen!«

Als Onkel und Neffe so nebeneinanderstanden, konnte man erkennen, wie ähnlich sie sich sahen – sie hätten Brüder sein können.

Jiang Cheng machte eine kleine Bewegung und das Papiermännchen flog aus Wei Wuxians Hand in seine eigene. Er betrachtete es einen Moment und in seinen Augen trat ein unsagbarer Groll zutage. Er zerknüllte das Papierstück in seiner Hand und es ging in Flammen auf. Unter den schrillen Schreien des Geistes verbrannte es schließlich zu Asche.

Unheilvoll sagte Jiang Cheng: »Seine Beine brechen? Ich habe dir doch gesagt, wenn du verruchten Anhängern der Dämonenlehre begegnest, tötest du sie und verfütterst sie an deinen Hund!«

Wei Wuxian hatte jetzt keine Zeit mehr, seinen Esel einzufangen, sondern nahm augenblicklich die Beine in die Hände und floh. Eigentlich hatte er gedacht, dass sich Jiang Chengs Hass ihm gegenüber, so groß er auch gewesen sein mochte, nach all den Jahren in Luft aufgelöst hätte. Dem war jedoch keineswegs so. Und nicht nur war er nicht verschwunden, sondern er schien auch noch wie guter Wein über die Jahre gereift zu sein und erstreckte sich nun auf alle, die Wei Wuxians Art der Kultivierung imitierten!

Mit einer ihn schützenden Person hinter sich ging Jin Ling diesmal umso aggressiver mit dem Schwert auf Wei Wuxian los. Dieser schob zwei Finger in den Seelen-Verschlussbeutel und wollte gerade den nächsten Schritt ausführen, als ein blau leuchtendes Schwert wie ein Blitz aus dem Nichts hervorschnellte und sich fliegend mit Jin Lings Schwert einen Kampf lieferte. Das goldene Licht seines hochwertigen, spirituellen Schwertes erlosch in Sekundenschnelle.

Dieser ungleiche Kampf war nicht der Qualität der Waffen geschuldet, sondern dem grundlegenden Kräfteunterschied der beiden Schwertbesitzer.

Wei Wuxian, der sein Timing eigentlich genau berechnet hatte, hatte nicht erwartet, dass ihn eine weitere Schwertspitze behindern würde, sodass er stolperte und direkt vor einem Paar schneeweißer Schuhe zu Boden fiel. Er erstarrte für einen Moment und hob dann langsam den Kopf.

Das Erste, das sich in seinen Augen widerspiegelte, war eine schmale, lange Schwertspitze, kristallklar wie gefrorenes Eis.

In der Welt der Kultivierer war dieses Schwert eine Berühmtheit und Wei Wuxian hatte seine Kraft unzählige Male demonstriert bekommen, sowohl als Mitstreiter als auch als Gegner. Die Schmiedetechnik des Schwertgriffs, der aus reinem Silber gefertigt war, unterlag der Geheimhaltung. Die Klinge war hauchdünn und durchsichtig. Sie strahlte eine eisige Kälte aus und war so scharf, dass sie durch Eisen glitt, als wäre es Butter. Dadurch wirkte das Schwert zwar leicht und elegant, besaß jedoch in Wirklichkeit ein enormes Gewicht, sodass gewöhnliche Menschen es nicht einmal anheben konnten.

—— *»Bichen.«**

* »Bichen« bedeutet übersetzt »weltliche Angelegenheiten vermeiden«.

Die Klinge machte kehrt und über seinem Kopf hinweg hörte Wei Wuxian, wie sie in die Schwertscheide zurückflog. Gleichzeitig ertönte Jiang Chengs Stimme von Weitem: »Na sieh mal einer an. Der zweite junge Herr des Lan-Clans.«

Die weißen Schuhe bewegten sich, weder hastig noch langsam, um Wei Wuxian herum und weitere drei Schritte nach vorne, während Wei Wuxian den Kopf hob und aufstand.

In dem Moment, als Lan Wangji an ihm vorbeiging, trafen sich ihre Blicke für einen kurzen Augenblick, doch Wei Wuxian tat so, als wäre es nicht von Bedeutung.

Lan Wangji wirkte sanft wie das Mondlicht und trug eine siebensaitige *Guqin*[**] auf dem Rücken, die schmaler war als für dieses Instrument üblich. Das Holz der Guqin hatte einen rabenschwarzen, aber weichen Farbton.

Um seine Stirn trug er ein Band mit einem Federwolkenmuster. Seine Hautfarbe war von eleganter Blässe und mit seinem außergewöhnlich guten Aussehen und seiner Eleganz glich er einem polierten Jadestein. Durch seine ungewöhnlich helle Augenfarbe, die wie Glas schien, wirkte sein Blick übermäßig kalt. In seinem Gesichtsausdruck lag etwas Eisiges und seine Miene war so streng, dass er unglaublich ernst wirkte. Selbst jetzt, als er Wei Wuxians urkomisches Gesicht sah, verzog er keinen Muskel.

Von Kopf bis Fuß haftete nicht ein einziges Staubkorn an seiner Kleidung. Sein Erscheinungsbild war tadellos. Man fand nichts an ihm, das nicht den Regeln entsprach oder gegen die Etikette verstieß. Trotz all dem kam Wei Wuxian nur ein Begriff in den Sinn: Trauerkleidung!

Die Robe, die er trug, wirkte tatsächlich wie eine Form der Trauerkleidung. Aber es herrschte allgemeiner Konsens darüber, dass die Gewänder des Gusu-Lan-Clans die schönsten waren – sie wurden mit Lobgesängen beschrieben. Und Lan Wangji galt als ein attraktiver Mann, wie er nur alle paar hundert Jahre einmal vorkam. Nichts von alledem änderte jedoch etwas an der Tatsache, dass sein Gesichtsausdruck dem

[**] Eine Guqin ist eine chinesische Zither.

eines von Schmerz erfüllten Mannes glich, der gerade seine geliebte Ehefrau verloren hatte.

Wenn man Pech hatte, begegnete man seinen Feinden immer wieder. Glück kam nie im Doppelpack, Unglück hingegen nie allein.

Lan Wangji sagte nichts und sein Blick wanderte auch nicht. Still stand er Jiang Cheng gegenüber.

Jiang Cheng war unbestreitbar ebenfalls außergewöhnlich gutaussehend, doch jetzt, im direkten Vergleich, zog er den Kürzeren.

In dem Clan-Oberhaupt breitet sich leichte Unruhe aus. Er hob die Augenbrauen und fragte: »Hanguang-Jun, du wirst deinem Ruf gerecht, dort zu erscheinen, wo es Ärger gibt. Wie kommt es, dass du Zeit dafür gefunden hast, heute in diese abgelegene Berggegend zu kommen?«

Als ranghohe Mitglieder von Kultivierungsclans kümmerten sie sich normalerweise nicht um Beute derart niederen Ranges. Lan Wangji stellte jedoch eine Ausnahme dar. Nie war er wählerisch bei Nachtjagden und niemals blieb er fort, nur weil ein Dämon nicht bösartig oder seine Erlegung nicht prestigeträchtig genug war. Sobald jemand Hilfe brauchte, war er zur Stelle. Und daran hatte sich auch seit seiner Jugend nichts geändert. Die Aussage, »dort zu erscheinen, wo es Ärger gibt«, spielte daher auf sein Auftauchen bei Nachtjagden an, gleichzeitig lobte sie aber auch seinen Charakter. Jiang Chengs Tonfall jedoch war nicht sonderlich höflich, sehr zum Missfallen der jüngeren Kultivierer des Lan-Clans, die nun hinter Lan Wangji auftauchten. Lan Jingyi fragte daher geradeaus: »Ihr seid ebenfalls anwesend, Oberhaupt Jiang?«

Jiang Chengs Antwort war von Kälte durchzogen. »Tse, wenn Ältere reden, hast du den Mund zu halten. Der Gusu-Lan-Clan brüstet sich damit, auf Etikette und Anstand zu achten, und so erzieht er seine Schüler?!«

Lan Wangji schien nicht mit ihm diskutieren zu wollen und warf stattdessen Lan Sizhui einen kurzen Blick zu. Dieser verstand sofort und richtete, entsprechend seines Ranges, sein Wort an Jin Ling. »Junger Herr Jin, die Nachtjagd ist seit jeher als fairer Wettstreit für alle gedacht. Du jedoch hast auf dem Dafan-Berg vierhundert Netze ausgelegt und erschwerst somit den Kultivierern anderer Clans das Auskundschaften, weil sie Angst haben müssen, in diese Fallen zu treten. Würdest du daher nicht zustimmen, dass du es bist, der hier gegen die Regeln der Nachtjagd verstoßen hat?«

Mit seinem kalten Blick wirkte Jin Ling wie sein Onkel, als er ihn anfuhr: »Die Dummköpfe sind selbst schuld, wenn sie in die Fallen treten, was soll ich denn da machen?! Wenn es etwas zu bereden gibt, können wir das tun, nachdem ich die Beute erlegt habe.«

Lan Wangji runzelte die Stirn. Jin Ling wollte noch etwas sagen, konnte aber plötzlich seinen Mund nicht mehr öffnen. Kein Ton konnte mehr seiner Kehle entrinnen. Und er wurde mit einem Mal blass vor Schreck.

Bei Jin Lings Anblick, dessen Lippen wie zusammengeklebt waren und sich nicht öffnen ließen, schimmerte Jiang Chengs Wut beim Sprechen durch und er gab die zuvor erzwungene Höflichkeit auf: »Du! Was soll das werden? Jin Lings Erziehung obliegt nicht deiner Verantwortung. Lös auf der Stelle den Zauber!«

Mit diesem Verstummungszauber bestrafte man im Lan-Clan bei Fehlverhalten die Schüler. Auch Wei Wuxian konnte ein Lied davon singen. Obwohl keine hochkomplexe Magie im Spiel war, konnte nur jemand aus dem Lan-Clan den Zauber aufheben. Versuchte man dennoch, gewaltsam die Stimme zu erheben, rissen entweder die Lippen blutig auf oder die Kehle schloss sich gleich für einige Tage. So wurde man gezwungen, den Mund zu halten und sein Verhalten zu reflektieren, bis die Strafe ausgesessen war.

»Oberhaupt Jiang, Ihr braucht nicht zu erzürnen. Solange er nicht gewaltsam versucht, den Zauber zu brechen, wird er sich in einer halben Stunde von selbst lösen«, entgegnete Lan Sizhui.

Jiang Cheng kam nicht dazu, etwas zu erwidern, da ein Mann, gekleidet in der violetten Tracht des Jiang-Clans, rufend durch den Wald auf sie zu gerannt kam. »Oberhaupt!« Als er Lan Wangji entdeckte, zögerte er.

»Sprich! Welche schlechte Nachricht hast du für mich?«, spottete Jiang Cheng.

Leise entgegnete der Bote: »Soeben hat ein fliegendes blaues Schwert die magischen Netze durchschnitten, die Ihr angeordnet hattet.«

Jiang Cheng warf Lan Wangji einen bösen Blick zu. Seine Wut stand ihm nun unverhohlen ins Gesicht geschrieben. »Wie viele wurden zerschnitten?«

Der Mann antwortete zögerlich. »... Alle ...«

Über vierhundert Netze!

Jiang Cheng tobte innerlich vor Wut.

Mit so viel Pech hatte er nicht gerechnet. Eigentlich war er gekommen, um Jin Ling zu helfen, der dieses Jahr fünfzehn wurde und nun bereits in dem Alter war, in dem man seinen Weg als Kultivierer antrat und sich mit den Sprösslingen anderer Clans maß.

Nach reichlicher Überlegung und sorgfältigen Vorkehrungen hatte Jiang Cheng schließlich den Dafan-Berg als Jagdgebiet ausgesucht und überall Netze angebracht. Außerdem hatte er die anderen Kultivierer eingeschüchtert, sodass sie angesichts der Schwierigkeiten den Rückzug angetreten hatten und Jin Ling sich ohne viel Konkurrenz hätte hervortun können. Obwohl die vierhundert magischen Netze ein Vermögen gekostet hatten, konnte der Yunmeng-Jiang-Clan diesen finanziellen Verlust ohne Weiteres verschmerzen. Verglichen mit der erlittenen Blamage waren die zerstörten Netze unbedeutend.

Lan Wangjis Einmischung ließ ihn vor Wut kochen, bis er überschäumte. Er kniff die Augen zusammen und strich einige Male geistesabwesend mit den Fingern seiner linken Hand über den Ring an seinem rechten Zeigefinger.

Diese Bewegung war hochgefährlich.

Jeder wusste, dass der Ring eine tödliche magische Waffe war. Jedes Mal, wenn das Oberhaupt des Jiang-Clans ihn berührte, war es ein Zeichen seiner Mordlust.

Nachdem er allerdings eine Weile über den Ring gefahren war, beherrschte er sich und unterdrückte seine Feindseligkeit. Auch wenn es ihm gegen den Strich ging, musste er als Oberhaupt eines Clans mehr Dinge berücksichtigen und konnte nicht mit der gleichen kindischen Impulsivität wie Jin Ling handeln. Nach der Schwächung des Qinghe-Nie-Clans hatten von den drei derzeit existierenden großen Clans die Oberhäupter des Lanling-Jin-Clans und des Gusu-Lan-Clans eine sehr enge, fast schon familiäre Bindung, während er selbst den Yunmeng-Jiang-Clan allein beherrschte. Man konnte also sagen, dass er von den anderen Clans abgeschottet war.

Hanguang-Jun Lan Wangji war ein angesehener Kultivierer und sein älterer Bruder, Zewu-Jun* Lan Xichen, das Oberhaupt des Gusu-Lan-Clans. Die beiden hatten ein harmonisches Verhältnis zueinander, sodass Jiang Cheng eine direkte Konfrontation mit Lan Wangji tunlichst vermeiden wollte – wenn es im Bereich des Möglichen lag.

Weiterhin hatten Jiang Chengs und Lan Wangjis Schwerter »Sandu«** und »Bichen« noch nie wirklich die Klingen gekreuzt und es war ungewiss, wer die Oberhand gewinnen würde. Und auch wenn er den Familienschatz besaß, den Ring »Zidian«***, hatte Lan Wangjis Zither »Wangji«**** ebenfalls einen gefährlichen Ruf.

Jiang Cheng konnte es nicht ausstehen, den Kürzeren zu ziehen, und solange er sich seiner Sache nicht sicher war, würde er es nicht in Erwägung ziehen, sich mit Lan Wangji anzulegen. Langsam zog er daher seine linke Hand, mit der er über den Ring strich, zurück. Da sich Lan Wangji in diese Angelegenheit eingemischt hatte, konnte er nicht einfach weiter den Bösen spielen. Fürs Erste würde er es dabei belassen und die Sache im Hinterkopf behalten.

* Titel von Lan Xichen. ** »Sandu« bedeutet »drei Gifte«. *** »Zidian« bedeutet »violetter Strom/Blitz«. **** »Wangji« bedeutet »frei von weltlichen Sorgen«.

Nachdem Jiang Cheng diese Entscheidung getroffen hatte, drehte er sich zu dem aufgebrachten Jin Ling herum und sah, dass dieser noch immer nicht den Mund öffnen konnte. »Dieses Mal hat Hanguang-Jun dich bestraft und du musst es wohl über dich ergehen lassen. Mutig, dem Nachwuchs anderer Clans eine Lektion zu erteilen.« Sein Ton war spöttisch, auch wenn unklar war, wem der Spott letztendlich galt.

Lan Wangji hatte noch nie versucht, ein Wortgefecht zu gewinnen, und tat daher so, als hätte er nichts gehört.

Ein bissiger Unterton lag in Jiang Chengs Worten, als er sich erneut an seinen Neffen wandte. »Was stehst du hier noch rum? Wartest du etwa darauf, dass die Beute sich selbst mit deinem Schwert erlegt? Wenn du dieses Wesen auf dem Dafan-Berg heute nicht erlegst, brauchst du mir nie wieder unter die Augen zu treten!«

Jin Ling funkelte Wei Wuxian wütend an, traute sich aber nicht, das Gleiche bei Lan Wangji zu tun, der ihn ja bereits mit dem Verstummungszauber belegt hatte. Er steckte sein Schwert zurück in die Scheide, verabschiedete sich stumm von den beiden Älteren, nahm seinen Bogen und verschwand.

»Oberhaupt Jiang, die zerstörten magischen Netze wird Euch der Gusu-Lan-Clan vollständig ersetzen«, sagte Lan Sizhui.

Jiang Cheng lachte kalt. »Nicht nötig.« Dann wandte er sich in die entgegengesetzte Richtung und stieg mit festen Schritten den Berg hinunter.

Der Bote folgte ihm still. Wohlwissend, bei der Rückkehr eine gehörige Strafe zu erhalten, machte er bereits jetzt ein leidendes Gesicht.

Als ihre Silhouetten nicht mehr zu sehen waren, sagte Lan Jingyi: »Wie kann sich das Oberhaupt des Jiang-Clans nur so aufführen!« und erinnerte sich erst, nachdem er seine Worte bereits ausgesprochen hatte, an die Regel des Lan-Clans, nicht schlecht hinter dem Rücken anderer zu reden. Er erschrak und warf einen Blick zu Hanguang-Jun hinüber. Dann hielt er den Mund und nahm sich zurück.

Lan Sizhui lächelte Wei Wuxian leicht an. »Junger Herr Mo, so sieht man sich wieder.«

Wei Wuxian hob die Mundwinkel.

»Geht, erledigt eure Aufgaben«, befahl Lan Wangji in gewohnt wortkarger Manier.

Jetzt erst fiel den Schülern wieder ein, weshalb sie hergekommen waren. Sie schoben alle anderen Gedanken beiseite und warteten ehrerbietig, ob noch weitere Anweisungen folgten. Direkt darauf fuhr Lan Wangji fort: »Gebt euer Bestes, aber werdet nicht übermütig.«

Seine Stimme war tief und klangvoll. Würde man direkt neben ihm stehen, würde einem sicher das Herz zittern. Die Schüler gehorchten. Sie wagten es nicht, länger zu bleiben, sondern machten sich auf, tiefer in den Wald vorzudringen.

Wei Wuxian dachte sich, dass Jiang Cheng und Lan Zhan* zwei völlig gegensätzliche Persönlichkeiten besaßen. Selbst die Art, wie sie die Sprösslinge ihrer Clans ermahnten, unterschied sich gänzlich voneinander. Gerade als ihm dies durch den Kopf ging, sah er plötzlich, wie Lan Wangji ihm kaum merklich zunickte, und konnte seine Irritation darüber nicht verbergen.

Lan Wangji war bereits seit seiner Jugend so ernst, dass man Zahnschmerzen davon bekam. Er war streng, steif wie ein Brett und vermittelte den Eindruck, als hätte er in seinem Leben nicht einen ausgelassenen Moment erlebt. Selbst die kleinsten Regelverstöße waren ihm ein Dorn im Auge und er hatte zutiefst missbilligt, dass Wei Wuxian sich der dämonischen Lehre angenommen hatte. Wahrscheinlich hatte Lan Sizhui ihm bereits von Wei Wuxians suspekten Verhalten im Dorf Mo berichtet, und dennoch nickte er ihm grüßend zu, als würde er sich dafür bedanken, dass er den Schülern des Lan-Clans aus der Patsche geholfen hatte.

Ohne groß nachzudenken erwiderte Wei Wuxian die Geste, doch als er den Kopf wieder hob, war Lan Wangji bereits verschwunden.

* Lan Zhan ist der Geburtsname von Lan Wangji.

Nachdem er einen kurzen Moment innehielt, drehte er sich um und machte sich auf den Weg bergab.

Welche Beute auch immer auf dem Berg wartete, er wollte sie nicht mehr. Wei Wuxian wäre mit jedem in den Wettstreit getreten, aber sicher nicht mit Jin Ling.

Es war tatsächlich Jin Ling.

Unter all den Schülern des Lanling-Jin-Clans hätte er niemals erwartet, ausgerechnet auf ihn zu treffen. Hätte er vorhin gewusst, wer er war, hätte er ihn zu keiner Zeit mit »Deine Mutter hat dich zwar geboren, aber erzogen hat sie dich nicht« verspottet. Hätte das jemand anderes zu Jin Ling gesagt, hätte Wei Wuxian der Person gezeigt, welche Konsequenzen ein loses Mundwerk haben konnte. Doch in diesem Fall war er selbst derjenige gewesen, der die Worte ausgesprochen hatte.

Nach einem Moment der Stille hob Wei Wuxian die Hand und gab sich selbst eine Ohrfeige.

Sie war laut und kraftvoll, sodass seine rechte Gesichtshälfte brannte. Als es plötzlich im Gebüsch raschelte und vor seinen Augen der Esel erschien, ließ er die Hand sinken. Der Esel kam diesmal von sich aus zu ihm.

Wei Wuxian zog an seinen langen Ohren und sagte mit einem bitteren Lachen: »Du wolltest die Schöne in Nöten retten und hast mich dann den Helden spielen lassen.«

Der Esel wieherte, als ihnen eine Gruppe Kultivierer von unten den Berghang hinauf entgegenkam. Nachdem alle vierhundert magischen Netze von Lan Wangjis fliegendem Schwert durchtrennt worden waren, strömten nun die Kultivierer, die zuvor in Fojiao gezögert hatten, den Berg hinauf. Diese Menschen waren Jin Lings Konkurrenten, daher dachte Wei Wuxian einen Moment lang darüber nach, ob er sie nicht wieder nach unten vertreiben sollte. Er machte ihnen dann aber doch still Platz.

Die Gruppe bestand aus Schülern verschiedener Clans, die alle unterschiedliche Roben trugen. Während sie gingen, schimpften sie: »Der

Jin-Clan und der Jiang-Clan lassen diesem jungen Herrn Jin eine derartige Sonderbehandlung zukommen, dass er bereits in diesem jungen Alter so ein gebieterischer Tyrann ist. Wenn der später mal den Lanling-Jin-Clan übernimmt, wird was los sein. Dann können wir einpacken!«

Wei Wuxians Schritte verlangsamten sich.

Eine mitfühlende Kultiviererin seufzte: »Wie könnte man ihn denn nicht verwöhnen? In so einem jungen Alter hat er bereits beide Eltern verloren.«

»*Shimei*[*], so kann man das nicht sagen. Dann sind seine Eltern halt tot, na und? Es gibt unzählige Waisen auf der Welt. Nicht auszumalen, was passieren würde, wenn die sich alle so aufführen würden wie er!«

»Unfassbar, dass Wei Wuxian das wirklich fertigbringen konnte. Dabei war Jin Lings Mutter doch Jiang Chengs große Schwester und hatte ihn als seine *Shijie*[**] mit großgezogen.«

»Jiang Yanli hatte wirklich Pech, einen so undankbaren Hund aufzuziehen. Und Jin Zixuan erging es noch schlechter. Nur weil er sich früher mal leicht mit Wei Wuxian in die Haare gekriegt hatte, erlitt er gleich so ein grausames Schicksal.«

»Wei Wuxian hat sich doch mit jedem in die Haare gekriegt ...«

»Aber echt. Außer mit dem Rudel verrückter Hunde, das er aufzog, hatte er doch zu keinem ein gutes Verhältnis. Wo er auch hinging, erzürnte er die Menschen und den Himmel. Selbst mit Hanguang-Jun war er sich spinnefeind, die beiden waren wie Hund und Katz ...«

»Wo wir gerade von Hanguang-Jun sprechen, dank ihm haben wir heute ...«

Nachdem Wei Wuxian eine Weile gelaufen war, vernahm er das Plätschern eines Bachs. Auf dem Hinweg hatte er ihn nicht gehört. Jetzt erst bemerkte er, dass er den falschen Weg bergab genommen und auf einen anderen Pfad abgebogen war.

[*] Jüngeres weibliches Mitglied des gleichen Clans. [**] Älteres weibliches Mitglied des gleichen Clans.

Er führte den Esel zum Bachlauf. Weit über ihnen hing der Mond. Weder Blätter noch Äste bedeckten das Ufer, im Strom brach der Frost.

Wei Wuxian sah in der Wasserspiegelung ein durch die Strömung verzerrtes Gesicht.

Wütend schlug er ins Wasser und das lächerliche Gesicht zerstob. Dann hob er seine triefnasse Faust und wischte am Bach sitzend den Puder aus dem Gesicht.

Nun reflektierte das Wasser einen überaus eleganten, anmutigen Mann. Das Gesicht war so rein, als hätte es im Mondschein gebadet. Er hatte fein geschwungene Brauen, klare Augen und seine Mundwinkel waren leicht nach oben geformt. Während er sich über die Wasseroberfläche beugte und sich selbst intensiv studierte, rannen die Wasserperlen von seinen Wimpern unaufhörlich wie Tränen herunter.

Es war ein junges, fremdes Gesicht und nicht das des Yiling-Patriarchen Wei Wuxian, der einst die Weltordnung umgestürzt und ein Meer aus Blut und Leichen hinterlassen hatte.

Er betrachtete dieses Gesicht noch lange, wischte es noch einige Male ab, rieb sich die Augen und saß schwermütig am Ufer.

Es war nicht so, dass er die verbalen Angriffe der anderen nicht ertragen konnte. Immerhin war er sich von Anfang an im Klaren darüber gewesen, welcher Weg von dem Moment seines Entschlusses an vor ihm liegen würde. Bereits früh ermahnte er sich immer wieder selbst: *Merke dir diese eine Regel des Yunmeng-Jiang-Clans: »Tu das Unmögliche.«*

Und obwohl er dachte, er hätte ein Herz aus Stein, war auch er letztendlich nur ein Mensch.

Es schien, als würde der Esel spüren, dass es ihm gerade nicht gut ging, sodass er ausnahmsweise einmal nicht ungeduldig zeterte, sondern für eine Weile ruhig dastand und schließlich mit wedelndem Schwanz fortging. Wei Wuxian blieb weiterhin am Ufer sitzen und reagierte nicht darauf. Also drehte der Esel sich um und stampfte mit den Hufen, doch es kam noch immer keine Reaktion. Wütend kehrte der Esel um und zerrte mit seinen Zähnen an Wei Wuxians Ärmel.

Es war ihm vollkommen gleich, ob er weiter mit dem Esel reiste oder nicht. Aber jetzt, wo sich dieser schon an ihm festgebissen hatte, konnte er auch genauso gut mitgehen.

Der Esel führte ihn unter ein paar Bäume und umkreiste eine Stelle im Gras. Dort lag ein *Kosmos-Beutel*. Darüber hing ein zerschnittenes goldenes Netz. Wahrscheinlich hatte irgendein unglücklicher Kultivierer ihn verloren, als er befreit worden war. Wei Wuxian hob den Beutel auf und entdeckte beim Öffnen eine Menge Krimskrams, Flaschen mit Tinkturen, Talismane, kleine Dämonenspiegel und Ähnliches.

Er kramte eine Weile darin herum und zog schließlich einen Talisman heraus, der in seiner Hand in Flammen aufging.

Es handelte sich um einen *Yin-Entflammungstalisman*. Als Brennmaterial diente, wie der Name bereits verriet, Yin-Energie, und sobald er mit dieser in Berührung kam, entzündete er sich von selbst. Je stärker die Yin-Energie war, desto stärker loderten die Flammen. Da er sofort angefangen hatte zu brennen, als Wei Wuxian ihn herausgezogen hatte, bedeutete dies, dass sich ganz in der Nähe eine dunkle Seele befand.

Als Wei Wuxian die Flammen sah, war er augenblicklich in Alarmbereitschaft. Er hielt den Talisman in die Höhe und lokalisierte die Richtung. Wandte er sich nach Osten, wurde die Flamme etwas schwächer, sobald er sich jedoch nach Westen drehte, loderte sie auf. Er ging einige Schritte in Richtung Westen und entdeckte eine weiße, gebückte Gestalt unter einem Baum.

Der Talisman verbrannte und die Asche rieselte durch seine Finger zu Boden.

Ein alter Mann stand mit dem Rücken zu ihm gewandt und man hörte ihn murmeln.

Wei Wuxian näherte sich dem alten Mann mit langsamen Schritten und das Murmeln wurde klarer.

»Es tut so weh, es tut so weh.«

»Wo tut es weh?«, fragte Wei Wuxian.

»Am Kopf, am Kopf. Mein Kopf schmerzt«, antwortete ihm der alte Mann.

»Lass mich mal sehen«, erwiderte Wei Wuxian.

Er ging seitlich einige Schritte auf ihn zu, bis er neben dem alten Mann stand. Nun konnte er ein großes, blutrotes Loch in dessen Stirn erkennen. Er war ein Totengeist, wahrscheinlich von jemandem, dem mit einer Waffe der Schädel eingeschlagen worden war. Er trug ein Totenhemd, das aus hochwertigem Material bestand und gut verarbeitet war. Folglich war er ordentlich begraben worden und nicht die verlorene Seele einer lebenden Person.

Allerdings sollte es solche Geister auf dem Dafan-Berg überhaupt nicht geben.

Wei Wuxian konnte sich diese Ungereimtheit nicht erklären und ihn beschlich ein ungutes Gefühl. Er sprang auf den Rücken des Esels, gab ihm als Kommando einen Klaps auf sein Hinterteil und sie trabten in die Richtung von Jin Ling und den anderen bergauf.

Viele Kultivierer durchforsteten die Gegend in der Nähe der alten Gräber und warteten darauf, dass sich das Wesen zeigen würde. Einer hatte sogar den Mut, eine Yin-Anziehungsflagge hochzuheben, lockte damit jedoch nur eine Gruppe weinender dunkler Seelen an.

Wei Wuxian zog am Strick, blickte sich um und fragte mit lauter, klarer Stimme: »Verzeiht die Störung, wo sind denn die jungen Herren des Jin- und des Lan-Clans?«

Jetzt, da er sich das Gesicht gewaschen hatte, ignorierte man ihn nicht mehr und ein Kultivierer antwortete: »Sie haben diese Gegend verlassen und sind zum *Göttinnen-Schrein* gegangen.«

»Göttinnen-Schrein?«, hakte Wei Wuxian nach.

Die Bauernfamilie war ebenfalls wieder den Berg hinaufgestiegen, als sie gehört hatte, dass die magischen Netze zerstört worden waren und befand sich nun unter den Nachtjäger-Truppen. Der Anführer erkannte ihn anhand der Kleidung und dem bissigen Esel als den Verrückten wieder, der sie gerettet hatte. Er war peinlich berührt und tat so, als wäre nichts vorgefallen, doch das Mädchen mit dem runden Gesicht zeigte ihm den Weg. »Dort! Auf dem Berg dort befindet sich ein heiliger Schrein in einer Steingrotte.«

Wei Wuxian hakte erneut nach: »Welche Gottheit wird denn in dem heiligen Schrein verehrt?«

»Hm, ich glaube die natürlich entstandene Steinstatue einer Göttin«, antwortete ihm das Mädchen.

Er nickte. »Danke.«

Sofort eilte Wei Wuxian in Richtung des Schreins.

Ein Vagabund, der eine Braut gefunden hatte. Ein Sarg, der durch einen Blitzeinschlag geöffnet worden war. Ein Verlobter, der von Wölfen totgebissen worden war. Vater und Tochter, die ihre Seelen verloren hatten. Und jetzt auch noch dieses prächtige Totenhemd ... Alle Ereignisse reihten sich wie Perlen auf eine Schnur und ergaben nun die ganze Kette. Kein Wunder, dass der Kompass des Bösen keine Richtung anzeigte und die Yin-Anziehungsflagge erst recht nicht wirkte. Sie alle hatten das Wesen auf dem Dafan-Berg unterschätzt.

Es war nicht das, wofür sie es hielten!

Lan Sizhui und die anderen suchten den Schrein nach Hinweisen ab, nachdem sie keine Spuren bei den alten Gräbern gefunden hatten.

Auf dem Dafan-Berg gab es außer den Gräbern der Vorfahren Fojiaos noch einen Schrein. In diesem wurde kein Buddha und auch keine *Guanyin** verehrt, sondern eine »tanzende Göttin«.

* Ein Guanyin ist ein weiblicher Bodhisattva im Buddhismus.

Vor einigen Jahrhunderten begab sich ein Jägertrupp Fojiaos tief in die Berge und entdeckte dabei einen wundersamen Stein in einer Steingrotte. Er war über drei Meter groß und obwohl er auf natürliche Weise geformt worden war, erinnerte seine Gestalt stark an die eines Menschen. Die Statue hatte vollständig ausgebildete Glieder und eine tanzende Haltung. Noch wundersamer waren ihre Gesichtszüge, die man vage erahnen konnte. Man erkannte in ihnen eine junge Frau, die sanft lächelte.

Die Bewohner von Fojiao waren erstaunt und der Meinung, dass es sich um einen göttlichen Stein handeln musste, in dem sich die spirituelle Energie der Erde und des Himmels gesammelt hatte, und erdachten zahlreiche Sagen und Legenden dazu. In einer der Geschichten hatte sich ein Unsterblicher heimlich in *Jiutian Xiannü*, die Göttin der neun Himmel,* verliebt und die Skulptur nach ihrem Ebenbild geschaffen, um seinen Liebeskummer zu verarbeiten. Doch als die das herausfand, war sie so erzürnt, dass die Statue nur halb fertig wurde. Einer anderen Sage nach hatte ein wohlhabender Kaiser eine geliebte Tochter gehabt, die jedoch früh verstorben war. Um ihr Andenken zu ehren, ließ er diese Statue herstellen. Die Menge an Geschichten, die die Stadtbewohner erfanden, verschlug einem die Sprache, und am Ende glaubten sie sogar selbst an ihre eigens erdachten Legenden. Sie benannten die Steingrotte schließlich in »heiliger Schrein« um. Aus einer Steinplatte wurde ein Altar und die Steinstatue verwandelte sich in eine »tanzende Göttin«, zu deren Ehren sie das ganze Jahr über Räucherstäbchen anzündeten.

Das Innere der Grotte war so geräumig wie ein großer Tempel. In der Mitte stand die Statue der Göttin. Wenn man die Augen zusammenkniff, sah sie tatsächlich einem Menschen zum Verwechseln ähnlich. Selbst ihre Taille konnte man als schön und anmutig bezeichnen. Aus der Nähe betrachtet wirkte sie um einiges grober, doch dass etwas, das natürlich entstanden war, so menschenähnlich sein konnte, war bemerkenswert.

* Jiutian Xuannü ist eine Göttin in der chinesischen Mythologie. Sie steht für Krieg, Sex und langes Leben.

Lan Jingyi bewegte den Kompass des Bösen umher, doch die Nadel rührte sich immer noch nicht. Auf dem Tisch für die Opfergaben, den eine dicke, von den Räucherstäbchen verursachte Ascheschicht bedeckte, lagen Kerzenreste verstreut und ein faulig süßer Geruch ging von den dargebotenen Obsttellern aus. Die Mitglieder des Gusu-Lan-Clans hatten alle einen mehr oder weniger ausgeprägten Sauberkeitstick, weshalb er sich frische Luft zufächelte. »Die Menschen hier behaupten, dass dieser Schrein besonders viele Wünsche erfüllt. Wie kommt es dann zu so einem Chaos? Die sollten hier mal dringend aufräumen!«

Lan Sizhui erwiderte: »Sieben Menschen haben innerhalb kürzester Zeit ihre Seelen verloren und es geht das Gerücht um, dass der Blitzeinschlag einen bösen Geist aus dem Sarg eines Ahnen freigelegt hat. Wer würde sich da noch auf den Berg trauen? Natürlich denkt gerade niemand daran, die Asche der Räucherstäbchen wegzuräumen.«

Außerhalb der Grotte ertönte eine verächtliche Stimme. »Wer hat denn so einen zerfallenen Steinklumpen zur Gottheit erklärt? Unfassbar, dass dies hier tatsächlich zum Schrein erklärt worden ist, damit Leute davor niederknien!«

Jin Ling trat mit den Händen auf dem Rücken ein. Die Wirkung des Verstummungszaubers hatte nicht lange angehalten, sodass er mittlerweile wieder sprechen konnte. Kaum hatte er jedoch seinen Mund geöffnet, kam schon wieder nichts Gutes heraus. Er betrachtete die Statue und schnaubte verächtlich. »Diese Dorfbewohner strengen sich kein bisschen an, wenn sie mal mit Problemen zu kämpfen haben, und zünden stattdessen den lieben langen Tag Räucherstäbchen an, um für göttlichen Beistand zu beten. Es gibt zigtausend Menschen auf der Welt und die Götter kommen nicht einmal dazu, ihre eigenen Angelegenheiten zu erledigen. Als ob sie da die Zeit hätten, sich auch noch um sie zu kümmern! Und dann beten sie auch noch so eine wilde, namenlose Gottheit an. Wenn die tatsächlich so viele Wünsche erfüllt, versuch ich's mal:

Ich wünsche mir, dass dieses Seelen fressende Ungeheuer vom Dafan-Berg sofort vor mir erscheint! Na, schafft sie das?«

Eine Gruppe Kultivierer kleinerer Clans folgte ihm, lachte laut über das Gesagte und bekundete Zustimmung. Durch die vielen Menschen wurde es in der sonst so ruhigen Grotte laut und eng.

Lan Sizhui schüttelte still den Kopf, drehte sich in die andere Richtung und schaute sich beiläufig um. Sein Blick wanderte zum Gesicht der Statue. Ihre Gesichtszüge waren nur vage zu erkennen, es schien aber, als würde sie barmherzig lächeln.

Dieses lächelnde Gesicht kam ihm merkwürdig bekannt vor, als hätte er es schon einmal irgendwo gesehen. Aber wo?

Lan Sizhui hatte das Gefühl, dass dies ein sehr wichtiger Hinweis war, und trat unwillkürlich näher an den Altar heran, um das Gesicht der Göttin näher zu betrachten. Genau in dem Moment stieß er mit jemandem zusammen.

Ein Kultivierer, der zuvor hinter ihm gestanden hatte, fiel ohne jede Vorwarnung zu Boden. Erschrocken gingen alle sofort in Habachtstellung.

»Was ist mit ihm?«, fragte Jin Ling alarmiert.

Lan Sizhui griff nach seinem Schwert und trat näher an den Körper, um ihn zu untersuchen. Der Kultivierer atmete unverändert, als wäre er nur unvermittelt in einen tiefen Schlaf gefallen, doch egal wie sehr er auch nach ihm rief und ihn rüttelte, er wachte einfach nicht auf.

Lan Sizhui stand auf und begann: »Er scheint wohl …«.

Bevor er jedoch den Satz beenden konnte, wurde es plötzlich hell. Die zuvor dunkle Grotte erstrahlte in einem roten Glanz, als hätte sich plötzlich ein Blutschwall über die Wände ergossen. Die Kerzen auf dem Altar und in der Ecke der Grotte entflammten von selbst.

Schwerter klirrten, als alle in der Grotte ihre Waffen zogen. Einige hielten Talismane in die Höhe.

Genau in diesem Moment stürmte Wei Wuxian von draußen herein und übergoss die Statue mit medizinischem Alkohol aus einem Flaschenkürbis, sodass die ganze Grotte mit einem Mal von einem starken Alkoholgeruch erfüllt war. Dann hob er einen Talisman und malte damit etwas in die Luft, bevor er ihn auf die Statue warf. Sofort brannte der Altar lichterloh und in der Grotte wurde es taghell.

Wei Wuxian brauchte alle Dinge auf, die er im Kosmos-Beutel hatte, dann warf er ihn weg und rief: »Zieht euch zurück! Seid vorsichtig, in dem Stein befindet sich eine Seelen fressende Göttin!«

»Sie hat sich bewegt!«, schrie jemand schockiert.

Gerade eben noch waren beide Arme der Statue eindeutig erhoben gewesen. Ein Arm hatte anmutig in den Himmel gezeigt, ein Fuß war angehoben gewesen. Nun aber senkten sich die Arme und der Fuß im lodernden Licht der rot-gelben Flammen. Ein Irrtum war ausgeschlossen, ihre Augen spielten ihnen keinen Streich!

Im nächsten Moment hob die Statue wieder ihren Fuß – und trat aus den Flammen heraus!

Wei Wuxian schrie erneut: »Rennt, rennt, rennt! Na los! Es ist zwecklos, ihr könnt nichts gegen sie ausrichten!«

Ein Großteil der Kultivierer ignorierte ihn.

Endlich zeigte sich das Seelen fressende Monster, das sie so lange gesucht und nicht gefunden hatten. Wie hätten sie es entkommen lassen können! Doch selbst mit all ihren magischen Schwertern, den Talismanen und sonstigen magischen Waffen waren sie nicht in der Lage, auch nur einen einzigen Schritt der Statue aufzuhalten.

Sie war über drei Meter hoch. Sobald sie sich bewegte, glich sie einem Riesen und man hatte das Gefühl, jeden Moment zertreten zu werden.

Sie packte zwei Kultivierer und hob sie direkt vor ihr Gesicht. Für eine Sekunde schien es, als würden sich ihre steinernen Lippen öffnen. Dann fielen die Schwerter der beiden klirrend zu Boden und ihre Köpfe sackten schlaff zur Seite. Offensichtlich waren soeben ihre Seelen ausgesaugt worden.

Als keiner ihrer Angriffe auch nur irgendeine Wirkung zeigte, befolgten die Kultivierer schließlich Wei Wuxians Rat, schwärmten hinaus und flohen in alle vier Himmelsrichtungen.

Je verzweifelter Wei Wuxian in dem Chaos nach Jin Ling suchte, desto schwieriger fiel es ihm, ihn zu finden. Er ritt auf dem Esel in einen nahe gelegenen Bambuswald. Als er sich umdrehte, sah er die Schüler des Lan-Clans und rief ihnen zu: »Kinder!«

Lan Jingyi war empört: »Wer bitte soll hier ein Kind sein?! Ist dir überhaupt bewusst, welchem Clan wir angehören? Glaubst du, nur weil du dir das Gesicht gewaschen hast, müssen wir jetzt Respekt vor dir haben?!«

Wei Wuxian lenkte schnell ein. »Na gut, dann halt ›Brüder‹. Sendet ein Notsignal und ruft diesen ... diesen Hanguang-Jun!«

Die Schüler nickten. Während sie rannten, tasteten sie suchend ihre Kleidung ab.

»Die Notsignal-Feuerwerke ... Wir haben sie alle in der Nacht im Dorf Mo aufgebraucht«, erkannte Lan Sizhui kurze Zeit später.

Wei Wuxian erschrak. »Und ihr habt sie danach nicht wieder aufgestockt?!«

Die Feuerwerke wurden sonst vielleicht einmal im Jahrtausend benutzt. »Vergessen«, antwortete Lan Sizhui beschämt.

Einschüchternd schrie Wei Wuxian die beiden an: »Wie könnt ihr so etwas vergessen?! Wenn das euer Hanguang-Jun herausfindet, möchte ich nicht in eurer Haut stecken!«

Lan Jingyis Gesicht wurde leichenblass. »Wir sind erledigt. Dieses Mal wird Hanguang-Jun uns ordentlich bestrafen ...«

»Ja, das sollte er auch! Anders lernt ihr es ja anscheinend nicht«, bestätigte Wei Wuxian ihre Sorge.

»Junger Herr Mo! Junger Herr Mo! Woher wusstest du denn, dass das Wesen, das die Seelen verschlungen hatte, kein Geist und keine Bestie war, sondern die Statue der Göttin?«, fragte Lan Sizhui.

Wei Wuxian suchte weiterhin nach Jin Lings Gestalt, während sie rannten. »Woher ich das wusste? Ich habe es gesehen.«

Lan Jingyi holte sie beide ein, sodass nun je einer von ihnen links und einer rechts von ihm lief. »Was hast du gesehen? Wir haben uns doch auch umgeschaut!«

»Ihr habt also was gesehen? Und? Was war in der Nähe der alten Gräber?«

»Na was wohl. Die Seelen von Toten.«

»Genau, da waren welche. Daher konnte es auf keinen Fall ein Seelen fressendes Monster oder Geist sein. Ist doch offensichtlich: Wenn es sich um eines dieser beiden Wesen gehandelt hätte, hätte es dann die vielen herumschwirrenden Seelen verschont? Wohl kaum.«

»Warum?«, fragten diesmal beide im Kanon.

»Ihr vom Gusu-Lan-Clan …« Wei Wuxian hielt es nicht mehr aus. »Widmet euch in euren Lehrstunden mal etwas weniger der Etikette und dem Anstand und all diesem endlos langen Quatsch über die Geschichte und die Ursprünge der Kultivierungsclans, den ihr dann auch noch auswendig lernt, und fokussiert euch zur Abwechslung mal mehr auf die Praxis! Was gibt's daran nicht zu verstehen? Die Seelen von Toten sind wesentlich leichter zu verschlingen als die Seelen von Lebenden! Der Körper von Lebenden ist quasi ein Schutzschild und wenn man eine solche Seele verschlingen will, muss man diesen erst einmal durchbrechen. Das ist in etwa so …«, er schaute zu seinem Esel hinüber, der hechelnd die Augen verdrehte, »… wie wenn man euch einen Apfel vor die Nase hält, während ein anderer in einer verschlossenen Schachtel liegt. Welchen würdet ihr wählen? Natürlich den, der sich direkt vor euch befindet! Dieses Wesen aber frisst nur die Seelen Lebender, und weiß auch, wie es an sie rankommt. Es ist unglaublich wählerisch und unglaublich stark.«

Lan Jingyi war überrascht. »Ach, so ist das also. Das scheint Sinn zu ergeben! Aber warte, das heißt, du bist eigentlich gar nicht verrückt!«

»Wir dachten alle, dass der Erdrutsch und der durch den Blitz freigelegte Sarg die Ursache für die Vorfälle war. Daher gingen wir natürlich davon aus, dass wir es hier mit Seelen fressenden Geistern zu tun haben«, erklärte Lan Sizhui.

»Falsch«, erwiderte Wei Wuxian.

»Was ist falsch?«

»Die Reihenfolge und das Ergebnis sind beide falsch. Frage an euch: Was kam zuerst, der Erdrutsch oder die Vorfälle, bei denen die Seelen ausgesaugt wurden? Was war die Ursache, was das Resultat?«

Ohne zu zögern antwortete Lan Sizhui: »Der Erdrutsch kam zuerst, dann die Vorfälle. Das erste ist die Ursache, letzteres das Resultat.«

»Völlig falsch! Die Vorfälle begannen zuerst, dann der Erdrutsch. Die gefressenen Seelen sind die Ursache, der Erdrutsch das Resultat! Erinnert euch! Am Abend des Erdrutschs regnete und blitzte es heftig und ein Blitzeinschlag öffnete einen Sarg. Der erste, dem die Seele geraubt wurde, war ein Vagabund, der für eine Nacht in den Bergen eingeschlossen war und wenige Tage später heiratete«, erklärte Wei Wuxian.

Lan Jingyi stutzte. »Und was stimmt daran nicht?«

»Alles! Wo soll ein bettelarmer Herumtreiber denn das Geld für eine so große Hochzeit auftreiben?«, stellte Wei Wuxian klar.

Den jungen Kultivierern verschlug es die Sprache. Kein Wunder, wenn man bedachte, dass der Gusu-Lan-Clan sich keine Sorgen um finanzielle Angelegenheiten machen musste. Also fuhr Wei Wuxian fort. »Ihr habt doch die herumschwirrenden Totengeister hier auf dem Dafan-Berg gesehen. Einer davon ist ein alter Mann, dem man den Schädel eingeschlagen hat. Das Material und die Verarbeitung seines Totenhemds ist erstklassig. Und wenn sein Totenhemd bereits so edel ist, wird sein Sarg sicher auch nicht leer gewesen sein. Er wurde garantiert mit einigen Grabbeigaben beerdigt. Bei dem Grab, das durch den Blitzeinschlag geöffnet wurde, handelt es sich höchstwahrscheinlich um seins. Doch derjenige, der später seine Überreste aufgesammelt hat, fand nichts. Der Vagabund muss alles gestohlen haben. Nur so lässt sich sein plötzlicher Geldsegen erklären. Genau eine Nacht nach dem Erdrutsch heiratete er plötzlich, was bedeutet, dass in jener Nacht etwas Merkwürdiges passiert sein muss. Wahrscheinlich lief es so ab: In der Nacht regnete es heftig, also wird er sich einen Unterschlupf gesucht haben. Und wo auf dem Dafan-Berg kann man sich unterstellen? Beim Göttinnen-Schrein. Und wenn man schon mal beim heiligen Schrein ist, gibt es für gewöhnlich eine Sache, die man dort unbedingt tun muss.«

Bei Lan Sizhui fiel langsam der Groschen. »Sich etwas wünschen?«

»Korrekt. Zum Beispiel großes Glück, Geldsegen, Liebe oder Ähnliches. Die Göttin erfüllte seinen Wunsch: Durch das Gewitter öffnete sich das Grab, wodurch er die Schätze entdeckte. Nachdem sich jedoch sein Wunsch erfüllt hatte, nahm sie ihm im Gegenzug in der Hochzeitsnacht seine Seele!«

»Das ist geraten, oder?«, fragte Lan Jingyi skeptisch.

»Ja, ich rate. Folgt man aber diesen Vermutungen, werden alle Ereignisse schlüssig«, entgegnete Wei Wuxian.

»Und wie erklärst du das mit Fräulein A-Yan?«, hakte Lan Sizhui nach.

»Gute Frage. Ihr habt sie euch sicherlich auch schon gestellt, bevor ihr den Berg hochgestiegen seid. A-Yan hatte sich frisch verlobt. Und alle frisch verlobten jungen Frauen haben in der Regel den gleichen Wunsch.«

Lan Jingyi war verwirrt. »Welchen?«

»So was in der Art wie ›Ich wünsche mir, dass mein Mann mich sein ganzes Leben lang lieben und ehren wird, und zwar nur mich allein‹«, klärte Wei Wuxian ihn auf.

Die Irritation stand den jungen Männern ins Gesicht geschrieben. »Kann so ein Wunsch denn wirklich erfüllt werden ...?«

Wei Wuxian breitete die Arme aus. »Ganz einfach sogar. Wenn das Leben des Mannes beendet wird, zählt es doch als ›Er hat *sein ganzes Leben* lang nur eine Person geliebt‹, oder?«

Lan Jingyi ging ein Licht auf und er sagte aufgeregt: »Oh, oh! A... Also ist Fräulein A-Yans Zukünftiger höchstwahrscheinlich zwei Tage nach der Verlobung in den Bergen von Wölfen getötet worden, weil sie sich am Tag zuvor am Schrein etwas gewünscht hatte!«

Wei Wuxian schmiedete das Eisen, solange es noch heiß war. »Schwierig zu sagen, ob es Wölfe waren oder doch etwas anderes, das ihn getötet hat. Außerdem gibt es in A-Yans Fall eine Besonderheit: Wieso ist unter all den Vorfällen nur ihre Seele zurückgekommen? Was ist der Unterschied zwischen ihr und den anderen? Der Unterschied liegt darin, dass noch ein anderes Familienglied seine Seele verloren hat. Oder genauer gesagt: Es hat an ihrer statt den Preis gezahlt! Der Schmied Zheng war A-Yans Vater und er liebte seine Tochter über alles. Und welche Möglichkeit bleibt einem, wenn die Tochter ihre Seele verloren hat, jede Medizin wirkungslos ist und einem die Hände gebunden sind?«

Diesmal war es Lan Sizhui, der rasch verstand. »Er konnte seine letzten Hoffnungen nur noch in den Himmel setzen. Also ging auch er zum Schrein und wünschte sich, dass seine Tochter A-Yan ihre Seele zurückbekommt!«

Wei Wuxian stimmte zu. »Deshalb kehrte nur A-Yans Seele zurück, und das ist auch der Grund, weshalb der Schmied Zheng als dritter seine Seele verlor. Doch obwohl die Statue A-Yans Seele wieder ausspuckte, waren Schäden unvermeidbar. Nachdem die Seele zurückgekehrt war, fing A-Yan unfreiwillig an, den Tanz und sogar das Lächeln der Göttin zu imitieren.«

Die Vorfälle hatten also eins gemein: Die Betroffenen hatten sich alle etwas von der Statue gewünscht. Und der Preis für die Erfüllung ihrer Wünsche war ihre Seele gewesen.

Die Statue der Göttin war ursprünglich nur ein gewöhnlicher Stein gewesen, der zufällig eine menschenähnliche Form besessen hatte. Durch die jahrhundertlange Anbetung hatte er jedoch auf unerklärliche Weise magische Kräfte entwickelt. Die Gier der Statue wurde dadurch jedoch nicht gestillt, und ihr kam der düstere Gedanke, mit dem Aussaugen von Seelen schneller an mehr Macht zu gelangen. Da sie die Seelen nur nahm, wenn sich die Besucher des Schreins etwas wünschten, erschien es so, als hätten die Wünschenden ihre Seelen freiwillig geopfert. Das Ganze wurde somit als ein schlüssiger, äquivalenter Tausch betrachtet, bei dem jeder das bekam, was er wollte. Die Nadel des Kompasses des Bösen schlug daher nicht aus und die Yin-Anziehungsflaggen lockten nichts an. Genauso wenig erzielten die magischen Schwerter und Talismane eine Wirkung – einzig aus dem Grund, da sie es hier nicht mit einem Geist, Dämon oder Monster zu tun hatten, sondern mit einer Gottheit!

Sie war eine wilde Gottheit, genährt durch jahrhundertelange Anbetung und Ehrerbietung. Sie mit den gleichen Waffen anzugreifen wie Geister oder Bestien, war, als würde man Feuer mit Feuer bekämpfen!

Lan Jingyi rief: »Moment mal! Gerade eben wurde aber jemandem am heiligen Schrein die Seele ausgesaugt, ohne dass jemand von uns gehört hat, wie er einen Wunsch geäußert hätte!«

Wei Wuxians Herz pochte wild und er bremste die Schritte des Esels. »Am Schrein wurde jemandem die Seele genommen? Erzähl mir jedes Detail!«

Lan Sizhui berichtete ihm den Hergang im Schnelldurchlauf und als er zu der Stelle kam, an der Jin Ling den Satz »Wenn die tatsächlich so viele Wünsche erfüllt, versuch ich's mal: Ich wünsche mir, dass dieses Seelen fressende Ungeheuer vom Dafan-Berg sofort vor mir erscheint! Na, schafft sie das?« fallen ließ, entgegnete Wei Wuxian: »Und das soll kein Wunsch gewesen sein? Das ist sehr wohl einer!«

Bei denjenigen, die ihm zustimmten, wurde stillschweigend angenommen, sie hätten denselben Wunsch geäußert. Da die Statue zu dem Zeitpunkt direkt vor ihnen stand, hatte sie ihren Wunsch erfüllt. Nun forderte sie den Preis dafür!

Plötzlich bremste der Esel und schlug einen Haken in die entgegengesetzte Richtung.

Wei Wuxian war darauf nicht vorbereitet, sodass er fiel. Mit Mühe und Not konnte er sich am Strick festhalten, als er es im Unterholz vor sich Knacken und Kauen hörte.

Eine gigantische Gestalt erschien vor ihm im Gebüsch. Ihr riesiges Haupt war zu Boden gesenkt während ihr Unterleib hin und her schwankte. Als sie Wei Wuxian hörte, hob sie ruckartig den Kopf und ihre Blicke trafen sich.

Ursprünglich waren die Gesichtszüge der Seelen fressenden Göttin nur angedeutet gewesen, Augen, Nase, Ohren und Mund lediglich grob umrissen. Doch nun, nachdem sie die Seelen mehrerer Kultivierer verschlungen hatte, waren sie klar definiert. Es war das Gesicht einer lächelnden Frau, aus deren Mundwinkeln frisches Blut tropfte. Ein abgerissener Arm hing ihr aus dem Mund – sie war gerade dabei, ihn zu fressen.

Sofort schlossen sich die anderen dem Esel an und flohen mit ihm in die entgegensetzte Richtung.

Lan Sizhui war verzweifelt. »Da stimmt etwas nicht! Der Yiling-Patriarch hat doch gesagt, höherrangige Wesen verschlingen Seelen, nur niedere fressen Fleisch!«

Hilflos rief Wei Wuxian ihm zu: »Glaub das doch nicht blind, der hat doch selbst seine eigenen Sachen nicht auf die Reihe gekriegt! Keine Regel ist unveränderlich. Betrachte die Statue vielmehr als einen Säugling. Ohne Zähne kann der nur Reisbrei, Wasser und Suppe trinken, doch sobald er größer wird, will er auch seine Zähne benutzen und Fleisch essen. Die spirituellen Kräfte der Göttin sind enorm gewachsen, natürlich will sie da auch mal was Neues probieren!«

Die Göttin stand vom Boden auf. Sie war massiv und verlieh ihrem Tanz ekstatisch mit Händen und Füßen gleichzeitig Ausdruck, ganz so, als wäre sie in Hochstimmung. Plötzlich schnellte ein Pfeil an ihnen vorbei, traf ihre Stirn und trat am Hinterkopf wieder heraus.

Wei Wuxians Blick folgte dem Geräusch der Sehne.

Unweit entfernt stand Jin Ling auf einem hohen Abhang und legte bereits den zweiten Pfeil an, spannte erneut die Sehne und ließ los. Wieder durchbohrte der Pfeil den Kopf der Statue und die Wucht des Einschlags ließ sie einige Schritte rückwärts schwanken.

Lan Sizhui schrie: »Junger Herr Jin! Feuer das Notsignal ab, das du bei dir trägst!«

Jin Ling ignorierte ihn, entschlossen das Monster zu erlegen. Mit ernster Miene spannte er diesmal drei Pfeile auf einmal.

Obwohl sie zweimal am Kopf getroffen worden war, wurde die Göttin nicht wütend, sondern lächelte immer noch über das ganze Gesicht und ging nun zum Gegenangriff auf Jin Ling über. Obwohl sie beim Gehen tanzte, war sie erschreckend schnell und hatte die Distanz zwischen ihnen binnen Sekunden um die Hälfte verringert.

Von der Seite kamen nun einige Kultivierer dazu, die mitkämpften und die Schritte der lebenden Statue verlangsamten. Jin Ling traf mit jedem Pfeil und wirkte fest entschlossen, zuerst all seine Pfeile zu verbrauchen, bevor er zum Nahkampf überging. Seine Hand war ruhig und er zielte genau. Nur leider hatte keine der magischen Waffen eine Wirkung auf die Göttin!

Jiang Cheng und Lan Wangji warteten in Fojiao auf Neuigkeiten. Es war ungewiss, wann sie von selbst bemerken würden, dass etwas nicht stimmte und ihnen zu Hilfe eilten.

Feuer muss man mit Wasser löschen. Wenn die magischen Waffen der Kultivierer keine Wirkung erzielten, musste man es eben mit dämonischen Mitteln versuchen!

Wei Wuxian zog das Schwert, das um Lan Sizhuis Hüfte hing, schnitt damit ein dünnes Stück Bambus ab und schnitzte daraus geschwind eine Flöte. Diese legte er an seine Lippen und atmete tief ein.

Der folgende hohe, schrille Ton der Flöte schoss wie ein Pfeil durch den Nachthimmel.

Hätte er eine andere Wahl gehabt, wäre er nicht so vorgegangen. Doch so, wie die Dinge gerade standen, war es ihm völlig gleich, was er beschwor – solange es boshaft und teuflisch genug war, diese Seelen fressende Göttin in Stücke zu reißen!

Lan Sizhui war wie vom Donner gerührt, während Lan Jingyi sich die Ohren zuhielt. »Was spielst du denn in so einem Moment Flöte?! Das klingt ja grauenvoll!«

Bereits drei oder vier Kultivierern, die gegen die Statue gekämpft hatten, war die Seele ausgesaugt worden. Nur noch wenige Meter trennten Jin Ling von ihr, also zog er sein Schwert

Sein Herz pochte wie wild. Das Blut schoss ihm in den Kopf.

»Wenn ich ihr mit diesem Schlag nicht den Kopf abschlagen kann, ist das hier und jetzt mein Ende – wenn ich sterbe, dann sterbe ich eben!«

Genau in diesem Moment erklang ein metallisches Rasseln aus den Wäldern des Dafan-Berges.

Rassel, Rassel, Rassel, Rassel.

Mal schnell, mal langsam, mal gedämpft, mal hallend hörte man das Echo im stillen Wald. Es schien von Eisenketten zu stammen, die gegeneinander schlugen, während sie über den Boden geschleift wurden.

Das Rasseln kam immer näher und wurde immer lauter.

Aus unerklärlichen Gründen hörte es sich extrem bedrohlich an, sodass selbst die Göttin aufhörte zu tanzen, die Arme hob und in die Dunkelheit starrte, aus der das Geräusch kam.

Wei Wuxian steckte die Flöte weg und sah gebannt in dieselbe Richtung.

Obwohl ihn mehr und mehr eine böse Vorahnung beschlich, konnte er sich zumindest sicher sein, dass es ein Wesen war, das seinen Befehlen gehorchen würde, wenn es sich schon von ihm beschwören ließ.

Der Lärm endete abrupt und eine Gestalt trat aus der Dunkelheit.

Als man sie deutlich erkennen konnte, veränderte sich der Ausdruck auf den Gesichtern der Kultivierer schlagartig. Obwohl sie der Statue einer Göttin gegenüberstanden, die jederzeit ihre Seelen aussaugen konnte, hatten sie bislang weder den Rückzug angetreten noch hatten sie sich auch nur eine Spur von Angst anmerken lassen. Jetzt jedoch waren ihre Schreie von blankem Ersetzen erfüllt.

»Der Geistergeneral! Es ist der Geistergeneral! Es ist Wen Ning!«

Wie »der Yiling-Patriarch« war auch »der Geistergeneral« ein Name, der überall Schrecken verbreitete. Beide wurden oft in einem Atemzug genannt.

Gemeint war damit eine ganz bestimmte Person: Die einstige rechte Hand des Yiling-Patriarchen Wei Ying. Er war derjenige, der ihn bei seinen Gräueltaten unterstützt und mit ihm Chaos und Schrecken verbreitet hatte. Vor ihnen stand der bösartige Untote, dessen Knochen längst hätten eingeäschert und in alle Winde verstreut sein sollen: Wen Ning!

Wen Nings Kopf war leicht gesenkt und seine beiden Arme hingen schlaff herunter, ganz wie bei einer Marionette, die auf die Befehle ihres Puppenspielers wartet. Sein fein geschnittenes Gesicht war leichenblass und besaß eine gewisse melancholische Schönheit. Da jedoch statt Pupillen nur totes Weiß seine Augäpfel zierte und sich vom Hals bis zu den Wangen mehrere schwarze Risse zogen, wich der Eindruck von Melancholie schnell dem erschreckender Trübseligkeit.

Der Saum und die Ärmel seiner Robe waren zerschlissen und entblößten seine Handgelenke, die genauso blass waren wie sein Gesicht, sowie die pechschwarzen Handschellen und Eisenketten, die an seinen Fesseln befestigt waren. Das rasselnde Geräusch kam von eben diesen Ketten, die er beim Laufen hinter sich her schleifte. Sobald er anhielt, trat Totenstille ein.

Es war nicht schwer zu verstehen, weshalb die anwesenden Kultivierer vor Furcht zitterten. Auch Wei Wuxian war innerlich nicht ruhiger als sie. Die Angst fuhr ihm durch Mark und Bein.

Es war nicht nur so, dass Wen Ning nicht hier sein sollte, er sollte überhaupt nicht mehr in dieser Welt existieren. Lange vor der Belagerung der Grabhügel hätte seine Asche in alle Winde verstreut sein sollen!

Als Jin Ling hörte, wie die anderen Wen Nings Namen riefen, wandte er sein Schwert, das bis eben noch auf die Göttin gerichtet war, reflexartig in dessen Richtung. Diese nutzte seine Unachtsamkeit, streckte freudig ihren langen Arm nach ihm aus und hob ihn hoch.

Sie hatte den Mund bereits weit geöffnet und näherte sich Jin Lings Gesicht.

Wei Wuxian hatte keine Zeit, schockiert zu sein. Erneut holte er seine Flöte hervor. Seine Hände zitterten etwas und mit ihnen die Töne, die erklangen. Da er die Flöte außerdem nur grob auf die Schnelle geschnitzt hatte, waren die Klänge kratzig und schmerzten in den Ohren. Aber mit seinem Spiel fing Wen Ning an, sich in Bewegung zu setzen.

Mit einem Mal erschien er vor der Seelen fressenden Göttin, schlug mit der Handkante zu und brach ihr mit einem Knacken den Hals.

Ihr Körper erstarrte, ihr Kopf jedoch drehte sich durch die Attacke einmal um die eigene Achse, bis ihr Gesicht nach hinten zeigte.

Sie lächelte immer noch.

Mit der bloßen Hand hackte Wen Ning ihr die rechte Hand ab, in der sie Jin Ling hielt.

Sie blickte hinunter auf das sauber abgetrennte Handgelenk und statt ihren Kopf zurück in die richtige Position zu drehen, wandte sie Wen Ning nun Gesicht und Rücken gleichzeitig zu.

Wei Wuxian wagte es nicht, nachlässig zu werden, beugte den Kopf, holte Luft und manövrierte Wen Ning durch die Schlacht. Trotzdem wurde er immer unruhiger.

Niedere Untote konnten nicht selbstständig denken und benötigten seine Befehle und Instruktionen. Auch stärkere böse Untote waren häufig in einem Zustand geistiger Verwirrung und hatten kein Bewusstsein. Bei Wen Ning hatte es sich jedoch anders verhalten. Wei Wuxian hatte ihn trainiert und so war er den anderen als der wahrscheinlich stärkste, bösartige Untote der Welt weit überlegen gewesen. Er hatte selbstständig denken können und abgesehen von seiner fehlenden Angst vor Verletzungen, Feuer, Kälte, Vergiftungen und all dem, wovor sich Menschen sonst fürchteten, hatte er sich nicht von den Lebenden unterschieden.

Der Wen Ning, der nun vor ihm stand, hatte jedoch ganz offensichtlich keinen eigenen Willen!

Wei Wuxian war innerlich noch aufgewühlt, als entsetzte Schreie aus der Menge zu ihm herüber drangen.

Wen Ning schlug und trat ohne Unterlass auf die Statue ein und presste sie fest zu Boden, dann hob er einen Felsen auf, dessen Größe die eines Menschen überstieg, und schlug damit auf sie ein. Die Angriffe hagelten auf ihren Steinkörper nieder wie Blitz- und Donnerschläge, bis von der Seelen fressenden Göttin nur noch Staub übrig war!

Aus dem entstandenen Geröllhaufen am Boden rollte eine strahlend schneeweiße Perle. Die Dutzenden lebender Seelen, die sie ausgesaugt hatte, waren in diesem Kern eingeschlossen. Wenn man sie mitnahm und es vorsichtig anstellte, konnte man die Seelen, die gerade erst verschlungen worden waren, wiederherstellen. Doch im Augenblick hatte niemand die Muße, die Perle aufzuheben, und alle Schwertspitzen, die zuvor auf die Göttin gerichtet gewesen waren, wandten sich nun ihrem neuen Ziel zu.

Ein Kultivierer schrie mit aller Kraft: »Umzingelt ihn!«

Einige gehorchten nach einem kurzen Moment, die meisten jedoch waren unschlüssig und wichen einige Schritte zurück.

Der Kultivierer schrie erneut: »Kameraden, wir müssen ihn unbedingt aufhalten und dürfen ihn nicht entkommen lassen. Wir reden hier immerhin von Wen Ning!«

Dieser Satz rüttelte die Menge wach. Eine unbedeutende Seelen fressende Kreatur konnte man ja wohl kaum mit dem Geistergeneral vergleichen. Auch wenn keiner wusste, wieso er aufgetaucht war, war es wichtiger, Wen Ning zu erledigen, als tausend Seelen fressende Geister – immerhin war er der gehorsame tollwütige Hund des Yiling-Patriarchen und konnte ohne jede Vorwarnung zubeißen. Er würde ihnen mit Sicherheit großen Ruhm und viel Ehre einbringen! Da sie auf den Dafan-Berg gestiegen waren, um an der Nachtjagd teilzunehmen und sich durch das Erlegen von Dämonen und Monstern einen Namen zu machen, war es nur natürlich, dass diese Aussicht für einige unter ihnen verlockend klang.

Die älteren Kultivierer jedoch, die damals Wen Nings Wahn und Ausbrüche mit eigenen Augen gesehen hatten, wagten es nicht, etwas zu überstürzen, sodass der Kultivierer nun wieder laut schrie: »Wovor fürchtet ihr euch? Der Yiling-Patriarch ist ja nicht hier!«

Sie dachten nach. Stimmt, wovor sollten sie Angst haben, sein Herrchen war bereits in Stücke gerissen worden! Also zog sich der Schwertkreis, der Wen Ning umzingelte, enger zusammen.

Der Geistergeneral schwang seine Arme und die schweren, schwarzen Ketten fegten restlos alle Schwerter weg. Dann trat er einen Schritt vor, packte den Nächststehenden am Hals und hob ihn mit Leichtigkeit vom Boden.

Wei Wuxian wusste, dass die Melodie, die er gespielt hatte, gehetzt und aggressiv gewesen war und sich Wen Ning nun dementsprechend verhielt. Er musste ihn unbedingt aufhalten. Also beruhigte er sich und spielte nun selbstbewusst eine andere Melodie.

Sie entsprang seinem Herzen wie von selbst, war sanft und friedlich und stand im starken Kontrast zu dem bizarren, ohrenbetäubenden Flötenspiel von zuvor. Wen Ning erstarrte angesichts dieser Melodie, dann drehte er sich langsam in die Richtung, aus der sie kam.

Wei Wuxian schaute in seine pupillenlosen Augen.

Wenige Momente später lockerte sich Wen Nings Griff und der Kultivierer fiel zu Boden. Wen Ning senkte seine Arme, sodass sie nun an seinen Seiten herabhingen und ging Schritt für Schritt auf Wei Wuxian zu. Mit seinem gebeugten Kopf und den schweren Eisenketten, die er über den Boden hinter sich herzog, wirkte er sogar etwas niedergeschlagen.

Wei Wuxian spielte weiter, während er langsam rückwärtsging, und lockte ihn damit fort. So liefen sie eine Weile und zogen sich tiefer in die Wälder zurück, als ihm der Duft von frischem, kühlem Sandelholz in die Nase stieg. Plötzlich stieß er mit jemandem hinter sich zusammen, ein stechender Schmerz durchfuhr sein Handgelenk und das Flötenspiel endete abrupt.

Wei Wuxian hatte eine ungute Vorahnung. Langsam drehte er sich um und blickte in Lan Wangjis Augen, die durch ihre blasse Farbe eiskalt wirkten.

Das war nicht gut. Lan Wangji hatte einst mit eigenen Augen gesehen, wie er Untote mit seinem Flötenspiel lenkte.

Mit einer Hand hielt er Wei Wuxians fest umklammert, während Wen Ning keine fünf Meter von ihnen entfernt ausdruckslos dastand und sich fragend umschaute – ganz so, als würde er nach dem plötzlich verstummten Flötenspiel lauschen. In der Ferne breitete sich das Licht von Feuer und der Klang von Stimmen aus. Wei Wuxians Gedanken überschlugen sich, schließlich fällte er binnen Sekunden seine Entscheidung: Dann hatte man ihn halt gesehen, na und? Es gab Zigtausende, die Flöte spielen konnten, und mit der Menge an Menschen, die die Technik des Yiling-Patriarchen erlernt hatten und mit ihrem Flötenspiel Untote lenkten, hätte man einen eigenen Clan gründen können.

Mauer des Schweigens!

Er ignorierte stur die Hand, die ihn umklammerte, hob wieder den Arm und spielte weiter. Diesmal war sein Spiel eiliger, als würde er jemanden drängen oder ermahnen. Sein Atem kam unruhig und die Endnoten klangen abgebrochen, die Melodie schmerzte in den Ohren.

Lan Wangji packte noch fester zu, sodass sein Handgelenk beinahe brach. Wei Wuxian hielt die Schmerzen nicht mehr aus, lockerte seinen Griff und die Bambusflöte fiel zu Boden.

Glücklicherweise waren seine Anweisungen bereits klar genug gewesen und Wen Ning zog sich hastig zurück. Lautlos und ohne Spuren zu hinterlassen verschwand er geschwind in den Tiefen der Wälder.

Wei Wuxian befürchtete, dass Lan Wangji Wen Ning töten würde, also packte er nun seinerseits ebenfalls dessen Handgelenk. Dieser würdigte Wen Ning jedoch keines Blickes, sondern war weiterhin nur auf Wei Wuxian fixiert.

So standen sie beide da – jeder am anderen ziehend und zerrend, einander gegenseitig anstarrend.

Im nächsten Moment kam Jiang Cheng herbeigeeilt.

Während er sich in Fojiao in Geduld geübt und das Ergebnis abgewartet hatte, war ein Schüler, noch bevor er eine Tasse Tee hatte austrinken können, hastig den Berg heruntergerast gekommen und hatte ihm berichtet, wie mächtig das bösartige Wesen auf dem Dafan-Berg tatsächlich war.

Erschüttert war Jiang Cheng den Berg wieder hinaufgeeilt und rief nun nach seinem Neffen: »A-Ling!«

Obwohl Jin Ling gerade beinahe die Seele ausgesaugt worden war, ging es ihm nun wieder gut. Mit beiden Beinen fest auf dem Boden trat er ihm entgegen. »Onkel!«

Jiang Cheng fiel ein Stein vom Herzen, als er sah, dass Jin Ling nichts zugestoßen war, und er ging augenblicklich zu einer Schimpftirade über. »Trägst du kein Signal bei dir? Wieso feuerst du es bei so einem Wesen nicht ab? Hör auf, den Starken zu spielen und komm her!«

Jin Ling war ebenfalls wütend, weil er die Göttin nicht geschnappt hatte. »Du hast doch gesagt, dass ich sie unbedingt erlegen muss! Wenn ich die Beute nicht erwische, sollte ich dir nicht mehr unter die Augen treten!«

Jiang Cheng wollte diesem Flegel eine saftige Ohrfeige verpassen, die ihn zurück in den Bauch seiner Mutter katapultieren würde, doch er hatte diese Worte ja tatsächlich gesagt. Da er sich nicht selbst blamieren konnte, wandte er sich den anderen Kultivierern zu, die überall verstreut auf dem Boden lagen, und spottete: »Was war das denn für eine Kreatur? Die hat euch ja ganz schön übel zugesetzt.«

Die Kultivierer trugen Roben in den unterschiedlichsten Farben. Unter sie hatten sich auch einige verkleidete Mitglieder des Yunmeng-Jiang-Clans gemischt. Da Jiang Cheng befürchtet hatte, Jin Ling würde es nicht schaffen, hatte er ihnen befohlen, ihn heimlich zu unterstützen. Als sein *Qianbei*[*] hatte Jiang Cheng weder Kosten noch Mühen gescheut.

Ein Kultivierer berichtete mit starrem Blick »O... Oberhaupt, es ... es war Wen Ning ...«

Jiang Cheng glaubte, sich verhört zu haben. »Was sagst du da?«

Die Person wiederholte: »Wen Ning ist zurück!«

Innerhalb von Sekunden zeichneten sich nacheinander Erstaunen, Abscheu, Wut und Ungläubigkeit auf Jiang Chengs Gesicht ab.

Nach einer ganzen Weile sagte er schließlich kalt: »Diese Kreatur wurde längst unter den Augen aller ausgelöscht, wie könnte sie zurück sein?«

Der Kultivierer entgegnete: »Es war wirklich Wen Ning! Ein Irrtum ist ausgeschlossen!« Dann zeigte er plötzlich auf die andere Seite. »Er hat ihn beschworen!«

Wei Wuxian, immer noch fest in Lan Wangjis Griff, war nun plötzlich ins Zentrum der Aufmerksamkeit gerückt. Langsam wandte Jiang Cheng ihm seinen elektrisierenden, kalten Blick zu.

Nach einer halben Ewigkeit verzog er dann die Mundwinkel zu einem grotesken Lächeln. Mit seiner linken Hand strich er wieder unwillkürlich

[*] Ein »Qianbei« ist jemand, der (eine Generation) älter oder erfahrener und nicht unbedingt mit einem verwandt ist.

über seinen Ring, als er leise fragte: »Gut. Du bist also zurück?« Dann zog er seine linke Hand zurück, von der nun eine lange Peitsche herabhing.

Sie war extrem dünn und gemäß ihres Namens durchströmte sie ein violetter Stromfluss, der summte und knisterte wie das Donnergrollen während eines Gewitters. Er hielt das Ende fest in der Hand. Als er die Peitsche schließlich schwang, zuckte sie vor wie ein gleißender Blitz!

Noch bevor Wei Wuxian sich regen konnte, hatte Lan Wangji bereits seine Zither hervorgeholt. Unbeirrt zupfte er eine Saite.

Wie ein Stein, der beim Auftreffen auf der Wasseroberfläche tausend kleine, sich ausbreitende Wellen verursachte, vibrierte die Luft durch die Schwingungen der Melodie, traf auf Zidian und gewann die Oberhand, sodass die Peitsche unterlag.

Seine Vorsätze, unter keinen Umständen voreilig eine Konfrontation zu riskieren und sich den Lan-Clan nicht zum Feind zu machen, warf Jiang Cheng seinen inneren Dämonen zum Fraß vor. Der Nachthimmel über dem Dafan-Berg war abwechselnd erfüllt von violetten Blitzen, strahlend hell gleißendem Licht, Donnergrollen und der lauten Vibration der Zither.

Die übrigen Kultivierer brachten sich eilig in Sicherheit und verfolgten den Kampf aus einiger Entfernung, erfüllt von Angst und doch unfähig, den Blick abzuwenden. Immerhin war es ein seltener Anblick, dass zwei hochrangige Kultivierer derart angesehener Kultivierungsclans die Klingen kreuzten, und sie kamen nicht umhin, sich einen noch gewaltigeren, noch heftigeren Kampf herbeizusehnen. Auch waren einige unter ihnen, die insgeheim die Hoffnung hegten, dass sich das Verhältnis der Clans zueinander von nun an verschlechtern würde.

Wei Wuxian wiederum ergriff seine Chance, nahm die Beine in die Hand und floh.

Die Menge war erstaunt. Dass die Peitsche ihn nicht erwischt hatte, hatte doch nur daran gelegen, dass Lan Wangji sich schützend vor ihn gestellt hatte. Jetzt zu fliehen, kam Selbstmord gleich!

Und tatsächlich schien es, als hätte Jiang Cheng Augen am Rücken. Jetzt, wo Wei Wuxian den von Lan Wangji geschützten Radius verlassen hatte, ließ er sich die Gelegenheit nicht entgehen und holte mit der Peitsche aus, woraufhin Zidian wie ein bösartiger Drache durch die Lüfte schnellte und den Flüchtenden am Rücken traf!

Dieser Hieb hätte Wei Wuxian durch die Luft und in einen Baum katapultiert, wenn der Esel ihn nicht abgefangen hätte.

Nach der Attacke beendeten Lan Wangji und Jiang Cheng augenblicklich ihren Kampf. Beide waren sprachlos vor Erstaunen.

Wei Wuxian rieb sich den Rücken, stützte sich am Esel ab und stand auf. Während er sich hinter dessen Rücken versteckte, brüllte er los: »Beeindruckend! Nur weil man das Oberhaupt eines angesehenen, mächtigen Clans ist, darf man also wahllos Leute auspeitschen! Tse!«

Lan Wangji, noch immer verwirrt, hüllte sich in Schweigen.

Auch Jiang Cheng fehlten noch immer die Worte.

Gleichermaßen überrascht wie wütend fragte Wei Wuxian: »Was ist denn?«

Zidian besaß eine besondere Fähigkeit: Wenn sie jemanden traf, dessen Körper besessen war, trieb sie die Seele desjenigen, der von dem Körper Besitz ergriffen hatte, sofort aus – da gab es keine Ausnahme. Doch der Kerl hinter dem Esel bewegte sich nach dem Peitschenhieb genau wie zuvor und war quicklebendig! Die einzige Erklärung dafür war, dass er gar nicht besessen war.

Natürlich kann Zidian meine Seele nicht austreiben. Hier liegt ja auch keine Körperbesitzergreifung, sondern eine Opferung vor. Und obendrein auch noch eine erzwungene!, dachte Wei Wuxian.

Skepsis machte sich in Jiang Chengs Gesicht breit und er wollte ihm gerade noch einen Hieb versetzen, als Lan Jingyi rief: »Oberhaupt Jiang, das müsste doch jetzt reichen. Wir reden hier immerhin von Zidian!«

Zidian war eine spirituelle Waffe. Es war absolut undenkbar, dass sie beim zweiten Versuch plötzlich ihre Wirkung entfalten würde, wenn es beim ersten Mal nicht funktioniert hatte. Wenn es nichts zum Austreiben gab, dann war das so, und man musste akzeptieren, dass keine Körperbesitzergreifung vorlag. Andernfalls würde Zidian ihren guten Ruf zu Unrecht genießen. Jiang Cheng, dem sein Ansehen genauso wichtig war wie sein Leben, blieb also nichts anderes übrig, als von seinem Vorhaben abzulassen.

Doch wer außer Wei Wuxian hätte Wen Ning sonst noch beschwören können?

Wie er es auch drehte und wendete, er konnte es einfach nicht akzeptieren, also zeigte er mürrisch auf Wei Wuxian. »Wer zum Teufel bist du?«

Schließlich mischte sich ein Kultivierer, der beim Kampf von der Seite aus zugeschaut hatte, ein und räusperte sich: »Oberhaupt Jiang, wahrscheinlich schenkt Ihr derlei Dingen keine Aufmerksamkeit, sodass Ihr es nicht wissen könnt, aber Herr Mo Xuanyu hier war beim Lanling-Jin-Clan ... nun ja ... Er war ein Schüler, der nicht zum inneren Kreis des Clans gehörte. Da er nicht viel spirituelle Energie vorweisen konnte, sich beim Kultivieren keine Mühe gab und da ja noch diese Sache ist ... mit der er den anderen Schüler belästigt hat, hat man ihn aus dem Clan geworfen. Er soll auch noch verrückt sein. Ich denke, es hat ihn so geärgert, dass er es auf dem konventionellen Weg nicht geschafft hat, dass er den dunklen Pfad eingeschlagen hat. Wahrscheinlich hat dieser ... der Yiling-Patriarch gar nicht Besitz von ihm ergriffen.«

Jiang Cheng wusste nicht, worauf er hinauswollte. »Diese Sache? Welche Sache?«

»Diese ... nun ja, diese Sache halt ...«

Ein anderer konnte es nicht mehr mitansehen. »Er ist homosexuell!«

Jiang Cheng runzelte die Stirn und in dem Blick, mit dem er Wei Wuxian bedachte, lag nun noch mehr Abscheu.

Außerdem gab es da noch etwas, von dem die Anwesenden sich nicht trauten, es in Jiang Chengs Gegenwart laut auszusprechen.

Auch wenn er keinen guten Ruf genoss, so musste man doch zugeben, dass der Yiling-Patriarch Wei Wuxian vor seinem Verrat am Yunmeng-Jiang-Clan überall als attraktiver Mann bekannt gewesen war. Er galt als kultivierter und gebildeter Edelmann, der in allen sechs Künsten* versiert war und beim Ranking der bestaussehendsten und sympathischsten Kultivierer den vierten Platz belegte. Die Menschen bezeichneten ihn als »lebhaft und fröhlich«. Das aufbrausende Oberhaupt des Jiang-Clans hingegen war nur auf Platz fünf und damit einen Rang unter ihm.

Die Umstehenden wagten es nicht, dies zu erwähnen.

Wei Ying war ein flatterhafter Mann gewesen und hatte es geliebt, mit schönen Frauen anzubändeln. Unzählige Damen waren seinem Charme zum Opfer gefallen, doch nie hatte man etwas davon gehört, dass er Männern gegenüber dieselbe Zuneigung gehegt hatte. Selbst wenn er von einem Körper Besitz ergreifen und sich rächen wollte ... jemand mit Wei Yings Geschmack hätte sich doch sicher niemals einen verrückten Homosexuellen dafür ausgesucht, der derart viel Make-up auftrug, dass er wie ein gehängter Geist aussah, und der obendrein noch auf einem apfelsüchtigen Esel ritt!

Ein anderer Kultivierer murmelte: »Wie man es auch dreht und wendet, er ist es sicher nicht ... Noch dazu war sein Flötenspiel grauenvoll ... Ordentlich gelernt hat der das nicht, aber so klingen billige Imitationen wohl einfach.«

Bei der *Sonnenabschuss-Kampagne* hatte der Yiling-Patriarch auf dem Schlachtfeld die ganze Nacht über auf seiner Flöte gespielt und dadurch eine Armee befehligt, bestehend aus Abertausenden Geistersoldaten und -offizieren. Sie hatten alles hinfort gefegt und jeden getötet, der sich ihnen in den Weg gestellt hatte – egal ob Mensch oder Gottheit.

* Riten, Musik, Reiten, Bogenschießen, Kalligrafie und Mathematik.

Sein Spiel klang himmlisch und konnte kaum mit den kläglichen Tönen dieses verstoßenen Sohnes des Jin-Clans verglichen werden. Auch wenn Wei Wuxian ein schrecklicher Mensch gewesen war, durfte man die beiden einfach nicht miteinander vergleichen. Das wäre zu demütigend.

Wei Wuxian war ein wenig deprimiert ... *Spielt ihr mal etwas auf einer Flöte, die ihr auf die Schnelle zusammengeschustert habt und nachdem ihr über zehn Jahre nicht üben konntet. Wenn es schön klingt, knie ich vor euch nieder!*

Gerade eben noch war Jiang Cheng der festen Überzeugung gewesen, dass dieser Mann Wei Wuxian war und hatte gekocht vor Wut, doch nun gab ihm Zidian in seiner Hand klar und deutlich zu verstehen, dass dem eigentlich nicht so sein konnte. Zidian würde ihn niemals belügen, und erst recht würde sie sich niemals irren. Er beruhigte sich schnellstmöglich und dachte kurz nach. So ein großes Problem war das nun auch wieder nicht, dann würde er ihn eben erst mal unter einem Vorwand mit zurücknehmen. Es gab immerhin eine ganze Reihe an Möglichkeiten, jemandem zum Reden zu bewegen, da machte er sich keine Sorgen. Früher oder später würde sich Wei Wuxian, sollte es sich doch um ihn handeln, schon noch verraten. Es war ja nicht so, als würde er so etwas zum ersten Mal machen.

Nachdem Jiang Cheng diesen Entschluss gefasst hatte, gab er mit einer Geste seiner Hand einen Befehl. Seine Schüler verstanden und umzingelten Wei Wuxian, der hastig den Esel mit sich zerrte und hinter Lan Wangjis Rücken sprang. Er hielt seine Hand vor die Brust und rief überrascht: »Hey, was wollt ihr von mir?!«

Lan Wangji betrachtete ihn stumm und ignorierte sein übertrieben unhöfliches Verhalten und Gezeter.

Da Lan Wangji keine Anstalten machte, aus dem Weg zu gehen, fragte Jiang Cheng ihn: »Zweiter junger Herr des Lan-Clans, willst du mir das Leben schwer machen?«

Jeder wusste, dass die Alarmbereitschaft des jungen Oberhaupts des Jiang-Clans bezüglich Wei Wuxians Rückkehr schon fast an Wahn grenzte. Lieber erwischte er den Falschen, als ihn entwischen zu lassen. Sobald er bei einer Person den Verdacht hegte, Wei Wuxian könnte von ihr Besitz ergriffen haben, brachte er sie zum Yunmeng-Jiang-Clan und folterte sie aufs Brutalste. Wenn er diesen jungen Mann mitnahm, würde er ihn sicher halbtot prügeln.

»Oberhaupt Jiang, die Fakten liegen doch klar auf der Hand: Niemand hat vom Körper des jungen Herrn Mo Besitz ergriffen. Wieso seid Ihr einem unbekannten Kultivierer wie ihm gegenüber so hart?«, wollte Lan Sizhui ihn beschwichtigen.

»Und wieso hält dann der zweite junge Herr des Lan-Clans seit vorhin ständig seine schützende Hand über diesen unbekannten Kultivierer?«, erwiderte Jiang Cheng kalt.

Plötzlich lachte Wei Wuxian. »Oberhaupt Jiang, wenn Ihr Euch derart um mich bemüht, ist mir das überaus unangenehm.«

Jiang Cheng hob die Augenbrauen. In dem Moment, als Wei Wuxian den Mund aufgemacht hatte, hatte er instinktiv gespürt, dass nichts dabei herauskommen würde, was ihn gut dastehen ließ.

»Ihr seid sehr leidenschaftlich, und dafür danke ich Euch. Aber als Ihr von meiner Vorliebe für das männliche Geschlecht erfahren habt, habt Ihr da wohl zu viel hineininterpretiert. Auch wenn ich Männer mag, heißt das noch lange nicht, dass ich alle Männer mag. Und es heißt schon gar nicht, dass ich mit welchen mitgehe, nur weil sie mir mal nett zuwinken. Zudem seid Ihr nicht mein Typ«, fuhr Wei Wuxian fort.

Er wollte ihn damit absichtlich provozieren.

Jiang Cheng hasste es zu unterliegen, ganz gleich um welche Belanglosigkeit es ging. Sobald jemand sagte, dass diese oder jene Person besser war als er, verfiel er in Rage und konnte an nichts anderes mehr denken als an den Sieg. Tatsächlich verfinsterte sich nun seine Miene. »Ist das so?

Dürfte ich dann fragen, welcher Typ Mann deinem Geschmack entspricht?«

»Welcher Typ? Nun, Männer wie Hanguang-Jun finde ich toll«, antwortete Wei Wuxian frei heraus.

Lan Wangji konnte derart flatterhafte, dumme Witze nicht ausstehen. Sobald Wei Wuxian ihn also abgeschreckt hatte, würde er sicher von sich aus eine klare Grenze ziehen und auf Abstand gehen. Wenn er beide auf einmal anwiderte, konnte er damit zwei Fliegen mit einer Klappe schlagen!

Zu Wei Wuxians Überraschung drehte sich Lan Wangji jedoch bei diesen Worten ungerührt um und sagte ausdruckslos: »Merk dir, was du eben gesagt hast.«

»Hm?«, verwirrt sah ihn Wei Wuxian an.

Lan Wangji drehte sich zurück zu Jiang Cheng und sagte höflich, aber bestimmt: »Ich nehme diesen Mann mit zum Lan-Clan.«

Wei Wuxian: »...«

Wei Wuxian: »... Hä?«

Kapitel 4:

Eleganz

1

Der Hauptsitz des Lan-Clans befand sich in den Tiefen eines Gebirges außerhalb der Stadt Gusu.

Das Wasser, die Pavillons und die Gärten ergaben ein malerisches Gesamtbild, und das ganze Jahr über waren die fortlaufenden weißen Mauern und schwarzen Dächer von Nebel umgeben, als befände man sich im Wolkenmeer des Reichs der Unsterblichen.

Dichter Morgendunst lag über der Residenz, durch den die ersten Sonnenstrahlen schienen.

Der Name des Ortes war passend gewählt – die *Wolkennische*.

Alles war ruhig, die Gemüter still wie stehendes Wasser. Die einzigen Klänge, die man vernahm, stammten von einer Glocke, die sich auf einem hohen Turm befand. Und obwohl es sich nicht um ein Kloster handelte, lag die gleiche ruhige, meditative Atmosphäre in der Luft.

Diese Ruhe wurde jäh von einem lang gezogenen Schluchzen unterbrochen, das die Schüler, die gerade in ihre morgendliche Lektüre vertieft waren oder sich ihren Schwertübungen widmeten, erschaudern ließ. Sie konnten nicht anders, als in Richtung des Eingangs zu blicken, wo der Lärm herkam.

Vor dem Eingang stand weinend Wei Wuxian und umklammerte seinen Esel.

»Hör auf zu heulen! Du hast selbst gesagt, dass du auf Hanguang-Jun stehst. Jetzt hat er dich sogar mit hierhergenommen, also worüber beschwerst du dich?!«, schimpfte Lan Jingyi.

Wei Wuxian machte ein unglückliches Gesicht.

Nach den Ereignissen in der Nacht auf dem Dafan-Berg hatte er keine Gelegenheit gehabt, Wen Ning noch einmal zu beschwören und herauszufinden, wieso dieser seinen freien Willen verloren hatte. Noch viel weniger wusste er, wieso Wen Ning wieder in der Welt der Lebenden aufgetaucht war. Lan Wangji hatte ihn einfach verschleppt.

In seiner Jugend war er einmal mit anderen Schülern seines Clans für drei Monate zum Gusu-Lan-Clan geschickt worden, um dort zu lernen. Damals hatte er die dort herrschende bedrückende Eintönigkeit am eigenen Leibe erfahren. Er hatte bis heute ein Trauma von den dreitausend Clanregeln, die in dichter, winziger Schrift in die *Wand der Regeln* eingraviert waren. Als er nun den Berg hochgeschleift wurde und dabei an der Wand vorbeikam, bemerkte er, dass weitere eintausend Regeln hinzugekommen waren und dort somit mittlerweile viertausend standen. Viertausend!

»Ist ja gut! Hör mit dem Gezeter auf, Lärm ist in der Wolkennische verboten!«, sagte Lan Jingyi.

Dabei veranstaltete er doch so ein Theater, gerade weil er eben nicht hineingehen wollte!

Wenn er erst einmal drin war, würde es schwierig werden, wieder rauszukommen.

Als er damals als Gastschüler hier gewesen war, war den Schülern aller Clans ein Jadesiegel ausgehändigt worden. Nur wenn man dieses bei sich trug, konnte man frei ein- und ausgehen, ansonsten war es unmöglich, die Schutzbarrieren der Wolkennische zu überwinden. Nach zehn Jahren konnten die Sicherheitsvorkehrungen höchstens noch strenger geworden sein – lockerer mit Sicherheit nicht.

Seine Klagerufe stießen bei Lan Wangji auf taube Ohren. Emotionslos sah er dem Schauspiel zu. Nachdem Wei Wuxian sich etwas beruhigt hatte, sagte er schließlich: »Lasst ihn jammern. Wenn er davon müde geworden ist, bringt ihr ihn rein.«

Wei Wuxian umklammerte den Esel und weinte nun noch mehr, während er mit seinem Kopf gegen das Tier trommelte.

Das war bitter! Eigentlich hatte er gedacht, von jedem Verdacht befreit worden zu sein, als ihm mit Zidian ein Hieb versetzt worden war, und er hatte sich innerlich schon selbst auf die Schulter geklopft. Mit seiner

Schäkerei und der gezielten Anmerkung in Richtung Lan Wangji hatte er versucht, ihn zu verschrecken, doch überraschenderweise reagierte der völlig anders darauf als früher.

Wie konnte das sein? War etwa in all den Jahren seine Entwicklung als Kultivierer enorm vorangeschritten, während seine Engstirnigkeit abgenommen hatte?

»Ich mag Männer, und bei euch im Clan gibt es so viele attraktive, dass ich befürchte, mich nicht zurückhalten zu können«, setzte Wei Wuxian erneut an.

Lan Sizhui versuchte, ihn zur Vernunft zu bringen. »Junger Herr Mo, Hanguang-Jun meinte es nur gut mit dir, als er dich herbrachte. Wärst du nicht mit uns gegangen, hätte Oberhaupt Jiang sicher nicht so schnell von dir abgelassen. In all den Jahren hat er unzählige Menschen gefangen genommen und zum *Lotuspier* des Jiang-Clans verschleppt, und keiner von ihnen ist je wieder freigelassen worden.«

Lan Jingyi fügte hinzu: »Das stimmt. Du hast seine Methoden wohl noch nicht miterlebt. Sie sind rabiat ...« An diesem Punkt fiel ihm die Regel ›Man darf nicht schlecht hinter dem Rücken anderer sprechen‹ ein. Verstohlen blickte er zu Lan Wangji, der jedoch nicht den Anschein machte, als wollte er ihn bestrafen. Also fuhr er mutig flüsternd fort: »Das ist alles die Schuld des Yiling-Patriarchen! Er hat die bösen Praktiken überhaupt erst in Umlauf gebracht. Es gibt einfach zu viele, die ihn nachahmen und nicht anständig kultivieren. Oberhaupt Jiang wiederum sieht hinter jedem Schatten ein Gespenst. Als ob er alle erwischen könnte! Selbst bei jemanden wie dir, der derart grottig Flöte spielt, lässt er nicht locker ... hach.«

Dieser Seufzer sagte mehr als tausend Worte. Wei Wuxian verspürte den starken Drang, sich zu rechtfertigen. »Nun, also, vielleicht glaubt ihr mir nicht, wenn ich das jetzt so sage, aber normalerweise spiele ich gar nicht so schle...«

Bevor er seinen Satz beenden konnte, schritten einige Kultivierer in hellen Gewändern durch das Haupttor. Sie trugen die Roben des Lan-Clans. Diese waren weiß wie Schnee und die Bänder der Gürtel wehten sanft im Wind.

Der Mann an der Spitze war groß und grazil und trug ein Schwert an der Taille, ebenso wie eine *Dong Xiao*, eine chinesische Flöte, aus weißem Jadestein. Als Lan Wangji ihn erblickte, verbeugte er sich höflich, und der andere Mann tat es ihm gleich. Dann schaute er Wei Wuxian an und lachte. »Wangji hat noch nie Gäste mit nach Hause gebracht. Dieser Herr hier ist ...?«

Als er und Lan Wangji sich so gegenüberstanden, wirkte es, als würden sie in einen Spiegel schauen. Nur dass Lan Wangjis Augen außergewöhnlich blass und hell wie Glasperlen waren, während die Iris des anderen Mannes eine wärmere, dunklere Farbe hatte.

Das war Lan Huan, das Oberhaupt des Gusu-Lan-Clans, auch bekannt unter seinem Hofnamen Lan Xichen und seinem Titel Zewu-Jun.

Der Apfel fällt nicht weit vom Stamm: Der Gusu-Lan-Clan war seit jeher als derjenige bekannt, der die schönsten Männer hervorbrachte. Diese Generation hatte mit Lan Xichen und Lan Wangji, gemeinsam auch als die *Zwillings-Jadesteine* bezeichnet, zwei besonders ansehnliche Exemplare vorzuweisen. Zwar waren die Brüder in Wirklichkeit keine Zwillinge, sahen einander jedoch zum Verwechseln ähnlich und es war daher schwer zu sagen, wer von beiden besser aussah. Doch trotz der großen äußerlichen Ähnlichkeit waren sie vom Wesen her gänzlich gegensätzlich.

Lan Xichen war freundlich, sanftmütig und elegant, während Lan Wangji übermäßig kalt und streng wirkte und die Menschen auf Abstand hielt. Beim Ranking der bestaussehendsten und sympathischsten Kultivierer war ersterer daher auf Platz eins, während letzterer den zweiten Platz belegte.

Lan Xichen war nicht umsonst das Clan-Oberhaupt. Beim Anblick von Wei Wuxian, wie er seinen Esel umklammerte, verzog er keine Miene.

Wei Wuxian setzte ein strahlendes Lächeln auf und ließ den Esel los, um ihn zu begrüßen. Der Gusu-Lan-Clan legte großen Wert auf Hierarchie und Respekt gegenüber Älteren. Wenn er vor Lan Xichen Unsinn reden würde, würden die Mitglieder des Clans ihn mit Sicherheit mit einer Tracht Prügel von hier vertreiben. Doch gerade, als er sein ganzes Können demonstrieren wollte, bedachte Lan Wangji ihn mit einem Blick und seine Lippen ließen sich nicht mehr voneinander lösen. Dann wandte Lan Wangji sich wieder um und setzte das Gespräch mit Lan Xichen unbeirrt fort. »Bruder, stattest du Lianfang-Zun gerade wieder einen Besuch ab?«

Lan Xichen nickte. »Wir beraten uns für die nächste *Diskussionskonferenz* beim *Goldenen Qilin-Plateau*.«*

Da Wei Wuxian seinen Mund nicht öffnen konnte, ging er wütend zum Esel zurück.

Lianfang-Zun war der Titel des derzeitigen Oberhaupts des Lanling-Jin-Clans, Jin Guangyao. Er war der einzige uneheliche Sohn, den Jin Guangshan anerkannt hatte. Als Halbbruder von Jin Zixuan war er der Onkel von Jin Ling – und gleichzeitig auch der Halbbruder von Wei Wuxians jetziger Identität Mo Xuanyu.

Obwohl beide uneheliche Kinder waren, hätten sie kaum unterschiedlicher sein können.

Mo Xuanyu schlief im Dorf Mo auf dem Boden und bekam Reste zu essen, während Jin Guangyao den höchsten Posten in der Kultivierungswelt innehatte und schaltete und waltete, wie es ihm beliebte. Wenn er wollte, konnte er Lan Xichen einfach so herbeizitieren, ebenso wie er nach Lust und Laune Versammlungen einberufen konnte. Es war jedoch trotzdem nicht verwunderlich, dass die Oberhäupter des Jin- und des Lan-Clans so eine enge Beziehung pflegten, immerhin waren sie Schwurbrüder.

* Das Qilin ist ein Fabelwesen aus der chinesischen Mythologie, das für Glück, Frieden und Gerechtigkeit steht.

»Das, was du letztens aus dem Dorf Mo mitgebracht hast, hat unser Onkel in seine Obhut genommen, um es zu untersuchen«, berichtete Lan Xichen.

Bei dem Dorfnamen horchte Wei Wuxian unwillkürlich auf und merkte, wie sich seine Lippen lösten. Lan Xichen hatte seinen Verstummungszauber aufgehoben. »Endlich bringst du mal Besuch mit. Schau nur, wie glücklich du aussiehst! Du musst dich anständig um deinen Gast kümmern. Da darfst du *so etwas* doch nicht machen.«

Glücklich? Wei Wuxian studierte Lan Wangjis Gesicht genauer.

Woran machte Lan Xichen bitte fest, dass er glücklich war?!

Nachdem sein Bruder gegangen und außer Sichtweite war, sagte Lan Wangji: »Bringt ihn rein.«

Nun wurde Wei Wuxian also wirklich an jenen Ort gezerrt, von dem er geschworen hatte, niemals wieder im Leben einen Fuß zu setzen.

Normalerweise traten nur angesehene Kultivierer über die Schwelle des Lan-Clans, einen Gast wie ihn hatten sie noch nie gehabt. Die Schüler, die Wei Wuxian durch Schieben und Ziehen hereindrängten, fanden die Abwechslung daher erfrischend und hatten ihren Spaß daran. Wenn die Clanregeln nicht so strikt gewesen wären, hätten sie sicher den ganzen Weg über gelacht.

»Hanguang-Jun, wo sollen wir ihn hinbringen?«, fragte Lan Jingyi.

»Ins *Ruhezimmer.*«

»Ins ... Ruhezimmer?!« Wei Wuxian wusste nicht, wie ihm geschah. Die anderen sahen einander ratlos an und wagten es nicht, etwas zu sagen.

Es handelte sich dabei um Hanguang-Juns Studier- und Schlafzimmer, in das er noch nie jemanden eingelassen hatte ... Es war minimalistisch eingerichtet und beherbergte kein einziges überflüssiges Objekt. Auf dem mit Stoff bezogenen Paravent waren mit feinen Pinselstrichen Wolken in den unterschiedlichsten Formen aufgemalt. Davor stand ein flacher Tisch für die Zither. In einer Ecke befanden sich auf einem kleinen, dreibeinigen Tisch einige Räucherstäbchen in einem Behältnis aus weißem Jadestein. Rauchspiralen stiegen sanft empor und erfüllten das Zimmer mit dem kalten Geruch von Sandelholz.

Lan Wangji verließ den Raum, um wichtige Angelegenheiten mit seinem Onkel zu besprechen, während Wei Wuxian hineingeschoben wurde. Doch kaum war Lan Wangji zur Tür hinaus, schlich sich Wei Wuxian auch schon fort. Er machte einen kleinen Rundgang durch die Wolkennische.

Wie erwartet, wurde er ohne das Jadesiegel sofort von der Barriere zurückgestoßen, als er versuchte, einige der meterhohen weißen Wände zu überwinden. Außerdem zog er damit auch sehr schnell die Aufmerksamkeit der Wachen in der unmittelbaren Umgebung auf sich. Ihm blieb nichts anderes übrig, als zum Ruhezimmer zurückzukehren.

In welcher Situation er sich auch befand, er verlor niemals wirklich die Nerven. Mit den Händen auf dem Rücken schritt er gemütlich im Zimmer auf und ab, fest davon überzeugt, früher oder später eine Lösung zu finden.

Der erfrischende Sandelholzgeruch war kalt und klar, und obwohl er einen nicht wehmütig stimmte, berührte er doch auf gewisse Art das Herz. In seiner erzwungenen Untätigkeit bemerkte er etwas.

Das ist Lan Zhans Geruch. Wahrscheinlich haftet er sich immer an seine Kleidung, wenn er hier Zither übt und meditiert.

Bei diesem Gedanken konnte Wei Wuxian nicht anders, als ein wenig näher an den kleinen Tisch in der Ecke zu treten. Plötzlich bemerkte er, dass sich das Holzpaneel unter seinem Fuß eindeutig von den anderen unterschied. Neugierig begann er, alles abzuklopfen.

In seinem letzten Leben hatte er des Öfteren Gruben und Gräber geöffnet und Höhlen abgesucht – im Nullkommanichts klappte er also ein Paneel hoch.

Allein die Tatsache, dass er in Lan Wangjis Zimmer ein geheimes Versteck gefunden hatte, überraschte ihn bereits. Er war jedoch noch erstaunter über das, was darin verborgen lag.

Nachdem er das Paneel angehoben hatte, verbreitete sich der Geruch von Alkohol, der unter dem Sandelholzduft kaum aufgefallen war. Sieben oder acht runde, schwarze Krüge waren in dieser kleinen, quadratischen Vertiefung dicht an dicht gedrängt.

Lan Wangji hatte sich wirklich verändert, nun versteckte er sogar Schnaps!

Aufgrund der Tatsache, dass Alkohol in der Wolkennische verboten war, hatten die beiden bei ihrer ersten Begegnung eine kleine Auseinandersetzung gehabt. Lan Wangji hatte sogar einen Krug seines *Lächeln des Kaisers* zerschlagen, den er den ganzen Weg von der Stadt Gusu aus den Berg hochgetragen hatte.

Nachdem er nach Yunmeng zurückgekehrt war, hatte Wei Wuxian keine Gelegenheit mehr gehabt, das Lächeln des Kaisers zu trinken, welches einzig und allein in Gusu gebraut wurde. Sein ganzes Leben lang hatte er gesagt, dass er bei Gelegenheit zurückkehren und es nachholen würde, doch dazu war es nie gekommen.

Wei Wuxian musste keinen der Krüge, die hier versteckt waren, öffnen. Allein anhand des Geruchs wusste er, dass es sich bei dem Inhalt um das Lächeln des Kaisers handelte. Niemals hätte er gedacht, dass er im Zimmer Lan Wangjis, der sich strikt an die Regeln hielt und keinen Tropfen Alkohol trank, eines Tages ein heimliches Versteck mit Schnaps finden würde. In diesem Leben hatte er wirklich Glück.

Wei Wuxian seufzte und leerte dabei einen Krug. Er vertrug enorm viel und seine Trunksucht stand dem in nichts nach. Er überlegte und kam zu dem Schluss, dass er für den Krug, den Lan Wangji ihm schuldete, nach all den Jahren ein wenig Zinsen verlangen müsste. Also trank er einen weiteren aus. Gerade als er angeheitert war, kam ihm plötzlich ein Gedanke: *Wie schwer konnte es schon sein, sich eines der Jadesiegel zu besorgen?*

Innerhalb der Wolkennische gab es eine kalte Quelle, die eine magische Wirkung besaß und von jedem Mann im Clan genutzt werden konnte. Es hieß, sie würde unter anderem den Geist beruhigen und reinigen sowie Krankheiten heilen. Bevor man die Quelle betrat, musste man sich natürlich seiner Kleider entledigen. Das war seine Chance, denn sie würden das Jadesiegel ja wohl kaum in den Mund nehmen, wenn sie sich in die Quelle begaben.

Wei Wuxian klatschte in die Hände und trank den letzten Schluck aus dem Krug in seiner Hand. Suchend schaute er sich um, fand jedoch keinen Ort, an dem er die beiden Krüge hätte entsorgen können. Also füllte er sie mit klarem Wasser und verschloss sie wieder. Dann stellte er sie zurück und deckte sie mit dem Paneel zu. Nachdem seine Arbeit erledigt war, ging er hinaus und machte sich auf die Suche nach einem Jadesiegel.

Obwohl die Wolkennische vor der Sonnenabschuss-Kampagne einmal niedergebrannt worden war, war beim Wiederaufbau alles nach der gleichen Struktur neu errichtet worden. Wei Wuxian konnte sich also mithilfe seines Gedächtnisses die gewundenen Wege entlang navigieren und kam kurz darauf bei der abgelegenen Quelle an.

Der Schüler, der die Quelle bewachte, stand weit entfernt.

Den weiblichen Kultivierern war eine andere Quelle zugeteilt, sodass sie nicht hierher kamen. Außerdem hatte noch niemand im Lan-Clan etwas derart Schamloses gewagt, wie sich bei der kalten Quelle auf die Lauer zu legen, sodass die Bewachung nicht sonderlich streng und leicht auszutricksen war. Für Wei Wuxian war es somit ein Leichtes, seinen unverfrorenen Plan in die Tat umzusetzen. Und wie es der Zufall so wollte, lagen auf einem weißen Stein hinter den Wasserdost-Büscheln weiße Kleider – es war also schon jemand da.

Die Kleidung war penibel zusammengelegt und sah aus wie ein Stück schneeweißer Tofu. Sogar das Stirnband war mit großer Sorgfalt gefaltet. Als Wei Wuxian den Stoff abtastete, um nach dem Jadesiegel zu suchen, hatte er beinahe Hemmungen, das Arrangement zu zerstören. Als er anschließend über einige Wasserdost-Büschel stieg und kurz zur Quelle hinüberblickte, blieb sein Blick plötzlich an etwas hängen.

Anders als bei heißen Quellen war das Wasser kalter Quellen eisig und es bildete sich kein Dampf an der Oberfläche, der einem die Sicht behinderte. Dadurch konnte Wei Wuxian den Oberkörper der Person, die in der Quelle mit dem Rücken zu ihm stand, klar und deutlich erkennen.

Der Mann war groß und hatte helle Haut. Seine langen, pechschwarzen Haare hingen nass über eine Schulter. Die Hüft- und Rückenlinie war fließend und schön, strahlte aber gleichzeitig auch Kraft aus. Kurz gesagt, es war ein schöner Mann.

Allerdings war es nicht die badende Schönheit, die Wei Wuxian so sehr den Atem verschlug und von der er seinen Blick nicht abwenden konnte – denn so schön diese Person auch war, er stand schließlich nicht wirklich auf Männer. Es war das, was sich auf ihrem Rücken befand, was seine gesamte Aufmerksamkeit erregte.

Mehrere Dutzend Narben, die sich kreuz und quer überschnitten.

Diese Narben stammten von einer *Disziplinierungspeitsche*.

Bei schweren Vergehen benutzten die Clans zur Bestrafung ihrer Schüler eine Peitsche, deren Narben niemals verblassten. Wei Wuxian war zwar nie damit ausgepeitscht worden, Jiang Cheng jedoch schon. Er hatte alles in seiner Macht Stehende versucht und dennoch keine Methode gefunden, um dieses Mal der Schande auch nur im Geringsten verblassen zu lassen. Wei Wuxian würde sich bei dieser Art von Narben daher sicher nicht irren.

Normalerweise waren ein bis zwei Hiebe mit der Disziplinierungspeitsche bereits Strafe genug, damit sich die Lektion der Person lebenslang einbrannte und sie es nicht wagte, den gleichen Fehler noch einmal zu begehen. Auf dem Rücken dieses Mannes waren jedoch mindestens dreißig Narben. Welchen unverzeihlichen Fehler musste er begangen haben, um derart ausgepeitscht zu werden? Und wenn es wirklich etwas derart Unverzeihliches gewesen war, wieso hatten sie ihn dann nicht gleich getötet?

In diesem Augenblick drehte sich die Person in der Quelle um und gab so den Blick auf die Vorderseite des Oberkörpers frei. Im Bereich zwischen Schlüsselbein und Herz war klar und deutlich ein Brandmal zu erkennen. Bei diesem Anblick erreichte Wei Wuxians Erstaunen seinen Höhepunkt.

Das Brandmal zog seine gesamte Aufmerksamkeit auf sich, da er sich fragte, ob er sich im ersten Moment vielleicht doch verguckt hatte. Nicht einmal dem Gesicht der Person schenkte er Beachtung, während er gebannt den Atem anhielt.

Plötzlich, als würde Schnee herabrieseln, senkte sich ein weißer Vorhang vor seinen Augen hinab, und im nächsten Augenblick schoss ein blau glänzendes Schwert auf ihn zu und durchschnitt die weiße Front wie ein eisiger Wind.

Hanguang-Juns berüchtigtes Schwert Bichen, wer kannte es nicht?

Oh nein, es war Lan Wangji!

Fliehen und Schwertern ausweichen beherrschte Wei Wuxian gut und mit einer Rolle auf den Boden konnte er dem Angriff knapp entrinnen.

Als er aus der kalten Quelle stürmte, hatte er sogar noch Zeit, ein Blatt zu entfernen, das sich in seinen Haaren verfangen hatte. Aufgescheucht wie ein kopfloses Huhn rannte er den Nachtwachen in die Arme, die gerade vorbeikamen.

Einer packte ihn und schimpfte ihn aus. »Was rennst du hier rum?! Rennen ist in der Wolkennische verboten!«

Als Wei Wuxian bemerkte, dass es sich bei der Patrouille um Lan Jingyi und die anderen handelte, war seine Freude groß und er nahm an, nun endlich den Berg hinuntergescheucht zu werden. Also verriet er sich hastig selbst: »Ich habe nichts gesehen! Wirklich gar nichts! Ich bin sicher nicht hergekommen, um Hanguang-Jun heimlich beim Baden zu beobachten!«

Diese maßlose Frechheit verschlug den Schülern augenblicklich die Sprache. Hanguang-Jun war eine Berühmtheit, die von allen verehrt wurde und deren Namen man nicht in den Schmutz ziehen durfte. Insbesondere die *Wanbei*, die jüngeren und unerfahreneren Schüler des Clans, beteten ihn an wie einen Heiligen. Und jetzt hatte dieser Verrückte sich in der Nähe der kalten Quelle versteckt, um Hanguang-Jun beim Baden zu beobachten! Allein der Gedanke daran, so etwas zu tun, war bereits als unverzeihbare Todsünde zu werten.

Lan Sizhui war so erschrocken, dass sich sogar seine Stimme veränderte. »Was? Hanguang-Jun? Hanguang-Jun ist da drin?!«

Wütend packte Lan Jingyi ihn. »Du verdammter Lustmolch! S…S… Selbst bei ihm wagst du es zu spannen?!«

Wei Wuxian schmiedete das Eisen, solange es noch heiß war, und bekannte sich selbst schuldig. »Ich habe aber doch gar keinen Blick auf den nackten Hanguang-Jun erhaschen können!«

Wütend fuhr Lan Jingyi ihn an: »Du wagst es auch noch, dich herauszureden! Wenn du nichts getan hast, was lungerst du hier dann so verstohlen rum? Sieh dich nur an, wie schamlos du bist!«

Wei Wuxian verdeckte mit beiden Händen sein Gesicht. »Du musst doch nicht gleich so laut werden! In der Wolkennische ist Krach verboten.«

Inmitten des Chaos stieg Lan Wangji, gehüllt in seine weiße Robe, aber mit offenem Haar, über die Wasserdost-Büschel und kam direkt auf sie zu. Bereits in der kurzen Zeit hatte er sich ordentlich angezogen. Bichen steckte allerdings noch nicht wieder in der Schwertscheide.

Die Schüler grüßten ihn eilig.

»Hanguang-Jun, dieser Mo Xuanyu ist wirklich abscheulich. Eigentlich habt Ihr ihn nur hergebracht, weil er uns im Dorf Mo ausgeholfen hat, doch er ... er ...«, sagte Lan Jingyi hastig.

Wei Wuxian war sich sicher, dass er diesmal zu weit gegangen war und zur Tür hinausgejagt werden würde, doch Lan Wangji bedachte ihn lediglich mit einem flüchtigen Blick. Nach einem kurzen Moment der Stille steckte er Bichen mit einem Klirren zurück in die Scheide und sagte dann: »Ihr könnt gehen.«

Diese drei Worte waren ruhig und besonnen, aber nachdrücklich genug, dass sie keine Widerrede duldeten, und der Tumult löste sich auf.

Lan Wangji packte Wei Wuxian am Nacken und zog ihn ohne jede Eile in Richtung des Ruhezimmers.

In seinem vorherigen Leben waren sie beide großgewachsen und ungewöhnlich schlank gewesen. Wei Wuxian war nur etwas kleiner gewesen als Lan Wangji. Wenn sie nebeneinander gestanden hatten, war der Größenunterschied von wenigen Zentimetern jedoch kaum aufgefallen. Nachdem er nun in einem anderen Körper steckte, war er verglichen mit anderen zwar noch immer relativ groß, aber doch ganze sieben Zentimeter kleiner als Lan Wangji. Damit war es jetzt, wo er ihn am Nacken gepackt hatte, sinnlos, gegen ihn anzukämpfen.

Wei Wuxian stolperte und wollte schreien, als Lan Wangji ihn kalt warnte: »Wer Lärm macht, wird mit dem Verstummungszauber zum Schweigen gebracht.«

Er wollte zwar unbedingt von diesem Berg runter, auf den Verstummungszauber verzichtete er aber dankend. Wei Wuxian verstand es einfach nicht: Seit wann war der Lan-Clan gegenüber schamlosen Spannern, die angesehene Kultivierer beim Baden beobachteten, so nachsichtig? Wie konnte er so etwas nur tolerieren?!

Lan Wangji zerrte ihn durch die Tür des Ruhezimmers, schleifte ihn unnachgiebig weiter ins Innere und warf ihn energisch auf das Bett.

Wei Wuxian schrie vor Schmerz auf und konnte plötzlich nicht mehr aufstehen, also setzte er sich zappelnd auf. Eigentlich wollte er Lan Wangji mit einigen koketten Sprüchen verschrecken, sah dann aber, dass der Bichen in der Hand hielt und erhaben auf ihn herabblickte.

Er war den Anblick des zweiten jungen Herrn mit Stirnband und langen, ordentlichen Haaren gewohnt. So wie jetzt, mit losen Strähnen und nur einem Teil seiner Kleidung, hatte er ihn noch nie gesehen und er konnte es nicht lassen, noch ein paar Mal mehr hinzuschauen.

Nach all dem Zerren und Ziehen war Lan Wangjis Hals, der eigentlich stets bis obenhin geschlossen war, freigelegt und entblößte sein klar definiertes Schlüsselbein, ebenso wie das tiefrote Brandmal darunter.

Wieder zog es Wei Wuxians ganze Aufmerksamkeit auf sich.

Bevor er zum Yiling-Patriarchen geworden war, hatte auch er solch ein Brandmal gehabt.

Das von Lan Wangji unterschied sich in keiner Weise von dem, das er im vorherigen Leben am Körper getragen hatte – weder was die Position noch was die Form anging. Es war also nur natürlich, dass es ihm nicht nur bekannt, sondern auch merkwürdig vorkam.

Und nicht nur das Brandmal erschien ihm merkwürdig: Da waren ja auch noch die dreißig Narben auf Lan Wangjis Rücken, die von einer Disziplinierungspeitsche herrühren mussten.

Lan Wangji war bereits in jungen Jahren berühmt und hoch angesehen gewesen. Er war der orthodoxeste Kultivierer und einer der Zwillings-Jadesteine, auf die der Gusu-Lan-Clan so stolz war. Jedes seiner Worte und jede seiner Bewegungen wurde von den älteren Kultivierern aller Clans als Paradebeispiel für einen hervorragenden Schüler angesehen. Welchen unverzeihlichen Fehler hatte er also begangen, dass er so hart bestraft worden war?

Es waren über dreißig Narben, da hätten sie ihn auch gleich totpeitschen können.

Sobald man die Narben erst mal hatte, trug man sie sein ganzes Leben lang mit sich herum, sodass man seinen Fehler nie vergaß und ihn auch nie wieder beging.

Lan Wangji folgte seinem Blick, dann zupfte er seinen Kragen zurecht, verdeckte das Schlüsselbein und die Narbe und war nun wieder der eiskalte Hanguang-Jun. In diesem Moment ertönte draußen der tiefe Klang einer Glocke.

Der Lan-Clan hatte strenge Regeln und strikt einzuhaltende Arbeits- und Ruhezeiten. Man ging um neun Uhr abends ins Bett und stand um fünf Uhr morgens auf, die Glocke war eine Erinnerung daran.

Lan Wangji lauschte aufmerksam dem Klang, dann sagte er zu Wei Wuxian: »Du schläfst hier.«

Ohne Wei Wuxian die Möglichkeit für Widerworte zu geben, schritt er in das benachbarte Zimmer und ließ einen verwirrten Wei Wuxian auf dem Bett sitzend zurück.

Er vermutete zwar, dass Lan Zhan erraten hatte, wer er war, sein Verdacht ergab jedoch sowohl gefühlt als auch rational keinen Sinn. Körperopferung war eine verbotene Kunst, von der nur die wenigsten etwas wussten. Auch war die Überlieferung größtenteils bruchstückhaft und man konnte sie daher nicht anwenden. Mit der Zeit glaubten außerdem immer weniger Menschen daran. Es war zudem ungewiss, wo Mo Xuanyu die geheime Schriftrolle aufgetrieben hatte, mit der er Wei Wuxian beschworen hatte. Lan Wangji konnte ihn unmöglich nur anhand der Melodie, die er auf einer kaputten Flöte gespielt hatte, erkannt haben.

Nachdem er in sich gegangen war, kam er zu dem Schluss, dass ihn im letzten Leben nichts Besonderes mit Lan Wangji verbunden hatte. Auch wenn sie zusammen gelernt, gemeinsam Abenteuer erlebt und Seite an Seite gekämpft hatten, so waren all diese Momente doch nur flüchtig gewesen. Sie waren genauso schnell gekommen, wie sie auch wieder vergangen waren – ganz so als wären sie herabfallende Blüten im fließenden

Wasser. Lan Wangji war ein Schüler des Gusu-Lan-Clans und daher verpflichtet, elegant und rechtschaffen zu sein, was nicht kompatibel mit Wei Wuxians Charakter war. Zwar hatte Wei Wuxian ihr Verhältnis nicht als schlecht empfunden, konnte es allerdings auch nicht als gut bezeichnen. Wahrscheinlich hatte Lan Wangji die gleiche Meinung über ihn gehabt wie alle anderen auch: dass er bösartig und grausam war und ihn aufgrund mangelnder Moral eines Tages großes Unglück heimsuchen würde. Nachdem Wei Wuxian den Yunmeng-Jiang-Clan verraten hatte und zum Yiling-Patriarchen geworden war, hatte er auch zahlreiche Auseinandersetzungen mit dem Gusu-Lan-Clan gehabt. Insbesondere in den Monaten vor seinem Tod. Wenn Lan Wangji also wirklich davon überzeugt war, dass er Wei Wuxian war, hätte er ihn doch viel eher grün und blau schlagen müssen.

Was er von der jetzigen Situation halten sollte, wusste er allerdings nicht. Egal was er früher auch angestellt hatte, Lan Wangji hatte ihm nichts durchgehen lassen. Und nun, wo er mit allen Mitteln versuchte, ihn aus der Reserve zu locken, tolerierte Lan Wangji alles. Sollte er ihm vielleicht zu seinem enormen Fortschritt gratulieren?!

Nachdem er für eine Weile ratlos vor sich hingestarrt hatte, stand Wei Wuxian vom Bett auf und schlich so lautlos wie möglich in das benachbarte Zimmer.

Lan Wangji lag auf dem Bett und schien bereits in tiefen Schlaf versunken.

Leise näherte sich Wei Wuxian ihm.

Er hatte immer noch nicht aufgegeben und streckte gerade seine Hand aus, um ihn nach dem Jadesiegel abzutasten, als Lan Wangjis lange Wimpern leicht zuckten und er die Augen öffnete.

Wei Wuxian fasste sich ein Herz und stürzte sich auf das Bett.

Ihm war sofort durch den Kopf geschossen, wie sehr Lan Wangji Körperkontakt hasste. Sobald man ihn früher auch nur leicht berührt hatte, war man in hohem Bogen fortgeschleudert worden. Sollte er sogar das hinnehmen, war diese Person sicher nicht Lan Wangji. Er würde dann sogar den Verdacht hegen, dass etwas von seinem Körper Besitz ergriffen hatte!

Wei Wuxian lehnte nun mit seinem ganzen Körper über Lan Wangji. Seine Beine waren geöffnet, sodass er sich mit je einem Bein rechts und links von ihm auf den Knien über seine Hüften geschoben hatte. Seine Hände waren gegen das Holzbett gestemmt, sodass Lan Wangji unter ihm eingeschlossen war. Dann senkte er langsam seinen Kopf. Ihre Gesichter kamen sich näher und näher, näher und näher. Erst als er ihm schließlich so nah war, dass Wei Wuxian fast nicht mehr atmen konnte, öffnete Lan Wangji den Mund und nach einem winzigen Moment des Schweigens sagte er: »Geh runter.«

»Nein«, erwiderte Wei Wuxian unbeirrt.

Die hellen Augen schauten Wei Wuxian durchdringend an. Der Abstand ihrer Körper war verschwindend gering. Ruhig den Blickkontakt haltend wiederholte Lan Wangji noch einmal: »Geh runter.«

»Das werde ich nicht. Dir hätte klar sein müssen, dass so etwas passiert, wenn du mich hier schlafen lässt«, entgegnete Wei Wuxian.

»Bist du dir sicher, dass du das willst?«, fragte Lan Wangji.

»...« Wei Wuxian wusste nicht warum, aber er hatte das Gefühl, dass er gründlich über seine Antwort nachdenken sollte.

Gerade als er seine Mundwinkel hochziehen wollte, wurde seine Hüfte plötzlich taub und seine Beine gaben nach. Augenblicklich sackte er auf Lan Wangji hinab.

Das nicht vollständig ausgeformte Lächeln erstarrte in seinen Mundwinkeln. Sein Kopf lag nun auf Lan Wangjis rechter Brust und er konnte seinen Körper keinen Millimeter mehr bewegen.

Lan Wangjis Stimme drang von oben an sein Ohr. Sie war leise und tief und sein Brustkorb vibrierte leicht, als er sagte: »Dann bleib halt die ganze Nacht so.«

Nie im Leben hätte Wei Wuxian mit diesem Ausgang gerechnet. Er versuchte, sich aufzurichten, aber seine Hüfte blieb weiterhin kraftlos und taub, sodass er keine andere Wahl hatte, als in dieser peinlichen Haltung, eng an den stockstarren Lan Wangji geschmiegt, liegen zu bleiben.

Er war völlig perplex.

Was war nur in den letzten Jahren mit Lan Zhan geschehen, dass er sich so verändert hatte?

War das noch der Lan Zhan von früher?

Hatte vielleicht doch jemand von seinem Körper Besitz ergriffen?!

Gerade, als er sich innerlich vollkommen aufgewühlt fühlte, richtete sich Lan Wangji plötzlich leicht auf. Wei Wuxian schöpfte neue Hoffnung, dass er es nun endlich doch nicht mehr aushielt. Aber der winkte nur einmal sanft mit der Hand und das Licht ging aus.

Später dachte Wei Wuxian über den Grund nach, wieso sein Verhältnis zu Lan Wangji so schlecht war. Es hatte wohl alles angefangen, als er mit fünfzehn zusammen mit Jiang Cheng für drei Monate als Gastschüler zum Gusu-Lan-Clan gekommen war.

Zu der Zeit hatte es dort einen hochangesehenen Qianbei namens Lan Qiren gegeben. Es herrschte allgemeiner Konsens darüber, dass er drei besondere Eigenschaften aufwies: Er war pedantisch, stur und ein strenger Lehrer, der exzellente Schüler hervorbrachte. Auch wenn die Menschen aufgrund der ersten beiden Eigenschaften lieber einen respektvollen Abstand zu ihm wahrten oder gar eine heimliche Abneigung ihm gegenüber hegten, zerbrachen sie sich aufgrund der letzten Eigenschaft trotzdem den Kopf darüber, wie sie ihre Kinder zu ihm in die Lehre schicken konnten. Unter seiner Anleitung brachte der Lan-Clan zahlreiche hervorragende Schüler hervor, und selbst wer als hoffnungsloser Nichtsnutz anfing, machte nach ein, zwei Jahren seines Unterrichts zumindest einen anständigen Eindruck, und was das Verhalten und die Etikette anging, war derjenige gar nicht mehr wiederzuerkennen. Viele Eltern waren so überwältigt, dass ihnen Tränen über das Gesicht strömten, wenn sie ihre Söhne wieder abholten.

Wei Wuxian hatte dazu Folgendes gesagt: »Wirke ich jetzt nicht schon anständig genug?«

Woraufhin Jiang Cheng mit großer Weitsicht geantwortet hatte: »Du wirst sicher der einzige Schandfleck in seiner ganzen Karriere als Lehrer sein.«

In jenem Jahr waren neben denen vom Yunmeng-Jiang-Clan noch zahlreiche junge Herren anderer Clans gekommen, deren Eltern Lan Qiren bewunderten und ihre Sprösslinge in seiner Obhut wissen wollten. Sie alle waren höchstens fünfzehn oder sechzehn Jahre alt.

Unter den Clans hatte man des Öfteren miteinander zu tun, selbst wenn man nicht eng miteinander vertraut war, kannte man zumindest die Gesichter. Jeder wusste, dass Wei Wuxian, obwohl er nicht den Nachnamen Jiang trug, der beste Schüler seines Clans war. Er war der Sohn eines verstorbenen Freundes des Clan-Oberhaupts Jiang Fengmian und wurde als Familienmitglied betrachtet. Da Jugendliche außerdem im Gegensatz zu Erwachsenen häufig sowieso nicht auf die Herkunft oder Verwandtschaftsverhältnisse achteten, freundeten sie sich alle schnell an und sprachen sich bereits nach wenigen gewechselten Sätzen mit »Bruder« an.

Einer fragte: »Bei euch am Lotuspier hat man sicher viel mehr Spaß als hier, oder?«

»Ob man Spaß hat oder nicht, hängt davon ab, was man daraus macht. Aber es gibt sicher nicht so viele Regeln wie hier, und man muss auch nicht so früh aufstehen«, antwortete Wei Wuxian lachend.

Im Gusu-Lan-Clan stand man um fünf Uhr morgens auf und ging abends um neun Uhr ins Bett, Verspätungen waren nicht erlaubt.

Ein anderer fragte: »Wann steht ihr denn auf? Was macht ihr so den ganzen Tag?«

Jiang Cheng schnaubte. »Er? Er steht um neun auf und geht nachts um eins zu Bett. Nach dem Aufstehen übt er sich weder in der Schwertkunst noch meditiert er, sondern fährt mit dem Boot herum, geht schwimmen, pflückt Lotusblumen und jagt Fasanen.«

»Egal wie viele Fasanen ich jage, ich bin immer noch die Nummer eins«, erwiderte Wei Wuxian.

»Nächstes Jahr will ich im Yunmeng-Jiang-Clan lernen! Niemand kann mich davon abhalten!«, sagte daraufhin einer der Jungs.

Schnell holte ihn ein anderer auf den Boden der Tatsachen zurück. »Niemand hält dich auf. Dein großer Bruder wird dir nur die Beine brechen.«

Den Jungen verließ augenblicklich der Übermut. Es handelte sich dabei um den zweiten jungen Herrn des Qinghe-Nie-Clans, Nie Huaisang. Sein älterer Bruder Nie Mingjue war in der Kultivierungswelt dafür bekannt, jedwede Aufgabe entschlossen und resolut auszuführen. Auch wenn die Brüder verschiedene Mütter hatten, pflegten sie ein sehr enges Verhältnis. Nie Mingjue erzog seinen kleinen Bruder mit größter Strenge, insbesondere was dessen Bildung anging. Aus diesem Grund fürchtete Nie Huaisang, obwohl er seinen großen Bruder sehr verehrte, nichts mehr, als wenn Nie Mingjue auf schulische Angelegenheiten zu sprechen kam.

»Eigentlich kann man auch in Gusu eine Menge Spaß haben«, erklärte Wei Wuxian.

Woraufhin Nie Huaisang erwiderte: »Bruder Wei, mein gut gemeinter Rat an dich: In der Wolkennische geht es anders zu als am Lotuspier. Merke dir eins: Bei deinem Aufenthalt in Gusu gibt es eine Person, die du nicht provozieren solltest.«

»Wen? Lan Qiren?«, fragte Wei Wuxian neugierig.

»Den Alten meine ich nicht. Der, vor dem du dich in Acht nehmen musst, ist sein Lieblingsschüler, Lan Zhan«, erwiderte Nie Huaisang.

»Lan Zhan? Einer der Brüder, die als die Zwillings-Jadesteine des Clans bezeichnet werden? Lan Wangji?«, hakte Wei Wuxian nach.

Die beiden Söhne des derzeitigen Oberhaupts des Gusu-Lan-Clans, Lan Huan und Lan Zhan, hatten den schönen Beinamen »Zwillings-Jadesteine« und wurden mit Beginn des fünfzehnten Lebensjahres von der älteren Generation aller Kultivierungsclans als Vorbilder angepriesen, mit denen sie ihre eigenen Schüler verglichen. In der jüngeren Generation waren sie daher Berühmtheiten und es war nur natürlich, ihre Namen zu kennen.

»Welcher Lan Zhan denn sonst, natürlich meine ich den. Jetzt mal im Ernst, er ist so alt wie du und ich, hat aber kein bisschen von der Lebhaftigkeit eines Jugendlichen. Er ist steif und streng, schlimmer als sein Onkel«, sagte Nie Huaisang.

»Ah«, erwiderte Wei Wuxian. »Meinst du den, der so gut aussieht?«

Jiang Cheng lachte spöttisch. »Gibt es denn irgendjemanden im Gusu-Lan-Clan, der hässlich ist? In diesem Clan werden immerhin sogar Schüler abgewiesen, wenn ihre Gesichter nicht den Regeln entsprechen. Finde du mir mal einen, der durchschnittlich aussieht.«

Wei Wuxian betonte: »Der, der richtig gut aussieht.« Er deutete auf seinen Scheitel. »Von Kopf bis Fuß in Weiß gekleidet, trägt ein Stirnband und ein silbernes Schwert auf dem Rücken. Gutaussehend, aber mit einer steifen Miene, geradezu als wäre er auf einer Beerdigung.«

Die Beschreibung traf exakt zu. »Genau, das ist er!« Nach einer kurzen Pause fuhr Nie Huaisang fort: »Aber er hat sich vor einigen Tagen zum Meditieren in die Isolation zurückgezogen. Du bist doch erst seit gestern hier, wann hast du ihn denn gesehen?«

»Gestern Nacht.«

»Gestern N... Nacht?!«, stieß Jiang Cheng verblüfft aus. »In der Wolkennische gibt es eine nächtliche Ausgangssperre, wo hast du ihn gesehen? Wieso weiß ich nichts davon?«

Wei Wuxian deutet auf den Dachvorsprung einer hohen Mauer. »Dort.«

Den anderen fehlten die Worte.

Jiang Cheng brummte der Schädel und er knirschte mit den Zähnen. »Wir sind gerade erst angekommen und du machst schon nichts als Ärger! Was ist passiert?«

Wei Wuxian grinste verschmitzt. »Nichts. Auf dem Hinweg sind wir doch an diesem Schnapsladen, dem ›Lächeln des Kaisers‹, vorbeigegangen. Gestern Nacht habe ich mich hin und her gewälzt und es schließlich nicht mehr ausgehalten, also bin ich den Berg runter zur Stadt und habe zwei Krüge gekauft. In Yunmeng kommt man da nicht ran.«

»Und was ist aus dem Schnaps geworden?«, hakte Jiang Cheng nach.

»Ich war gerade dabei, über das Dach der Mauer zu klettern, aber noch bevor ich auch nur einen Fuß reinsetzen konnte, hatte er mich auch schon entdeckt«, erklärte Wei Wuxian.

»Bruder Wei, du hast vielleicht ein Glück. Wahrscheinlich war er da gerade von seiner Meditation zurückgekommen und auf Nachtpatrouille gegangen, als du von ihm auf frischer Tat ertappt wurdest«, sagte einer der jungen Männer.

Jiang Cheng war verwirrt. »Eigentlich werden diejenigen, die nachts zurückkommen, nicht vor sieben Uhr morgens wieder ins Innere gelassen. Wieso also hat er bei dir eine Ausnahme gemacht?«

Wei Wuxian zuckte mit den Schultern. »Hat er ja gar nicht. Er wollte, dass ich den Schritt, den ich mittlerweile reingesetzt hatte, wieder zurücksetze. Sagt ihr's mir, was hätte ich da tun sollen? Er kam plötzlich zu mir hoch, leicht wie eine Feder, und fragte mich, was ich mit mir führe.«

Jiang Chengs Kopfschmerzen verschlimmerten sich und er ahnte nichts Gutes. »Was hast du geantwortet?«

»Das Lächeln des Kaisers! Und ob er im Tausch für einen Krug so tun könne, als ob er nichts gesehen hätte.«

Ein tiefer Seufzer entfuhr Jiang Cheng. »In der Wolkennische ist Alkohol verboten. Das ist ein noch schlimmeres Vergehen.«

»Genau das hat er auch gesagt. Also habe ich ihn Folgendes gefragt: ›Dann sag mir doch mal, was in eurem Clan eigentlich nicht verboten ist?‹ Er wirkte etwas wütend und meinte, ich soll mir die Wand der Regeln vor dem Berg anschauen. Jetzt mal ehrlich, das sind über dreitausend Regeln, die auch noch in Siegelschrift geschrieben sind, wer liest sich die denn schon alle durch? Oder habt ihr die etwa gelesen? Habt ihr? Also ich jedenfalls nicht. Deswegen muss man doch nicht wütend werden«, erwiderte Wei Wuxian.

»Ganz genau!« Die Menge stimmte ihm zu und fing nun an, sich über die bizarren, veralteten Konventionen der Wolkennische zu beschweren. Alle waren sich einig. »Welcher Clan hat denn schon über dreitausend Regeln, von denen sich keine wiederholt. Regeln wie ›Man darf innerhalb dieses Gebiets keine Lebewesen töten‹, ›Man darf ohne Absprache nicht kämpfen‹, ›Man darf keinen Geschlechtsverkehr haben‹, ›Man darf nachts nicht rausgehen‹, ›Man darf keinen Lärm veranstalten‹ oder ›Man darf nicht rennen‹ sind ja noch in Ordnung. Aber dann gibt es da solche wie ›Man darf nicht grundlos lachen‹, ›Man darf keine unangemessene Sitzhaltung einnehmen‹, ›Man darf nicht mehr als drei Schüsseln essen‹ ...« Wei Wuxian horchte auf. »Was? Private Kämpfe sind auch verboten?«

»Ja, sind sie. Sag mir nicht, du hast dich mit ihm geprügelt!«, rief Jiang Cheng.

»Doch, habe ich. Dabei ist sogar ein Krug zu Bruch gegangen«, antwortete Wei Wuxian.

Die anderen klatschten sich auf die Oberschenkel und trauerten laut um den Verlust.

Da es nicht mehr schlimmer kommen konnte, wollte Jiang Cheng nun auch noch den Rest der Geschichte erfahren. »Du hast doch zwei Krüge gekauft, was ist mit dem anderen Krug passiert?«

»Den habe ich getrunken.«

Jiang Cheng rang nach Atem. »Wo?«

»Direkt vor ihm. Ich sagte: ›Na gut, wenn Alkohol in der Wolkennische verboten ist, trinke ich ihn eben, während ich hier auf der Mauer stehe. Damit breche ich die Regeln ja wohl nicht, oder?‹ Dann habe ich den Krug vor seinen Augen in einem Schluck geleert.«

»Und dann ...?«

»Dann haben wir gekämpft.«

»Bruder Wei, du traust dich echt was.« Nie Huaisang wirkte bestürzt.

Wei Wuxian hob die Augenbrauen. »Lan Zhans Fertigkeiten sind nicht schlecht.«

»Du bist so was von tot! Lan Zhan hat noch nie eine derartige Niederlage erlitten, jetzt hat er es bestimmt auf dich abgesehen. Du solltest vorsichtig sein! Auch wenn Lan Zhan nicht mit uns am Unterricht teilnimmt, ist er im Lan-Clan für die Bestrafungen zuständig!«

Das schüchterte Wei Wuxian nicht im Geringsten ein und er winkte ab. »Ich habe nichts zu befürchten! Es heißt doch, dass Lan Zhan von klein auf ein Wunderkind war? Wenn er so jung schon so klug war, hat er bestimmt schon längst alles verinnerlicht, was sein Onkel ihm beigebracht hat, und zieht sich nun den lieben langen Tag zum Meditieren und Kultivieren in die Isolation zurück. Wo sollte er da die Zeit haben, mich ins Visier zu nehmen. Ich ...« Bevor er den Satz beendet hatte, kam die Gruppe an dem Fenster ihres Klassenzimmers vorbei, durch welches sie einen jungen Mann in weißen Gewändern sehen konnten, der aufrecht im Raum saß. Seine langen Haare waren zurückgebunden, er trug ein Stirnband und verströmte eine eisige Aura. Kalt warf er ihnen einen Blick zu.

Es war, als hätte man die ganze Gruppe plötzlich mit einem Verstummungszauber belegt. Still und leise betraten sie den Raum. Still und leise suchte sich jeder einen eigenen Platz und setzte sich hin. Und still und leise hielten sie Abstand zu Lan Wangjis Tisch.

Jiang Cheng tippte Wei Wuxian auf die Schulter und flüsterte: »Er hat es auf dich abgesehen. Viel Glück.«

Als Wei Wuxian seinen Kopf drehte, konnte er Lan Wangjis Profil sehen. Seine langen, feinen Wimpern waren außerordentlich filigran und elegant, und seine Haltung grenzte an Perfektion, während sein Blick geradewegs nach vorne gerichtet war. In dem Moment, als er ein Gespräch mit ihm anfangen wollte, betrat Lan Qiren den Unterrichtsraum.

Lan Qiren war groß und schlank, sein Rücken kerzengerade. Obwohl er einen langen, schwarzen Ziegenbart sein Eigen nennen konnte, war er keinesfalls alt, und gemäß der Tradition des Gusu-Lan-Clans, schöne Männer hervorzubringen, war auch er keinesfalls hässlich. Allerdings strahlte er eine pedantische Engstirnigkeit aus, sodass es nicht unangemessen erschien, ihn einen alten Mann zu nennen. Beim Eintreten hielt er eine Schriftrolle in der Hand, die beim Öffnen lang über den Boden rollte. Dann begann er, anhand der Schriftrolle über die Regeln des Lan-Clans zu reden.

Die Gesichter der jungen Männer verfinsterten sich.

Wei Wuxian wurde langweilig und er schaute sich um, bis sein Blick erneut an Lan Wangjis Profil haften blieb. Seine Konzentration und Strenge waren keinesfalls gespielt, was Wei Wuxian schon ein wenig überraschte. *Selbst bei etwas derartig Einschläferndem kann er so gewissenhaft zuhören!*

Plötzlich warf Lan Qiren das Ende der Schriftrolle auf den Boden und lachte kalt. »Unsere Regeln sind in der Steinwand eingraviert, aber niemand liest sie. Nur deswegen bin ich sie eine nach der anderen noch einmal mit euch durchgegangen. Mal schauen, ob sie jetzt noch jemand mit der Ausrede bricht, sie nicht zu kennen. Doch wie mir scheint, gibt es immer noch welche unter euch, die ihre Aufmerksamkeit lieber anderen Dingen widmen. Wie ihr wünscht, dann beschäftigen wir uns mit einer anderen Thematik.«

Obwohl diese Worte auf jeden im Raum zutrafen, hatte Wei Wuxian das Gefühl, dass die Mahnung an ihn gerichtet war. Und tatsächlich rief Lan Qiren ihn im nächsten Moment auf. »Wei Ying.«

»Anwesend«, antwortete dieser.

»Lass mich dir eine Frage stellen: Sind *Yao**, Dämonen, Geister und Monster ein und dasselbe?«

Wei Wuxian lachte. »Nein.«

»Warum nicht? Wo liegt der Unterschied?«

»Yao entstehen aus Lebewesen, die keine Menschen sind. Dämonen entstehen aus lebenden Menschen. Geister entstehen aus toten Menschen und Monster entstehen aus toten, nicht menschlichen Wesen.«

»Yao und Monster sind leicht zu verwechseln. Nenne ein Beispiel, wie man sie unterscheiden kann.«

»Das ist einfach.« Wei Wuxian zeigte auf einen grünen Baum außerhalb des Zimmers. »Wenn beispielsweise ein lebender Baum über Jahrhunderte einer Atmosphäre des Lernens und der Bildung ausgesetzt ist, kann er durch Kultivierung zu einem übersinnlichen Wesen werden und ein Bewusstsein entwickeln. Wenn das Wesen bösartig ist und die Menschen belästigt, würde es sich dabei um ein Yao handeln. Wenn ich aber eine Axt nehme und den Baum fälle, sodass nur ein toter Baumstumpf übrigbleibt, und dieser durch Kultivierung zu einem übersinnlichen Wesen wird, wäre das ein Monster.«

»Welchen Beruf hat der Gründer des Qinghe-Nie-Clans ausgeübt?«

»Er war Schlachter.«

»Das Clansymbol des Lanling-Jin-Clans ist eine weiße Pfingstrose, um welche Art handelt es sich dabei?«

»Sterne im Schnee.**«

»Wer war der Erste in der Kultivierungswelt, der Familienclans statt Schulen stärkte?«

»Der Gründer des Qishan-Wen-Clans, Mao Wen.«

* Yao sind böse, geisterartige Wesen aus der chinesischen Mythologie.
** Chinesische Päonienart (Jinxing xuelang).

Aufgrund seiner flüssigen Antworten gerieten die Herzen der anderen im Raum aus dem Takt. Einerseits waren sie erleichtert, dass sie nicht dran gekommen waren, gleichzeitig beteten sie aber auch dafür, dass er ja keinen Fehler beging und alle Fragen beantwortete, damit Lan Qiren keine Gelegenheit bekäme, einen von ihnen dran zu nehmen.

»Als Sprössling des Yunmeng-Jiang-Clans ist es nur natürlich, dass dir diese Fakten bekannt sind und du sie in- und auswendig kennst. Du brauchst dich nicht mit Stolz zu brüsten, nur weil du die Fragen richtig beantwortet hast. Aber lass mich dir noch eine stellen: Ein Henker hat zu Lebzeiten insgesamt über hundert Menschen enthauptet. Er hat auch Familie: Eltern, Frau und Kinder. Er stirbt einen gewaltsamen Tod auf dem Markplatz und seine Leiche wird für sieben Tage in der Sonne liegen gelassen. Daraufhin staut sich Hass in ihm an. Er sucht die Lebenden heim und verübt weitere Gräueltaten. Wie muss man nun vorgehen?«, fragte Lan Qiren abschließend.

Diesmal antwortete Wei Wuxian nicht sofort. Die anderen gingen davon aus, dass er über die Antwort nachdachte und wurden etwas unruhig, weshalb Lan Qiren sie mahnte. »Was schaut ihr ihn an? Denkt ebenfalls über die Antwort nach. Und wehe, ihr zieht das Buch zu Rate!«

Hastig nahmen die Schüler ihre Hände von den Büchern, welche sie soeben öffnen wollten, und grübelten nun ebenfalls. Wenn jemand gewaltsam auf dem Marktplatz ermordet wurde und seine Leiche für sieben Tage in der Sonne liegen blieb, wurde daraus ein böser Geist, ein bösartiger Untoter. Es war ein schwieriger Fall. Ihnen blieb nichts anderes übrig, als zu hoffen, dass der alte Mann sie nicht aufrufen würde.

Als Lan Qiren bemerkte, dass Wei Wuxian auch nach einer ganzen Weile nicht antwortete und in Gedanken vertieft schien, sagte er: »Wangji, erkläre du ihm, was zu tun ist.«

Ohne auf Wei Wuxian zu schauen, nickte dieser respektvoll und formulierte seine Antwort in einem gleichgültigen Tonfall. »Erstens: erlösen.

Zweitens: unterdrücken. Und drittens: auslöschen. Bei der ersten Methode versucht man, mithilfe der Familienangehörigen die letzten Wünsche des Verstorbenen zu ergründen und zu erfüllen, damit er seine Fixierung auf das Diesseits überwinden kann. Wenn das nicht funktioniert, unterdrückt man ihn. Wenn seine Taten von besonderer Bösartigkeit sind und der Groll nicht verschwindet, eliminiert man ihn vollständig. Bei der Kultivierung wird diese Reihenfolge strengsten eingehalten. Fehler sind nicht erlaubt.«

Die Menge atmete auf und dankte in einem stillen Gebet dem Himmel, dass der alte Mann Lan Wangji aufgerufen hatte, da sie selbst höchstwahrscheinlich ein oder zwei der Schritte ausgelassen oder deren Reihenfolge verwechselt hätten.

Lan Qiren nickte zufrieden. »Vollkommen richtig.« Nach einer kurzen Pause fuhr er fort. »Egal, ob es um die Kultivierung geht oder darum, wie man als Mensch zu sein hat, es ist eine solide Grundausbildung nötig, auf der man aufbaut. Wenn man selbstgefällig und überheblich wird, nur weil man in seiner Heimat ein paar einfache Bergmonster und -dämonen erledigt hat und über einen bedeutungslosen Ruf verfügt, blamiert man sich früher oder später.«

Wei Wuxian hob die Augenbrauen, dann blickte er wieder zu Lan Wangji. *Also hat der Alte mich auf dem Kieker. Deshalb hat er seinen Lieblingsschüler hierher zitiert, um mit uns am Unterricht teilzunehmen – um mir etwas zu demonstrieren.*

»Ich habe eine Frage«, meldete sich Wei Wuxian zu Wort.

»Sprich«, antwortete Lan Qiren.

»Auch wenn es heißt, dass ›Erlösung‹ die erste Wahl ist, so ist das häufig nicht möglich. ›Die letzten Wünsche zu verstehen und zu erfüllen‹ klingt so einfach und ist es auch, wenn es sich dabei um so etwas wie neue Kleider handelt. Doch was macht man, wenn es dabei um Wünsche geht wie die Ermordung ganzer Familien, um Rache zu üben?«

Die Antwort auf seine Frage bekam er von Lan Wangji. »Daher ist die Erlösung das Hauptziel, die Unterdrückung eine unterstützende Maßnahme und wenn nötig, kommt es zur Auslöschung.«

Wei Wuxian lächelte. »Was für eine Verschwendung.« Nach einer Pause fuhr er fort: »Es ist nicht so, als würde ich diese Vorgehensweise nicht kennen, ich habe nur über eine vierte Möglichkeit nachgedacht.«

»Ich habe noch nie etwas von einer vierten Möglichkeit gehört«, erwiderte Lan Qiren.

»Dass dieser Henker nach seinem gewaltsamen Tod zu einem bösartigen Untoten wird, ist unvermeidlich. Aber da er vor seinem Tod über hundert Menschen enthauptet hat, könnte man doch genauso gut ihre Leichen wieder ausgraben, ihren Groll anstacheln, die hundert Köpfe einsammeln und alle gegen ihn kämpfen lassen ...«

Endlich wandte sich Lan Wangji ihm zu. Er starrte ihn an, die Stirn leicht gerunzelt, sein Gesichtsausdruck kalt.

Lan Qirens Bart zitterte, als er rief: »Welch ungeheure, anmaßende Idee!«

Die Schüler im Raum waren offensichtlich verblüfft.

Lan Qiren stand auf. »Man unterwirft Dämonen und exorziert Geister, um sie zu erlösen! Nicht nur denkst du nicht über die Erlösung nach, sondern willst stattdessen sogar noch mehr Groll entfachen? Das stellt die natürliche Ordnung auf den Kopf und ignoriert alle Prinzipien der Moral!«

Wei Wuxian erwiderte: »Aber wenn es doch sowieso Wesen gibt, bei denen eine Erlösung nicht mehr möglich ist, wieso sollte man dann nicht noch einen Nutzen daraus schlagen? Als Yu der Große, der erste Kaiser der mythischen Xia-Dynastie, die Flut bändigte, baute er kaum Dämme, um das Wasser zu stoppen, sondern konzentrierte sich hauptsächlich darauf, Kanäle anzulegen und das Wasser umzuleiten. Unterdrücken ist das Gleiche wie Eindämmen, wäre das dann nicht eine unkluge

Taktik …?« Ein Buch, geworfen von Lan Qiren, kam direkt auf Wei Wuxian zugeflogen. Der jedoch wich zur Seite aus und fuhr mit unveränderter Miene mit dem Unsinn fort. »Spirituelle Energie ist Energie. Aber hasserfüllte Energie ist ebenso Energie. Die spirituelle Energie, die den Lebewesen innewohnt, dürfen wir benutzen, um Berge zu versetzen und Meere zu spalten. Wieso aber darf man bösartige Energie nicht benutzen?«

Lan Qiren warf ein weiteres Buch nach ihm, während er ernst antwortete. »Dann lass mich dir eine Gegenfrage stellen! Wie kannst du garantieren, dass diese hasserfüllte Energie nur zu deinem Nutzen wirkt und nicht anderen Menschen schadet?«

Wei Wuxian wich auch diesem Buch aus. »Darüber habe ich mir noch keine Gedanken gemacht!«

Lan Qiren war wütend. »Wenn du dir darüber ernsthaft Gedanken machen würdest, könnten die Kultivierungsclans dich nicht am Leben lassen. Raus!«

Besser hätte es für Wei Wuxian nicht kommen können, also machte er sich hastig aus dem Staub. Er wanderte in der Wolkennische umher, pflückte Blumen und Gräser und als die anderen mit dem Unterricht fertig waren, fanden sie ihn schließlich auf einem der schmalen Dächer, die den oberen Rand der Mauern zierten.

Wei Wuxian saß mit einem Grashalm im Mund auf den grauen Ziegeln und stützte sich mit seiner rechten Hand am Kinn ab. Ein Bein war angewinkelt, während das andere herunterhing und leicht hin und her schwang. Von unten zeigten die anderen zu ihm hoch. »Bruder Wei! Alle Achtung, du bist ja wirklich gegangen, als er dich dazu aufgefordert hat. Ha ha ha …«

»Nachdem du weg warst, hat es eine ganze Weile gedauert, bis er begriffen hat, dass du tatsächlich gegangen bist. Sein Gesicht war rot vor Wut!«

Wei Wuxian kaute auf dem Grashalm herum und rief dann nach unten: »Wenn er mir Fragen stellt, beantworte ich sie, und wenn er mich rausschickt, geh ich halt raus. Was will er denn noch?«

»Der alte Lan scheint zu dir besonders streng zu sein, ständig schimpft er mit dir«, sagte Nie Huaisang.

Jiang Cheng schnaubte. »Geschieht ihm recht. Was war das bitte für eine Antwort? Wenn er zu Hause solchen Unsinn von sich gibt, ist das eine Sache, aber er hat es tatsächlich gewagt, so etwas vor Lan Qiren auszusprechen. Er hat anscheinend Todessehnsucht!«

»Egal was ich geantwortet hätte, es hätte nichts daran geändert, dass er mich nicht leiden kann. Also kann ich auch einfach sagen, was ich will. Außerdem habe ich ihn ja nicht persönlich angegriffen, sondern nur ehrlich die Frage beantwortet«

Nie Huaisang dachte kurz nach, dann traten Bewunderung und Neid zum Vorschein. »Eigentlich sind deine Gedanken sehr interessant, Bruder Wei. Spirituelle Energie muss man selbst kultivieren und es kostet große Mühen und Anstrengungen, den *goldenen Kern* zu formen. Bei jemandem wie mir, der so wenig Talent besitzt, als wäre er im Mutterleib von einem Hund gebissen worden, ist es ungewiss, wie viele Jahre ich brauchen werde, um das zu meistern. Hasserfüllte Energie liefern aber all die grausamen, bösartigen Geistern. Wie schön wäre es, wenn man sie einfach so nutzen könnte.«

Der sogenannte »goldene Kern« war ein Kern, der im Inneren des Kultivierers entstand, wenn dieser bei der Kultivierung einen bestimmten Punkt erreichte. Seine Funktion bestand darin, die spirituelle Energie zu speichern und zu kontrollieren. Nachdem sich der Kern gebildet hatte, machte der Kultivierer anschließend sprunghaft Fortschritte, wurde immer besser und seine Fähigkeiten stiegen in neue Höhen. Bildete sich der Kern nicht, blieb man lediglich ein durchschnittlicher Kultivierer.

Wenn ein Schüler eines angesehenen Clans seinen goldenen Kern zu spät ausbildete, war das eine peinliche Angelegenheit. Nie Huaisang schämte sich jedoch nicht im Geringsten dafür.

Wei Wuxian lachte. »Nicht wahr? Was für eine Verschwendung.«

»Das reicht jetzt! Sagen kannst du, was du willst, aber schlage ja nicht den dunklen Weg ein«, ermahnte ihn Jiang Cheng.

Wei Wuxian lachte erneut. »Wieso sollte ich den sonnigen, breiten Weg verlassen und stattdessen auf einem schmalen Holzbrett über einen dunklen Graben wandern? Wenn es so einfach wäre, hätte es längst jemand gemacht. Keine Sorge, ich habe nur auf die Frage geantwortet, die er gestellt hat. Hey, kommt ihr mit? Solange noch keine Ausgangssperre ist, können wir zusammen Fasane jagen.«

»Wo bitte soll es hier Fasane geben? Widme dich erst mal der Abschrift der *Sammlung der Rechtschaffenheit*! Ich soll dir von Lan Qiren ausrichten, dass du das Kapitel ›Gerechtigkeit‹ dreimal abschreiben sollst, damit du dir gut einprägst, was mit der Natur im Einklang stehende Gesetze und Moral bedeuten«, schimpfte Jiang Cheng.

Die *Sammlung der Rechtschaffenheit* beinhaltete die Regeln des Lan-Clans. Aufgrund ihrer Anzahl und Länge hatte Lan Qiren sie überarbeitet und in einer dicken Sammlung vereint. Die Kapitel »Gerechtigkeit« und »Riten« machten vier Fünftel des gesamten Buches aus.

Wei Wuxian spuckte den Grashalm aus, auf dem er herumgekaut hatte, klopfte sich den Staub von den Schuhen und fragte: »Drei Mal? Bereits bei einem Mal würde meine Seele in den Himmel aufsteigen. Ich gehöre weder zum Lan-Clan, noch habe ich vor, in ihn einzuheiraten, weshalb sollte ich also deren Regeln abschreiben? Mach ich nicht.«

Nie Huaisang sagte hastig: »Ich schreib sie für dich ab! Ich schreib sie für dich ab!«

»Da gibt es doch sicher einen Haken. Sag schon, worum möchtest du mich bitten?«, fragte Wei Wuxian ihn skeptisch.

»Es ist so. Der alte Lan hat da so eine schlechte Angewohnheit, er ...«, setzte Nie Huaisang an. Doch mitten im Satz verstummte er plötzlich und hustete trocken. Dann öffnete er seinen Fächer und ging zur Seite.

Wei Wuxian verstand, dass etwas faul war, blickte sich um und entdeckte Lan Wangji, der in einiger Entfernung mit Bichen auf dem Rücken unter einem alten, sattgrünen Baum stand und in ihre Richtung schaute. Er glich einem Jadebaum und durch das Sonnenlicht, das sanft durch die Baumkrone schien, warfen die Blätter spielerisch Schatten auf sein Gewand. Sein Blick war jedoch alles andere als freundlich und es wirkte, als wolle er sie damit in einer Eishöhle einschließen. Sie wussten, dass ihre Rufe und Schreie etwas zu laut gewesen waren und befürchteten, dass der Krach ihn hergeführt hatte. Also waren sie augenblicklich verstummt.

Wei Wuxian jedoch sprang von seinem Ruheplatz herunter und grüßte ihn: »Bruder Wangji!«

Daraufhin wandte sich Lan Wangji ab und ging, während Wei Wuxian ihm freudig folgte: »Bruder Wangji, warte auf mich!«

Lan Wangji schritt in seiner wehenden weißen Robe hinter den Baum, war für einen kurzen Moment in leuchtendes Licht gehüllt noch einmal zu sehen und anschließend spurlos verschwunden. Es war offensichtlich, dass er nicht mit ihm reden wollte. Wei Wuxian, dem die kalte Schulter gezeigt worden war, drehte sich zurück zu den anderen und beklagte sich: »Er hat mich ignoriert.«

»Stimmt«, sagte Nie Huaisang. »Er scheint dich echt nicht leiden zu können. Lan Wangji ist normalerweise ... Nein, so unhöflich ist er noch nie gewesen.«

Wei Wuxian war überrascht. »Nur wegen so einer Kleinigkeit kann er mich nicht leiden? Dabei wollte ich mich eigentlich bei ihm entschuldigen.«

»Jetzt erst willst du dich entschuldigen? Zu spät! Bestimmt denkt er wie sein Onkel, dass du bis ins Mark verdorben bist, und würdigt dich deshalb keines Blickes«, spottete Jiang Cheng.

Wei Wuxian ließ das kalt. »Dann ignoriert er mich halt, na und? Sieht er denn wirklich so gut aus?« Nachdem er ehrlich darüber nachgedacht hatte, musste Wei Wuxian sich schließlich eingestehen, dass dies tatsächlich der Fall war.

Erst drei Tage später erfuhr Wei Wuxian, was es mit jener schlechten Angewohnheit von Lan Qiren auf sich hatte.

Sein Unterricht dauerte nicht nur unendlich lang, die Schüler mussten auch noch den Inhalt des Gelernten vollständig aus dem Gedächtnis wiedergeben können: die Entwicklung der Kultivierungsclans in den letzten Generationen, die Aufteilung ihrer Machtgebiete, berühmte Zitate berühmter Kultivierer, Clan-Stammbäume ...

Lan Qirens Unterricht zu folgen glich dem Lesen eines kryptischen Textes und um sich den Inhalt zu merken, musste man wie ein Sklave schuften. Nie Huaisang hatte das Kapitel »Gerechtigkeit« bereits zweimal für Wei Wuxian abgeschrieben. Kurz vor dem Test bat er Wei Wuxian daher, ihm zu helfen. »Bitte, Bruder Wei, dies ist mein drittes Jahr in Gusu. Wenn meine Noten weiterhin so schlecht bleiben, bricht mir mein großer Bruder wirklich noch die Beine! Wie soll sich denn jemand die Unterschiede zwischen direkter Abstammung, nicht direkter Abstammung sowie Haupt- und Nebenzweige der Clans merken? Schüler aus großen Clans wie wir haben ja nicht einmal einen Überblick über die Verwandtschaftsverhältnisse unserer eigenen Sippe. Sobald sie zwei Zweige von uns entfernt sind, nennen wir sie doch alle einfach willkürlich Tante und Onkel. Wer hat da noch Gehirnkapazität übrig, um sich die Verhältnisse anderer Familien zu merken!«

Das Resultat waren Spickzettel, die überall herumflogen. Während des Tests stürmte Lan Wangji plötzlich herein und ergriff einige der Drahtzieher, die hinter dem Regelverstoß steckten. Lan Qiren kochte vor Wut und schrieb Briefe an die Clans, in denen er sich beschwerte. Er war voller Groll. Früher waren die Schüler zwar nicht immer ruhig sitzengeblieben, aber wenigstens hatte es keinen gegeben, der die Führung übernahm und sie hatten sich zumindest bemüht, sich zu benehmen. Doch nachdem Wei Ying hier angekommen war, stiftete er diese rückgratlosen Bälger zu allerlei Schabernack an, sodass sie nun nachts rausgingen und Alkohol tranken, ganz wie es ihnen beliebte. Und diese ungesunden Angewohnheiten wurden immer schlimmer. Wie er es vorhergesehen hatte, war dieser Wei Ying eine große Bedrohung für die gesamte Menschheit!

Jiang Fengmians Antwortschreiben lautete wie folgt: »So war Ying schon immer. Bitte kümmert Euch gut um seine Erziehung, Herr Lan.«

Und so wurde Wei Wuxian wieder bestraft.

Anfangs hatte er sich nicht viel dabei gedacht. Er sollte ja nur etwas abschreiben, und er hatte genug Personen um sich, die das für ihn erledigten. Diesmal jedoch konnte Nie Huaisang ihm nicht helfen. »Bruder Wei, mir sind leider die Hände gebunden, du musst dich dem alleine annehmen.«

»Was?« Schockiert sah Wei Wuxian ihn an.

Woraufhin Nie Huaisang erwiderte: »Der alte ... Herr Lan hat gesagt, diesmal sollst du zwei Kapitel abschreiben, ›Gerechtigkeit‹ und ›Riten‹.«

Unter den zwölf Kapitel der Regeln des Lan-Clans war »Riten« das langatmigste und komplizierteste. Die Zitate aus den klassischen Werken, derer es sich bediente, waren lang und ermüdend, und es tauchten viele selten verwendete Schriftzeichen darin auf. Schrieb man es einmal ab, verlor man jegliches Interesse am Leben. Bei zehn Malen konnte man direkt in den Himmel aufsteigen.

Nie Huaisang war aber noch nicht fertig. »Er hat weiterhin gesagt, dass während deiner Strafe niemand von uns dir Gesellschaft leisten oder die Aufgabe für dich erledigen darf.«

Wei Wuxian war erstaunt. »Woher will er denn wissen, ob jemand es für mich abgeschrieben hat oder nicht? Er kann wohl kaum jemanden anheuern, der währenddessen ein Auge auf mich wirft.«

»Aber genau so ist es«, offenbarte ihm Jiang Cheng sein Schicksal.

Nach einem kurzen Moment der Stille fragte Wei Wuxian ungläubig: »Was sagst du da?«

»Du darfst nicht mehr raus, sondern musst dich einen Monat lang jeden Tag zum *Bücherpavillon* begeben und vor der Wand der Regeln über deine Fehler nachdenken. Und natürlich wird auch jemand da sein, der dich überwacht. Ich muss wohl nicht viel dazu sagen, wer das sein wird, oder?«, antwortete ihm Jiang Cheng.

Im Bücherpavillon.

Eine Bambusmatte, ein flacher Holztisch. Zwei Kerzenständer, zwei Personen.

An einem Ende des Tisches saß ein junger Mann in aufrechter Körperhaltung, am anderen Ende saß Wei Wuxian. Er hatte bereits über ein Dutzend Seiten des Kapitels »Riten« abgeschrieben. Sein Kopf schwirrte und ihm war langweilig, also ließ er den Stift fallen, atmete durch und schaute die Person ihm gegenüber an.

In Yunmeng hatten ihn viele Mädchen des Jiang-Clans darum beneidet, dass er mit Lan Wangji zusammen Unterricht haben und gemeinsam mit ihm lernen würde. Sie sagten, dass der Gusu-Lan-Clan in jeder Generation schöne Männer hervorbrachte und dass die beiden Brüder dieser Generation, die Zwillings-Jadesteine des Lan-Clans, unter ihnen besonders hervorstachen. Wei Wuxian hatte zuvor keine Zeit gehabt, sein Gesicht genauer zu betrachten, und jetzt, wo er es nachholte, kamen ihm allerlei unsinnige Gedanken.

Er sieht ganz gut aus. Sowohl sein Aussehen als auch sein Benehmen sind tadellos. Ich wünschte nur, die jungen Damen würden ihn mal zu Gesicht bekommen, wenn er den ganzen Tag bitter dreinschaut, als ob er gegen jemanden einen Groll hegen oder den Tod seiner Eltern betrauern würde. Da kann selbst das schönste Gesicht einen Mann nicht mehr retten.

Lan Wangji schrieb gerade alte Klassiker des Bücherpavillons ab, die für Außenstehende nicht zugänglich waren. Seine Pinselstriche waren kräftig und ruhig, seine Schrift ordentlich und klar. Wei Wuxian konnte nicht anders und machte ihm ein aufrichtig gemeintes Kompliment: »Schöne Schrift! Erstklassig!«

Lan Wangji blieb gleichgültig.

Es war selten, dass Wei Wuxian für so lange Zeit den Mund halten musste, und er fühlte sich, als würde er ersticken.

Einen ganzen Monat lang jeden Tag mehrere Stunden dieser bedrückenden Person gegenüberzusitzen wird mich noch umbringen!

Bei diesem Gedanken hielt er es nicht mehr aus und neigte sich leicht nach vorne.

Wei Wuxian war sehr gut darin, Unterhaltung in sein Leben zu bringen. Seine besondere Stärke lag darin, das Glück im Unglück aufzuspüren. Da es nichts anderes gab, womit er Spaß haben konnte, musste er sich eben mit Lan Wangji begnügen.

»Bruder Wangji?« Wei Wuxian strahlte ihn an. Lan Wangji jedoch rührte sich nicht.

Wei Wuxian versuchte es noch einmal: »Wangji!«

Wieder tat dieser so, als würde er ihn nicht hören.

»Lan Wangji.«

Keine Reaktion.

»Lan Zhan!«

Endlich legte Lan Wangji den Pinsel beiseite, schaute auf und bedachte ihn mit einem kalten Blick. Wei Wuxian wich zurück, hob die Hände und nahm eine verteidigende Pose ein. »Schau mich nicht so an. Du hast nicht reagiert, als ich ›Lan Wangji‹ gerufen habe, nur deswegen habe ich deinem Geburtsnamen verwendet.* Wenn dir das nicht passt, kannst du mich auch bei meinem nennen.«

»Nimm deine Beine runter«, forderte ihn Lan Wangji auf.

* Den Geburtsnamen zu verwenden ist regulär nur in der Familie und bei engen Vertrauten üblich.

Wei Wuxians Sitzhaltung war sehr unangemessen. Sein Körper war nicht in einer aufrechten Position und er hatte die Beine hochgelegt. Es freute ihn sehr, dass Lan Wangji nach den Sticheleien endlich den Mund aufbekam. Er tat wie ihm geheißen, beugte jedoch den Oberkörper unwillkürlich etwas zu weit vor und stütze die Ellbogen auf dem Tisch ab. Noch immer war seine Körperhaltung unangemessen. Ernst fragte er: »Lan Zhan, eins wüsste ich wirklich gern. Du … Kannst du mich wirklich überhaupt nicht leiden?«

Lan Wangji senkte den Blick und seine Wimpern warfen einen leichten Schatten auf seine jade-gleichen Wangen.

Wei Wuxian ließ nicht locker. »Komm schon. Du hast gerade mal einen Satz gesagt und schon ignorierst du mich wieder. Ich möchte meine Fehler eingestehen und mich bei dir entschuldigen. Bitte sieh mich dabei an.« Er wartete kurz ab, dann fuhr Wei Wuxian fort. »Du schaust mich nicht an? Auch gut, dann sag ich es halt so. Das an jenem Abend war mein Fehler. Ich bin schuld. Ich hätte nicht über die Mauer klettern sollen, ich hätte keinen Alkohol trinken sollen und mich nicht mit dir prügeln sollen. Aber ich schwöre, ich habe dich nicht absichtlich provoziert, ich hatte die Regeln deines Clans wirklich nicht gelesen. Die Regeln des Jiang-Clans wurden uns alle mündlich übermittelt und stehen nirgendwo geschrieben. Ansonsten hätte ich das sicher nicht getan.« *Ich hätte den Schnaps sicher nicht vor dir ausgetrunken, sondern ihn heimlich aufs Zimmer geschmuggelt und ihn dort genossen. Ich hätte täglich davon getrunken, ihn mit jedem geteilt und niemand hätte uns dazu Vorschriften gemacht.*

Dann fügte Wei Wuxian noch hinzu: »Aber mal ganz nüchtern betrachtet, wer war es denn, der zuerst angegriffen hat? Das warst du. Hättest du nicht angefangen, hätten wir in Ruhe darüber reden und das bereinigen können. Aber wenn mich jemand angreift, muss ich mich verteidigen. Ich trage also nicht die alleinige Schuld. Lan Zhan, hörst du mir zu oder nicht? Schau mich bitte an. Junger Herr Lan?« Er schnipste mit den Fingern. »Zweiter Bruder Lan, bitte tu mir den Gefallen und schau mich an.«

Lan Wangji hob nicht einmal seinen Blick, während er sprach. »Schreib weiter ab.«

Mit einem Mal neigte Wei Wuxian sich vor. »Sei doch nicht so. Es ist meine Schuld, okay?«

Ohne mit der Wimper zu zucken legte Lan Wangji seine Lügen offen. »Du bereust es nicht im Geringsten.«

Wei Wuxian schob seine Würde für einen Moment beiseite. »Entschuldige, entschuldige, entschuldige, entschuldige, entschuldige, entschuldige, entschuldige! Ich sag es, so oft du willst. Ich kann auch niederknien und es noch einmal sagen.«

Lan Wangji legte den Pinsel hin und Wei Wuxian dachte, er würde es endlich nicht mehr aushalten und mit ihm kämpfen. Gerade, als er schelmisch grinsen wollte, bemerkte er jedoch, dass sich seine Lippen nicht mehr öffnen ließen, was das Lachen unmöglich machte.

Die Farbe in seinem Gesicht änderte sich drastisch und unter großem Kraftaufwand versuchte er, seinem Unmut Luft zu machen. »Hm? Mmpf, hmpf, mhmm!«

Lan Wangji schloss die Augen, atmete sanft aus, öffnete sie dann wieder und war erneut die Ruhe in Person. Er hob den Pinsel und tat, als wäre nichts gewesen.

Wei Wuxian hatte bereits vor langer Zeit von dem fürchterlichen Verstummungszauber des Lan-Clans gehört, hatte aber einfach nicht glauben wollen, dass so etwas Teuflisches wirklich existierte. Er versuchte alles, um seinen Mund zu öffnen und kratzte so lange an ihm herum, bis seine Mundwinkel rot waren. An der Versiegelung seiner Lippen änderte dies jedoch nichts. Also holte er ein Blatt Papier, kritzelte geschwind etwas darauf und warf das Blatt zu Lan Wangji herüber. Dieser bedachte es mit einem kurzen Blick und kommentierte es anschließend mit nur einem Wort: »Langweilig.« Dann knüllte er es zusammen und warf es weg.

Wei Wuxian war so wütend, dass er auf seiner Bambusmatte herumrollte.

Schließlich holte er sich ein neues Blatt Papier, beschrieb es und knallte es direkt vor Lan Wangji auf den Tisch. Der wiederum knüllte auch dieses zusammen und warf es weg. Erst wenn er die Kapitel fertig abgeschrieben hätte, würde sich der Verstummungszauber lösen.

Als er am nächsten Tag zum Bücherpavillon kam, waren alle Papierknäuel, die am ersten Tag auf dem Boden verteilt lagen, von jemandem weggeräumt worden.

Wei Wuxian lernte nicht aus seinem Fehler. Obwohl er erst tags zuvor mit dem Verstummungszauber belegt worden war, überkam ihn bereits nach einer halben Stunde erneut sein Redebedürfnis. Nachdem er übermütig zwei Sätze von sich gegeben hatte, wurde er auch schon erneut mit dem Verstummungszauber belegt. Da er nicht sprechen konnte, schmierte er immer wieder etwas auf ein Blatt Papier, schob es zu Lan Wangji rüber, der es zusammenknüllte und auf den Boden warf.

Am dritten Tag wiederholte sich das Spiel erneut.

Während ihrer gemeinsamen Zeit wurde er immer wieder zum Schweigen gebracht. Doch am letzten Tag, an dem Wei Wuxian die Wand der Regeln anschauen und über seine Fehler reflektieren sollte, wirkte er auf Lan Wangji anders als zuvor.

Seit seiner Ankunft in Gusu hatte er sein Schwert immer achtlos überall herumliegen lassen und es nie ordentlich getragen, doch heute hatte er es dabei und knallte es auf den Tisch. Anders als sonst versuchte er nicht unermüdlich, Lan Wangji auf jede erdenkliche Art und Weise auf die Nerven zu gehen, sondern setzte sich wortlos hin und fing sofort an den Pinsel zu schwingen. Er war so folgsam, dass es fast schon verdächtig wirkte.

Lan Wangji hatte keinen Grund, ihn mit dem Verstummungszauber zu belegen, also beobachtete er ihn genauer, als würde er nicht glauben können, dass Wei Wuxian plötzlich anständig geworden war.

Tatsächlich fiel er bereits nach kurzer Zeit wieder in sein altes Verhaltensmuster zurück, legte Lan Wangji ein Blatt Papier vor und bedeutete ihm, es sich anzuschauen.

Lan Wangji ging davon aus, dass er erneut irgendwelche unsinnigen Zeichen oder Sprüche waren. Sei es durch Zufall oder Fügung, warf er trotzdem einen Blick darauf und erkannte die Zeichnung eines Menschen. Die Person saß aufrecht am Fenster und las still ein Buch. Ihr Gesichtsausdruck wirkte sehr realistisch. Er erkannte sich selbst.

Als Wei Wuxian sah, dass Lan Wangji nicht sofort seinen Blick davon abwendete, hoben sich seine Mundwinkel und Augenbrauen und er zwinkerte ihm einmal zu. Auch ohne Worte war offensichtlich, was er fragen wollte: *Sieht es dir nicht ähnlich? Sieht es nicht klasse aus?*

»Du vergeudest deine Zeit lieber damit herumzukritzeln, anstatt die Kapitel abzuschreiben. So wie ich das sehe, wirst du niemals von dieser Strafe befreit.«

Wei Wuxian pustete sanft auf die Tinte, die noch nicht getrocknet war und entgegnete ihm: »Ich bin schon fertig und komme daher morgen nicht mehr her!«

Lan Wangjis schlanke Finger schienen kurz innezuhalten, ehe er die nächste Seite des leicht gelblichen Buchs umblätterte, aber er wendete den Verstummungszauber nicht an. Als Wei Wuxian erkannte, dass das noch nicht reichte, um eine Reaktion herauszukitzeln, warf er ihm das Bild mit einer leichten Bewegung zu und sagte: »Schenk ich dir.«

Das Bild landete auf der Bambusmatte, doch Lan Wangji machte keine Anstalten, es aufzuheben. Mit all den Blättern, auf denen Wei Wuxian ihn beschimpft, sich bei ihm eingeschmeichelt oder entschuldigt hatte, und auch mit denen, auf denen er ihn angefleht oder auf die er einfach nur draufgekritzelt hatte, war er genauso verfahren wie jetzt. Er war es gewohnt und es machte ihm auch nichts aus.

Dann sagte Wei Wuxian plötzlich: »Ah, das hätte ich beinahe vergessen, ich muss noch etwas hinzufügen.«

Nachdem er das gesagt hatte, hob er die Zeichnung auf und fügte ein paar Striche hinzu. Er schaute sich das Bild an, dann die echte Person, und anschließend kugelte er sich vor Lachen auf dem Boden.

Lan Wangji legte sein Buch zur Seite, warf einen kurzen Blick auf das Blatt und sah, dass Wei Wuxian eine Blume an seiner Schläfe hinzugefügt hatte.

Seine Mundwinkel schienen zu zucken.

Wei Wuxian stand auf und schnitt ihm das Wort ab. »Langweilig, oder? Ich weiß ganz genau, dass du das sagen willst. Kannst du auch mal ein anderes Wort benutzen? Oder vielleicht ein Wort hinzufügen?«

Lan Wangji antwortete kalt: »Extrem langweilig.«

Wei Wuxian klatschte begeistert in die Hände. »Du hast tatsächlich ein Wort hinzugefügt. Danke!«

Lan Wangji wandte seinen Blick wieder ab, hob das Buch auf, das er zuvor abgelegt hatte, und öffnete es wieder. Nach nur einem Blick schmiss er es im hohen Bogen fort, als ob er sich daran verbrannt hätte.

Eigentlich hatte er ein buddhistisches Werk gelesen, doch als er es erneut aufschlug, offenbarte sich vor seinen Augen der Anblick nackter, ineinander verschlungener Figuren. Einfach abscheulich! Seine eigentliche Lektüre war gegen Pornografie ausgetauscht worden, dessen falscher Umschlag es nach buddhistischer Literatur aussehen ließ.

Man musste nicht besonders klug sein, um zu wissen, wer dafür verantwortlich war. Bestimmt hatte ein gewisser Jemand die Gelegenheit genutzt, als seine Aufmerksamkeit für einen Moment auf das Bild gerichtet gewesen war.

Wei Wuxian versuchte nicht mal, es zu vertuschen, und klopfte auf den Tisch, während er schallend lachte. »Ha ha ha ha ha ha ha ha ha ha ha ha ha ha!«

Das Buch lag auf dem Boden und Lan Wangji zog sich in eine Ecke des Bücherpavillons zurück, als würde er sich vor einer Schlange oder einem Skorpion verstecken.

»Wei Ying!«, zischte er wütend.

Wei Wuxian lachte so sehr, dass er dabei fast unter den Tisch rollte. Unter Anstrengung hob er die Hand. »Anwesend! Ich bin anwesend!«

Blitzschnell zog Lan Wangji sein Schwert Bichen.

Seit sie sich kannten, hatte Wei Wuxian ihn noch nie so aus der Fassung gesehen und griff hastig nach seinem eigenen Schwert. Er zog es zu einem Drittel heraus, dann ermahnte er Lan Wangji: »Dein Benehmen! Zweiter junger Herr des Lan-Clans, achte auf dein Benehmen! Ich habe heute auch mein Schwert dabei, was wird aus eurem Bücherpavillon, wenn wir jetzt kämpfen?«

Er hatte vorhergesehen, dass Lan Wangji vor Scham in Rage geraten würde und extra sein Schwert mitgebracht, um zu verhindern, dass er ihn in seinem Zorn versehentlich erstach.

Lan Wangjis Schwertspitze war auf ihn gerichtet und in seinen blassen Augen sah man das Feuer förmlich auflodern. »Was bist du nur für ein Mensch?!«

»Was für ein Mensch soll ich schon sein? Ein Mann!«, entgegnete ihm Wei Wuxian.

Lan Wangji fauchte ihn scharf an: »Du bist schamlos!«

»Sollte ich mich dafür schämen? Sag mir nicht, dass du dir so etwas noch nie angeschaut hast. Das glaube ich nicht«, neckte Wei Wuxian ihn.

Wenn Lan Wangji einen Schwachpunkt hatte, dann den, dass er nicht wusste, wie man Leute beschimpfte. Nachdem er eine ganze Weile geschwiegen hatte, hob er sein Schwert und zeigte damit auf Wei Wuxian.

Dann sagte er mit kalter Stimme: »Verschwinde! Wir haben schon einmal gekämpft.«

Wei Wuxian schüttelte vehement den Kopf und spielte den Unschuldigen. »Nein, wir kämpfen nicht. Weißt du das denn nicht, junger Herr Lan? In der Wolkennische sind private Kämpfe verboten.« Er wollte das Buch aufheben, das Lan Wangji weggeworfen hatte, doch dieser war schneller und riss es an sich. Wei Wuxian wurde nervös. Er konnte erraten, dass er ihn mit diesem Beweisstück melden wollte, also provozierte Lan Wangji absichtlich noch einmal: »Warum nimmst du es dir? Ich dachte, du willst es dir nicht anschauen. Oder etwa doch? Eigentlich musst du dich auch gar nicht so sehr mit mir darum streiten. Wenn du es dir ansehen möchtest, bitte sehr. Ich habe es doch extra ausgeliehen, damit du reinschauen kannst. Nachdem wir diese Art der Kunst geteilt haben, bist du mein Freund, und wir können uns gerne diesbezüglich austauschen. Es gibt noch viele dieser Art ...«

Lan Wangjis Gesicht war nun weiß vor Zorn. »Ich. Schaue. Mir. Das. Nicht. An.«

Doch Wei Wuxian verdrehte ihm auch weiterhin die Worte im Mund. »Wenn du es dir nicht anschauen willst, wieso reißt du es dann an dich? Für deine persönliche Sammlung? Das geht aber nicht, ich habe es doch selbst von jemandem geliehen. Wenn du durch bist, muss ich es zurückgeben ... Hey, hey, hey, komm nicht zu mir rüber! Wenn du so nah kommst, werde ich nervös. Lass uns in Ruhe darüber reden. Du wirst es doch nicht etwa jemandem übergeben wollen? Wem denn? Etwa dem alten ... etwa deinem Onkel? Zweiter junger Herr des Lan-Clans, sollte man so etwas den Erwachsenen übergeben? Sie werden sicher denken, dass du es dir angeschaut hast. Du bist doch so bedacht auf dein Ansehen, könntest du wirklich mit dieser Schmach leben?«

Lan Wangji sammelte spirituelle Energie in seiner rechten Hand und zerriss das Buch in tausend Einzelteile, die in der Luft herumwirbelten und schließlich zu Boden fielen.

Nachdem Wei Wuxian ihn erfolgreich dazu angestachelt hatte, den Beweis zu vernichten, atmete er auf und heuchelte Bedauern. »Was für eine Verschwendung!« Dann griff er nach einem Fetzen, der auf seinem Haar gelandet war, hielt ihn hoch und zeigte ihn Lan Wangji, dem immer noch die Wut ins Gesicht geschrieben stand. »Lan Zhan, alles an dir ist großartig, abgesehen von deiner Angewohnheit, mit Dingen um dich zu schmeißen. Sag, wie viele Papierknäuel hast du in den letzten Tagen zu Boden geworfen? Und heute hat es dir nicht mal mehr gereicht, Papier einfach nur durch die Gegend zu werfen, du hast es sogar zuvor zerrissen. Was du zerreißt, musst du aber auch selbst aufräumen. Ich kümmere mich da nicht drum.« Natürlich hätte er sich so oder so nie darum gekümmert.

Lan Wangji hatte seine Spielchen wieder und wieder erduldet, bis er es nun schließlich nicht mehr aushielt und platzte. »Verschwinde!«, schrie er ihn an.

»So ist das also, Lan Zhan, jeder schwärmt davon, was für ein vorbildlicher Edelmann du bist. Eine Perle, an Höflichkeit und Anstand nicht zu übertreffen, doch letztendlich steckt da wohl nicht viel dahinter. In der Wolkennische ist Krach verboten, wusstest du das denn nicht? Und dann auch noch dieses Wort, ›Verschwinde‹. Kann es sein, dass du es zum ersten Mal in den Mund nimmst?«

Lan Wangji zog erneut sein Schwert und griff ihn damit an.

Wei Wuxian sprang hastig auf die Fensterbank. »Dann verschwinde ich eben. Das kann ich eh am besten. Du musst mich nicht verabschieden!«

Er sprang hinaus und laut lachend wie ein Verrückter rannte er alles um, was ihm im Weg war, während er in die Wälder sprintete. Seine Freunde warteten dort bereits auf ihn.

»Und, wie war's? Hat er es sich angeschaut? Wie hat er reagiert?«, fragte Nie Huaisang.

»Wie er reagiert hat? Ha! Habt ihr gerade nicht gehört, wie laut er gebrüllt hat?«, lautete Wei Wuxians Antwort.

Nie Huaisang sah ihn bewundernd an. »Haben wir! Er meinte, du sollst verschwinden! Bruder Wei, ich habe zum ersten Mal gehört, dass Lan Wangji so etwas zu jemandem gesagt hat! Wie hast du das gemacht?«

Sichtlich stolz berichtete Wei Wuxian von seinem Erfolg. »Glücklicherweise habe ich ihm heute dabei geholfen, diese Grenze zu überschreiten. Ihr habt es selbst erlebt, gegen mich kann selbst der zweite junge Herr des Lan-Clans, der von allen für seine Selbstbeherrschung und seine Höflichkeit gepriesen wird, nichts ausrichten.«

Jiang Cheng schimpfte ihn mit finsterer Miene aus: »Warum zum Teufel bist du stolz darauf? Daran gibt es nichts, was ehrenwert ist! Ist es so erstrebenswert, von jemandem angeschrien zu werden und gesagt zu bekommen, dass man verschwinden soll? Du blamierst damit unseren gesamten Clan!«

»Ich wollte mich ernsthaft bei ihm entschuldigen, aber er hat mich ignoriert. Und dann hat er mir auch noch mit so vielen Verstummungszaubern den Mund verboten. Was ist denn schon dabei, wenn ich ihn dafür ein wenig aufziehe? Ich habe ihm das Buch in guter Absicht übergeben. Schade um deine wertvolle erotische Bildergeschichte, Bruder Huaisang. Ich hatte sie noch nicht zu Ende gelesen, aber was ich genießen durfte, war wirklich gut! Dieser Lan Zhan ist so unromantisch. Er wurde sogar wütend, als ich sie ihm gezeigt habe. An ihn ist so ein schönes Gesicht wirklich verschwendet.«

»Es ist nicht schade drum! Ich habe so viele, wie du willst!«, erklärte Nie Huaisang.

Jiang Cheng lachte kalt. »Du hast Lan Wangji und Lan Qiren aufs Schlimmste beleidigt, morgen erwartet dich dein Todesurteil! Niemand wird dich begraben.«

Wei Wuxian winkte ab und legte seinen Arm um Jiang Chengs Schulter. »Ist doch egal. Erst mal ärgere ich ihn, dann sehen wir weiter. Du hast mich bereits so oft begraben, auf das eine Mal mehr oder weniger kommt es auch nicht an.«

Jiang Cheng versetzte ihm einen Tritt. »Los, hau ab! Ich will nichts davon wissen, wenn so etwas noch mal passiert! Und bestell mich auch nicht zum Zuschauen hin!«

Zum Schutz vor dem alten Fossil Lan und dem jungen Fossil Lan, die ihn mitten in der Nacht aus dem Bett zerren und bestrafen könnten, schlief Wei Wuxian mit seinem Schwert im Arm. Überraschenderweise verlief die Nacht jedoch friedlich.

Am nächsten Tag suchte Nie Huaisang ihn freudestrahlend auf. »Bruder Wei, du hast das große Los gezogen, der Alte ist gestern Nacht nach Qinghe abgereist, um an der Diskussionskonferenz meines Clans teilzunehmen. Der Unterricht für die nächsten Tage fällt aus!«

Ohne den Alten blieb nur noch der Junge übrig. Das würde ein Kinderspiel werden! Wei Wuxian rollte sich aus dem Bett und grinste, während er seine Schuhe anzog. »Ich habe tatsächlich das große Los gezogen, der Himmel ist auf meiner Seite.«

Jiang Cheng, der gerade mit höchster Konzentration sein Schwert polierte, verpasste Wei Wuxian sogleich einen Dämpfer. »Wenn er erst mal zurück ist, wirst du einer Strafe nicht entkommen.«

»Warum sollte man sich um das kümmern, was nach dem Tod geschieht, solange man noch am Leben ist? Ich genieße meine Freiheit, solange sie andauert. Lasst uns gehen, ich will einfach nicht glauben, dass wir auf diesem Berg des Lan-Clans nicht ein paar Fasanen finden«, sagte Wei Wuxian unbekümmert.

Mit den Armen jeweils um die Schulter des anderen gingen die drei los und kamen an der Empfangshalle der Wolkennische vorbei, als Wei Wuxian plötzlich verwundert stehen blieb. »Zwei junge Fossi... Lan Zhans!«

Es kamen ihnen einige Personen aus der Empfangshalle entgegen. Die beiden jungen Männer an der Spitze sahen aus, als wären sie Skulpturen, geschlagen aus Eis und Jade. Beide trugen schneeweiße Roben und sogar die Quasten der Schwerter, die sie auf dem Rücken trugen, wehten mit den Bändern an ihren Roben im gleichen Rhythmus. Einzig ihre Ausstrahlung und ihre Gesichtsausdrücke unterschieden sich.

Wei Wuxian konnte sie auf einen Blick auseinanderhalten. Der mit dem ernsten Gesichtsausdruck war Lan Wangji. Der sanft Dreinblickende musste der andere Part der Zwillings-Jadesteine sein, Zewu-Jun Lan Xichen.

Als Lan Wangji Wei Wuxian entdeckte, zog er die Augenbrauen zusammen und warf ihm einen finsteren Blick zu. Dann wandte er sich wieder ab und schaute in die Ferne, ganz so, als würde er beschmutzt werden, wenn er noch weiter zum ihm hinübersah.

Lan Xichen hingegen lächelte und fragte: »Und diese beiden jungen Männer sind?«

Jiang Cheng antwortete höflich: »Ich bin Jiang Wanyin aus Yunmeng.«*

Wei Wuxian tat es ihm gleich: »Wei Wuxian aus Yunmeng.«

Lan Xichen erwiderte die Höflichkeiten und Nie Huaisang summte wie eine Mücke: »Bruder Xichen.«

»Huaisang, ich bin vor Kurzem aus Qinghe zurückgekommen. Dein großer Bruder hat mich nach deinen Leistungen gefragt. Was kann ich ihm berichten? Wirst du dieses Jahr bestehen?«, fragte Lan Xichen.

»Wahrscheinlich schon ...« Nie Huaisang wirkte wie ein verwelkter, vom Frost getroffener Kürbis und sah Wei Wuxian Hilfe suchend an.

Mit einem Lachen half er ihm aus der Patsche. »Zewu-Jun, wohin geht Ihr?«

»Wir treiben Wassergeister aus. Wir hatten nicht genügend Leute, daher bin ich zurückgekommen, um Wangji dazuzuholen«, erklärte Lan Xichen.

»Bruder, es ist nicht nötig, soviel Konversation zu betreiben. Diese

* Jiang Wanyin ist sein Hofname, Jiang Cheng sein Geburtsname.

Angelegenheit erlaubt keine Verzögerung, lass uns sofort aufbrechen«, meldete sich Lan Wangji kühl zu Wort.

Wei Wuxian warf jedoch eilig ein: »Halt, halt, halt! Ich weiß, wie man Wassergeister fängt. Zewu-Jun, nehmt uns bitte mit!«

Lan Xichen lachte, antwortete aber nicht, sodass Lan Wangji dies für ihn übernahm: »Das verstößt gegen die Regeln.«

Wei Wuxian verstand nicht. »Was verstößt daran gegen die Regeln? Wir haben in Yunmeng oft Wassergeister gefangen. Außerdem haben wir die kommenden Tage keinen Unterricht.«

In Yunmeng gab es viele Flüsse und Gewässer und somit Wassergeister zur Genüge. Die Mitglieder des Jiang-Clans waren daher tatsächlich ausgezeichnet darin, sie zu bannen, und Jiang Cheng wollte unbedingt die Schmach bereinigen, die der Yunmeng-Jiang-Clan in den letzten Tagen erlebt hatte, also stimmte er Wei Wuxian zu. »Genau, Zewu-Jun, wir werden sicher helfen können.«

»Das ist nicht nötig. Der Gusu-Lan-Clan kann auch …«

Bevor Lan Wangji jedoch den Satz beenden konnte, sagte Lan Xichen lächelnd: »In Ordnung, dann bedanken wir uns vielmals. Bereitet euch vor, wir brechen gemeinsam auf. Huaisang, begleitest du uns ebenfalls?«

Nie Huaisang wollte zwar gerne mit und etwas erleben, aufgrund der Begegnung mit Lan Xichen wurde er allerdings an seinen großen Bruder erinnert und er wagte es nicht, sich Spaß zu gönnen. »Ich komme nicht mit, ich gehe zurück und widme mich lieber meinem Studium …« Insgeheim erhoffte er sich dadurch, dass Lan Xichen beim nächsten Mal ein gutes Wort bei seinem großen Bruder für ihn einlegte.

Wei Wuxian und Jiang Cheng gingen indes zurück auf ihre Zimmer, um Vorbereitungen zu treffen.

Lan Wangji sah den beiden nach und runzelte die Stirn. »Wieso nimmst du sie mit, Bruder? Geisteraustreibung ist kein Spiel.«

»Der beste Schüler und der einzige Sohn des Oberhaupts des Jiang-Clans sind in Yunmeng sehr bekannt. Vielleicht sind sie ja zu mehr fähig, als nur herumzualbern«, antwortete Lan Xichen.

Lan Wangji sagte nichts, quer über sein ganzes Gesicht stand jedoch geschrieben: Das wage ich ernsthaft zu bezweifeln.

Lan Xichen fuhr fort: »Und außerdem, du wünschst dir doch, dass sie mitkommen, oder etwa nicht?«

Lan Wangji war verblüfft.

»Deinem Gesichtsausdruck nach zu urteilen hatte es auf mich so gewirkt, als würdest du den besten Schüler des Jiang-Clans gerne dabei haben, deswegen habe ich zugestimmt.« Lan Xichen sah seinen Bruder ruhig an.

Vor der Empfangshalle wurde es so still, als wäre die Szene eingefroren.

Erst nach einer langen Pause brachte Lan Wangji mühsam hervor: »Absolut nicht.«

Er wollte sich eigentlich noch rechtfertigen, als Wei Wuxian und Jiang Cheng bereits in Windeseile und mit ihren Schwertern auf dem Rücken zu ihnen stießen. Lan Wangji blieb nichts anderes übrig, als seine Worte hinunterzuschlucken.

Die Gruppe stieg auf ihre Schwerter und machte sich fliegend auf den Weg.

2

Der Ort, an dem der Wassergeist spukte, hieß *Caiyi* und er lag über zehn Kilometer von der Wolkennische entfernt. Die Wasserwege in Caiyi waren alle miteinander verbunden und es war unklar, ob es nun die Stadt war, die von unzähligen Flüssen durchzogen wurde, oder ob es nicht doch die wie ein Spinnennetz angeordneten Wasserwege waren, die von beiden Seiten dicht bewohnt wurden. Die weißen Häuser hatten graue

Dächer und die Flussläufe waren übersät mit Schiffen, auf denen sich Körbe gefüllt mit Waren, Männer ebenso wie Frauen befanden. Entlang des Ufers wurden Blumen, Früchte, Schnitzereien aus Bambus, Gebäck, Tee und Seide verkauft.

Gusu lag im Gebiet Jiangnan und die Stimmen, die man dort vernahm, waren sanft und mild. Selbst als zwei Boote aufeinanderprallten und dabei einige Krüge Reisschnaps umkippten, klangen die Streitereien zwischen den Bootsfahrern wie das Gezwitscher von Pirolen.

In Yunmeng gab es viele Flüsse, allerdings kaum kleine Städte am Wasser. Wei Wuxian nutzte die seltene Gelegenheit, holte sein Geld hervor und kaufte zwei Krüge Reisschnaps, wovon er einen Jiang Cheng überreichte. »Der Dialekt der Menschen in Gusu klingt so lieblich. Wo ist das bitte ein Streit? Wenn die sehen würden, wie das in Yunmeng vonstattengeht, würde sie das sicher zu Tode erschrecken ... Lan Zhan, wieso schaust du mich so an? Ich war nicht zu geizig, um dir auch einen Krug zu kaufen, aber die Mitglieder eures Clans dürfen doch keinen Alkohol trinken, oder?«

Ohne lange zu verweilen stiegen sie in mehrere kleine, schmale Boote und ruderten in die Richtung, in der sich die Wassergeister versammelt hatten. Allmählich gab es immer weniger Siedlungen am Ufer zu sehen und auch auf dem Flussweg wurde es ruhiger. Wei Wuxian und Jiang Cheng saßen jeweils in einem eigenen Boot und ruderten um die Wette, während sie den Berichten über die Wassergeister dieser Region lauschten.

Weiter vor ihnen mündete der Strom in einen großen See, den *Biling-See*.

Caiyi war in den letzten Jahrzehnten nie von Wassergeistern heimgesucht worden, doch in den vergangenen Monaten häuften sich die Vorfälle, bei denen jemand auf diesem Zufluss oder im Biling-See ins Wasser fiel, und auch Transportschiffe sanken auf mysteriöse Weise. Vor einigen Tagen hatte Lan Xichen in dieser Gegend Netze ausgelegt, in der

Erwartung, einen oder zwei Wassergeister zu fangen. Stattdessen waren ihm jedoch über ein Dutzend in die Falle gegangen. Er hatte die Leichen gesäubert und in die umliegenden Städte gebracht. Viele der Leichen konnte aber niemand identifizieren, da keiner im Ort sie kannte.

Gestern hatte er wieder Netze ausgeworfen und erneut zahlreiche Wassergeister gefangen.

»Es wirkt nicht so, als wären sie woanders ertrunken und vom Fluss hierher getrieben worden. Normalerweise halten sich Wassergeister nur in einem Gewässer auf, und zwar in dem, in dem sie ertrunken sind. Nur sehr wenige verlassen es«, sagte Wei Wuxian.

Lan Xichen nickte. »Richtig. Deswegen habe ich die Vermutung, dass wir es hier mit etwas Größerem zu tun haben, und habe Wangji mitgenommen, für den Fall der Fälle.«

»Zewu-Jun, Wassergeister sind hochintelligent. Wenn wir hier gemütlich rumrudern, sie sich aber die ganze Zeit unter Wasser verstecken und nicht zeigen, könnte die Suche eine Ewigkeit dauern. Was machen wir, wenn wir sie nicht finden?«, äußerte Wei Wuxian seine Bedenken.

»Wir suchen so lange, bis wir sie gefunden haben. Es ist unsere Pflicht«, stellte Lan Wangji klar.

»Fangen wir sie mit Netzen, Zewu-Jun?«, fragte Wei Wuxian.

»Genau. Macht der Yunmeng-Jiang-Clan das etwa anders?«

Wei Wuxian lächelte, ohne zu antworten. Natürlich nutzten sie ebenfalls Netze, da er aber ein guter Schwimmer war, sprang er immer in den Fluss und zog die Wassergeister direkt heraus. Allerdings war diese Methode gefährlich und er konnte sie sicher nicht in Anwesenheit des Lan-Clans anwenden. Wenn Lan Qiren das zu Ohren käme, wäre ihm die nächste Lektion gewiss. Er wechselte das Thema: »Wie schön wäre es, wenn es so etwas wie einen Angelköder gäbe, der die Wassergeister anlockt, und sie dadurch von selbst kommen würden. Oder etwas, das ihre Position anzeigen könnte, so etwas wie ein Kompass.«

»Schau runter ins Wasser und konzentriere dich auf die Suche! Du immer mit deinen Hirngespinsten«, ermahnte ihn Jiang Cheng.

»Kultivierung und auf Schwertern fliegen waren einst auch nur Hirngespinste!«

Wei Wuxians Blick glitt über die Wasseroberfläche und blieb schließlich an der Stelle hängen, an der Lan Wangjis Boot ins Wasser überging. Plötzlich kam ihm ein Verdacht.

»Lan Zhan! Schau mich an!«

Lan Wangji war hochkonzentriert in die Suche vertieft, musste bei den Worten aber unwillkürlich aufblicken. Als er sah, wie Wei Wuxian mit seinem Bambusruder ausholte und Wasser mit einem Platsch in seine Richtung spritzte, sprang Lan Wangji hoch und landete sanft auf einem anderen Boot. Verärgert sah er sich bestätigt, dass Wei Wuxian wirklich nur hier war, um Unfug zu treiben, und äußerte sich missbilligend: »Langweilig!«

Wei Wuxian hingegen kickte gegen die Seite des Boots, in dem Lan Wangji eben noch gesessen hatte, und wendete es mit dem Bambusruder, sodass es nun mit dem Rumpf nach oben schwamm. An den Holzplanken klammerten sich drei leichenblasse Wassergeister mit aufgedunsenen Gesichtern fest!

Die Schüler, die ihnen am nächsten waren, bannten sie augenblicklich.

Lan Xichen lachte: »Junger Herr Wei, woher wusstest du, dass sie unter dem Boot waren?«

Wei Wuxian klopfte an die Seite seines Boots. »Einfach! Mit der Menge des Wassers, das verdrängt wurde, stimmte etwas nicht. Er befand sich alleine in dem Boot, es hing aber viel tiefer im Wasser als die Boote mit zwei Personen, es musste also etwas am Rumpf hängen.«

»Du bist tatsächlich sehr erfahren«, lobte ihn Lan Xichen.

Wei Wuxian ruderte sanft weiter bis er neben Lan Wangjis Boot ankam. »Lan Zhan. Ich habe dich gerade nicht aus Spaß nass gespritzt. Wassergeister sind wirklich gerissen. Wenn ich etwas gesagt hätte und sie es gehört hätten, wären sie geflüchtet. Hey, ignorier mich nicht! Schau mich an, zweiter junger Herr des Lan-Clans!«

Lan Wangji erbarmte sich schließlich und sah ihn an. »Wieso bist du mitgekommen?«

Aufrichtig antwortete Wei Wuxian: »Ich bin hier, weil ich mich bei dir entschuldigen wollte. Das gestern Abend war mein Fehler. Entschuldigung.«

Lan Wangjis Ausdruck verfinsterte sich. Wahrscheinlich hatte er noch nicht vergessen, wie Wei Wuxian sich zuvor bei ihm ›entschuldigt‹ hatte. Obwohl Wei Wuxian wusste, was ihm durch den Kopf ging, stellte er sich unwissend. »Wieso schaust du so grimmig? Keine Sorge, heute bin ich wirklich hier, um zu helfen.«

Jiang Cheng konnte das nicht mehr länger mit ansehen. »Wenn du helfen willst, dann rede weniger Quatsch und komm her!«

»Das Netz hat sich bewegt!«, rief plötzlich ein Schüler.

Tatsächlich regten sich die Seile des Netzes.

Aufgeregt jauchzte Wei Wuxian: »Sie kommen! Sie kommen!«

Dichte, lange Haare, die schwarzen Seidenfäden glichen, schwammen an der Wasseroberfläche und leichenblasse Hände klammerten sich zu beiden Seiten an den Booten fest.

Lan Wangji zog Bichen und durchtrennte über ein Dutzend Handgelenke an der linken Bootsseite, sodass nur die Hände übrig blieben, deren Finger sich tief in das Holz gegraben hatten. Als er sich umdrehte, um sich um die rechte Seite zu kümmern, sah er gerade noch das rote Aufblitzen von Wei Wuxians Schwert, dass bereits einen Moment später wieder in der Scheide steckte.

Die seltsamen Bewegungen im Wasser legten sich und in den Netzen wurde es wieder ruhig.

Wei Wuxian hatte seine Klinge soeben zwar nur für einen kurzen Augenblick gezogen, aber Lan Wangji hatte dennoch erkannt, dass es sich bei der Waffe, um ein hochwertiges Schwert mit einer eigenen Seele handeln musste. Ernst fragte er ihn: »Wie lautet der Name des Schwerts?«

»Egal«, bekam er jedoch lediglich als Antwort.

Lan Wangji starrte ihn an.

Wei Wuxian nahm an, dass er ihn nicht richtig verstanden hatte, und wiederholte noch einmal: »Egal.«

Lan Wangji runzelte die Stirn und lehnte ab: »Das Schwert hat eine Seele. Es ist respektlos, es einfach so zu nennen, wie es einem gerade beliebt.«

Wei Wuxian seufzte. »Du musst auch mal flexibler denken. Ich meine nicht, dass du es nennen sollst, wie du willst, sondern, dass mein Schwert ›*Suibian*‹* heißt. Hier, schau.« Er reichte es Lan Wangji, damit er die Zeichen auf dem Schwert sehen konnte. Auf der Schwertscheide waren inmitten der Verzierungen zwei alte Schriftzeichen eingraviert, es waren tatsächlich die Zeichen »sui« und »bian«.

Lan Wangji brachte eine ganze Weile lang kein Wort hervor.

Rücksichtsvoll sagte Wei Wuxian: »Du brauchst nichts zu sagen. Ich weiß, du willst mich bestimmt fragen, warum es so heißt? Jeder fragt, ob es nicht eine besondere Bedeutung hat, aber das ist nicht der Fall. Onkel Jiang hatte mir damals einfach nur das Schwert gegeben und mich gefragt, wie ich es nennen möchte. Aber von den über zwanzig Namen, die mir einfielen, behagte mir keiner richtig, also dachte ich mir, Onkel Jiang soll einen Namen für mich auswählen und antwortete daher mit: ›Egal!‹ Doch als das Schwert fertig geschmiedet aus dem Ofen kam, standen genau diese beiden Zeichen darauf. Onkel Jiang meinte dann: ›Da es jetzt nun mal so gekommen ist, nenne es doch einfach Suibian.‹ Eigentlich ist dieser Name auch gar nicht mal so schlecht, oder?«

»Absurd!«, brachte Lan Wangji schließlich mit zusammengebissenen Zähnen hervor.

* »Suibian« bedeutet übersetzt »egal, gleichgültig«.

Wei Wuxian, das Schwert über seiner Schulter, neckte ihn: »Du bist echt ein Langweiler. Der Name ist doch lustig, und man kann damit kleine Anstandsdamen wie dich wunderbar aufziehen, funktioniert jedes Mal, ha ha!«

In diesem Augenblick huschte ein langer, schwarzer Schatten durch das smaragdgrüne Wasser und umkreiste das Boot. Auch nachdem Jiang Cheng die Wassergeister auf seiner Seite erledigt hatte, blieb er wachsam und prüfte, ob keine entwischt waren. Als er den schwarzen Schatten sah, schrie er sofort: »Da sind sie wieder!«

Einige Schüler ruderten herbei und jagten den Schatten im Wasser mit Netzen. Von der anderen Seite hörte man weitere Rufe: »Hier sind auch welche!«

Auch dort bewegte sich eine große Schattenmasse. Einige der schmalen Boote eilten mit den Netzen zu der Stelle, fingen jedoch nichts.

»Seltsam«, murmelte Wei Wuxian. »Die Form des Schattens wirkt nicht wie die eines Menschen. Außerdem wird er plötzlich mal lang und mal kurz, dann plötzlich klein und groß ... Lan Zhan, neben deinem Boot!«

Lan Wangji zog Bichen aus der Scheide und befahl einen Schwerthieb ins Wasser. Wenige Augenblicke später glitt es zischend wieder aus dem Fluss, eine sichelförmige Wasserspur hinter sich herziehend. Es hatte nichts erwischt. Mit ernster Miene betrachtete Lan Wangji das Schwert in seiner Hand. Gerade, als er etwas sagen wollte, zog ein anderer Schüler ebenfalls sein Schwert und befahl diesem, den Schatten zu verfolgen, der durch den Fluss raste. Doch nachdem sein Schwert unter Wasser getaucht war, kam es nicht mehr hoch. Er rief mehrmals den Namen des Schwerts, um es zurück an die Wasseroberfläche zu beschwören, jedoch ohne Erfolg. Es war, als wäre sein Schwert vom Fluss verschluckt worden und nun spurlos verschwunden.

Der Schüler sah aus, als wäre er in etwa so alt wie Wei Wuxian und die anderen jüngeren Kultivierer. Nachdem sein Schwert nicht wieder auftauchte, wurde er immer blasser.

Ein älterer Kultivierer, der neben ihm stand, fragte: »Su She, wir wissen momentan doch noch gar nicht, um was für ein Wesen es sich handelt. Warum hast du eigenmächtig dein Schwert ins Wasser geschickt?«

Su She wirkte etwas nervös, sein Gesichtsausdruck blieb jedoch gefasst. »Ich habe gesehen, dass der zweite junge Herr sein Schwert ins Wasser geschickt hat, da dachte ich ...«

Noch bevor er den Satz beendet hatte, wurde ihm klar, wie ignorant das war. Egal ob es um Lan Wangji oder um Bichen ging, andere konnten sich nicht mit ihnen vergleichen. Lan Wangji war erfahren genug, sein Schwert ins Wasser zu schicken, ohne zu wissen, mit was für einem Gegner sie es zu tun hatten, und ohne, dass etwas passierte, bei den anderen war das jedoch nicht unbedingt der Fall.

Nun war Su She leichenblass, doch gleichzeitig schoss ihm vor Scham die Röte in die Wangen, als wäre er erniedrigt worden. Er schielte zu Lan Wangji herüber, der seinen Blick jedoch nicht erwiderte, sondern konzentriert auf das Wasser starrte und im Bruchteil einer Sekunde Bichen erneut aus der Scheide zog.

Diesmal tauchte das Schwert jedoch nicht unter, sondern fischte mit der Spitze einen schwarzen Schatten, der durch die Strömung jagte, aus dem Wasser heraus. Eine triefnasse, pechschwarze Masse fiel mit einem *Plumps* in das Boot.

Wei Wuxian stellte sich auf seine Zehenspitzen und sah, dass es sich dabei um ein Kleidungsstück handelte. Er lachte so sehr, dass er beinahe in den Fluss fiel. »Lan Zhan, du bist echt großartig! Das ist das erste Mal, dass ich erlebe, wie jemand bei der Jagd auf Wassergeister nur deren Kleidung an Land zieht.«

Lan Wangji suchte Bichen nach Auffälligkeiten ab und schien beschlossen zu haben, nicht weiter mit ihm zu reden.

Jiang Cheng schimpfte: »Halt die Klappe! Das, was gerade angeschwommen kam, war kein Wassergeist, sondern tatsächlich nur Kleidung!«

Natürlich hatte auch Wei Wuxian das deutlich gesehen, es bereitete ihm aber zu viel Freude, Lan Wangji etwas zu necken. »Das, was hier gerade rumgeschwommen ist, waren also diese Stoffbündel? Kein Wunder, dass die Netze es nicht fangen und die Schwerter es nicht durchbohren konnten, wenn es ständig seine Form verändert. Aber ein Kleidungsstück kann kein spirituelles Schwert verschlingen. In diesem Fluss ist bestimmt noch etwas anderes.«

Zu diesem Zeitpunkt befanden sich die Boote bereits fast in der Mitte des Biling-Sees. Die Farbe des Wassers war ein tiefes Dunkelgrün.

Plötzlich hob Lan Wangji leicht den Kopf und sagte: »Wir kehren augenblicklich um.«

»Warum?«, fragte Lan Xichen.

»Das Wesen im Wasser hat die Boote absichtlich in die Mitte des Sees gelockt.«

Gerade, als Lan Wangji das ausgesprochen hatte, spürten alle, wie sie sanken.

Das kühle Nass floss in rasanter Geschwindigkeit in die Boote und Wei Wuxian bemerkte , dass das Wasser des Biling-Sees nun nicht mehr tiefgrün, sondern fast schwarz war – insbesondere, je näher man der Mitte des Sees kam.

Wie aus dem Nichts bildete sich ein riesiger Strudel und ein Dutzend Schiffe, die in die Strömung gerieten, wurden umhergewirbelt und sanken dabei immer tiefer, als würden sie von einem riesigen schwarzen Maul nach unten gesogen!

Das Klirren von Schwertern, die aus der Scheide gezogen wurden, hallte durch die Luft. Eilig sprangen sie auf ihre fliegenden Klingen und erhoben sich in die Lüfte.

Wei Wuxian, der bereits weiter oben war, blickte nach unten und sah, dass das Boot des Schülers Su She, dessen Schwert sich noch immer im Wasser befand, vom Biling-See verschluckt wurde und er inzwischen knietief im Wasser stand. Obwohl man ihm die Angst vom Gesicht ablesen konnte, schrie er nicht um Hilfe, vielleicht war er starr vor Schreck.

Ohne zu zögern beugte sich Wei Wuxian vor, streckte die Hand aus, ergriff sein Handgelenk und zog ihn hoch.

Mit einer Person mehr sackte das Schwert unter seinen Füßen ein Stück nach unten, stieg danach aber wieder empor. Er war jedoch noch nicht weit gekommen, als von Su She plötzlich ein gewaltiger Zug ausging, der Wei Wuxian fast vom Schwert riss.

Su Shes untere Körperhälfte war bereits im schwarzen Strudel des Sees gefangen und der Strudel drehte sich immer schneller und schneller, während sein Körper immer schwerer wurde – ganz so, als würde sich etwas in den Tiefen des Wassers verstecken, das seine Beine umklammerte und ihn nach unten zog.

Jiang Cheng, der auf Sandu in aller Seelenruhe über sechzig Meter über dem See schwebte, entdeckte die beiden und raste wütend auf sie zu. »Was machst du schon wieder?!«

Die Anziehungskraft, die vom Biling-See ausging, wurde immer größer. Die Stärke von Wei Wuxians Schwert lag in seiner großen Agilität, dafür besaß es aber weniger Kraft, sodass sie beinahe bis an die Wasseroberfläche heruntergezogen wurden. Er stabilisierte seine Körperhaltung, während er mit beiden Händen gleichzeitig an Su She zerrte und schrie: »Kann mal jemand mit anpacken? Wenn ich ihn nicht rausbekomme, muss ich loslassen!«

Plötzlich zog sich Wei Wuxians Kragen enger und sie wurden von jemandem hochgehoben. Er drehte sich um und sah, dass Lan Wangji ihn mit einer Hand hinten am Nacken festhielt.

Lan Wangji schaute nur gleichgültig in eine Richtung, obwohl er und sein Schwert das Gewicht von drei Personen trugen, während sie gegen die mysteriöse Kraft im See ankämpften. Dennoch stiegen sie im gleichmäßigen Tempo höher und höher.

Jiang Cheng war etwas geschockt. »Wenn ich zuerst mit Sandu unten gewesen wäre und Wei Wuxian hochgezogen hätte, wäre ich wahrscheinlich nicht so schnell und ruhig wieder hochgekommen. Dabei ist Lan Wangji etwa so alt wie ich …«

In dem Moment sagte Wei Wuxian: »Lan Zhan, dein Schwert hat ziemlich viel Kraft, oder? Danke, danke, aber musst du mich unbedingt am Kragen packen? Kannst du mich nicht anders festhalten? Das ist ziemlich unangenehm für mich. Ich strecke dir meinen Arm hin, dann kannst du mich an ihm hochziehen.«

»Ich berühre andere nicht«, sagte Lan Wangji kalt.

»Wir kennen uns doch schon so gut, da bin ich doch kein ›anderer‹ mehr.«

»Tun wir nicht.«

Wei Wuxian tat so, als wäre er verletzt. »Du bist wirklich unmöglich …«

Jiang Cheng hielt es nicht mehr aus und schimpfte: »Und du erst!! Kannst du nicht einmal den Mund halten, wenn du von jemandem am Kragen gepackt wirst und in der Luft hängst?!«

Die Gruppe verließ, so schnell sie konnte, auf ihren Schwertern den Biling-See und landete am Ufer. Lan Wangji ließ Wei Wuxians Kragen los, drehte sich ohne jede Eile um und sagte dann zu Lan Xichen: »Es ist ein *Wasser-Abgrund*.«

Lan Xichen schüttelte besorgt den Kopf. »Das ist ein schwieriges Problem.«

Als Wei Wuxian und Jiang Cheng das Wort »Wasser-Abgrund« hörten, verstanden sie sofort. Das gefährlichste am Biling-See und seinem Zulauf waren nicht etwa irgendwelche Wassergeister, sondern das Wasser, das darin floss.

In einigen Flüssen und Seen kam es aufgrund der Topografie oder der Strömung häufig zu Schiffsunglücken oder Unfällen, bei denen Menschen über Bord gingen. Über die Zeit entwickelten solche Gewässer eine

Persönlichkeit. So wie ein verwöhntes Fräulein nicht auf Luxus verzichten konnte, brauchten die Gewässer nach einer Weile ein Handelsschiff oder Menschen, die im Wasser ertranken, als Opfergabe. Bekamen sie sie nicht, wurden sie selbst aktiv und richteten Chaos an.

Die Bewohner von Caiyi kannten sich gut mit Wasser aus. Daher kam es seit jeher nur in den seltensten Fällen vor, dass Schiffe sanken oder Menschen ertranken. Somit war es unmöglich, dass in dieser Gegend ein Wasser-Abgrund entstand. Da hier aber einer aufgetaucht war, ließ das nur einen Schluss zu: Er war von woanders hergetrieben worden.

Sobald ein Wasser-Abgrund entstand, verwandelte sich das gesamte Gewässer in ein Monster und es war überaus schwierig, ihm beizukommen. Außer man pumpte das ganze Wasser ab, fischte alle Menschen und Gegenstände heraus, die im Wasser versunken waren, und legte das Flussbett für einige Jahre unter starker Sonneneinstrahlung trocken – und das war nahezu unmöglich. Allerdings gab es noch eine andere Möglichkeit, die zwar auf Kosten anderer ging, das akute Problem aber beheben konnte: Man vertrieb das Ungeheuer einfach in einen anderen Fluss oder See, sodass es fortan woanders Schaden anrichtete.

»Sind in letzter Zeit irgendwo sonst Schäden durch einen Wasser-Abgrund entstanden?«, fragte Lan Wangji.

Lan Xichen zeigte in den Himmel.

Er zeigte auf nichts anderes als die Sonne.

Wei Wuxian und Jiang Cheng sahen sie an, dann verstanden sie: der Qishan-Wen-Clan.

In der Kultivierungswelt existierten so viele Clans, wie es Sterne am Himmel gab. Unter ihnen befand sich jedoch ein Gigant, der alle anderen Clans bei Weitem überragte. Es handelte sich dabei um den Wen-Clan aus Qishan.

Das Emblem des Wen-Clans war die Sonne. Es spiegelte den Geist des Clans wider – strahlend und langlebig wie der glühende Feuerball am

Firmament. Der Ort, an dem der Clan seinen Sitz hatte, war so weitläufig wie eine Stadt. Es hieß, dass es dort nie Nacht wurde. Dementsprechend nannte man ihn auch *Nachtloser Himmel* oder *Nachtlose Hauptstadt*. Den Clan hingegen verglich man oft mit einem Giganten, da ihm kein anderer das Wasser reichen konnte – weder was die Anzahl der Schüler noch was die Kraft, das Territorium oder die spirituellen Waffen anging und sich somit keiner mit ihm auf Augenhöhe befand. Viele Kultivierer sahen es als höchste Ehre an, Gastschüler im Wen-Clan zu sein.

Der Art nach zu urteilen, wie der Clan Dinge anging, war es sehr wahrscheinlich, dass sie den Wasser-Abgrund nach Caiyi vertrieben hatten.

Obwohl sie nun über die Quelle der Unruhen an diesem Ort Bescheid wussten, äußerte sich keiner von ihnen dazu. Denn selbst wenn wirklich jemand vom Wen-Clan dafür verantwortlich war, wäre es völlig irrelevant, wie viele Anklagen es gab oder wie sehr man sich beschwerte. Zum einen würde der Clan es nicht zugeben, zum anderen würde er keinesfalls Wiedergutmachung leisten.

Trotzdem sagte ein Schüler: »Der Wasser-Abgrund, den sie hierher vertrieben haben, wird in Caiyi großen Schaden anrichten. Wenn er weiter wächst und sich auf die Flüsse der Stadt ausbreitet, werden all die Menschen täglich bei diesem Monster um ihr Leben betteln müssen. Das ist echt …«

Aufgrund dieses heiklen Problems, das sie von jemand anderem aufgehalst bekommen hatten, würde sich der Gusu-Lan-Clan ab jetzt unzähligen Schwierigkeiten stellen müssen.

»Lassen wir's, lassen wir's. Wir sollten zurück in die Stadt fahren«, schlug Lan Xichen vor.

An einem Steg stiegen sie auf neue Boote und ruderten zu einem Stadtteil, in dem sich zahlreiche Menschen versammelt hatten.

Nachdem sie einen Brückenbogen passiert hatten und nun auf den Flusswegen unterwegs waren, trat Wei Wuxians spielerische Art wieder zum Vorschein. Er warf sein Ruder hin, stellte sich mit einem Fuß auf die Bootskante, betrachtete sein Abbild im Wasser und prüfte, ob sein Haar ordentlich saß. Es wirkte nicht im Geringsten so, als hätte er gerade mit Dutzenden Wassergeistern gekämpft oder als wäre er gerade einem Wasser-Abgrund entkommen. Ruhig und gelassen ließ er seinen Charme spielen. »Schwester, wie viel kostet ein Pfund Loquats?«

Er war jung und gutaussehend, und mit seiner lebhaften Art zog er die Frauen auf den Booten in seinen Bann. Eine hob ihren Kopf und schaute lächelnd unter ihrem Bambushut hervor. »Hübscher Mann, ich gebe Euch eine umsonst, wie klingt das?»

Ihr Dialekt war sanft und klang frisch und lieblich. Die Töne, die den Lippen der Händlerin entsprangen, berührten und umhüllten ihn mit ihrem süßen Duft. Dankbar nahm Wei Wuxian beide Hände vor die Brust und umschloss mit einer Hand die Faust der anderen Hand. »Nichts würde mir mehr Freude bereiten, als dieses Geschenk anzunehmen!«

Die Frau steckte ihre Hand in den Korb und warf ihm schließlich eine runde goldene Loquat zu. »Sehr gerne. Die ist dafür, dass Ihr so gut aussehet!«

Die Boote bewegten sich schnell und sobald sie aufeinandertrafen, fuhren sie auch schon wieder aneinander vorbei. Wei Wuxian wandte sich der Frau zu, fing die Frucht geschickt auf und lachte. »Dein Antlitz verzaubert einen viel mehr!«

Während er unablässig flirtete, war Lan Wangjis Blick geradewegs nach vorne gerichtet. Er strahlte dabei eine noble Aura aus.

Zufrieden warf Wei Wuxian die Loquat zwischen seinen Händen hin und her, dann zeigte er plötzlich auf Lan Wangji. »Was meint ihr, werte Damen, sieht er auch gut aus?«

Lan Wangji hatte nicht damit gerechnet, dass er mit hineingezogen werden würde, und wusste nicht so recht, wie er reagieren sollte.

Die Frauen auf dem Fluss waren sich jedenfalls einig. »Er sieht noch besser aus!« Unter die Rufe schienen sich auch die lachenden Stimmen einiger Männer gemischt zu haben.

»Wer schenkt ihm dann eine? Wenn nur ich eine Loquat bekomme, befürchte ich, werde ich seine Eifersucht zu spüren bekommen, sobald wir heimkehren!«, feixte Wei Wuxian.

Lachende Stimmen, sanft wie die von Pirolen, hallten auf dem gesamten Fluss wider.

»Okay, okay, eine weitere für euch. Fangt sie, ihr Hübschen!«, ertönte daraufhin die Stimme einer Frau von einem anderen Boot.

Auch diese landete in Wei Wuxians Hand. »Junges Fräulein, du bist sowohl schön als auch freundlich, nächstes Mal kaufe ich welche. Einen ganzen Korb!«

Die Stimme der Frau war hell und klar. Mutig zeigte sie auf Lan Wangji. »Sagt ihm, dass er auch kommen soll. Ihr kommt zusammen!«

Wei Wuxian hielt die Loquat Lan Wangji vors Gesicht. Dieser schaute jedoch nur stur weiter geradeaus. »Nimm sie weg.«

Wei Wuxian tat, wie ihm geheißen. »Ich wusste, dass du sie nicht haben möchtest und hatte eh nicht vor, sie dir zu geben. Jiang Cheng, fang!«

Genau in diesem Moment fuhr Jiang Cheng auf einem Boot an ihnen vorbei und fing die Loquat mit einer Hand. Ein Lachen huschte über sein Gesicht, dann schnaubte er aber sofort: »Flirtest du schon wieder?«

Äußerst zufrieden rief Wei Wuxian: »Verschwinde!«, und drehte sich wieder weg. »Lan Zhan, du kommst doch aus Gusu, dann bist du doch sicher auch mit dem Dialekt hier vertraut? Bring mir was bei! Welche Schimpfwörter gibt es hier?«

Lan Wangji warf ihm sein übliches »Langweilig« an den Kopf und stieg auf ein anderes Boot.

Wei Wuxian hatte nicht wirklich damit gerechnet, eine Antwort zu erhalten, fand den weichen Dialekt der Einheimischen aber sehr amüsant.

Er ging davon aus, dass Lan Wangji ihn von Kindesbeinen an sprach und wollte ihn damit etwas aufziehen. Er hob den Kopf und trank einen Schluck Reisschnaps. Den kugelrunden, schwarzen Krug in der Hand ruderte er einmal kräftig, stieg dann zu Jiang Cheng aufs Boot und gab ihm einen Klaps.

Lan Wangji stand neben Lan Xichen. Ihre Ähnlichkeit war deutlich anhand ihrer Gesichter zu erkennen. Beide sahen schwer besorgt aus. Sie dachten darüber nach, wie sie gegen den Wasser-Abgrund vorgehen könnten, wie sie es dem Verwalter erklären sollten und was die nächsten Schritte waren.

Ein randvoll beladenes Güterboot kam ihnen entgegen. An Bord führte es körbeweise goldene Loquats mit sich. Lan Wangji schaute kurz hinüber, richtete dann aber wieder seinen Blick nach vorne.

Lan Xichen war sein Blick jedoch nicht entgangen. »Wenn du Loquats essen möchtest, sollen wir dann einen Korb kaufen?«

»…« Lan Wangji strich über seinen Ärmel und stieg dann erneut auf ein anderes Boot. »Möchte ich nicht!«

Wei Wuxian hatte in Caiyi einen Haufen Spielereien gekauft, die er, zurück in der Wolkennische, unter den Schülern der anderen Clans aufteilte. Da Lan Qiren immer noch in Qinghe war, fiel für einige weitere Tage der Unterricht aus und die Jugendlichen machten die Nacht zum Tag. Sie breiteten ihre Matten in Wei Wuxians und Jiang Chengs Zimmer aus, aßen Mitternachtssnacks, tranken, spielten Glücksspiele und blätterten erotische Bildbände durch. In der ersten Nacht verlor Wei Wuxian beim Würfelspiel und wurde zur Strafe losgeschickt, um über die Mauer zu klettern, den Berg runterzugehen und das Lächeln des Kaisers zu kaufen – so konnten sich alle nach Herzenslust betrinken.

Die böse Überraschung folgte am zweiten Tag.

Es war noch nicht hell geworden und alle schliefen halb tot kreuz und quer auf dem Boden verteilt, als plötzlich jemand die Zimmertür aufriss.

Das laute Geräusch ließ einige von ihnen hochschrecken. Im Halbschlaf sahen sie Lan Wangji mit einem eiskalten Gesichtsausdruck im Türrahmen stehen. Schlagartig wurden sie hellwach.

Nie Huaisang schüttelte Wei Wuxian wie verrückt, der mit dem Kopf voran über seiner Bettkante hing. »Bruder Wei! Bruder Wei!«

Mehrmals kniff er ihn, bis er endlich benommen reagierte.

»Wer? Wer will sich noch mit mir anlegen?! Etwa Jiang Cheng? Dann schlagen wir uns eben! Als ob ich Angst vor dir hätte!«

Jiang Cheng hatte in der gestrigen Nacht zu viel getrunken, was sein Körper ihm mit Kopfschmerzen dankte. Auf dem Boden liegend und mit geschlossenen Augen ertastete er einen Gegenstand und schmiss ihn in die Richtung, aus der Wei Wuxians Stimme kam. »Klappe!«

Das Wurfgeschoss, ein Buch, traf Wei Wuxian an der Brust. Einige Seiten wurden dabei umgeblättert. Beim näheren Hinschauen bemerkte Nie Huaisang, dass es sich um einen Band aus seiner Schatzsammlung erotischer Bildergeschichten handelte. Als er wieder aufschaute, blickte er direkt in Lan Wangjis eiskalte Augen und wollte sich beinahe seine Seele aus dem Leib kotzen.

Wei Wuxian umarmte das gute Stück, murmelte etwas und schlief dann wieder ein. Woraufhin Lan Wangji ins Zimmer stürmte, ihn hinten am Kragen packte und aus der Tür schleifte. Nachdem er ihn eine Weile durch die Gegend geschleppt hatte, wurde Wei Wuxian schließlich halbwach. Fragend drehte er seinen Kopf. »Lan Wangji, was machst du?«

Der sagte nichts und schritt unbeirrt weiter.

Wei Wuxian war nun zu drei Vierteln wach und auch die restlichen Schnapsleichen, die noch im Zimmer auf dem Boden lagen, schraken nacheinander auf.

Als Jiang Cheng sah, dass Lan Wangji Wei Wuxian verschleppte, sprintete er hinterher. »Was ist passiert? Was soll das werden?«

Lan Wangji drehte sich um und sagte nur ein Wort – betonte dies aber Silbe für Silbe: »Be-stra-fung.«

Jiang Cheng, dessen Reaktionen noch von Alkohol und Schlaf getrübt waren, erinnerte sich wieder an das Chaos auf dem Boden und dass sie gestern Nacht unzählige Regeln der Wolkennische gebrochen hatten. Sein Gesicht erstarrte.

Lan Wangji schleppte Wei Wuxian zur Ahnenhalle des Gusu-Lan-Clans, wo bereits mehrere ältere Mitglieder still warteten. Es waren insgesamt acht Personen, von denen vier überlange Lineale aus Sandelholz in den Händen hielten, auf denen in Kleinstschrift Abertausende Schriftzeichen eingraviert waren. Sie dienten zur Disziplinierung. Das Erscheinungsbild der älteren Clan-Mitglieder war geprägt von Strenge und als sie sahen, dass Lan Wangji jemanden zu ihnen brachte, traten zwei von ihnen sofort vor und hielten Wei Wuxian fest im Griff.

Auf dem Boden kniend konnte Wei Wuxian sich nicht wehren. »Lan Zhan, so willst du mich bestrafen?«

Lan Wangji starrte ihn kalt an und sagte nichts.

»Das akzeptiere ich nicht«, rief Wei Wuxian.

In diesem Moment stürmten die anderen Jugendlichen herbei, wurden jedoch vor der Ahnenhalle aufgehalten und nicht ins Innere gelassen, wodurch sich ihre Unruhe nur noch mehr verstärkte. Als sie die Disziplinierungslineale entdeckten, waren sie sprachlos vor Schreck. Dann sahen sie, wie Lan Wangji den Saum seiner weißen Robe hochhob und sich neben Wei Wuxian kniete.

Bei diesem Anblick wurde Wei Wuxian blass. Er versuchte mit aller Kraft aufzustehen, doch da erklangen auch schon Lan Wangjis Worte: »Schlagt zu!«

Wei Wuxian stand der Mund offen. Eilig wollte er einlenken. »Halt, halt, halt! Wartet! Ich gebe es zu, Lan Zhan! Ich gebe es zu, es ... ist meine Schuld!«

Über einhundert Schläge auf die Handflächen, Beine und den Rücken folgten.

Lan Wangji brauchte niemanden, der ihn festhielt. Von Anfang bis Ende kniete er kerzengerade in aufrechter Position, während Wei Wuxian neben ihm ohne Hemmungen wie ein Schlosshund heulte. Die anderen Schüler verspürten bereits beim Zusehen unsagbare Schmerzen und verzogen qualvoll das Gesicht.

Nachdem die Schläge ihr Ende gefunden hatten, stand Lan Wangji still auf, machte gegenüber den Mitgliedern seines Clans eine höfliche Geste und verließ anschließend sofort die Halle. Man merkte ihm nicht das geringste Anzeichen von Schmerzen an. Ganz im Gegensatz zu Wei Wuxian, der auf dem gesamten Rückweg ununterbrochen jammerte, während Jiang Cheng ihn auf dem Rücken trug.

Wie ein Wespenschwarm umschwirrten sie die anderen. »Bruder Wei, was ist denn eigentlich passiert?«

»Dass Lan Zhan dich bestraft, lässt sich ja noch nachvollziehen, aber wieso wurde auch er geschlagen?«

Wei Wuxian stützte sich auf Jiang Chengs Schulter ab und stöhnte und seufzte unaufhörlich. »Hach! Falsche Taktik, falsche Taktik! Das lässt sich nicht so einfach erklären!«

»Red nicht so viel Unsinn! Was zum Teufel hast du angerichtet?«, schimpfte Jiang Cheng.

»Gar nichts! Gestern Nacht habe ich doch beim Würfeln verloren. Also bin ich den Berg runter, um das Lächeln des Kaisers zu besorgen ...«

»Sag mir nicht, du bist ihm schon wieder begegnet ...?«

»Das hast du richtig erkannt. Ich weiß auch nicht, warum mir das immer wieder passiert, aber als ich mit den Krügen die Mauer hochgeklettert bin, hat er mir den Weg versperrt. Ich frage mich ernsthaft, ob er mich vielleicht den ganzen Tag beobachtet.«

»Du glaubst wohl, jeder hat so viel Zeit wie du. Und dann?«, hakte Jiang Cheng nach.

»Ich habe ihn gegrüßt und gesagt: ›Lan Zhan! Was für ein Zufall, du schon wieder!‹ Natürlich ist er nicht darauf eingegangen und hat mich ohne ein Wort angegriffen. Also habe ich versucht, ihn zu beschwichtigen: ›Hey, muss das sein?‹, woraufhin er meinte, dass Gäste, die wiederholt gegen die nächtliche Ausgangssperre verstoßen, in der Ahnenhalle bestraft werden. Daher sagte ich: ›Hier sind nur wir beide, wenn du nichts sagst und ich nichts sage, bekommt niemand Wind von der Sache, richtig? Ich garantiere, dass es nicht noch mal passieren wird. Wir kennen uns doch jetzt schon so gut, kannst du nicht mal ein Auge zudrücken?‹«

Die Gruppe konnte es kaum noch mit anhören.

Wei Wuxian fuhrt fort: »Doch er machte nur ein ernstes Gesicht und sagte, wir würden uns nicht gut kennen. Dann hat er sein Schwert gezogen und mich angegriffen, ohne jeden Skrupel. Mir blieb nichts anderes übrig, als die Krüge zur Seite zu stellen und mich um ihn zu kümmern. Er hat mich angegriffen und mich fast erwischt. Ich konnte ihn einfach nicht abwimmeln! Schlussendlich hatte ich es satt, dass er mir so hinterherjagt, und habe ihn gefragt: ›Lässt du wirklich nicht locker? Lässt du nicht locker?!‹ Woraufhin er nur erwiderte: ›Akzeptiere die Bestrafung!‹«

Die Gruppe hielt den Atem an. Wei Wuxian erzählte lebhaft, was geschehen war und vergaß völlig, dass er sich noch auf Jiang Chengs Rücken befand. Kräftig schlug er mit der flachen Hand auf dessen Schulter. »Ich sagte: ›Wie du willst!‹, und habe mich danach nicht mehr versteckt, sondern bin direkt auf ihn zu. Ich habe ihn umklammert und bin mit ihm in Richtung der Außenmauer. Dort sind wir zusammen heruntergefallen!«

»……«

»Wir haben bei dem Sturz beide den Bereich der Wolkennische verlassen! Und was für ein Sturz das war! Ich habe danach Sternchen gesehen.«

Nie Huaisang war immer noch fassungslos. »Hat er nicht versucht, dich abzuschütteln ...?«

»Doch, hat er. Aber ich hatte mich mit Händen und Füßen an ihm festgekrallt, sodass er mich nicht loswerden konnte. Es war ihm gänzlich unmöglich, sich von mir zu lösen und aufzustehen. Sein Körper war steif wie ein Brett. Also meinte ich zu ihm: ›Na, Lan Zhan? Nun befindest du dich ebenfalls außerhalb der Wolkennische. Wir haben somit gemeinsam gegen die Ausgangssperre verstoßen. Du wirst ja wohl kaum streng zu mir sein können, während du dir selbst gegenüber tolerant bist. Wenn du mich bestrafst, musst du auch dich selbst bestrafen. Gleichberechtigung, wie klingt das?‹« Wei Wuxian holte kurz Luft. »Als er aufstand, sah er gar nicht gut aus. Ich richtete mich auf und erklärte ihm, dass er sich keine Sorgen machen müsse und dass ich es niemandem erzählen würde. Von dieser Sache wüssten nur der Himmel, die Erde, er und ich. Dann ist er ohne ein Wort zu sagen verschwunden. Wer hätte denn damit gerechnet, dass er heute Morgen ... Jiang Cheng, geh ein bisschen langsamer, ich fall fast runter.«

Jiang Cheng wollte ihn nicht nur runterwerfen, sondern mit seinem Kopf auch ein paar Löcher in den Boden hauen, als einige der anderen schnell einlenkten: »Er trägt dich doch schon und du jammerst trotzdem noch rum!«

»Ich habe ja gar nicht von dir verlangt, dass du mich trägst«, erwiderte Wei Wuxian.

Jiang Cheng wurde wütend. »Wenn ich dich nicht getragen hätte, hättest du dich mit Sicherheit den ganzen Tag in der Ahnenhalle gewälzt und wärst nicht aufgestanden. Erbärmlich! Lan Wangji hat sogar fünfzig Schläge mehr bekommen als du und ist selbständig gegangen. Da traust du dich noch, den Krüppel zu spielen?! Jetzt will ich dich nicht mehr tragen, runter mit dir, schnell!«

»Ich geh nicht runter, ich bin verwundet.«

Die Gruppe alberte gerade auf dem kleinen, mit weißen Steinen gepflasterten Weg herum, als sie auf eine Person in einer weißen Robe und mit einem Buch in der Hand trafen. Lan Xichen blieb verwundert stehen und fragte lächelnd: »Was ist vorgefallen?«

Jiang Cheng, der sich in Grund und Boden schämte, wusste nicht, was er antworten sollte, während Nie Huaisang sofort vorpreschte. »Bruder Xichen, Bruder Wei hat als Bestrafung über einhundert Schläge mit dem Disziplinierungslineal bekommen. Hast du Medikamente?!«

Da Lan Wangji in der Wolkennische für die Strafen zuständig war und Wei Wuxian wie am Spieß jammerte, als hätte er furchtbare Schmerzen, kam Lan Xichen sofort auf ihn zu. »Hat Wangji dich bestraft? Junger Herr Wei, kannst du nicht mehr gehen? Was ist denn vorgefallen?«

Natürlich war es Jiang Cheng zu peinlich zu erzählen, was Wei Wuxian angestellt hatte, schließlich konnte man sagen, dass es ihre Gruppe gewesen war, die ihn dazu angestiftet hatte. Sie hätten also alle bestraft werden sollen. Ihm blieb nichts anderes übrig, als schwammig zu antworten: »Es ist nichts, wirklich, es ist nicht so schlimm! Er kann laufen. Wei Wuxian, geh endlich runter!«

»Ich kann nicht laufen.« Wei Wuxian streckte seine angeschwollenen, roten Handflächen aus und klagte Lan Xichen sein Leid. »Zewu-Jun, dein Bruder ist wirklich grausam.«

Mitfühlend betrachtete der sie. »Oh, das sieht in der Tat recht schlimm aus. Ich befürchte, die Schwellung wird erst in drei, vier Tagen abklingen«

Jiang Cheng war sich der Schwere der Bestrafung nicht bewusst gewesen und fragte überrascht: »Was? Drei, vier Tage? Er wurde auch an den Beinen und am Rücken mit dem Lineal geschlagen. Wie konnte Lan Wangji nur?!« Der letzte Satz klang unbeabsichtigt etwas erbost, und er bemerkte es erst, als Wei Wuxian ihn unauffällig knuffte.

Lan Xichen machte das jedoch nichts aus. Er lachte. »Aber es ist nicht so schlimm, dass man Medikamente bräuchte. Junger Herr Wei, ich kenne eine Methode, mit der deine Wunden in wenigen Stunden verheilen.«

Abends in der Wolkennische bei den kalten Quellen.

Lan Wangji ruhte mit geschlossenen Augen in dem eiskalten Quellwasser, als er plötzlich eine Stimme neben sich vernahm.

»Lan Zhan.«

»...« Lan Wangji riss die Augen auf und tatsächlich, es war Wei Wuxian, der mit dem Bauch auf den blauen Steinen neben der kalten Quelle lag und ihn mit geneigtem Kopf anlächelte.

»Wie bist du hier reingekommen?«, platzte es aus Lan Wangji heraus.

Im Schneckentempo kletterte Wei Wuxian hinunter und löste seinen Gürtel. »Zewu-Jun hat mir Zutritt verschafft.«

»Was machst du da?« Lan Wangji blickte ihn fragend an.

Wei Wuxian kickte mit seinen Füßen die Schuhe weg und verteilte seine Kleidung auf dem ganzen Boden. »Ich ziehe mich aus, ist es daher nicht offensichtlich, was ich hier mache? Ich habe gehört, dass eure kalten Quellen nicht nur dabei helfen, die Konzentration zu verbessern, sondern auch eine heilende Wirkung bei Verletzungen haben. Daher hat dein Bruder mir Zutritt verschafft, damit ich zusammen mit dir baden kann. Ist wirklich nicht nett von dir, dass du allein hergekommen bist, um deine Wunden auszukurieren. Wow, ist das kalt, brr –!«

Er glitt in das Quellwasser und die Kälte fuhr ihm bis in die Knochen, sodass er sich hin und her wand. Lan Wangji ging sofort einige Meter auf Abstand. »Ich bin zum Kultivieren hergekommen, nicht um meine Wunden auszukurieren. Toll hier nicht so herum!«

»Aber es ist so kalt, so kalt ...«, erwiderte Wei Wuxian.

Diesmal hatte er wirklich nicht die Absicht zu übertreiben oder Unruhe zu stiften. Für Ungeübte war es tatsächlich schwierig, sich an die

Temperatur der Quellen des Gusu-Lan-Clans zu gewöhnen. Sobald Wei Wuxian auch nur wenige Sekunden stillstand, schien es, als würde ihm das Blut in den Adern gefrieren, ebenso wie all seine Gliedmaßen, sodass er permanent herumzappeln musste, um sich durch die Bewegung etwas aufzuwärmen.

Dies sorgte dafür, dass Lan Wangji, der zuvor in Stille meditiert hatte, Wasser ins Gesicht spritzte, das nun von seinen langen Wimpern und pechschwarzen Haaren herunterperlte. Schließlich hielt er es nicht mehr aus und rief: »Hör auf, dich zu bewegen!« Er streckte eine Hand nach Wei Wuxian aus und drückte den Unruhestifter an der Schulter herunter.

Sofort spürte Wei Wuxian, wie ihn an der Stelle, wo er ihn berührte, Wärme durchströmte und die Temperaturen erträglicher wurden. Also rutschte er unwillkürlich näher.

Lan Wangji war sofort auf der Hut. »Was machst du da?«

»Nichts, auf deiner Seite scheint es nur etwas wärmer zu sein«, antwortete Wei Wuxian unschuldig.

Mit ausgestrecktem Arm wahrte Lan Wangji eisern den Abstand zwischen ihnen. »Ist es nicht«, entgegnete er streng.

Wei Wuxian wollte eigentlich etwas näher kommen, um sich mit ihm anzufreunden und ihn einzuwickeln, doch obwohl er so schroff abgewiesen wurde, machte ihn das nicht wütend. Ein Blick auf Lan Wangjis Handflächen und Schultern verriet ihm, dass seine Wunden auch noch nicht verschwunden waren und er wirklich nicht hier war, um sie auszukurieren. Also sagte er aufrichtig: »Hut ab, Lan Zhan. Auf meinen Kommentar hin hast du dich wirklich selbst bestraft, und das mit der gleichen Strenge, wie du sie mir hast zukommen lassen. Das verschlägt mir echt die Sprache.«

Lan Wangji schloss die Augen, verharrte still und sagte nichts.

»Wirklich, ich habe noch nie jemanden getroffen, der so ernst ist und so zu seinem Wort steht wie du. Ich könnte das nicht. Du bist echt beeindruckend.«

Lan Wangji ignorierte ihn weiter.

Als Wei Wuxian sich an die Kälte gewöhnt hatte, fing er an, in der Quelle herumzuschwimmen. Doch lange hielt er es nicht aus, sodass er nach einer Weile wieder zu Lan Wangji schwamm. »Lan Zhan, hast du verstanden, was ich da gerade gesagt habe?«

Lan Wangji antwortete: »Nein.«

»Nicht mal das weißt du? Ich habe dich gelobt und versucht, mich mit dir anzufreunden«

Ruhig blickte ihn Lan Wangji an. »Was willst du damit erreichen?«

»Lan Zhan, lass uns Freunde sein, wir kennen uns doch jetzt schon so gut.«

»Tun wir nicht.«

Wei Wuxian klatschte mit den Händen auf die Wasseroberfläche. »Jetzt bist du wieder ein Langweiler. Ehrlich. Wenn du mein Freund wirst, verschafft dir das haufenweise Vorteile.«

»Die da wären?«, entgegnete Lan Wangji misstrauisch.

Wei Wuxian schwamm zum Rand der Quelle, lehnte sich mit dem Rücken an die blauen Steine und stützte seine Arme auf ihnen ab. »Ich bin meinen Freunden gegenüber stets loyal. Wenn ich beispielsweise eine neue erotische Bildergeschichte in die Finger bekomme, darfst du sie zuerst lesen ... Hey, komm zurück! Ist ja nicht schlimm, wenn du sie nicht liest. Warst du schon mal in Yunmeng? In Yunmeng kann man viel Spaß haben und das Essen dort ist fantastisch. Ich weiß nicht, ob es an Gusu oder an der Wolkennische liegt, aber das Essen eures Clans schmeckt wirklich grauenhaft. Wenn du mal zum Lotuspier kommst, kannst du viele leckere Dinge essen. Wir können zusammen Lotusblumen und Wasserkastanien pflücken, kommst du mal vorbei, Lan Zhan?«

»Nein.«

»Sag doch nicht ständig ›Nein‹, das hört sich total kalt an. Frauen mögen es nicht, wenn man das zu oft von sich gibt. Die Frauen in Yunmeng sind besonders attraktiv. Sie strahlen eine andere Art von Schönheit aus als die Frauen hier in Gusu.« Schelmisch zwinkerte er Lan Wangji mit dem linken Auge zu. »Möchtest du wirklich nicht mal vorbeikommen?«

Nach einer kurzen Pause war Lan Wangji zu einer Antwort bereit. »Nei...«

»Hast du keine Angst, dass ich beim Gehen einfach deine Kleidung mitnehme, wenn du mich so barsch abweist?«, unterbrach ihn Wei Wuxian.

»Verschwinde!!!«

Nachdem Lan Qiren aus Qinghe zurückgekehrt war, musste Wei Wuxian nicht noch mal die Clanregeln im Bücherpavillon abschreiben, sondern wurde lediglich in Anwesenheit aller kräftig von ihm gescholten. Abgesehen von den Zitaten klassischer Werke bestand seine Schimpftirade darin, hervorzuheben, dass er noch nie jemandem begegnet war, der sich derart eigensinnig und unverschämt verhielt, der sofort das Klassenzimmer verließ, wenn man ihn dazu aufforderte, und noch dazu Reißaus nahm. Er solle sich von den anderen Schülern fernhalten, insbesondere den Ruf seines Lieblingsschülers Lan Wangji solle er nicht weiter beschmutzen.

Die ganze Schimpftirade über grinste Wei Wuxian verschmitzt. Es war ihm keineswegs unangenehm, ebenso wenig wurde er deswegen wütend.

Nachdem Lan Qiren fort war, setzte er sich hin und wandte sich Jiang Cheng zu. »Findet er es nicht ein bisschen spät, mir jetzt zu sagen, dass ich mich fernhalten soll? Jetzt, nachdem sein Ruf bereits beschmutzt ist, bringt das auch nichts mehr!«

Der Wasser-Abgrund von Caiyi bereitete dem Lan-Clan großes Kopfzerbrechen. Es war unmöglich, die Wurzel des Unheils auszurotten und sie konnten ihn auch nicht an einen anderen Ort vertreiben, wie der Wen-Clan es getan hatte. Das Oberhaupt des Lan-Clans hatte sich fast das gesamte Jahr über zum Meditieren zurückgezogen, wodurch Lan Qiren stellvertretend eine Menge Energie für die Angelegenheit aufbringen musste. Seine Unterrichtsstunden wurden immer kürzer, was Wei Wuxian und den anderen immer mehr Zeit verschaffte, in den Bergen herumzustreunen.

Auch heute war einer dieser Tage, an dem er mit sieben oder acht anderen Schülern loszog. Als sie am Bücherpavillon des Lan-Clans vorbeikamen, konnte er von unten durch die Magnolienblütenzweige sehen, wie Lan Wangji allein am Fenster saß.

Nie Huaisang war perplex. »Kann es sein, dass er in unsere Richtung schaut? Aber wir waren gerade doch gar nicht laut. Wieso schaut er uns dann trotzdem so an?«

»Höchstwahrscheinlich denkt er gerade darüber nach, welche Fehler wir alle haben«, antwortete ihm Wei Wuxian.

»Falsch. Nicht ›wir‹, sondern ›du‹. So wie ich das sehe, starrt er allein dich an«, erwiderte Jiang Cheng.

»Hah! Wart's nur ab! Du wirst schon sehen, wie ich das mit ihm regle, wenn wir zurück sind.«

»Dir hat es doch missfallen, wie langweilig und humorlos er ist?! Dann reize ihn doch nicht ständig. Du begibst dich absichtlich in Gefahr. Es ist, als würdest du einem Tiger die Zähne ziehen wollen – mach dir doch nicht selbst das Leben schwer.«

»Falsch, Jiang Cheng. Gerade das ist doch das Unterhaltsame, dass es tatsächlich jemanden auf der Welt gibt, der so humorlos ist wie er.«

Sie kehrten erst in die Wolkennische zurück, als es schon fast Nachmittag war.

Lan Wangji saß am Schreibtisch und sortierte einen Stapel Papier, den er soeben beschrieben hatte. Plötzlich vernahm er ein Knacken. Als er aufschaute, sah er, wie jemand durch das Fenster hereinkletterte.

Wei Wuxian hatte den Magnolienbaum neben dem Bücherpavillon erklommen und strahlte ihn nun an. »Lan Zhan, ich bin zurück! Und, hast du mich vermisst, jetzt, da ich ein paar Tage nicht hier war, um Bücher abzuschreiben?«

Lan Wangji machte auf ihn den Eindruck eines alten Mönchs während einer Meditation, der alles sah und gleichzeitig nichts. Er wirkte sogar etwas abgestumpft, als er die kleinen Berge an Büchern weiter sortierte. Wei Wuxian interpretierte sein Schweigen absichtlich falsch. »Du musst nichts sagen, ich weiß es auch so. Natürlich hast du mich vermisst, wieso hättest du mich sonst vorhin vom Fenster aus beobachten sollen?«

Lan Wangji bedachte ihn sofort mit einem Blick stillen Widerwillens.

Wei Wuxian setzte sich auf die Fensterbank. »Schau dich nur an, du reagierst sofort. Mit dir hat man echt leichtes Spiel. Du kannst dich so schlecht zusammenreißen.«

»Geh.«

»Wenn nicht, schubst du mich dann runter?«

Bei Lan Wangjis Anblick befürchtete Wei Wuxian, dass ein weiterer provozierender Satz Lan Wangji den Rest seiner Selbstbeherrschung rauben und er ihn wahrscheinlich direkt am Fensterbrett festnageln würde. Hastig lenkte er daher ein. »Erschreck mich doch nicht so! Ich bin hier, weil ich ein Geschenk für dich habe und mich bei dir entschuldigen möchte.«

Lan Wangji lehnte ohne nachzudenken sofort ab. »Nicht nötig.«

»Willst du es wirklich nicht?« An Lan Wangjis Augen konnte er erkennen, dass dieser in Alarmbereitschaft war. Wie bei einem Zaubertrick zog er trotzdem zwei Häschen aus seinen Ärmeln hervor. Er packte sie an den Ohren, sodass es aussah, als würde er zwei dicke, runde Fellknäule in den Händen halten, die wild mit den Beinen herumzappelten. Dann hob er sie vor Lan Wangjis Gesicht. »Das ist echt eine seltsamer Ort. Es gibt keine Fasanen, aber jede Menge Waldhasen, die so gar nicht menschenscheu sind. Na, sind die nicht dick? Willst du sie?«

Lan Wangji sah ihn kalt an.

»Na gut. Wenn du sie nicht willst, schenke ich sie halt jemand anderem. Das Essen in den letzten Tagen war sowieso sehr fad.«

Beim dem Satz reagierte Lan Wangji. »Stehen bleiben!«

Wei Wuxian breitete seine Arme aus. »Ich hatte doch gar nicht vor zu gehen.«

»Wem schenkst du sie?«

»Jemandem, der sich mit dem Grillen von Hasenfleisch auskennt.«

»Innerhalb der Wolkennische ist das Töten von Lebewesen verboten. Das ist die dritte Regel an der Wand der Regeln.«

»Na gut. Dann steige ich eben den Berg hinunter, töte sie außerhalb der Wolkennische und bringe sie dann wieder hoch, um sie zu grillen. Du möchtest sie ja sowieso nicht, oder?«

»...« Lan Wangji machte nach jedem Wort eine Pause. »Gib. Sie. Mir.«

Wei Wuxian saß lachend auf der Fensterbank. »Jetzt willst du sie doch? Schau dich nur an, ständig bist du so.«

Beide Hasen waren dick und rund wie zwei flauschige Schneebälle. Einer hatte leblose Fischaugen, lag mit dem Bauch flach auf dem Boden und machte auch nach einer ganzen Weile keine Anstalten, sich von der Stelle zu bewegen. Er knabberte lediglich gemütlich mit seinen Schneidezähnen an einem Blatt herum. Der andere wirkte, als hätte er einen Flummi verschluckt. Ununterbrochen hoppelte er auf und ab, kletterte auf seinen Kameraden und rollte und hüpfte ohne Unterbrechung auf ihm hin und her.

Wei Wuxian warf ihnen noch ein paar von den Gemüseblättern zu, die er irgendwo aufgesammelt hatte. Plötzlich rief er aufgeregt: »Lan Zhan! Lan Zhan!«

Der aktive Hase war zuvor in einen Tuschestein von Lan Wangji getreten und hatte eine Spur aus schwarzen Tintenfußabdrücken auf dem Schreibtisch hinterlassen. Lan Wangji wusste nicht, was er tun sollte, und dachte gerade mit einem Blatt Papier in der Hand darüber nach, wie er das wieder in Ordnung bringen konnte. Daher wollte er Wei Wuxian eigentlich ignorieren, bei dessen ernsten Tonfall konnte es aber auch sein, dass etwas passiert war.

»Was ist?«

»Schau nur, wie sie aufeinanderliegen, machen sie etwa …?«

»Das sind beides Männchen!«

»Männchen? Seltsam.« Wei Wuxian hob die beiden Häschen an den Ohren hoch und schaute nach, dann bestätigte er: »Es sind tatsächlich Männchen. Dann ist das halt so, aber ich hatte doch noch gar nicht zu Ende gesprochen. Wieso bist du so streng? Woran hast du denn gedacht? Außerdem habe nicht einmal ich, der sie gefangen hat, darauf geachtet, ob das Männchen oder Weibchen sind, während du hingegen …«

Endlich warf Lan Wangji ihn aus dem Bücherpavillon.

Wei Wuxians Lachen hallte durch die Luft. »Ha ha ha ha ha ha ha ha ha ha ha ha ha ha ha!«

Energisch knallte Lan Wangji das Fenster zu und setzte sich zurück an den Schreibtisch. Er blickte auf das Reispapier und die Tintenfußspuren, die sich verstreut über den Boden zogen, und anschließend hinüber zu den beiden weißen Hasen, die die Gemüseblätter hinter sich herzogen und sich hin und her rollten. Dann schloss er die Augen und hielt sich die Ohren zu.

Er hatte das Geräusch der raschelnden Magnolienblütenzweige durch das Schließen des Fensters aussperren können, doch egal wie sehr er sich dagegen wehrte und was er auch versuchte, Wei Wuxians fröhliches und ungezügeltes Lachen hörte er immer noch.

Am nächsten Tag kam Lan Wangji schließlich nicht mehr zum Unterricht.

Wei Wuxian wechselte seinen Sitzplatz drei Mal. Eigentlich saß er neben Jiang Cheng, doch dieser passte gewissenhaft im Unterricht auf und wollte einen guten Eindruck hinterlassen, um das Ansehen des

Yunmeng-Jiang-Clans wiederherzustellen. Also setzte Jiang Cheng sich in die erste Reihe. Ein Platz vorne bot Wei Wuxian jedoch keinen Schutz, sodass er dort hätte keinen Unsinn anstellen können. Also gab er seinen Sitzplatz neben Jiang Cheng auf, um sich stattdessen hinter Lan Wangji zu setzen. Während Lan Qiren vorne unterrichtete, saß Lan Wangji aufrecht da wie eine Eisenmauer, sodass Wei Wuxian hinter ihm tief und fest schlafen oder nach Herzenslust herumkritzeln konnte. Abgesehen davon, dass Lan Wangji gelegentlich die Hand ausstreckte und die Papierkugeln abfing, die Wei Wuxian jemand anderem zuwarf, war das der ideale Sitzplatz. Nachdem Lan Qiren jedoch von seiner Taktik Wind bekommen hatte, ließ er Wei Wuxian und Lan Wangji die Plätze tauschen. Seitdem spürte Wei Wuxian stets ein eiskaltes, durchbohrendes Augenpaar im Nacken, sobald seine Sitzhaltung auch nur ansatzweise nachlässig wurde. Und auch Lan Qiren schaute dann finster zu ihm herüber.

Es war eine große Qual, permanent von vorne und von hinten von einem Alten und einem Jüngeren überwacht zu werden. Allerdings war Lan Qiren nach den Vorfällen mit den erotischen Bildergeschichten und den beiden Hasen davon überzeugt, dass Wei Wuxian einen schlechten Einfluss ausübte und befürchtete, dass er seinen Lieblingsschüler beschmutzen und negativ beeinflussen könnte. Also teilte er Lan Wangji mit, dass er nicht mehr im Unterricht erscheinen müsse. Dadurch saß Wei Wuxian nun wieder an seinem alten Platz und für einen halben Monat kehrte erneut Frieden ein.

Leider war Wei Wuxian jemand, bei dem Gutes nie lange währte.

In der Wolkennische gab es eine lange Wand, an der sich nach jedem siebten Schritt ein Fenster mit malerischen Gravuren befand. Die Motive waren alle unterschiedlich. Sie zeigten hohe Berge, wie jemand Zither spielte, fliegende Schwerter und die Auslöschung von Yao und Monstern.

Lan Qiren hatte erklärt, dass die Fenstermotive die Lebensgeschichten der Vorfahren des Gusu-Lan-Clans erzählten. Die vier ältesten und bekanntesten Fenster stellten die vier Lebensabschnitte von Lan An dar, dem Gründer des Lan-Clans.

Er war in einem Tempel geboren, mit Sanskrit aufgewachsen und verfügte über große Intelligenz und Weisheit, sodass er sich bereits in jungen Jahren zu einem bekannten und angesehenen Mönch entwickelt hatte. Im Alter von zwanzig Jahren nahm er den Nachnamen »Lan«, abgeleitet von »Qielan«*, an, verließ das Kloster und wurde Musiker. Während seiner Kultivierungsreise traf er in Gusu auf die für ihn »vom Schicksal vorherbestimmte Person«, nach der er gesucht hatte. Sie wurden Kultivierungspartner und legten gemeinsam den Grundstein für den Lan-Clan. Nachdem sein Kultivierungspartner verstorben war, kehrte er wieder ins Kloster zurück, wo er auch verstarb.

Die vier Fenster stellten genau diese vier Abschnitte dar: Das Leben im Kloster, sein Leben als Musiker, das Leben mit seinem Kultivierungspartner und die Rückkehr zum Mönchstum.

Nach all den Tagen erfuhren sie zur Abwechslung einmal etwas Interessantes und obwohl Lan Qiren daraus eine staubtrockene Geschichtsstunde machte, hörte Wei Wuxian endlich einmal zu. Nach dem Unterricht teilte er den anderen lachend seine Gedanken dazu mit: »Also war der Gründer des Lan-Clans ein Mönch, das erklärt sehr vieles. Um diese eine bestimmte Person zu treffen, begab er sich in die Welt der Normalsterblichen, und als die diese Welt verließ, ging er mit ihr, ohne eine Spur zu hinterlassen. Doch wie konnte ein Gründer wie er nur derart unromantische Nachfahren produzieren?«

Auch von den anderen hatte keiner damit gerechnet, dass der Lan-Clan, der als steif und altmodisch galt, so einen Gründer hatte. Eifrig begannen sie zu diskutieren. Der Fokus des Gesprächs verlagerte sich schließlich auf das Thema »Kultivierungspartner«. Angeregt tauschten sie sich über ihren idealen Partner und bekannte Kultiviererinnen

* »Qielan« bedeutet »Sangharama«, was im Sanskrit für »Tempel« steht.

verschiedener Clans aus. Bis plötzlich jemand fragte: »Bruder Zixuan, welche Kultiviererin findest du am besten?«

Als Wei Wuxian und Jiang Cheng das hörten, sahen sie beide gleichzeitig einen Jungen an, der in der ersten Reihe des Klassenzimmers saß. Er hatte stolze, schöne Gesichtszüge und einen zinnoberroten Punkt auf seiner Stirn. Sein Kragen, seine Ärmel und sein Gürtel waren mit einer weißen Pfingstrose, die den Namen *Sterne im Schnee* trug, bestickt. Es war der junge Herr Jin Zixuan, der vom Lanling-Jin-Clan als Gastschüler nach Gusu geschickt worden war.

»So was brauchst du Bruder Zixuan nicht zu fragen. Er hat bereits eine Verlobte, daher wird es bei ihm ja wohl sie sein«, schaltete sich ein anderer dazwischen.

Als das Wort »Verlobte« fiel, schienen Jin Zixuans Mundwinkel sich nach unten zu verziehen und man erkannte eine gewisse Unzufriedenheit in seinem Gesicht. Der Schüler, der die Frage gestellt hatte, bemerkte dies jedoch nicht und hakte sogar noch fröhlich nach: »Echt? Von welchem Clan ist sie denn? Bestimmt ist sie wahnsinnig talentiert!«

Jin Zixuan hob die Augenbrauen. »Wir müssen nicht weiter darüber reden.«

»Was soll das heißen?«, schoss es plötzlich aus Wei Wuxian heraus

Alle im Klassenzimmer blickten ihn erstaunt an. Normalerweise trug Wei Wuxian immer ein Lachen auf den Lippen, und selbst wenn er ausgeschimpft oder bestraft wurde, wurde er nie wirklich wütend. In diesem Moment jedoch konnte man von seinem Gesicht eindeutig eine gewisse Feindseligkeit ablesen. Anders als sonst schimpfte Jiang Cheng ihn auch nicht dafür aus, dass er Unruhe stiftete, sondern saß mit düsterer Miene neben ihm.

Jin Zixuan klang arrogant, als er antwortete: »Sind die sechs Worte ›Wir müssen nicht weiter darüber reden‹ so schwer zu verstehen?«

Wei Wuxian lachte kalt. »Überhaupt nicht, aber was in aller Welt dir nicht an meiner Shijie gefällt, will mir nicht in den Kopf.«

Die Schüler begannen zu tuscheln und begriffen erst jetzt die Situation. Mit der Frage, die ursprünglich gestellt worden war, waren sie unbeabsichtigt in ein Hornissennest getreten. Denn bei Jin Zixuans Verlobter handelte es sich um niemand anderen als Jiang Yanli vom Jiang-Clan.

Sie war das älteste Kind von Jiang Fengmian und Jiang Chengs leibliche Schwester. Jiang Yanli besaß ein sanftes Gemüt und wirkte eher unscheinbar. Ihre Art zu reden war ruhig und bedacht, blieb den Menschen jedoch nicht im Gedächtnis. An Schönheit übertraf sie einige, ihr Talent war allerdings nicht überragend, sodass sie im Vergleich zu den anderen Kultiviererinnen etwas blass und farblos wirkte.

Ihr Verlobter Jin Zixuan hingegen war das genaue Gegenteil. Er war der einzige rechtmäßige Sohn von Jin Guangshan, sah überaus gut aus und war mit bemerkenswertem Talent gesegnet. Verglich man Jiang Yanlis Vorzüge mit den seinen, passten sie rational gesehen tatsächlich nicht zusammen. Sie war nicht einmal qualifiziert, um überhaupt mit den anderen Frauen in den Wettstreit zu treten. Jiang Yanli war nur deshalb mit Jin Zixuan verlobt, weil ihre Mutter vor ihrer Hochzeit mit Jiang Fengmian dem Meishan-Yu-Clan angehörte hatte und dieser eine gute Beziehung mit dem Clan von Jin Zixuans Mutter pflegte. Beide Frauen waren zusammen aufgewachsen und sie verband eine enge Freundschaft.

Den Jin-Clan zeichnete vor allem sein Stolz aus und Jin Zixuan hatte diese Eigenschaft in voller Tragweite weitervererbt bekommen. Er besaß überaus hohe Ansprüche und war seit Langem unglücklich mit dieser Verlobung. Dies lag aber nicht allein daran, dass er an seiner Verlobten selbst keinen Gefallen fand, viel schlimmer war für ihn, dass seine Mutter die Heirat über seinen Kopf hinweg bestimmt hatte, und er rebellierte innerlich immer mehr. Heute ergriff er die Gelegenheit und ließ seiner Wut auch äußerlich freien Lauf: »Wieso fragst du nicht lieber, was an ihr mich zufrieden stimmen sollte?«

Jiang Cheng erhob sich sofort.

Wei Wuxian schob ihn jedoch zur Seite, richtete sich selbst vor ihm auf und lachte kalt. »Du hältst dich wohl für den Hauptgewinn? Ganz schön mutig, so wählerisch zu sein!«

Aufgrund der Verlobung hegte Jin Zixuan eine Aversion gegen den Yunmeng-Jiang-Clan, und Wei Wuxians Verhalten war ihm schon lange ein Dorn im Auge. Außerdem prahlte er oft damit, dass die anderen Schüler keinerlei Konkurrenz für ihn darstellten. Und noch nie hatte ihn jemand so herablassend behandelt. Wut kochte in ihm hoch und er ließ ihr freien Lauf. »Wenn sie unzufrieden ist, dann sag ihr doch, dass sie die Verlobung auflösen soll! Ich für meinen Teil kann deiner geliebten Shijie nichts abgewinnen. Wenn du sie so schätzt, kannst du ja ihren Vater aufsuchen und um ihre Hand anhalten! Er behandelt dich doch eh besser als seinen eigenen Sohn!«

Bei diesem Satz erstarrte Jiang Cheng.

Wei Wuxian hingegen konnte seinen Zorn nicht länger unterdrücken, stürmte auf Jin Zixuan los und schlug ihn mit der Faust ins Gesicht.

Jin Zixuan war zwar längst auf einen Angriff vorbereitet, mit dieser Geschwindigkeit hatte er allerdings nicht gerechnet. Die Faust traf ihn, noch ehe er Luft holen konnte. Taubheit breitete sich augenblicklich in seiner Gesichtshälfte aus und wortlos schlug er zurück.

Die Auseinandersetzung versetzte die beiden großen Clans in Aufruhr. Jiang Fengmian und Jin Guangshan eilten noch am selben Tag von Yunmeng und Lanling nach Gusu.

Als sie ankamen, sahen sie, wie die zwei zur Strafe niederknieten. Sie gingen zu Lan Qiren, der sie ausschimpfte. Nachdem sie sich den Schweiß abgewischt und einige Höflichkeiten ausgetauscht hatten, brachte Jiang Fengmian die Auflösung der Verlobung zur Sprache.

»Es war A-Lis Mutter, die auf dieser Verlobung beharrt hat. Mein Einverständnis hat es nicht gegeben. Wie heute deutlich wurde, sind beide

Seiten nicht sonderlich glücklich damit, und ich denke, es wäre ratsam, hier nichts zu erzwingen.«

Jin Guangshan war überrascht und zögerte daher ein wenig. Wie man es auch betrachtete, eine Verlobung mit einem angesehenen Clan aufzulösen war niemals eine gute Sache. »Sie sind noch jung, ihre Lebenserfahrung ist begrenzt. Worüber sie sich streiten, ist ihre Sache, Bruder Fengmian. Dem müssen wir keine Beachtung schenken.«

»Bruder Jin, wir können zwar die Verlobung für sie arrangieren, aber nicht ihre Ehe für sie leben. Am Ende sind sie es, die ihr Leben miteinander verbringen müssen«, erwiderte Jiang Fengmian.

Diese Hochzeit war von Anfang an nicht Jin Guangshans Idee gewesen und wenn er durch die Ehe mit einem anderen Kultivierungsclan seine Machtposition festigen wollte, war der Yunmeng-Jiang-Clan weder die einzige noch die beste Wahl. Er hatte es nur nie gewagt, seiner Frau zu widersprechen. Doch nun hatte der Jiang-Clan von sich aus die Auflösung der Verlobung vorgeschlagen und da der Jin-Clan die Seite des Mannes vertrat, musste er sich nicht so viele Gedanken machen wie die Seite der Frau. Es gab folglich keinen Grund zur Sorge. Zudem war ihm bewusst, dass Jin Zixuan noch nie Freude bezüglich der Verlobung mit Jiang Yanli empfunden hatte. Nach einigen Überlegungen nahm Jin Guangshan schließlich seinen Mut zusammen und stimmte der Auflösung zu.

Zu diesem Zeitpunkt wusste Wei Wuxian noch nicht, was der Streit losgetreten hatte. Er kniete immer noch an dem Platz auf dem Steinweg, den Lan Qiren ihm zugewiesen hatte. Jiang Cheng kam von Weitem zu ihm rüber und spottete: »Du kniest ja wirklich ordentlich.«

Wei Wuxian jedoch empfand dabei Genugtuung. »Du weißt doch, dass ich darin Übung habe. Aber der verwöhnte Jin Zixuan musste bestimmt noch nie niederknien. Heute heult er bestimmt Rotz und Wasser, so wahr mein Nachname Wei lautet.«

Jiang Cheng senkte für einen Moment seinen Kopf und sagte leise: »Vater ist gekommen.«

»Shijie ist aber nicht da, oder?«, fragte Wei Wuxian.

»Warum sollte sie? Um zu sehen, wie du sie bloßstellst? Wäre sie gekommen, hätte sie dir sicher Medikamente gebracht.«

Wei Wuxian seufzte. »Ich hätte mich gefreut, wenn sie gekommen wäre. Zum Glück hast du nicht zugeschlagen.«

»Ich wollte ja. Hättest du mich nicht weggestoßen, wäre Jin Zixuans andere Gesichtshälfte jetzt auch entstellt.«

»Lieber nicht, so wie jetzt mit dem ungleichmäßig angeschwollenen Gesicht sieht er hässlicher aus. Ich habe gehört, dass dieser Kerl sein eigenes Gesicht so sehr liebt wie ein Pfau sein Gefieder. Was er wohl beim Blick in den Spiegel gefühlt hat? Ha ha ha ha ...« Nachdem Wei Wuxian eine Weile lachend auf den Boden geklopft hatte, sagte er: »Eigentlich hätte ich dich zuschlagen lassen und von der Seite aus zuschauen sollen, dann wäre Onkel Jiang vielleicht nicht gekommen. Aber ich konnte einfach nicht anders. Ich konnte mich nicht zurückhalten!«

Jiang Cheng schnaubte und sagte leise: »Als ob.«

Obwohl Wei Wuxian das nur so daher gesagt hatte, war Jiang Cheng aufgewühlt. Tief im Inneren wusste er, dass er recht hatte. Jiang Fengmian war seinetwegen noch nie innerhalb eines Tages zu einem anderen Clan geflogen. Egal ob es um etwas Gutes oder etwas Schlechtes ging, um eine große oder kleine Angelegenheit.

Noch nie.

Bei Jiang Chengs Trauermiene nahm Wei Wuxian an, ihn bedrücke immer noch das, was Jin Zixuan gesagt hatte. »Geh, du musst nicht bei mir bleiben. Lan Wangji erwischt dich noch, sollte er noch mal nach mir sehen. Wenn du Zeit hast, schau dir lieber an, wie blöd Jin Zixuan beim Niederknien aussieht.«

Jiang Cheng war etwas überrascht. »Lan Wangji? Wozu sollte er vorbeikommen? Er traut sich sogar, dich zu besuchen?«

»Genau, mich zu besuchen, zeugt schon von Mut. Wahrscheinlich hat sein Onkel ihn beauftragt, um zu überprüfen, ob ich auch richtig knie«, meinte Wei Wuxian.

Jiang Cheng hatte eine böse Vorahnung. »Und? Hast du dich zu dem Zeitpunkt in der korrekten Haltung befunden?«

»Ja, habe ich. Nachdem er sich aber ein Stück entfernt hatte, habe ich einen Stock genommen und mit gesenktem Kopf in der Erde herumgestochert. Daher kommt der Haufen neben deinem Fuß. Dort befindet sich ein Ameisenbau, der war gar nicht so leicht zu entdecken. Als Lan Wangji sich umdrehte, sah er, wie meine Schultern bebten. Er dachte bestimmt, ich würde weinen oder so, also kam er rüber und erkundigte sich bei mir. Du hättest wirklich sein Gesicht sehen sollen, als er den Ameisenbau entdeckte.«

Nach einem Moment der Stille sagte Jiang Cheng: »Du solltest dich schleunigst zurück nach Yunmeng verziehen! Er will dich wahrscheinlich nie wiedersehen.«

Also packte Wei Wuxian an diesem Abend seine Sachen und kehrte mit Jiang Fengmian zusammen zurück nach Yunmeng.

❖

Kapitel 5:

Glück und Harmonie

Wei Wuxian lag die ganze Nacht auf dem Bauch. In der ersten Hälfte dachte er darüber nach, was um alles in der Welt in den vergangenen Jahren so einer Veränderung bei Lan Wangji bewirkt haben konnte. Erst in der zweiten Hälfte schlummerte er ein. Als er am nächsten Morgen die Augen öffnete, war Lan Wangji bereits spurlos verschwunden. Er hingegen lag ordentlich im Bett, mit beiden Händen seitlich am Körper und in einer Position, die so wirkte, als kenne er seinen Platz.

Wei Wuxian riss die Decke weg und vergrub die Finger seiner rechten Hand in seinen Haaren. Er konnte das unerklärliche Gefühl der Absurdität und Angst einfach immer noch nicht abschütteln.

In dem Moment klopfte es zweimal leicht an der Holztür des Ruhezimmers und Lan Sizhuis Stimme ertönte von außen. »Junger Herr Mo? Bist du wach?«

»Wieso rufst du mich in dieser Frühe?!«, antwortete ihm Wei Wuxian.

»F… Frühe …? Aber es ist doch bereits neun Uhr«, sagte Lan Sizhui.

Alle im Lan-Clan hatten einen überaus geordneten Tagesablauf. Sie standen um fünf Uhr morgens auf und gingen um neun Uhr abends zu Bett. Wei Wuxian hingegen, der ebenfalls einen sehr geordneten Tagesablauf hatte, stand um neun Uhr auf und ging um ein Uhr nachts schlafen. Somit war er nach Lan Sizhuis Verständnis um ganze vier Stunden im Verzug. Nachdem er die halbe Nacht auf dem Bauch gelegen hatte, schmerzten seine Hüfte und sein Rücken und er gab ehrlich zu: »Ich kann nicht aufstehen.«

»Ähm, was ist denn los?«, fragte Lan Sizhui.

»Was los ist? Euer Hanguang-Jun hat mit mir die Nacht verbracht!«, rief Wei Wuxian.

Nun ertönte Lan Jingyis wütende Stimme. »Wenn du weiter so einen Unsinn verzapfst, lassen wir dir das nicht durchgehen. Komm raus!«

Wei Wuxian fühlte sich ungerecht behandelt. »Wirklich! Er hat mir die ganze Nacht den Schlaf geraubt. Ich komme nicht raus, ich kann niemandem mehr unter die Augen treten!«

Die Schüler vor der Tür sahen einander ratlos an. Man durfte Hanguang-Juns Zimmer nicht einfach so betreten. Sie konnten daher nicht reingehen und ihn rauszerren und wussten somit nicht, was sie tun sollten.

Lan Jingyi war wütend. »Du hast wirklich gar kein Schamgefühl! Hanguang-Jun hegt kein Interesse an Männern, wieso sollte er da mit dir die Nacht verbringen?! Man kann schon dankbar sein, wenn nicht stattdessen du derjenige bist, der sich auf ihn stürzt. Steh auf! Bring deinen Esel weg und erzieh ihn gefälligst ordentlich, er macht einen Höllenlärm!«

Als Lan Jingyi sein Reittier erwähnte, stand Wei Wuxian hastig auf. »Was habt ihr mit Kleiner Apfel gemacht?! Fasst ihn nicht an, er tritt mit den Hufen aus.«

»Was für ein kleiner Apfel?«, fragte Lan Jingyi.

»Na, mein Esel!«, antwortete Wei Wuxian.

Er kam aus dem Ruhezimmer und ließ sich von den Schülern zu seinem Reittier bringen. Sie führten ihn zu einer grünen Wiese, wo der Esel tatsächlich ununterbrochen lauthals schreiend und zeternd stand. Er machte deshalb so einen Lärm, weil er Gras fressen wollte, sich auf der Wiese jedoch Dutzende kugelrunde weiße Fellknäuel tummelten, die es ihm unmöglich machten.

Wei Wuxians Freude war groß. »So viele Hasen! Kommt, lasst sie uns aufspießen und grillen!«

Lan Jingyi kochte vor Wut. »In der Wolkennische darf man keine Lebewesen töten! Unternimm lieber schnell etwas, damit er sein Maul hält. Diejenigen, die sich in den Morgenstunden dem Lesen widmen, haben sich bereits mehrmals beschwert! Wenn das so weitergeht, werden wir noch mehr ausgeschimpft!«

Wei Wuxian hielt dem Esel den Apfel von seinem Frühstück hin, und tatsächlich hörte dieser mit dem Gezeter auf, sobald er hineingebissen hatte. Genüsslich zerkaute er ihn mit den Zähnen. Wei Wuxian streichelte seinen Nacken. Während seine Aufmerksamkeit auf die Jadesiegel gerichtet war, die die Schüler trugen, zeigte er auf die weißen Hasen, die überall auf der Wiese herumhoppelten. »Darf man die wirklich nicht grillen? Wird man vom Berg gejagt, wenn man es tut?«

Als würde er sich einem gefährlichen Gegner stellen, breitete Lan Jingyi eilig seine Arme aus und stellte sich vor ihn. »Die gehören Hanguang-Jun, wir helfen nur aus und kümmern uns ab und zu um sie. Wag es nicht, sie zu grillen!«

Nachdem Wei Wuxian das gehört hatte, wäre er vor Lachen beinahe zu Boden gefallen.

Also wirklich, dieser Lan Zhan! Als ich ihm damals welche geschenkt habe, wollte er sie erst nicht, und jetzt hält er heimlich eine ganze Kolonie. Immer erst mal ablehnen. Wem will er damit etwas vormachen? Das ist zu hart, insgeheim mag er diese weißen flauschigen kleinen Dinger also! Hanguang-Jun, wie er mit ernster Miene ein Häschen im Arm trägt, ich kann nicht mehr ...

Doch als ihm wieder die Szene der vergangenen Nacht ins Gedächtnis kam, in der er auf Lan Wangji gelegen hatte, verging ihm plötzlich das Lachen.

Genau in diesem Moment erklang westlich der Wolkennische das Läuten einer Glocke.

Es unterschied sich maßgeblich von dem, das die Zeit verkündete. Die Schläge waren wild und überschlugen sich förmlich, als würde ein Wahnsinniger die Glocke läuten. Der Ausdruck in Lan Jingyis und Lan Sizhuis Gesicht veränderte sich schlagartig und ohne weiter auf seine Spielchen einzugehen, ließen sie ihn stehen und rannten los. Wei Wuxian wusste, dass etwas passiert sein musste, und folgte ihnen eilig.

Das Läuten kam von einem Wachturm.

Er trug den Namen *Dunkler Raum*. Seine vier Wände bestanden aus einem besonderen Material und es waren magische Symbole in ihnen eingraviert. Der Turm wurde vom Lan-Clan zur Beschwörung von Seelen genutzt und wenn die Glocke des Turms von selbst läutete, konnte das nur eins bedeuten: Den Menschen, die darin das Seelenbeschwörungsritual durchführten, war etwas zugestoßen.

Außerhalb des Gebäudes versammelten sich immer mehr Schüler des Lan-Clans, doch keiner wagte es, voreilig einzutreten. Die pechschwarze Holztür war fest verschlossen und konnte nur von innen geöffnet werden. Sie gewaltsam von außen zu zerstören war nicht nur schwierig, sondern auch verboten. Ein Unfall bei einem Seelenbeschwörungsritual war eine beängstigende Angelegenheit, da niemand wusste, was für ein Wesen beschworen worden war oder was passieren würde, wenn man einfach hineinstürmte. Außerdem hatte es seit der Errichtung des Dunklen Raums kaum Fehlschläge bei den Beschwörungen gegeben, was alle nur noch mehr beunruhigte.

Als Wei Wuxian bemerkte, dass Lan Wangji nicht auftauchte, überkam ihn eine böse Vorahnung. Wenn Lan Wangji sich beim Ertönen der Warnglocke in der Wolkennische befunden hatte, wäre er sofort herbeigeeilt, außer ... Plötzlich sprang die schwarze Tür auf und ein Schüler in weißer Kleidung kam schwankend heraus. Seine Beine zitterten und er fiel die Treppenstufen herab, als er vortrat.

Die Tür des Dunklen Raums schloss sich augenblicklich, als würde sie jemand wütend zuschlagen.

Eilig halfen die Umstehenden dem Schüler auf. Doch nachdem er stand, fiel er sofort wieder hin, weinte unkontrolliert und klammerte sich an einem der Helfer fest. »Wir hätten das nicht tun sollen ... Wir hätten nicht versuchen sollen, diese Seele zu beschwören ...«

Wei Wuxian griff nach seiner Hand und fragte mit tiefer Stimme: »Was für eine Seele habt ihr beschworen? Wer ist noch da drin? Was ist mit Hanguang-Jun?!«

Der Schüler schien große Atemnot zu verspüren, als er sprach. »Hanguang-Jun meinte, ich solle fliehen ...« Tiefrotes Blut rann aus seiner Nase und seinem Mund.

Wei Wuxian schob ihn Lan Sizhui in die Arme. Mit der Bambusflöte, die er auf die Schnelle geschnitzt hatte und die er immer noch um die Hüfte trug, nahm er mit wenigen Schritten die Treppenstufen nach oben, trat gegen die Tür des Dunkeln Raums und befahl mit kräftiger Stimme: »Aufmachen!«

Die Tür verzog sich zu einem manisch lachenden Mund, während sie sich einen Spalt weit öffnete. Eilig zwängte sich Wei Wuxian hinein. Sofort schloss sich die Tür wieder hinter ihm.

Überrascht wollten einige Schüler ihm folgen, doch was sie auch versuchten, die Tür ließ sich nicht öffnen.

»Was war denn das für einer?!«, platzte es verwirrt und wütend zugleich aus einem Gastschüler heraus, der ebenfalls zur Tür gestürmt war.

Lan Sizhui, der den Schüler stützte, sagte mit zusammengebissenen Zähnen: »Helft mir erst mal. Er blutet aus der Nase, den Augen, den Ohren und dem Mund!«

Sobald Wei Wuxian den Dunklen Raum betreten hatte, spürte er die Anwesenheit einer erdrückenden dunklen Energie. Sie schien eine Mischung aus Hass, Wut und Wahn zu sein und war nahezu mit bloßem Auge sichtbar. Sie ließ einen einen drückenden Schmerz auf der Brust spüren.

Der Dunkle Raum war über zehn Meter lang und breit und in allen vier Ecken lagen ohnmächtige Menschen. In dem Ritualkreis, der sich in der Mitte des Bodens befand, lag der Gegenstand der Beschwörung.

Es handelte sich dabei um einen Arm, und zwar um jenen, den sie aus dem Dorf Mo mitgebracht hatten!

Er stand kerzengerade aufgerichtet da, mit dem abgetrennten Ende auf dem Boden. Vier Finger waren zu einer Faust geballt, während der

Zeigefinger in den Himmel ragte, als würde er wütend auf jemanden zeigen. Er war die Quelle des dunklen Energiestroms, der den gesamten Raum durchflutete.

Alle, die an dem Seelenbeschwörungsritual beteiligt gewesen waren, waren geflohen oder ohnmächtig geworden, nur noch Lan Wangji saß aufrecht auf dem östlichen Hauptsitz.

Neben ihm lag seine Guqin, und ohne dass seine Hände die Saiten berühren mussten, vibrierte sie unaufhörlich von selbst. Er schien in Gedanken versunken konzentriert zuzuhören und hob erst seinen Kopf, als er spürte, dass jemand eingedrungen war.

Da Lan Wangji stets einen seelenruhigen Gesichtsausdruck hatte, konnte Wei Wuxian nicht erkennen, was ihm gerade durch den Kopf ging.

Lan Qiren, der ursprünglich einen Sitz in der Formation eingenommen hatte, lag bewusstlos auf der Seite. Blut strömte über sein Gesicht wie bei dem Schüler, der aus dem Raum geflohen war. Wei Wuxian drehte sich um und nahm seinen Platz auf dem westlichen Hauptsitz ein. Dann führte er seine Bambusflöte von der Hüfte zu seinen Lippen. Er saß Lan Wangji in einiger Entfernung direkt gegenüber.

In der Nacht im Dorf Mo hatte Wei Wuxian die drei bösartigen Untoten kontrolliert und so den Arm in Schach gehalten, während Lan Wangji ihn anschließend mit den Klängen der Zither bekämpft hatte, sodass der Arm nur zufällig durch die Zusammenarbeit der beiden unter Kontrolle gebracht worden war.

Lan Wangjis Blick traf den seinen und sie verstanden einander wortlos. Er hob seine rechte Hand und eine Melodie ertönte, der Wei Wuxian sofort mit seinem Flötenspiel folgte.

Das Lied, das sie spielten, hieß *Seelenbeschwörung.*

Mit der Leiche, bestimmten Körperteilen oder einem Gegenstand, den die Person zu Lebzeiten geliebt hatte, als Medium konnte die verstorbene Seele mit der Melodie gerufen werden. Normalerweise reichte ein Teil des Liedes aus, damit die Umrisse der verstorbenen Seele in dem Ritualkreis erschienen. Das Stück der beiden neigte sich allerdings bereits dem Ende zu, ohne dass eine Seele beschworen worden war.

Der Arm wirkte wütend und die Adern traten hervor, während das erdrückende Gefühl, das sie umgab, sich noch weiter verdichtete. Hätte in diesem Moment jemand anderes auf der Westseite der Formation die Stellung gehalten, wäre er wie Lan Qiren längst in Ohnmacht gefallen und hätte aus Augen, Nase und Mund geblutet.

Wei Wuxian war schockiert: Dass Lan Wangjis und sein Duett, die Seelenbeschwörung, nichts herbeibeschwören konnte, war nahezu unmöglich. Außer ... Außer wenn die Seele des Toten zusammen mit der Leiche in Stücke gerissen worden war!

Den Guten schien es etwas schlimmer erwischt zu haben als Wei Wuxian. Auch wenn seine Leiche damals in viele kleine Teile zerrissen worden war, so war zumindest seine Seele ganz geblieben.

Da das Lied keine Wirkung erzielte, änderte Lan Wangji die Melodie und spielte ein anderes. Dieses Stück unterschied sich maßgeblich von der unheilvollen, befragenden Melodie zuvor und war stattdessen ruhig und friedlich. Sein Name lautete daher *Friedliche Ruhe.*

Beide Lieder kannte man in der Kultivierungswelt und es war nicht ungewöhnlich, dass man sie spielen konnte, also stimmte Wei Wuxian mit ein.

Der Yiling-Patriarch war für sein Spiel auf seiner Geisterflöte, *Chenqing,*[*] weit und breit bekannt. In diesem Moment jedoch spielte er absichtlich fehlerhaft und mit zu kurzen Atemzügen auf seiner Bambusflöte, sodass die Töne unerträglich für die Ohren waren. Wahrscheinlich hatte Lan Wangji noch nie mit jemandem zusammengespielt, der so schlecht war. Nach einer Weile konnte er schließlich nicht mehr so tun, als ob nichts wäre. Er hob seinen Blick und schaute ihn ausdruckslos an.

Wei Wuxian tat unbeirrt so, als würde er ihn nicht sehen, und die Melodie wurde immer schiefer. Er drehte sich weg und gerade, als er neu

[*] »Chenqing« bedeutet »an alte Beziehungen/Freundschaften zurückdenken, seine eigenen Gedanken darlegen«.

ansetzen wollte, bemerkte er hinter sich plötzlich etwas Seltsames. Er schaute sich um und erschrak augenblicklich.

Lan Qiren, der eigentlich das Bewusstsein verloren hatte, hatte sich kerzengerade aufgesetzt. Blut rann immer noch aus den Öffnungen seines Gesichts, während er vor Wut kochte. Sein Bart, ebenso wie seine Stimme und Finger zitterten, als er auf Wei Wuxian zeigte und lauthals schrie: »Hör auf zu spielen! Verschwinde! Schnell! Du darfst nicht ...«

Bevor er sagen konnte, was Wei Wuxian nicht durfte, spuckte er erneut Blut, sackte wieder in sich zusammen und verlor das Bewusstsein.

Lan Wangji sagte nichts.

Und auch Wei Wuxian war sprachlos.

Er wusste, was auf Lan Qirens »Du darfst nicht...« folgen sollte. »Du darfst nicht weiterspielen! Hört mit dem Duett auf! Du darfst sein Zither-Spiel nicht weiter beschmutzen!«

Dass ihr Zither- und Flötenspiel Lan Qiren derart wütend machte, dass er davon aufwachte und dann wieder vor Wut in Ohnmacht fiel, unterstrich, wie grausam es klang.

Nichtsdestotrotz erschlaffte der Arm unter dem gemeinsamen Spiel allmählich. Wei Wuxian schämte sich nicht dafür. Ihm war es egal, dass es sich schrecklich anhörte, solange es seinen Zweck erfüllte.

Nachdem der Ton der letzten Saite verklungen war, sprang die Tür des Dunklen Raums sofort auf und Sonnenstrahlen strömten in den Raum.

Die Warnglocke des Turms hatte aufgehört zu schlagen, sodass die Schüler, die sich zuvor draußen versammelt hatten, nun alle sofort hereingestürmt kamen und »Hanguang-Jun!« riefen.

Lan Wangji presste seine Hand auf die Saiten, um den Nachklang der vibrierenden Saiten zu stoppen, stand auf und fühlte Lan Qirens Puls. Unter seiner Leitung beruhigten sich die Schüler schnell wieder und die älteren und erfahreneren unter ihnen legten die blutenden Menschen im Dunklen Raum flach auf den Boden und kümmerten sich um sie.

Während einige Schüler Akupunktur anwendeten und Medizin verabreichten, holten andere eine Bronzeglocke, unter der sie den Arm einsperren wollten. Es ging zwar geschäftig zu, der Ablauf war dennoch geregelt. Alle sprachen leise und niemand machte Lärm.

Einige waren besorgt. »Hanguang-Jun, weder die Medikamente noch Akupunktur zeigen Wirkung, was sollen wir tun?«

Lan Wangji hatte immer noch drei Finger auf Lan Qirens Ader gelegt. Er war konzentriert und antwortete daher nicht.

Lan Qiren hatte mindestens achthundert, wenn nichts sogar tausend Seelenbeschwörungsrituale durchgeführt, worunter auch Beschwörungen bösartiger Geister und böser Seelen gewesen waren. Da selbst er Schaden erlitten hatte, musste der Geisterarm eine erschreckende, nie zuvor gesehene Menge an hasserfüllter Energie besitzen.

Wei Wuxian steckte die Bambusflöte zurück an seine Hüfte, kniete neben der Bronzeglocke nieder und fuhr über die Inschrift auf der Oberfläche, während er nachdachte. Plötzlich bemerkte er, wie sich Lan Sizhuis Miene verfinsterte und fragte nach: »Was ist los?«

Lan Sizhui wusste längst, dass es sich bei Wei Wuxian nicht um einen gewöhnlichen Mann handeln konnte. Er zögerte kurz und sagte dann leise: »Mich plagt ein wenig mein schlechtes Gewissen.«

»Weshalb hast du ein schlechtes Gewissen?«, fragte Wei Wuxian.

»Dieser Geisterarm hatte es auf uns abgesehen«, sagte Lan Sizhui.

Wei Wuxian lächelte. »Wie kommst du darauf?«

»Yin-Anziehungsflaggen verschiedener Stufen werden unterschiedlich beschriftet und verfügen über unterschiedlich viel Kraft. Die Flaggen, die wir im Dorf Mo angebracht hatten, wirkten nur in einem Umkreis von zweieinhalb Kilometern. Doch dieser Geisterarm hat einen großen Blutdurst und ernährt sich von Blut, Fleisch und Energie. Hätte er sich von Anfang an in diesem Radius befunden, hätte er aufgrund seiner Grausamkeit bereits lange zuvor ein Blutbad im Dorf Mo angerichtet.

Er ist allerdings erst nach unserer Ankunft aufgetaucht … Das bedeutet, dass jemand mit bösen Intentionen ihn absichtlich zu jener Zeit an jenem Ort freigelassen hat«, antwortete Lan Sizhui.

»Da hat jemand seine Hausaufgaben gemacht, gute Analyse«, sagte Wei Wuxian.

Lan Sizhui senkte seinen Kopf. »Wenn das der Fall ist, dann sind wir … für den Tod der Menschen im Dorf Mo verantwortlich … und nun haben wir auch Herrn Lan und die anderen, die bewusstlos sind und nicht aufwachen, mit hineingezogen …«

Sie schwiegen eine Weile, dann klopfte Wei Wuxian ihm auf die Schulter. »Nicht ihr habt das zu verantworten, sondern derjenige, der den Geisterarm freigesetzt hat. Es gibt nun mal Dinge auf der Welt, über die man selbst keine Kontrolle hat.«

Auf der anderen Seite des Raums beendete Lan Wangji gerade die Pulsmessung und die Mitglieder des Lan-Clans fragten hastig: »Hanguang-Jun, wie sieht es aus?«

»Wir müssen die Quelle zurückverfolgen«, antwortete Lan Wangji.

Wei Wuxian stimmte zu. »Richtig. Wenn wir die Quelle zurückverfolgen, den Rest des Leichnams dieses Geisterarms finden und seine Identität in Erfahrung bringen können, werden wir auch eine Methode finden, die diese Menschen retten kann.«

Lan Jingyi wusste zwar bereits, dass Wei Wuxian kein Verrückter war, konnte seinen kritisierenden Tonfall ihm gegenüber jedoch nicht abstellen. »Das sagst du so einfach, aber seine Seele konnten wir nicht beschwören. Stattdessen ist dieses Chaos dabei herausgekommen. Wo sollen wir denn suchen?«

»Im Nordwesten«, antwortete Lan Wangji.

»Nordwesten? Hanguang-Jun, warum dort?«, fragte Lan Sizhui verwundert.

»Hat er euch das nicht längst gezeigt?«, fragte Wei Wuxian.

Lan Jingyi wirkte zweifelnd. »Gezeigt? Wer? Wer soll mir das gezeigt haben? Hanguang-Jun jedenfalls nicht.«

»Na er«, antwortete Wei Wuxian.

Jetzt erst begriff die Menge, dass er den Geisterarm meinte!

Der Arm zeigte beharrlich in eine Richtung, und wenn jemand seine Position veränderte, drehte er sich und nahm seine ursprüngliche Haltung wieder ein. Die Anwesenden hatten so etwas noch nie gesehen und kamen aus dem Staunen nicht heraus.

»Er? Er ... Wohin zeigt er?«, fragte Lan Jingyi.

»Na wohin wohl? Entweder auf seine anderen Körperteile oder auf den Mörder, der für seinen jetzigen Zustand verantwortlich ist«, erklärte Wei Wuxian.

Als sie das hörten, gingen die Schüler, die gerade in Richtung Nordwest standen, schnell zur Seite. Lan Wangji warf ihm einen Blick zu, stand langsam auf und sagte zu den Schülern: »Kümmert euch gut um meinen Onkel.«

Diese nickten. »Jawohl! Werdet Ihr nun den Berg hinabsteigen?«

Lan Wangji nickte leicht, während Wei Wuxian bereits verstohlen hinter ihn trat und laut und freudig mit sich selbst redete. »Schön, schön, schön, endlich können wir von diesem Berg runter und gemeinsam durchbrennen!«

Die Umstehenden waren fassungslos, insbesondere den Älteren sah man ihre Entsetzung an, während die Jüngeren sich wohl teilweise daran gewöhnt hatten. Lan Qiren, der am Boden lag, schien sogar in seiner Bewusstlosigkeit das Gesicht zu verkrampfen.

Wenn er noch mehr sagt, wacht Herr Lan vielleicht wieder vor Wut auf, dachte sich die Menge.

Wenn Oberhäupter angesehener Kultivierungsclans auf Nachtjagd gingen, wurden sie häufig prunkvoll von einer großen Gefolgschaft begleitet. Lan Wangji hingegen bevorzugte es seit jeher, alleine zu gehen. Da dieser

Arm so sonderbar war und anderen bei der kleinsten Unachtsamkeit Schaden zufügen konnte, nahm er erst recht keine Schüler seines Clans mit, sondern nur Wei Wuxian – so konnte er ihn umso besser im Auge behalten.

Eigentlich wollte Wei Wuxian den Abstieg und die Erkundung des Berges dazu nutzen, um sich aus dem Staub zu machen, doch so oft er auch versuchte zu fliehen, es endete immer damit, dass Lan Wangji ihn mit einer Hand hinten am Kragen packte und mit sich zog. Also änderte er seine Taktik und klebte nun förmlich an Lan Wangji – besonders nachts, wo er zu ihm ins Bett kletterte und sich einfach nicht vertreiben ließ. Er hegte die Hoffnung, dass diesem das auf Dauer zuwider wurde, sodass er es nicht mehr aushielt und Wei Wuxian mit dem Schwert davonjagte. Doch ganz gleich, was er unternahm, Lan Wangji blieb standhaft. Sobald Wei Wuxian unter seine Decke kroch, tippte er ihn nur sanft an, woraufhin Wei Wuxians gesamter Körper erstarrte und Lan Wangji ihn in einer ordentlichen Schlafposition in eine Decke wickelte, in der er bis zum Morgengrauen verharrte.

Er steckte zahlreiche Niederlagen ein, beim Aufstehen schmerzten Rücken und Beine und er klagte bitterlich, während er darüber nachdachte. *Jetzt, wo er erwachsen ist, ist er noch viel langweiliger als früher. Wenn ich ihn damals aufzog, war es überaus unterhaltsam, wie er in Verlegenheit geriet. Doch nun lässt ihn so was kalt und er hat sogar gelernt, zum Gegenangriff überzugehen. Wie kann das sein?!*

Der Anweisung des linken Arms folgend gingen die beiden in Richtung Nordwesten. Jeden Tag spielten sie einmal gemeinsam das Stück *Friedliche Ruhe*, um seinen Zorn und seine Mordlust für eine Weile zu besänftigen. Als sie in der Nähe von Qinghe ankamen, veränderte sich plötzlich die Haltung des Arms, mit der er ihnen so lange die Richtung gewiesen hatte. Er zog den Zeigefinger zurück und ballte alle fünf Finger zu einer Faust. Das bedeutete, dass das, worauf er gezeigt hatte, sich nun ganz in der Nähe befand.

Sie stellten auf dem Weg Nachforschungen an und gelangten schließlich in eine kleine Stadt in Qinghe. Es war mitten am Tag und sehr belebt, die Menschen gingen auf den Straßen auf und ab.

Wei Wuxian trottete hinter Lan Wangji her, bis ihn plötzlich ein beißender Geruch überfiel, der von Kosmetika herrührte. Da er sich an Lan Wangjis leichten Sandelholzduft gewöhnt hatte, stach ihm dieser Geruch nun in die Nase und ihm rutschten unwirsch einige Worte heraus: »Was verkaufst du da bitte? Dieser Geruch ...«

Er entdeckte einem Scharlatan, der im Gewand eines Kultivierers steckte und dem seine trügerischen Absichten ins Gesicht geschrieben standen. Der Mann führte eine Kiste mit sich und verkaufte kleine Spielereien an vorbeigehende Passanten. Jetzt, da sich jemand näherte und ihn ansprach, zeigte er sich hocherfreut. »Alles, was das Herz begehrt! Ich biete hervorragende Kosmetik zum kleinen Preis. Möchte der junge Herr einen Blick drauf werfen?«

»Gerne, ich schau mal«, sagte Wei Wuxian.

»Für Ihre Frau?«, fragte der Scharlatan.

Wei Wuxian grinste ihn an. »Für mich selbst.«

»...« Das Lächeln des Scharlatans erstarrte und es war offensichtlich, was er dachte: *Du willst mich wohl auf den Arm nehmen?!*

Bevor er die Beherrschung verlieren konnte, sah er, wie ein anderer junger Mann sich umdrehte und sich ihnen mit ausdrucksloser Miene zuwandte. »Veranstalte nicht so ein Theater, wenn du nichts kaufen willst.«

Dieser Mann war unglaublich gutaussehend, seine Robe und sein Stirnband waren weißer als Schnee. Seine Pupillen waren blass und an seiner Hüfte hing ein Langschwert. Der Scharlatan gab sich als Kultivierer aus und war daher oberflächlich mit der Kultivierungswelt vertraut. Er hatte das Symbol des Gusu-Lan-Clans erkannt und wagte es nicht, unüberlegt zu handeln. Eilig nahm er seine Kiste und rannte fort.

»Wieso rennst du weg? Ich wollte wirklich was kaufen!«, rief ihm Wei Wuxian hinterher.

»Hast du denn Geld, um etwas zu kaufen?«, fragte ihn Lan Wangji.

»Wenn ich keins habe, gibst du mir doch bestimmt was«, erwiderte Wei Wuxian, streckte seine Hand aus und tastete Lan Wangji ab.

Eigentlich hatte er nicht erwartet, etwas zu finden, während er dessen Kleidung durchwühlte, stieß dann aber tatsächlich auf etwas und zog schließlich einen feinen, schweren Geldbeutel hervor.

So etwas mit sich zu führen, sah Lan Wangji absolut nicht ähnlich. Allerdings hatte dieser in den letzten Tagen eine Menge Dinge getan, die Wei Wuxian nicht für möglich gehalten hatte, sodass seine Verwunderung schnell nachließ, er einfach den Geldbeutel an sich nahm und ging. Und Lan Wangji ließ ihn tatsächlich ohne ein Anzeichen von Unzufriedenheit gewähren.

Hätte Wei Wuxian seinen Charakter und moralische Integrität nicht gekannt und hätte Hanguang-Jun nicht seit jeher einen erschreckend guten Ruf gehabt, hätte man fast den Eindruck gewinnen können, dass er und Mo Xuanyu in der Vergangenheit in einer verzwickten Beziehung gesteckt hatten, aus der sich beide nicht lösen konnten. Wieso sonst würde er sein jetziges Verhalten tolerieren?!

Nachdem er eine Weile gegangen war, warf Wei Wuxian unwillkürlich einen Blick zurück. Lan Wangji hatte er längst hinter sich gelassen, denn dieser hatte sich nicht vom Fleck gerührt und blickte ihn lediglich aus einiger Entfernung an.

Wie von selbst verlangsamten sich Wei Wuxians Schritte. Er wusste nicht warum, aber in ihm kam vage das Gefühl auf, dass er nicht so schnell laufen und Lan Wangji nicht so zurücklassen sollte.

In nächsten Moment rief jemand von der Seite: »Der Yiling-Patriarch, fünf Münzen für eins, zehn Münzen für drei!«

»Wer?!«, fragte Wei Wuxian.

Hastig schaute er, wer Bilder von ihm verkaufte, und entdeckte den Scharlatan und falschen Kultivierer von gerade eben. Er hatte seine minderwertigen Kosmetikprodukte verstaut und gegen einen Stapel Papier mit Zeichnungen von Schreckgespenstern, die furchterregender als Türgötter* aussahen, ausgetauscht. »Fünf Münzen für eins, zehn Münzen für drei! Bei diesem Preis hat man nichts zu verlieren! Ich empfehle drei. Eins für den Haupteingang, eins für die Haupthalle und das letzte kann man sich über das Bett hängen. Sie stecken voller böser Energie und bekämpfen Böses mit Bösem – so wie man Gift mit Gift bekämpft! Kein Dämon, böser Geist oder Monster wird sich da noch in Ihre Nähe wagen, garantiert!«

»Was für ein zum Himmel schreiender Unsinn! Wenn sie wirklich so gut wirken, warum verkaufst du dann eins für fünf Münzen?!«, rief Wei Wuxian.

»Ihr schon wieder? Kauft etwas oder verschwindet! Wenn Ihr fünfzig Münzen für eins ausgeben möchtet, bin ich auch damit einverstanden«, erwiderte der Scharlatan.

Wei Wuxian blätterte den Stapel mit den Bildern von dem Unheil abwendenden Yiling-Patriarchen durch und konnte es einfach nicht fassen, dass dieser grobschlächtige Mann mit der Teufelsfratze und den hervortretenden Augen und Venen ihn darstellen sollte.

Er versuchte es mit Vernunft. »Wei Wuxian war weit und breit als attraktiver Mann bekannt. Was hast du da gezeichnet?! Auch wenn du ihn nie zu Gesicht bekommen hast, kannst du nicht einfach irgendetwas hinschmieren und die jüngere Generation in die Irre führen.«

Gerade, als der Scharlatan etwas erwidern wollte, verspürte Wei Wuxian plötzlich einen Windzug in seinem Rücken und trat zur Seite.

Wei Wuxian war zwar erfolgreich ausgewichen, der Scharlatan jedoch wurde fortgeschleudert und krachte gegen einen an der Straße stehenden Stand voller Windräder. In dem Chaos halfen ihm einige hoch, während andere die heruntergefallenen Gegenstände aufhoben.

* Götter, deren Bilder oft zum Schutz an die Haustür gehängt werden.

Eigentlich wollte der Scharlatan den Angreifer beschimpfen, als er jedoch sah, dass der junge Mann, der ihn getreten hatte, von Kopf bis Fuß golden glitzerte und entweder reich oder adelig sein musste, zügelte er seinen Zorn ein wenig. Bei näherer Betrachtung bemerkte er, dass die Pfingstrose *Sterne im Schnee* auf die Brust seines Gegenübers gestickt war, und sein Kampfwille verpuffte vollends.

Andererseits wollte er es sich aber auch nicht gefallen lassen, dass er scheinbar grundlos angegriffen worden war und raunte: »Warum hast du mich getreten?«

Bei dem jungen Mann handelte es sich um Jin Ling.

Er verschränkte seine Arme und sagte kalt: »Warum ich das getan habe? Jeder, der nicht von mir getötet wird, obwohl er es gewagt hat, den Namen ›Wei Wuxian‹ in meiner Gegenwart auszusprechen, sollte vor tiefster Dankbarkeit auf die Knie gehen, aber du pöbelst mich sogar noch an. Du willst wohl sterben!«

Wei Wuxian hatte nicht erwartet, dass Jin Ling hier auftauchen würde, und erst recht nicht, dass er sich dermaßen despotisch aufführen würde.

Was ist nur mit diesem Kind los, dass es so aufbrausend und feindselig ist? Er ist arrogant, launisch und schaut auf andere herab. Die Schwächen seines Onkels und seines Vaters sind ihm alle in Fleisch und Blut übergegangen, ohne, dass er sich etwas von den Stärken seiner Mutter abgeschaut hätte. Wenn ich ihn nicht in die Schranken weise, wird er früher oder später in große Schwierigkeiten geraten.

Da Jin Ling nicht so wirkte, als hätte er sich bereits genug abgeregt und sich dem Mann, der auf dem Boden lag, um einige Schritte näherte, mischte Wei Wuxian sich ein. »Jin Ling!«

Der Scharlatan wagte es nicht, einen Mucks von sich zu geben, seine Augen waren jedoch voller Dankbarkeit.

Jin Ling drehte sich tatsächlich zu Wei Wuxian um. »Du bist noch nicht geflohen? Auch gut.« Verachtung schwang in seinen Worten mit.

Wei Wuxian lachte. »Ach, da hat wohl jemand glatt vergessen, wer letztens noch auf den Boden gepresst worden ist und nicht mehr aufstehen konnte? Wer war das noch mal? Wer denn bloß?«

Jin Ling prustete und stieß dann einen kurzen Pfiff aus.

Wei Wuxian verstand erst nicht, was das sollte, doch nur wenige Augenblicke später hörte er plötzlich von Weitem das schwere Hecheln eines Biests.

Er drehte sich um und sah einen spirituellen Hund mit schwarzem Fell, der halb so groß war wie ein Mensch, hinter einer Straßenecke auftauchen und schnurstracks auf sich zu rennen.

Die ängstlichen Schreie der Menschen auf der Straße kamen immer näher und wurden immer lauter: »Ein bösartiger Hund läuft frei herum!«

Die Farbe in Wei Wuxians Gesicht änderte sich abrupt. Er nahm die Beine in die Hände und floh. Es war beschämend, doch der Yiling-Patriarch, der als unbesiegbar galt, erzitterte in Wahrheit beim Anblick von Hunden. Dagegen war er machtlos.

Bevor Jiang Fengmian ihn bei sich aufgenommen hatte, war er als Kind durch die Gegend gestreunt und hatte oft Essensreste von bösartigen Hunden stehlen müssen. Nachdem er mehrere Male von ihnen gebissen und verfolgt worden war und viel eingesteckt hatte, hatte er eine Phobie gegen alle Arten von Hunden entwickelt. Es war egal, ob sie groß oder klein waren, er fürchtete sich vor ihnen – was Jiang Cheng des Öfteren die Gelegenheit geboten hatte, sich über ihn lustig zu machen.

Hätte er es herumerzählt, wäre es nicht nur peinlich gewesen, es hätten ihm auch nur wenige Leute geglaubt, sodass diese Tatsache kaum bekannt war.

Wei Wuxian verspürte fast so etwas wie Todesangst, als er plötzlich eine weiße, schlanke Gestalt entdeckte und sich hastig die Seele aus dem Leib schrie: »Lan Zhan, rette mich!«

Jin Ling hatte ihn verfolgt und erschrak, als er Lan Wangji sah. »Wieso ist der schon wieder bei dem Verrückten?«

Lan Wangji war ein sehr ernster und strenger Mensch. In der Kultivierungswelt schüchterte sein Anblick selbst Gleichaltrige ein, ganz zu schweigen von der jüngeren Generation. Er war sogar noch Furcht einflößender als Lan Qiren früher.

Der Hund hatte ein strenges Training durchlaufen und war keinesfalls gewöhnlich, sondern außerordentlich intelligent. Er schien zu wissen, dass er sich in Lan Wangjis Gegenwart nicht ungestüm aufführen durfte. Also heulte er nur einige Male auf, zog den Schwanz ein und versteckte sich schließlich hinter Jin Ling.

Das spirituelle Tier mit der schwarzen Mähne gehörte einer seltenen Rasse an und war ein Geschenk von Jin Guangyao gewesen. Normale Menschen wagten es nicht, sich mit ihm anzulegen, sobald sie von dieser Gegebenheit erfuhren, doch Lan Wangji war alles andere als ein normaler Mensch. Es kümmerte ihn nicht, von wem das Tier verschenkt worden war oder wer ihn von der Leine gelassen hatte, er würde ihn hart aber angemessen bestrafen.

Jin Ling war dafür verantwortlich, dass der Hund frei auf der Straße herumlief, zudem hatte er ihn auf jemandem gehetzt. Dass Lan Wangji ihn dabei erwischt hatte, sorgte dafür, dass ihm das Herz in die Hose rutschte. Gedanken schossen wild durch seinen Kopf: *Das war's, er wird meinen Hund töten, den ich so mühevoll erzogen habe, und mir eine ordentliche Lektion erteilen!*

Unerwarteterweise schob sich Wei Wuxian mit dem Kopf voran unter Lan Wangjis Arm hindurch hinter dessen Rücken. Verzweifelt schien er seinen schlanken Körper wie einen Mast bis in den Himmel emporklettern zu wollen.

Als der Wei Wuxians Arme um sich spürte, erstarrte er augenblicklich. Jin Ling nutzte die Gelegenheit, pfiff zweimal kurz und machte sich mit seinem schwarzfelligen spirituellen Hund eilig aus dem Staub.

Schwerfällig stand der Scharlatan auf, der Schreck saß ihm noch tief in den Gliedern. »Der moralische Verfall nimmt von Tag zu Tag zu. In der heutigen Zeit sind die Schüler angesehener Clans einfach schrecklich! Schrecklich!«

Nachdem Wei Wuxian hörte, wie das Bellen sich immer weiter entfernte, kam er schließlich hinter Lan Wangji hervor. Er tat so, als wäre nichts gewesen, während er die Arme hinter sich verschränkte und zustimmte: »Genau, es wird mit jedem Tag schlimmer, die Menschen sind nicht mehr das, was sie mal waren.«

Als der Scharlatan ihn sah, war es, als würde er seinem Lebensretter gegenüberstehen und er pflichtete ihm wiederholt bei. Um sich erkenntlich zu zeigen, schmiss er den Stapel mit den Zeichnungen des Unheil abwendenden Yiling-Patriarchen wie ein heißes Eisen in Wei Wuxians Hände. »Mein Freund, ich möchte Euch für gerade danken! Nehmt dies als Zeichen meiner Anerkennung. Wenn Ihr den Preis senkt und eins für drei Münzen verkauft, könnt Ihr immer noch einen Gewinn von dreihundert Münzen erzielen.«

Lan Wangji warf einen Blick auf den grobschlächtigen Mann mit der Teufelsfratze, kommentierte die Zeichnung jedoch nicht.

Als er den Vorschlag hörte, den Preis für sein Abbild noch weiter zu senken, wusste Wei Wuxian nicht, ob er lachen oder weinen sollte. »Ist das ein Dankeschön? Wenn du mir wirklich danken willst, dann fertige eine Zeichnung an, die ihm gerecht wird! ... Halt, geh nicht, ich möchte dich noch etwas fragen. Du verkaufst hier ja deine Sachen, sind dir da schon einmal irgendwelche seltsamen Ereignisse zu Ohren gekommen? Oder hast du seltsame Erscheinungen gesehen?«

Der Scharlatan antwortete: »Seltsame Ereignisse? Da habt Ihr den Richtigen gefragt, ich bin das ganze Jahr über hier und man nennt mich auch das Lexikon von Qinghe. Um welche seltsamen Ereignisse geht es?«

»Zum Beispiel spukende Geister und Dämonen oder Vorfälle, bei denen Leichen zerteilt oder ganze Clans ausgerottet wurden, so was halt«, erwiderte Wei Wuxian.

»Hier ist so was nicht vorgefallen, doch wenn Ihr zwei, drei Kilometer weiter geradeaus geht, kommst Ihr an eine Gebirgskette, die Xinglu-Gebirgskette. Ich würde Euch aber nicht empfehlen, dort hinzugehen«, antwortete der Scharlatan.

»Wie meinst du das?«, fragte Wei Wuxian.

»Die Xinglu-Gebirgskette ist auch als ›Menschen fressende Gebirgskette‹ bekannt, was denkt Ihr also, wie ich das meine?«, erklärte der Scharlatan.

»Ach, da treiben sich also Monster und Dämonen herum, die Menschen verschlingen, richtig?«, erwiderte Wei Wuxian.

Solche und ähnliche Legenden hatte er bereits tausendmal gehört und Hunderte der Wesen mit eigenen Händen erledigt, sodass es nur natürlich war, dass sie ihn langweilten.

Die Stimme des Scharlatans wurde laut und wieder leise. »Genau so ist es! Man munkelt, dass sich in den Wäldern ›Menschenfresserburgen‹ befinden, in denen Ungeheuer hausen, die sich von Menschen ernähren. Diejenigen, die sich in ihnen verirren, werden vollständig von ihnen verschlungen, sodass nicht einmal mehr Knochen übrig bleiben. Die Leichen bleiben unauffindbar, ausnahmslos! Gruselig, oder?«

Kein Wunder, dass Jin Ling hier aufgetaucht war. Es war ihm nicht gelungen, die Göttinnen-Statue auf dem Dafan-Berg zu erlegen und jetzt war er sicher wegen der Ungeheuer in der Xinglu-Gebirgskette hier.

»Sehr gruselig! Aber wenn keine Knochenreste und auch keine Leichen gefunden wurden, woher weiß man denn dann, dass sie gefressen worden sind?«, hakte Wei Wuxian nach.

Der Scharlatan verstummte kurz und fuhr dann fort: »Natürlich weil es jemand gesehen hat.«

Bewundernd entgegnete Wei Wuxian: »Aber hast du nicht gerade gesagt, dass jeder, der sich hinein verirrt, ohne jede Ausnahme samt Knochen verschlungen wird? Wer hat dann dieses Gerücht in die Welt gesetzt? Die Person muss wirklich stark sein, wenn sie so etwas mitansieht und dann noch lebend aus der Situation entkommt und die Geschichte verbreiten kann.«

»...« Nach einem kurzen Schweigen sagte der Scharlatan: »So lautet nun mal das Gerücht. Woher soll ich das denn wissen?«

»Weißt du denn, wie viele Menschen insgesamt in der Xinglu-Gebirgskette gefressen wurden? Wann wurden sie gefressen? Wie alt waren sie? Waren es Männer oder Frauen? Wie lauteten ihre Namen? Wo wohnten sie?«, bohrte Wei Wuxian nach.

»Keine Ahnung«, sagte der Scharlatan.

»Das Lexikon von Qinghe, soso«, entgegnete Wei Wuxian.

Wütend schnallte der Scharlatan seinen Korb auf den Rücken. »Solche Informationen sind doch nie Teil von Gerüchten!«

Wei Wuxian lachte. »Halt, halt, halt, geh nicht! Lass mich dir noch eine Frage stellen: Die Xinglu-Gebirgskette liegt doch noch innerhalb der Grenzen von Qinghe, und gehört Qinghe nicht zum Gebiet des Nie-Clans? Wenn wirklich Menschen fressende Ungeheuer dort aufgetaucht wären, würde der doch nicht die Füße stillhalten und nichts tun?«

Überraschenderweise antwortete der Scharlatan diesmal nicht wieder mit »Keine Ahnung«. Er wirkte jedoch etwas verächtlich. »Der Nie-Clan? Wäre es noch der Nie-Clan von vor einigen Jahren, würde der natürlich nicht nur Däumchen drehen. Bei solchen Gerüchten würde er hart durchgreifen und bereits am nächsten Tag den Ort, an dem die Geister und Dämonen herumspuken, durchforsten. Doch das jetzige Oberhaupt, he he, das ist doch dieser dreifache Nichtswisser.«

Das vorige Oberhaupt des Qinghe-Nie-Clans war Nie Mingjue gewesen und er hatte den Titel Chifeng-Zun getragen. Nachdem dessen Vater, das einstige Oberhaupt, nach einer Begegnung mit dem Oberhaupt des Qishan-Wen-Clans, Wen Ruohan, an den Folgen des dadurch ausgelösten Vorfalls verstorben war, hatte er noch vor seinem zwanzigsten Lebensjahr den Nie-Clan übernommen und ihn mit Aufrichtigkeit und Stärke regiert. Er war der Schwurbruder von Zewu-Jun Lan Xichen und Lianfang-Zun Jin Guangyao. Unter seiner Führung war der Clan nach der Sonnenabschuss-Kampagne eine Zeit lang fast so mächtig und einflussreich wie der Lanling-Jin-Clan gewesen. Der Qi-Fluss in seinem Körper war jedoch fehlgeleitet worden, sodass er mitten in der Öffentlichkeit wortwörtlich blutig explodierte. Als Nachfolger bekleidete nun vermutlich sein kleiner Bruder Nie Huaisang den Posten als Oberhaupt.

»Warum nennst du ihn einen dreifachen Nichtswisser?«, fragte Wei Wuxian.

»Weißt du es denn nicht? Wenn man das Oberhaupt des Nie-Clans etwas fragt und er kennt die Antwort nicht, kann er nichts erwidern, und wenn er sie kennt, traut er sich nicht, etwas zu sagen. Wenn man ihn zu sehr mit Fragen in Bedrängnis bringt, schüttelt er wieder und wieder den Kopf, sagt weinend: ›Ich weiß es nicht, ich weiß es nicht, ich weiß es wirklich nicht!‹, und bettelt um Gnade. Ist das denn kein dreifacher Nichtswisser?«, sagte der Scharlatan.

Damals waren Wei Wuxian und Nie Huaisang beide Gastschüler beim Lan-Clan gewesen und er wusste daher durchaus einiges über ihn. Nie Huaisang war kein schlechter Mensch und nicht dumm. Er lernte jedoch nicht gerne und benutzte sein Köpfchen lieber in anderen Bereichen, indem er Fächer bemalte, Vögel fing, schwänzte oder Fische angelte. Tatsächlich waren seine Kultivierungskünste sehr bescheiden, sodass er erst ganze acht oder neun Jahre später als die gleichaltrigen Schülern anderer Clans unter großen Mühen den goldenen Kern kultiviert hatte. Nie Mingjue hatte es zu seinen Lebzeiten sehr frustriert, dass Nie Huaisang nicht seinen Erwartungen entsprach und war bei seiner Erziehung sehr strikt vorgegangen, was nichts daran änderte, dass dieser ein hoffnungsloser Fall blieb.

Nun, ohne den Schutz und die Anleitung seines großen Bruders, ging es unter seiner Führung mit dem Qinghe-Nie-Clan täglich in Riesenschritten bergab. Nachdem er die Volljährigkeit erreicht hatte und insbesondere, nachdem er das Oberhaupt des Clans geworden war, war er häufig so überfordert mit den vielen, ihm nicht vertrauten Aufgaben, dass er überall um Hilfe ersuchte – vor allem bei den beiden Schwurbrüdern seines großen Bruders. An einem Tag ging er zum Goldenen Qilin-Plateau, um Jin Guangyao jammernd sein Leid zu klagen, am nächsten Tag lamentierte er in der Wolkennische. Nur mit der Unterstützung der beiden großen Oberhäupter des Jin- und des Lan-Clans schaffte er es mit Ach und Krach, seine Pflichten zu erfüllen. Wenn heutzutage das Wort auf Nie Huaisang zu sprechen kam, sagten die Menschen nicht direkt, was sie von ihm hielten, es stand ihnen allerdings quer über das Gesicht geschrieben: Sie betrachteten ihn als einen wertlosen Nichtsnutz.

Als Wei Wuxian an all die Ereignisse aus der Vergangenheit dachte, konnte er nicht anders, als zu seufzen. Er hatte seine Befragungen zur Xinglu-Gebirgskette abgeschlossen und wollte nun das Geschäft des Scharlatans unterstützen, indem er ihm zwei Dosen Rouge abkaufte. Er steckte sie ein und kehrte zu Lan Wangji zurück, der immer noch nicht seinen Geldbeutel zurückforderte. Ohne ein Wort zu wechseln, gingen sie gemeinsam in die Richtung, die der Scharlatan ihnen gewiesen hatte.

In der Xinglu-Gebirgskette lag ein riesiger Zedernwald und ein breiter Weg führte durch die Schatten werfenden, raschelnden Bäume.

Sie liefen eine ganze Weile, ohne dass etwas Ungewöhnliches passierte. Andererseits setzten sie sowieso keine Hoffnungen in die Gerüchte und wollten sich nur versichern, das an ihnen nichts dran war.

Wenn Gerüchte über einen gefährlichen Ort der Wahrheit entsprachen, war es immer möglich, einige handfeste Informationen einzuholen.

Als die Seelen fressende Göttinnen-Statue ihr Unwesen auf dem Dafan-Berg getrieben hatte, hatte er sich mit Leichtigkeit alle Informationen über die Wohnorte und Namen der Opfer beschaffen können – selbst der Spitzname von A-Yans Verlobtem war kein Geheimnis gewesen. Doch wenn man bereits bei den Namen und Details der Opfer ins Stottern geriet, handelte es sich meist um haltlose, aufgebauschte Gerüchte.

Sie waren noch keine Stunde unterwegs, da stießen sie endlich auf ein Problem: Sieben oder acht schwankende Silhouetten kamen ihnen entgegen. Ihre Pupillen waren zurückgerollt, sodass man nur die weiße Lederhaut der Augen sah. Ihre Kleidung war zerschlissen und allein ein Windhauch schien zu genügen, um sie umzustoßen. Zudem bewegten sie sich unendlich langsam voran.

Die Gruppe gehörte der niedrigsten Stufe von Untoten an, die es gab. Sie wurden sogar von ihren Artgenossen drangsaliert. Ein Lebender, der auch nur ein bisschen stärker als ein Durchschnittsmensch war, konnte sie in einer Reihe umtreten, und ein Kind, das schnell rennen konnte, war in der Lage, sie binnen kürzester Zeit abzuhängen.

Auch wenn man zu jenen gehörte, deren Unglück nicht zu übertreffen war und ihnen in die Hände fiel, würde man nicht sterben, wenn sie einem etwas Yang Energie, die Energie der Lebenden, aussaugten. Abgesehen von ihrem hässlichen Erscheinungsbild und ihrem Gestank stellten sie keine Gefahr dar, sodass höherrangige Kultivierer sie in der Regel bei der Nachtjagd einfach ignorierten und den jüngeren überließen. Dies folgte der gleichen Logik, nach der man nur daran interessiert war, Tiger und Panther zu erlegen, wohingegen man Ratten ignorierte. Als Wei Wuxian sie sah, hatte er sofort eine böse Vorahnung. Schnell duckte er sich hinter Lan Wangji.

Als die Untoten sich ihnen schwankend auf etwa zwanzig Meter genähert hatten, erschraken sie, ganz wie erwartet, bei Wei Wuxians Anblick. Augenblicklich drehten sie sich um und verzogen sich, zwei oder dreimal schneller als zuvor, in die Richtung, aus der sie gekommen waren.

Wei Wuxian rieb sich die Schläfe, drehte sich um und sagte ehrfürchtig: »Wahnsinn, Hanguang-Jun, du bist ja stark! Als sie dich sahen, haben sie sich so erschreckt, dass sie sofort umgekehrt und geflüchtet sind! He he!«

Lan Wangji erwiderte nichts.

Lachend stieß Wei Wuxian ihn in die Seite. »Komm, lass uns von dieser Gebirgskette runter gehen. Ich denke nicht, dass sich hier noch andere Monster herumtreiben. Die Menschen hier haben sicher nur eine blühende Fantasie, sodass sie aus ein paar nutzlosen Untoten Menschen fressende und Knochen verschlingende Monster machen. Die Menschenfresserburgen sind bestimmt auch nur frei erfunden. Da sind wir ganz umsonst hier hochspaziert!«

Erst nachdem er Lan Wangji mehrere Male angeschoben hatte, ging dieser los. Bevor Wei Wuxian ihm jedoch folgen konnte, hörte er plötzlich wildes Bellen aus dem Zedernwald.

Wei Wuxians Gesichtsfarbe veränderte sich innerhalb weniger Sekunden. Eilig versteckte er sich hinter Lan Wangji, umklammerte dessen Hüfte und kauerte sich wie ein Ball zusammen.

»Er ist noch in weiter Ferne, weshalb versteckst du dich?«, fragte Lan Wangji.

»Eeeeeeeerst mal verstecken, dann sehen wir weiter. Wo ist er? Wo ist er?!«, rief Wei Wuxian.

Lan Wangji horchte einen Moment. »Das ist Jin Lings spiritueller Hund.«

Bei Jin Lings Namen richtete sich Wei Wuxian sofort auf, wurde von dem Gebell jedoch augenblicklich wieder in die Knie gezwungen.

»Wenn ein spiritueller Hund so lautstark bellt, muss etwas passiert sein«, sagte Lan Wangji.

Wei Wuxian wimmerte unaufhörlich, zwang sich aber mit zitternden Beinen aufzustehen. »Da...Da...Da...Da...Da...Da... Dann lass uns nachsehen!«

Lan Wangji rührte sich jedoch nicht vom Fleck, sodass Wei Wuxian sagte: »Hanguang-Jun, beweg dich, na los! Wenn du dich nicht bewegst, was soll ich dann machen?«

Erst nach einer kurzen Pause antwortete Lan Wangji. »Zuerst ... musst du mich loslassen.«

Aneinander ziehend und zerrend stolperten sie in die Richtung, aus der das Gebell tönte, drehten letztendlich aber nur zwei Runden im Kreis. Das Bellen des Hundes kam in einem Moment plötzlich näher, während es sich im nächsten auch schon wieder entfernte.

Nachdem Wei Wuxian dieses Geheule eine ganze Weile mitangehört hatte, hatte er sich gezwungenermaßen etwas daran gewöhnt und stotterte nun zumindest nicht mehr.

»Befinden wir uns etwa in einem Labyrinth-Zauberkreis?«

Dieser Labyrinth-Zauberkreis war eindeutig von Menschenhand gemacht. Während er gerade eben noch davon ausgegangen war, dass es sich bei den Gerüchten um die Xinglu-Gebirgskette um nichts weiter als Hirngespinste handelte, wurde es nun tatsächlich interessant.

Der spirituelle Hund war, obwohl er fünfzehn Minuten lang gebellt hatte, immer noch voller Energie. Nachdem die beiden den Zauberkreis durchbrochen hatten, folgten sie seinem Bellen und kurze Zeit später erschienen mitten im Zedernwald die Umrisse unheimlicher Steinburgen.

Sie bestanden aus grauweißen Steinen und die Mauern waren mit Efeu und von den Bäumen herabgefallenen Blättern bedeckt. Die Gewölbe der Festungen waren gebogen, sodass die Form der Burgen an umgedrehte große Steinschüsseln erinnerte, die aus dem Boden hervorragten.

In der Xinglu-Gebirgskette gab es also wirklich Steinburgen, anscheinend war doch etwas an den Gerüchten dran. Ob dies allerdings wirklich »Menschenfresserburgen« waren oder was sich darin befand, war ungewiss.

Jin Lings Hund rannte um eine der Steinburgen herum, heulte gelegentlich leise auf und bellte dann wieder wie verrückt. Als er sah, wie Lan Wangji nähertrat, zog er sich aus Furcht zwar einige Schritte zurück, floh aber nicht, sondern bellte sie sogar noch lauter an. Dann schaute er wieder zu den Steinburgen und grub unruhig mit seinen Vorderpfoten ein Loch in die Erde.

Wei Wuxian, der sich hinter Lan Wangjis Rücken versteckt hielt, fragte leidend: »Wieso geht er denn immer noch nicht weg ...? Wo ist denn bloß sein Herrchen? Wieso ist er nicht hier?!«

Seit das Bellen angefangen hatte, hatten sie keinen Mucks von Jin Ling gehört, nicht einmal Hilfeschreie. Sicher war er zusammen mit dem spirituellen Hund hierhergekommen und hatte den Labyrinth-Zauberkreis durchbrochen. Nun schien es allerdings, als hätte sich eine lebende Person einfach so in Luft aufgelöst.

»Lass uns reingehen und nachschauen«, sagte Lan Wangji.

»Wie sollen wir da reinkommen? Es gibt keine Tür«, erwiderte Wei Wuxian.

Es gab tatsächlich keine Tür. Die grauweißen Steine waren dicht aneinandergereiht und ließen keinen Platz für Türen oder Fenster.

Der spirituelle Hund sprang heulend auf und es wirkte als würde er am Ende von Lan Wangjis Kleidung zerren wollen, traute sich dann aber doch nicht, ging stattdessen um ihn herum, biss sich an Wei Wuxians Kleidung fest und zog ihn mit sich.

Wei Wuxians Seele schien seinen Körper verlassen zu wollen und er streckte Lan Wangji beide Arme entgegen. »Lan Zhan ... Lan Zhan, Lan Zhan ... Lan Zhan, Lan Zhan, Lan Zhan!!!«

Der schwarze Hund zerrte an Wei Wuxian und Wei Wuxian zerrte an Lan Wangji, sodass ein Hund zwei Menschen hinter sich her zur Rückseite der Steinburgen zog.

Zu ihrer Überraschung befand sich dort ein Eingang, der fast so groß war, das ein aufrecht stehender Mensch hindurchpasste. Die Form wirkte wie grob herausgehauen und davor lagen überall Steinbrocken unterschiedlicher Größe. Offensichtlich hatte ihn gerade jemand mit Gewalt und einer spirituellen Waffe in die Mauer gesprengt. Im Eingang war es stockdunkel, sodass man kaum etwas erkennen konnte, im Inneren schien jedoch ein schwaches, rotes Licht zu leuchten.

Der spirituelle Hund ließ von Wei Wuxian ab, bellte wie verrückt in Richtung Eingang, wandte sich dann wieder den beiden zu und wedelte wild mit dem Schwanz.

Es war offensichtlich, dass sich Jin Ling mit Gewalt Zutritt zur Steinburg verschafft hatte und ihm, nachdem er eingedrungen war, etwas passiert sein musste.

Bichen bewegte sich von selbst um einige Zentimeter aus der Scheide. Die Klinge strahlte einen eisigen, blassblauen Lichtschein aus und erhellte den pechschwarzen Weg vor ihnen. Lan Wangji bückte sich und trat als Erster ein. Wei Wuxian, der von dem Gedrängel des Hundes fast wahnsinnig wurde, eilte hinterher und wäre beinahe mit ihm zusammengestoßen. Lan Wangji stützte ihn, schüttelte jedoch den Kopf. Es war nicht klar, ob dies als Vorwurf oder resignierend gemeint war.

Der spirituelle Hund wollte ihnen folgen und versuchte alles, um einzudringen, schien jedoch von einer Kraft abgeblockt zu werden. Egal, was er tat, er konnte die Barriere nicht durchbrechen und ihm blieb nichts anderes übrig, als sich am Eingang hinzusetzen und noch wilder mit dem Schwanz zu wedeln.

Wei Wuxian war so erleichtert, dass er fast niederkniete, und ließ schließlich von Lan Wangji ab.

Sie gingen einige Schritte weiter ins Innere und das sonst so kalte, blaue Licht des Schwertes erschien im Kontrast zu der pechschwarzen Umgebung fast weiß. Durch die hohen Bäume und die dicht bewachsenen

Wälder war es im Xinglu-Gebirge bereits sehr schattig und kühl gewesen, innerhalb der Steinburg sank die Temperatur jedoch noch weiter. Wei Wuxian trug schlichte, leichte Kleidung, sodass der frostige Wind durch seine Ärmel und sein Unterhemd wehte und den Angstschweiß, ausgelöst durch die Furcht vor dem Hund, trocknete. Wie das Feuer einer ausgeblasenen Kerze war das Licht vom Eingang längst verschwunden. Und je tiefer sie vordrangen, desto breiter und dunkler wurde der Raum um sie herum.

Das Gewölbe der Steinburg war gebogen. Wei Wuxian trat gegen ein paar Steinbrocken und hörte ein leises Echo. Schließlich hielt er es nicht mehr aus, blieb stehen, presste seine rechte Hand gegen die Schläfe und zog die Augenbrauen zusammen.

Lan Wangji drehte sich um und fragte: »Was ist los?«

»Es ist ganz schön laut«, antwortete Wei Wuxian.

In der Steinburg herrschte Totenstille wie auf einem Friedhof. Überhaupt erinnerte sie stark an eine Begräbnisstätte. In Wei Wuxians Ohren jedoch klang es, als wären sie von Lärm umgeben.

Er kam aus allen Richtungen.

Oben, unten, rechts, links, über ihren Köpfen und unter ihren Füßen schien ein grenzenloser Schwall an Geflüster, Rascheln und Gelächter auf ihn einzuströmen. Unter den Stimmen waren Männer und Frauen, Alte und Junge, welche, die mit hoher und welche, die mit tiefer Stimme sprachen. Wei Wuxian konnte sogar Wortfetzen klar und deutlich verstehen, die jedoch augenblicklich wieder im Meer des Lärms verschwanden, sodass er keine konkreten Zusammenhänge erfassen konnte.

Es war entschieden zu laut.

Eine Hand presste er weiterhin gegen seine Schläfe, mit der anderen Hand zog er aus dem Kosmos-Beutel einen handtellergroßen Kompass des Bösen. Die Nadel drehte sich zwei Mal zitternd im Kreis, dann wurde sie immer schneller und nach kurzer Zeit kreiste sie plötzlich wie verrückt!

Als der Kompass beim letzten Mal auf dem Dafan-Berg nicht ausgeschlagen und keine Richtung angezeigt hatte, war das schon merkwürdig gewesen. Doch noch erstaunlicher als eine stillstehende Nadel war der Umstand, dass sie sich nun ununterbrochen drehte.

Die dunkle Vorahnung in Wei Wuxian wuchs immer weiter und er fing an, nach dem Vermissten zu rufen: »Jin Ling!«

Die beiden liefen bereits eine Weile in der Steinburg umher, ohne eine Spur von einem Lebenden zu finden. Wei Wuxian rief noch einige Male nach Jin Ling, bekam jedoch keine Antwort. Die Steinzimmer, die sie betraten, waren alle leer, doch nachdem sie nun tiefer vorgedrungen waren, entdeckten sie plötzlich in der Mitte eines Raums einen pechschwarzen Sarg.

Der Umstand, dass sich hier ein Sarg befand, wirkte ungewöhnlich auf sie.

Er hatte einen satten, dunklen Schwarzton und war wunderschön geformt. Wei Wuxian fand merkwürdigerweise großen Gefallen an ihm und konnte nicht anders, als ein paar Mal mit der Hand über ihn zu fahren. Das Holz war fest und sein Klang beim Abklopfen kräftig. Er lobte ihn: »Guter Sarg.«

Lan Wangji und Wei Wuxian standen jeweils auf einer Seite, sahen einander an und streckten gleichzeitig die Hände aus, um ihn zu öffnen.

In dem Moment, in dem der Deckel sich hob, wurde der Lärm plötzlich um ein Vielfaches lauter und durchströmte Wei Wuxian wie eine Flutwelle. Es war, als wären sie die ganze Zeit über von unzähligen Augenpaaren beobachtet worden, deren Besitzer jede ihrer Bewegungen heimlich überwacht und über jedes ihrer Worte diskutiert hatten und die nun, wo sie den Sarg öffneten, plötzlich in Aufruhr gerieten.

Wei Wuxian war auf dutzende Szenarien vorbereitet und bereit, es mit modrigen Gerüchen, die die Nase betäubten, Klauen von Dämonen, die nach ihnen griffen, giftigen Flüssigkeiten, die wie ein Schwall über sie hereinbrachen, toxischen Gasen, die den Raum verseuchten, und hasserfüllten, plötzlichen Angriffen aufzunehmen. Aber natürlich hoffte er am meisten darauf, Jin Ling zu sehen – stattdessen geschah nichts, einfach rein gar nichts.

Zu ihrer Überraschung war der Sarg leer.

Das hatte Wei Wuxian nicht erwartet und er war sichtlich enttäuscht, dass Jin Ling nicht in dem Sarg gefangen gehalten wurde.

Lan Wangji trat etwas näher und Bichen kam von selbst einige Zentimeter aus der Scheide hervor. Sein kaltes Licht erhellte den Boden des Sargs. Erst jetzt erkannte Lan Wangji, dass der gar nicht leer war. Der Gegenstand, der sich darin befand, war nur deutlich kleiner als eine Leiche oder all die anderen Dinge, mit denen er gerechnet hatte, und tief in die Polsterung des Sargs eingesunken.

Im Sarg befand sich ein *Changdao*, ein Langsäbel.

Er war ohne Scheide hineingelegt worden. Sein Griff schien aus Gold geschmiedet zu sein und ein beträchtliches Gewicht zu haben. Die Klinge war schmal und lang, während die Spitze strahlte. Er war auf ein blutrotes Tuch gebettet, dessen Farbe er reflektierte, und eine düstere Mordlust ging von ihm aus.

In diesem Sarg lag keine Leiche, sondern ein Säbel.

An diesen Steinburgen der Xinglu-Gebirgskette gab es nichts, was nicht sonderbar war, und sie offenbarten ihre Mysterien erst nach und nach.

Lan Wangji und Wei Wuxian schlossen den Sargdeckel wieder und drangen weiter ins Innere vor. Sie entdeckten die gleichen Särge auch noch in einigen weiteren Steinzimmern. Anhand der Beschaffenheit des Holzes konnte man erkennen, dass sie alle unterschiedlich alt waren. Eins hatten sie jedoch alle gemeinsam: In jedem Sarg befand sich ein Langsäbel.

Mittlerweile waren sie im letzten Raum angekommen, hatten allerdings immer noch keine Spur von Jin Ling gefunden. Wei Wuxian schloss den letzten Deckel und wurde etwas unruhig.

Als Lan Wangji sah, wie er wortlos seine Augenbrauen zusammenzog, stieß er einen kurzen Seufzer aus und legte seine Guqin auf dem Sarg ab. Er hob seine rechte Hand und unter seinen Fingern ertönte eine Reihe von Melodien.

Er spielte nur einen kurzen Abschnitt, nahm die Hand wieder von der Guqin und fixierte dann konzentriert die noch vibrierenden Saiten. Plötzlich zuckten sie ohne sein Zutun und die Töne reihten sich von alleine aneinander.

»Die *Seelenbefragung*?«, fragte Wei Wuxian.

Seelenbefragung war ein bekanntes Lied, das von einem Vorfahren des Gusu-Lan-Clans komponiert worden war. Anders als *Seelenbeschwörung* wurde es benutzt, wenn die Identität des Verstorbenen unklar war und kein Medium zu Verfügung stand. Der Spieler führte die Befragung des Verstorbenen mithilfe einer Guqin durch, die ihm dessen Antworten in Form von Melodien und durch die Saiten übermittelte.

Dass die Saiten sich von selbst bewegten, bedeutete, dass eine der verstorbenen Seelen in dieser Steinburg auf Lan Wangji reagiert hatte und nun hier war. Im Anschluss an die Kontaktaufnahme erfolgte der Dialog durch die Zither-Sprache.

Die Zither-Sprache war eine geheime Fähigkeit, die ausschließlich Mitglieder des Gusu-Lan-Clans beherrschten. Wei Wuxians Wissen war breit gefächert, allerdings gab es immer noch Bereiche, in denen er sich nicht auskannte und zu denen gehörte auch diese Kommunikation. »Hanguang-Jun, frag ihn bitte, was das hier für ein Ort ist, wofür er genutzt wird und wer ihn errichtet hat«, sagte Wei Wuxian leise.

Lan Wangji hatte die Seelenbefragung durch die Zither gemeistert: Ohne lange nachzudenken, spielte er selbstbewusst einige klare Töne. Kurz darauf spielten die Saiten der Zither zwei Klänge von selbst.

Hastig fragte Wei Wuxian: »Was hat er gesagt?«

»Keine Ahnung«, antwortete Lan Wangji.

»Hä?«, sagte Wei Wuxian.

»Er sagte: ›Keine Ahnung‹«, wiederholte Lan Wangji ruhig.

»…«

Lan Wangji sah ihn an und erinnerte sich plötzlich an die Situation vor vielen Jahren mit »Suibian«, in der sie einen ähnlichen Dialog geführt hatten.

Wei Wuxian rieb sich die Nase, ihm fehlten die Worte. *Lan Zhan ist wirklich unglaublich. Jetzt hat er sogar gelernt, wie man mich zum Schweigen bringt.*

Nachdem die erste Frage unbeantwortet geblieben war, zupfte Lan Wangji ein weiteres Mal melodisch an den Saiten. Auch diesmal reagierten diese und es erklangen die beiden gleichen Töne wie zuvor. Daraus schlussfolgerte Wei Wuxian, dass die Antwort wieder »Keine Ahnung« lautete, und fragte daher: »Wonach hast du ihn gefragt?«

»Nach seiner Todesursache«, antwortete Lan Wangji.

»Wenn man hinterrücks von jemandem ermordet wurde, kann es tatsächlich sein, dass man nicht weiß, wie man gestorben ist. Wieso fragst du ihn nicht lieber, ob er weiß, wer ihn getötet hat?«, erwiderte Wei Wuxian.

Lan Wangji hob die Hand und spielte auf den Saiten. Wieder bestand die Antwort aus den gleichen Tönen – »Keine Ahnung«.

Eine verstorbene Seele, die hier eingeschlossen war und weder wusste, wo sie sich befand, noch wie sie ums Leben gekommen war, geschweige denn, wer sie umgebracht hatte. Wei Wuxian traf zum ersten Mal auf so einen ahnungslosen Toten, also musste er die Sache anders angehen. »Dann lass uns was anderes versuchen. Frag die Seele bitte, ob sie zu einem Mann oder einer Frau gehört. Das müsste sie ja wohl wissen.«

Lan Wangji kam der Bitte nach. Als seine Hand sich wieder erhob, erklang eine andere Saite in einem kraftvollen Ton, welchen Lan Wangji anschließend übersetzte. »Ein Mann.«

»Endlich weiß er mal etwas. Und jetzt frag ihn, ob ein etwa fünfzehn oder sechzehnjähriger Junge hier reingekommen ist?«, sagte Wei Wuxian.

Die Antwort kam schnell. »Ja.«

»Und wo ist er jetzt?«, fragte Wei Wuxian weiter.

Für einen kurzen Moment stoppten die Saiten, dann erklang eine Antwort.

»Was hat er gesagt?«, hakte Wei Wuxian ungeduldig nach.

Lan Wangji sah ernst aus. »Er sagte: ›Genau hier.‹«

Wei Wuxian verschlug es die Sprache.

»Hier« bedeutete, dass er sich in dieser Steinburg befand. Doch sie hatten gerade alles abgesucht und Jin Ling nicht gefunden. »Er kann nicht lügen, oder?«, fragte Wei Wuxian.

»Ich bin hier, also kann er nicht lügen«, antwortete Lan Wangji.

Das stimmte tatsächlich. Da Hanguang-Jun der Befrager war, befand sich die gerufene Seele unter seiner Kontrolle und es lag nicht in ihrer Macht zu lügen. Sie musste die Fragen wahrheitsgemäß beantworten.

Wei Wuxian stellte nun alles in diesem Steinzimmer auf den Kopf, um zu schauen, ob er einen Mechanismus für einen Geheimgang übersehen hatte.

Lan Wangji überlegte kurz, dann richtete er erneut eine Frage an die Seele. Als die Antwort erklang, veränderte sich sein Gesichtsausdruck leicht.

Wei Wuxian bemerkte es und erneut schwang Ungeduld in seiner Frage mit. »Was hast du ihn diesmal gefragt?«

»Wie alt er ist und woher er kommt«, antwortete Lan Wangji.

Diese beiden Fragen zielten darauf ab, der Identität der befragten Seele auf den Grund zu gehen. Wei Wuxian war sich sicher, dass er eine ungewöhnliche Antwort erhalten hatte. »Und?«

»Fünfzehn Jahre alt, aus Lanling«, sagte Lan Wangji.

Schlagartig veränderte sich nun auch Wei Wuxians Gesichtsausdruck. Die Seele, mit der sie gerade kommunizierten, gehörte Jin Ling?!

Konzentriert horchte er in das Stimmengewirr und in all dem Lärm schien er tatsächlich einige leise Rufe von Jin Ling heraushören zu können, auch wenn sie nicht sehr deutlich waren.

Lan Wangji setzte die Befragung fort und Wei Wuxian wusste, dass er ihn nach seinem genauen Aufenthaltsort fragte. Ihm blieb nichts anderes übrig, als auf die Saiten zu starren und darauf zu warten, dass Jin Ling ihn ihnen verriet.

Diesmal fiel die Nachricht etwas länger aus. Nachdem Lan Wangji sie sich angehört hatte, überbrachte er sie Wei Wuxian: »›Dreh dich nach Südwesten und achte auf die Saitenklänge. Für jeden Ton gehst du einen Schritt nach vorne. Wenn die Klänge der Zither verstummen, befinde ich mich direkt vor dir.‹«

Ohne ein Wort drehte sich Wei Wuxian nach Südwesten. Hinter ihm erklangen sieben Töne, also machte er sieben Schritte nach vorne. Vor ihm war jedoch nichts.

Die Zither spielte weiter, nur dass die Abstände zwischen den Tönen immer größer wurden und Wei Wuxians Schritte sich daher verlangsamten.

Noch ein Schritt, zwei Schritte, drei Schritte ... Nach dem sechsten Schritt verstummte die Zither schließlich und erklang auch kein weiteres Mal.

Vor ihm befand sich eine Wand.

Sie bestand aus grauweißen, dicht aufeinander liegenden Ziegelsteinen, die nicht die geringste Lücke aufwiesen. Wei Wuxian drehte sich um. »Er ist in der Wand ...?!«

Bichen schoss aus der Scheide und vier blaue Lichter rauschten an ihm vorbei, die ein Quadrat in die Wand schnitten. Wei Wuxian und Lan Wangji traten vor und trugen die Ziegelsteine ab. Nachdem sie einige

Steine entfernt hatten, kam eine große Masse schwarze Erde zum Vorschein.

Die Wände der Steinburg bestanden folglich aus zwei parallel gestapelten Ziegelsteinmauern, deren Zwischenraum mit Erde gefüllt war. Wei Wuxian wühlte sich mit bloßen Händen durch die schwarze Erde und legte dabei das Gesicht eines Menschen frei, dessen Augen fest geschlossen waren.

Es war der verschollene Jin Ling!

Als sein Gesicht nun nicht mehr von Erde bedeckt war, strömte plötzlich Luft in seinen Mund und seine Nase, sodass er augenblicklich heftig hustete und zu atmen begann. Als Wei Wuxian sah, dass er noch lebte, löste sich seine innere Anspannung endlich auf.

Tatsächlich hatte Jin Lings Leben bis eben am seidenen Faden gehangen, andernfalls hätte die Seelenbeschwörung nicht seine Seele, die im Begriff war, seinen Körper zu verlassen, herbeirufen können. Glücklicherweise war nicht viel Zeit vergangen, seitdem er in der Wand vergraben worden war – nur ein wenig länger jedoch und er wäre erstickt.

Hastig gruben sie ihn aus der Wand aus. In dem Moment, in dem sie seinen Oberkörper aus der Erde zogen, riss das Langschwert auf seinem Rücken noch etwas anderes mit heraus: einen unheimlichen, weißen Armknochen!

Lan Wangji legte Jin Ling flach auf dem Boden ab, fühlte seinen Puls und versorgte ihn.

Wei Wuxian nahm in der Zeit Bichens Scheide und schaufelte gekonnt die Erde entlang des weißen Armknochens beiseite. Kurze Zeit später präsentierte sich ihnen ein vollständiges Skelett.

Wie Jin Ling befand sich auch das Skelett in einer aufrechten Position in der Wand. Die Knochen waren bleich und weiß und der starke Kontrast zur pechschwarzen Erde stach in den Augen.

Wei Wuxian entfernte weitere Ziegelsteine und wühlte noch etwas weiter in der Erde herum. Und tatsächlich entdeckte er in der Nähe ein zweites Skelett. Diese Leiche war jedoch noch nicht komplett zerfallen. Um die Knochen befand sich größtenteils noch eine dünne Fleisch- und Hautschicht und der Schädel war mit wirren, langen schwarzen Haaren bedeckt. Die zerschlissene Kleidung hatte einen ausgewaschenen Rotton und es war ersichtlich, dass es sich um eine Frau handelte. Sie stand jedoch nicht, sondern war von der Taille an gebeugt. Der Grund dafür war ein drittes Skelett, dass sich zu ihren Füßen befand und in der Hocke saß.

Wei Wuxian grub nicht mehr weiter. Er trat einige Schritte zurück und der Lärm peitschte auf ihn ein wie wild aufgetürmte Wellen, die in der Brandung brechen.

Er war sich fast sicher: Die dicken Zwischenwände der gesamten Steinburg waren mit Skeletten durchzogen.

Über ihren Köpfen, unter ihren Füßen, östlich, südlich, westlich, nördlich, stehend, sitzend, liegend, duckend ...

Was war das hier nur für ein Ort?!

Kapitel 6:

Das Böse

Ruckartig richtete sich der bewusstlose Jing Lin plötzlich auf. Taumelnd und mit geschlossenen Augen erhob er sich vom Boden.

Wei Wuxian wollte sehen, was er vorhatte, und unternahm daher nichts.

Langsam ging Jin Ling um ihn herum, machte einen Schritt vorwärts in die Wand hinein und stellte sich an die Stelle zurück, an der er gerade noch begraben gewesen war. Die Arme legte er flach an die Seiten seines Körpers – er hatte exakt dieselbe Haltung eingenommen wie zuvor.

Wei Wuxian zog ihn erneut aus der Wand heraus. Er fand es lustig und bizarr zugleich. Gerade wollte er Lan Wangji sagen, dass sie sich hier besser nicht zu lange aufhalten sollten, als er plötzlich in der Ferne ein wildes, von Wut getriebenes Gebelle vernahm, welches seinen ganzen Körper erzittern ließ. Der spirituelle Hund hatte, seitdem sie in die Steinburg gegangen waren, brav am Eingang gesessen und mit dem Schwanz gewedelt. Besorgt und mitleiderregend hatte er darauf gewartet, dass sie sein Herrchen rausbringen würden, und keinen Laut mehr von sich gegeben – doch jetzt bellte er wilder als je zuvor.

»Außerhalb der Burg ist etwas passiert«, sagte Lan Wangji.

Er streckte den Arm aus und wollte Jin Ling stützen, doch Wei Wuxian kam ihm zuvor und hob ihn auf seinen Rücken. »Wir sollten rausgehen und nachsehen!«

Beide rannten den Weg zurück, auf dem sie reingekommen waren. Als sie geduckt durch das Loch wieder ins Freie traten, sahen sie den spirituellen Hund, wie er mit dem Rücken zu ihnen stand und kehlig knurrte.

Wei Wuxian zwang sich, zu ihm hinüberzugehen, konnte das Geräusch aber nicht ertragen und trat unwillkürlich wieder einige Schritte zurück.

Als der Hund sich umdrehte und sah, dass er Jin Ling auf dem Rücken trug, kam er auf ihn zugestürmt.

Wei Wuxian schrie auf und hätte Jin Ling beinahe abgeworfen, da glitt Lan Wangji einen Schritt an ihm vorbei und versperrte dem Hund den

Weg. Der stoppte augenblicklich und zog den Schwanz ein. Seine Zunge streckte er jedoch nicht heraus, denn er hielt etwas in seinem Maul. Lan Wangji ging auf ihn zu und beugte sich zu ihm herunter. Dann zog er ein Stück Stoff zwischen seinen Zähnen hervor und ging zurück, um es Wei Wuxian zu überreichen.

Es schien ein Fetzen von einem Kleidungsstück zu sein. Hier war also gerade mindestens eine Person in der Nähe herumgestreunt oder hatte spioniert. Sie musste außerdem verdächtig gewirkt haben, sonst wäre das Gebell des spirituellen Hundes nicht derart aggressiv gewesen. »Er kann noch nicht weit gekommen sein. Hinterher!«, rief Wei Wuxian.

Lan Wangji sah dazu jedoch keine Veranlassung. »Nicht nötig. Ich weiß, wer es war.«

»Ich auch. Das war sicher eine der Personen, die die Gerüchte über die Xinglu-Gebirgskette in Umlauf gebracht und die Untoten freigelassen haben. Zudem wird sie auch für den Zauberkreis um die Steinburgen herum verantwortlich sein. Und dann sind da noch diese Langsäbel. Doch wenn wir sie jetzt nicht erwischen, wird es später schwierig, sie zu finden«, entgegnete Wei Wuxian.

»Ich verfolge ihn. Was ist mit dir und Jin Ling?«, fragte Lan Wangji.

»Ich bringe ihn hier weg, kehre nach Qinghe zurück und suche uns dort eine Unterkunft, wo wir dem Scharlatan begegnet sind. Wir treffen uns dann da.«

Der Dialog ging sehr hastig vonstatten. Als Lan Wangji jetzt jedoch schwieg, fügte Wei Wuxian schnell hinzu: »Geh, wenn du dich nicht beeilst, ist er über alle Berge! Ich werde da sein!«

Als er den letzten Satz hörte, schaute Lan Wangji Wei Wuxian eindringlich an. Schließlich, ohne ein weiteres Wort zu sagen, machte er sich auf den Weg.

Doch dadurch stand niemand mehr zwischen Wei Wuxian und dem Hund, sodass dieser ungehemmt auf ihn zurasen konnte.

»W...W...W... Warte! Nimm den Hund mit! Nimm ihn mit!!!«, brüllte der panisch.

Lan Wangji blieb nichts anderes übrig, als noch mal umzukehren. Er schaute den Hund streng von oben herab an. Der wagte es nicht, sich zu widersetzen und trottete winselnd hinter Lan Wangji her, während er sich ab und zu umdrehte, um zu Jin Ling zurückzuschauen.

Wei Wuxian wischte sich den Schweiß ab und betrachtete noch einmal die grauweißen Steinburgen. Dann stieg er mit Jin Ling auf seinem Rücken die Xinglu-Gebirgskette hinab.

Es dämmerte bereits.

Wei Wuxian kehrte mit einem bewusstlosen jungen Mann zurück. Beide waren sie voller Erde und sahen sehr mitgenommen aus, da war es kaum verwunderlich, dass sie zahlreiche Blicke auf sich zogen. Er ging zu der Straße, auf der Jin Ling zuvor seinen Hund auf ihn gehetzt hatte, und fand ein Gasthaus. Von dem Geld, dass er Lan Wangji entwendet hatte, kaufte er zwei neue Sätze Kleidung und nahm sich ein Zimmer. Zuerst zog er Jin Ling die Robe mit dem zerknitterten Clan-Wappen aus, danach die Schuhe, als er plötzlich innehielt.

Auf Jin Lings Unterschenkel schien sich eine Art Schatten zu befinden. Wei Wuxian ging in die Hocke und krempelte seine Hosenbeine hoch. Er erkannte, dass es sich nicht um einen Schatten, sondern um eine Prellung handelte. Die stammte allerdings nicht von einer Verletzung – es war ein Fluchmal.

Mit Fluchmalen kennzeichneten böse Geister ihre Beute. Wenn sie erschienen, bedeutete dies, dass die Person ein extrem bösartiges Wesen verärgert hatte. Die Kennzeichnung machte klar, dass es zurückkommen würde, um nach ihr zu suchen. Vielleicht würde es erst viel später auftauchen, vielleicht aber auch schon in derselben Nacht. Wenn man Glück hatte, nahm es nur das Körperteil, das vom Mal befallen war, hatte man Pech, nahm es einem das Leben.

Jin Lings gesamtes Bein war schwarz und das Mal breitete sich immer weiter nach oben hin aus. Wei Wuxian hatte noch nie ein derart dunkles und großflächiges Fluchmal gesehen. Je länger er es betrachtete, desto ernster wurde sein Gesichtsausdruck. Er krempelte Jin Lings Hose wieder herunter, öffnete sein Unterhemd und stellte erleichtert fest, dass seine Brust und sein Bauch nicht von dem Fluchmal betroffen waren.

Genau in dem Moment öffnete Jin Ling seine Augen.

Er war eine ganze Weile benommen. Sein nackter Oberkörper war dem kalten Wind ausgesetzt, sodass er schließlich zu Sinnen kam, mit rot angelaufenem Gesicht aufstand und tobte. »Wa...Wa...Wa...Wa... Was machst du da?!«

Wei Wuxian lachte. »Oh, du bist wach.«

Jin Ling wirkte, als hätte er einen großen Schock erlitten. Schnell schloss er sein Unterhemd und verkroch sich in eine Ecke des Betts. »Was hast du vor?! Wo ist meine Kleidung? Wo ist mein Schwert? Wo ist mein Hund?«

»Ich wollte sie dir gerade anziehen«, antwortete ihm Wei Wuxian. Sein Gesichtsausdruck und seine Stimme waren voller Güte, wie bei einer Großmutter, die ihrem Enkelkind eine Winterjacke anzieht.

Mit zerzausten Haaren klebte Jin Ling an der Wand. »Ich stehe nicht auf Männer!!!«

Wei Wuxian entgegnete freudig: »Na was sagt man dazu, ich schon!!!«

Jin Ling griff nach seinem Schwert, das neben dem Bett lag, und nahm eine Haltung ein, die suggerierte, dass, sollte Wei Wuxian ihm noch näher kommen, er zuerst ihn und dann sich selbst umbringen würde, um seine Unschuld zu beweisen.

Wei Wuxian hielt sich den Bauch vor Lachen und musste sich sehr anstrengen, um wieder aufzuhören. »Wieso hast du bloß so große Angst? Ich mach doch nur Spaß! Da grab ich dich mühsam unter Aufbringung all meiner Kräfte aus der Wand und du besitzt nicht mal den Anstand, dich zu bedanken.«

In dem Tumult fuhr sich Jin Ling hastig mit der Hand durch die wirren Haare, sodass sie nun etwas ordentlicher aussahen. Wut schwang in seiner Stimme mit, als er sprach. »Wenn ich dir nicht zu Dank verpflichtet wäre, hä...hä...hä... hätte ich dich schon längst zehntausend Mal dafür getötet, dass du ... du ... du es gewagt hast, mich auszuziehen!«

»Bitte nicht. Einmal zu sterben war bereits schmerzhaft genug. Okay, okay, nimm das Schwert runter«, sagte Wei Wuxian.

Jin Ling war immer noch durcheinander, leistete aber seinen Worten Folge und senkte die Klinge.

Bei der Seelenbefragung hatte seine Seele zwar seinen Körper verlassen und er erinnerte sich nicht mehr an jedes Detail, er wusste aber, dass der Mensch, der gerade vor ihm stand, ihn ausgegraben und den ganzen Weg den Berg heruntergetragen hatte. Nachdem er zwischen den Wänden vergraben worden war, war er noch eine Weile bei Bewusstsein gewesen. Er hatte furchtbare Angst gehabt und wäre fast verzweifelt. Niemals hatte er damit gerechnet, dass ausgerechnet der Mensch, den er seit ihrer ersten Begegnung nicht im Geringsten ausstehen konnte, die Wand mitsamt seiner Furcht und Verzweiflung einreißen würde. Sein Gesicht färbte sich abwechselnd weiß und rot, dann wurde ihm schwindelig und Scham überkam ihn, während sich seine Gedanken weiter unaufhörlich im Kreis drehten. Als er aus dem Fenster schaute und bemerkte, dass es bereits dunkel war und Sterne den Himmel erleuchteten, erschrak er.

Gerade als Wei Wuxian sich vorbeugte, um die neue Kleidung aufzuheben, die bei dem ganzen Aufruhr auf den Boden gefallen war, sprang Jin Ling mit einem Satz aus dem Bett, schlüpfte in seine Schuhe, griff nach seiner Robe und stürmte aus dem Zimmer.

Wei Wuxian hatte angenommen, dass nach all dem, was ihm widerfahren war, die Erschöpfung Jin Ling eine Weile zur Ruhe zwingen würde.

Wer hätte gedacht, dass junge Menschen über so viel Energie verfügten, dass sie innerhalb eines Wimpernschlags wieder auf den Beinen waren und sich geschwind wie der Wind aus dem Staub machen konnten? Dann fiel ihm plötzlich wieder das besorgniserregende Fluchmal auf Jin Lings Bein ein und eilig schrie er ihm hinterher: »Warum rennst du weg?! Komm zurück!«

Rennend schlüpfte Jin Ling in seine Robe. Sie war nicht nur voller Erde, sondern auch gänzlich zerknittert.

»Folg mir nicht!«, rief er zurück.

Er bewegte sich überaus agil und mit seinen langen Beinen war er in nur wenigen Schritten aus dem Gasthof gesprintet. Wei Wuxian verfolgte ihn durch einige Straßen, bis Jin Ling ihn schließlich abgehängt hatte und er nirgends mehr zu sehen war.

Während Wei Wuxian noch eine Weile weitersuchte, brach die Dämmerung herein. Die Straßen leerten sich allmählich und sein Nervenkostüm war überaus angekratzt. »Wie kann das sein?! Was ist das nur für ein Kind?!«

Gerade als er aufgeben wollte, vernahm er am Ende der langen Straße die wütende Stimme eines Mannes.

»Nur weil ich dich ein paar Mal rüge, rennst du weg und verschwindest spurlos?! Bist du etwa ein verwöhntes Fräulein?! Dein Temperament geht langsam mit dir durch!«

Jiang Cheng!

Wei Wuxian versteckte sich, so schnell er konnte, in einer Gasse.

Und schon hallte Jin Lings Stimme durch die Straßen: »Ich bin doch wohlbehalten zurück! Also hör auf, mir eine Predigt zu halten!!«

Jin Ling war also nicht alleine nach Qinghe gekommen. Das war auch nicht verwunderlich. Auf dem Dafan-Berg hatte Jiang Cheng ihn ja ebenfalls unterstützt, wie hätte er diesmal also nicht mitkommen können? Es hatte allerdings den Anschein, als wäre Jin Ling nur deswegen alleine die Xinglu-Gebirgskette hinaufgestiegen, weil Onkel und Neffe sich in Qinghe gestritten hatten.

Sicher war er gerade Hals über Kopf abgehauen, weil Jiang Cheng ihm mit einer Strafe oder so was in der Art gedroht hatte, wenn er nicht vor Anbruch der Dunkelheit zurückkommen würde.

»Wohlbehalten? Du siehst aus, als hättest du dich im Dreck gewälzt. Das nennst du wohlbehalten?! Dass du dich nicht schämst, dich so in deiner Clan-Robe zu zeigen. Wir gehen sofort zurück und du ziehst dich um! Und nun rede, was ist heute passiert?«, schimpfte Jiang Cheng.

»Ich habe es dir doch bereits gesagt, es ist nichts passiert. Ich bin gestolpert und ganz umsonst in der Gegend umhergelaufen«, antwortete Jin Ling ungeduldig und schrie laut auf. »Autsch! Zieh nicht so an mir herum! Ich bin doch nicht mehr drei!«

»Denkst du, deswegen kann ich dich nicht mehr erziehen? Eins versichere ich dir, auch wenn du dreißig bist, habe ich immer noch das Recht, an dir herumzuzerren. Solltest du es ein weiteres Mal wagen, dich auf eigene Faust aus dem Staub zu machen, ohne jemandem Bescheid zu geben, machst du Bekanntschaft mit meiner Peitsche!«, erwiderte Jiang Cheng voller Strenge.

»Ich bin alleine losgezogen, gerade weil ich nicht wollte, dass mir jemand hilft oder sich jemand einmischt«, entgegnete Jin Ling.

Alles andere mal außen vor gelassen, hat Jiang Cheng wirklich nicht Unrecht, wenn er ihn ein verwöhntes Fräulein schimpft, dachte Wei Wuxian.

»Und jetzt? Was hast du gefangen? Was ist mit dem spirituellen Hund, den dein Onkel dir geschenkt hat?«, hakte Jiang Cheng nach.

Den hat Lan Zhan an irgendeinen unbekannten Ort mitgenommen.

Gerade als Wei Wuxian das dachte, ertönte vom anderen Ende der Gasse ein wohlbekanntes Bellen.

Wei Wuxian erblasste schlagartig. Wie von selbst setzten sich seine Beine in Bewegung und er hechtete aus der Gasse, als würden Giftpfeile ihn verfolgen.

Der spirituelle Hund rannte die Gasse entlang, zog an Wei Wuxian vorbei, sprang Jin Ling vor die Füße und streifte liebevoll seine Beine mit dem Schwanz.

Wenn der Hund plötzlich auftauchte, bedeutete das, dass Lan Wangji mit hoher Wahrscheinlichkeit den Spion bei den Steinburgen geschnappt hatte und zum vereinbarten Treffpunkt gegangen war. Im Augenblick hatte Wei Wuxian jedoch keine Zeit, darüber nachzudenken.

Durch seine Panikattacke war er nämlich direkt Jiang Cheng, Jin Ling und einer großen Gruppe von Mitgliedern des Jiang-Clans in die Arme gelaufen.

Beide Seiten waren einen Moment wie vom Donner gerührt. Dann drehte sich Wei Wuxian still und leise um und floh.

Er kam allerdings nicht weit.

Das Surren von Elektrizität peitschte durch die Luft und ein violetter Stromfluss umwickelte seine Unterschenkel wie eine Giftschlange. Der betäubende Schmerz durchzuckte seinen ganzen Körper, bis ein Ruck von hinten ihm plötzlich die Beine wegzog und und er zu Boden fiel.

Nun wurde es eng um seine Brust, als ihn jemand am Rücken packte und hochhob.

Wei Wuxian suchte sofort nach seinem Seelen-Verschlussbeutel, jemand anderes kam ihm jedoch zuvor und nahm ihn an sich.

Es war Jiang Cheng, der ihn hochgehoben hatte. Ohne den Griff zu lockern, trug er ihn nun einige Schritte bis zum nächstgelegenen Laden und trat die bereits halb geöffnete Tür auf.

Der Ladenbesitzer war gerade dabei zu schließen. Als er jedoch diesen schönen jungen Mann in edler Kleidung und mit unfreundlicher Miene die Tür auftreten und hereinkommen sah – der obendrein noch eine

Person am Wickel hatte und so wirkte, als würde er ihm an Ort und Stelle den Bauch aufschlitzen –, wagte er es nicht, auch nur einen Ton hervorzubringen.

Ein Mitglied des Jiang-Clans ging zu ihm hinüber. Nachdem er ihm ein paar Worte zugeflüstert und Silber zugesteckt hatte, verschwand der Ladenbesitzer im Hinterzimmer und kam nicht mehr heraus.

Ohne dass weitere Erklärungen notwendig waren, verteilten sich die Mitglieder des Jiang-Clans drinnen und draußen, sodass nichts und niemand unbemerkt rein- oder rauskommen konnte.

Jin Ling stand an der Seite. In seinen Augen spiegelten sich Verwirrung und Unentschlossenheit wider. Er wollte etwas sagen, machte aber nicht den Mund auf.

Jiang Cheng bedachte Jin Ling mit einem furchterregenden Blick. »Um dich kümmere ich mich später, bleib, wo du bist!«

Soweit er sich erinnern konnte, hatte Jin Ling noch nie einen derartigen Gesichtsausdruck bei seinem Onkel gesehen. Trotz seines jungen Alters war Jiang Cheng bereits das alleinige Oberhaupt des angesehenen Yunmeng-Jiang-Clans. Die meiste Zeit über trat er anderen kalt und finster gegenüber. Nie hatte er ein freundliches Wort übrig und nie tat er etwas Gutes. Und auch wenn er in diesem Moment mit aller Kraft unnötige Gefühlsregungen unterdrückte, blitzten seine Augen furchterregend auf.

Dieses Gesicht, das sonst stets hinter einem Schleier voller Hochmut und Spott lag, hielt nun keine Fassade mehr aufrecht. Es war schwer zu sagen, ob es blinde Wut, bitterer Hass oder manische Freude war.

»Leih mir deinen Hund!«, befahl Jiang Cheng.

Jin Ling erwachte aus seiner Schockstarre, zögerte jedoch einen Moment. Erst als Jiang Cheng ihn mit zwei Blicken, die heftigen Stromschlägen glichen, durchbohrte, stieß er einen Pfiff aus. Mit nur wenigen Sätzen kam der spirituelle Hund angesprungen.

Wei Wuxians ganzer Körper versteifte sich wie ein Eisenbrett und er hatte keine andere Wahl als zu folgen, während ihn eine Hand Schritt für Schritt mitzog.

Jiang Cheng fand ein leeres Zimmer und warf Wei Wuxian hinein. Anschließend verschloss er die Tür hinter sich. Der spirituelle Hund befand sich mit ihnen im Inneren des Raumes und hatte an der Tür Platz genommen. Wei Wuxians Augen waren auf ihn fixiert. Er rechnete jeden Moment damit, dass er ihn anspringen würde.

Als Wei Wuxian erkannte, wie Jiang Cheng ihn gerade innerhalb kürzester Zeit unter seine Kontrolle gebracht hatte, dachte er sich, dass er es wirklich verstand, wie man ihm am besten beikommen konnte.

Jiang Cheng ließ sich langsam an einem Tisch nieder und schenkte sich Tee ein.

Eine Weile schwiegen beide.

Die Tasse war dampfend heiß und er hatte noch keinen Schluck getrunken, als er plötzlich aufsprang und sie wütend zu Boden schleuderte. Dann hob Jiang Cheng die Mundwinkel leicht an. »Du –! Hast du mir nichts zu sagen?«

Von klein auf hatte Jiang Cheng unzählige Male miterlebt, wie Wei Wuxian beim Anblick von Hunden mit unsäglicher Angst die Beine in die Hand genommen und die Flucht ergriffen hatte. Bei jedem anderen hätte er sich herausreden können, diesem Mann jedoch, der ihn in- und auswendig kannte, konnte er kaum etwas vormachen. Dies war eine größere Herausforderung als die Prüfung seiner Identität durch Zidian. Also sagte Wei Wuxian aufrichtig: »Ich weiß nicht, was ich dir sagen soll.«

»Du bist wirklich unverbesserlich«, sagte Jiang Cheng leise.

Ihre Konversationen waren seit jeher von Streitereien, gegenseitigen Beleidigungen und Verspottung geprägt gewesen, daher erwiderte Wei Wuxian ohne nachzudenken: »Du hast dich auch kein Stück gebessert.«

Jiang Cheng lachte wutentbrannt. »Wie du meinst, aber lass uns doch mal überprüfen, wer von uns sich wirklich kein Stück weiterentwickelt hat.«

Er setzte sich auf einen Stuhl und auf seinen Ruf hin stand der spirituelle Hund sofort auf.

Allein mit ihm in einem Raum zu sein, ließ Wei Wuxian in kalten Schweiß ausbrechen. Aber der teuflische Hund mit den spitzen Ohren und den gefährlichen Augen, der halb so groß war wie ein Mensch und dessen Zähne in seinem Maul blitzten, war nun auch noch in Sekundenschnelle in seine Reichweite gekommen.

In Wei Wuxians Ohren ertönte sein tiefes Bellen und sein Körper wurde von Kopf bis Fuß taub. Er erinnerte sich nicht mehr an viel aus der Zeit, als er als Kind auf den Straßen herumgeirrt war. Zwei Sachen jedoch würde er sicher nie vergessen: Die Angst, die er verspürt hatte, wenn er durch die Straßen verfolgt worden war und der stechende Schmerz, wenn sich die Hundezähne und -krallen in sein Fleisch gebohrt hatten. Die Angst aus jener Zeit war tief in ihm verankert und was er auch versuchte, er konnte sie weder überwinden noch wurde sie kleiner.

Plötzlich schaute Jiang Cheng aus dem Augenwinkel zu ihm herüber. »Wen hast du da gerade gerufen?«

Wei Wuxian war so durch den Wind, dass er sich gänzlich nicht daran erinnern konnte, ob er gerade nach jemandem gerufen hatte oder nicht, und erst als Jiang Cheng den spirituellen Hund zurückrief, kam er wieder einigermaßen zur Besinnung. Nach einer kurzen Benommenheit drehte er mit einer heftigen Bewegung seinen Kopf zur Seite.

Jiang Cheng verließ seinen Sitzplatz. An seiner Hüfte hing seine Peitsche. Während er sich zu Wei Wuxian herunterbeugte, um ihm ins Gesicht zu sehen, ruhte seine Hand auf ihr. Nach einer kurzen Pause richtete er sich wieder auf.

»Wo wir gerade dabei sind, ich habe ganz vergessen, dich zu fragen, seit wann du dich so gut mit Lan Wangji verstehst?«

Wei Wuxian begriff sofort, nach wem er zuvor unbewusst gerufen hatte.

Jiang Cheng lachte düster. »Es ist mir wirklich schleierhaft, warum er letztes Mal auf dem Dafan-Berg so weit gegangen ist, um dich zu beschützen.«

Augenblicke später korrigierte er sich. »Nein, das stimmt so nicht. Lan Wangji hat nicht unbedingt dich beschützt. Immerhin wird der Gusu-Lan-Clan nicht vergessen haben, was du alles mit deinem treuen Hund getan hast. Wie könnte jemand wie er, der von allen für seine Rechtschaffenheit und Ernsthaftigkeit gepriesen wird, dich tolerieren? Vielleicht pflegt er ja mit dem Körper, den du geklaut hast, eine intime Beziehung.«

Seine Worte waren bissig und hinterhältig. Sie wirkten zwar im ersten Moment anerkennend, waren in Wirklichkeit aber beleidigend und offenbarten seine wahren Gedanken. Wei Wuxian hielt es nicht mehr länger aus. »Pass auf, was du sagst!«

»Das liegt mir nicht, hast du das etwa vergessen?«, erwiderte Jiang Cheng.

»Stimmt auch wieder«, sagte Wei Wuxian spöttisch.

Jiang Cheng schnaubte. »Dass du die Frechheit besitzt, so etwas zu sagen. Erinnerst du dich noch daran, welche Worte du auf dem Dafan-Berg Jin Ling gegenüber geäußert hast?«

Wei Wuxians Gesicht erstarrte augenblicklich.

Jiang Cheng hatte wieder die Oberhand. Seine Zufriedenheit diesbezüglich war offensichtlich und er lachte kalt. »›Deine Mutter hat dich zwar geboren, aber erzogen hat sie dich nicht.‹ Wahrlich eine vortreffliche Leistung. Du bist meisterhaft darin, andere zu beleidigen. Dass die Menschen hinter Jin Lings Rücken so über ihn reden, ist allein dein Verdienst. Du bist wohl schon ein alter, verwirrter Mann. Du magst vergessen haben, was du gesagt hast, und du magst vergessen haben, was du geschworen hast, aber wag es ja nicht zu vergessen, wie seine Eltern gestorben sind!«

Wei Wuxian hob energisch seinen Kopf. »Ich habe es nicht vergessen! Es ist nur ...« Er stockte, denn er wusste einfach nicht, wie er den Satz beenden sollte.

»Es ist nur was? Kannst du es nicht aussprechen? Macht nichts. Du wirst zum Lotuspier zurückkehren, vor meinen toten Eltern niederknien und ihnen alles sorgfältig erklären«, sagte Jiang Cheng.

Wei Wuxian beruhigte sich und suchte nach einer Möglichkeit, wie er aus dieser Situation entkommen konnte. In seinen Träumen wollte er immer zum Lotuspier zurückkehren. Doch war es nicht der jetzige, der nicht mehr wiederzuerkennende Lotuspier, nach dem er sich sehnte!

Plötzlich näherten sich hastige Schritte und jemand klopfte heftig gegen die Zimmertür.

Dann erklang Jin Lings Stimme: »Onkel!«

Jiang Cheng hob seine Stimme: »Ich hatte dir doch gesagt, du sollst bleiben, wo du bist! Warum bist du hergekommen?!«

»Onkel, ich muss dir etwas wirklich Wichtiges sagen«, rief Jin Ling.

»Was soll bitte so wichtig sein, dass du damit vorhin, als ich dich gescholten habe, nicht rausrücken wolltest und jetzt unbedingt loswerden musst?«, fragte Jiang Cheng.

Jin Ling wurde wütend. »Gerade weil du die ganze Zeit mit mir geschimpft hast, habe ich es dir nicht gesagt! Willst du es nun wissen oder nicht?! Wenn nicht, sag ich es eben nicht!«

Zornig riss Jiang Cheng die Tür auf. »Rede und dann sieh zu, dass du mir aus den Augen gehst!«

Sobald die Holztür aufschwang, trat Jin Ling ein. Er hatte sich mittlerweile umgezogen und trug nun eine neue, weiße Robe. »Ich bin heute tatsächlich etwas Gefährlichem begegnet. Ich glaube, ich habe Wen Ning gesehen!«

Jiang Cheng runzelte die Stirn, legte anschließend aber sofort seine Hand an sein Schwert und fragte mit einem ersten Gesichtsausdruck: »Wann und wo?«

»Heute Nachmittag. Dutzende Kilometer südlich von hier steht ein heruntergekommenes Haus. Ich bin dahin, weil ich gehört hatte, dass dort seltsame Dinge vor sich gehen, und fand so das Versteck eines bösartigen Untoten«, antwortete Jin Ling.

Seine Schilderungen klangen glaubhaft, in Wei Wuxians Ohren waren sie jedoch nichts als Lügen. Er wusste am besten, wo Jin Ling heute Nachmittag gewesen war. Außerdem würde Wen Ning, sobald er sich erst einmal versteckt hatte, doch nicht einfach so von einem Grünschnabel wie ihm entdeckt werden – es sei denn, Wei Wuxian würde ihn aktiv herbeirufen.

»Warum hast du das nicht früher gesagt?!«, rief Jiang Cheng.

»Ich weiß es ja auch nicht mit Sicherheit. Der Untote war extrem schnell und ist sofort geflohen, als ich hereinkam. Ich habe nur undeutliche Umrisse gesehen, aber ich habe das Geräusch von Eisenketten gehört, wie damals auf dem Dafan-Berg. Und ich vermute daher, dass er es gewesen sein könnte. Hättest du mich nicht so ausgeschimpft, hätte ich es dir sofort erzählt, als ich vorhin zurückgekommen bin. Wenn er jetzt flieht und du ihn nicht fängst, ist das deiner Hitzköpfigkeit zuzuschreiben. Da darfst du mir keinen Vorwurf machen«, berichtete Jin Ling.

Er wollte noch etwas hinzufügen, doch Jiang Cheng knallte ihm bereits wütend die Zimmertür vor der Nase zu und rief durch die geschlossene Tür: »Wir befassen uns mit deinem Fehlverhalten, wenn ich zurück bin. Und jetzt verschwinde!«

»Oh«, sagte Jin Ling, und das Geräusch seiner Schritte entfernte sich.

Als er sah, dass Jiang Cheng sich wieder zu ihm drehte, setzte Wei

Wuxian eilig einen Gesichtsausdruck auf, der eine Mischung aus »blass vor Schreck«, »Das Geheimnis wurde gelüftet!« und »Was nun? Wen Ning wurde entdeckt!« widerspiegelte.

Jin Ling hatte das klug eingefädelt. Er wusste, dass Jiang Cheng Wen Ning mehr als jeden anderen hasste und hatte seine Lüge dementsprechend glaubhaft konstruiert. Jiang Cheng wusste, dass der Yiling-Patriarch und der Geistergeneral oft im Doppelpack Chaos verbreiteten und hatte bereits zuvor vermutet, dass Wen Ning in der Nähe war. Er hatte kaum Zweifel an den Ausführungen seines Neffen und Wei Wuxians Gesichtsausdruck, der das Schauspiel abrundete, überzeugte ihn umso mehr. Außerdem sah er sofort rot, sobald er Wen Nings Namen hörte, und die Wut kochte in ihm hoch – wo sollte da noch Platz für Zweifel sein?

Seine Brust explodierte fast vor Hass. Er griff nach der Peitsche und ließ sie neben Wei Wuxian auf den Boden schnellen. Voller Abscheu sagte er: »Du bringst diesen gehorsamen Hund echt überall hin mit!«

»Er ist bereits seit Langem tot, und auch ich bin bereits einmal gestorben, was willst du denn noch?«, entgegnete ihm Wei Wuxian.

Jiang Cheng zeigte mit der Peitsche auf ihn. »Was ich will? Selbst, wenn er weitere tausend oder zehntausend Male sterben sollte, kann das nicht den Hass in mir lindern! Damals wurde er also nicht vernichtet, schön! Dann werde ich ihn eben heute mit meinen eigenen Händen eliminieren. Ich werde ihn verbrennen und seine Asche vor deinen Augen verstreuen!«

Er knallte die Tür hinter sich zu und ging erhobenen Hauptes in den Verkaufsbereich des Ladens, wo er Jin Ling befahl: »Du behältst ihn für mich im Auge! Glaub kein Wort von dem, was er sagt! Hör gar nicht erst hin! Lass ihn keine Geräusche machen! Falls er es wagen sollte zu pfeifen oder Flöte zu spielen, stopfst du ihm den Mund! Falls das nicht funktioniert, hackst du ihm direkt die Hand ab oder schneidest ihm die Zunge heraus!«

Wei Wuxian wusste, dass diese Sätze eigentlich an ihn gerichtet waren. Jiang Cheng drohte ihm, keinen Unfug anzustellen. Er nahm ihn nicht mit, damit er keine Gelegenheit hatte, Wen Ning zu kontrollieren.

Jin Ling scherte sich nicht im Geringsten darum. »Verstanden. Ich kann ja wohl auf eine Person aufpassen. Onkel, was hast du hinter verschlossener Tür mit diesem Männerverführer gemacht, was hat er angestellt?«

»Das ist nichts, was du fragen solltest. Merke dir gut: Wenn ich zurück bin und er ist nicht mehr da, breche ich dir die Beine!«, raunte Jiang Cheng. Dann stellte er noch einige Fragen zum genauen Ort, an dem Jin Ling den Geistergeneral gesehen haben wollte, nahm die Hälfte der Gefolgschaft mit und brach auf, um Wen Ning, der sich gar nicht in der Nähe befand, zu verfolgen.

Nach einer Weile ertönte Jin Lings arrogante Stimme. »Du da, geh dort rüber! Und du, bewache die Seite! Ihr stellt euch an den Haupteingang, ich geh rein und schau nach ihm.«

Die Mitglieder des Jiang-Clans wagten es nicht, sich zu widersetzen und taten wie ihnen geheißen.

Nach einem kurzen Moment wurde die Zimmertür geöffnet. Jin Ling steckte seinen Kopf hinein und seine Augen suchten den Raum ab.

Wei Wuxian setzte sich auf, während Jin Ling einen Finger an die Lippen legte. Leise kam er herein, legte eine Hand auf Zidian und flüsterte etwas.

Zidian kannte ihren Besitzer, aber wahrscheinlich hatte Jiang Cheng sie Jin Ling anerkennen lassen. Der Stromfluss verschwand sofort und verwandelte sich in einen silbernen Ring, verziert mit einem violetten Kristall, der nun auf Jin Lings heller Handfläche lag.

»Lass uns gehen«, sagte Jin Ling leise.

Die Mitglieder des Yunmeng-Jiang-Clans hatten von ihm verwirrende Anweisungen erhalten und standen nun überall chaotisch verteilt.

Auf Zehenspitzen stiegen beide aus dem Fenster, kletterten über eine Mauer und verschwanden. Nachdem sie den Laden hinter sich gelassen hatten, rannten sie eine Weile wie verrückt, ohne auch nur ein Wort zu wechseln.

Sie waren mittlerweile im Wald angekommen, da vernahm Wei Wuxian hinter sich ein seltsames Geräusch. Als er sich umdrehte, bekam er einen Riesenschreck. »Wieso folgt der uns?! Sag ihm, dass er weggehen soll!«

Jin Ling pfiff zwei Mal kurz, woraufhin sein spiritueller Hund hechelnd die lange Zunge rausstreckte, leise winselte und zwei Mal mit seinen spitzen Ohren zuckte. Dann ließ er traurig den Kopf hängen, drehte sich um und rannte fort.

»Also wirklich, Fee beißt keine Menschen. Sie sieht zwar furchterregend aus, ist es aber nicht. Das ist ein spiritueller Hund, der ein strenges Training durchlaufen hat und nur böse Geister angreift. Dachtest du etwa, sie sei gewöhnlich?«, sagte Jin Ling verächtlich.

»Warte! Wie hast du das Tier gerade genannt?«

»Fee. Das ist ihr Name.«

»Du gibst deinem Hund so einen Namen?!«

»Was stimmt denn nicht mit dem Namen? Als sie klein war, habe ich sie immer ›kleine Fee‹ genannt, aber jetzt, wo sie groß ist, wäre das doch komisch«, erklärte Jin Ling selbstbewusst.

Wei Wuxian ließ die Begründung nicht gelten. »Nein, nein, nein! Das Problem liegt doch nicht darin, ob der Hund groß oder klein ist – von wem hast du nur gelernt, solche Namen zu vergeben?!«

Das Ganze trug eindeutig die Handschrift seines Onkels. Jiang Cheng hatte früher auch Welpen gehabt, denen er Namen wie »Jasmin«, »Prinzessin« und »kleiner Schatz« gegeben hatte oder solche, die an erstklassige Prostituierte in Bordellen erinnerten.

»Männer sollten sich nicht um derlei Details scheren, warum hängst du dich so daran auf?! Also gut! Halt, du hast meinen Onkel beleidigt, dafür müsstest du mit deinem halben Leben zahlen. Aber ich lasse dich laufen, daher sind wir quitt«, erwiderte Jin Ling.

»Weißt du, warum dein Onkel mich gefangen genommen hat?«, fragte Wei Wuxian.

»Ja. Er vermutet wohl, dass du Wei Wuxian bist«, antwortete Jin Ling.

Diesmal ist es nicht mehr nur eine Vermutung, er hat die richtige Person erwischt.

»Und du? Glaubst du das nicht?«, fragte Wei Wuxian.

»Es ist nicht das erste Mal, dass mein Onkel sich in so was verbeißt. Er erwischt lieber die falsche Person, als sie entkommen zu lassen. Da Zidian deine Seele aber nicht austreiben konnte, glaube ich vorerst, dass du es nicht bist. Und außerdem war dieser Wei ja auch nicht hinter Männern her, du hingegen belästigst sogar ...« Bevor Jin Ling aussprach, wen Wei Wuxian belästigt hatte, stoppte er und verzog angewidert und kalt das Gesicht. Dann fächelte er mit der Hand, als würde er einen Seuchengott verjagen. »Jedenfalls hast du ab jetzt nichts mehr mit dem Lanling-Jin-Clan zu tun! Falls dich deine Vorliebe mal wieder überwältigen sollte, such niemanden von meinem Clan auf! Sonst lasse ich dich nicht so davonkommen!«

Anschließend machte Jin Ling auf dem Absatz kehrt und ging. Doch bereits nach wenigen Schritten drehte er sich wieder zu ihm um. »Was stehst du da herum? Wartest du darauf, dass mein Onkel dich wieder einfängt? Ich sag dir eins, glaub ja nicht, dass ich dir dankbar bin, nur weil du mich gerettet hast, und erwarte erst recht keine kitschigen Worte von mir!«

Wei Wuxian verschränkte seine Hände hinter dem Rücken und ging langsam zu ihm hinüber. »Junger Mann, im Leben eines jeden Menschen gibt es zwei kitschige Sätze, um die er nicht herumkommt.«

»Und welche sollen das sein?«, fragte Jin Ling.

»›Ich danke dir‹ und ›Es tut mir leid‹«, sagte Wei Wuxian.

Jin Ling schnaubte. »Die sag ich sicher nicht, und wer kann was dagegen tun?«

»Eines Tages wirst du sie unter Tränen von dir geben«, sagte Wei Wuxian.

Jin Ling stieß einen zischenden Laut aus, dann sagte Wei Wuxian plötzlich: »Es tut mir leid.«

Jin Ling war überrascht. »Was?«

»Für den Satz, den ich damals auf dem Dafan-Berg zu dir gesagt habe, Entschuldigung«, sagte Wei Wuxian.

Es war nicht das erste Mal, dass jemand ihn damit beleidigt hatte, dass seine Mutter ihn nicht richtig erzogen habe, aber noch nie hatte sich jemand so ernst bei ihm dafür entschuldigt. Er wusste nicht genau, was für ein Gefühl das war, aber als er die Worte so direkt ins Gesicht geworfen bekam, verkrampfte plötzlich sein ganzer Körper. Er wedelte eine Weile wild mit der Hand und schnaubte. »Nicht so schlimm. Du bist nicht der Erste, der so was zu mir gesagt hat. Ich hatte tatsächlich keine Mutter, die mich erziehen konnte. Aber nur deswegen werde ich sicher nicht hinter anderen zurückstehen! Im Gegenteil, sperrt eure Augen weit auf und schaut genau hin, ich bin nämlich viel stärker als ihr alle!«

Wei Wuxian lachte leicht, doch gerade als er etwas dazu sagen wollte, veränderte er schlagartig seinen Gesichtsausdruck und rief verwundert: »Jiang Cheng? Du!«

Natürlich hatte Jin Ling ein schlechtes Gewissen, weil er Zidian gestohlen und Wei Wuxian freigelassen hatte. Daher war es nur logisch, dass er sich umdrehte, als er den Namen seines Onkels hörte. Diese Gelegenheit nutzte Wei Wuxian aus und versetzte ihm mit der Handkante einen Hieb in den Nacken. Er legte Jin Ling flach auf den Boden, krempelte sein Hosenbein hoch und betrachtete das Fluchmal. Er versuchte einige Techniken, es gelang ihm aber nicht, es zu entfernen. Das war ein ernstes Problem.

Eine ganze Weile verging und schließlich seufzte er. Es gab Fluchmale, die man zwar nicht entfernen, dafür aber auf den eigenen Körper übertragen konnte.

Jin Ling kam erst nach geraumer Zeit langsam wieder zu Bewusstsein. Er fühlte seinen Hals, der immer noch schmerzte. Wütend zog er sein Schwert und sprang auf.

»Du hast es gewagt, mich zu schlagen! Nicht mal mein Onkel hat das je getan!«

Wei Wuxian war überrascht. »Echt nicht? Sagt er nicht immer, dass er dir die Beine brechen will?!«

Jin Ling war wütend. »Das sagt er doch nur so! Du verdammtes Männer jagendes Ungeheuer, was zum Teufel willst du eigentlich, ich ...«

Wei Wuxian fasste sich an den Kopf und richtete dann seine Worte an eine imaginäre Person hinter Jin Lings Rücken. »Ah! Hanguang-Jun!«

Jin Ling fürchtete Lan Wangji noch mehr als seinen Onkel, immerhin gehörte sein Onkel zur Familie, während Hanguang-Jun ein Außenstehender war. Verängstigt rannte er weg, während er lauthals schrie: »Du verdammter Homo! Elender Verrückter! Das merke ich mir! Wir sind noch nicht fertig miteinander!«

Wei Wuxian lachte so sehr, dass er kaum noch Luft bekam. Als Jin Ling nicht mehr zu sehen war, schmerzte und juckte seine Brust und er hustete eine Weile, ehe er langsam das Lachen unterdrücken konnte. Jetzt erst hatte er die Zeit, über einiges nachzudenken.

Wei Wuxian war von Jiang Fengmian mit in sein Zuhause genommen worden, da war er neun Jahre alt gewesen. Viele der Erinnerungen an diese Zeit waren bereits verblasst, doch Jin Lings Mutter, Jiang Yanli, hatte Bescheid gewusst und ihm daher viel darüber erzählt.

Sie sagte, dass ihr Vater, nachdem er die Nachricht erhalten hatte, dass seine Freunde im Krieg ums Leben gekommen waren, sich immer wieder auf die Suche nach dem Sohn machte, den die beiden zurückgelassen hatten. Nach einer langen Zeit fand Jiang Fengmian den Jungen schließlich in Yiling. Als er ihn das erste Mal sah, kniete dieser gerade auf dem Boden und sammelte Obstschalen auf, die jemand weggeworfen hatte, um sie zu essen.

Der Winter und der Frühling in Yiling waren sehr kalt, doch dieses Kind trug nur ein ungefüttertes Hemd und eine dünne Hose, die an den Knien völlig zerschlissen war. Seine Füße steckten in zwei unterschiedlichen Schuhen, die ihm nicht passten. Mit gesenktem Kopf wühlte er nach Obstschalen. Als Jiang Fengmian »Wei Ying« rief, erinnerte er sich dunkel an seinen Namen, sodass er den Kopf hob. Seine Wangen waren rot und rissig von der Kälte, und trotzdem lachte er.

Jiang Yanli sagte, das Lachen wäre ihm bereits in die Wiege gelegt worden. Das lachende Gesicht gehörte also von Anfang an zu ihm. Welches Unglück ihm auch widerfuhr, er nahm es sich nicht zu Herzen. Und egal in welche Situation er auch geriet, es gelang ihm immer, fröhlich zu bleiben. Auch wenn sich das so anhörte, als wäre er etwas einfältig, war es eine gute Sache.

Jiang Fengmian gab ihm damals ein Stück Melone und Wei Wuxian ließ sich von ihm in sein neues Zuhause tragen.

Zu der Zeit war Jiang Cheng ebenfalls erst acht oder neun und hatte ein paar Hundewelpen am Lotuspier, die mit ihm spielten. Als Jiang Fengmian bemerkte, dass Wei Wuxian große Angst vor Hunden hatte, bat er seinen Sohn freundlich, die Welpen wegzugeben. Jiang Cheng war darüber sehr unglücklich und bekam einen Wutanfall. Er warf mit Sachen um sich, heulte wie ein Schlosshund und veranstaltete einen großen Aufruhr, gab die Welpen letztendlich aber doch weg.

Aufgrund dieser Sache war er Wei Wuxian gegenüber eine lange Zeit feindlich gesinnt, nachdem beide jedoch miteinander warm geworden waren, stellten sie überall gemeinsam Unsinn an. Und wenn sie Hunden begegneten, war es immer Jiang Cheng, der sie für ihn vertrieb – und sich dann beherzt über Wei Wuxian lustig machte, wenn dieser mal wieder fliehend einen Baum bis zur Spitze hochgeklettert war.

Er hatte immer gedacht, dass Jiang Cheng stets auf seiner Seite stehen würde, während er Lan Wangji der gegnerischen Seite zugeordnet hatte. Dass es in Wirklichkeit genau andersherum kommen würde, damit hatte er nicht gerechnet.

Langsam machte sich Wei Wuxian zu dem vereinbarten Treffpunkt mit Lan Wangji auf.

Da es bereits Nacht geworden war, traf er auf niemanden, während er unter den vereinzelt am Straßenrand aufgestellten Laternen entlangschritt.

Wei Wuxian musste sich nicht umschauen, die ihm vertraute Gestalt in der weißen Kleidung wartete bereits am Ende der langen Straße auf ihn.

Lan Wangjis Kopf war leicht gesenkt und er rührte sich nicht. Doch noch bevor Wei Wuxian ihn grüßen konnte, hob er den Kopf und sah ihn an. Nachdem sie sich einen Moment gegenübergestanden hatten, kam er mit einem langen Gesicht auf ihn zu.

Wei Wuxian wusste nicht wieso, aber unwillkürlich wich er einen Schritt zurück. Ihm war fast so, als würde er blutrote Adern in Lan Wangjis Augen sehen. Er musste zugeben ... sein Gesichtsausdruck war wirklich ein wenig Furcht einflößend.

Beim Zurücktreten knickte er plötzlich mit dem Fuß weg und es schien, als würde er jeden Augenblick zu Boden fallen.

Lan Wangjis Miene veränderte sich und innerhalb weniger Sekunden war er an seiner Seite. Wie damals auf dem Dafan-Berg hielt er sein Handgelenk fest im Griff und stützte ihn, dann setzte er ein Knie auf dem Boden ab, um sein Bein zu untersuchen.

Wei Wuxian fühlte sich überrumpelt und versuchte eilig einzulenken. »Ni...Ni... Nicht, Hanguang-Jun, das brauchst du nicht zu tun.«

Lan Wangji hob leicht den Kopf und fixierte ihn mit seinen blassen Augen, dann senkte er wieder den Blick und widmete sich erneut der Hose. Da er Wei Wuxians Hand immer noch festhielt, hatte der keine andere Wahl, als in den Himmel zu schauen und ihn gewähren zu lassen.

Wei Wuxians ganzes Bein war mit dem pechschwarzen Fluchmal bedeckt.

Es verging eine ganze Weile, in der Lan Wangji es betrachtete, dann sagte er ruppig: »Ich war nur einige Stunden fort.«

Wei Wuxian zuckte mit den Schultern. »Einige Stunden sind eine lange Zeit, da kann alles Mögliche passieren. Komm schon, steh auf.« Er verdrehte seine Hand so, dass er Lan Wangji hochziehen konnte. »Es ist nur ein gewöhnliches Fluchmal. Wenn der böse Geist kommt, können wir ihn einfach töten, und schon ist alles wieder in Ordnung. Hanguang-Jun, du musst mir aber helfen, ansonsten schaffe ich das nicht. Hast du ihn geschnappt? War er es? Wo ist er?«

Lan Wangjis Blick war auf das Schild eines Gasthauses gerichtet, das weit entfernt in der langen Straße lag, als Wei Wuxian sagte: »Lass uns erst einmal die Sache mit den Steinburgen klären.« Er ging in Richtung des Gasthauses.

Eben hatte er es noch nicht bemerkt, aber jetzt fiel ihm auf, dass seine Beine sich etwas taub anfühlten. Wahrscheinlich kam das von Zidians Stromschlag. Er konnte von Glück reden, dass Jiang Cheng die Stärke kontrolliert und ihn nicht einfach in eine vom Blitz getroffene, verkohlte Leiche verwandelt hatte.

Lan Wangji stand hinter ihm, als er plötzlich seinen Geburtsnamen rief: »Wei Ying.«

Wei Wuxian hielt kurz inne.

Einen Moment später tat er jedoch so, als hätte er den Namen nicht erkannt. »Ist was?«

»Du hast es von Jin Lings Körper auf deinen übertragen«, sagte Lan Wangji.

Das war keine Frage, sondern eine Aussage.

Wei Wuxian ging nicht darauf ein, also fuhr Lan Wangji fort: »Du bist Jiang Wangyin begegnet.«

Trotz des Fluchmals waren die Spuren, die Zidian hinterlassen hatte, noch deutlich an seinen Beinen zu erkennen, daher war es nicht schwer zu erraten.

Wei Wuxian drehte sich zu ihm um. »Solange wir beide auf dieser Welt leben, werden wir uns immer wieder über den Weg laufen.«

Plötzlich sagte Lan Wangji: »Du solltest nicht laufen.«

»Wenn ich es nicht tue, nimmst du mich dann huckepack?«, erwiderte Wei Wuxian.

»...« Lan Wangji sah ihn still an und das Lächeln auf Wei Wuxians Lippen gefror, als eine böse Vorahnung in ihm aufkam.

Wäre er der Lan Zhan von früher, würden ihm bei diesem Satz sicher die Worte fehlen. Entweder er wäre mit kalter Miene gegangen oder er hätte ihn ignoriert. Doch bei dem jetzigen Lan Zhan war es schwer einzuschätzen, wie er reagierte. Und tatsächlich, Lan Wangji trat vor ihn, beugte sich runter und ging in die Hocke. Er wollte ihn, ohne auf seinen Status zu achten, auf seinen Rücken nehmen.

Wei Wuxian war schockiert und rief eilig: »Halt, stopp, das habe ich doch nur so dahergesagt. Meine Beine sind nur etwas taub, weil mich Zidians Peitschenhieb erwischt hat. Es ist ja nicht so, als wären sie gebrochen. Wenn ein ausgewachsener Mann von jemandem auf dem Rücken getragen wird, sieht das doch blöd aus.«

»Es sieht blöd aus?«, fragte Lan Wangji.

»Jedenfalls sieht es nicht gut aus«, antwortete Wei Wuxian.

Nach einer kurzen Stille setzte Lan Wangji neu an. »Aber du hast mich auch schon mal auf dem Rücken getragen.«

»Ist das so? Wieso erinnere ich mich nicht daran?«, fragte Wei Wuxian.

Lan Wangjis Antwort klang trocken. »An solche Sachen erinnerst du dich nie.«

»Mir wurde schon oft gesagt, dass ich ein schlechtes Gedächtnis habe, na gut, dann stimmt es halt. So oder so, du wirst mich nicht auf dem Rücken tragen«, sagte Wei Wuxian.

»Bist du dir sicher, dass ich dich nicht auf dem Rücken tragen soll?«, fragte Lan Wangji.

»Bin ich«, antwortet Wei Wuxian entschlossen.

Für einen Moment standen beide festgefahren einander gegenüber. Dann schlang Lan Wangji plötzlich einen Arm um Wei Wuxians Rücken, beugte sich leicht nach vorne und fasste mit der freien Hand hinter seine Knie.

Wei Wuxian war körperlich schwächer als er und auch leichter – mit nur einem Ruck wurde sein ganzer Körper von einem Paar starker Arme in die Lüfte gehoben. Niemals hätte Wei Wuxian damit gerechnet, dass die Konsequenz von »du wirst mich nicht auf dem Rücken tragen« diese hier sein würde. Ob im letzten oder in diesem Leben, es war das erste Mal, dass jemand so mit ihm umging. Panisch schrie er: »Lan Zhan!!!«

Lan Wangji trug ihn auf seinen Armen, während er in aller Seelenruhe losging. »Du hast gesagt, ich soll dich nicht auf dem Rücken tragen.«

»Das heißt aber doch nicht automatisch, dass du mich so tragen sollst!«

Glücklicherweise war es bereits Nacht und es waren keine Passanten auf den Straßen, sodass die Peinlichkeit unter ihnen blieb. Wei Wuxian war zudem niemand, der sonderlich auf sein Ansehen achtete, und nachdem sie so einige Schritte vorangekommen waren, entspannte er sich etwas. Verspielt widmete er sich dem breiten Gürtel um Lan Wangjis Brust. Er tat so, als würde er daran ziehen, und lachte. »Willst du herausfinden, wer von uns beiden das dickere Fell hat?«

Der kühle Geruch von Sandelholz umgab ihn.

Lan Wangji schaute ihn nicht an, sein Blick war ruhig nach vorne gerichtet. Seine gleichgültige Miene strahlte eine einzigartige Aufrichtigkeit und Strenge aus. Wei Wuxian verstand, dass er ihn nicht aus der Fassung bringen konnte. Während er an seinem Gürtel herumspielte, dachte er nach.

Überraschenderweise ist Lan Zhans Rachsucht recht stark ausgeprägt. So wie ich ihn früher aufgezogen habe, zahlt er es mir jetzt mit gleicher Münze heim. Das macht so keinen Spaß. Ist aber ein echter Fortschritt. Nicht nur seine Kultivierungskünste haben sich verbessert, er hat sich auch eine harte Schale zugelegt.

»Lan Zhan, du wusstest bereits auf dem Dafan-Berg, dass ich es bin, oder?« fragte ihn Wei Wuxian.

»Ja«, antwortete Lan Wangji.

Wei Wuxian war verwundert. »Wie hast du mich erkannt?«

Lan Wangji sah zu ihm herunter. »Das möchtest du wissen?«

»Ja«, bestätigte Wei Wuxian.

»Du hast es mir selbst mitgeteilt«, entgegnete ihm Lan Wangji.

Wei Wuxian verstand nicht. »Ich selbst? Wegen Jin Ling? Weil ich Wen Ning herbeibeschworen habe? Es war nichts davon, oder?«

Es schien, als würden sich Wellen in Lan Wangjis Augen auftürmen. Diese Regung war jedoch kaum merklich, zog augenblicklich wieder vorbei und sein Blick gewann sofort wieder die gewohnte Klarheit und Tiefe. Ernst sagte er: »Denk selbst darüber nach.«

Wei Wuxian erhob Einspruch. »Ich frage dich doch gerade, weil ich nicht darauf komme.«

Diesmal blieben Lan Wangjis Lippen jedoch versiegelt – egal wie oft er nachhakte.

Mit Wei Wuxian auf dem Arm betrat er das Gasthaus. Außer dem Gehilfen am Tresen der Haupthalle, der bei dem Anblick sein Wasser ausspuckte, zeigte keiner der Umstehenden eine allzu ungewöhnliche Reaktion.

Als sie vor der Zimmertür angekommen waren, sagte Wei Wuxian: »Gut, wir sind da, du kannst mich jetzt runterlassen. Du hast ja keine freie Hand zum Öffnen der ...«

Doch noch bevor er aussprechen konnte, tat Lan Wangji etwas sehr Ungebührliches. Es war wahrscheinlich das erste Mal in seinem ganzen Leben, dass er eine derart ungehobelte Bewegung ausführte.

Mit Wei Wuxian auf dem Arm trat er gegen die Tür.

Sie sprang zu beiden Seiten auf, und die Person, die verschämt im Raum saß, weinte sofort los. »Hanguang-Jun, ich weiß es nicht, ich weiß es nicht, ich ...« Als er erkannte, in was für einer Haltung die beiden dort vor ihm standen, starrte er sie entgeistert an und schaffte es nur mit Mühe, seinen Satzes zu beenden: »... weiß es wirklich nicht.«

Es war der »dreifache Nichtswisser«.

Lan Wangji beachtete ihn nicht, trug Wei Wuxian ins Zimmer und setzte ihn auf einer Bambusmatte ab.

Nie Huaisang konnte das nicht mitansehen, öffnete seinen Fächer und versteckte sein Gesicht dahinter. Woraufhin Wei Wuxian etwas näher rückte, über den geöffneten Fächer linste und ihn eingehend betrachtete.

Sein alter Klassenkamerad hatte sich in all den Jahren kaum verändert. Er sah aus wie früher. Obwohl er eindeutig die Gesichtszüge eines gebildeten, talentierten Mannes besaß, erweckte er den Eindruck, als würde man ihn beliebig herumschubsen können. Bei seiner eleganten Kleidung bewies er exzellenten Geschmack, sicher hatte er sich viele Gedanken dazu gemacht. Er glich eher einem wohlhabenden Faulenzer als dem Oberhaupt eines Kultivierungsclans. Auch wenn er eine kaiserliche Robe trug, wirkte er nicht wie ein Prinz, ebenso wenig wie der Langsäbel, den er trug, ihn automatisch zu einem Clan-Oberhaupt machte.

Vehement stritt er alles ab, also legte Lan Wangji schließlich den Kleidungsfetzen, den der spirituelle Hund abgerissen hatte, auf den Tisch.

Nie Huaisang verdeckte den Teil seines Ärmels, der fehlte, und antwortete trübselig: »Ich bin da nur zufällig vorbeigekommen. Ich weiß wirklich nichts.«

»Wenn Ihr nichts wisst, dann rede ich einfach mal ein bisschen, mal schauen, ob Euch beim Zuhören nicht doch etwas einfällt«, sagte Wei Wuxian.

Nie Huaisang stammelte vor sich hin und wusste nicht so recht, wie er darauf reagieren sollte. Also begann Wei Wuxian mit seinen Ausführungen.

»Bezüglich der Xinglu-Gebirgskette von Qinghe gibt es das Gerücht, sie sei eine ›Menschen fressende Gebirgskette‹ und dort gäbe es ›Menschenfresserburgen‹. Allerdings existieren keinerlei Fakten bezüglich der Opfer, also stimmt es nicht. Es führt jedoch dazu, dass gewöhnliche Menschen sich von der Xinglu-Gebirgskette fernhalten. Somit dient das Gerücht dazu, als Verteidigungslinie zu fungieren. Und zwar nur als erste. Wenn es eine erste gibt, muss es auch eine zweite geben.

Bei der zweiten Verteidigungslinie handelt es sich um die Untoten in der Xinglu-Gebirgskette. Selbst wenn es Menschen geben sollte, die sich nicht von den Gerüchten um die Menschenfresserburgen abschrecken lassen und die Gebirgskette erklimmen, oder die sich versehentlich dorthin verirren, würden sie Hals über Kopf fliehen, sobald sie auf die umherwandernden Toten treffen. Da es nur wenige Untote sind und zudem noch sehr schwache, richten sie auch keinen echten Schaden an.

Die dritte Verteidigungslinie ist der Labyrinth-Zauberkreis in der Nähe der Steinburgen. Die ersten beiden Abwehrmechanismen sollen gewöhnliche Menschen abschrecken, die letzte Maßnahme dient dazu, Kultivierer fernzuhalten. Sein Wirkungsbereich beschränkt sich jedoch lediglich auf einfache Kultivierer. Einer, der über spirituelle Waffen verfügt oder einen spirituellen Hund bei sich führt oder ein Kultivierer mit Fähigkeiten wie denen Hanguang-Juns kann den Zauberkreis und somit die letzte Verteidigungslinie durchbrechen.

Die drei Verteidigungsmaßnahmen dienen dazu, dass niemand die Steinburgen der Xinglu-Gebirgskette entdeckt. Es könnte nicht offensichtlicher sein, wer sie errichtet hat. Dort befindet sich die Grenze des Qinghe-Gebiets. Außer dem Nie-Clan hätte niemand sonst so einfach diese drei Kontrollstellen einrichten können. Außerdem seid Ihr gerade im richtigen Moment bei den Steinburgen aufgetaucht und habt einen Beweis hinterlassen. Warum hat der Qinghe-Nie-Clan in der Xinglu-Gebirgskette Menschenfresserburgen errichtet? Und woher kommen all die Leichen in den Wänden? Hat die Burg sie wirklich gefressen? Oberhaupt des Nie-Clans, wenn Ihr uns hier und jetzt nicht alles erklärt, lassen wir alles auffliegen. Und ich befürchte, dass die anderen Clans einen Feldzug starten werden, um Euch selbst zu befragen. Und auch, wenn Ihr dann mit der Sprache rausrücken wollt, wird keiner gewillt sein, Euch zuzuhören oder Euren Worten Glauben zu schenken.«

Nie Huaisang kapitulierte. »... Das sind keine Menschenfresserburgen. Das ... Das sind die Gräber, die die Vorfahren meines Clans errichtet haben!«

»Gräber, die Eure Vorfahren errichtet haben? Wessen Familiengräber beherbergen in ihren Särgen keine Leichen, sondern Säbel?«, fragte Wei Wuxian.

Nie Huaisang machte ein kummervolles Gesicht. »Hanguang-Jun, bevor ich es erzähle, kannst du mir in Anbetracht der Tatsache, dass unsere beiden Clans befreundet und unsere beiden älteren Brüder Schwurbrüder sind, etwas versprechen? Egal was ich gleich erzählen werde, du ... und auch der Herr dort drüben dürft die Informationen auf keinen Fall nach außen dringen lassen. Und falls es später bekannt werden sollte, bitte ich euch, ein gutes Wort für mich einzulegen und meine Zeugen zu sein. Du hast dich stets an dein Wort gehalten, wenn du es mir versprichst, vertraue ich dir.«

»Wie du wünschst«, sagte Lan Wangji.

»Ihr sagt, das sind überhaupt keine Menschenfresserburgen, dann haben sie auch niemanden verschlungen?«

Nie Huaisang biss die Zähne zusammen und antwortete ehrlich: »Doch.«

»Wow«, entfuhr es Wei Wuxian.

Nie Huaisang fügte hastig hinzu: »Aber es ist nur ein Mal vorgekommen! Außerdem war unser Clan nicht der Hauptschuldige in dieser Sache, und es ist auch schon mehrere Jahrzehnte her! Seitdem machen Gerüchte über die Menschenfresserburgen in der Xinglu-Gebirgskette die Runde. Ich ... Ich habe sie nur angefacht und um ein Vielfaches aufgebauscht.«

»Ich möchte gerne mehr Details erfahren«, sagte Lan Wangji.

Er setzte sich. Die Macht seiner höflich formulierten Worte kam der einer Drohung gleich, sodass Nie Huaisang zögerlich damit begann, ein Geständnis abzulegen.

»Hanguang-Jun, du weißt ja, dass der Nie-Clan anders ist als andere Kultivierungsclans. Unser Clan-Gründer war Schlachter, daher benutzen wir zur Kultivierung nicht wie die anderen Schwerter, sondern Säbel.«

Dies war allgemein bekannt und keinesfalls ein Geheimnis. Selbst das Clan-Symbol des Qinghe-Nie-Clans zeigte den Furcht einflößenden Kopf eines Biests, das einem Hund oder einem Schwein ähnelte.

Nie Huaisang fuhr fort: »Weil unsere Kultivierungskunst sich von der der anderen Clans unterscheidet und unser Gründer ein Schlachter war, war es kaum zu vermeiden, dass es bei uns blutig zuging. Die böse Energie und die Mordlust der Säbel der früheren Oberhäupter ist gewaltig. Zudem ist fast jedes Oberhaupt unseres Clans an einer Fehlleitung seines Qi-Flusses einen gewaltsamen Tod gestorben, indem sie von innen heraus explodiert sind. Ihr Jähzorn spielte dabei ebenfalls eine entscheidende Rolle.«

Als Beispiel konnte man gut Nie Huaisangs großen Bruder Nie Mingjue heranziehen. Dieses junge Clan-Oberhaupt war der Schwurbruder von Lan Xichen und Jin Guangyao gewesen. Er hatte sich dadurch ausgezeichnet, dass er gewaltsam wie ein Donnerschlag und schnell wie der Wind gewesen war. Und während Lan Xichen durch seine Sanftmut und seinen noblen Charakter auffiel und Jin Guangyao durch Charisma und Scharfsinn bestach, hatte ihn vor allem seine Würde charakterisiert. Die drei hatten sich während der Sonnenabschuss-Kampagne Bruderschaft geschworen.

Ihre guten Taten waren in aller Munde gewesen, sodass sie später von den Menschen als die drei Ehrwürdigen bezeichnet worden waren. Doch gerade auf dem Höhepunkt seines Erfolges erlitt Nie Mingjue bei einer wichtigen Versammlung durch seinen fehlgeleiteten Qi-Fluss einen Wahnanfall, der dazu führte, dass er nicht wenige Teilnehmer verfolgte und verletzte. Bis er schließlich an jenem Tag einen grausamen, blutigen Tod starb. Einst war er für seine Heldentaten gefeiert worden und fand so schließlich sein Ende.

Anhand seiner Niedergeschlagenheit konnte man erahnen, dass Nie Huaisang wohl gerade an seinen großen Bruder dachte. Schließlich fuhr er fort: »Solange die Clan-Oberhäupter leben, unterdrücken sie die Rastlosigkeit ihrer Säbel. Sobald sie jedoch versterben, kontrolliert die Klingen niemand mehr und so verwandeln sie sich in bösartige Waffen.«

Wei Wuxian zog eine Augenbraue hoch. »Das kommt der dämonischen Kultivierung nahe.«

Nie Huaisang widersprach hastig. »Es ist nicht das Gleiche! Der dämonische Weg ist deshalb dämonisch, weil er Menschen das Leben nimmt. Die Säbel unseres Clans sind aber nicht an den Leben von Menschen interessiert, sondern an hasserfüllten Geistern, bösartigen Seelen, Bestien und Dämonen. Ihre gesamte Existenz ist der Beseitigung dieser Wesen gewidmet, und wenn sie dieser Aufgabe nicht mehr nachgehen können, fangen sie an zu spuken und zu toben, sodass man in seinem eigenen Zuhause keinen Frieden mehr findet. Zudem erkennt die Seele des Säbels nur einen Besitzer an und kann somit nicht von anderen benutzt werden. Die Nachfahren können die Säbel auch nicht einschmelzen. Erstens wäre das unseren Vorfahren gegenüber respektlos und zweitens wird das Problem nicht unbedingt gelöst, wenn man sie einschmilzt.«

Wei Wuxian bewertete dies mit: »Altehrwürdiger.«

Nie Huaisang stimmte zu: »In der Tat. Die Säbel unserer Vorfahren, die sie begleitet, gemeinsam mit ihnen Schwierigkeiten überwunden und ihnen bei der Kultivierung beigestanden haben, sind wirklich altehrwürdig.« Er fuhr fort: »So, wie die Kultivierungsfertigkeiten unserer Oberhäupter mit jeder Generation besser wurden, nahm auch dieses Problem mit jeder Generation größere Ausmaße an. Bis das sechste Oberhaupt meines Clans eine Methode dagegen ersann.«

»Die Errichtung der Menschenfresserburgen?«, fragte Wei Wuxian.

»Nein, nein, auch wenn es eine Verbindung gibt, war ihm dieses Vorgehen anfangs nicht in den Sinn gekommen. Das Oberhaupt der sechsten Generation tat Folgendes: Er ließ zwei Särge anfertigen, einen für den Säbel seines Vaters und einen für den seines Großvaters, und errichtete ein Mausoleum. Anstelle wertvoller Schätze sollte es mehrere hundert Leichen beherbergen, die im Begriff waren, sich in bösartige Untote zu verwandeln.«

Lan Wangji runzelte leicht die Stirn, woraufhin Nie Huaisang sofort erschrocken sagte: »Hanguang-Jun, bitte lass mich das erklären! Diese Menschen wurden nicht von unserem Clan getötet! Wir haben sie mühevoll von allen möglichen Orten zusammengetragen! Und nicht wenige von ihnen haben wir für teures Geld gekauft. Unser sechstes Oberhaupt war der Ansicht, dass, wenn die Seelen der Säbel mit bösen Geistern kämpfen wollen, wir ihnen welche geben sollten, mit denen sie pausenlos kämpfen können. Also vergruben wir die Leichen, die kurz vor der

Verwandlung standen, zusammen mit den Särgen, in denen sich die Säbel befanden. Sie dienten quasi als Grabbeigabe. Die Seelen der Säbel unterdrückten die Verwandlung der Leichen, und die Leichen besänftigten den Durst und die aggressive Energie der Waffen. Sie hielten sich gegenseitig in Schach und sicherten somit den Status quo. Erst durch diese Methode fanden die späteren Generationen Frieden.«

»Und wieso hat man dann später die Steinburgen errichtet? Und Leichen in den Wänden vergraben? Und Ihr meintet noch, sie hätten Menschen gefressen?«, fragte Wei Wuxian.

»Die Antwort auf diese Fragen ist im Grunde ein- und dieselbe. Sie … hat Menschen gefressen. Das war aber keine Absicht!!! Unser sechstes Oberhaupt hatte ein Grab für die Säbel errichtet, das wie ein ganz gewöhnliches Grab aussah, und die späteren Generationen folgten seinem Beispiel. Vor fünfzig Jahren jedoch wurde eines von einer Gruppe Grabräuber geöffnet«, sagte Nie Huaisang.

»Oh«, sagte Wei Wuxian und dachte sich: *Da hat es tatsächlich jemand gewagt, den schlafenden Hund zu wecken.*

Nie Huaisang erzählte weiter. »Bei einer so großen Sache wie der Errichtung eines Grabes kann man noch so vorsichtig und diskret vorgehen, es wird immer etwas nach außen dringen. Die Grabräuber hatten sich überall umgehört und sich vergewissert, dass die Xinglu-Gebirgskette ein großes Grab früherer Generationen beherbergte. Sie hatten längst alle nötigen Informationen gesammelt und waren dementsprechend vorbereitet. Bei dem wilden Haufen befanden sich ein oder zwei fähige Männer, die sich von den anderen unterschieden. Sie besaßen besondere Fertigkeiten und gaben den anderen Instruktionen, um den Ort zu lokalisieren, den Labyrinth-Zauberkreis zu durchbrechen und das Säbelgrab unserer Familie aufzuspüren.

Sie gruben ein Loch und betraten die Grabstätte. Da sie damit ihr tägliches Brot verdienten und in ihrem Leben bereits viele Leichen gesehen hatten, hatten sie natürlich keine Angst vor den Toten, die sich dort drinnen befanden. Als sie jedoch auf der Suche nach Gold und Juwelen alles auf den Kopf stellten, kamen die Leichen mit dem Atem der Lebenden in Kontakt. Es waren schließlich alles kräftige, junge Männer, die vor Yang-Energie nur so sprühten.

Erinnert euch, bei all den Leichen im Inneren des Mausoleums handelte es sich um welche, die kurz *vor* der Transformation standen! Ihr könnt euch denken, was geschah – über ein Dutzend Leichen verwandelte sich an Ort und Stelle in bösartige Untote!

Doch die Grabräuber waren geschickt, wagemutig und bestens ausgerüstet. Sie lieferten den Leichen einen chaotischen Kampf und töteten diejenigen, die sich in Untote verwandelt hatten.

Nach dem heftigen Gefecht lagen überall zerfetzte Leichenteile auf dem Boden. Erst jetzt erkannten sie die große Gefahr, die von dieser Grabstätte ausging, und wollten sich zurückziehen. Aber genau in dem Moment wurden sie gefressen!

Die Anzahl der Leichen, die man in das Grab gesperrt hatte, unterlag einer strengen Regulierung – es war keine Leiche zu viel und keine zu wenig, sondern es waren genau so viele, dass sie sich mit den Seelen der Säbel im Gleichgewicht befanden. Aber dann drangen diese Grabräuber ein und richteten Chaos an. Hätten sie nur die Verwandlung der Untoten ausgelöst, wäre ja noch alles gut gewesen; die Säbel hätten ihre Kräfte eingesetzt und die Verwandlung der Untoten unterdrückt, sobald die Grabräuber sich zurückgezogen hätten. Doch stattdessen schlugen sie die Leichen in Stücke, sodass mit einem Mal über ein Dutzend fehlten.

Um das Gleichgewicht mit den Säbeln aufrechtzuerhalten, musste die Grabstätte ... nun ja ... sich verschließen und die Räuber lebendig im Inneren einsperren, damit sie die Lücke füllten, die sie verursacht hatten ...

Da die Grabstätte der Säbel zerstört worden war, fing das damalige Oberhaupt an, über eine andere Methode nachzudenken. Er wählte einen neuen Ort in der Xinglu-Gebirgskette aus, errichtete diesmal aber keine Mausoleen, sondern Gedenkhallen für die Säbel. Um ein erneutes Chaos durch Grabräuber zu verhindern, versteckte er die Leichen in den Wänden vor den Augen und Ohren der Menschen.

Diese Gedenkhallen sind somit jene sagenumwobenen Menschenfresserburgen.

Als die Grabräuber nach Qinghe gekommen waren, hatten sie sich als Jäger ausgegeben. Nachdem sie die Xinglu-Gebirgskette betreten hatten, kehrten sie nicht wieder zurück. Da ihre Leichen und Knochen nicht auffindbar waren, verbreitete sich das Gerücht, dass sie von einem Ungeheuer in der Gebirgskette verschluckt worden waren.

Zu der Zeit, als die Steinburgen zwar bereits erbaut waren, aber noch kein neuer Labyrinth-Zauberkreis existierte, entdeckte sie allerdings zufällig jemand – glücklicherweise war in keine der Steinburgen eine Tür eingebaut worden, sodass er sie nicht betreten konnte. Bei seinem Abstieg erzählte er den Menschen, denen er begegnete, dass es in der Xinglu-Gebirgskette mysteriöse weiße Burgen gäbe und dass die Menschen fressenden Ungeheuer bestimmt dort drinnen hausen würden. Unser Clan dachte sich, dass es gut wäre, die Gerüchte noch ein wenig anzuheizen, sodass niemand sich in die Nähe trauen würde. Also dichteten wir noch einige Details hinzu und fertig war die Sage um die Menschenfresserburgen. Wobei sie ja wirklich Menschen verschlingen können!«

Nie Huaisang holte ein Taschentuch und einen weißen Stein von der Größe einer Knoblauchknolle aus seinem Ärmel hervor. Mit dem Tuch wischte er sich den Schweiß ab, während er ihnen den weißen Stein überreichte.

»Bitte schaut euch das an.«

Wei Wuxian nahm den Stein entgegen und bei genauerer Betrachtung bemerkte er, dass unter dem Steinpulver etwas Weißes hervorschaute, das aussah wie … der Fingerknochen eines Menschen. Ihm war sofort klar, was das bedeutete.

Nie Huaisang war fertig damit, sich den Schweiß abzuwischen.

»Dieser … der junge Herr Jin … Keine Ahnung, wie er es angestellt hat, ein Loch in die Wand zu sprengen. Selbst so eine dicke Wand stellte kein Hindernis für ihn dar … Er muss über viele spirituelle Waffen verfügen, ach nein, das ist nicht der Punkt … Was ich eigentlich sagen will, ist: Die Wand, die er gesprengt hat, gehört zur ersten Säbel-Gedenkhalle der Xinglu-Gebirgskette, die unser Clan errichtet hatte. Damals hatten wir noch nicht daran gedacht, eine doppelwandige Ziegelsteinmauer zu errichten und den Freiraum dazwischen mit Erde zu füllen, die die Yang-Energie fernhält und somit verhindert, dass die Leichen sich einfach verwandeln. Man hatte die Leichen einfach direkt in die Wand einbetoniert. Daher bemerkte der junge Herr Jin auch nicht, dass er die Gebeine einer Leiche gesprengt hatte. Um diese zu ersetzen, wurde er, kurz nachdem er eingetreten war, in der Wand der Steinburg eingeschlossen.

Ich begebe mich in regelmäßigen Abständen zur Xinglu-Gebirgskette, um nach dem Rechten zu sehen. Als ich heute dort war, bemerkte ich das Unglück. Ich war gerade dabei, einen der Steine aufzuheben, da biss mich dieser Hund … Hach … die Gedenkhallen der Säbel sind so etwas wie unser Familiengrab, ich bin wirklich …«

Je mehr Nie Huaisang sagte, desto trauriger wurde er.

»Da alle wissen, dass dieses Gebiet zum Territorium meines Clans gehört, würde in Qinghe niemals jemand auf Nachtjagd gehen. Wer hätte gedacht …«

Wer hätte gedacht, dass Nie Huaisang so ein Pech haben würde. Zuerst hatte es Jin Ling, der sich nie an Regeln hielt, auf das Xinglu-Gebirge abgesehen, und dann tauchten auch noch Lan Wangji und Wei Wuxian auf, weil der Geisterarm sie in diese Richtung geführt hatte.

Er setzte wieder an: »Hanguang-Jun, und auch Ihr, werter Herr … Ich habe es bereits gesagt, ihr dürft das auf keinen Fall nach außen dringen lassen. Ansonsten …«

Ansonsten würde Nie Huaisang jetzt, wo es eh bereits nicht so gut um den Qinghe-Nie-Clan bestellt war, als der größte Übeltäter aller Zeiten in die Geschichte eingehen. Er würde seinen Vorfahren nicht unter die Augen treten können – nicht einmal, wenn ihn diese Angelegenheit unter die Erde bringen würde.

Verständlich, dass er lieber zum heimlichen Gespött der Leute wurde, anstatt sich mehr Mühe beim Kultivieren zu geben. Er traute sich einfach nicht, seine Klinge zu schärfen. Mit Voranschreiten seiner Kultivierungskünste würde auch sein Jähzorn ganz natürlich mit jedem Tag wachsen und am Ende würde er wie sein großer Bruder und all seine Vorfahren in einem Anfall des Wahnsinns einen grausamen Tod sterben. Und nach seinem Tod würde sein Säbel weiter unter den Lebenden sein Unwesen treiben, sodass die ganze Familie keine Ruhe finden würde. Da war es doch wirklich besser, wenn er nichts zustande brachte.

An der Sache ließ sich nichts ändern. Es hatte mit dem Gründer und der ersten Generation angefangen und war seit jeher so gewesen. Oder hätten die Nachfahren den Kultivierungsweg und die Grundlagen, die ihnen geebnet worden waren, verneinen sollen?

Jeder Kultivierungsclan besaß eigene Stärken. So waren die Mitglieder des Gusu-Lan-Clans beispielsweise besonders talentiert im Umgang mit Musikinstrumenten, während die Brutalität und die gewaltige Zerstörungskraft der Seelen der Säbel des Qinghe-Nie-Clans ihn einzigartig machten. Man könnte sich von den Lehren der Vorfahren abwenden und noch mal von vorne anfangen – einen neuen Weg suchen –, aber es war ungewiss, wie viele Jahre das dauern und ob es überhaupt von Erfolg gekrönt sein würde. Außerdem, den Nie-Clan so zu verraten und sich für eine andere Kultivierungskunst zu entscheiden, war etwas, dass

Nie Huaisang sich noch viel weniger traute. Daher blieb ihm nichts anderes übrig, als sich als wertloser Nichtsnutz auszugeben.

Wäre er nicht das Clan-Oberhaupt und könnte sein ganzes Leben so verbringen wie damals in der Wolkennische, wo er den lieben langen Tag im See geschwommen war, Fächer bemalt und Fische und Vögel gefangen hatte, würde er sich sicher viel wohler fühlen als jetzt. Doch sein großer Bruder war verstorben und ganz gleich, wie sehr es ihn auch überforderte, ihm blieb nichts anderes übrig, als die Last des Clans zu tragen und weiter voranzuschreiten, wenn auch schwerfällig.

Nachdem Nie Huaisang Abertausende von Malen gebettelt und sie angefleht hatte, keinem etwas davon zu erzählen, war er schließlich gegangen. Wei Wuxian starrte noch eine Weile Löcher in die Luft, als er plötzlich bemerkte, dass Lan Wangji zu ihm herüberkam. Er kniete sich mit einem Bein am Boden vor ihm nieder und krempelte sorgsam sein Hosenbein hoch. Hastig wollte Wei Wuxian einlenken.

»Warte mal, schon wieder?«

»Zuerst entfernen wir das Fluchmal«, erwiderte Lan Wangji.

Hanguang-Jun hatte sich innerhalb eines Tages bereits mehrmals vor ihn gekniet. Auch wenn sein Gegenüber es ernst meinte, konnte er diesen Anblick einfach nicht ertragen.

»Ich kümmere mich selbst darum.« Geschwind krempelte Wei Wuxian sein Hosenbein hoch. Das Fluchmal bedeckte seinen gesamten Unterschenkel und hatte sich mittlerweile über das Knie bis zu seinem Oberschenkel ausgebreitet. Er betrachtete es kurz und sagte dann, ohne groß darüber nachzudenken: »Es reicht mir bis zur Hüfte.«

Lan Wangji hatte sich weggedreht und reagierte nicht.

Wei Wuxian sah ihn verwundert an. »Lan Zhan?«

Erst jetzt drehte er sich zu ihm um, wandte seinen Blick aber immer noch leicht ab. Als Wei Wuxian das bemerkte, blinzelte er kurz und verspürte das drängende Gefühl, ihn ein wenig aufziehen zu wollen.

Gerade, als er etwas sagen und ihn damit necken wollte, hörten sie vom Tisch her etwas zerbrechen.

Sie standen beide auf und schauten sich um. Die Teetassen und die Teekanne waren heruntergefallen und zersplittert. Ein Kosmos-Beutel, der Böses versiegelte, lag zwischen den weißen Porzellanscherben und dem verschütteten Teewasser. Die Oberfläche des Beutels bewegte sich unentwegt, als wäre etwas darin eingeschlossen, das dringend herauswollte.

Obwohl der Kosmos-Beutel nur so groß wie eine Handfläche war, diente er dazu, Gegenstände in seinem Inneren zu bewahren. Der Stoff war von beiden Seiten mit zahlreichen komplizierten Formeln bestickt und besaß mehrere zusätzliche Schichten zur Versiegelung.

Lan Wangji hatte den Arm darin eingeschlossen und unter die Teetasse auf den Tisch gelegt. Erst jetzt, wo er sich bewegte, erinnerte er sich daran, dass es Zeit für ihr Duett *Friedliche Ruhe* war. Denn ohne dieses Stück, das den Geisterarm jeden Abend für eine Weile besänftigte, würde selbst der Kosmos-Beutel ihn nicht im Zaun halten können – egal wie stark seine repressiven Kräfte auch waren.

Wei Wuxian streckte seine Hand nach der Bambusflöte an seiner Hüfte aus, fand sie aber nicht. Als er sich umdrehte, sah er, dass Lan Wangji sie in der Hand hielt. Mit leicht gesenktem Kopf schnitzte er eine Weile mit höchster Konzentration an ihr herum, bevor er sie ihm zurückgab.

Wei Wuxian betrachtete die Bambusflöte. Die Löcher und die zuvor nur grob angefertigten Details waren nun viel feiner ausgearbeitet.

»Spiel richtig«, sagte Lan Wangji.

Er dachte an die grauenhafte Vorstellung, die er im Dunklen Raum abgeliefert und die Lan Qiren so verärgert hatte, dass er aus seiner Ohnmacht erwacht war, kurz darauf aber wieder Blut spuckend das Bewusstsein verloren hatte. Als er sich daran erinnerte, hätte Wei Wuxian sich am liebsten lachend auf dem Boden gekugelt. *Es muss schwer für ihn gewesen sein, das so lange zu ertragen.* Dann hörte er auf, absichtlich herumzualbern, und führte die Bambusflöte mit ernster Miene an die Lippen. Er hatte gerade erst einige Töne gespielt, als der Kosmos-Beutel plötzlich um ein Vielfaches anschwoll und sich aufrichtete!

Mitten im Spiel brach Wei Wuxian ab.

»Wie jetzt, hat er sich so sehr an die miserable Version gewöhnt, dass es ihm nicht gefällt, wenn ich etwas besser spiele?«

Als würde er ihm antworten, flog der Kosmos-Beutel mit einer heftigen Bewegung auf Wei Wuxian zu.

Die Melodie unter Lan Wangjis Fingern veränderte sich schlagartig. Mit nur einer einzigen Handbewegung vibrierten sieben Saiten der Zither gleichzeitig und ein wütendes Tosen erklang, das dem eines Erdrutsches glich.

Nachdem die Töne den Kosmos-Beutel zurückgeschlagen hatten, fiel er zurück auf seinen vorherigen Platz. Wei Wuxian spielte weiter, als wäre nichts gewesen, und auch Lan Wangji fuhr mit sanfteren Bewegungen mit der Melodie von *Friedliche Ruhe* fort. Nach und nach wurde sie immer harmonischer.

Als das Stück endete, schrumpfte der Kosmos-Beutel schließlich auf seine ursprüngliche Größe zurück und regte sich nicht mehr.

Wei Wuxian steckte die Flöte weg. »In den letzten Tagen war er noch nie so gereizt wie heute. Es wirkte, als hätte ihn irgendetwas provoziert.«

Lan Wangji nickte leicht und drehte sich zu ihm um. »Er reagiert auf etwas an dir.«

Wei Wuxian wandte sofort seinen Kopf und schaute an sich herunter. Es gab nur eine Sache, die heute neu an ihm war: das Fluchmal, das er von Jin Lings Körper auf sich übertragen hatte.

Jin Ling wiederum hatte das Fluchmal aus der Steinburg des Xinglu-Gebirges und da der Geisterarm so stark darauf reagierte, konnte das darauf hinweisen, dass ...

»Bedeutet das vielleicht, dass andere Körperteile von ihm in den Wänden der Gedenkhallen des Nie-Clans zu finden sind?«, fragte Wei Wuxian.

Am nächsten Morgen brachen sie erneut gemeinsam zum Xinglu-Gebirge auf.

Nie Huaisang war gestern auf frischer Tat ertappt worden und hatte vor Lan Wangji und Wei Wuxian ein umfassendes Geständnis abgelegt. Über Nacht hatte er treue Mitglieder des Clans zusammengetrommelt, um das Chaos aufzuräumen, das die Eindringlinge hinterlassen hatten. Als Wei Wuxian und Lan Wangji ankamen, waren sie gerade damit fertig geworden, die Lücke in der Wand zu schließen, die entstanden war, als sie Jin Ling ausgegraben hatten. Eine neue Leiche war bereits in die Wand eingelassen worden.

Beim Anblick der weißen Ziegelsteine, die sie Schicht für Schicht ordentlich aufeinander gemauert hatten, wischte Nie Huaisang sich unentwegt den Schweiß ab. Als er sich umdrehte und die beiden sah, wurden ihm die Knie weich und er lächelte unterwürfig.

»Hanguang-Jun ... und der werte Herr ...«

Wei Wuxian winkte ihm lachend zu.

»Clan-Oberhaupt Nie, Ihr baut eine Wand?«

Nie Huaisang nahm ein Taschentuch, wischte sich den Schweiß von der Stirn und rieb dabei fast eine Hautschicht ab. »Genau, genau, genau ...«

Mit viel Mitgefühl und ein wenig Scham entgegnete ihm Wei Wuxian: »Entschuldigt. Aber wir müssen Euch bitten, sie später noch mal aufzubauen.«

»Genau, genau, genau ... Hä? Wartet!«, rief Nie Huaisang.

Doch noch bevor er Einspruch erheben konnte, schoss Bichen bereits aus der Scheide hervor. Nie Huaisang musste mit großen Augen dabei zusehen, wie die Wand, die er gerade erst ausgebessert hatte, wieder zerstört wurde.

Zerstören ist immer einfacher als bauen. Blitzschnell zog Wei Wuxian die Ziegelsteine aus der Mauer und war dabei um ein Vielfaches schneller als diejenigen, die sie gerade aufeinandergestapelt hatten.

Nie Huaisang klammerte sich an seinen Fächer und zitterte – bei so viel Ungerechtigkeit traten ihm beinahe Tränen in die Augen. Da Hanguang-Jun jedoch ausdruckslos neben ihm stand, wagte er es nicht, etwas zu sagen. Als Lan Wangji ihm kurz und bündig die Situation schilderte, rief er sofort: »Das kann nicht sein! Auf gar keinen Fall! Für die Gedenkhallen unseres Clans wurden ausschließlich Leichen mit vollständigen Körpern benutzt, da war auf keinen Fall die Leiche eines Mannes ohne Arm dabei. Wenn ihr mir nicht glaubt, kann ich mit euch zusammen die Ziegelsteine abtragen und meine Unschuld beweisen, aber danach müssen wir sie unbedingt sofort wieder zurücklegen. Ohne große Verzögerungen, das sind immerhin die Gedenkhallen meiner Familie ...«

Mehrere Mitglieder des Nie-Clans halfen mit, und nun, da andere die Arbeit verrichteten, trat Wei Wuxian zurück und wartete an der Seite das Ergebnis ab. Nach einer Stunde war bereits ein Großteil der Ziegelsteine der Wand, in der Jin Ling vergraben worden war, abgetragen. Einige Clan-Mitglieder holten nun Gesichtsmasken hervor, während andere spezielle, rote Pillen schluckten, um zu verhindern, dass ihr Atem und ihre Energie die Verwandlung der Leichen auslöste. In der dunklen Erde blitzten hier und da eine leichenblasse Hand oder die blauen Venen eines Fußes hervor und man sah schwarze Haarsträhnen, in denen sich Schmutz verfangen hatte.

Alle Männerleichen wurden einmal grob gesäubert und in einer Reihe flach auf den Boden gelegt. Einige dieser Leichen bestanden nur noch aus Knochen, andere waren gerade im Verwesungsprozess und einige waren noch ganz frisch. Sie hatten die unterschiedlichsten Körperformen, doch keiner von ihnen fehlte ein Körperteil und somit fanden sie auch keine männliche Leiche ohne linken Arm.

Vorsichtig fragte Nie Huaisang nach: »Es reicht, wenn wir nur diese Wand abtragen, oder? Müssen wir noch weitermachen? Das ist doch sicher nicht nötig, oder?«

Es war tatsächlich bereits genug. Die Farbe von Jin Lings Fluchmal war tiefdunkel und das Wesen, das es ihm verpasst hatte, lag zu jenem Zeitpunkt wahrscheinlich in unmittelbarer Nähe vergraben. Es konnte sich keinesfalls außerhalb des Radius dieser Wand befinden.

Wei Wuxian hockte sich neben eine der Leichenreihen.

Lan Wangji dachte konzentriert nach, kurz darauf fragte er: »Öffnen wir den Kosmos-Beutel?«

Den linken Arm aus dem Kosmos-Beutel zu holen und ihn persönlich seinen Körper ausfindig machen zu lassen, war keine schlechte Idee. Wenn er seinem Leichnam jedoch zu nahe kam, war nicht auszuschließen, dass er ihn anstachelte und eine noch gefährlichere Situation verursachte. Außerdem quoll dieser Ort vor Yin-Energie über, was die Gefahr um ein Vielfaches erhöhte. Deswegen hatten sie sich vorsichtshalber auch dazu entschieden, tagsüber herzukommen.

Wei Wuxian schüttelte den Kopf und grübelte.

»Ist das etwa nicht der Arm eines Mannes? Das kann nicht sein. Ich brauche nur einen Blick, um zu erkennen, ob es sich um den Arm eines Mannes oder den einer Frau handelt ... Hat sein Besitzer etwa drei Arme?«

Er schmunzelte gerade über seinen eigenen Gedanken, als Lan Wangji sich erneut zu Wort meldete.

»Bein.«

Erst jetzt, als er ihn daran erinnerte, fiel es Wei Wuxian wieder ein. Er hatte doch tatsächlich der Tatsache, dass das Fluchmal sich allein auf sein Bein beschränkte, keine weitere Beachtung geschenkt. Eilig rief er: »Hosen runter! Hosen runter!»

Nie Huaisang war zutiefst erschüttert. »Wie könnt Ihr so schamlose Dinge vor Hanguang-Jun sagen?!«

»Was ist daran schamlos, wir sind doch allesamt Männer?! Helft bitte mit und zieht den Leichen die Hosen aus. Nicht die der Frauen, nur die der Männer!« Während Wei Wuxian das sagte, streckte er bereits seine schamlosen Hände nach den Gürteln an den Hüften der Leichen auf dem Boden aus.

Der arme Nie Huaisang hatte nicht damit gerechnet, dass er, nachdem er gestern erst ein umfangreiches Geständnis abgelegt hatte, heute plötzlich auch noch in der Gedenkhalle seiner Vorfahren Leichen die Hosen ausziehen müsste – und noch dazu die von Männern. Bei dem Gedanken, dass er nach seinem Tod mit Sicherheit von jedem einzelnen Vorfahren des Qinghe-Nie-Clans eine so saftige Ohrfeige verpasst bekommen würde, dass seine Wiedergeburt als Krüppel nur noch reine Formsache war, konnte er die Tränen nicht mehr zurückhalten. In Strömen rannen sie ihm nun über das Gesicht.

Glücklicherweise wurde Wei Wuxian bei seinem Vorhaben von Lan Wangji gestoppt.

Gerade wollte Nie Huaisang ihn loben und ihm sagen, dass Hanguang-Jun seinem Ruf alle Ehre mache, da hörte er diesen sagen: »Ich mache das.«

»Du? Willst du das wirklich tun?«, fragte Wei Wuxian skeptisch.

Lan Wangjis Augenbrauen schienen sich leicht zusammenzuziehen, als wäre ihm das äußerst unangenehm, dann wiederholte er: »Beweg dich nicht. Ich mache das.«

Von all den Schocks, die Nie Huaisang heute erlitten hatte, war das der größte.

Natürlich legte Lan Wangji nicht wirklich Hand an und zog den Leichen die Hosen herunter, vielmehr nutzte er Bichen, um den Stoff vorsichtig einzuschneiden, sodass die Haut darunter zum Vorschein kam. Einige der Hosen mussten nicht zerschnitten werden, da sie längst zerschlissen waren.

Es dauerte nicht lange und die Suche war von Erfolg gekrönt.

»Gefunden.«

Die Menge schaute eilig zu Boden.

Auf den Oberschenkeln der Leiche neben Lan Wangjis weißen Schuhen befand sich jeweils eine blasse Naht. Die Maschen des hautfarbenen Fadens waren sehr eng vernäht. Die Hautfarbe über- und unterhalb der Naht unterschied sich leicht.

Es war eindeutig: Die Beine und der Oberkörper dieser Leiche gehörten nicht ein und derselben Person.

Die Beine waren angenäht worden!

Nie Huaisang verschlug es die Sprache.

»Wer sucht die Leichen aus, die der Nie-Clan für die Gedenkhallen benutzt?«, fragte Wei Wuxian.

Nie Huaisang antwortete geistesabwesend: »In der Regel haben die Oberhäupter der vorherigen Generationen sie zu ihren Lebzeiten selbst ausgesucht und gehortet. Mein großer Bruder jedoch ist früh verstorben und konnte daher nicht genug sammeln, also habe ich ein paar für ihn ausgewählt ... Solange ihre Körper intakt waren, habe ich die Leichen behalten. Mehr weiß ich auch nicht ...«

Um eine klare Antwort darauf zu erhalten, wer diese Leiche heimlich hineingeschmuggelt hatte, war man bei ihm an der falschen Adresse. Unter denjenigen, die die Leichen beschafften, bis hin zu den Mitgliedern des Qinghe-Nie-Clans gab es zu viele Verdächtige, als dass man sie zählen könnte. Was wirklich vorgefallen war, konnte man wahrscheinlich nur dann herausfinden, wenn man alle Gliedmaßen gefunden und die Leiche und die Seele zusammengefügt hatte.

Unter großen Mühen gelang es ihnen, die Beine von der Leiche zu trennen. Wei Wuxian verstaute beide in einem neuen Kosmos-Beutel. Dann wandte er sich an Lan Wangji. »Unser Freund wurde wohl in mehrere Einzelteile zerlegt. Aber dem war offenbar nicht genug, sodass man diese auch noch überall verstreut hat. Hier ein Stück, dort ein Stück, er muss wirklich verhasst gewesen sein. Lass uns beten, dass er in nicht allzu viele Teile zerstückelt wurde.«

Obwohl Nie Huaisang beim Abschied die Worte »Auf Wiedersehen« benutzte, sagte sein angsterfülltes Gesicht, dass er sie am liebsten in seinem gesamten Leben nie mehr wiedersehen wollte.

Die beiden verließen das Xinglu-Gebirge und kehrten zum Gasthaus zurück. Erst als sie es für sicher erachteten, holten sie die drei Gliedmaßen aus den Beuteln und inspizierten und verglichen sie genauer. Tatsächlich hatten die Beine und der linke Arm dieselbe Hautfarbe, und als sie sie nebeneinander legten, zeigten sie untereinander eine starke Reaktion. Sie bewegten sich unaufhörlich, als würden sie sich verbinden wollen – was ihnen jedoch nicht gelang, da das sie verbindende Körperteil fehlte. Sie mussten zu ein- und derselben Person gehören.

Abgesehen von der Tatsache, dass sie von großer Statur mit langen Gliedmaßen und robustem Körperbau gewesen sein sowie mächtige Kultivierungsfertigkeiten besessen haben musste, wussten sie nichts über sie und tappten weiterhin im Dunkeln. Glücklicherweise zeigte der Geisterarm schon bald darauf in die nächste Richtung: nach Südwesten.

Dem Fingerzeig folgend kamen Wei Wuxian und Lan Wangji in Yueyang an.

Kapitel 7:

Morgentau

In der Stadt angekommen gingen sie Seite an Seite durch die Menschenmenge.

»Was macht das Fluchmal?«, fragte Lan Wangji plötzlich.

»Jin Ling lag damals zu nah an unserem Kumpel und hat ordentlich etwas von dessen hasserfüllter Energie abbekommen. Es ist ein wenig verblasst, aber noch nicht ganz verschwunden. Wahrscheinlich muss man den ganzen Körper finden oder zumindest den Kopf, um es vollständig zu entfernen. Aber es stört gerade nicht«, antwortete Wei Wuxian.

Mit »Kumpel« war kein anderer als der zerstückelte Mann gemeint. Da sie nicht wussten, wer er war, hatte Wei Wuxian vorgeschlagen, ihn stattdessen einfach so zu nennen. Lan Wangji hatte nichts dazu gesagt, aber auch nicht widersprochen, sodass man es als stillschweigende Einwilligung ansehen konnte. Natürlich benutzte er diese Anrede aber unter keinen Umständen selbst.

»Wieviel ist ›ein wenig‹?«, fragte Lan Wangji.

Wei Wuxian hob seine Hände mit den Handflächen zueinander gewandt, aber mit etwas Abstand dazwischen an. »Ein wenig ist halt ein wenig. Wie soll ich das bitte erklären? Soll ich vielleicht die Hose ausziehen und es dir zeigen?«

Lan Wangjis Augenbrauen zuckten leicht, als hätte er wirklich die Befürchtung, dass Wei Wuxian sich auf offener Straße entblößen würde. Dann sagte er leise: »Zieh sie aus, wenn wir zurück sind.«

Wei Wuxian lachte, drehte sich um und ging einige Schritte rückwärts.

Noch vor einiger Zeit hatte er, um zu entkommen, alles in seiner Macht Stehende unternommen, damit die Leute ihn verabscheuten. Er hatte sich wie ein Verrückter aufgeführt und viele peinliche Dinge getan. Nun, da seine Identität aufgeflogen war, hätte jeder andere an seiner Stelle sich sicher in Grund und Boden geschämt, wenn er an all die Dinge zurückdachte. Nur jemand, der so dreist war wie er, konnte weiterhin so tun, als wäre nichts gewesen. Wobei niemand anderes, der auch nur das kleinste Fünkchen Schamgefühl besaß, überhaupt jemals so groteske Dinge zustande gebracht hätte wie mitten in der Nacht zu jemandem ins Bett unter die Decke zu kriechen, auf einem gemeinsamen Bad zu bestehen oder nach dem Schminken zu fragen, ob man gut aussähe.

Wei Wuxian tat so, als würde er sich an nichts erinnern, und Lan Wangji erwähnte die Ereignisse nicht, sodass beide sich so verhielten, als wäre nie etwas geschehen. Seit sie über seine Identität gesprochen hatten, war es heute das erste Mal, dass er wieder einen Scherz dieser Art machte. Doch sofort im Anschluss wurde Wei Wuxian wieder ernst.

»Hanguang-Jun, denkst du, dass die Personen, die den Arm unseres Kumpels im Dorf Mo freigelassen haben, sodass er die Schüler deines Clans angriff, und die, die seine Beine an eine andere Leiche angenäht und in der Wand vergraben haben, dieselben waren?«

Sowohl früher als auch heute nannte er Lan Wangji gedanklich immer direkt bei seinem Namen, doch da er ihn in letzter Zeit ständig mit seinem Titel angesprochen hatte, war es zur Gewohnheit geworden. Außerdem wirkte sein Titel, wenn Wei Wuxian ihn damit ansprach, übertrieben ernst und hatte dadurch auf kaum zu erklärende Weise etwas Lustiges an sich, sodass er Lan Wangji in der Öffentlichkeit weiterhin halb im Ernst und halb im Spaß so nannte.

»Es sind zwei Gruppen«, sagte Lan Wangji.

Dem stimmte Wei Wuxian zu. »Dann sind wir einer Meinung. Wer sich so große Mühe gibt, die Beine an einen anderen Körper anzunähen und in einer Wand zu verstecken, möchte offensichtlich nicht, dass sie entdeckt werden. Diejenigen würden daher auch nicht absichtlich den linken Arm freilassen, um Mitglieder des Gusu-Lan-Clans anzugreifen. Ihnen ist bewusst, dass das Aufmerksamkeit erregen und Nachforschungen nach sich ziehen würde. Es handelt sich wohl kaum um dieselben Personen, wenn die einen die Beine unter großem Aufwand verstecken, während die anderen den Arm aussetzen, sodass es wirkt, als hätten sie Angst, dass man ihn nicht von alleine entdecken würde.«

Er hatte alles gesagt, was es dazu zu sagen gab, und Lan Wangji wirkte nicht so, als hätte er dem noch etwas hinzuzufügen, stimmte aber trotzdem mit einem »Mh« zu.

Wei Wuxian drehte sich um, und während sie gingen, sagte er: »Diejenigen, die die Beine versteckt haben, wussten von der Tradition des Qinghe-Nie-Clans mit den Gedenkhallen, und die, die den Arm freiließen, wussten von dem Vorhaben des Gusu-Lan-Clans. Ich befürchte, da steckt noch mehr dahinter. Es werden immer mehr Geheimnisse.«

»Ein Schritt nach dem anderen.«

»Woran hast du mich erkannt?«

»Denk selbst darüber nach.«

Dieses Frage-und-Antwort-Spiel verlief ohne Pause. Eigentlich wollte Wei Wuxian Lan Wangji auf die Art in einem Moment der Unaufmerksamkeit dazu verleiten, ihm eine Antwort auf seine letzte Frage zu geben. Obwohl sein Vorhaben gescheitert war, ließ er sich nicht entmutigen, wechselte vorerst aber das Thema. »Ich war noch nie in Yueyang. Früher habe ich immer jemanden losgeschickt, der sich für mich umhörte. Diesmal faulenze ich und du stellst Erkundigungen an. Ob der edle Hanguang-Jun wohl etwas dagegen hat?«

Lan Wangji drehte sich um und ging.

Wei Wuxian rief ihm hinterher. »Warte! Hanguang-Jun, wo gehst du hin?«

Lan Wangji schaute zurück. »Ich suche den Kultivierungsclan dieser Gegend auf.«

Wei Wuxian griff nach der Quaste an Lan Wangjis Schwert und zog ihn daran zurück. »Wozu? Das hier ist ihr Gebiet. Selbst wenn sie etwas wüssten, würden sie es dir nicht erzählen. Entweder sie konnten das Problem nicht lösen und schweigen nun darüber, um sich Peinlichkeiten zu ersparen, oder sie wollen das allein stemmen und möchten nicht, dass Außenstehende sich einmischen. Geehrter Hanguang-Jun, ich will deine Fähigkeiten ja nun wirklich nicht infrage stellen, aber wenn du so losziehst und tätig wirst, kommst du ohne mich nicht aus. Wenn du auf die Art Erkundigungen anstellst, wäre es ein Wunder, wenn du etwas in Erfahrung bringen würdest.«

Auch wenn diese Worte sehr direkt waren, behielt Lan Wangji seinen sanften Ausdruck in den Augen bei und erneut glitt ein leises »Mh« über seine Lippen.

Wei Wuxian lachte. »Was ›mhst‹ du denn? Bei so was musst du doch nicht ›Mh‹ machen.« *Alles, was er sagen kann, ist ›Mh‹. Der steife Lan Wangji ist also doch noch da!*, dachte er amüsiert.

»Wo hören wir uns dann um?«, fragte Lan Wangji.

Wei Wuxian zeigte zur Seite. »Natürlich gehen wir dorthin.«

Er wies auf eine lange, breite Straße, entlang derer rechts und links überall, hoch oben und tief unten, auffällige Aushänge und wehende, leuchtend rote Fahnen hingen, die sofort ins Auge stachen. Jede Schenke hatte ihre Pforten weit geöffnet und in- und außerhalb der Läden waren überall kugelrunde, pechschwarze Krüge aufgestellt. Zusätzlich trugen Kellner kleine Reisweinschälchen auf Tabletts und machten bei den Passanten Werbung.

Der starke Alkoholgeruch wehte durch die ganze Straße, kein Wunder, dass Wei Wuxian beim Gehen immer langsamer wurde. Als sie an der Straßenecke ankamen, stoppte er schließlich und zog Lan Wangji sogar noch zurück.

Ernst sagte er: »Kellner an solchen Orten sind in der Regel jung, raffiniert und flink. Außerdem kommen jeden Tag viele Gäste vorbei und wo viele Menschen sind, wird auch viel geredet. Wenn sich in der Nähe seltsame Ereignisse zutragen, sind sie ihren Ohren sicher nicht entgangen.«

Lan Wangji machte wieder nur »Mh«, sein Gesicht sagte aber viel eher: Du willst doch eindeutig nur was trinken.

Wei Wuxian tat so, als wüsste er nicht, was diese Miene bedeutete, zog ihn an einer Quaste hinter sich her und betrat mit leuchtenden

Augen die Straße mit den Schenken. Sofort umringten sie fünf, sechs Kellner aus unterschiedlichen Läden, einer überschwänglicher als der andere.

»Möchtet Ihr probieren? Der Reiswein der Familie He ist berühmt in dieser Gegend!«

»Junger Herr, probiert das! Probieren kostet nichts, wenn es Euch mundet, könnt Ihr uns mit Eurem Besuch in unserer kleinen Schenke beehren.«

»Dieser Reiswein riecht nicht sonderlich stark, hat es aber in sich, wenn er erst mal den Magen erreicht hat!«

»Wenn Ihr nach diesem Reiswein noch stehen könnt, nehme ich Euren Nachnamen an!«

Als er das hörte, konnte Wei Wuxian nicht anders. »Gut!« Er nahm das Reisweinschälchen vom Tablett des Kellners, legte den Kopf in den Nacken und trank es aus. Dann grinste er und zeigte ihm die leere Schale. »Nimmst du nun meinen Nachnamen an?«

Erstaunlicherweise hob der Kellner unerschrocken den Kopf und sagte selbstbewusst: »Ich meinte einen ganzen Krug!«

»Dann gib mir drei Krüge«, sagte Wei Wuxian.

Der Kellner war überaus erfreut und eilte sofort zurück in die Schenke. Wei Wuxian wandte sich Lan Wangji zu. »Wenn man von jemandem etwas will, muss man erst ein Geschäft abschließen; erst dann spricht man über andere Sachen. Nachdem er nun was verkauft hat, wird es viel einfacher sein, etwas herauszubekommen.«

Lan Wangji holte das Geld hervor und zahlte.

Sie gingen hinein.

In der Schenke waren Holztische und -stühle aufgestellt, auf denen die Gäste sich ausruhen und plaudern konnten.

Ein anderer Kellner war fasziniert von Lan Wangjis Kleidung und seiner überirdischen Ausstrahlung. Er wagte es nicht, ihn nachlässig zu behandeln, und erst, nachdem er Tische und Stühle eine ganze Weile voller Eifer geputzt hatte, erlaubte er ihm, sich zu setzen.

Zwei Krüge standen zu Wei Wuxians Füßen, den dritten hatte er in der Hand. Rasch verwickelte er den Kellner in ein angeregtes Gespräch und schnitt dann das eigentliche Thema an, indem er ihn nach seltsamen Ereignissen in der Gegend fragte.

Der Kellner war sehr gesprächig und rieb sich freudig die Hände. »Welche Art von seltsamen Ereignissen?«

»Spukhäuser, verwahrloste Gräber, zerstückelte Leichen, solche Sachen.«

Die Augen des Kellners wanderten hin und her. »Ach ... Welchen Beruf übt ihr beiden denn aus? Ihr und Euer Begleiter?«

»Das hast du doch bestimmt schon erraten«, antwortete Wei Wuxian.

Der Kellner gab sich wissend. »Stimmt. Es ist leicht zu erraten, ihr beiden seid doch bestimmt diese Kultivierer, die immer in den Wolken hin und her fliegen. Besonders der Herr neben dir. Unter normalen Menschen habe ich noch nie jemanden gesehen, der so ... so ...«

Wei Wuxian grinste. »So schön ist?!«

»Wenn Ihr das sagt, findet dieser junge Herr das sicher nicht erfreulich. Seltsame Ereignisse, richtig? Die gab es. Aber nicht dieser Tage, sondern vor zehn Jahren. Wenn ihr in diese Richtung lauft, aus der Stadt raus seid und ein, zwei Kilometer weitergeht, kommt ihr zu einem recht schönen Anwesen. Ich weiß nicht, ob das Schild der Familie immer noch hängt, aber das ist das Chang-Anwesen.«

»Was ist denn mit dem Anwesen?«, fragte Wei Wuxian.

»Die ganze Familie wurde ausgelöscht!«, sagte der Kellner. »Ihr habt nach seltsamen Ereignissen gefragt, also habe ich natürlich das seltsamste unter ihnen ausgewählt. Die ganze Familie ist tot. Ich habe gehört, dass sie alle zu Tode erschreckt wurden!«

Als Lan Wangji das hörte, hatte es den Anschein, als würde es etwas in ihm wachrufen. Es wirkte, als würde er sich an etwas erinnern. Wei Wuxian nahm davon allerdings keine Notiz.

»Gibt es hier in der Gegend einen Kultivierungsclan?«

Wenn sie eine gesamte Familie zu Tode erschrecken konnten, musste es sich um extrem grausame und unheimlich bösartige Geister oder hasserfüllte Wesen gehandelt haben. Es hatte längst nicht jeder Clan solche Schwierigkeiten, gegen die er nichts ausrichten konnte, wie der Qinghe-Nie-Clan. Normalerweise duldeten Kultivierungsclans es nicht, dass solche Wesen in ihren Territorien ihr Unwesen trieben.

»Den gab es, wie hätte es ihn nicht geben können?«, sagte der Kellner.

Wei Wuxian fragte weiter: »Und wie hat der damals die Situation bewältigt?«

»Bewältigt?« Der Kellner schwang das Putztuch über die Schulter und setzte sich zu ihnen. Mit großem Ernst lüftete er das Geheimnis, das er bis dato für sich behalten hatte. »Junger Herr, weißt du, wie der Name des Clans lautet, der zuvor hier in Yueyang ansässig war? Er hieß Chang. Es war diese Familie, die gestorben ist! Wer hätte sich dem Problem annehmen können, wenn sie alle tot waren?«

Die Chang-Familie, die ausgelöscht worden war, war der hier ansässige Kultivierungsclan gewesen?!

Obwohl Wei Wuxian noch nie etwas von einem Yueyang-Chang-Clan gehört hatte und es sicher kein namhafter Clan gewesen sein konnte, handelte es sich hier keineswegs um eine Belanglosigkeit, sondern vielmehr um eine beängstigende Angelegenheit. Wenn ein ganzer Clan ausgelöscht worden war, war das eine große Sache. Er hakte nach. »Wie wurde der Chang-Clan ausgelöscht?«

»Ich habe auch nur davon gehört. Eines Abends soll man vom Anwesen der Chang-Familie plötzlich ein stetiges Klopfen am Tor gehört haben«, berichtete der Kellner.

»Ein Klopfen am Tor?«

»Genau! Und es war ohrenbetäubend. Von drinnen hörte man Schreie und weinende Stimmen, anscheinend waren alle eingeschlossen und konnten nicht raus. Wirklich merkwürdig, oder? Der Riegel befand sich innen, wenn also jemand nach draußen gewollt hätte, hätte er ihn doch einfach beiseiteschieben können. Wieso sollte man gegen das Tor hämmern? Wenn sie klopfen, kann man von außen ja auch nichts machen. Und wenn man durch das Tor nicht hinauskommt, kann man ja auch über die Mauer klettern, oder?

Die Menschen von außerhalb des Anwesens zögerten. Jeder in diesem Ort wusste, dass die Chang-Familie hier als mächtiger Kultivierungsclan galt. Ihr Oberhaupt, ich glaube er hieß Chang Ping, besaß ein Schwert, das fliegen konnte und das ihn aufsteigen und mitfliegen ließ! Wenn ihnen also wirklich etwas zugestoßen war, mit dem nicht mal ihre Familie fertigwerden konnte, und nun ein gewöhnlicher Mensch ihnen zu Hilfe eilen würde, wäre dieser doch wohl lebensmüde?! Daher holte niemand eine Leiter, um nachzusehen. Und so verging die Nacht und die wehleidigen Klagen ebbten immer weiter ab. Am nächsten Tag sprang das Tor der Chang-Familie von selbst auf, sobald die Sonne aufgegangen war.

Im Haus lebten Männer und Frauen, es gab über ein Dutzend Hausherren und -herrinnen und mehr als fünfzig Diener. Einige saßen, wieder andere lagen und hatten Schaum vor dem Mund. Sie alle waren zu Tode erschreckt worden.«

Der Besitzer der Schenke drehte sich um und schimpfte: »Du hast wohl Todessehnsucht! Anstatt zu arbeiten, höre ich nur tot, tot, tot! Wozu erzählst du solche alten Geschichten?«

»Noch mal fünf Krüge«, sagte Wei Wuxian.

Lan Wangji zahlte den Preis für zehn, woraufhin das Gesicht des Chefs zu einem erfreuten Lächeln wechselte und er den Kellner ermahnte: »Kümmere dich ordentlich um unsere Gäste, renn nicht in der Gegend herum!«

»Fahre fort«, sagte Wei Wuxian.

Der Kellner, der sich nun nicht mehr vor Konsequenzen aufgrund seiner Plauderei fürchten musste, legte sein ganzes Können in die Vorstellung und seine Stimme zitterte vor Aufregung, während er redete. »Seitdem hörten Passanten für eine ganze Zeit lang, wenn sie nachts am Chang-Anwesen vorbeigingen, von drinnen das Hämmern gegen das Tor! Denkt mal darüber nach! Menschen wie sie, die kultivierten und in den Wolken umherflogen, müssen doch schon zahlreiche Geister und Monster gesehen haben, und trotzdem wurden alle zu Tode erschreckt. Wie Furcht einflößend muss das Monster dann wohl gewesen sein? Hielt man sich nachts häufig draußen auf, traf man früher oder später auf ihre Geister. Und selbst als sie begraben wurden, hörte man noch das Klopfen aus ihren Särgen! Auch wenn ihr Familienoberhaupt Chang Ping zu der Zeit unterwegs war und diesem Unglück somit entkommen konnte ...«

»Hast du nicht gesagt, dass die ganze Familie gestorben ist?«, fragte Wei Wuxian.

Der Kellner nickte. »Nicht so eilig, ich bin doch schon dabei. Sie sind alle tot. Ich wollte gerade erzählen, dass er zwar dem Unglück entkommen war, das jedoch nur zeitweise. Nach nur wenigen Jahren ist auch das Oberhaupt Chang Ping gestorben. Diesmal war es noch gruseliger: Er wurde mit einem Schwert durch die Foltermethode *Lingchi* getötet! Was das für eine grausame Art zu sterben ist, muss ich ja wohl nicht erwähnen. Mit einem Säbel oder einem Schwert wird einem Stück für Stück das Fleisch von den Knochen geschabt. Dreitausendsechshundert Schnitte, bis das Fleisch vollständig abgesäbelt und nur noch das Skelett übrig ist ...«

Natürlich war es für Wei Wuxian unmöglich, nicht zu wissen, was Lingchi war. Würde man ein Buch mit dem Titel *Die tausend grausamsten Arten, den Tod zu finden* schreiben, wäre wohl keiner qualifizierter als er, den Stift zu schwingen. Er hob die Hand. »Ich versteh schon. Weißt du denn, warum die Chang-Familie ausgelöscht wurde?«

»Ich habe gehört, dass es das Werk anderer Kultivierer war. Mit Sicherheit! Wie hätte sonst eine so große Gruppe von Menschen, die noch dazu diese Fähigkeiten besaßen, nicht fliehen können? Bestimmt wurden sie von jemandem oder etwas eingeschlossen«, sagte der Kellner.

Der Inhaber der Schenke befürchtete, dass das Gesprächsthema nicht wirklich anregend war und brachte ihnen daher zwei Schälchen mit Erdnüssen und Sonnenblumenkernen. Wei Wuxian nickte zum Dank, nagte an den Sonnenblumenkernen und fragte weiter: »Hat man denn letztendlich herausgefunden, wer oder was es war?«

Der Kellner lachte. »Junger Herr, Ihr scherzt, oder? Woher sollen wir normalen Menschen, die wir uns mit unserem Leben abplagen, wissen, was die Leute treiben, die in der Luft herumfliegen? Eigentlich müsstet Ihr als Kultivierer mehr darüber wissen als ich. Ich habe nur schwammige Gerüchte darüber gehört, aber anscheinend haben sie jemanden verärgert, den sie nicht hätten verärgern sollen! Auf jeden Fall hat sich seitdem niemand mehr den Dämonen, Geistern oder Ungeheuern hier in Yueyang angenommen.«

Wei Wuxian grübelte. »Jemand, den sie nicht hätten verärgern sollen?«

»Genau, genau.« Der Kellner aß zwei der Erdnüsse. »Die Freundschaften und Fehden zwischen den Kultivierungsclans und all so was sind sehr kompliziert. Ich denke, die Chang-Familie ist ins Visier anderer Kultivierer geraten. Mord und Raub passieren doch häufig, oder nicht? So steht es in Romanen, und in Sagen und Legenden ist das auch immer so. Auch wenn ich nicht genau weiß, wer es war, scheint es etwas mit einem sehr bekannten Bösewicht zu tun zu haben.«

Wei Wuxian lachte, führte das Reisweinschälchen zu seinem Mund und sah ihn aus dem Augenwinkel an. »Lass mich raten, du willst sagen, dass du nicht weißt, wer dieser Bösewicht war, oder?«

Der Kellner antwortete fröhlich: »Da liegt Ihr falsch! Das weiß ich allerdings, ich glaube, er hieß irgendwas mit Pat ... ah, Patriarch, der Yiling-Patriarch!«

Wei Wuxian verschluckte sich augenblicklich, sodass er prustend kleine Bläschen in das Schälchen spuckte.

»Bitte was?«

Schon wieder er?

Der Kellner war sich sicher. »Ja, genau! Sein Nachname war Wei. Ich glaube er hieß Wei Wuqian*. Wenn andere über ihn reden, klingen sie immer wütend und verängstigt zugleich!«

»…«

Wei Wuxian durchstöberte kurz noch mal sein Gedächtnis, konnte aber zwei Dinge mit Sicherheit sagen: Erstens war er in seinem vorherigen Leben noch nie in Yueyang gewesen und zweitens, unter all den Menschen, die er getötet hatte, hatte er keinen mit Lingchi umgebracht. Er fand das lächerlich, drehte seinen Kopf und schaute zu Lan Wangji, als würde er eine Erklärung von ihm fordern.

Lan Wangji hatte lange auf diesen Blick gewartet. »Gehen wir.«

Wei Wuxian verstand sofort. Lan Wangji hatte etwas zu diesem Thema zu sagen, was er nicht vor den anderen Menschen in der Schenke tun konnte. Also stand er auf und sagte: »Dann sehen wir uns das mal an, die Rechnung bitte … Ah, sie wurde ja bereits gezahlt, oder? Mein Freund, den Reiswein, den wir gekauft haben, lasse ich vorerst hier bei dir. Wenn wir die Angelegenheit geregelt haben, komme ich zurück und trinke weiter.« Halb im Scherz fügte er noch hinzu: »Wehe, ihr betrügt mich!«

Der Kellner hatte bereits über die Hälfte der Erdnüsse aus dem Schälchen verspeist und rief: »Niemals! Wir sind eine ehrliche und faire Schenke. Ihr könnt die Krüge beruhigt hier bei mir lassen, wir schließen nicht, ehe ihr nicht zurückgekommen seid. Ach, die beiden jungen Herren, ihr geht jetzt zum Chang-Anwesen, oder? Wow, das ist klasse, ich komme hier aus der Gegend und war noch nie dort! Ich habe mich immer nur getraut, von Weitem heimlich einen Blick darauf zu werfen. Ihr beiden geht da rein, oder? Was habt ihr vor?«

* »Wuqian« bedeutet »kein Geld haben«.

»Wir werfen auch nur von Weitem heimlich einen Blick darauf«, sagte Wei Wuxian.

Der Kellner besaß ein überaus lockeres Gemüt und wurde daher sehr schnell mit Menschen warm. Nachdem sie so viel geredet hatten, sah er Wei Wuxian bereits nicht mehr als Fremden an, kam zu ihm rüber und legte einen Arm um dessen Schulter. »Ist das anstrengend, was ihr beide macht? Verdient ihr viel? Bestimmt! Und es ist eine so angesehene Arbeit. Eine Frage, ist es schwierig, euch beizutreten? Ich ...« Plötzlich unterbrach er seinen Redefluss und sah erschrocken und verängstigt zur Seite, dann fragte er leise: »Junger Herr, der Mann neben Euch ... wieso starrt er mich so an?«

Wei Wuxian folgte seinem Blick und sah gerade noch, wie Lan Wangji seinen Kopf wegdrehte, aufstand und aus der Schenke ging. »Ach, der. Er wurde von Kindesbeinen an streng erzogen und kann es nicht leiden, wenn Leute vor seinen Augen ihren Arm um jemand anderen legen. Etwas seltsam, oder?«

Empört zog der Kellner seinen Arm zurück und flüsterte: »In der Tat. Seinem Blick nach zu urteilen, hätte man meinen können, ich hätte meinen Arm um seine Ehefrau gelegt ...«

Mit Lan Wangjis Gehör war es absolut unmöglich, etwas nicht zu hören, selbst wenn jemand flüsterte, und es war ungewiss, wie er sich in diesem Moment dabei fühlte. Wei Wuxian verkniff sich das Lachen, bis es wehtat, und sagte dann rasch zum Kellner: »Ich habe einen Krug getrunken.«

»Was?«, entgegnete dieser.

Wei Wuxian zeigte auf sich selbst. »Ich stehe.«

Erst jetzt erinnerte sich der Kellner an seine eigenen Worte. *»Wenn Ihr nach diesem Reiswein noch stehen könnt, nehme ich Euren Nachnamen an!«* Hastig sagte er: »Oh, oh ... oh, oh, oh! Also, das ... ist beeindruckend! Ich übertreibe jetzt nicht, aber das ist das erste Mal, dass jemand einen Krug ausgetrunken hat und noch aufrecht stehen und normal sprechen kann. Junger Herr, wie lautet Euer Nachname?«

»Ich …« Wei Wuxian dachte daran, wie der Kellner gerade noch von einem »Wei Wuqian« gesprochen hatte, dann verzog er die Mundwinkel zu einem Grinsen und fuhr ruhig fort: »heiße Lan.«

Der Kellner besaß ebenfalls kein Schamgefühl und mit unbekümmerter Miene und lauter Stimme verkündete er: »In Ordnung, von heute an lautet mein Nachname ›Lan‹!«

Unter der leuchtend roten Fahne der Schenke wirkte es für einen ganz kurzen Moment so, als hätte Lan Wangji mit dem Rücken zu ihm gewandt das Gleichgewicht verloren.

Wei Wuxian lachte fies, schritt mit beiden Händen hinter dem Rücken verschränkt zu ihm hinaus und klopfte ihm auf die Schulter. »Danke, dass du die Rechnung übernommen hast, Hanguang-Jun. Ich habe ihn deinen Nachnamen annehmen lassen.«

Nachdem sie die Stadt verlassen hatten, gingen sie in die Richtung, die der Kellner ihnen gewiesen hatte. Sie trafen auf immer weniger Menschen, wohingegen die Anzahl der Bäume immer mehr zunahm.

»Wieso hast du mich ihn nicht weiter ausfragen lassen?«, sagte Wei Wuxian.

»Weil ich mich wieder an die Sache mit dem Yueyang-Chang-Clan erinnert habe. Ich habe schon mal davon gehört. Daher war es nicht nötig, weitere Fragen zu stellen«, antwortete Lan Wangji.

»Bevor du es mir erzählst, lass mich dir eine Frage stellen: Kannst du mir bestätigen, dass nicht ich für die Ausrottung der Chang-Familie verantwortlich bin?«

Vor zehn Jahren war er längst tot und eine friedliche Seele gewesen. Es war ja wohl kaum möglich, dass er eine ganze Familie ausgelöscht hatte und sich nicht daran erinnerte!

»Bist du nicht.«

»Ah.« Es war, als wäre Wei Wuxian wieder zu dem Abschnitt in seinem vorherigen Leben zurückgekehrt, in dem er von allen gehasst worden war und ein schlechteres Leben als eine Kanalratte geführt hatte. Wenn damals etwas schiefgegangen war, war er in den Augen anderer immer mitverantwortlich gewesen und man hatte ihm für alles die Schuld gegeben. Wenn der Enkelsohn des alten Nachbarn nichts gegessen und deswegen einige Kilogramm verloren hatte, dann deshalb, weil er von den Geschichten über den Yiling-Patriarchen, der den Geistergeneral dazu brachte, Menschen zu ermorden, so verängstigt worden war.

Unerwarteterweise fügte Lan Wangji jedoch hinzu: »Du hast sie nicht getötet, es hat aber mit dir zu tun.«

»Wo ist die Verbindung?«

»Es gibt zwei. Erstens hatte eine der Personen, die in diese Angelegenheit verstrickt ist, eine Verbindung zu deiner Mutter.«

Wei Wuxian hielt an. Er wusste nicht, was das gerade für ein Gefühl in seiner Brust war und was für ein Gesicht er machte. Zögerlich fragte er: »Meiner Mutter?«

Wei Wuxian war der Sohn eines Dieners des Yunmeng-Jiang-Clans, Wei Changze, und einer wandernden Kultiviererin mit dem Namen Cangse Sanren*. Jiang Fengmian und seine Frau hatten seine Eltern sehr gut gekannt, sein Ziehvater hatte vor ihm aber nur sehr selten in Erinnerungen an seinen alten Freund geschwelgt. Und seine Gattin Yu Ziyuan hatte sowieso nie richtig mit ihm geredet. Er war vielmehr heilfroh gewesen, wenn er nicht von ihr mit Peitschenhieben bestraft oder fortgejagt wurde, vor der Ahnenhalle niederknien musste oder wenn sie ihm nicht sagte, dass er sich von Jiang Cheng fernhalten solle. Das meiste, was seine Eltern betraf, hatten ihm andere erzählt, daher wusste er auch nicht viel mehr als die.

Lan Wangji hielt ebenfalls an. Er drehte sich um und schaute ihn an. »Sagt dir der Name Xiao Xingchen etwas?«

* Das Wort »Sanren« steht für Kultivierer*innen, die keinem Clan angehören. Häufig befinden sie sich auf Wanderschaft und ziehen durch das Land. Es handelt sich um jemanden, der sich von der Zivilisation gelöst hat und somit frei und ohne Zwänge lebt.

Wei Wuxian dachte einen Moment lang angestrengt nach, bevor er antwortete. »Nein.«

»Das wäre auch verwunderlich. Dieser Mann war nach seiner Rückkehr aus den Bergen eine Berühmtheit, das ist jetzt zwölf Jahre her. Heutzutage spricht jedoch niemand mehr über ihn«, erklärte Lan Wangji.

Zwölf Jahre zuvor war genau ein Jahr nach der Belagerung der Grabhügel in Yiling gewesen. Also hatte er ihn nur knapp verpasst.

»Auf welchem Berg war er, wer war sein Lehrmeister?«, fragte Wei Wuxian.

»Ich weiß nicht, welcher Berg es war. Seine Lehrmeisterin war eine Kultiviererin. Er war ein Schüler von Baoshan Sanren«, sagte Lan Wangji.

Jetzt erst verstand Wei Wuxian, warum er gemeint hatte, dass eine der Personen etwas mit seiner Mutter zu tun hatte.

»Streng genommen ist dieser Xiao Xingchen also mein *Shishu**.«

Cangse Sanren, Wei Wuxians Mutter, war ebenfalls eine Schülerin von Baoshan Sanren gewesen.

Baoshan Sanren lebte abgeschottet vom Rest der Welt und es hieß, dass sie derselben Generation wie Wen Mao und Lan An angehörte. Die berühmten Kultivierer jener Generation weilten längst nicht mehr unter ihnen, nur über Baoshan Sanren gab es Gerüchte, dass sie immer noch am Leben sei. Wenn das wirklich den Tatsachen entsprach, wäre sie mittlerweile mehrere hundert Jahre alt und müsste über enorme Kultivierungsfertigkeiten verfügen.

Damals hatten die Familienclans unter Wen Mao einen Aufschwung erlebt, während die Kultivierungsschulen untergegangen waren. Kultivierungsmächte, die durch Blut verbunden waren, schossen wie Bambus nach einem Regenschauer aus dem Boden. Ausnahmslos jeder Kultivierer, der auch nur ansatzweise über Ansehen verfügte, gründete einen Clan. Und trotzdem hatte sie sich entschieden, sich in die Berge zurückzuziehen.

* Älterer, männlicher Kultiverer, der vom Alter her einem Onkel entspricht, und denselben Lehrmeister wie ein Elternteil hat/hatte.

Ihr Kultivierungsname lautete Baoshan, was »diejenige, die den Berg umarmt« bedeutet. Auf welchem Berg sie sich befand, wusste niemand. Es hieß ja auch aus gutem Grund »sich zurückziehen«, eben weil niemand es wusste. Wenn man nach seinem Rückzug noch so einfach gefunden werden könnte, wäre es kein richtiger Rückzug.

Diese Frau, die zurückgezogen auf einem unbekannten heiligen Berg lebte, nahm des Öfteren heimlich verlassene Kinder mit auf den Berg und als ihre Lehrlinge bei sich auf. Doch ein jeder musste etwas schwören: Dass sie ihr Leben der Kultivierung widmen, den Berg nicht verlassen und nicht zur Gesellschaft zurückgehen würden. Andernfalls dürften sie, aus welchem Grund auch immer, unter keinen Umständen jemals wieder zu ihr zurückkehren. Sie würden sich auf ihre eigenen Kräfte verlassen und selbst mit den irdischen Problemen zurechtkommen müssen, und das Verhältnis zwischen Lehrer und Schüler wäre nicht mehr gegeben.

Jeder war der Ansicht, dass Baoshan Sanrens Weisheit und Voraussicht beachtlich waren, als sie diese Regel festlegte. In den vielen Jahrhunderten hatten nämlich nur drei ihrer Schüler den Berg verlassen: Yanling Daoren, Cangse Sanren und Xiao Xingchen. Und keinen dieser drei Schüler hatte ein gutes Ende erwartet.

Das Schicksal der ersten beiden Schüler kannte Wei Wuxian von klein auf, da brauchte er keine Auffrischung. Daher erzählte Lan Wangji ihm kurz und bündig vom letzten Schüler, seinem Shishu.

Xiao Xingchen war gerade einmal siebzehn Jahre alt, als er den Berg verließ. Lan Wangji war ihm zwar nie persönlich begegnet, hatte aber von anderen viel über seine Eleganz und sein Charisma gehört.

Seit der Sonnenabschuss-Kampagne waren nur wenige Jahre vergangen, und die Belagerung der Grabhügel in Yiling hatte gerade erst ihr Ende gefunden. Die großen Clans gaben sich alle Mühe, überall im Land fähige Leute zu rekrutieren. Xiao Xingchen verließ den Berg, weil er die Welt retten wollte. Er war überaus talentiert und er war von einer ausgezeichneten Lehrerin ausgebildet worden. Bei seiner ersten Nachtjagd ging er, ausgerüstet mit einem Fliegenwedel und einem Langschwert, alleine auf den Berg und wurde Erster – und somit auf einen Schlag berühmt.

Als die Clans diesen klugen, talentierten jungen Kultivierer entdeckten, waren sie begeistert und schickten ihm reihenweise Einladungen. Xiao Xingchen lehnte sie jedoch alle dankend ab und erklärte, dass er von keinem Clan abhängig sein wollte. Stattdessen hatte er die Absicht, gemeinsam mit einem guten Freund eine völlig neue Schule zu gründen, die keinen Wert auf Blutsverwandtschaften legte.

Er wirkte sanftmütig, verfügte aber über einen eisernen Willen. Er war außen weich und innen hart, ein ehrlicher und aufrichtiger Mann. Wenn jemand ein Problem hatte oder sich in einer schwierigen Situation befand, kam demjenigen als Erstes in den Sinn, ihn um Hilfe zu bitten – und er lehnte auch niemals ab, sodass jeder ihn in den höchsten Tönen lobte.

Die Ausrottung des Chang-Clans in Yueyang passierte zu eben jener Zeit.

Eines Tages ging das Oberhaupt des Chang-Clans, Chang Ping, mit einigen Familienmitgliedern auf Nachtjagd. Nach etwa einem halben Monat erhielten sie plötzlich unterwegs die Nachricht über die Todesfälle und eilten zurück. Im Anschluss an die Trauerphase fand man lediglich heraus, dass jemand mit bösen Intentionen den Schutzzauber seines Anwesens durchbrochen und eine Horde grausamer, bösartiger Geister hineingelassen hatte. Was die weiteren Umstände betraf, tappten sie im Dunkeln.

Normalerweise wusste bei tragischen Unfällen in kleinen Clans nur eine begrenzte Anzahl von Personen Bescheid, die Situation damals war jedoch besonders. Die Sonnenabschuss-Kampagne war bereits lange vorbei, wohingegen die Belagerung der Grabhügel erst kurz zuvor ihr Ende gefunden hatte. Die Lage konnte geradeso als stabil betrachtet werden. Doch als dann plötzlich so etwas passierte, ging sofort ein lautes Raunen durch die Kultivierungswelt und nicht wenige Sensationshungrige verbreiteten das Gerücht, dies sei die Rache des Yiling-Patriarchen Wei Wuxian, der nun zurückgekommen sei. Sie fanden jedoch keinerlei Beweise, sodass der Täter nicht gefasst werden konnte.

Natürlich konnte Xiao Xingchen nicht nur ruhig sitzen bleiben und nichts tun. Sofort meldete er sich freiwillig, den Fall zu übernehmen und für Chang Ping die Wahrheit herauszufinden. Nach einem Monat fand er schließlich den Täter, der für das Massaker verantwortlich war.

Der Mörder hieß Xue Yang.

Xue Yang war noch jugendlich und somit jünger als Xiao Xingchen. Trotzdem war er bereits von Boshaftigkeit durchtrieben. Seit seinem fünfzehnten Lebensjahr war er in Kuizhou weit und breit als Verbrecher, für sein breites Grinsen, seine ruchlosen Methoden und seinen grausamen Charakter bekannt. Sobald man von Xue Yang sprach, erblasste jeder in der Präfektur.

Als Kind lebte er auf der Straße und schien einen Hass auf Chang Pings Vater entwickelt zu haben, der über Jahre anhielt. Aus Rache und einigen anderen Gründen beging er dieses Massaker.

Nachdem Xiao Xingchen die Wahrheit herausgefunden hatte, reiste er durch drei Provinzen und nahm Xue Yang in Gewahrsam, der bis dahin immer noch selbstgefällig und auf freiem Fuß durch die Gegend spazierte und sich mit anderen prügelte.

Er nutzte die Diskussionskonferenz, die der Lanling-Jin-Clan in seiner Residenz auf dem Goldenen Qilin-Plateau abhielt und auf der die großen Clans über Kultivierungsangelegenheiten sprachen, brachte ihn in die große Halle und präsentierte ihn der Menschenmenge. Dann berichtete er von dem Vorfall und forderte eine harte Strafe.

Die Beweise listete Xiao Xingchen klar und deutlich auf, sodass die meisten Clans keine Einwände erhoben. Nur ein Clan widersprach vehement: der Lanling-Jin-Clan.

»In so einer Situation zu widersprechen bedeutet, sich den Rest der Welt zum Feind zu machen. War Xue Yang etwa ein Liebling von Jin Guangshan?«, fragte Wei Wuxian.

»Ein Gastschüler«, antwortete Lan Wangji.

»Er war ein Gastschüler? Der Lanling-Jin-Clan gehörte damals doch bereits zu einem der vier großen Clans, wieso nahmen sie einen Landstreicher als Gastschüler auf?«, hakte Wei Wuxian nach.

»Das ist die zweite Verbindung.« Lan Wangji sah ihm in die Augen und sagte langsam: »Wegen des Yin-Tiger-Amuletts.«

Wei Wuxians Herz pochte wild.

Das Yin-Tiger-Amulett war ihm keinesfalls unbekannt. Im Gegenteil, niemand kannte es besser als er.

Unter all den magischen Gegenständen, die er in seinem vorherigen Leben hergestellt hatte, war dies das furchterregendste, und gleichzeitig auch jenes, das die Menschen am meisten begehrten und in ihren Besitz bringen wollten.

Tiger-Amulette wurden einst benutzt, um Armeen zu befehligen. Wie der Name verriet, konnte derjenige, der das Yin-Tiger-Amulett besaß, Untote und bösartige Geister befehligen. Das Amulett ließ ihnen keine Wahl, sie mussten gehorchen.

Als Wei Wuxian es damals hergestellt hatte, hatte er sich nicht allzu viel dabei gedacht. Da er die Wesen zuvor immer allein und mit seinem Geist kontrolliert hatte, war es nur natürlich, dass es ihn auslaugte. Dann war ihm eingefallen, wie er einmal zufällig eine seltene Eisenessenz in dem Bauch von einer Bestie gefunden hatte. Also hatte er es eingeschmolzen und zu einem Tiger-Amulett geschmiedet.

Doch bereits nach der ersten Benutzung stellte Wei Wuxian fest, wie gefährlich es war. Die Kraft des Yin-Tiger-Amuletts war weitaus größer und furchterregender, als er geahnt hatte. Eigentlich wollte er es als Hilfsmittel einsetzen, unerwarteterweise übertraf seine Kraft aber die seines Schöpfers. Außerdem gehorchte es nicht nur seinem

Erschaffer. Es diente jedem, der es in die Hände bekam, unabhängig davon um wen es sich dabei handelte – egal ob er nun gut oder böse, Freund oder Feind war.

Nachdem er diese unheilvolle Waffe hergestellt hatte, hatte er natürlich darüber nachgedacht, sie zu zerstören. Es war jedoch nicht einfach gewesen, das Tiger-Amulett zu erschaffen, und ebenso schwer wäre es gewesen, es zu zerstören, und das auch nur unter einem extrem hohen Kraft- und Zeitaufwand. Außerdem beschlich ihn damals bereits eine leise Ahnung, dass er sich in einer ungünstigen Lage befand und sich früher oder später alle gegen ihn wenden würden. Dem Yin-Tiger-Amulett wohnte eine immense Kraft inne, mit dieser magischen Waffe in seinem Besitz würde es keiner so einfach wagen, sich mit ihm anzulegen, sodass er es vorerst behielt.

Er teilte das Amulett in zwei Teile, sodass es nur seine Wirkung entfalten konnte, wenn beide zusammen genutzt wurden, und er machte nie leichtfertig davon Gebrauch.

Insgesamt hatte er es nur zwei Mal benutzt, und beide Male hatte es in einem Blutbad geendet.

Das erste Mal war während der Sonnenabschuss-Kampagne gewesen.

Nach dem zweiten Mal fasste er endlich den Entschluss und zerstörte eine Hälfte vollständig. Die zweite hatte er allerdings noch nicht vernichten können, als die Belagerung der Grabhügel stattfand. Auf das, was danach geschah, hatte er also keinen Einfluss mehr gehabt.

Bezüglich seines Werks konnte Wei Wuxian eines mit Sicherheit sagen: Selbst wenn es einem Clan in die Finger fiel und sie ihm einen Altar errichten, täglich davor Räucherstäbchen anzünden und es anbeten würden, es war nur eine Hälfte des Yin-Tiger-Amuletts und damit nichts weiter als ein Stück Metallschrott.

Doch nun erzählte ihm Lan Wangji etwas Schockierendes: Dieser Xue Yang schien in der Lage gewesen zu sein, die andere Hälfte des Yin-Tiger-Amuletts herzustellen!

Xue Yang war zwar jung, aber außergewöhnlich intelligent und ebenso rabiat und ketzerisch veranlagt gewesen. Der Lanling-Jin-Clan hatte herausgefunden, dass er mit der übrigen Hälfte des Amuletts eine grobe Fassung der anderen Hälfte herstellen konnte. Obwohl das Duplikat nicht lange hielt und es auch nicht so mächtig war wie das Original, war es bereits zu schrecklichen Dingen fähig gewesen.

Wei Wuxian verstand. »Der Lanling-Jin-Clan brauchte Xue Yang noch, damit er weiter das Yin-Tiger-Amulett für sie reparierte, weshalb der Clan ihn beschützen musste.«

Vielleicht hatte Xue Yang den Chang-Clan nicht nur allein deshalb ausgelöscht, weil er sich rächen wollte. Womöglich hatte er an dieser Familie getestet, wie mächtig das Yin-Tiger-Amulett war, das er gerade reparierte!

Kein Wunder, dass die Gerüchte diesen Fall mit ihm in Verbindung brachten. Wei Wuxian konnte sich genau vorstellen, wie die Kultivierer mit den Zähnen knirschten.

›Dieser Wei Wuxian! Hätte er dieses Ding nicht hergestellt, wären niemals so viele Katastrophen über die Welt hereingebrochen!!!‹

Sie kehrten zum ursprünglichen Thema und somit zum Goldenen Qilin-Plateau zurück.

Obwohl der Lanling-Jin-Clan Xue Yang gedeckt hatte, hatte Xiao Xingchen nicht nachgegeben. Beide Seiten hatten auf ihrer Forderung beharrt, bis schließlich der alarmierte Chifeng-Zun Nie Mingjue, der an dieser Konferenz nicht teilgenommen hatte, hastig zum Goldenen Qilin-Plateau geflogen war.

Nie Mingjue war zwar jünger als Jin Guangshan, aber ein strenger Mann. Er duldete und tolerierte diesen Vorfall keinesfalls und ließ eine Schimpftirade los, die Jin Guangshan bloßstellte und auf die er nichts zu erwidern wusste.

Nie Mingjue, der ein explosives Temperament besaß, zog seinen Säbel und wollte Xue Yang an Ort und Stelle hinrichten. Auch als sein Schwurbruder Lianfang-Zun Jin Guangyao vortrat und vermitteln wollte, befahl er ihm, aus dem Weg zu gehen. Er beschimpfte ihn wüst, sodass dieser sich hinter Lan Xichen versteckte und es nicht mehr wagte, einen Laut von sich zu geben. Schließlich hatte der Lanling-Jin-Clan keine andere Wahl mehr und musste nachgeben.

Nachdem Xue Yang von Xiao Xingchen verhaftet und zum Goldenen Qilin-Plateau gebracht worden war, zeigte er die ganze Zeit über keinerlei Furcht. Auch als Nie Mingjue ihm den Säbel an den Hals presste, lachte er noch. Bevor er weggebracht wurde, richtete er in einem lieblichen Tonfall das Wort an Xiao Xingchen: »*Daozhang**, vergiss mich nicht. Wart's nur ab.«

Als Wei Wuxian das hörte, wusste er, dass dieses »Wart's nur ab« Xiao Xingchen einen unvergleichlich schmerzhaften Preis kosten würde.

Der Lanling-Jin-Clan war tatsächlich der schamloseste aller Clans. Obwohl er auf dem Goldenen Qilin-Plateau vor allen Clans zugestimmt hatte, Xue Yang hinzurichten, sperrten sie ihn, sobald Nie Mingjue außer Sichtweite war, eilig im Kerker ein und änderten das Urteil zu einer lebenslangen Haftstrafe ab.

Als Nie Mingjue davon erfuhr, tobte er vor Wut und übte erneut Druck aus, während der Lanling-Jin-Clan es durchgehend weiter hinauszögerte und Xue Yang einfach nicht herausrückte. Die anderen Clans unternahmen nichts und verfolgten die Auseinandersetzung gespannt, bis Nie Mingjue kurze Zeit später unerwarteterweise durch die Fehlleitung seines Qi-Flusses verstarb.

Er hatte schneller als alle vorherigen Oberhäupter des Qinghe-Nie-Clans kultiviert, ebenso wie er früher als alle vorherigen Oberhäupter den Tod gefunden hatte.

* »Daozhang« ist eine höfliche Anrede für Kultivierer.

Nachdem die Person, die sie am meisten bei ihrem Vorhaben behindert hatte, nun nicht mehr da war, agierte der Lanling-Jin-Clan immer willkürlicher und brütete noch üblere Ideen aus. Jin Guangshan überlegte sich alle möglichen Vorgehensweisen, um Xue Yang aus dem Gefängnis herauszuholen, damit dieser weiter das Yin-Tiger-Amulett reparieren und dessen Geheimnisse untersuchen konnte.

Dies war jedoch keine glanzvolle Angelegenheit. Um einen Mörder, der eine ganze Familie ausgelöscht hatte, aus dem Gefängnis zu bekommen, brauchte es einen triftigen Grund. Daher richteten sie ihr Augenmerk auf Chang Ping.

Mit Drohungen, Versprechungen und unablässigen Belästigungen brachte der Lanling-Jin-Clan Chang Ping schließlich dazu, seine vorherigen Anschuldigungen zurückzunehmen und zu verkünden, dass die Ausrottung seiner Familie nichts mit Xue Yang zu tun hatte.

Als Xiao Xingchen davon erfuhr, stattete er Chang Ping sofort einen Besuch ab und befragte ihn, doch dieser antwortete ihm nur hilflos: »Was hätte ich sonst tun sollen? Wenn ich mich nicht beuge, gibt es für unsere restlichen Familienmitglieder keine Möglichkeit zu überleben. Danke, Daozhang, aber ... bitte hilf mir nicht mehr! Wenn du mir jetzt hilfst, schadest du mir damit nur. Ich möchte nicht, dass der Yueyang-Chang-Clan vollständig ausgelöscht wird.«

Und somit befand sich der Täter wieder auf freiem Fuß – der Tiger war zurück in die Berge entlassen worden.

Wei Wuxian war still und sagte nichts.

Ihm wäre es an Chang Pings Stelle egal gewesen, wie mächtig und angesehen der Lanling-Jin-Clan war und welch glorreiche Zukunft man ihm versprochen hatte. Er hätte unter keinen Umständen nachgegeben. Stattdessen hätte er sich nachts ins Gefängnis geschlichen und Xue Yang bei lebendigem Leibe zerstückelt, bis von diesem nur noch eine Fleischpfütze übrig geblieben wäre. Dann hätte er seine Seele beschworen und sie wieder und wieder zerteilt bis er es bereut hätte, jemals in diese Welt geboren worden zu sein.

Doch nicht jeder war so wie er und würde lieber zugrunde gehen.

Einige Mitglieder der Chang-Familie waren noch am Leben und Chang Ping war noch jung gewesen. Er hatte keine Frau und Kinder gehabt und er hatte gerade erst seinen Weg als Kultivierer angetreten. Egal ob man ihm mit dem Tod der übrig gebliebenen Familienmitglieder drohte oder mit dem Ende seiner Zukunft als Kultivierer, er musste in beiden Fällen klug entscheiden.

Da Wei Wuxian aber nun mal nicht Chang Ping war, konnte er sich auch nicht an seiner statt über diese Ungerechtigkeit aufregen, und ihm erst recht nicht seine Sorgen und Ängste nehmen oder die Qualen für ihn ertragen.

Nachdem Xue Yang freigelassen worden war, verübte er tatsächlich erneut einen Racheakt, und zwar an Xiao Xingchen. Diesmal rächte er sich jedoch nicht persönlich.

Xiao Xingchen hatte alleine den Berg verlassen und keine Verwandten, sondern nur einen guten Freund, den er nach seinem Abstieg vom Berg kennengelernt hatte. Dieser hieß Song Lan und er war ebenfalls ein bekannter wandernder Kultivierer und ein ehrlicher und unbeugsamer Mann von gutem Ruf. Sie wollten gemeinsam eine Schule gründen, in der die gleiche Gesinnung wichtiger war als die Blutlinie. Man konnte sagen, dass sie enge Freunde und Seelenverwandte waren.

Damals beschrieben die Menschen die beiden so: »Xiao Xingchen, dessen einzige Begleiter der helle Mond und die sanfte Brise sind, und Song Zichen, der Schnee und Frost trotzt.«

Xue Yang setzte hier an und benutzte seine alten Tricks. Er rottete den Baixue-Tempel, in dem Song Lan aufgewachsen war und gelernt hatte, aus und verübte heimlich einen Giftpulver-Anschlag auf Song Lan, infolgedessen dieser sein Augenlicht verlor.

Mittlerweile hatte er Erfahrung darin, ganze Familien zu vernichten, sodass er äußerst geschickt vorging und keinerlei Spuren hinterließ. Auch wenn jeder wusste, dass er dahintersteckte, was konnten sie schon ausrichten? Es gab keine Beweise. Außerdem stand er unter dem Schutz von Jin Guangshan. Und Nie Mingjue, dessen Zorn so mächtig wie ein Donnerblitz war, war bereits verschieden. Es war somit keine einzige Person übrig, die etwas gegen ihn hätte ausrichten können.

Wei Wuxian fand die ganze Geschichte plötzlich etwas merkwürdig. Lan Wangji wirkte zwar so, als würden ihn solche Dinge kalt lassen, doch so wie Wei Wuxian ihn in der Vergangenheit eingeschätzt hatte, stand seine extreme Ablehnung des Bösen der von Nie Huaisangs großem Bruder in nichts nach. Früher hatte Lan Wangji nie mit direkter Kritik gespart, wenn der Lanling-Jin-Clan eine nicht besonders ehrbare Art an den Tag gelegt hatte, die Dinge anzugehen, und bis zum heutigen Tag nahm er nicht an den Diskussionskonferenzen teil, da er ihnen nichts Gutes abgewinnen konnte.

Wenn es damals innerhalb eines Jahres zu zwei derart grausamen Massakern in Folge gekommen war, hatten sie bestimmt viel Aufsehen erregt und Lan Wangji hätte mit Sicherheit nicht nur dagesessen und zugeschaut. Wieso also hatte er Xue Yang nicht zur Rechenschaft gezogen?

Gerade als er nachfragen wollte, fielen ihm die Narben auf Lan Wangjis Rücken wieder ein, die von einer Disziplinierungspeitsche stammen mussten.

Ein einziger Peitschenhieb schmerzte bereits höllisch. Wenn Lan Wangji einen derart großen Fehler begangen hatte, dass man ihm so viele Hiebe zugefügt hatte, war er mit Sicherheit auch für einige Jahre eingesperrt worden und hatte nicht rausgedurft. Wahrscheinlich hatte er in den Jahren, in denen sich die Vorfälle ereignet hatten, gerade die Strafe abgesessen oder seine Wunden kuriert. Kein Wunder, dass er gesagt hatte, dass er nur »davon gehört« habe.

Seltsamerweise machten diese Wunden Wei Wuxian etwas aus. Er konnte Lan Wangji jedoch nicht direkt danach fragen, sodass ihm momentan nichts anderes übrig blieb, als dieses Gefühl zu unterdrücken. Also fragte er stattdessen: »Was ist danach mit diesem Xiao Xingchen passiert?«

Was danach passiert war, konnte natürlich nur schrecklich gewesen sein.

Als Xiao Xingchen damals von seiner Lehrmeisterin Abschied genommen und den Berg verlassen hatte, hatte er geschworen, nie mehr zurückzukehren. Er war jemand, der sich streng an seine Versprechen hielt, doch Song Lan war erblindet und hatte zudem weitere schwere Verletzungen davongetragen. Xiao Xingchen brach seinen eigenen Schwur, trug Song Lan zu Baoshan Sanren und bat seine Meisterin, seinen Freund zu heilen.

Der alten Zeiten wegen, in denen sie Lehrer und Schüler gewesen waren, kam Baoshan Sanren seiner Bitte nach. Anschließend stieg Xiao Xingchen vom Berg und wurde nicht wieder gesehen.

Nach einem weiteren Jahr stieg auch Song Lan vom Berg hinab. Zur großen Überraschung aller konnten seine Augen, die zuvor vollständig erblindet waren, wieder Licht sehen.

Allerdings war dies nicht allein Baoshan Sanrens meisterhaften medizinischen Fertigkeiten zuzuschreiben, sondern auch Xiao Xingchen, der ... sich selbst die Augen ausgestochen und sie Song Lan übergeben hatte, weil er ihn in diese Sache mit hineingezogen hatte.

Song Lan wollte sich eigentlich an Xue Yang rächen. Zu jenem Zeitpunkt war aber Jin Guangshan bereits tot, sodass Jin Guangyao die Nachfolge des Lanling-Jin-Clans angetreten hatte und zum Oberhauptes der Kultivierungswelt befördert worden war. Um zu zeigen, dass mit dem Führungswechsel ein neuer Wind wehte, hatte er Xue Yang direkt nach Amtsantritt beseitigt.

Die Wiederherstellung des Yin-Tiger-Amuletts wurde nicht wieder erwähnt, stattdessen wurden zahlreiche Maßnahmen ergriffen, um die Reputation des Clans zu retten und das Volk zu besänftigen, während sämtliche Gerüchte unterdrückt wurden.

Song Lan folgte unterdessen den Spuren seines alten Freundes.

Anfangs hatte man noch Gerüchte darüber vernommen, wohin er gegangen war, die später jedoch verstummt waren. Dazu kam noch, dass der Yueyang-Chang-Clan ein kleiner, unbedeutender Clan gewesen war, sodass viele Dinge allmählich in Vergessenheit gerieten.

Nachdem er diese lange Geschichte gehört hatte, seufzte Wei Wuxian leicht. In ihm stieg Bedauern auf.

»Wegen einer Sache, mit der er ursprünglich gar nichts zu tun hatte, erlitt er solch ein Schicksal, das ist wirklich ... Wäre Xiao Xingchen einige Jahre vorher geboren, oder ich einige Jahre später gestorben, wären die Dinge anders gelaufen. Wäre ich auf der Welt gewesen, wären solche Angelegenheiten nicht ignoriert worden. Und mit so einem Menschen hätte ich mich garantiert angefreundet!«

Nun wusste er nicht, ob er lachen oder weinen sollte, und spottete insgeheim über sich selbst

Ich hätte mich darum gekümmert? Wie hätte ich das gemacht? Wäre ich damals noch am Leben gewesen, hätte man im Fall der Auslöschung des Yueyang-Chang-Clans vielleicht gar nicht weiter nachgeforscht und es mir direkt in die Schuhe geschoben. Wäre ich diesem Xiao Xingchen auf der Straße begegnet und hätte ich ihn angesprochen und versucht, mich mit ihm anzufreunden und in eine Schenke einzuladen, hätte er mich wahrscheinlich mit seinem Fliegenwedel geschlagen, ha ha!

Sie waren bereits am Chang-Anwesen vorbeigelaufen und bei einem Friedhof angekommen, der nicht weit davon entfernt lag. Auf dem Torbogen befand sich in dunkelroten Lettern die Aufschrift »Chang«.

»Und warum ist Chang Ping dann später doch gestorben? Wer verübte an den übrigen Familienmitgliedern Lingchi?«, fragte Wei Wuxian.

Bevor Lan Wangji antworten konnte, ertönte in der sanft blauen Dämmerung ein donnerndes Klopfen. Es hörte sich fast so an, als würde jemand an eine Tür klopfen, obwohl dem nicht so war. Es knallte ununterbrochen, wild und gehetzt. Es klang gedämpft, als würde sich zwischen Schläger und Objekt etwas befinden.

Beide blickten sich konzentriert um.

Der Yueyang-Chang-Clan hatte mehr als fünfzig Mitglieder, die in diesem Moment in ihren Särgen lagen und von innen gegen die Deckel klopften. Genau wie in jener Nacht, in der sie zu Tode erschreckt worden waren und wie verrückt ans Tor geklopft hatten, ohne dass ihnen jemand geöffnet hatte.

Das war das, wovon der Kellner in der Schenke gesprochen hatte – das Klopfen im Inneren der Särge auf dem Friedhof der Chang-Familie!

Der Kellner hatte jedoch gesagt, dass der Spuk zehn Jahre zurückliegen würde und längst Ruhe eingekehrt sei. Wie konnte es also sein, dass es wieder anfing, sobald sie auftauchten?

Wei Wuxian und Lan Wangji schlichen gleichzeitig lautlos näher heran. Angelehnt an den Pfeiler des Torbogens entdeckten sie in der Mitte des Friedhofs in einem Grabstein ein Loch.

Es war ein sehr tiefes Loch, das just in diesem Moment gegraben wurde und neben dem daher überall aufgehäuft Erde lag. Aus dem Loch kam ein leises Geräusch.

Jemand öffnete gerade ein Grab.

Leise hielten beide die Luft an und warteten gespannt darauf, dass die Person aus dem Loch herauskam.

Nach weniger als fünfzehn Minuten sprangen schließlich zwei Menschen behänd an die Oberfläche.

Wei Wuxian und Lan Wangji erkannten nur, dass es zwei Personen waren, weil sie glücklicherweise gute Augen hatten. Es war nämlich sehr schwierig, die beiden auseinanderzuhalten, da sie wie siamesische

Zwillinge zusammenhingen. Einer der beiden trug den anderen auf dem Rücken und beide waren sie in Schwarz gekleidet.

Die Person, die aus dem Loch herausgesprungen war, stand mit dem Rücken zu ihnen gewandt. Sie hatte lange Arme und Beine. Die Person, die getragen wurde, wirkte mit dem herunterhängenden Kopf und den erschlafften Gliedmaßen leblos.

Aber so sollte es ja auch sein, sie war schließlich gerade aus einem Grab ausgegraben worden und somit tot. Dementsprechend war es vollkommen normal, dass sie einen leblosen Eindruck machte.

Gerade als Wei Wuxian das dachte, drehte der Grabräuber mit einer ruckartigen Bewegung den Kopf und sah sie direkt an.

Sein Kopf war von einem dichten schwarzen Nebel umgeben, sodass man seine Gesichtszüge und -konturen überhaupt nicht klar erkennen konnte!

Wei Wuxian war sich sicher, dass er irgendeinen mysteriösen Zauber benutzte, um sein Gesicht zu verdecken.

Lan Wangji hatte unterdessen bereits nach Bichen gegriffen, war in den Friedhof eingedrungen und lieferte sich nun mit dem Grabräuber einen Kampf.

Der verfügte über extrem schnelle Reflexe – als er sah, wie Bichens blaue Klinge auf ihn zuraste, machte er ein Handzeichen und beschwor ebenfalls ein schimmerndes Schwert. Dieses war, gleich seinem Gesicht, von einem dunklen Nebel umhüllt, sodass man nicht erkennen konnte, was für eine Farbe es hatte oder um was für ein Schwert es sich handelte. Da er eine Leiche auf dem Rücken trug, hatte er eine seltsame Kampfhaltung.

Sie kreuzten einige Male die Klingen der beiden leuchtenden Schwerter, dann rief Lan Wangji Bichen zurück, hielt es in der Hand und ganz plötzlich schien es, als hätte sich eine Frostschicht auf sein Gesicht gelegt.

Wei Wuxian wusste, warum er auf einmal erstarrte. Anhand des Schlagabtauschs soeben konnte selbst er als Außenstehender eindeutig erkennen, dass diesem Grabräuber Lan Wangjis Schwertkampfstil sehr vertraut war!

Lan Wangji sagte nichts, sondern stach erneut und immer heftiger mit Bichen zu und nutzte seine ganze Kraft. Sein Gegner wich hastig zurück, als würde er wissen, dass er mit einem Toten auf dem Rücken kein Gegner für Lan Wangji war und sicher geschnappt werden würde, wenn der Kampf noch weiter andauerte. Plötzlich kramte er einen dunkelblauen Talisman aus der Hüfttasche.

Ein Teleportationstalisman!

Diese Talismane konnten jemanden im Handumdrehen Tausende Kilometer weit weg teleportieren, verbrauchten gleichzeitig aber auch eine gewaltige Menge an spiritueller Energie und der Anwender erholte sich erst nach einer langen Zeit. Eine Person, deren spirituelle Energie nicht stark genug war, war nicht in der Lage, sie anzuwenden. Daher wurden sie, obwohl sie höchst wertvoll waren, nur von wenigen benutzt.

Als Wei Wuxian bemerkte, dass er fliehen wollte, klatschte er eilig zweimal in die Hände, kniete sich auf ein Bein und schlug mit der Faust auf den Boden.

Die Kraft dieses Schlags drang tief in die Erde bis zu den dicken Särgen vor und stachelte die Toten, die dort eingesperrt waren, fast bis zum Wahn an. Krachend schossen vier bluttriefende Arme aus dem Boden und griffen kräftig links und rechts nach beiden Beinen des Grabräubers!

Dem machte das jedoch nichts aus, er leitete seine spirituelle Energie in die Füße und fegte die vier Leichenarme weg.

Wei Wuxian holte seine Bambusflöte hervor und im nächsten Moment zerriss eine schrille, traurige Melodie die Nacht. Zwei Köpfe durchstießen die Erde und drangen an die Oberfläche, der Rest der Körper folgte. Sie hangelten sich an den Beinen des Grabräubers entlang nach oben und umwickelten wie eine Schlange seinen Körper, rissen den Mund in Richtung Hals und Arme auf und waren bereit zuzubeißen.

Der Grabräuber schnaubte verächtlich, als wären dies nur Taschenspielertricks für ihn. Er lenkte seine spirituelle Energie durch seinen ganzen Körper, doch nachdem er sie freigesetzt hatte, erkannte er, dass er in eine Falle getappt war.

Er hatte auch die Leiche auf seinem Rücken fortgeschleudert!

Wei Wuxian schlug mit der flachen Hand auf einen Grabstein und kugelte sich vor Lachen.

Lan Wangji streckte eine Hand aus und fing die schlaffe Leiche auf, während er mit der anderen Hand mit Bichen angriff.

Der Grabräuber musste zusehen, wie ihm das, was er soeben ausgegraben hatte, auch schon wieder weggenommen wurde. Selbst in einem Einzelkampf hätte er nicht gegen Lan Wangji gewinnen können, und nun, wo noch ein weiterer ihm mit seinen Tricks das Leben schwer machte, hatte er erst recht keine Chance. Er wagte es nicht, länger zu verweilen, warf den Teleportationstalisman vor seine Füße und ein lautes Geräusch ertönte. Blaue Flammen loderten zum Himmel und seine Gestalt verschwand in ihrer Mitte.

Wei Wuxian hatte längst gewusst, dass er einen Teleportationstalisman in den Händen hielt, doch auch wenn sie ihn geschnappt hätten, hätte er eine Möglichkeit gefunden zu entwischen. Durch die ausgegrabene Leiche hatte er ihnen einen Hinweis hinterlassen, sodass Wei Wuxian es nicht schade fand, ihn nicht erwischt zu haben. Also ging er zu Lan Wangji hinüber. »Dann lass uns doch mal nachschauen, wen er da Schönes ausgebuddelt hat.«

Bei dem Anblick der Leiche staunte er nicht schlecht. Der Kopf war aufgespalten, aber statt Blut oder Gehirn schaute ein Bündel Watte heraus, das sich bereits leicht schwarz verfärbte.

Wei Wuxian stocherte darin herum und riss dabei den Kopf ab. Er nahm den fein ausgearbeiteten falschen Kopf und fragte: »Was soll das bedeuten? Im Grab der Familie Chang liegt eine falsche Leiche aus Watte und Stofffetzen?!«

Lan Wangji hatte beim Auffangen der Leiche bereits ihr Gewicht gespürt und daher schon gewusst, dass etwas nicht stimmte. »Nicht alles an ihr ist eine Attrappe.«

Wei Wuxian tastete die Leiche ab und stellte fest, dass ihre vier Glieder alle weich gepolstert waren und nur der Brustkorb und Unterleib sich hart und echt anfühlten. Als er die Kleidung zerriss, sah er, dass der Rumpf tatsächlich ein echter Rumpf war, während es sich bei den übrigen Körperteilen um Fälschungen handelte.

Der Kopf und die Glieder aus Watte dienten dazu, den Rumpf zu »betrügen« und sollten ihn glauben lassen, dass sie sich noch am Körper des Besitzers befanden. Der Hautfarbe und der Stelle nach zu urteilen, an der der linke Arm durchtrennt worden war, handelte es sich mit Sicherheit um den gesuchten Rumpf ihres Kumpels. Und der Grabräuber war gekommen, um ihn mitzunehmen.

Wei Wuxian erhob sich. »So wie es aussieht, hat der Grabschaufler Wind davon bekommen, dass wir gerade diesen Fall untersuchen. Er hat befürchtet, dass wir ihn ausgraben würden, und wollte deshalb den Rumpf an einen anderen Ort bringen. Glück muss man haben, wir haben ihn genau im richtigen Moment erwischt, ha ha. Aber«, sein Ton schlug um, »wieso war der Typ mit dem verschleierten Gesicht mit dem Schwertstil deines Clans so vertraut?«

Offensichtlich dachte auch Lan Wangji gerade darüber nach, denn die Kälte war noch nicht aus seinem Gesicht gewichen.

»Sein Kultivierungslevel war sehr hoch, so hoch, dass er den Energieverbrauch durch die Nutzung eines Teleportationstalismans stemmen konnte. Er hatte einen Zauber auf sein Gesicht und sein Schwert angewandt. Ein Verschleierungszauber ist ja noch verständlich, da er wohl Angst hatte, dass man ihn erkennen könnte. Aber bei einem gewöhnlichen, unbekannten Kultivierer wäre es nicht nötig, das Schwert zu verhüllen. Außer wenn sein leuchtendes Schwert in der Kultivierungswelt so bekannt ist, dass es erkannt werden könnte. Wenn durch das Schwert sofort seine Identität auffliegen würde, hat er keine andere Wahl, als es zu verhüllen«, sagte Wei Wuxian, dann horchte er nach. »Hanguang-Jun, du hast mit ihm gekämpft, denkst du, es ist jemand, den du gut kennst?«

Konkrete Namen sprach Wei Wuxian nicht aus, zum Beispiel Lan Xichen oder Lan Qiren, trotzdem antwortete Lan Wangji mit Bestimmtheit: »Nein.«

Wei Wuxian glaubte ihm. Er hielt Lan Wangji nicht für jemanden, der Tatsachen verschleiern würde oder der sich nicht der Wahrheit stellen konnte. Wenn er sagte, dass etwas nicht stimmte, dann war dem mit Sicherheit auch so. Er mochte es auch nicht zu lügen, und so, wie Wei Wuxian es sah, würde Lan Wangji sich lieber selbst einen Verstummungszauber auferlegen und nichts sagen, als zu lügen. Also schloss Wei Wuxian diese beiden Personen sofort aus. »Dann wird es noch komplizierter.«

Lan Wangji stopfte den Rumpf in einen zweischichtigen Kosmos-Beutel und steckte ihn behutsam ein. Sie drehten noch einige Runden in der Nähe und kehrten entspannt in die Straße der Schenken zurück.

Der Kellner hatte tatsächlich Wort gehalten. Die meisten anderen Schenken in dieser Straße hatten bereits geschlossen, während die Fahne dieses Ladens noch hing und die Lichter noch brannten.

Der Kellner saß draußen am Eingang und stopfte sich gerade Essen aus einer riesigen Schüssel mit seinen Händen in den Mund, als er sie erblickte und ihnen fröhlich zurief: »Ihr seid zurück! Na, wir halten unser Wort, oder? Habt ihr was entdeckt?«

Wei Wuxian lachte und antwortete ihm in einigen Worten, dann setzte er sich mit Lan Wangji zurück an den Platz, an dem sie schon tagsüber gesessen hatten. Die Beistelltische zu ihren Füßen waren mit Krügen vollgestellt.

»Ach ja, wo waren wir vorhin stehen geblieben? Wir wurden von dem Grabräuber, der plötzlich aufgetaucht war, unterbrochen. Ich weiß immer noch nicht, wie Chang Ping gestorben ist«, sagte Wei Wuxian.

Lan Wangji fuhr mit seiner Erzählung in knappen Sätzen fort.

Xue Yang, Xiao Xingchen und Song Lan waren alle nacheinander fort gewesen, entweder waren sie verschwunden oder tot. Viele Jahre nach diesen Vorfällen wurden eines Tages Chang Ping und seine übrigen Familienmitglieder alle in einer einzigen Nacht durch Lingchi getötet. Noch dazu wurden Chang Pings Augen ausgehöhlt.

Diesmal fand niemand heraus, wer der Täter war, immerhin waren alle Menschen, die damals in den Fall involviert gewesen waren, wie vom Erdboden verschluckt. Dennoch gab es eine Sache, die man mit Sicherheit sagen konnte.

Anhand der Wunden war erkennbar, dass das Schwert, mit dem sie gefoltert worden waren, Xiao Xingchens leuchtende Klinge *Shuanghua** gewesen sein musste.

Erstaunt über diese Entwicklung hielt Wei Wuxian, der gerade ein Reisweinschälchen an seinen Mund führen wollte, inne. »Sie wurden durch Xiao Xingchens Schwert getötet? War er dann der Täter?«

»Xiao Xingchen war verschwunden, der Fall wurde nie aufgeklärt«, antwortete Lan Wangji.

»Wenn man die Person nicht lebend finden konnte, hat man es dann mal mit einer Seelenanrufung probiert?«, sagte Wei Wuxian.

»Ja. Hat nicht funktioniert«, erwiderte Lan Wangji.

Wenn es nicht funktioniert hatte, dann entweder, weil er nicht tot war oder weil seine Seele sich bereits aufgelöst hatte. Als Experte auf diesem Gebiet musste Wei Wuxian seine Ansicht zu diesem Thema darlegen.

»Bei Seelenanrufungen verhält es sich so: Man darf sie nicht zu sehr als etwas Absolutes ansehen. Auch wenn die Zeit, der Ort und alles andere perfekt stimmen, passieren trotzdem manchmal Fehler. Wahrscheinlich

* »Shuanghua« bedeutet »Eisblume«.

denken viele Menschen, dass das Xiao Xingchens Rache war. Und du, Hanguang-Jun? Wie denkst du darüber?«

Lan Wangji schüttelte langsam den Kopf. »Bevor ich nicht alle Details kenne, enthalte ich mich.«

Wenn es darum ging, wie er die Dinge anging, bewunderte Wei Wuxian Lan Wangjis Einstellung und seine Prinzipien zutiefst. Grinsend trank er einen Schluck Reiswein. Dann hörte er, wie Lan Wangji ihn etwas fragte.

»Und wie denkst du darüber?«

»Lingchi ist eine Foltermethode und steht für ›Bestrafung‹. Da ihm außerdem die Augen ausgehöhlt wurden, ist es sehr schwierig, das nicht mit Xiao Xingchen in Verbindung zu bringen, der sich ja selbst die Augen aushöhlte. Daher ist es nur verständlich, wenn die Leute annehmen, dass es sich um Xiao Xingchens Rache handelt, aber ...« Wei Wuxian dachte einen Moment über die richtige Wortwahl nach, bevor er fortfuhr. »Ich denke, dass Xiao Xingchen sich anfangs gar nicht deswegen erhob und sich in die Sache einmischte, weil er sich Chang Pings Dank sichern wollte. Ich ...«

Er hatte noch gar nicht zu Ende überlegt, was nach dem »Ich« kommen sollte, als der Kellner ihnen freundlicherweise zwei Schälchen mit Erdnüssen brachte. Die Unterbrechung kam Wei Wuxian gerade recht, da er nun nicht mehr fortfahren musste. Er blickte auf und sah Lan Wangji an, dann lachte er. »Hanguang-Jun, was schaust du mich so an? Ich hab keine Ahnung. Auch ich kenne nicht alle Details und muss mich genauso enthalten. Du hast absolut recht, bevor man nicht alle Hintergründe kennt, sollte man auch keine voreiligen Schlüsse ziehen. Ich wollte nur fünf Krüge, doch du hast mir fünf mehr gekauft. Ich befürchte, dass ich sie alleine nicht leeren kann. Na, trinkst du mit mir? Wir sind hier ja nicht in der Wolkennische, somit verstoßen wir auch gegen keine Regeln, oder?«

Eigentlich war er darauf gefasst, eine kalte Abfuhr zu bekommen, doch Lan Wangji stimmte überraschenderweise zu.

»Gut.«

Wei Wuxian schnalzte mit der Zunge. »Hanguang-Jun, du hast dich wirklich verändert. Als ich damals diesen kleinen Krug vor deinen Augen getrunken habe, warst du so wütend, dass du mich über die Mauer geschmissen und dazu auch noch geschlagen hast. Und nun versteckst du in deinem Zimmer sogar das *Lächeln des Kaisers* und trinkst heimlich.«

Lan Wangji richtete seinen Kragen und sagte leise: »Vom *Lächeln des Kaisers* habe ich keinen Krug angerührt.«

»Wozu bunkerst du die dann, wenn du sie nicht trinkst, hast du sie etwa für mich aufgehoben? Ist ja schon gut, dann hast du sie eben nicht angerührt, ich glaub's dir doch schon. Ich erwähne es nicht mehr, los. Ich muss unbedingt sehen, wie viel ein Mitglied des Gusu-Lan-Clans, das noch nie einen Tropfen Alkohol angerührt hat, verträgt, bevor es umkippt«, sagte Wei Wuxian.

Er schenkte Lan Wangji ein Schälchen ein und ohne zu zögern nahm dieser es an und kippte es hinunter.

Wei Wuxian überkam eine seltsame Aufregung, er starrte Lan Wangji an, um mitzubekommen, wie er rot anlief. Doch selbst nachdem er ihn eine ganze Weile so fixiert hatte, veränderten sich weder Lan Wangjis Gesichtsfarbe noch sein Gesichtsausdruck im Geringsten. Seine blassen Pupillen starrten ihn einfach nur seelenruhig an. Er konnte überhaupt keine Veränderung erkennen!

Wei Wuxians Enttäuschung war offensichtlich. Gerade als er Lan Wangji dazu auffordern wollte, noch etwas zu trinken, runzelte der plötzlich die Stirn und rieb sich sanft die Stelle zwischen seinen Augenbrauen. Einen Moment später stützte er sich mit einer Hand an der Stirn ab und schloss die Augen.

War er eingeschlafen?

Er war eingeschlafen!

Normalerweise wäre man nach dem Konsum von Alkohol zunächst betrunken und erst danach würde man einschlafen. Wie konnte Lan Wangji den ersten Schritt einfach so überspringen?!

Er wollte ihn doch im betrunkenen Zustand sehen!

Wei Wuxian wedelte mit der Hand vor Lan Wangji herum, der selbst beim Schlafen noch ein ernstes und aufrichtiges Gesicht machte, und klatschte einmal neben seinem Ohr in die Hände. Keine Reaktion.

Er war tatsächlich nach nur einem Schälchen umgekippt.

Damit hatte Wei Wuxian nicht gerechnet. Er klatschte sich auf die Oberschenkel und dachte einen Moment nach. Dann nahm er Lan Wangjis rechten Arm, legte ihn um seinen Nacken und schleppte ihn aus der kleinen Schenke.

Er war längst ein Experte darin, Lan Wangjis Körper nach Gegenständen abzutasten, zog daher gekonnt dessen Geldbeutel hervor und buchte zwei Zimmer in einem Gasthaus. Dann brachte er Lan Wangji in eines der Zimmer, zog ihm die Schuhe aus, deckte ihn zu und schlich sich hinaus in die Nacht.

Wei Wuxian suchte sich ein abgelegenes Gebiet im Freien und griff nach der Bambusflöte an seiner Hüfte. Er führte sie an die Lippen, spielte eine Melodie und wartete anschließend ruhig.

In den letzten Tagen war Wei Wuxian den ganzen Tag mit Lan Wangji zusammen gewesen und hatte keine Zeit allein verbracht. Daher hatte er auch Wen Ning nicht beschwören können. Außer der Tatsache, dass er zuvor mehr oder weniger seine Identität geheim gehalten hatte, gab es hierfür noch einen anderen Grund: Wen Ning hatte einige Menschen des Gusu-Lan-Clans auf dem Gewissen. Auch wenn Lan Wangji ihn gut behandelte, konnte Wei Wuxian nicht einfach so vor seiner Nase Wen Ning herbeirufen. Oder besser gesagt, gerade weil Lan Wangji ihn so gut behandelte, konnte Wei Wuxian nicht so dreist sein und Wen Ning in seiner Gegenwart beschwören. Egal wie anstandslos er sich sonst immer verhielt, in diesem Fall konnte er es nicht.

Nachdem er aus seinen Gedanken wieder in die Realität zurückgekehrt war, hörte er bereits ein unheilvolles metallisches Rasseln.

Wen Nings Gestalt erschien mit gesenktem Kopf aus den dunklen Schatten der Stadtmauern direkt vor ihm. Er war am ganzen Körper pechschwarz gekleidet und verschmolz geradezu mit der Dunkelheit, die ihn umgab. Nur seine pupillenlosen Augen strahlten in einem grausamen Weiß, das in den Augen stach.

Seine Hände auf dem Rücken verschränkt ging Wei Wuxian einmal langsam um ihn herum.

Wen Ning zuckte, als würde er seinen Schritten folgen und sich mitdrehen wollen, da ermahnte ihn Wei Wuxian: »Stehen bleiben.«

Er tat wie ihm geheißen und bewegte sich nicht mehr. Seine feinen Gesichtszüge schienen nun noch melancholischer.

»Deine Hand«, befahl Wei Wuxian.

Wen Ning streckte seine rechte Hand aus. Wei Wuxian griff nach seinem Handgelenk, hob es an und betrachtete die Eisenhandschellen und -ketten genauer.

Das waren keine gewöhnlichen Handschellen. Verfiel Wen Ning in Raserei, war er extrem gewalttätig und konnte Eisenketten mit bloßen Händen zertrümmern. Er würde sie nicht so wie jetzt mit sich schleifen. Wahrscheinlich waren es Eisenketten, die speziell dafür angefertigt worden waren, um ihn zu bändigen.

Seine Asche soll in alle Winde verstreut worden sein?

Selbst bei der zerstörten Hälfte des Yin-Tiger-Amuletts scheute man keine Mühen, um es wiederherzustellen, natürlich gab es dann auch Kultivierungsclans, die nach dem Geistergeneral lechzten. Wie hätten sie seine Asche da in alle Winde verstreuen können?

Wei Wuxian lachte kalt, stellte sich neben Wen Ning und dachte kurz nach. Dann streckte er seine Hand aus und tastete langsam dessen Haare ab.

Die Person, die Wen Ning verschont und in Ketten gelegt hatte, ließ es sicher nicht zu, dass er selbstständig dachte. Damit er den Befehlen von jemand anderem gehorchte, musste man Wen Nings Geist unterdrücken und mit Sicherheit hatte man ihm daher etwas in sein Gehirn eingepflanzt. Tatsächlich fand Wei Wuxian, nachdem er mehrere Male einen bestimmten Akupunkturpunkt an der rechten Schläfe abgetastet hatte, eine kleine, harte Erhebung. Die andere Hand führte er zur entsprechenden Stelle an Wen Nings linker Schläfe, wo er ebenfalls einen kleinen, harten Gegenstand ertasten konnte, der augenscheinlich eine spitze Nadel oder etwas Ähnliches war.

Wei Wuxian fasste beide Enden gleichzeitig, bewegte sie vorsichtig und zog zwei lange, schwarze Nägel aus Wen Nings Kopf. Sie waren einige Zentimeter lang, etwa so dick wie die roten Schnüre, die man für Jadeanhänger benutzte, und hatten tief in Wen Nings Schädel gesteckt. In dem Moment, in dem er sie rauszog, flatterten Wen Nings Lider leicht und in seiner weißen Netzhaut erschien etwas, das wie schwarze Blutadern aussah. Er schien mit aller Kraft die Schmerzen zu ertragen.

Obwohl er eindeutig tot war, konnte er immer noch Empfindungen wie »Schmerz« verspüren.

Auf den beiden Nägeln waren sehr feine Linien und komplexe Muster eingraviert, die sicher außergewöhnlich waren und deren Erschaffer sein Handwerk beherrschte. Es würde eine ganze Weile dauern, bis Wen Ning sich wieder erholte.

Wei Wuxian steckte sie ein und schaute auf die Eisenketten an seinen Hand- und Fußgelenken hinab. Er würde sie nicht immer so rasselnd hinter sich her schleifen können, also musste Wei Wuxian ein spirituelles Schwert finden, mit dem man sie durchtrennen konnte.

Das Erste, das ihm in den Sinn kam, war natürlich Lan Wangjis Bichen. Auch wenn es etwas unangemessen schien, Wen Nings Fesseln mit einem Schwert des Lan-Clans zu durchtrennen, war es das spirituelle Schwert, das er am einfachsten in die Finger bekommen konnte – er konnte ihn ja nicht für immer diese Last mit sich herumtragen lassen.

»Ich mache es so, ich kehre jetzt erst mal zum Gasthaus zurück. Wenn Lan Wangji wach ist, borge ich es mir nicht, wenn er aber noch schläft, leihe ich mir Bichen kurz aus«, sagte Wei Wuxian zu sich selbst.

Nachdem er diese Entscheidung getroffen hatte, drehte er sich entschlossen um – musste zu seiner Überraschung jedoch feststellen, dass Lan Wangji direkt hinter ihm stand.

Nachdem Wei Wuxian Wen Ning beschworen hatte, war er stark auf ihn fixiert gewesen und es war daher nur natürlich, dass er nicht alles im Blick gehabt oder jedes Geräusch wahrgenommen hatte. Für Lan Wangji wiederum war es ein Leichtes, unentdeckt zu bleiben, wenn er es wollte. Daher erschrak Wei Wuxian und sein Herzschlag setzte in dem Augenblick, in dem er in dieses immer eisiger werdende Gesicht im Mondlicht sah, für einen kurzen Moment aus.

Er wusste nicht, wie lange Lan Wangji bereits hinter ihm gestanden und ob er das, was er getan und gesagt hatte, mitbekommen hatte. Wenn er von Anfang an gar nicht betrunken gewesen und ihm den ganzen Weg hierher gefolgt war, wäre es noch peinlicher. Jemandem nichts zu sagen, Wen Ning nicht zu erwähnen und abzuwarten, bis die Person eingeschlafen war, um ihn dann still und heimlich zu beschwören, war wirklich unangenehm.

Lan Wangji verschränkte die Arme, während er Bichen umklammerte. Sein Gesichtsausdruck war extrem kalt. Wei Wuxian hatte noch nie gesehen, dass er seinen Unmut derart offen kundtat. Er fühlte sich dazu verpflichtet, als Erster das Wort zu ergreifen und es ihm zu erklären, um die Stimmung etwas zu lockern.

»Oh, Hanguang-Jun.«

Lan Wangji antwortete nicht.

Wei Wuxian stand vor Wen Ning und schaute Lan Wangji direkt in die Augen, dann rieb er sich das Kinn. Er wusste nicht warum, aber plötzlich überkam ihn ein furchtbar schlechtes Gewissen.

Schließlich nahm Lan Wangji die Hand, mit der er Bichen hielt, herunter und machte zwei Schritte nach vorn.

Als Wei Wuxian sah, wie er mit dem Schwert in der Hand schnurstracks auf Wen Ning zuging, dachte er, dass Lan Wangji die Absicht hat, Wen Ning zu töten, und seine Gefühle fuhren Achterbahn.

Verdammt! Wahrscheinlich hat Lan Zhan wirklich nur so getan, als wäre er betrunken, damit ich Wen Ning beschwöre, und er ihn töten kann. Natürlich, wer kippt denn schon ernsthaft nach einem Schälchen um?!

Er versuchte, sich zu erklären. »Hanguang-Jun, hör zu …«

Man hörte ein Klatschen, als Lan Wangji Wen Ning einen Schlag ins Gesicht verpasste.

Obwohl er laut in der Nacht widerhallte, lag darin keine wahre Tötungsabsicht.

Wen Ning ertrug ihn und wich stolpernd lediglich ein paar Schritte zurück, schwankte kurz, bis er sein Gleichgewicht wiederfand und sich erneut mit einem leeren Gesichtsausdruck aufrecht hinstellte.

In seiner jetzigen Verfassung war Wen Ning zwar nicht so in Rage wie damals, als er seinen Anfall hatte, allerdings war er auch nicht viel weniger hitzköpfig. Als er in der Nacht auf dem Dafan-Berg von den Menschen umzingelt und angegriffen worden war, hatte er zahlreiche von ihnen bereits im hohen Bogen fortgeschleudert, bevor sie überhaupt ihr Schwert gegen ihn hatten ziehen können – er hatte sie sogar am Hals gepackt. Hätte Wei Wuxian ihn nicht aufgehalten, hätte er sicher jeden einzelnen Anwesenden erwürgt. Und doch senkte er jetzt, nachdem er einen Schlag von Lan Wangji kassiert hatte, den Kopf und wagte es nicht, sich zu widersetzen.

Wei Wuxian war etwas überrascht, vor allem aber erleichtert. Hätte er sich gewehrt und die beiden hätten angefangen zu kämpfen, wäre es wahnsinnig schwer gewesen, den Streit zu schlichten.

Allerdings wirkte es so, als würde der eine Schlag Lan Wangji nicht ausreichen. Um seine Wut zum Ausdruck zu bringen, schob er Wen Ning nun einige Meter weg und fuhr ihn wütend an. »Geh weg!«

Jetzt endlich bemerkte Wei Wuxian, dass hier was nicht stimmte.

Egal ob es um sein Verhalten oder seine Worte ging, diese Vorgehensweise von Lan Wangji war äußerst ... kindisch.

Als er Wen Ning weit genug fortgeschoben hatte, schien Lan Wangji endlich zufrieden zu sein. Er drehte sich um, ging zurück und stellte sich neben Wei Wuxian.

Der starrte ihn prüfend an.

Lan Wangjis Gesichtsfarbe und -ausdruck zeigten keinerlei Veränderung. Er wirkte sogar noch strenger und ernster als gewöhnlich, und noch weniger wie jemand, den man provozieren sollte. Sein Stirnband und sein Schwert waren ordentlich, er war nicht rot im Gesicht, nicht außer Atem und ging mit sicheren, festen Schritten. Nach außen wirkte er immer noch wie der äußerst geradlinige, ruhige und selbstbeherrschte berühmte Kultivierer Hanguang-Jun.

Doch als Wei Wuxian nach unten sah, bemerkte er, dass Lan Wangji seine Schuhe falsch herum angezogen hatte. Bevor er sich fortgeschlichen hatte, hatte er sie Lan Wangji ausgezogen und neben das Bett geschmissen. Und nun war Lan Wangjis linker Schuh an seinem rechten Fuß, während er den rechten Schuh am linken Fuß trug.

Hanguang-Jun, der aus einem angesehenen Clan kam und für den ein korrektes Auftreten und Etikette hohe Priorität hatten, würde unter keinen Umständen so unter Menschen gehen.

Wei Wuxian testete ihn. »Hanguang-Jun, wie viele Finger sind das?«

Er hielt zwei hoch.

Lan Wangji antwortete nicht, sondern streckte mit absoluter Ernsthaftigkeit beide Hände aus, eine rechts, eine links, und umklammerte Wei Wuxians Finger gewissenhaft.

Mit einem Klirren fiel Bichen zu Boden.

Wei Wuxian war sprachlos.

Das war auf keinen Fall der normale Lan Zhan!

»Hanguang-Jun, kann es sein, dass du betrunken bist?«, fragte Wei Wuxian.

»Nein«, antwortete Lan Wangji.

Betrunkene gaben niemals zu, dass sie betrunken waren. Wei Wuxian zog seine Finger zurück, doch Lan Wangji verharrte in seiner Haltung – aufrecht stand er da und umfasste nun konzentriert mit seinen beiden Händen die Leere. Wei Wuxian sah ihn wortlos an, dann hob er im kalten Nachtwind den Kopf und betrachtete den Mond.

Normalerweise war man erst betrunken und schlief dann, während Lan Wangji erst schlief und dann betrunken war. Außerdem wirkte er im betrunkenen Zustand genauso wie sonst auch, sodass es schwierig war, ihn einzuschätzen.

Früher hatte Wei Wuxian zahllose Trinkfreunde und tausend verschiedene Arten des Betrunkenseins erlebt. Es gab welche, die in Tränen ausbrachen. Andere, die idiotisch kicherten. Einige, die sich aufführten, als wären sie verrückt. Wieder andere, die auf offener Straße schliefen wie ein Stein und auch solche, die sterben wollten oder welche, die immer wieder »Wieso willst du mich nicht mehr?« schluchzten. Doch er sah zum ersten Mal jemanden wie Lan Wangji, der ganz ruhig blieb und normal wirkte und sich gleichzeitig so schräg verhielt.

Wei Wuxian verzog seine Mundwinkel und unterdrückte mit aller Kraft ein Lachen, dann hob er das Schwert auf, das auf dem Boden lag, schnallte es sich um und sagte: »Okay, wir gehen zurück.«

So einen Lan Wangji konnte er draußen nicht frei herumlaufen lassen, wer weiß, was er sonst noch anstellen würde.

Glücklicherweise schien Lan Wangji auch im betrunkenen Zustand leicht zu überzeugen zu sein, er nickte elegant und ging mit ihm mit. Wäre jemand vorbeigekommen, hätte er höchstwahrscheinlich angenommen, dass hier zwei enge Freunde gerade einen nächtlichen Spaziergang machten und sich dabei in Ruhe unterhielten, und er hätte sie für diese vornehme Unternehmung bewundert.

Wen Ning ging still und leise hinter ihnen her und gerade als Wei Wuxian etwas zu ihm sagen wollte, drehte Lan Wangji sich ruckartig um und verpasste ihm einen weiteren wütenden Schlag.

Diesmal traf er Wen Nings Schädel.

Durch den Schlag hing sein Kopf nun schief und noch tiefer als zuvor. Obwohl die Muskeln in seinem Gesicht totenstarr waren und er keinerlei Gefühlsregungen zeigte und obwohl kein Leben in seinen weißen, pupillenlosen Augen war, konnte man erkennen, wie ungerecht er sich behandelt fühlte.

Wei Wuxian wusste nicht, ob er lachen oder weinen sollte. Er zog Lan Wangji am Arm. »Warum schlägst du ihn denn?!«

In einem bedrohlichen Tonfall, den Lan Wangji im nüchternen Zustand sicher niemals verwenden würde, schnauzte er Wen Ning an. »Geh weg!«

Wei Wuxian wusste, dass man sich nicht mit Betrunkenen anlegen durfte, und sagte eilig: »Ist ja gut, ist ja gut, wie du willst, dann geht er eben weg.«

Er zog seine Bambusflöte hervor, doch noch bevor er sie an seine Lippen führen konnte, nahm Lan Wangji sie ihm weg und sagte: »Du darfst ihm nichts vorspielen.«

»Du bist aber herrisch«, neckte Wei Wuxian ihn.

»Du darfst ihm nichts vorspielen!«, wiederholte Lan Wangji verärgert.

Wei Wuxian verstand. Betrunkene hatten oft eine ganze Menge zu erzählen und da Lan Wangji sonst nicht gerne den Mund aufmachte, wiederholte er jetzt, wo er zu viel intus hatte, denselben Satz wieder und wieder. Er ging davon aus, dass Lan Wangji nicht viel von dunklen Künsten hielt und es wahrscheinlich nicht mochte, wenn er Wen Ning durch die Flöte kontrollierte. Also lenkte er ein.

»In Ordnung. Dann spiele ich nur dir etwas vor, einverstanden?«

Zufrieden stimmte Lan Wangji mit einem »Mhm« zu, die Flöte behielt er jedoch in der Hand und spielte mit ihr herum, ohne sie ihm zurückzugeben.

Also blieb Wei Wuxian nichts anderes übrig, als zweimal zu pfeifen und Wen Ning anderweitig einen Befehl zu geben. »Versteck dich und lass dich nicht entdecken!«

Es wirkte, als würde Wen Ning gerne mitkommen wollen, da er aber einen Befehl erhalten hatte und sich vor weiteren Schlägen Lan Wangjis fürchtete, drehte er sich ganz langsam um und schlenderte rasselnd fort, während er traurig den Kopf hängen ließ.

Wei Wuxian fragte Lan Wangji: »Lan Zhan, wie kommt es, dass du überhaupt nicht rot wirst, wenn du betrunken bist?«

Da Lan Wangji zu normal wirkte, sogar normaler als Wei Wuxian selbst, konnte dieser nicht anders, als so mit ihm zu sprechen, wie er es mit jeder anderen Person auch tun würde. Zu seiner Überraschung streckte Lan Wangji nach dieser Frage plötzlich die Arme aus, ergriff Wei Wuxians Schultern und zog ihn zu sich heran.

Völlig überrumpelt prallte Wei Wuxians Kopf gegen seine Brust.

Ihm wurde schwindelig, da hörte er von oben Lan Wangjis Stimme. »Lausche dem Herzschlag.«

»Was?«

»Man sieht es nicht im Gesicht, sondern man muss den Herzschlag hören.«

Als Lan Wangji sprach, vibrierte sein Brustkorb unter seiner tiefen Stimme, und sein Herz schlug regelmäßig und kraftvoll.

Poch Poch.

Es war etwas schneller als sonst.

Wei Wuxian zog seinen Kopf zurück und verstand. »Man sieht es dir nicht im Gesicht an, sondern merkt es erst, wenn man deinen Herzschlag hört?«

Lan Wangji antwortete ehrlich: »Mhm.«

Wei Wuxian hielt sich vor Lachen den Bauch.

War Lan Wangji etwa so dickhäutig, dass man die Röte nicht in seinem Gesicht sehen konnte? So wirkte es aber überhaupt nicht!

Der betrunkene Lan Wangji war unerwartet ehrlich, während sein Verhalten und seine Worte ebenfalls um einiges ... gewagter waren als sonst. Dieser ehrliche, direkte Lan Wangji war ein seltener Anblick, wie hätte Wei Wuxian ihn da einfach nur mit Respekt behandeln und keine Späße mit ihm treiben können?

Er brachte Lan Wangji schnell zurück ins Gasthaus. Nachdem sie auf dem Zimmer angekommen waren, drückte er ihn aufs Bett und zog ihm die Schuhe aus, die er verkehrt herum angezogen hatte. Da Wei Wuxian davon ausging, dass er sich bestimmt nicht selbst das Gesicht waschen konnte, nahm er Lan Wangji das Stirnband ab, brachte einen Eimer warmes Wasser und tauchte ein Handtuch hinein. Anschließend wrang er es aus, faltete es zu einem Rechteck und wischte ihm sanft das Gesicht damit ab.

Während des ganzen Vorgangs erhob Lan Wangji keinerlei Einwände und ließ ihn brav gewähren. Er blinzelte lediglich einmal, als das Handtuch in die Nähe seiner Augen gelangte, den Rest der Zeit starrte er ihn regungslos an.

In Wei Wuxians Kopf kamen einige fiese Ideen auf.

Als er Lan Wangjis klaren Blick sah, konnte er nicht anders, als ihn unter seinem Kinn zu kraulen. Er lachte. »Was schaust du mich so an? Sehe ich gut aus?«

Wei Wuxian war gerade fertig geworden. Er wartete Lan Wangjis Antwort nicht ab, sondern warf das Handtuch in den Wassereimer und fragte: »Dein Gesicht ist jetzt sauber, willst du etwas Wasser trinken?«

Als es neben ihm still blieb, drehte er sich um und sah, wie Lan Wangji den Eimer in beiden Händen hielt und sein Gesicht darin eintauchte.

Wei Wuxian wurde blass vor Schreck, riss ihm eilig den Wassereimer aus der Hand und stellte ihn zurück.

»Ich meinte doch nicht, dass du dieses Wasser trinken sollst!«

Ruhig hob Lan Wangji den Kopf und die durchsichtigen Wasserperlen, die von seinem Unterkiefer tropften, benetzten seinen Kragen.

Wei Wuxian blickte ihn an. Er konnte die vielen Emotionen, die gerade in ihm aufkamen, nicht beschreiben ...

Hat er das gerade getrunken oder nicht? Am besten wäre es, wenn er alles vergessen hat, wenn er wieder nüchtern ist, ansonsten kann er für den Rest seines Lebens niemandem mehr unter die Augen treten.

Wei Wuxian wischte ihm mit seinem Ärmel die Wasserperlen vom Kinn, dann legte er den Arm um seine Schulter und fragte: »Hanguang-Jun, tust du jetzt alles, was ich dir sage?«

»Mhm.«

»Du antwortest auf all meine Fragen?«

»Mhm.«

Wei Wuxian presste ein Knie auf das Bett und zog einen Mundwinkel hoch. »Na gut. Dann frage ich dich, hast du mal heimlich von dem *Lächeln des Kaisers* getrunken, den du in deinem Zimmer versteckst?«

»Nein.«

»Magst du Hasen?«

»Ja.«

»Hast du schon mal eine Regel gebrochen?«

»Ja.«

»Gab es mal jemanden, den du mochtest?«

»Ja.«

Wei Wuxian ging mit seinen Fragen nicht zu weit. Er wollte nicht wirklich die Gelegenheit ausnutzen, um in Lan Wangjis Privatsphäre einzudringen. Er wollte nur sichergehen, dass dieser wirklich auf alles antwortete, was er ihn fragte. Also fuhr er fort.

»Was denkst du über Jiang Cheng?«

Lan Wangji runzelte die Stirn. »Hmpf.«

»Und über Wen Ning?«

»Heh«, antwortete Lan Wangji kalt.

Wei Wuxian grinste über das ganze Gesicht, zeigte auf sich selbst und fragte: »Und was denkst du über das Prachtexemplar vor dir?«

»Gehört mir.«

»…«

Lan Wangji starrte ihn an, betonte die Silben und sagte klar und deutlich: »GE-HÖRT MIR.«

Plötzlich verstand Wei Wuxian. Er legte Bichen ab.

Als ich gerade auf mich gezeigt habe, dachte er wohl, dass ich mit »das Prachtexemplar« Bichen meinte, weil ich es auf dem Rücken trage.

Bei diesem Gedanken erhob er sich vom Bett, nahm das Schwert und ging im Zimmer von links nach rechts und von Osten nach Westen auf und ab. Tatsächlich verfolgte Lan Wangji seine Bewegungen mit seinen Blicken – wohin er auch ging. Ehrlich und geradeheraus, offen und unverhüllt.

Er sah ihn so leidenschaftlich und feurig an, dass Wei Wuxian sich kaum noch auf den Beinen halten konnte. Also hielt er Bichen vor Lan Wangjis Gesicht. »Willst du es?«

»Ich will es«, lautete Lan Wangjis Antwort.

Als wäre das aber noch kein ausreichender Beweis für sein Verlangen, griff Lan Wangji nach der Hand, mit der Wei Wuxian das Schwert festhielt. Er sah ihn direkt mit seinen hellen Pupillen an, nahm einen sanften Atemzug und wiederholte deutlich jedes einzelne seiner Worte. »Ich will es.«

Wei Wuxian wusste zwar, dass Lan Wangji sturzbetrunken war und damit nicht ihn meinte, trotzdem wurden ihm bei diesen drei Worten die Knie weich und die Arme schwach.

Also wirklich, dieser Lan Zhan ... Wenn er einer Dame so aufrichtig und leidenschaftlich begegnen würde, wäre er wirklich ein gefährlicher Mann!

Wei Wuxian sammelte sich wieder und fragte dann: »Wie hast du mich erkannt? Warum hilfst du mir?«

Lan Wangji öffnete leicht den Mund, und Wei Wuxian kam etwas näher, um die Antwort zu hören. Doch plötzlich veränderte sich Lan Wangjis Miene, er hob eine Hand und stieß Wei Wuxian auf das Bett. Dann löschte er die Kerze und warf Bichen auf den Boden.

Durch den Stoß wurde Wei Wuxian schwindlig. Er dachte schon, Lan Wangji wäre wieder nüchtern. »Lan Zhan?!«

Der tippte ihm wieder einmal auf die vertraute Stelle hinten am Rücken und es erging Wei Wuxian wie in der ersten Nacht in der Wolkennische – sein ganzer Körper wurde taub und er konnte sich nicht mehr bewegen.

Lan Wangji zog seine Hand zurück, legte sich neben ihn und deckte sie beide zu. Dann klemmte er die Ecken von Wei Wuxians Decke gründlich fest und sagte: »Es ist neun Uhr. Schlafenszeit.«

Es war wieder die berüchtigte Schlafenszeit-Regelung des Lan-Clans, die zur Umsetzung kam.

Nachdem Wei Wuxians Kreuzverhör unterbrochen worden war, starrte er nun den Baldachin des Bettes an und versuchte es erneut. »Können wir nicht gleichzeitig ruhen und reden?«

»Nein«, sagte Lan Wangji.

Auch gut, er würde sicher eine weitere Gelegenheit bekommen, Lan Wangji abzufüllen und früher oder später die Antwort aus ihm herausbekommen.

»Lan Zhan, befreie mich bitte davon. Ich habe zwei Zimmer gebucht, wir müssen uns nicht in ein Bett quetschen«, sagte Wei Wuxian.

Nach einer kurzen Stille streckte Lan Wangji seine Hand aus und suchte eine Weile unter der Decke, dann öffnete er langsam Wei Wuxians Gürtel.

»Das reicht! Genug! Doch nicht davon befreien!!! Hey!!! In Ordnung! Ich liege, ich schlafe ja schon!!!«, schrie Wei Wuxian.

In der Dunkelheit herrschte Totenstille.

Nach einer langen Pause setzte Wei Wuxian wieder an. »Endlich weiß ich, warum Alkohol in eurem Clan verboten ist. Euch setzt bereits ein Schälchen außer Gefecht und ihr benehmt euch schrecklich, wenn ihr betrunken seid. Wenn das bei jedem im Lan-Clan passiert, wenn er betrunken ist, dann ist das Alkoholverbot in der Tat gerechtfertigt. Jeder, der was trinkt, verdient eine Tracht Prügel.«

Lan Wangji hielt ihm mit geschlossenen Augen den Mund zu.

»Pscht!«

Wei Wuxians Atem staute sich zwischen seinem Brustkorb und seinen Lippen und Zähnen an, sodass er ihn weder rauslassen noch runterschlucken konnte.

Seitdem er zurück war, schien jedes Mal er den Kürzeren zu ziehen, wenn er Lan Wangji wie früher aufziehen wollte. So sollte es nicht sein! Wo lag der Fehler?!

Diesmal machte Wei Wuxian die ganze Nacht über kein Auge zu und harrte mit geöffneten Augen bis zum Morgen aus. Als das Taubheitsgefühl wich und er alle Glieder wieder bewegen konnte, zog er langsam und ohne jede Hast unter der Decke sein Oberteil aus und warf es unter das Bett.

Anschließend zog er Lan Wangji den Gürtel und einen Teil seines Oberteils aus. Eigentlich wollte er ihm auch den Rest seiner Kleidung ausziehen, doch als er bei der Hälfte angelangt war und das Brandmal unter Lan Wangjis Schlüsselbein sah, hielt Wei Wuxian einen Moment lang inne. Unwillkürlich dachte er an die Narben auf seinem Rücken, die von der Disziplinierungspeitsche stammten, und fand sein Vorhaben dann doch unangemessen, sodass er Lan Wangji wieder anziehen wollte.

Genau während dieses kurzen Zögerns schien Lan Wangji kalt geworden zu sein. Er bewegte sich leicht, runzelte die Augenbrauen und öffnete langsam die Augen.

Als sie vollständig geöffnet waren, fiel er aus dem Bett.

Es war wirklich nicht die Schuld des sonst so vornehmen Hanguang-Juns, dass er, als er so erschrak, kein bisschen elegant war. Kein Mann, der nach einem Kater am nächsten Morgen einen nackten Mann dicht neben sich unter einer Decke liegend vorfand und dessen eigenes Oberteil zur Hälfte ausgezogen war, sodass nackte Haut hervorblitzte, hätte beim Aufwachen noch die Zeit gehabt, sich elegant zu bewegen.

Wei Wuxian wickelte sich in die Decke ein und verdeckte dabei halb seine Brust, sodass nur seine glatten, nackten Schultern hervorschauten.

»Du …«, sagte Lan Wangji.

Wei Wuxian rümpfte die Nase. »Hm?«

»Gestern Nacht habe ich …«, begann Lan Wangji.

Wei Wuxian zwinkerte ihm mit dem linken Auge zu, stützte sein Kinn auf eine Hand und lachte vielsagend. »Gestern Nacht warst du echt forsch, Hanguang-Jun.«

»…«

»Erinnerst du dich denn an gar nichts, was vorgefallen ist?«, fragte Wei Wuxian.

Es hatte den Anschein, als würde er sich wirklich nicht mehr erinnern. Lan Wangjis Gesicht wurde aschfahl.

Wenn er sich nicht erinnerte, war alles gut. Wüsste er noch, wie Wei Wuxian sich mitten in der Nacht heimlich rausgeschlichen hatte, um

Wen Ning zu beschwören, und würde weitere Fragen stellen, könnte er ihn weder anlügen noch ihm die Wahrheit sagen.

Nachdem er so viele Male daran gescheitert war, Lan Wangji aufzuziehen und ihm der Stein, den er geworfen hatte, so viele Male auf die eigenen Füße gefallen war, gewann Wei Wuxian nun endlich etwas von seiner alten Stärke zurück und konnte den Spieß umdrehen.

Obwohl er zu gerne seinen Sieg auskosten und mit seinen Sticheleien weitermachen wollte, wünschte er sich, Lan Wangji auch in Zukunft wieder austricksen und mit ihm trinken zu können, sodass er ihn nicht traumatisieren und in Alarmbereitschaft versetzen durfte. Er wusste, wann er aufhören musste. Also riss Wei Wuxian die Bettdecke weg und zeigte ihm seine ordentlich angezogene Hose und die Schuhe.

»Was für ein keuscher Mann! Hanguang-Jun, ich habe nur unsere Oberteile ausgezogen und Spaß gemacht. Du bist immer noch rein und unbefleckt, keine Sorge!«

Lan Wangji war an Ort und Stelle zur Salzsäule erstarrt. Bevor er etwas erwidern konnte, erklang aus der Mitte des Raumes das Zerbrechen von Porzellan.

Dieses Geräusch war ihnen keinesfalls fremd und es war bereits das zweite Mal, dass sie es hörten. Es waren schon wieder die Kosmos-Beutel auf dem Tisch, die anfingen, sich zu regen und Teekannen und -schälchen umzuschmeißen.

Diesmal ging es noch wilder zu, da alle drei Beutel sich gleichzeitig bewegten.

Gestern Nacht war einer von ihnen sturzbetrunken gewesen, während der andere von ihm auf Trab gehalten worden war, sodass sie das Duett wieder einmal völlig vergessen hatten.

Wei Wuxian befürchtete, dass Lan Wangji ihn aufgrund des erlittenen Schocks im Affekt an Ort und Stelle auf dem Bett erstechen könnte, also sagte er hastig: »Die Arbeit ruft, komm, lass uns das erst mal erledigen.«

Er schnappte sich seine Kleidung, warf sie sich über, rollte aus dem Bett und streckte Lan Wangji, die Hand entgegen. Er hatte ihm eigentlich hochhelfen wollen, da Lan Wangji aber zeitgleich bereits alleine aufgestanden war, sah es für ihn wohl so aus, als würde Wei Wuxian ihm seine Kleidung wegreißen wollen.

Er war noch nicht ganz bei sich, wich einen Schritt zurück und stolperte über etwas auf dem Boden. Als er hinunterblickte, sah er, dass es sein Schwert Bichen war, das die ganze Nacht über auf dem Boden gelegen hatte.

In diesem Moment lockerte sich die Schnur von einem der Beutel und eine leichenblasse Hand schaute zur Hälfte aus der Öffnung hervor.

Wei Wuxian schob seine Hand vorn unter Lan Wangjis Robe und wühlte darin herum, bis er seine Bambusflöte fand. »Hanguang-Jun, du brauchst keine Angst zu haben, okay? Ich will dir nichts antun, du hast mir gestern nur meine Flöte weggenommen, daher muss ich sie mir zurückholen.« Nachdem er das gesagt hatte, zog er ihm noch fürsorglich sein Oberteil an den Schultern hoch und band seinen Gürtel fest.

Lan Wangji bedachte ihn mit einem komplizierten Gesichtsausdruck und schien nach den Details des gestrigen Abends und nach dem, was er im betrunkenen Zustand getan hatte, fragen zu wollen. Er war es jedoch gewohnt, erst die Arbeit zu verrichten, also hielt er sich gezwungenermaßen zurück und holte seine siebensaitige Zither hervor.

Es waren drei Kosmos-Beutel. In einem befand sich der linke Arm, in einem die beiden Beine, und in dem letzten der Rumpf. Mit diesen drei Teilen konnte man bereits den Großteil des Körpers zusammensetzen. Da sie sich gegenseitig beeinflussten, vervielfachte sich auch die böse Energie und es wurde immer schwieriger, dem beizukommen. Sie mussten das Lied *Friedliche Ruhe* dreimal hintereinander spielen, bis die unruhigen Bewegungen sich allmählich legten.

Wei Wuxian steckte die Flöte weg, und wollte gerade die Leichenteile aufheben, die überall auf dem Boden herumrollten, als er plötzlich verwundert sagte: »Unser Kumpel hat ordentlich trainiert.«

Der Gürtel des Leichenhemds, das der Rumpf trug, hatte sich gelöst und legte das Schlüsselbein und den Körper eines robusten und starken jungen Mannes frei. Die Schultern waren breit und die Hüfte schmal, die Bauchmuskeln waren klar zu erkennen. Er wirkte stark, aber nicht übertrieben und hatte genau den maskulinen Körperbau, den sich unzählige Männer erträumten.

Wei Wuxian betrachtete ihn aus allen Winkeln, bis er es schließlich nicht mehr aushielt und zwei Mal auf die Bauchmuskeln schlug.

»Hanguang-Jun, schau ihn dir an. Wäre er noch am Leben, würde ich mich durch den Rückprall des Schlags höchstwahrscheinlich selbst verletzen. Wie um Himmels willen hat der bloß trainiert?«

Lan Wangji schien für einen Moment die Augenbrauen zusammenzuziehen, sagte jedoch nichts. Als Wei Wuxian erneut zweimal auf den Bauch schlug, nahm er ausdruckslos die Kosmos-Beutel und fing wortlos an, die Leichenteile wieder zu verstauen. Eilig ging Wei Wuxian aus dem Weg.

Als Lan Wangji die Glieder vollständig weggepackt hatte, verknotete er jeden Beutel ein zusätzliches Mal.

Wei Wuxian machte sich keine weiteren Gedanken darüber. Er betrachtete die Statur seines eigenen Körpers, hob die Augenbrauen, band sich seinen Gürtel um und wirkte wieder ordentlich angezogen.

Dann blickte er zu Lan Wangji, der ihn unwillkürlich anschaute, nachdem er die Kosmos-Beutel weggeräumt hatte. In seinen Augen konnte er ablesen, dass Lan Wangji etwas sagen wollte, es dann jedoch ließ. Also sagte Wei Wuxian absichtlich: »Hanguang-Jun, warum schaust du mich so an? Bist du noch besorgt? Glaub mir, gestern Nacht habe ich wirklich nichts mit dir angestellt und natürlich hast du auch nichts mit mir angestellt.«

Lan Wangji zögerte einen Moment, schien dann aber einen Entschluss gefasst zu haben und fragte leise: »Habe ich gestern Abend außer der Flöte noch …«

»Was du sonst noch getan hast, richtig? Nichts Besonderes, du hast nur viel geredet«, sagte Wei Wuxian.

An Lan Wangjis schneeweißer Kehle sah er, wie sich dessen Adamsapfel leicht bewegte. »Was habe ich gesagt?«

»Nichts Gravierendes. Halt so was wie, hmm, du hast gesagt, du magst …« Wei Wuxian machte eine kurze Pause.

Lan Wangji erstarrte.

»Du magst Hasen«, fuhr Wei Wuxian fort.

»…«

Lan Wangji schloss die Augen und drehte seinen Kopf weg.

»Ist doch nichts dabei! Hasen sind so süß, wer mag die denn nicht?! Ich mag sie auch. Ich habe sie sogar zum Fressen gern, ha ha ha ha ha ha! Komm, Hanguang-Jun, du hast gestern Abend so viel getrunken … Hm, na ja, so viel eigentlich nicht, aber du warst gestern Abend so betrunken, wahrscheinlich ist dir jetzt etwas schlecht. Wasch erst mal dein Gesicht, trink was und setz dich kurz hin. Wenn es dir besser geht, können wir aufbrechen. Der Arm zeigt immer noch in Richtung Südwesten. Ich geh mal runter, besorge Frühstück und störe dich nicht weiter«, sagte Wei Wuxian rücksichtsvoll.

Gerade, als er zur Tür rausgehen wollte, sagte Lan Wangji kalt: »Warte.«

Wei Wuxian wandte sich um. »Was ist?«

Lan Wangji starrte ihn gefühlt eine halbe Ewigkeit an, dann fragte er schließlich: »Hast du Geld?«

Wei Wuxian lachte. »Hab ich! Als ob ich nicht wüsste, wo du dein Geld aufbewahrst. Ich bring dir auch Frühstück mit. Mach ruhig langsam, Hanguang-Jun, keine Eile, keine Eile.«

Nachdem er aus dem Zimmer gegangen war und die Tür hinter sich geschlossen hatte, stand er im Flur und hielt sich eine ganze Weile vor stillem Lachen den Bauch.

Lan Wangji schien einen schweren Schlag erlitten zu haben. Er schloss sich alleine im Zimmer ein und kam für eine ganze Weile nicht heraus.

Während Wei Wuxian auf ihn wartete, ging er gemütlich hinunter, verließ das Gasthaus und drehte auf dem Weg einige Runden. Er kaufte haufenweise Essen, kehrte zurück, setzte sich auf die Treppe vor dem Gasthaus und sonnte sich blinzelnd, während er aß.

Nach einer Weile kam eine Gruppe dreizehn- oder vierzehnjähriger Kinder auf der Straße angerannt.

Das Kind, das am weitesten vorn war, rannte rasend schnell, während es eine lange Schnur in der Hand hielt. Am Ende der Schnur war ein Drachen befestigt, der auf und ab wehte und weder besonders hoch noch besonders tief flog. Die Kinder dahinter hielten einen kleinen Spielzeugbogen, verfolgten den Drachen und beschossen ihn unter lautem Gebrüll mit kleinen Pfeilen.

Dieses Spiel hatte Wei Wuxian früher auch gerne gespielt. Bogenschießen war eine Kunst, die bei allen Schülern der großen Clans im Curriculum stand. Aber die meisten mochten es nicht, den Regeln entsprechend einfach nur auf eine Zielscheibe zu schießen. Außer dem Erlegen von Dämonen und Geistern bei Nachtjagden liebten sie es, so wie diese Kinder auf Drachen zu schießen. Jeder bekam einen Drachen, und wer am höchsten, am weitesten und gleichzeitig am genauesten auf diesen schoss, war der Gewinner. Dieses Spiel war eigentlich nur unter den jungen Schülern der Kultivierungsclans populär gewesen, gewann nach seiner Verbreitung aber auch bei den Kindern der normalen Bevölkerung an Beliebtheit. Nur dass die Kraft ihrer kleinen Pfeile es bei Weitem nicht mit der geübter Kultivierungsschüler aufnehmen konnte.

Damals hatte Wei Wuxian am Lotuspier, wenn er mit den anderen Schülern des Jiang-Clans Drachen-Abschießen gespielt hatte, häufig den ersten Platz gemacht. Jiang Cheng war immer der Zweitplatzierte gewesen. Entweder flog sein Drachen zu hoch, sodass er ihn nicht abschießen konnte, oder wenn er ihn traf, war er nicht so hoch geflogen wie Wei Wuxians. Die Drachen der beiden waren um einiges größer gewesen als die der anderen und hatten die Form fliegender Monster gehabt. Sie trugen prächtige, extravagante Farben und hatten weit aufgerissene Mäuler, während an ihren Enden einige spitze Schwänze im Wind flatterten. Von Weitem betrachtet wirkten sie außergewöhnlich lebendig und realistisch, allerdings nicht sonderlich Furcht einflößend, sondern irgendwie niedlich. Die Konstruktion hatte Jiang Fengmian eigenhändig zusammengebaut, während Jiang Yanli sie für die beiden bemalt hatte. Daher hatte sie jedes Mal, wenn sie die Drachen mit rausgenommen und mit anderen verglichen hatten, ein Gefühl von Stolz übermannt.

Als er daran zurückdachte, zeichnete sich ein leichtes Lächeln in Wei Wuxians Mundwinkeln ab und er hob unwillkürlich den Kopf, um zu sehen, wie der Drachen, den die Kinder steigen ließen, aussah.

Er war durch und durch golden und hatte eine große, runde Form.

Irritiert fragte sich Wei Wuxian: »Was ist denn das? Ein Fladenbrot? Oder ein Ungeheuer, das ich nicht kenne?«

In diesem Moment kam ein Windstoß auf. Der Drache war sowieso schon nicht so hoch geflogen, da sie hier nicht auf einem weiten Platz waren, sodass er bei der Böe zu Boden fiel.

Eines der Kinder rief: »Oh nein, die Sonne ist untergegangen!«

Wei Wuxian begriff sofort, dass die Kinder gerade die Sonnenabschuss-Kampagne nachspielten.

Sie waren hier in Yueyang. Auf dem Höhepunkt seiner Macht hatte der Qishan-Wen-Clan damals überall seine Gewaltherrschaft durchgesetzt. Und Yueyang war nicht weit von Qishan entfernt, sodass die lokale

Bevölkerung sicher große Schäden davongetragen hatte. Wenn sie nicht von den Monstern heimgesucht worden waren, die der Clan hatte frei herumlaufen lassen, waren sie von den tyrannischen Kultivierern drangsaliert worden.

Nach der Sonnenabschuss-Kampagne war der Wen-Clan von einer Allianz, bestehend aus den verschiedensten Clans, ausgelöscht worden und ihre hundertjährige Herrschaft war binnen kürzester Zeit kollabiert. Viele Gegenden um Qishan herum hatten den Untergang des Wen-Clans durch Aktivitäten zelebriert, die schließlich zu Traditionen geworden waren. Dieses Spiel war wahrscheinlich eine davon.

Die Kinder stoppten ihre Verfolgungsjagd, versammelten sich und fingen an, unter großem Kopfzerbrechen zu diskutieren.

»Was nun, wir haben die Sonne noch nicht abgeschossen, da ist sie schon von selbst hinabgefallen. Wer ist nun der Boss?«

Einer hob die Hand. »Ich natürlich! Ich bin Jin Guangyao, ich habe den großen Bösewicht des Wen-Clans erledigt!«

Wei Wuxian saß auf der Treppe vor dem Gasthaus und schaute ihnen mit großer Freude zu.

In solchen Spielen war das derzeitige strahlende Oberhaupt der Kultivierungswelt, Lianfang-Zun, natürlich die beliebteste Rolle. Obwohl seine Herkunft alles andere als ehrenhaft war, war genau dies der Grund dafür, weshalb die Menschen ihn umso mehr dafür bewunderten, dass er erfolgreich die Stufen nach oben erklommen hatte. Während der Sonnenabschuss-Kampagne hatte er über mehrere Jahre den Wen-Clan infiltriert, den gesamten Clan die ganze Zeit über an der Nase herumgeführt und unzählige Geheimnisse enthüllt, ohne dass sie Wind davon bekommen hatten. Nach der Sonnenabschuss-Kampagne hatte er durch Schmeicheleien, List und tausend andere Methoden schließlich den Posten des Oberhauptes der Kultivierungswelt eingenommen und war zu Recht die Nummer eins unter den Kultivierern. Man konnte ihn gar als lebende Legende bezeichnen. Würde Wei Wuxian das Spiel spielen, wäre er auch gerne einmal Jin Guangyao. Es wäre sehr vernünftig, diesen Jungen zum Boss zu ernennen!

Ein anderer protestierte. »Ich bin Nie Mingjue, ich habe die meisten Schlachten gewonnen und auch die meisten Gefangenen genommen, ich sollte der Boss sein!«

›Jin Guangyao‹ sagte: »Ich bin aber das Oberhaupt der Kultivierungswelt.«

›Nie Mingjue‹ hob seine Faust. »Na und, was bedeutet es schon, dass du das Oberhaupt der Kultivierungswelt bist, du bist auch mein jüngster Schwurbruder. Müsstest du nicht den Schwanz einziehen und fliehen, wenn du mich siehst?«

›Jin Guangyao‹ spielte seine Rolle wirklich gut und glaubwürdig. Seine Schultern senkten sich ein wenig und er rannte fort.

Wieder ein anderer sagte: »Du kurzlebiger Depp.«

Es war nur natürlich, dass sie Gefallen an dem Clan-Oberhaupt fanden, das sie sich ausgesucht hatten, und dieses respektierten.

›Nie Mingjue‹ war wütend. »Jin Zixuan, du bist doch vor mir gestorben, du hattest also ein noch kürzeres Leben!«

›Jin Zixuan‹ wollte das nicht hinnehmen. »Was macht es schon, wenn ich ein kurzes Leben hatte? Auf der Rangliste bin ich auf Platz drei!«

»Dass du auf Platz drei bist, liegt ja wohl nur an deinem Gesicht!«

Jetzt wirkte es so, als wäre einer der Jungs müde vom Laufen und Stehen, sodass er sich langsam zu den Treppen begab und sich zu Wei Wuxian auf die gleiche Stufe setzte. Dann winkte er mit der Hand und spielte den Streitschlichter. »Ist ja gut, ist ja gut, ihr braucht euch nicht mehr zu streiten. Ich, der Yiling-Patriarch, bin der Größte. Daher bleibt mir wohl nichts anderes übrig, als den Boss zu spielen.«

»…« Wei Wuxian schaute zu dem Jungen. Tatsächlich hatte der sich einen kleinen, dünnen Stock an die Hüfte geklemmt, der anscheinend Chenqing darstellen sollte.

Nur ein unschuldiges Kind wie dieses, das sich nichts aus dem Unterschied zwischen Gut und Böse machte und dem es nur um die Stärke ging, würde Wei Wuxian die Ehre erweisen und den Yiling-Patriarchen spielen.

Wieder ein anderer sagte: »Das stimmt nicht, ich, Sandu-Shengshou*, bin der Größte.«

Der ›Yiling-Patriarch‹ sagte wissend: »Ach, Jiang Cheng, in was bist du denn schon besser als ich, wann hast du je nicht gegen mich verloren?! Dass du dich nicht schämst zu behaupten, der Größte zu sein. Peinlich!«

›Jiang Cheng‹ sagte: »Hmpf, ich soll nicht besser sein als du?! Erinnerst du dich daran, wie du gestorben bist?«

Das sanfte Lächeln auf Wei Wuxians Lippen verschwand augenblicklich.

Es war, als wäre er nicht rechtzeitig in Deckung gegangen und nun von einer kleinen Giftnadel gestochen worden – ein spitzer Schmerz durchfuhr plötzlich seinen gesamten Körper.

Der ›Yiling-Patriarch‹ neben ihm klatschte in die Hände. »Seht mich an! Links habe ich Chenqing, rechts das Yin-Tiger-Amulett, außerdem habe ich den Geistergeneral und niemand auf der Welt kann es mit mir aufnehmen! Ha ha ha ha!« Mit seiner linken Hand hob er seinen Stock hoch, in seiner rechten hielt er einen Stein, dann lachte er einen Moment lang wie ein Wahnsinniger und sagte: »Was ist, Wen Ning? Komm raus!«

Ein Kind in der Gruppe hob die Hand und sagte mit schwacher Stimme: »Ich bin hier ... nun ... was ich sagen will ... während der Sonnenabschuss-Kampagne war ich noch nicht tot ...«

Wei Wuxian hatte das Gefühl, das Spiel unterbrechen zu müssen. »Liebe Kultivierungs-Oberhäupter, darf ich eine Frage stellen?«

Noch nie hatte sich ein Erwachsener eingemischt, während sie dieses Spiel spielten, und dann ermahnte er sie nicht einmal, sondern wollte eine ernst gemeinte Frage stellen.

* »Sandu-Shenshou« ist der Titel von Jiang Cheng.

Der ›Yiling-Patriarch‹ sah ihn skeptisch und vorsichtig an. »Was willst du fragen?«

»Wieso ist keiner vom Gusu-Lan-Clan dabei?«, fragte Wei Wuxian.

»Hier ist doch einer.«

»Wo denn?«

Der ›Yiling-Patriarch‹ zeigte auf ein Kind, das die ganze Zeit über noch kein einziges Mal den Mund geöffnet und somit nicht einen Satz gesagt hatte. »Der hier.«

Wei Wuxian schaute ihn an, tatsächlich hatte er sehr feine Gesichtszüge und man erkannte auf den ersten Blick, dass er einmal zu einem prächtigen Mann heranwachsen würde. Um seine glatte Stirn hatte er sich ein weißes Seil gebunden, das ein Stirnband darstellen sollte.

»Wer ist er?«, fragte Wei Wuxian.

Der ›Yiling-Patriarch‹ verzog geringschätzig die Mundwinkel. »Lan Wangji!«

Gut. Diese Kinder hatten die Essenz ihrer Rollen wirklich eingefangen. Wer Lan Wangji spielte, sollte tatsächlich einfach den Mund halten und kein Wort sagen!

Plötzlich krümmten sich Wei Wuxians Mundwinkel wieder nach oben.

Die kleine Giftnadel wurde herausgezogen und in eine Ecke geworfen. Der stechende Schmerz war mit einem Mal verschwunden und Wei Wuxian sagte zu sich selbst: »Seltsam. Wie kann eine so langweilige Person mich nur immer so glücklich machen?«

Als Lan Wangji herunterkam, sah er Wei Wuxian mit einer Gruppe Kinder auf den Treppenstufen sitzen. Sie teilten sich gefüllte Hefeklöße, und während Wei Wuxian aß, gab er zweien der Kinder, die vor ihnen Rücken an Rücken standen, Anweisungen.

»… Vor euch sind jetzt zehn Millionen Kultivierer des Wen-Clans, jeder von ihnen ist voll ausgerüstet und sie haben euch so dicht umzingelt, dass nicht mal mehr ein Wassertropfen durchsickern könnte. Schärferer Blick, genau, genau so. Gut, Lan Wangji, pass jetzt auf, dein jetziges Ich ist nicht dein normales Ich. Du bist am ganzen Körper voller Blut! Deine Mordlust ist gewaltig! Dein Blick ist böse! Wei Wuxian, du gehst etwas näher an ihn ran, weißt du, wie man die Flöte dreht? Lass mich mal sehen, ob du sie drehen kannst, dreh sie einhändig. Bisschen zwangloser, weißt du, was zwanglos bedeutet? Komm her, ich bring's dir bei.«

›Wei Wuxian‹ stimmte zu und übergab ihm den kleinen dünnen Stock in seiner Hand. Wei Wuxian drehte ›Chenqing‹ äußerst geschickt zwischen zwei Fingern, die Gruppe scharte sich um ihn und kam aus dem Staunen nicht mehr heraus.

»…« Lang Wangji sagte nichts. Still näherte er sich ihnen.

Als Wei Wuxian ihn sah, klopfte er sich den Staub vom Hintern ab und verabschiedete sich von den Kindern. Nachdem er es endlich geschafft hatte, von ihnen loszukommen, ging er lachend die Straße entlang, als hätte er eine seltsame Droge eingenommen.

»…«

»Ha ha ha ha ha ha, entschuldige, Hanguang-Jun, ich habe das Frühstück, das ich für dich gekauft hatte, mit ihnen geteilt. Lass uns später noch was kaufen«, sagte Wei Wuxian.

»Mhm«, erwiderte Lan Wangji.

»Na, waren die beiden Kinder gerade nicht süß? Rate mal, wen der Kleine mit dem Seil um den Kopf imitiert hat? Ha ha ha ha …«, lachte Wei Wuxian.

Lan Wangji sagte eine Weile lang nichts, hielt es dann aber schließlich nicht mehr aus. »Was um alles in der Welt habe ich gestern Abend sonst noch getan?«

Es war sicher keine Kleinigkeit, wieso sonst sollte Wei Wuxian immer noch lachen?

Wei Wuxian winkte eilig ab. »Nichts, nichts, nichts. Du hast gar nichts getan. Mir war nur langweilig, ha ha ha ha ha ha ... Gut, ähem, Hanguang-Jun, ich möchte was Ernstes mit dir besprechen.«

»Okay«, sagte Lan Wangji.

Mit einem ernsten Gesichtsausdruck sagte Wei Wuxian: »Das Klopfen der Särge auf dem Friedhof des Chang-Clans war bereits vor zehn Jahren verstummt, erklang jetzt aber plötzlich wieder. Das war bestimmt kein Zufall, es wurde sicher durch irgendetwas ausgelöst.«

»Was glaubst du, was der Auslöser war?«, fragte Lan Wangji.

»Eine gute Frage. Ich denke, es war der Rumpf, der ausgegraben wurde«, erwiderte Wei Wuxian.

»Mhm«, stimmte Lan Wangji zu.

Bei seinem konzentrierten Blick musste Wei Wuxian wieder an das ernste Gesicht denken, dass er gestern Abend betrunken beim Umschließen seiner beiden Finger gemacht hatte. Unter Schmerzen unterdrückte er ein Lachen und sagte ernst: »Ich denke, dass die Zerstückelung einer Leiche nicht einfach nur ein Racheakt ist oder als Ventil dient, um seinem Hass Abhilfe zu verschaffen. Es ist eine teuflische Unterdrückungsmethode. Die Person, die die Leiche zerstückelte, wählte bewusst Orte aus, an denen es spukte und sich seltsame Vorfälle ereigneten, und platzierte die Leichenteile dort.«

»Man bekämpft Gift mit Gift, so halten sie sich gegenseitig in Schach und wahren das Gleichgewicht«, sagte Lan Wangji.

»Richtig. Daher gab es, sobald der Grabräuber gestern den Rumpf ausgegraben hatte, nichts mehr, das die hasserfüllten Seelen der Chang-Familie in Schach hielt, sodass das Klopfen der Särge wieder ertönte. Es ist dasselbe Prinzip wie bei der Methode des Qinghe-Nie-Clans, wo sich in den Gedenkhallen die Seelen der Säbel und die Leichen in den Mauern gegenseitig unterdrücken. Vielleicht hat die Person sich die Methode sogar von den Säbel-Gedenkhallen abgeschaut. Es sieht ganz so aus, als hätte sie eine Verbindung zum Qinghe-Nie-Clan und zum Gusu-Lan-Clan. Wir haben es hier wohl nicht mit einem gewöhnlichen Gegner zu tun«, erklärte Wei Wuxian.

»Da gibt es nicht viele, die infrage kommen«, sagte Lan Wangji.

»Hm. Allmählich kommt alles ans Licht. Und die Tatsache, dass unser Gegenüber damit angefangen hat, die Leichenteile an andere Orte zu verlagern, bedeutet, dass er oder sie bereits unter Druck steht. Derjenige wird sicher bald einen weiteren Zug machen, und selbst wenn wir ihn nicht drängen, wird er es sicher von sich aus tun. Während der Suche wird er früher oder später noch mehr über sich verraten. Außerdem ist da ja noch unser Kumpel, der uns mit seiner Hand die Richtung weist. Aber wir müssen vielleicht auch schneller handeln, es fehlt nur noch sein rechter Arm und der Kopf. Wir müssen der Person ab jetzt unbedingt zuvorkommen«, sagte Wei Wuxian.

Sie gingen nach Südwesten.

Der Ort, zu dem der linke Arm sie dieses Mal führte, lag in Shudong und war eine Stadt, die von dichtem Nebel umgeben war. Sie war eine Geisterstadt, die von den Einwohnern aus Angst gemieden wurde.

❖

Kapitel 8:

Gräser und Bäume

1

Shudong war reich an Flüssen und Tälern und Berge ragten in den Himmel. Das Gelände war holprig und uneben und es wehte nur ein schwacher Wind, sodass viele Gegenden das ganze Jahr über in einen dichten Nebel gehüllt waren.

Wei Wuxian und Lan Wangji gingen geradewegs in die Richtung, die der linke Arm ihnen wies, und kamen an einem kleinen Dorf vorbei.

Einige Zäune umringten die strohbedeckten Lehmhäuser. Eine Horde farbenprächtiger Hühner und Küken pickten inner- und außerhalb des Hofes nach Reiskörnern, während ein großer Hahn im hellen, bunten Federkleid mit einem Bein auf der Spitze des Dachs stand und seinen Kamm schüttelte. Wachsam drehte er seinen Kopf und überblickte stolz die Umgebung. Glücklicherweise hielt keine Familie einen Hund. Wahrscheinlich hatten die Dorfbewohner das ganze Jahr über nicht mal selbst genug Fleisch zu essen, sodass sie erst recht keine Knochen übrig hatten, die sie an Hunde hätten verfüttern können.

Vor dem Dorf gab es eine Weggabelung, die in drei verschiedene Richtungen führte. Zwei der Wege waren karg und mit Fußspuren übersäht. Man konnte erkennen, dass die Menschen sie häufiger entlanggingen. Der letzte Weg jedoch war von Unkraut überwuchert. An seinem Anfang stand ein schiefer, quadratischer Stein. Wind und Wetter hatten ihre Spuren an ihm hinterlassen. Er war alt und ein großer Riss, aus dem trockene Gräser ragten, zog sich von oben bis unten durch den Stein.

In die Steintafel waren zwei große Schriftzeichen eingraviert, die anscheinend der Name des Ortes waren, zu dem der Weg führte. Mit Mühe konnte man das untere, das Schriftzeichen für »Stadt« erkennen, während das obere Schriftzeichen aus vielen Strichen bestand und eine komplizierte Anordnung aufwies. Außerdem lief der Riss durch das Zeichen, sodass auf dem Boden viele kleine Steinbröckchen lagen.

Wei Wuxian bückte sich und schob das Unkraut beiseite, doch auch nachdem er das Schriftzeichen eine Ewigkeit betrachtet hatte, konnte er es immer noch nicht entziffern.

Es war genau diese Richtung, in die der linke Arm zeigte.

»Wie wär's, wenn wir mal die Dorfbewohner fragen?«, schlug Wei Wuxian vor.

Lan Wangji nickte.

Natürlich ließ Wei Wuxian nicht ihn die Befragungen machen, sondern ging selbst freudestrahlend auf die Frauen im Dorf zu, die gerade Reis verstreuten und die Hühner damit fütterten.

Unter ihnen waren sowohl jüngere als auch ältere. Als sie sahen, wie sich ein fremder junger Mann näherte, wurden sie nervös und schienen die Bambusschaufeln fortschleudern und in die Häuser fliehen zu wollen. Erst nachdem Wei Wuxian lächelnd einige Sätze gesagt hatte, beruhigten sie sich langsam, und antworteten schüchtern.

Wei Wuxian zeigte auf die Steintafel und stellte eine Frage, woraufhin sich die Gesichtsfarbe der Frauen veränderte. Sie zögerten eine ganze Weile, ehe sie ihm schließlich eine Auskunft gaben. In der Zwischenzeit wagten sie es nicht, Lan Wangji anzuschauen, der neben der Steintafel stand.

Wei Wuxian hörte ihnen eine Weile lang aufmerksam zu und bedachte sie dabei durchgehend mit einem charmanten Lächeln. Nachdem sie ihre Ausführungen beendet hatten, schien er das Thema zu wechseln, wodurch sich die Gesichtszüge der Frauen entspannten. Allmählich wurden sie lockerer und lächelten ihn unbeholfen an.

Lan Wangji beobachtete das Geschehen von Weitem. Er wartete eine halbe Ewigkeit, ohne dass Wei Wuxian Anstalten machte, wieder zurückzukommen. Langsam senkte er den Kopf und trat gegen die kleinen Steinchen zu seinen Füßen. Unschuldig wurden sie eine ganze Weile so auf dem Boden hin und her gerollt. Als Lan Wangji den Kopf wieder hob, sah er, wie Wei Wuxian etwas aus seiner Brusttasche zog und es der Frau gab, die am meisten gesprochen hatte.

Betreten stand Lan Wangji da und hielt es einfach nicht mehr aus. Gerade als er zu ihnen hinübermarschieren wollte, schlenderte Wei Wuxian endlich mit beiden Händen hinter dem Rücken in aller Seelenruhe zu ihm zurück.

Er stand nun wieder neben Lan Wangji und rief: »Hanguang-Jun, du hättest rüberkommen sollen. Die haben sogar Hasen im Hof!«

Lan Wangji reagierte nicht auf seine Neckereien und gab sich gleichgültig. »Was hast du herausgefunden?«

»Der Weg führt zur Stadt Yi. Das Schriftzeichen auf der Steintafel ist ein ›Yi‹«, antwortete Wei Wuxian.

»Das ›Yi‹ wie in ›Xia Yi‹*?«, fragte Lan Wangji.

»Ja und nein«, sagte Wei Wuxian.

Lan Wangji verstand nicht. »Wie meinst du das?«

»Es ist tatsächlich dasselbe Schriftzeichen, hat aber eine andere Bedeutung. Es ist nicht das ›Yi‹ von ›Xia Yi‹, sondern das von ›Yi Zhuang‹**«, erklärte Wei Wuxian.

Sie stiegen über das Gestrüpp hinweg, folgten dem Weg und ließen die Steintafel hinter sich. »Die Frauen meinten, dass die Bewohner dieser Stadt seit jeher in sechs oder sieben von zehn Fällen früh verstarben – entweder hatten sie einfach ein kurzes Leben oder aber sie starben einen gewaltsamen Tod, sodass die Stadt mit Hallen übersät ist, die dazu dienen, die Leichname zu lagern. Außerdem haben sich die Bewohner der Stadt auf Särge, Höllengeld*** und sonstige Bestattungsbeigaben spezialisiert. Egal ob es nun um den Bau von Särgen oder Papierkunst geht, sie beherrschen ihr Handwerk meisterhaft, weshalb die Stadt diesen Namen trägt«, erklärte Wei Wuxian.

Auf dem Weg waren außer trockenem Gras und Steinen noch leicht zu übersehende Risse in der Erde. Lan Wangjis Blick haftete daher stets am Boden unter Wei Wuxians Füßen, während dieser beim Gehen redete.

* »Xia Yi« bedeutet »Gerechtigkeitssinn«. ** »Yi Zhuang« bedeutet »Leichenhalle«.
*** Geld, das man für die Toten verbrennt, damit sie es im Jenseits nutzen können.

»Sie sagten, dass die Menschen hier nur gelegentlich nach Yi gehen, und auch die Menschen dort verlassen selten die Stadt, außer um Waren zu liefern. In den letzten Jahren hat man kaum eine Menschenseele gesehen. Dieser Weg ist bereits seit vielen Jahren verlassen und unbenutzt. Er ist tatsächlich schwer begehbar.«

»Und sonst?«, fragte Lan Wangji.

»Was sonst?«

»Was hast du ihnen gegeben?«

»Ach, das meinst du. Das war Rouge.«

Als er in Qinghe gewesen war, hatte er bei diesem Scharlatan, den er über die Xinglu-Gebirgskette befragt hatte, zwei Dosen Rouge gekauft und seither immer mit sich herumgetragen.

»Wenn man sich bei Menschen erkundigt, muss man ihnen immer ein kleines Dankeschön überreichen. Eigentlich wollte ich ihnen Silber geben, da erschraken sie aber und trauten sich nicht, es anzunehmen. Ihnen schien aber der Duft des Rouges sehr zu gefallen. Anscheinend haben sie so etwas noch nie benutzt, also habe ich es ihnen überlassen.« Wei Wuxian machte eine kurze Pause, dann fuhr er fort. »Hanguang-Jun, wieso schaust du mich so an? Ja, ich weiß, das Rouge war nicht besonders hochwertig. Aber mein jetziges Ich ist nicht mehr so wie früher, wo ich den ganzen Tag Blumen, Haarschmuck und alle möglichen Dinge mit mir herumgetragen habe, um sie an die Damenwelt zu verteilen. Ich hatte wirklich nichts anderes mehr zu verschenken, und das war immerhin besser als gar nichts.«

Es schien, als hätte das bei Lan Wangji eine schlechte Erinnerung wachgerufen, sodass er die Augenbrauen zusammenkniff und seinen Kopf langsam wegdrehte.

Sie folgten dem schwer passierbaren Pfad, auf dem das Gestrüpp allmählich weniger wurde und sich zu beiden Seiten zurückzog, während der Weg langsam breiter wurde. Der Nebel hingegen wurde immer dichter.

Als der linke Arm seine Hand zu einer Faust ballte, erschien ein zerfallenes Stadttor am Ende des langen Wegs.

Dem Turm vor der Stadt fehlten Ziegelsteine und der Lack bröckelte bereits. Eine Ecke war eingestürzt, sodass er ungewöhnlich heruntergekommen aussah. Die Wände waren von einem Unbekannten mit Kritzeleien beschmiert worden.

Die rote Farbe des Stadttors war fast vollständig verblasst und jeder einzelne Nagel des Tors war schwarz und verrostet. Die Flügeltüren standen einen Spalt breit offen, als hätte sich gerade jemand hineingeschlichen.

Noch bevor man eintrat, überkam einen das Gefühl, dass das hier eine Geisterstadt sein musste, in der Dämonen frei herumliefen.

Auf dem Weg hierher hatte Wei Wuxian die Umgebung genau analysiert. Als sie nun am Stadttor ankamen, gab er schließlich sein Urteil ab: »Das Feng-Shui hier ist schrecklich.«

Lan Wangji nickte langsam. »Die Berge hier sind unwirtlich und die Gewässer heimtückisch, ein schlechter Ort.«

Die Stadt Yi war zu allen Seiten von hohen Bergen und Kliffen umgeben, die sich stark Richtung Mitte neigten. Sie wirkten erdrückend und beengend, als würden sie jeden Moment die Stadt unter sich begraben wollen. Die Stadt war von riesigen, schwarzen Felsen umringt und hätte in dem unheilvollen weißen Nebel nicht gespenstiger wirken können. Allein wenn man nur dort stand, schnürte es einem vor Unruhe bereits die Luft ab und man spürte eine starke Bedrohung.

Es hieß seit alters her, dass hervorragende Persönlichkeiten einigen Gegenden Ruhm und Ehre einbringen, dies galt allerdings auch andersherum. Einige Orte besaßen aufgrund ihrer Topografie oder Lage ein schlechtes Feng-Shui. Durch die unheilvollen Energien, die dort von Natur aus herumschwirrten, hatten viele der ansässigen Bewohner ein kurzes Leben oder Unglück. Wenn auch noch die Vorfahren hier begraben lagen, war das Pech umso größer. Außerdem passierten dort oft seltsame Ereignisse, sodass Dinge wie Leichentransformationen, bösartige Geister oder zurückkehrende Seelen um ein Vielfaches häufiger vorkamen als in anderen Gegenden. Ganz offensichtlich handelte es sich bei der Stadt Yi um genau so einen Ort.

Solche Orte lagen für gewöhnlich abgelegen und außerhalb des Verwaltungsbereichs der Kultivierungsclans. Natürlich wollten sie sich auch nicht darum kümmern, sie waren lästiger als Wasser-Abgründe. Die konnte man immerhin noch vertreiben, wohingegen das Feng-Shui kaum verändert werden konnte. Solang sich also niemand vor ihrer Tür niederwarf und sie anflehte, ignorierten die Kultivierungsclans solche Angelegenheiten und gaben sich unwissend.

Die Stadt zu verlassen wäre für die Bewohner die einfachste Möglichkeit, um dem zu entgehen. Doch wenn man seit Generationen an so einem abgelegenen Ort lebte, fiel es einem schwer, den Entschluss zu fassen, seiner Heimat den Rücken zu kehren. Selbst wenn sechs oder sieben von zehn Ansässigen ein kurzes Leben hatten, gehörte man selbst ja vielleicht zu den anderen drei oder vier, also schien es erträglich.

Als Wei Wuxian und Lan Wangji vor den Stadttoren standen, tauschten sie gegenseitig Blicke aus.

Es knarzte.

Die Scharniere gaben unter dem Gewicht der beiden ungleichmäßigen Türflügel nach, die sie langsam öffneten.

Vor ihnen war weder geschäftiges Treiben auf den Straßen noch gab es bösartige Untote, die hervorsprangen. Lediglich einen weißen Vorhang, der sich vom Himmel bis zur Erde zog.

Der Nebel, der sie umhüllte, war um ein Vielfaches dichter als der außerhalb der Stadt. Nur mit Mühe erkannte man den kerzengeraden, langen Weg, auf dem sich keine Menschenseele befand. Zu beiden Seiten waren Häuser errichtet worden.

Ganz automatisch rückten Wei Wuxian und Lan Wangji einige Schritte näher zusammen und betraten gemeinsam die Stadt.

Zu diesem Zeitpunkt war es zwar noch hell, doch es herrschte Totenstille. Nicht nur hörte man keine Menschen, sondern auch nicht das leiseste Gezwitscher oder Gebell. Es war höchst merkwürdig.

Andererseits wäre es umso seltsamer gewesen, wenn ein Ort, auf den der linke Arm zeigte, nicht merkwürdig gewesen wäre.

Eine Weile gingen sie die lange Straße entlang und je tiefer sie in das Innere der Stadt vordrangen, desto dichter wurde der weiße Nebel, als wäre die Luft von böser Energie erfüllt. Anfangs konnte man mit Mühe noch zehn Schritte weit schauen, dann beschränkte sich ihr Sichtfeld schließlich auf fünf Schritte und mittlerweile konnten sie kaum mehr die Hand vor Augen sehen. Je länger Wei Wuxian und Lan Wangji dem Weg folgten, desto näher rückten sie zusammen. Nur wenn sie Schulter an Schulter gingen, konnten sie gerade so noch das Gesicht des anderen erkennen.

Unwillkürlich schoss Wei Wuxian ein Gedanke durch den Kopf: *Wenn jemand diesen dichten Nebel ausnutzen und sich heimlich zwischen uns drängen würde, sodass wir plötzlich zu dritt wären statt zu zweit, wäre es fraglich, ob wir es überhaupt bemerken würden*

In diesem Moment trat er mit dem Fuß gegen einen Gegenstand, doch als er nach unten schaute, konnte er nicht erkennen, worum es sich dabei handelte. Also griff er nach Lan Wangjis Hand und hielt sie fest, damit er nicht allein weiterging, beugte sich vor und kniff die Augen zusammen.

Ein Kopf mit wütenden, kreisrunden Augen schälte sich plötzlich aus dem Nebel.

Der Kopf hatte das Gesicht eines Mannes mit dichten Augenbrauen und großen Augen und auf den Wangen befanden sich zwei bizarre, hervorstehende Kreise aus Rouge.

Wei Wuxian hätte den Kopf durch sein Dagegentreten gerade fast fortgeschleudert, sodass er sein Gewicht kannte. Er war so leicht, dass es sich nicht um den Kopf eines echten Menschen handeln konnte. Als er ihn aufhob und in das Gesicht kniff, fiel ein großes Stück der Wange ein, ebenso wie ein Teil des Rouges verwischt wurde.

Der Kopf bestand aus Papier.

Er war täuschend echt. Obwohl die Schminke übertrieben war, waren die Gesichtszüge sehr detailliert.

Die Stadt Yi hatte sich auf Bestattungsbeigaben spezialisiert, sodass es nur natürlich war, dass sie die Papierkunst beherrschten. Unter den Papiermenschen gab es auch einige Ersatz-Papiermenschen. Die Leute glaubten, dass, wenn man sie für die Verstorbenen verbrannte, sie an deren Stelle die Qualen in der Hölle durchleiden würden, indem sie den Berg aus Schwertern überquerten und in heißes Öl sprangen.[*] Es gab auch schöne Dienerinnen, die die Verstorbenen in der Unterwelt bedienten und ihnen Rücken und Beine massierten. Natürlich waren dies nur die Maßnahmen der Lebenden zur Trauerbewältigung.

Dieser Papierkopf war wahrscheinlich ein *Yin-Krieger*.

»Yin-Krieger« waren, wie der Name schon verriet, Krieger. Es hieß, dass sie den Verstorbenen vor den Schikanen anderer böser Geister und dem gemeinen Richter[**] beschützen würden, ebenso wie sie das Höllengeld, das der Nachfahre für den Verstorbenen verbrannte, vor Diebstahl durch niedere Geister schützten.

Dieser Papierkopf hatte ursprünglich sicher auch einen großen, kräftig wirkenden Papierkörper gehabt. Irgendjemand musste ihn abgetrennt und auf die Straße geschmissen haben.

Man konnte Strähne für Strähne die rabenschwarzen, glänzenden Haare des Papierkopfs erkennen. Wei Wuxian streckte seine Hand aus und fühlte. Sie waren dicht an dicht aufgeklebt und es schien fast so, als würden die Haare tatsächlich aus seinem Kopf kommen.

[*] In China zählt das mit zu den Strafen, die einen in der Hölle erwarten.
[**] Laut der chinesischen Mythologie erwartet einen nach dem Tod ein Richter.

Die Verarbeitung ist wirklich gut, hat man etwa die Haare eines echten Menschen verwendet?

Plötzlich huschte ein langer, schwarzer Schatten an ihm vorbei.

Die Art und Weise, wie der Schatten sich bewegte, war höchst eigenartig. Er zog nah und sehr schnell an ihm vorüber, ehe er sofort wieder im dichten Nebel verschwand. Bichen schnellte instinktiv aus der Scheide hervor und verfolgte den Schatten, dann kam das Schwert plötzlich zurück und verschwand wieder in der Scheide.

Das, was soeben an ihnen vorbeigehuscht war, hatte sich mit einer hohen Geschwindigkeit bewegt, die garantiert kein Mensch erreichte!

»Vorsicht. Mach dich bereit«, sagte Lan Wangji.

Auch wenn es ihn diesmal nur gestreift hatte, konnte er nicht ausschließen, dass es beim nächsten Mal etwas anderes tun würde.

Wei Wuxian stand auf. »Hast du das eben gehört?«

»Schritte und ein Bambusstock«, antwortete Lan Wangji.

Richtig, in diesem kurzen Augenblick soeben hatten sie außer hastigen Schritten noch ein seltsames Geräusch gehört. Ein klares *Tock Tock Tock*, das so geklungen hatte, als würde ein Bambusstock oder etwas Ähnliches rhythmisch auf den Boden schlagen. Sie wussten nicht, was es mit dem Geräusch auf sich hatte.

Genau in diesem Moment vernahmen sie vor sich wieder Schritte, die aus dem Nebel kamen.

Dieses Mal waren sie sehr leicht und langsam. Es waren außerdem sehr viele und sie waren durcheinander. Es schien, als würde sich ihnen eine Gruppe vorsichtig nähern, ohne ein Wort zu sagen.

Wei Wuxian holte einen Yin-Entflammungstalisman hervor und warf ihn sanft nach vorne. Wenn vor ihnen etwas war, das hasserfüllte Energie ausströmte, würde der Talisman in Flammen aufgehen und das würde zumindest eine kleine Fläche erhellen.

Die Menschen im Nebel hatten gespürt, dass jemand etwas geworfen hatte, sodass sie sofort zum Gegenangriff übergingen!

Zahlreiche leuchtende Schwerter in den unterschiedlichsten Farben schnellten auf sie zu. Bichen kam ruhig aus seiner Scheide hervor, schwebte vor Wei Wuxian und parierte die vielen Schwertangriffe.

Die Menschen ihnen gegenüber liefen chaotisch und wild durcheinander. Als er den Tumult bemerkte, pfiff Lan Wangji Bichen sofort zurück, während Wei Wuxian in die undurchsichtige Wand hinein rief: »Jin Ling? Lan Sizhui?«

Sie hatten sich tatsächlich nicht verhört, Jin Lings Stimme drang durch den Nebel. »Du schon wieder?!«

»Das wollte ich gerade sagen!«, sagte Wei Wuxian.

Lan Sizhui beherrschte sich, so gut er konnte, und doch war seine Stimme voller Freude. »Junger Herr Mo, du bist auch da? Ist Hanguang-Jun dann auch gekommen?«

Als er hörte, dass Lan Wangji auch anwesend sein könnte, hielt Jin Ling augenblicklich den Mund, als wäre er wieder mit dem Verstummungszauber belegt worden, da er sich davor fürchtete, wieder bestraft zu werden.

Lan Jingyi rief ebenfalls: »Er ist bestimmt da! Das eben war doch Bichen! Es war Bichen, oder?«

»Ja, er ist auch hier, er steht gerade neben mir. Kommt schnell her!«, antwortete Wei Wuxian.

Als die Jungen erfuhren, dass sich vor ihnen im Nebel keine Feinde, sondern Freunde befanden, waren sie erleichtert und kamen sofort zu ihnen rüber. Außer Jin Ling und den Schülern des Lan-Clans waren noch sieben, acht weitere Jungen in der Gruppe, die Roben anderer Clans trugen. Ihre Skepsis war noch nicht ganz verflogen, wahrscheinlich waren sie ebenfalls Schüler angesehener Kultivierungsclans.

»Wieso seid ihr alle hier? Bei dem stürmischen Angriff hatte ich Glück, dass Hanguang-Jun bei mir war. Was hättet ihr getan, wenn ihr normale Menschen verletzt hättet?«

Jin Ling widersprach sofort. »Hier gibt es keine normalen Menschen. In dieser Stadt gibt es überhaupt keine Menschen!«

Lan Sizhui nickte. »Es ist mitten am Tag und trotzdem ist der dämonische Nebel so dicht, außerdem hat kein einziger Laden offen.«

»Kümmern wir uns erst mal nicht darum. Wie seid ihr alle zusammengekommen? Sagt mir nicht, dass ihr euch alle verabredet habt, um zusammen auf Nachtjagd zu gehen«, erkundigte sich Wei Wuxian.

Bei jemandem wie Jin Ling, der niemanden ausstehen konnte, sich mit jedem anlegte und der zuvor auch einige Spannungen mit den Schülern des Lan-Clans gehabt hatte, war es unmöglich, dass er sich mit anderen für die Nachtjagd verbündete.

Lan Sizhui antwortete stets auf Fragen, also erklärte er: »Das ist eine lange Geschichte. Eigentlich waren wir in ...«

In diesem Moment drang aus dem Nebel das seltsame, nervenzerreißende *Klack Klack Klack* und *Tock Tock Tock* eines Bambusstocks, der auf den Boden schlug.

Die Schüler erschraken.

»Da ist es wieder!«

Das Geräusch des Bambusstocks, der auf den Boden klopfte, war abwechselnd laut und leise, dann weit entfernt und wieder nah dran, sodass es absolut unmöglich war, die Richtung zu bestimmen. Noch viel weniger konnte man sagen, was dieses plötzliche, bizarre Geräusch auslöste.

»Kommt alle her! Rückt näher zusammen, bewegt euch nicht unüberlegt und zieht auch nicht eure Schwerter«, sagte Wei Wuxian.

Wenn die Jungen in diesem Nebel wild durcheinander ihre Schwerter zogen, würden sie vielleicht nicht den Feind verletzen, sondern versehentlich die eigenen Kameraden.

Einen kurzen Moment darauf verstummte das Klackern abrupt. Nachdem es eine Weile still war, flüsterte einer der Schüler: »Da war es schon wieder … Wie lange will es uns denn noch verfolgen?«

»Ist es euch die ganze Zeit gefolgt?«, fragte Wei Wuxian.

»Nachdem wir in die Stadt kamen, hatten wir befürchtet, uns in dem dichten Nebel zu verlieren, also sind wir näher zusammengerückt, bis wir plötzlich zwischen uns dieses Geräusch hörten. Zu dem Zeitpunkt war es auch noch nicht so schnell, das Klopfen kam langsam und in großen Abständen. Vor uns konnten wir sogar verschwommen eine kleine Gestalt im Nebel erkennen, die langsam vorbeilief. Als wir sie verfolgten, verschwand sie jedoch. Seitdem verfolgt uns dieses Geräusch«, berichtete Lan Sizhui.

»Wie klein war die Gestalt?«, fragte Wei Wuxian.

Lan Sizhui zeigte etwa auf seine Brusthöhe. »Sehr klein und zierlich.«

»Wie lange seid ihr schon hier?«, fragte Wei Wuxian.

»Etwa fünfzehn Minuten«, antwortete Lan Sizhui.

»Fünfzehn Minuten?«, fragte Wei Wuxian. »Hanguang-Jun, wie lange sind wir schon hier?«

Lan Wangjis Stimme drang hinter ihm aus dem dichten Nebel: »Fast dreißig Minuten.«

»Seht mal«, sagte Wei Wuxian, »wir sind schon länger hier als ihr, wie könnt ihr also vor uns sein? Ihr seid uns erst begegnet, als ihr zurückgegangen seid.«

Jin Ling hielt es schließlich nicht mehr aus und mischte sich ein. »Wir sind doch gar nicht zurückgegangen? Wir sind die ganze Zeit dem Weg gefolgt und immer weiter geradeaus gelaufen.«

Wenn alle vorwärts gegangen waren, hatte dann jemand den Weg manipuliert und in ein Kreis-Labyrinth verwandelt?

»Habt ihr versucht, auf euren Schwertern nach oben zu fliegen und von dort einen Blick auf das Ganze zu werfen?«, fragte Wei Wuxian.

»Haben wir. Ich hatte das Gefühl, eine ganze Strecke hochgeflogen zu sein, bin aber in Wirklichkeit gar nicht so weit oben gewesen. Außerdem fliegen einige verschwommene, schwarze Gestalten in der Luft herum. Ich wusste nicht, was das für welche sind, aber ich hatte befürchtet, nichts gegen sie ausrichten zu können, also bin ich wieder runtergeflogen«, erklärte Lan Sizhui.

Danach schwieg die Menge für eine Weile. In Shudong war ohnehin überall Nebel, sodass sie sich anfangs nicht allzu viele Gedanken um den weißen Nebel in der Stadt Yi gemacht hatten. Nun wirkte es aber so, als wäre das kein natürlicher, sondern tatsächlich ein dämonischer Nebel.

Lan Jingyi fragte schockiert: »Der Nebel ist doch wohl nicht giftig, oder?«

»Wahrscheinlich nicht. Wir sind doch schon so lange hier und leben immer noch«, beruhigte ihn Wei Wuxian.

»Hätte ich das gewusst, hätte ich Fee mitgebracht. Das ist alles die Schuld eures verdammten Esels«, sagte Jin Ling.

Als Wei Wuxian den Namen des Hundes hörte, überzog eine Gänsehaut seinen gesamten Rücken.

»Du klagst den Esel an? Dabei haben wir noch gar nichts gegen deinen Hund gesagt. Er hat zuerst zugebissen, wem willst du also die Schuld geben, dass Kleiner Apfel mit den Hinterhufen ausgetreten hat? Jedenfalls bewegt sich keiner von beiden mehr«, rief Lan Jingyi.

Wei Wuxian war entsetzt. »Was?! Mein Kleiner Apfel wurde von einem Hund gebissen?!«

»Was ist der Esel schon im Vergleich zu meinem spirituellen Hund?! Ich habe Fee von meinem Onkel geschenkt bekommen, wenn ihm etwas zustößt, könnten das nicht mal zehntausend Esel wettmachen!«, verteidigte Jin Ling sich.

Selbstbewusst erfand Wei Wuxian den größten Unsinn: »Hör bloß auf, mit Lianfang-Zun zu drohen! Mein Kleiner Apfel ist ein Reittier, das mir

Hanguang-Jun geschenkt hat. Wie konntet ihr ihn nur vom Berg herunterbringen und mit zur Nachtjagd nehmen?! Und ihr habt sogar zugelassen, dass er verletzt wird?!«

Die Schüler des Lan-Clans riefen einstimmig: »Lügner!«

Sie wollten es absolut nicht glauben, dass Hanguang-Jun mit seinem Geschmack so ein Reittier verschenken würde. Auch wenn Lan Wangji nicht widersprach, weigerten sie sich beharrlich, es als wahr anzusehen.

»Ähm ... Entschuldige, junger Herr Mo. Dein Kleiner Apf... Esel hat in der Wolkennische jeden Tag so viel Krach gemacht, dass die Älteren sich unentwegt beschwert haben und uns befohlen haben, ihn fortzuscheuchen, wenn wir den Berg hinab- und auf Nachtjagd gehen. Da haben wir eben ...«, erklärte Lan Sizhui.

Auch Jin Ling glaubte nicht, dass der Esel ein Geschenk von Lan Wangji war. »Allein den Anblick des Esels kann ich nicht ertragen, und dann heißt er auch noch Kleiner Apfel, wie dumm ist das bitte?!«

Lan Jingyi überlegte noch. Wenn er wirklich von Hanguang-Jun stammte, wäre das gar nicht gut, also legte er hastig ein gutes Worte für den Esel ein. »Was stimmt denn nicht an dem Namen? Er isst gerne Äpfel und heißt deshalb Kleiner Apfel, das ist doch sehr simpel. Dieser Name ist um Längen besser als der von deinem fetten Hund Fee!«

»Wo ist Fee bitte fett?! Versuch mal, einen Hund zu finden, der gesünder und kräftiger ist als sie ...«, rief Jin Ling.

Plötzlich herrschte absolute Stille.

Nach einer Weile fragte Wei Wuxian: »Ist noch jemand da?«

In der Nähe hörte er bestätigende Laute.

»Lärm«, sagte Lan Wangji kalt.

Er hatte sie alle auf einmal mit einem Verstummungszauber belegt.

Wei Wuxian konnte nicht anders, als nach seinen Lippen zu fühlen und schätzte sich glücklich.

Genau in diesem Moment hörten sie Schritte links vor ihnen aus dem Nebel.

Das außergewöhnlich schwerfällige Geräusch stoppte nach jedem Schritt. Direkt im Anschluss hörte man von vorne, von vorne rechts, von der Seite und von hinten das gleiche Geräusch. Obwohl der Nebel zu dicht war, um eine Silhouette zu erkennen, konnte man den Geruch von verfaultem Fleisch wahrnehmen.

Wei Wuxian sah ein paar Untote nicht als Bedrohung. Er pfiff einmal sanft mit einer nach oben ansteigenden Endnote, was der Befehl zum Rückzug war.

Nachdem die Untoten im Nebelschleier den Ton vernommen hatten, hielten sie tatsächlich für einen kurzen Moment inne. Zu Wei Wuxians Überraschung stürmten sie im nächsten Moment jedoch auf sie zu!

Er hatte niemals damit gerechnet, dass der Befehl zum Rückzug nicht nur nicht wirkte, sondern sie stattdessen sogar anstachelte. Er konnte die beiden ungleichen Befehle für »Rückzug« und »Anstacheln« nicht verwechselt haben!

In diesem Moment konnte er sich jedoch keine weiteren Gedanken dazu machen. Sieben oder acht krumme Silhouetten erschienen im weißen Nebel. Wenn man die Dichte bedachte, mussten sie bereits in nächster Nähe sein!

Die eisblaue Klinge Bichens durchbohrte die weiße Wand, umrundete die Menge und zeichnete einen scharfen Kreis in der Luft, dann durchtrennte sie die Untoten auf Höhe der Hüfte und glitt sofort zurück in die Scheide.

Wei Wuxian stieß einen Seufzer der Erleichterung aus, während Lan Wangji flüsternd eine Frage stellte: »Warum?«

Wei Wuxian stellte sich die gleiche. *Wieso kann ich diese Untoten nicht durchs Pfeifen kontrollieren? Mit ihrem langsamen Gang und dem fauligen Geruch waren das sicher keine hochrangigen bösartigen Untoten.*

Solche Wesen müssten eigentlich bereits vor Angst flüchten, wenn ich nur in die Hände klatsche. Es ist auch unmöglich, dass mein Pfeifen urplötzlich seine Wirkung verliert, immerhin kontrolliere ich sie nicht durch spirituelle Energie. So etwas ist noch nie vorgekommen ...

Ganz plötzlich erinnerte er sich an eine Sache, die ihm einen kalten Schauer über den Rücken jagte.

Das stimmte nicht. Es war nicht so, dass so etwas noch nie vorgekommen war. In Wirklichkeit war das bereits passiert, und zwar mehr als ein Mal. Es gab tatsächlich eine Art bösartiger Untoter und böser Geister, die er nicht kontrollieren konnte.

Es waren solche, die bereits unter der Kontrolle des Tiger-Amuletts standen!

Lan Wangji löste den Verstummungszauber und Lan Sizhui begann wieder zu sprechen: »Hanguang-Jun, kann es sein, dass die Situation gerade sehr gefährlich ist? Sollten wir diese Stadt sofort verlassen?«

»Aber der Nebel ist so dicht und wir können weder über den Weg noch durch Fliegen entkommen ...«

Ein Schüler sagte: »Es scheinen noch mehr Untote zu kommen!«

»Wo? Ich habe gar keine Schritte gehört!«

»Ich glaube, ich habe ein seltsames Atemgeräusch vernommen ...« Erst nachdem der junge Kultivierer diese Worte ausgesprochen hatte, bemerkte er selbst, wie absurd sie waren, sodass er verschämt den Mund hielt.

Ein anderer sagte: »Du bist ja echt einer. Von wegen Atemgeräusche. Untote sind Tote, wie sollten sie da Atemgeräusche ma...«

Noch bevor er den Satz beenden konnte, kam eine weitere kräftig gebaute Silhouette auf sie zugerast. Wieder schoss Bichen hervor und trennte den Kopf der Gestalt ab, was ein seltsames, platschendes Geräusch verursachte. Die Schüler, die in der Nähe standen, schrien alle erschrocken auf.

Wei Wuxian befürchtete, sie hätten sich verletzt, und fragte eilig nach: »Was ist passiert?«

Lan Jingyi antwortete: »Irgendetwas ist aus dem Untoten herausgespritzt, es scheint eine Art Pulver zu sein. Es schmeckt gleichzeitig bitter, süß und nach Fleisch!« Zu seinem großen Unglück strömte genau in dem Moment, als er sprach, eine große Menge des Pulvers in seinen Mund. Ohne auf seine Haltung zu achten, hustete er einige Male.

Das, was der Untote abgesondert hatte, war keinesfalls zu unterschätzen. Das Pulver wirbelte noch in der Luft umher und wenn es versehentlich in die Lunge eingeatmet wurde, war das ein schwerwiegenderes Problem, als wenn man es durch den Mund einnahm.

»Haltet euch alle fern davon! Komm schnell her, ich schau mir das mal an«, rief Wei Wuxian.

»Ah! Aber ich sehe dich nicht, wo bist du?«, fragte Lan Jingyi.

Es war schwierig, sich zu orientieren, wenn man nicht mal die eigene Hand vor Augen sah. Wei Wuxian erinnerte sich daran, dass das Leuchten von Bichens Klinge jedes Mal, wenn sie hervorkam, den weißen Nebel zerriss. Er drehte sich zu Lan Wangji neben sich um und sagte: »Hanguang-Jun, zieh mal dein Schwert, damit sie herfinden.«

Lan Wangji stand zwar neben ihm, antwortete jedoch nicht und rührte sich auch nicht.

Plötzlich erstrahlte sieben Schritte von ihm entfernt das eisblaue, klare Licht eines Schwertes.

Lan Wangji war dort?

Aber wer war dann derjenige, der die ganze Zeit wortlos zu seiner Linken stand?

Plötzlich verdunkelte sich der Bereich vor Wei Wuxian und ein schwarzes Gesicht erschien vor ihm.

Das schwarze Erscheinungsbild kam daher, dass das Gesicht in einen dichten, schwarzen Nebel gehüllt war!

Der Mensch mit dem Nebelgesicht streckte seine Hand nach dem Kosmos-Beutel aus, der an Wei Wuxians Hüfte hing. Als er ihn zu fassen bekam, schwoll der Beutel plötzlich an. Die Schnur riss und drei ineinander geschlungene, hasserfüllte Geister rasten auf ihn zu!

Wei Wuxian lachte. »Du willst den Kosmos-Beutel? Dann hast du aber schlechte Augen, wozu brauchst du bitte meinen Seelen-Verschlussbeutel?«

Seitdem sie am Grab des Yueyang-Chang-Clans den gerade erst vom Grabräuber ausgegrabenen Rumpf an sich genommen hatten und er leer ausgegangen war, waren Wei Wuxian und Lan Wangji stets auf der Hut gewesen. Sie hatten vermutet, dass er sich sicher nicht damit abfinden würde, sondern auf seine Gelegenheit wartete und jederzeit auftauchen könnte, um ihn sich zu holen. Und tatsächlich wollte der Grabräuber, nachdem sie in der Stadt Yi angekommen waren, die Gelegenheit nutzen und im Schutz des Nebels und des Gewirrs der Menschenstimmen zuschlagen.

Ehrlicherweise hatte er ja auch etwas in die Finger bekommen, nur dass Wei Wuxian schon längst den Kosmos-Beutel, in dem der linke Arm verstaut war, gegen den Seelen-Verschlussbeutel ausgetauscht hatte.

Sein Gegenüber sprang nach hinten und zog mit einem Klirren sein Schwert. Sofort ertönten die schrillen, hasserfüllten Schreie der bösen Geister und es schien, als wären sie von diesem einen Schwerthieb in alle Richtungen vertrieben worden.

Er hat tatsächlich was drauf. Sofort schrie Wei Wuxian: »Hanguang-Jun, der Grabräuber ist hier!«

Lan Wangji brauchte keine Erklärung, allein anhand der Geräusche hatte er bereits gewusst, dass etwas geschehen sein musste. Er sagte nichts, Bichens flinke und heftige Bewegungen waren Antwort genug.

In diesem Moment gab es keinen Grund, optimistisch zu sein. Das Schwert des Grabräubers war mit einer schwarzen Nebelschicht umhüllt, sodass sein

Leuchten nicht nach außen strahlte. Außerdem verbarg es sich hervorragend im weißen Nebel. Das Licht von Lan Wangjis Bichen konnte jedoch nicht verdeckt werden. Es erstrahlte hell, während der Gegner im Dunkeln lauerte.

Die Kultivierungsfertigkeiten des Gegenübers waren alles andere als schlecht, und er war mit der Schwerttechnik des Gusu-Lan-Clans vertraut. Zudem konnte er, selbst wenn er gleichermaßen blind im Nebel um sich schlug, dies ohne Rücksicht auf andere tun, während Lan Wangji darauf achten musste, nicht versehentlich seine eigenen Kameraden zu verletzen, sodass er weit im Nachteil war.

Als Wei Wuxian das Klirren der Schwerter hörte, wurde er nervös. »Lan Zhan? Bist du verletzt?!«, platze es aus ihm heraus.

In der Ferne hörte man ein leichtes Schnaufen, als wäre eine kritische Stelle verletzt worden, doch es war eindeutig nicht Lan Wangjis Stimme.

»Als wäre das möglich«, antwortete Lan Wangji.

»Auch wieder wahr!«, rief Wei Wuxian.

Der Grabräuber lachte kalt, hob sein Schwert und griff an.

Bichens Licht und das Geräusch der sich bekämpfenden spirituellen Schwerter entfernte sich immer weiter. Wei Wuxian wusste, dass Lan Wangji sie nicht versehentlich verletzen wollte und das Kampffeld daher absichtlich verlagerte, um sich dem Grabräuber angemessen entgegenstellen zu können. Der Rest lag nun an ihm.

Wei Wuxian drehte sich um und fragte: »Wie ist die Lage bei denen, die das Pulver eingeatmet haben?«

»Sie können nicht mehr stehen!«, rief Lan Sizhui.

»Versammelt euch und zählt durch«, wies Wei Wuxian sie an.

Zu ihrem Glück tauchten, nachdem sie die Untoten erledigt hatten und der Grabräuber fortgelockt worden war, keine neuen Wesen mehr auf, die Chaos verbreiteten. Das Geräusch des Bambusstocks, der auf den Boden schlug, sorgte ebenfalls nicht mehr für Unruhe.

Die Schüler versammelten sich und zählten durch, es fehlte keiner.

Wei Wuxian fasste Lan Jingyi an die Stirn, er hatte leichtes Fieber. Dann fühlte er die Stirn der anderen Jungen, die ebenfalls das Pulver eingeatmet hatten, das der Untote abgesondert hatte, und stellte das Gleiche bei ihnen fest. Er hob Lan Jingyis Augenlider hoch und sagte: »Streck mal deine Zunge aus, mach Aaaah!«

»Aaaah!«

»Hm. Glückwunsch, du wurdest vergiftet«, sagte Wei Wuxian.

»Wieso sollte man jemandem dazu gratulieren?!«, erwiderte Jin Ling.

»Das ist eine Erfahrung im Leben, von der man erzählen kann, wenn man alt ist«, antwortete Wei Wuxian.

Die Gründe für eine Vergiftung durch Untote waren normalerweise Kratzer oder Bisse oder wenn Wunden mit dem toten Blut der transformierten Leichen in Berührung kamen. Kultivierern passierte es nur sehr selten, dass Untote ihnen so nahekamen, dass sie sie in dieser Form verletzen konnten, sodass niemand ein Heilmittel gegen Vergiftungen durch Untote bei sich trug.

Lan Sizhui war tief besorgt. »Junger Herr Mo, wird ihnen etwas zustoßen?«

»Jetzt noch nicht, wenn das Gift jedoch in die Blutbahn gerät und durch den gesamten Körper und das Herz zirkuliert, gibt es keine Rettung mehr«, antwortete Wei Wuxian.

»Was ... Was passiert dann?«, fragte Lan Sizhui.

»Das Gleiche, was mit Leichen passiert. Wenn ihr Glück habt, verrottet ihr und stinkt ein wenig, wenn ihr Pech habt, verwandelt ihr euch in langhaarige Untote und könnt euch von da an nur noch springend fortbewegen«, erklärte Wei Wuxian.

Die Schüler, die das Gift eingeatmet hatten, schnappten nach Luft.

»Ihr wollt geheilt werden, oder?«, fragte Wei Wuxian.

Sie nickten heftig, daher fuhr Wei Wuxian fort. »Wenn ihr geheilt werden wollt, dann hört jetzt gut zu. Von nun an hört ihr alle brav auf das, was ich sage – jeder Einzelne von euch.«

In dieser Gruppe gab es einige, die ihn noch nicht kannten. Sie hatten jedoch das Gefühl, dass sich dieser Mann mit Hanguang-Jun auf Augenhöhe befand und er zudem so vertraut mit ihm war, dass er ihn direkt mit seinem Geburtsnamen ansprach. Und da sie sich alle in einem dämonischen Nebel inmitten der gespenstischen, unheimlichen Stadt Yi befanden und jetzt zu allem Überfluss auch noch vergiftet worden waren und Fieber bekamen, breitete sich Unruhe in ihnen aus. Instinktiv wünschten sie sich jemanden, auf den sie sich verlassen konnten. Und da Wei Wuxians Worte stets ein unerklärliches Selbstbewusstsein ausstrahlten, und den Eindruck vermittelten, dass es keinen Grund zur Besorgnis gab, konnten sie nicht anders, als ihm blind zu vertrauen. Einstimmig riefen sie: »Alles klar!«

Wei Wuxian ging noch einen Schritt weiter. »Ihr tut, was auch immer ich euch sage, und dürft euch nicht widersetzen. Verstanden?«

»Verstanden!«

Wei Wuxian klatschte erfreut in die Hände. »Steht alle auf! Wer nicht vergiftet wurde, hilft beim Tragen der Vergifteten, am besten tragen mehrere Personen einen von ihnen. Wenn ihr sie anhebt, denkt dran, dass Kopf und Herz höher liegen müssen als der Rest des Körpers.«

»Ich kann doch gehen, warum muss ich getragen werden?«, fragte Jingyi.

»Junger Mann wenn du fröhlich in der Gegend herumspringst, fließt das Blut sehr schnell und gelangt dadurch umso schneller zu deinem Herzen. Daher sollte man sich auf jeden Fall weniger bewegen, am besten bewegt man sich überhaupt nicht«, erklärte Wei Wuxian.

Die Jugendlichen standen sofort kerzengerade und ließen sich von ihren Kameraden hochheben.

Einer von ihnen murmelte vor sich hin, während er von einem Kameraden seines Clans huckepack genommen wurde. »Der Untote, der das Giftpulver abgesondert hat, hat wirklich geatmet.«

Der, der ihn trug, beschwerte sich hechelnd: »Ich habe es dir doch schon gesagt, wenn er atmen könnte, wäre er ein Lebender!«

»Junger Herr Mo, wir tragen sie nun alle, aber wohin?«, fragte Lan Sizhui.

Lan Sizhui war der bravste, der gehorsamste und derjenige unter ihnen, der ihm am wenigsten Kopfzerbrechen bereitete.

»Aus dieser Stadt kommen wir vorerst sicher nicht raus. Lasst uns an ein paar Türen klopfen«, sagte Wei Wuxian.

»Was für Türen?«, fragte Jin Ling.

Wei Wuxian dachte nach. »Gibt es außer Häusern denn noch etwas anderes, das Türen hat?«

»Du willst, dass wir diese Häuser betreten? Draußen lauern doch bereits an jeder Ecke Gefahren, wer weiß, was da in den Innenräumen auf uns wartet«, sagte Jin Ling.

Nachdem er das ausgesprochen hatte, hatten alle sofort das Gefühl, dass zahlreiche Augenpaare, versteckt im dichten Nebel und in den Häusern, jede ihrer Bewegungen beobachteten und jedes Wort mithörten. Sie erschauderten bei diesem Gedanken.

»Richtig, es ist wirklich schwer abzuschätzen, ob es nun draußen oder drinnen gefährlicher ist. Doch bei dem, was hier draußen bereits passiert ist, wird es drinnen nicht viel schlimmer sein können. Lasst uns gehen, die Sache duldet keinen Aufschub, wir müssen das Gift neutralisieren«, sagte Wei Wuxian.

Sie konnten nur tun, was man ihnen sagte und befolgten daher Wei Wuxians Anweisungen. Jeder hielt sich an der Schwertscheide seines Vordermanns fest, um nicht im Nebel verloren zu gehen, und sie klopften von Haus zu Haus wandernd an den Türen.

Jin Ling klopfte eine Weile heftig gegen eine der Türen, ohne eine Antwort zu bekommen, und sagte schließlich: »In diesem Haus scheint keiner zu sein, lasst uns hineingehen.«

Wei Wuxians Stimme ertönte aus der Ferne. »Wer hat gesagt, dass wir in eins reingehen, in dem keiner drin ist? Klopf weiter! Wir wollen in ein Haus, in dem sich jemand befindet.«

»Du suchst nach einem bewohnten Haus?«, rief Jin Ling.

»Richtig. Und klopf anständig, du hast gerade überaus unschön gegen die Tür gehämmert, das war sehr unhöflich«, tadelte ihn Wei Wuxian.

Jin Ling war so wütend, dass er beinahe die Holztür mit den Füßen eingetreten hätte, letztendlich … stampfte er jedoch nur zornig auf den Boden.

Jedes Haus, jede Tür auf dieser langen Straße war fest verriegelt, und egal, wie oft sie auch klopften, nichts regte sich. Je länger es andauerte, desto genervter war Jin Ling – sein Klopfen war aber bereits um einiges sanfter. Lan Sizhui hingegen klopfte stets ruhig und besonnen. Er war mittlerweile beim dreizehnten Laden angekommen und wiederholte abermals die Frage: »Entschuldigung, ist jemand da?«

Plötzlich bewegte sich der Türriegel. Ein schmaler, schwarzer Spalt öffnete sich.

Im Inneren war es sehr dunkel, sodass man nicht erkennen konnte, was sich hinter dem Spalt verbarg. Die Person, die die Tür geöffnet hatte, sprach kein Wort.

Die jungen Kultivierer, die in der Nähe standen, konnten nicht anders, als einen kleinen Schritt zurückzuweichen.

Lan Sizhui fasste sich ein Herz und fragte: »Entschuldigt bitte, seid Ihr der Ladenbesitzer?«

Nach einer halben Ewigkeit erklang eine seltsame, alte Stimme durch den Türspalt. »Ja.«

Wei Wuxian kam herüber, klopfte Lan Sizhui lobend auf die Schulter und wies ihn an, ebenfalls zurückzuweichen. »Guten Tag, wir sind zum ersten Mal hier. Der Nebel ist zu dicht und wir haben uns verirrt, wir sind etwas müde vom langen Laufen, dürften wir in Eurem Laden Rast machen?«

»Mein Laden bietet keine Rastmöglichkeit«, antwortete die seltsame Stimme.

Wei Wuxian tat so, als würde er das kein bisschen merkwürdig finden, und entgegnete, ohne eine Miene zu verziehen: »An diesem Ort gibt es aber keinen anderen Laden mehr, in dem noch Menschen sind. Wollt Ihr uns wirklich nicht diesen Gefallen tun? Wir bezahlen gut.«

Jin Ling konnte nicht anders, als zu fragen: »Woher willst du denn das Geld nehmen? Eins sag ich dir gleich, ich leih dir nichts!«

Wei Wuxian wedelte mit einem kleinen, filigranen Geldbeutel vor seinen Augen herum. »Schau mal, was das hier ist.«

Lan Jingyi erschrak. »Ganz schön mutig! Der gehört Hanguang-Jun!«

Während des Lärms wurde die Tür ein wenig weiter geöffnet. Obwohl man die Einrichtung des Hauses immer noch nur schemenhaft sehen konnte, konnte man bereits erkennen, dass hinter der Tür eine alte Frau mit grauen Haaren und ausdrucksloser Miene stand.

Obwohl die alte Frau einen Buckel hatte und auf den ersten Blick uralt wirkte, hatte sie verhältnismäßig wenige Falten oder Altersflecken, sie hätte genauso gut eine Frau mittleren Alters sein können. Sie öffnete die Tür und trat zur Seite. Es schien, als wäre sie gewillt, sie hereinzulassen.

Jin Ling war darüber sehr verwundert und flüsterte: »Sie lässt uns wirklich rein?«

Wei Wuxian flüsterte zurück: »Klar, außerdem habe ich mit einem Fuß den Spalt blockiert, selbst wenn sie die Tür schließen wollen würde, könnte sie das nicht. Hätte sie mich also immer noch nicht reingelassen, hätte ich direkt die Tür aufgetreten.«

Jin Ling sagte dazu nichts.

Die Stadt Yi war ein bizarrer, unheilvoller Ort, und die Bewohner konnten keine gewöhnlichen Menschen sein. Das Verhalten der alten Frau war höchst suspekt, was großes Unbehagen in den jungen

Kultivierern auslöste. Obwohl alle Alarmglocken in ihnen schrillten und sie auf keinen Fall das Haus betreten wollten, hatten sie keine andere Wahl, als ihre vergifteten Kameraden, die erstarrt waren und es nicht wagten, sich zu bewegen, nacheinander hineinzubringen.

Die alte Frau wartete mit einem kaltem Blick neben der Tür. Sobald alle drin waren, schloss sie sie sofort. Im Raum wurde es augenblicklich stockdunkel.

»Wieso zündet Ihr kein Licht an?«, fragte Wei Wuxian.

»Die Lichter stehen auf dem Tisch, zündet sie selbst an«, antwortete die alte Frau.

Lan Sizhui stand neben dem Tisch. Langsam tastete er umher und fand eine Öllampe, ebenso wie eine dicke Staubschicht. Er holte einen Feuertalisman hervor und wollte sie damit anzünden. Gerade als er sich dem Kerzendocht näherte, hob er unwillkürlich den Blick und schaute sich in dem Raum um. Augenblicklich durchfuhr ihn von Kopf bis Fuß ein kalter Schauer und sein Kopf wurde taub.

In der Haupthalle des Ladens standen überall um sie herum Menschen, dicht gedrängt, Schulter an Schulter. Jeder Einzelne von ihnen starrte sie mit weit aufgerissenen Augen geradewegs an, ohne auch nur ein Mal dabei zu blinzeln!

Automatisch lockerte sich sein Griff um die Öllampe.

Gerade als sie fast zu Boden fiel, fing Wei Wuxian sie auf, strich einmal ohne jede Eile mit einem brennenden Feuertalisman, den er in der anderen Hand hielt, über den Docht und zündete sie so an. Dann stellte er sie auf dem Tisch ab. »Habt Ihr die alle hergestellt? Eure Fertigkeiten sind ausgezeichnet.«

Jetzt erst bemerkten die anderen, dass es sich nicht um echte Menschen handelte, sondern um welche aus Papier.

Die Köpfe, Gesichter und Körper der Papiermenschen waren genauso groß wie die von echten. Sie waren mit Liebe zum Detail bearbeitet worden und unter ihnen befanden sich sowohl Männer und Frauen als auch Kinder. Die Männer waren alle »Yin-Krieger«, groß und kräftig gebaut mit einem wütenden Ausdruck. Die Frauen hatten schöne Gesichtszüge und ihre Haare waren entweder zu einem oder zu zwei Haarknoten gebunden. Obwohl sie unter der weiten Papierkleidung versteckt war, konnte man ihre elegante Körperhaltung erkennen, und die Muster ihrer Kleidung waren sogar filigraner ausgearbeitet als die auf den Baumwollroben echter Menschen. Einige waren mit kräftigen, leuchtenden Farben bemalt, während andere von Kopf bis Fuß noch weiß waren. Jeder Papiermensch hatte zwei große Kreise Rouge auf den Wangen, die die Gesichtsröte echter Menschen nachahmten. Es schien allerdings, als wäre man nicht dazu gekommen, die Pupillen zu malen, sodass die Augäpfel alle weiß geblieben waren. Je greller die Wangen bemalt waren, desto unheilvoller wirkte es.

In der Halle stand ein weiterer Tisch, auf dem einige Kerzen unterschiedlicher Größen lagen. Wei Wuxian zündete sie nacheinander an und das gelbe Licht erhellte einen Großteil des Raums.

Außer den Papiermenschen befand sich jeweils links und rechts noch ein großer Blumenkranz und in den Ecken lagen Stapel von Papiergeld, Höllengeld und Pagoden aus Papier.

Jin Ling hatte eigentlich bereits sein Schwert zu einem Drittel herausgezogen, als er erkannte, dass es sich hier nur um einen Laden handelte, der Bestattungsgegenstände verkaufte. Kaum merklich atmete er auf und steckte sein Schwert zurück.

Selbst wenn in der Kultivierungswelt jemand verstarb, führte man nie derartig verworrene, unheimliche, volkstümliche Zeremonien durch. Sie hatten so etwas nur selten miterlebt, und nach der anfänglichen Furcht erwachte nun ihre Neugierde. Einerseits bekamen sie Gänsehaut, andererseits fanden sie dies spannender, als auf einer Nachtjagd gewöhnliche Dämonen und Bestien zu erlegen.

Egal wie dicht der Nebel war, er drang nicht in das Haus, und seitdem sie in der Stadt Yi angekommen waren, konnten sie gerade das erste Mal das Gesicht ihres Gegenübers problemlos und klar erkennen und endlich aufatmen.

Als Wei Wuxian bemerkte, wie sie sich beruhigten, fragte er die alte Frau: »Entschuldigt bitte, dürfte ich wohl Eure Küche benutzen?«

Die alte Frau schien den Schein des Feuers nicht zu mögen und warf der Öllampe einen bösen Blick zu, als sie antwortete: »Die Küche ist hinten, mach, was du willst.« Dann verzog sie sich in ein anderes Zimmer, ganz so, als würde sie eine Plage meiden und schloss die Tür mit einem lauten Knall, der einige zusammenfahren ließ.

»Diese alte Hexe hat bestimmt Dreck am Stecken! Du ...«, sagte Jin Ling.

»Ist gut jetzt, hör auf zu reden. Ich brauche jemanden, der mir hilft, wer kommt mit mir?«, fragte Wei Wuxian.

Lan Sizhui war sofort zur Stelle. »Ich komme mit.«

Lan Jingyi stand immer noch kerzengerade da. »Was mache ich dann?«

»Bleib weiter so stehen und beweg dich nicht, bis ich es dir sage«, erwiderte Wei Wuxian.

Lan Sizhui ging mit ihm in die Küche im hinteren Bereich. Als sie eintraten, schlug ihnen ein stinkender, fauliger Geruch entgegen. Lan Sizhui war in seinem ganzen Leben noch nie so ein unheimlicher Gestank in die Nase gestiegen. Ihm wurde schwindelig, er ertrug es jedoch, ohne hinauszustürmen.

Jin Ling folgte ihnen, sprang aber sofort wieder raus, nachdem er eingetreten war und fächerte, als ginge es um sein Leben. »Was ist denn das für ein abartiger Geruch?!! Wieso denkst du nicht darüber nach, wie wir das Gift neutralisieren können, und kommst stattdessen hierher?!«

»Ach? Du kommst gerade richtig, woher wusstest du, dass ich dich herrufen wollte? Hilf mit«, sagte Wei Wuxian.

»Ich bin nicht hier, um zu helfen! Bäh! Hat hier jemand einen Menschen ermordet und vergessen, ihn zu begraben?!«, erwiderte Jin Ling.

»Fräulein Jin, kommst du nun oder nicht? Wenn ja, dann komm rein und hilf mit, wenn nicht, geh zurück und sag jemand anderem, dass er herkommen soll«, sagte Wei Wuxian.

Jin Ling explodierte. »Wen nennst du hier ›Fräulein Jin‹, pass bloß auf, was du sagst!« Er rümpfte die Nase und überlegte, ob er gehen oder bleiben sollte. Schließlich schnaubte er. »Ich will sehen, was zum Teufel du da eigentlich vorhast.« Wütend hob er seine Robe an und stampfte in die Küche hinein. Zu seiner Überraschung öffnete Wei Wuxian die Kiste am Boden, aus welcher der widerliche Gestank kam.

In der Kiste lagen eine Schweinshaxe und ein Huhn. Das rote Fleisch war bereits vollständig grün verfärbt und kleine, weiße Maden wanden sich darin.

Jin Ling war gezwungen, erneut den Raum zu verlassen.

Wei Wuxian hob die Kiste hoch und drückte sie ihm in die Arme. »Schmeiß sie weg. Egal wohin! Hauptsache, wir riechen sie nicht mehr.«

Jin Ling war voller Ekel und Zweifel, tat jedoch, was man ihm aufgetragen hatte und entsorgte die Kiste. Anschließend wischte er sich mit einem Taschentuch heftig die Finger ab und warf es dann ebenfalls fort. Als er zurück in die Küche kam, hatten Wei Wuxian und Lan Sizhui zwei Eimer Wasser vom Brunnen im Hinterhof geholt und säuberten gerade den Raum.

»Was treibt ihr da?«, fragte Jin Ling.

Lan Sizhui wischte gründlich die Oberflächen ab, während er antwortete: »Wie du siehst, scheuern wir die Kochstelle.«

»Wozu reinigt ihr die Kochstelle, wir kochen doch nichts«, erwiderte Jin Ling.

»Wer sagt, dass wir nichts kochen? Genau das machen wir. Wisch den Staub und die Spinnweben dort oben weg«, wies ihn Wei Wuxian an.

Er sprach mit so einem Selbstbewusstsein und einer Selbstverständlichkeit, dass Jin Ling unerklärlicherweise einen Besen in die Hand nahm und ihm in seiner Verwirrung gehorchte. Je mehr er fegte, desto absurder erschien ihm die Situation, und gerade, als er Wei Wuxian den Besen an den Kopf werfen wollte, öffnete dieser eine andere Kiste. Erschrocken stürmte Jin Ling wieder hinaus. Glücklicherweise stieg ihnen dieses Mal jedoch kein widerlicher Gestank in die Nase.

Die drei bewegten sich behänd und nach kurzer Zeit erstrahlte die Küche in neuem Glanz. Nun war es hier endlich ordentlich und wirkte nicht mehr wie ein seit Jahren verlassenes Geisterhaus. In der Ecke lag gehacktes Feuerholz gestapelt, das sie in die Kochstelle schoben. Sie zündeten es mit einem Feuertalisman an, setzten einen großen, ausgewaschenen Topf darauf und kochten Wasser auf.

Wei Wuxian holte aus der zweiten Kiste Klebreis, wusch ihn und gab ihn in den Topf.

»Du kochst Reisbrei?«, fragte Jin Ling.

»Ja«, antwortete Wei Wuxian.

Jin Ling warf seinen Lappen auf den Boden.

»Sieh dich nur an, kaum arbeitest du, rastest du auch schon aus. Jetzt schau dir mal Lan Sizhui an, er hat am meisten geschuftet und beschwert sich mit keinem Wort. Was ist so schlimm an Reisbrei?«, fragte Wei Wuxian.

»Was soll so toll daran sein? Er schmeckt fad und wässrig! Moment ... Ich raste doch gar nicht aus, weil Reisbrei schlimm ist!«, meckerte Jin Ling.

»Wie auch immer, er ist sowieso nicht für dich«, sagte Wei Wuxian.

Das machte Jin Ling umso wütender. »Was hast du gesagt? Ich habe so geschuftet und bekomme dann nichts ab?!«

»Junger Herr Mo, Reisbrei kann das Gift Untoter neutralisieren, oder?«, fragte Lan Sizhui.

Wei Wuxian grinste. »Ja, es ist aber nicht der Reisbrei, der das Gift neutralisiert, sondern der darin enthaltene Klebreis. Es ist ein traditionelles Heimmittel. Normalerweise legt man den Klebreis auf die Kratz- oder Bisswunde – falls ihr euch einmal in so einer Situation wiederfinden solltet, könnt ihr es ausprobieren. Es schmerzt zwar höllisch, ist aber sehr effektiv und erzielt eine sofortige Wirkung. Eure Kameraden wurden aber nicht gekratzt oder gebissen, sondern haben Giftpulver eingeatmet, sodass man aus dem Klebreis einen Reisbrei herstellen muss, den sie dann essen können.«

Plötzlich verstand Lan Sizhui. »Daher wolltest du also unbedingt in ein Haus, in dem noch Menschen wohnen. Nur in einem bewohnten Haus wäre eine nutzbare Küche vorhanden, und nur in so einer Küche konnte es auch Klebreis geben.«

»Wer kann schon sagen, wie alt dieser Reis ist, und ob man den noch essen kann?! Außerdem wurde diese Küche mindestens ein Jahr lang von niemanden mehr genutzt, alles ist verstaubt und das Fleisch ist verdorben. Hat die alte Frau in diesem Jahr etwa keine Nahrung zu sich genommen? Sie kann ja wohl kaum fasten, wie konnte sie da nur überleben?«, fragte Jin Ling.

»Entweder hat hier die ganze Zeit über niemand gelebt und sie ist überhaupt nicht die Besitzerin dieses Ladens, oder sie ist es doch und muss überhaupt keine Nahrung zu sich nehmen«, sagte Wei Wuxian.

Lan Sizhui flüsterte: »Wenn sie keine Nahrung zu sich nehmen muss, muss sie eine Tote sein. Doch diese alte Frau hat eindeutig geatmet.«

Wei Wuxian nahm einen Pfannenwender und alle möglichen Flaschen und Gläschen, die er fand und vermischte deren Inhalt im Topf. »Ach ja, ihr hattet noch nicht fertig erzählt, wieso seid ihr zusammen hierhergekommen? Es kann ja wohl kaum Zufall gewesen sein, dass wir uns begegnet sind, oder?«

Die Gesichter der beiden jungen Männer wurden augenblicklich ernst.

»Ich, die Schüler des Lan-Clans und noch einige der anderen Clans verfolgen alle die gleiche Kreatur. Ich habe sie aus Qinghe verfolgt«, erzählte Jin Ling.

Und Lan Sizhui ergänzte: »Wir haben sie aus Langya verfolgt.«

»Was ist das für ein Wesen?«, fragte Wei Wuxian.

Lan Sizhui schüttelte den Kopf. »Das wissen wir nicht. Es hat uns nie sein Gesicht gezeigt, daher können wir nicht sagen, um was es sich genau handelt ... oder was für eine Organisation dahintersteckt.«

Jin Ling hatte seinen Onkel vor einigen Tagen angelogen und Wei Wuxian freigelassen. Seitdem hatte er mit der Angst gelebt, dass Jiang Cheng ihm diesmal wirklich die Beine brechen würde. Daher hatte er beschlossen, sich heimlich für ein paar Tage aus dem Staub zu machen und Jiang Cheng erst wieder unter die Augen zu treten, wenn dieser sich abgeregt hatte. Also übergab er Zidian einem treuen Untergebenen Jiang Chengs und rannte fort. Als er auf seinem Weg in einer kleinen Stadt ankam, die fast außerhalb Qinghes lag, wollte er dort nach einem Ort suchen, an dem er auf Nachtjagd gehen konnte, sodass er sich zwischenzeitlich in einem großen Gasthaus ausruhte.

An jenem Abend lernte er im Zimmer gerade Zaubersprüche auswendig, als Fee, die zu seinen Füßen lag, plötzlich die Tür anbellte. Es war zu diesem Zeitpunkt bereits mitten in der Nacht und Jin Ling befahl seinem spirituellen Hund, Ruhe zu geben, als es plötzlich an seiner Tür klopfte.

Fee hörte zwar auf zu bellen, war jedoch überaus unruhig und kratzte wie verrückt am Boden herum, während sie kehlig knurrte.

Jin Ling war auf der Hut und fragte, wer da sei, bekam jedoch keine Antwort und ignorierte daher das Klopfen. Nach einer Stunde jedoch klopfte es erneut.

Jin Ling stieg mit Fee durch das Fenster nach draußen. Sie gingen einmal um das Gebäude herum und durch das Treppenhaus wieder hoch.

Er wollte hinterrücks einen Überraschungsangriff starten und nachsehen, was das für einer war, der mitten in der Nacht Unfug trieb. Unerwarteterweise traf er jedoch niemanden an, und auch nachdem er eine Weile still und leise gewartet hatte, sah er niemanden vor seiner Zimmertür.

Jin Ling behielt die Sache im Auge und ließ Fee die Zimmertür bewachen. Da er die ganze Zeit darauf gefasst war, die Person anzugreifen, machte er kein Auge zu – in dieser Nacht fiel jedoch nichts vor. Er hörte nur die ganze Zeit über ein seltsames Geräusch, das wie herabtropfendes Wasser klang.

Am nächsten Morgen ertönte außerhalb seines Zimmers ein schriller Schrei. Jin Ling trat die Tür ein und landete mit dem Fuß in einer Blutlache. Dann fiel von oben etwas herab und er wurde nur deshalb nicht getroffen, weil er nach hinten auswich.

Eine schwarze Katze!

Jemand hatte heimlich über seiner Tür die Leiche einer toten Katze platziert. Das seltsame Tropfen, das er nachts gehört hatte, war das Blut von ihr gewesen, das nach unten getropft war.

»Daraufhin habe ich mehrmals das Gasthaus gewechselt, es war jedoch überall das Gleiche. Also bin ich zum Gegenangriff übergegangen. Sobald ich hörte, dass an irgendeinem Ort plötzlich Katzenleichen auftauchten, bin ich hingegangen. Ich wollte unbedingt herausfinden, wer dahintersteckt«, erzählte Jin Ling.

Wei Wuxian drehte sich zu Lan Sizhui. »War das bei euch auch so?«

Lan Sizhui nickte. »Genau. Vor einigen Tagen waren wir in Langya auf Nachtjagd. Eines Abends schöpften wir beim Essen plötzlich einen Katzenkopf aus der Suppe, dessen Haut noch nicht abgezogen war ... Wir wussten anfangs nicht, dass das gegen uns gerichtet war, doch als wir an dem Tag das Gasthaus für die Rast wechselten, fanden wir unter der Matratze des Zimmers wieder eine Katzenleiche. So ging das mehrere Tage weiter. Wir sind der Sache bis nach Yueyang gefolgt, wo wir auf den jungen Herrn Jin trafen und feststellten, dass wir die gleiche Angelegenheit untersuchen. Also schlossen wir uns zusammen. Die Spur hat uns heute hier hergeführt. Im Dorf vor der Steintafel haben wir uns bei einem Jäger erkundigt und wurden daraufhin auf den Weg zur Stadt Yi verwiesen.«

Ein Jäger?, schoss es Wei Wuxian durch den Kopf

Die jungen Schüler waren wahrscheinlich nach ihm und Lan Wangji an dem Dorf vor der Steintafel vorbeigekommen. Sie hatten zu jenem Zeitpunkt keinen Jäger gesehen, nur einige schüchterne Frauen des Dorfs, die gerade die Hühner fütterten und das Haus hüteten. Und die hatten gemeint, die Männer wären unterwegs, um Waren auszuliefern, und würden erst nach einer ganzen Weile zurück sein.

Je mehr Wei Wuxian darüber nachdachte, desto ernster wurde sein Gesichtsausdruck.

Diesen Erzählungen zufolge hatte ihr Gegenüber nichts anderes getan, als Katzen zu töten und deren Leichen wegzuwerfen. Auch wenn es sich unheimlich anhörte und auch so aussah, hatten sie keine wirklichen Verletzungen davongetragen. Die Sache hatte jedoch ihre Neugier geweckt und sie wollten ihr auf den Grund gehen.

Weiterhin waren die Jungen in Yueyang aufeinandergestoßen, genau dort, wo Wei Wuxian und Lan Wangji sich ebenfalls auf den Weg gemacht hatten, um nach Süden in Richtung Shudong aufzubrechen. Es schien ganz so, als hätte jemand absichtlich diese Gruppe junger, ahnungsloser Kultivierer mit ihnen zusammengeführt.

Eine Gruppe junger Kultivierer an einen gefährlichen, unbekannten Ort zu locken, wo sie sich dem Körperteil eines höchst gefährlichen bösartigen Untoten stellen müssen – war das nicht genau die gleiche Vorgehensweise wie im Dorf Mo?

Und das war noch nicht das Komplizierteste an der Geschichte. Das, wovor sich Wei Wuxian gerade noch mehr fürchtete, war das Yin-Tiger-Amulett. Vielleicht befand es sich in diesem Moment sogar in der Stadt Yi.

Obgleich Wei Wuxian diese Option nicht wahrhaben wollte, so war sie doch die plausibelste Erklärung. Immerhin gab es jemanden, der die eine Hälfte des kaputten Yin-Tiger-Amuletts hatte wiederherstellen können, und selbst wenn es hieß, dass man diese Person bereits beseitigt hatte, war ungewiss, in wessen Hände das reparierte Yin-Tiger-Amulett gefallen war.

Genau in diesem Moment schaute Lan Sizhui, der gebückt dem Feuer Luft zufächerte, zu ihm hoch und sagte: »Mo-Qianbei, der Reisbrei scheint fertig zu sein?!«

Wei Wuxian wurde aus seinen Gedanken gerissen und hörte auf, mit dem Pfannenwender weiter umzurühren. Er nahm eine der Schüsseln, die Lan Sizhui soeben abgespült hatte und probierte einen Löffel. »Gut. Bringt sie raus! Jeder Vergiftete bekommt eine Schüssel, füttert sie!«

Nachdem sie den Reisbrei zu den anderen gebracht hatten, spuckte Lan Jingyi ihn jedoch bereits nach einem Löffel wieder aus. »Was ist das denn, etwa Gift?!«

»Und was für ein Gift, es ist ein Gegenmittel! Klebreisbrei«, sagte Wei Wuxian.

»Zunächst einmal ist es mir ein Rätsel, wie Klebreis ein Gegengift sein soll, aber ich habe noch nie eine so scharfe Version gegessen!«, rief Lan Jingyi.

Die anderen, die ebenfalls einen Löffel probiert hatten, nickten eifrig und Tränen rannen ihnen über das Gesicht.

Wei Wuxian strich sich übers Kinn. Er war in Yunmeng aufgewachsen, wo man sehr scharf aß, doch Wei Wuxians Toleranz gegenüber scharfem Essen war selbst dafür erstaunlich hoch. Jedes Mal, wenn er kochte, würzte er das Essen so intensiv, dass nicht einmal Jiang Cheng es ertrug, die Schüssel hinwarf und darüber schimpfte. Wei Wuxian konnte jedoch nicht anders, als jedes Mal wieder Löffel um Löffel Gewürze in den Topf zu geben, anscheinend hatte er sich gerade wieder nicht unter Kontrolle gehabt.

Lan Sizhui war neugierig, nahm eine Schüssel und probierte. Sein Gesicht lief feuerrot an, er behielt jedoch das Essen im Mund. Schließlich färbten sich auch seine Augen rot. *Dieser Geschmack ... Er ist so furchtbar. Das kommt mir irgendwie bekannt vor ...*

»Jede Medizin hat so ihre Nebenwirkungen. Durch die Schärfe schwitzt ihr, wodurch ihr schneller gesund werdet«, sagte Wei Wuxian.

Die Jungen brachten ihre Ungläubigkeit zum Ausdruck, leerten jedoch trotzdem mit leidender Miene ihre Schüsseln. Innerhalb weniger Augenblicke waren ihre Gesichter knallrot und sie waren schweißgebadet – die Schmerzen waren schlimmer als der Tod.

Wei Wuxian konnte nicht anders, als zu fragen: »Ist es wirklich so schlimm? Hanguang-Jun kommt ebenfalls aus Gusu, isst aber auch sehr scharf. Wieso stellt ihr euch dann so an?«

Lan Sizhui verdeckte seinen Mund, während er antwortete: »Das stimmt nicht, Qianbei, Hanguang-Jun isst nur milde Speisen, scharfe Gerichte nimmt er nie zu sich ...«

Wei Wuxian erstarrte für einen Moment. »Ist das so?«

Aber er erinnerte sich daran, wie er sich im letzten Leben einmal mit Lan Wangji in Yiling getroffen hatte, nachdem er den Yunmeng-Jiang-Clan verraten hatte. Damals war Wei Wuxian zwar bereits öffentlich denunziert worden, allerdings war es noch nicht so schlimm gewesen, dass jeder ihn tot sehen wollte, sodass er in seiner Dreistigkeit mit Lan Wangji zusammen essen gehen und in der Vergangenheit schwelgen wollte. Lan Wangji hatte lauter scharfe Gerichte mit Szechuanpfeffer bestellt, daher hatte Wei Wuxian immer angenommen, dass Lan Wangjis Geschmack seinem eigenen glich.

Wenn er jetzt daran zurückdachte, konnte er sich tatsächlich nicht mehr daran erinnern, ob Lan Wangji diese Gerichte überhaupt angerührt hatte. Bedachte man hingegen, dass Wei Wuxian damals bereits nach dem Essen vergessen hatte, dass er davor noch gemeint hatte, er würde ihn einladen, sodass letztendlich Lan Wangji die Rechnung beglich, war es nur verständlich, dass er sich an solche Details erst recht nicht erinnern konnte.

Er wusste nicht wieso, aber plötzlich wollte er unbedingt Lan Wangjis Gesicht sehen.

»Qianbei ...!«

»Hm?« Jetzt erst erwachte Wei Wuxian aus seinen Tagträumen.

Lan Sizhui flüsterte: »Die Zimmertür der alten Frau ... steht jetzt offen.«

2

Von irgendwoher wehte ein Yin-Wind, der dafür sorgte, dass sich die Tür einen kleinen Spalt breit öffnete – dann wieder schloss und wieder öffnete.

Im Zimmer war es düster, vage konnte man die Umrisse einer Person erkennen, die gebückt neben einem Tisch saß. Wei Wuxian deutete ihnen, sich nicht zu bewegen, und ging alleine hinein.

Die Lichter der Öllampe und der Kerzen aus der Haupthalle schienen durch den Spalt. Die alte Frau saß mit gesenktem Kopf da und schien nicht bemerkt zu haben, dass jemand hereingekommen war. Auf ihren Knien lag ein Stickrahmen. Sie hatte anscheinend vor, den aufgespannten Stoff mit Stickereien zu versehen. Ihre Hände lehnten steif aneinander und sie versuchte gerade, einen Faden durch ein Nadelöhr zu fädeln.

Wei Wuxian setzte sich zu ihr an den Tisch und fragte: »Wieso macht Ihr nicht das Licht an, wenn Ihr den Faden einfädelt? Lasst mich das machen.«

Er nahm ihr das Nähzeug aus der Hand und fädelte den Faden mit einem Anlauf durchs Nadelöhr, dann gab er der alten Frau die Sachen zurück und verließ das Zimmer, als wäre nichts gewesen. Anschließend schloss er die Zimmertür hinter sich und sagte: »Geht nicht rein.«

»Hast du erkennen können, ob die alte Hexe nun tot oder lebendig ist, als du da drinnen warst?«, fragte Jin Ling.

Wei Wuxian wies ihn zurecht. »Nenn sie nicht alte Hexe, das ist sehr unhöflich! Diese alte Frau ist eine lebende Untote.«

Die Jungen schauten einander an und Lan Sizhui fragte: »Was ist eine lebende Untote?«

»Wenn eine Person von Kopf bis Fuß die Merkmale einer Leiche aufweist, während sie aber noch lebt, nennt man das einen lebenden Untoten«, antwortete Wei Wuxian.

Jin Ling war sichtlich überrascht. »Du meinst, sie lebt noch?!«

»Habt ihr gerade reinsehen können?«, fragte Wei Wuxian.

»Ja.«

»Was habt ihr gesehen? Was hat sie gemacht?«

»Einen Faden eingefädelt.«

»Ist er durchgegangen?«

»Nein.«

»Genau, ist er nicht. Die Muskeln von Toten sind starr, so komplexe Bewegungen wie einen Faden durch ein Nadelöhr zu fädeln können sie daher nicht ausführen. Zudem hat sie keine Altersflecken auf dem Gesicht, sondern Totenflecken. Und sie braucht zwar keine Nahrung, atmet aber noch, also lebt sie.«

»A… Aber diese Frau ist bereits sehr alt, viele alte Frauen haben schlechte Augen und können einen Faden nicht mehr allein einfädeln«, sagte Lan Sizhui.

»Daher habe ich ihr geholfen. Habt ihr noch etwas bemerkt? Seit dem Moment, in dem sie die Tür geöffnet und uns reingelassen hat, hat sie bis jetzt kein einziges Mal geblinzelt«, erwiderte Wei Wuxian.

Die jungen Kultivierer öffneten und schlossen ihre Lider reflexartig ein paar Mal und Wei Wuxian fuhr fort: »Lebende blinzeln, damit die Augen nicht schmerzen, während Tote das nicht mehr zu tun brauchen. Und hat jemand darauf geachtet, wie sie mich angeschaut hat, als ich Nadel und Faden an mich nahm?«

»Ihre Augen haben sich nicht bewegt ... sondern ihr Kopf!«, sagte Jin Ling.

»Genau das ist der Punkt. Wenn normale Menschen in eine Richtung schauen, bewegen sich in der Regel auch die Augen mit, und sei es auch nur ein wenig. Tote können das jedoch nicht, weil sie so präzise Bewegungen nicht mehr ausführen und somit auch die Augen nicht mehr bewegen können. Also drehen sie den ganzen Kopf und den Hals«, erklärte Wei Wuxian.

Lan Jingyi war verdutzt. »Wir sollten uns Notizen machen, oder?«

»Das ist eine gute Vorgehensweise. Aber wenn du auf Nachtjagd bist, wirst du ja wohl kaum Zeit haben, das nachzuschlagen. Präg es dir jetzt ein!«, meinte Wei Wuxian.

Jin Ling biss die Zähne zusammen. »Untote sind schon schlimm genug. Wieso gibt es jetzt auch noch lebende Untote?!«

»Lebende Untote entstehen nur sehr selten von alleine. In der Regel werden sie von Menschen geschaffen, so wie diese lebende Untote hier«, erklärte Wei Wuxian.

»Sie werden geschaffen?! Wieso denn das?«

Wei Wuxian führte das näher aus: »Tote haben viele Schwächen: Ihre Muskeln erstarren, dadurch verlangsamen sich ihre Bewegungen und so weiter. Allerdings haben Untote auch viele Stärken: Sie haben keine Angst vor Schmerzen, können nicht denken und sind einfach zu steuern. Da dachte sich jemand, dass man ihre Schwächen ausmerzen und perfekte Marionetten erschaffen könnte. So sind die lebenden Untoten entstanden.«

Die jungen Kultivierer sprachen es zwar nicht aus, es stand ihnen jedoch in großen Lettern ins Gesicht geschrieben: Dieser jemand war Wuxian! Wei Wuxian!

Wei Wuxian wusste nicht, ob er lachen oder weinen sollte. *So etwas habe ich nie geschaffen!*

Obwohl es sich tatsächlich ganz nach ihm anhörte!

»Hach! Na gut, dann hat eben Wei Wuxian damit angefangen. Aber er hatte erfolgreich Wen Ning geschaffen, den Geistergeneral. Ehrlich gesagt, habe ich mich schon immer gefragt, wer ihm diesen Beinamen gegeben hat? Klingt total dämlich. Außer ihm gab es jedoch noch einige, die ihn nachahmten, es aber nicht richtig hinbekamen und daher den dämonischen Pfad einschlugen. Sie nahmen daraufhin lebende Menschen ins Visier und schufen dann diese Wesen, die lebenden Untoten.« Er fasste zusammen: »Es handelt sich hierbei also um misslungene Imitate.«

Als er Wei Wuxians Namen hörte, wurde Jin Lings Gesichtsausdruck kalt und er schnaubte. »Wei Ying wendete doch selbst dämonische Mittel an.«

»Nun, dann benutzten die, die die lebenden Untoten schufen, die dämonischsten aller dämonischen Mittel«, sagte Wei Wuxian.

»Qianbei, was sollen wir dann jetzt tun?«, fragte Lan Sizhui.

»Einige lebende Untote wissen manchmal nicht, dass sie bereits tot sind. Ich glaube, diese alte Frau ist sich ihres Zustands auch nicht ganz bewusst, daher genügt es fürs Erste, wenn wir sie nicht stören«, sagte Wei Wuxian.

In diesem Moment ertönte plötzlich das klare Klopfen eines Bambusstocks, der auf den Boden schlug.

Das Geräusch kam aus der Nähe eines Fensters, welches durch schwarze Holzbretter verschlossen war.

Alle Kultivierungsschüler im Raum wurden kreidebleich.

Seit sie in diese Stadt gekommen waren, wurden sie ständig von diesem Geräusch belästigt. Ihr Gesichtsausdruck veränderte sich daher sofort, als sie es hörten.

Wei Wuxian gab ihnen mit Handzeichen zu verstehen, dass sie keinen Mucks machen sollten, also hielten sie die Luft an. Sie sahen, wie er durch einen schmalen Spalt zwischen den Fensterläden nach draußen linste.

Durch den Spalt der Holzbretter sah er allerdings nur weiß und dachte, dass der Nebel außerhalb des Hauses zu dicht wäre und er deshalb nichts erkennen konnte. Plötzlich wich dieses Weiß jedoch in Höchstgeschwindigkeit zurück.

Er sah ein unheilvolles weißes Augenpaar, das grollend den Schlitz anstarrte. Das Weiß, das er gerade betrachtet hatte, gehörte nicht zu dem dichten Nebel, sondern zu dieser weißen, pupillenlosen Netzhaut.

Die Herzen von Jin Ling und den anderen hämmerten wie verrückt. Sie befürchteten, dass ihm etwas Unvorhersehbares zustoßen würde, wenn er so nach draußen spickte, und dass er sich die Augen zuhalten und umfallen würde. Als sie ein »Ah!« von Wei Wuxian hörten, machten ihre Herzen einen Sprung und mit aufgestellten Nackenhaaren fragten sie: »Was ist?«

»Pscht, nicht reden! Ich sehe es gerade an«, flüsterte Wei Wuxian.

Jin Ling flüsterte sogar noch leiser als er: »Und was siehst du da an? Was ist das da draußen für ein Wesen?«

Wei Wuxian wandte seinen Blick nicht ab und gab auch keine direkte Antwort. »Hm, hm ... hm ... Es ist erstaunlich, sehr erstaunlich.«

Von der Seite wirkte sein Gesicht hocherfreut und das Kompliment und das Erstaunen schienen seinem Herzen zu entspringen, sodass die Neugierde der jungen Kultivierer in Windeseile ihre Nervosität übertraf.

Lan Sizhui konnte nicht anders und fragte: »Qianbei, was ist so erstaunlich?«

»Ah! Wie schön. Seid leise, verschreckt es nicht. Ich habe es noch nicht genug betrachtet«, sagte Wei Wuxian.

Jin Ling hielt es nicht mehr aus. »Weg da! Ich will schauen.«

»Ich will auch mal!«

»Wollt ihr wirklich?«, fragte Wei Wuxian.

»Ja!«

Im Schneckentempo ging Wei Wuxian aus dem Weg, offensichtlich sehr unwillig.

Jin Ling kam als Erster rüber, visierte den schmalen Schlitz im Holz an und schaute nach draußen.

Zu diesem Zeitpunkt war es bereits Nacht. Mit Aufzug der kalten Dunkelheit verschwand auch ein Teil des dämonischen Nebels der Stadt Yi und man konnte gerade so die lange Straße sehen, die einige Meter weit weg lag.

Jin Ling sah eine Weile hinaus, entdeckte aber nicht das, was »sehr erstaunlich« und »schön« war, und war ein wenig enttäuscht. »Habe ich es etwa gerade verschreckt, als ich geredet habe?«

Gerade, als er keine Lust mehr hatte, schnellte plötzlich eine dünne, verschrumpelte Silhouette vor den Spalt im Holz.

Als Jin Ling so völlig unvorbereitet die ganze Gestalt des Wesens sah, hatte er das Gefühl, sein Schädel würde explodieren. Beinahe hätte er laut aufgeschrien, schaffte es jedoch irgendwie, innezuhalten und den Schrei schließlich ganz zu unterdrücken. Steif behielt er seine gebeugte Position bei und nachdem das Taubheitsgefühl in seinem Kopf verschwunden war, konnte er nicht anders, als zu Wei Wuxian zu schauen. Dieser lehnte neben ihm an der Fensterbank und zog frech einen Mundwinkel und die Augenbrauen hoch, dann lachte er verschmitzt: »Wunderschön, oder?«

Jin Ling starrte ihn zornig an. Er wusste, dass er sie absichtlich reinlegte, also biss er die Zähne zusammen. »Ja …« Dann änderte er jedoch seine Meinung schlagartig. Er stellte sich aufrecht hin und gab sich völlig gleichgültig. »So toll aber nun auch wieder nicht, kann man sich halt mal anschauen!«

Nach diesen Worten stellte er sich an die Seite und wartete auf den Nächsten, der in die Falle tappen würde. Diese beiden trieben mit ihrem bösen Spiel die Neugierde der restlichen Gruppe auf die Spitze, sodass Lan Sizhui sich nicht mehr zügeln konnte und sich ebenfalls vor das Fenster stellte. Doch gerade, als er näher herantrat, schrie er in seiner Aufrichtigkeit auch schon auf und sprang zurück. In seinem ganzen Gesicht konnte man die Hilflosigkeit, die er durch den Schock verspürte, ablesen. Ihm wurde schwindelig und er musste sich zweimal umschauen, bis er Wei Wuxian fand, und sich beklagte: »Qianbei! Da draußen ist ein ... ein ...«

Wei Wuxian wusste Bescheid. »Da ist etwas, richtig? Sprich es nicht aus, sonst verdirbst du den anderen noch die schöne Überraschung. Lass sie selbst einen Blick darauf werfen.«

Als würden die anderen sich jetzt noch trauen nachzusehen, nachdem Lan Sizhui so erschrocken dreinblickte. Von wegen schöne Überraschung, das war wohl eher ein fürchterlicher Schrecken, also winkten sie ab. »Wir wollen keinen Blick mehr darauf werfen!«

Jin Ling schnalzte mit der Zunge. »Selbst in so einem Moment treibst du Schabernack, ich weiß echt nicht, was in deinem Kopf vorgeht!«

Wei Wuxian konterte: »Du hast doch mitgemacht?! Und hör auf, den Tonfall deines Onkels zu übernehmen! Sizhui, hat das Wesen dich gerade erschreckt?«

Lan Sizhui nickte und antwortete ehrlich: »Ja.«

»So soll es auch sein. Das ist eine gute Gelegenheit für euch, eure Kultivierungsfertigkeiten zu verbessern. Wieso erschrecken Geister Menschen? Weil der Geist erschrockener Menschen geschwächt ist, während ihre Lebensessenz ansteigt. In diesem Moment ist es am einfachsten, ihnen Yang-Energie zu entziehen. Daher sind das, was solche Geister am meisten fürchten, unerschrockene Menschen. Weil die sie nicht fürchten, können sie ihnen nichts anhaben und haben keine

Chance gegen sie. Daher ist es für euch als Kultivierungsschüler eure erste Aufgabe, mutig zu werden!«

Lan Jingyi war froh, dass er sich nicht bewegen konnte und gerade nicht hinausgesehen hatte, und murmelte: »Mut ist angeboren. Wenn jemand von Natur aus ängstlich ist, was dann?«

Wei Wuxian antwortete: »Konntest du denn von Geburt an auf deinem Schwert fliegen? Das hast du alles durch wiederholte Übung gelernt. Nach der gleichen Logik gewöhnt man sich an den Schreck, wenn man des Öfteren damit konfrontiert wird. Stinkt die Latrine? Ist sie eklig? Aber glaub mir, wenn du einen Monat lang in einer Latrine lebst, kannst du dort sogar essen.«

Den jungen Kultivierern ging diese Vorstellung durch Mark und Bein und sie lehnten sie einstimmig ab: »Das geht nicht!!! Das glauben wir nicht!!!«

»Das war doch nur ein Beispiel. Okay, ich gebe es zu, ich habe noch nie in einer Latrine gelebt und habe daher auch keine Ahnung, ob man dort sein Essen runterkriegt. Was das angeht, habe ich mich wohl zu weit vorgewagt. Aber das Wesen vor dem Fenster müsst ihr euch unbedingt anschauen. Und nicht nur das, ihr müsst genau hinsehen und auf die Details achten und innerhalb kürzester Zeit aus diesen seine möglichen, versteckten Schwächen herauslesen. In gefährlichen Situationen müsst ihr einen kühlen Kopf bewahren und eine Gelegenheit für den Gegenangriff suchen. Okay, ich habe jetzt so viel geredet, habt ihr es verstanden? Gewöhnliche Menschen bekommen nicht die Chance, von mir unterwiesen zu werden, also solltet ihr es zu schätzen wissen. Weicht nicht zurück, kommt alle her und stellt euch in einer Reihe auf. Jeder schaut es sich einmal an!«, sagte Wei Wuxian.

»Müssen wir wirklich ...?«

»Natürlich, ich scherze nie und lege auch nie Leute rein. Lan Jingyi fängt an. Jin Ling und Sizhui haben es ja bereits gesehen«, antwortete Wei Wuxian.

Lan Jingyi wirkte panisch. »Was? Ich muss ja wohl nicht schauen! Vergiftete dürfen sich nicht bewegen, das hast du selbst gesagt.«

»Streck deine Zunge raus! Aaaah!«, sagte Wei Wuxian.

Lan Jingyi befolgte seine Anweisung. »Aaaah!«

»Glückwunsch, das Gift ist bereits neutralisiert. Wage mutig den ersten Schritt, komm!«, verkündete Wei Wuxian.

»So schnell?! Du lügst mich doch gerade an, oder?«, protestierte Lan Jingyi.

Doch Widerstand war zwecklos, sodass ihm nichts anderes übrig blieb, als ans Fenster zu treten. Er schaute einmal hin, dann wieder weg, dann wieder hin, dann wieder weg.

Wei Wuxian klopfte gegen das Holz. »Wovor hast du Angst? Ich stehe hier, es würde sich nicht trauen, dieses Brett zu durchbrechen, und es wird auch schon nicht deine Augäpfel auffressen.«

Lan Jingyi sprang weg. »Ich bin fertig!«

Danach kam der Nächste dran.

Jeder von ihnen zischte beim Schauen.

Nachdem sie alle einmal reihum dran gewesen waren, fragte Wei Wuxian in die Runde: »Seid ihr fertig? Dann sagt jeder mal, welche Details ihm aufgefallen sind. Wir fassen alle zusammen.«

Jin Ling ergriff als Erster das Wort. »Weiße Augen. Ein Mädchen. Es ist sehr klein und dünn. Sieht ganz okay aus. Es trägt einen Bambusstock.«

Lan Sizhui dachte nach, dann fügte er hinzu: »Sie geht mir etwa bis zur Brust, ihre Kleider sind zerschlissen und nicht besonders ordentlich. Sie sieht wie eine Bettlerin aus, die auf den Straßen herumstreunt. Der Bambusstock scheint ein Blindenstock zu sein, vielleicht sind die weißen Augen nicht erst nach dem Tod entstanden, sondern sie war zu Lebzeiten blind.«

Wei Wuxian fällte sein Urteil. »Jin Ling hat viel gesehen, doch Sizhui hat genau hingeschaut.«

Daraufhin verzog Jin Ling den Mund.

Einer der Jugendlichen sagte: »Dieses Mädchen ist nur etwa fünfzehn oder sechzehn und hat ein ovales Gesicht. Sie hat schöne Gesichtszüge, in denen etwas Lebendiges liegt. Eine Haarnadel hält ihre langen Haare zusammen, das Ende der Haarnadel war zu einem kleinen Fuchs geschnitzt. Sie ist sehr klein und auch zierlich. Auch wenn sie nicht sauber ist, ist sie nicht komplett verdreckt und widert Menschen nicht an. Wenn man sie etwas zurechtmachen würde, wäre sie sicher ein süßes und schönes Mädchen.«

Als Wei Wuxian das hörte, dachte er augenblicklich, dass dieser Junge eine strahlende Zukunft vor sich hatte und lobte ihn überschwänglich. »Genauso ist es. Du hast sehr genau beobachtet und besondere Merkmale entdeckt. Aus dir wird einmal ein Romantiker.«

Der junge Mann errötete, verdeckte sein Gesicht und drehte sich zur Wand, ohne auf das Gelächter seiner Kameraden zu achten.

Wieder ein anderer sagte: »Anscheinend entsteht das Geräusch des Bambusstocks beim Gehen, wenn sie damit auf den Boden schlägt. Wenn sie bereits zu Lebzeiten blind war, sieht sie auch nach ihrem Tod und als Geisterseele nichts, sodass sie auf diesen Blindenstock angewiesen ist.«

Ein anderer sagte: »Aber da stimmt was nicht, ihr habt doch alle schon mal einen Blinden gesehen?! Da es sehr unpraktisch ist, blind zu sein, bewegt man sich nur sehr langsam, weil man befürchtet, mit etwas zusammenzustoßen. Doch diese Geisterseele da draußen ist äußerst flink. Ich habe noch nie so eine agile Blinde gesehen.«

Wei Wuxian lächelte. »Du hast also an diesen Punkt gedacht, sehr gut. Genau so sollte man analysieren und keinen einzigen Zweifel ungeklärt lassen. Dann lasst sie uns jetzt hereinbitten und die Antworten auf die offenen Fragen herausfinden.«

Mit diesem Satz riss er sofort mit der Hand ein Brett herunter. Bei der plötzlichen Bewegung erschraken nicht nur die jungen Kultivierer im Zimmer, sondern auch die dunkle Seele außerhalb des Fensters. Alarmiert hob sie den Bambusstock in die Höhe.

Zuerst grüßte Wei Wuxian die Seele, dann fragte er sie direkt: »Junge Dame, gibt es einen Grund, wieso du ihnen ständig folgst?«

Das Mädchen riss weit die Augen auf. Wäre sie ein lebender Mensch gewesen, wäre dieser Anblick sicher herzallerliebst gewesen. Da ihre Augen jedoch pupillenlos waren und außerdem noch zwei Blutspuren aus ihren Augenhöhlen flossen, sah sie nur umso scheußlicher aus.

Hinter ihm sog leise jemand die Luft ein. Wei Wuxian fragte: »Wovor hast du Angst? Ihr werdet noch oft sehen, wie Blut aus allen Gesichtsöffnungen fließt, und da ertragt ihr jetzt nicht mal den Anblick, wenn sie nur aus den Augenhöhlen blutet? Genau deswegen lasse ich euch mehr Erfahrungen sammeln.«

Das Mädchen hatte zuvor ständig unruhig vor dem Fenster Kreise gedreht, mit dem Bambusstock auf den Boden geklopft, mit den Füßen gestampft, die Augen weit aufgerissen und mit den Armen herumgefuchtelt. Jetzt jedoch veränderten sich ihre Bewegungen. Sie gestikulierte, als würde sie ihnen etwas mitteilen wollen.

»Seltsam, kann sie nicht sprechen?«, fragte Jin Ling.

Als sie das hörte, stoppte das Mädchen und öffnete den Mund in ihre Richtung. Blut strömte aus der leeren Mundhöhle.

Ihre Zunge war an der Wurzel herausgerissen worden.

Die jungen Kultivierer bekamen Gänsehaut und Mitleid stieg in ihnen auf.

»Kein Wunder, dass sie nicht redet. Sie ist sowohl blind als auch stumm, die Arme.«

»Benutzt sie gerade Gebärdensprache? Versteht das jemand?«, fragte Wei Wuxian.

Niemand verstand es.

Das Mädchen stampfte nervös mit den Füßen, dann schrieb sie kritzelnd mit dem Bambusstock etwas auf den Boden. Sie war jedoch eindeutig keine Tochter aus gutem Hause, die Bildung genossen hatte, sondern Analphabetin, sodass dabei nicht wirklich etwas herauskam. Kreuz und quer malte sie eine Gruppe kleiner Menschen, sodass sie absolut nicht erraten konnten, was sie ihnen sagen wollte.

Genau in diesem Moment hörte man von Weitem auf der langen Straße jemanden hastig rennen und schnaufen.

Das Geistermädchen verschwand sofort, wahrscheinlich würde es sie jedoch von selbst erneut aufsuchen, sodass Wei Wuxian sich keinerlei Sorgen machte. In Windeseile schob er das Brett wieder vor das Fenster und spähte durch den Spalt nach draußen. Die Kultivierungsschüler wollten ebenfalls sehen, was da vor sich ging und drängten sich an die Tür. Ihre Köpfe reihten sich von oben nach unten und verschlossen so den Spalt.

Der Dämonennebel, der gerade etwas aufgeklart war, geriet in Bewegung. Sie sahen, wie eine mitgenommen wirkende Silhouette die weiße Nebeldecke durchbrach und auf sie zugerannt kam.

Die Person war in Schwarz gekleidet und schien verletzt zu sein, denn sie humpelte beim Rennen. An der Hüfte trug sie ein Schwert, das in ein schwarzes Tuch gewickelt war.

»Ist das dieser Mann mit dem Nebelgesicht?«, fragte Lan Jingyi leise.

»Wahrscheinlich nicht, die Bewegungen des Mannes mit dem Nebelgesicht unterscheiden sich gänzlich von denen dieser Person«, flüsterte Lan Sizhui.

Hinter der Person erschien eine Gruppe Untoter, die unglaublich schnell war und ihn im Nu einholte. Die Person zog ihr Schwert zum Kampf. Seine Klinge strahlte klar und durchschnitt den Nebel.

Wei Wuxian jubelte innerlich. *Tolles Schwert!*

Nachdem das Schwert durch die Untoten geglitten war, vernahmen sie jedoch das ihnen bekannte seltsame Zerplatzen. Aus mehreren durchtrennten Gliedern der Untoten strömte schwarzrotes Pulver. Die Person war umzingelt und konnte nirgendwohin ausweichen, sodass sie dort stehenblieb, wo sie war, und die volle Ladung des Gifts ins Gesicht bekam.

Lan Sizhui war schockiert von dem Anblick und flüsterte: »Qianbei, dieser Mensch, wir ...«

Eine neue Horde Untoter umringten ihn und der Kreis um ihn herum wurde immer kleiner und kleiner. Wieder durchtrennte er sie mit dem Schwert, wodurch noch mehr Gift freigesetzt wurde, sodass er noch mehr einatmete. Es schien, als würde er schon bald nicht mehr aufrecht stehen können.

»Er braucht Hilfe«, sagte Wei Wuxian.

»Wie willst du ihn retten? Wir können da jetzt nicht rüber, überall schwirrt das Untoten-Gift in der Luft, wenn wir uns nähern, werden wir vergiftet«, erwiderte Jin Ling.

Er überlegte einen Moment, dann entfernte sich Wei Wuxian vom Fenster und schritt durch das Geschäft. Die Gruppe folgte ihm unwillkürlich mit ihren Blicken. Sie sahen nur die ganzen unterschiedlich aussehenden Papiermenschen, die still zwischen den beiden großen Blumenkränze aufgereiht standen. Langsam ging Wei Wuxian vor ihnen auf und ab, dann hielt er vor zwei Frauen an.

Jeder Papiermensch sah anders aus, diese beiden jedoch schienen absichtlich als Zwillingspaar hergestellt worden zu sein – das Make-up, die Kleider und die Gesichtszüge waren identisch. Ihre Augenbrauen waren gebogen und sie lächelten. Man schien ihr Gekicher förmlich hören zu können. Sie trugen zwei Haarknoten und rote Ohrringe hingen von ihren Ohrläppchen herunter. Ihre Handgelenke zierten goldene Armbänder und ihre Füße steckten in bestickten Schuhen, ganz so wie die Dienstmädchen reicher Familien.

»Diese beiden hier«, sagte Wei Wuxian.

Er fuhr sanft über das gezogene Schwert eines der jungen Kultivierer und schnitt sich in den Daumen, dann drehte er sich um und malte den Puppen mit dem Blut zwei Augenpaare und vier Pupillen auf.

Sofort ging er einen Schritt zurück und lächelte. »Anmutige, leicht geschlossene Augen und rote Lippen, die zu einem Lächeln geformt sind. Gleich, ob gut oder böse, mit den Augen, die ich dir aufmale, beschwöre ich dich.«

Wie aus dem Nichts wehte ein Yin-Wind herein und erfüllte den ganzen Laden. Unwillkürlich umklammerten die jungen Kultivierer die Schwerter in ihren Händen fester.

Plötzlich zitterten die Körper der beiden Papier-Zwillingsschwestern heftig.

Im nächsten Moment hörte man ein Kichern. Es kam aus ihren scharlachrot bemalten Mündern!

Eine Beschwörung durch aufgemalte Augen!

Die beiden Papierfrauen schüttelten sich vor Lachen, als hätten sie etwas unglaublich Witziges gesehen oder gehört. Gleichzeitig drehten sich ihre Pupillen, die Wei Wuxian mit seinem Blut aufgemalt hatte, und rollten wild umher. Der Anblick war überaus anmutig und unheimlich zugleich.

Wei Wuxian stand vor ihnen, nickte leicht und senkte höflich seinen Kopf.

Sie taten es ihm gleich und verbeugten sich elegant vor ihm, was eine noch höflichere Geste darstellte.

Wei Wuxian zeigte nach draußen und sagte: »Bringt den Lebenden hier rein zu mir! Tötet abgesehen von ihm alle – ohne Ausnahme.«

Aus den Mündern der Papierfrauen ertönte ein schrilles, spitzes Lachen. Ein Yin-Wind kam auf und die Tür des Haupteingangs sprang zu beiden Seiten auf!

Beide stürmten gemeinsam hinaus und in den Kreis der Untoten. Man konnte kaum glauben, über welch tödliche Kraft sie verfügten, obwohl sie eindeutig unechte Menschen waren, die man aus Papier hergestellt hatte.

Sie liefen in ihren filigran bestickten Schuhen um einen Untoten herum und führten mit ihren sanft wehenden Ärmeln eine schneidende Bewegung aus, die seinen Arm abschlug. Mit einer weiteren Bewegung schlugen sie ihm die Hälfte des Kopfes ab. Die Papierärmel schienen sich in scharfe Klingen verwandelt zu haben. Das entzückende Kichern hallte während der ganzen Zeit auf der langen Straße wider und war berauschend und schauderhaft zugleich.

Innerhalb kürzester Zeit wurden die fünfzehn oder sechzehn Untoten vollständig in ihre Einzelteile zerlegt, sodass sie nicht mehr aufstehen konnten und auf dem Boden herumkullerten!

Die beiden Papierfrauen gingen als strahlende Siegerinnen aus dem Kampf, befolgten Wei Wuxians Befehl und brachten den mittlerweile kraftlosen Mann zu ihnen herein. Dann sprangen sie wieder aus der Tür, welche sich anschließend sofort automatisch schloss, und positionierten sich jeweils links und rechts des Eingangs. Sie bewachten die Tür wie zwei Löwenstatuen vor einem prächtigen Anwesen und wurden schließlich still.

Den jungen Kultivierern in der Haupthalle hatte es die Sprache verschlagen.

Sie hatten zuvor lediglich durch ihre Schulbüchern etwas über die dämonischen Kultivierungspraktiken erfahren und von den Älteren davon gehört. Daher hatten sie eine Sache damals einfach nicht verstanden: Wenn es doch dämonische Kultivierung war, wieso wollten es dann so viele Menschen erlernen? Wieso hatte der Yiling-Patriarch immer noch so viele Nachahmer?‹

Doch als sie es nun mit eigenen Augen sahen, verstanden sie, dass dämonische Praktiken ihre eigene magische Anziehungskraft besaßen. Außerdem war dies nur die Spitze des Eisbergs – die Beschwörung durch aufgemalte Augen. Daher zeigten sich viele der jungen Kultivierer, als sie langsam wieder zur Besinnung kamen, nicht ablehnend, sondern konnten vielmehr ihre Aufregung nicht verbergen. Sie hatten das Gefühl, viel Erfahrung und nun auch noch neuen Gesprächsstoff gesammelt zu haben, wenn sie zu ihren *Shixiongs** und Shimeis zurückkehrten. Nur Jin Ling wirkte überhaupt nicht begeistert.

Lan Sizhui ging zu Wei Wuxian und wollte ihm dabei helfen, den Mann zu stützen, doch der wies ihn zurück. »Bleibt alle weg und achtet darauf, nicht mit dem Untoten-Gift in Kontakt zu kommen. Wer weiß, ob man nicht auch vergiftet wird, wenn die Haut damit in Berührung kommt.«

Der Mann hatte bereits keine Kraft mehr gehabt, als die Papierfrauen ihn hereingetragen hatten, und war nur noch halb bei Bewusstsein. Kaum noch wach, hustete er ein paar Mal. Er schien zu befürchten, dass er mit dem ausgehusteten Untoten-Gift andere anstecken könnte und hielt sich den Mund zu. Dann fragte er leise: »Wer seid ihr?«

Die Stimme klang unglaublich müde. Er fragte nicht, weil er die Personen im Raum nicht kannte, sondern weil er sie nicht sehen konnte.

Dicke, weiße Bandagen waren um die Augenpartie des Mannes gewickelt. Wahrscheinlich war er blind. Darüber hinaus war er sehr gut aussehend. Er hatte eine lange Nase und dünne, leicht rötliche Lippen – ein attraktiver Mann. Er sah zudem sehr jung aus und stand an der Schwelle zwischen Junge und Mann. Man kam nicht darum herum, mit ihm mitzufühlen. *Wieso treffen wir neuerdings auf so viele Blinde? Wir haben welche gehört, wir haben welche gesehen, unter ihnen waren Lebende ebenso wie Tote*, fragte sich Wei Wuxian.

Plötzlich sagte Jin Ling: »Hey, wir wissen doch noch gar nicht, was das für einer ist, ob er ein Freund oder ein Feind ist. Wieso haben wir ihn also sofort gerettet? Falls er böse ist, haben wir eine Schlange reingelassen!«

Das war zwar richtig, doch es so direkt vor dem Betroffenen auszusprechen, sorgte für eine unangenehme Stimmung.

Der Mann wurde jedoch nicht wütend und schien sich auch keine Sorgen zu machen, wieder rausgeschmissen zu werden. Schwach lächelte er

* Älteres, männliches Mitglied des gleichen Clans.

und entblößte dabei zwei kleine Eckzähne. »Dieser junge Herr hat durchaus recht. Ich sollte wohl besser gehen.«

Jin Ling hatte nicht mit dieser Reaktion gerechnet und erstarrte für einen Moment. Er wusste nicht, was er sagen sollte, also schnaubte er.

Lan Sizhui vermittelte eilig. »Aber er könnte genauso gut auch nicht böse sein. Wie man es auch betrachtet, zuzusehen, wie jemand getötet wird und nicht einzuschreiten, verstößt gegen die Regeln meines Clans.«

»Fein. Ihr seid hier ja die Gutmenschen. Wenn er jemanden umbringt, ist es nicht meine Schuld«, sagte Jin Ling trotzig.

Lan Jingyi wurde wütend. »Du bist echt ...« Er hatte den Satz noch nicht beendet, da verschlug es ihm die Sprache. Sein Blick war auf das Schwert gefallen, das der Mann gegen den Tisch gelehnt hatte. Das schwarze Tuch, in das das Schwert gewickelt war, war zur Hälfte herabgerutscht und legte einen Teil der Klinge frei.

Die Schmiedekunst dieses Schwertes war überragend. Die bronzefarbene Scheide bestand aus einem Geflecht aus Eiskristallen. Durch die freien Stellen schimmerte die Klinge wie silberne Sterne und das Licht strahlte funkelnd in der Form von Schneeflocken nach außen. Das Schwert besaß eine eisig klare und hell strahlende Schönheit.

Lan Jingyi riss die Augen weit auf und es schien, als würde er jeden Moment mit etwas herausplatzen wollen. Wei Wuxian wusste nicht, was er sagen wollte, doch dieser Mensch hatte sein Schwert absichtlich mit einem schwarzen Tuch verdeckt, sodass er sicher nicht wollte, dass man es sah. Instinktiv wollte er den Fremden nicht verschrecken, also streckte er die Hand aus und hielt sie Lan Jingyi vor den Mund, während er gleichzeitig den Zeigefinger seiner anderen Hand an seine Lippen legte und den anderen – ebenfalls sichtlich überraschten jungen Männern – bedeutete, keinen Laut zu machen.

Jin Ling formte mit seinem Mund ein Wort, streckte dann seine Hand aus und schrieb es auf den völlig verstaubten Tisch – *Shuanghua*.*

* »Shuanghua« bedeutet »Eisblume«.

Das Schwert Shuanghua?

Lautlos formte Wei Wuxian mit den Lippen: »Das von Xiao Xingchen, das Schwert Shuanghua?«

Jin Ling und die anderen nickten zustimmend.

Die jungen Kultivierer hatten Xiao Xingchen zwar nie persönlich getroffen, aber Shuanghua war ein seltenes und berühmtes Schwert, das nicht nur hohe spirituelle Kräfte besaß, sondern auch von einzigartiger Schönheit war. Es war bereits in unzählige Bildersammlungen berühmter Kultivierungsschwerter aufgenommen worden und blieb einem im Gedächtnis.

Wei Wuxian überlegte. Wenn dieses Schwert Shuanghua und dieser Mann blind war ...

Einer der jungen Kultivierer hatte dasselbe gedacht und griff unwillkürlich mit der Hand nach den Bandagen, die um den Kopf des Mannes gewickelt waren. Er wollte sie abnehmen, um zu schauen, ob seine Augen noch da waren. Doch gerade, als seine Hand diese berührten, verzog sich das Gesicht seines Gegenübers schmerzerfüllt und er wich kaum merklich zurück, als hätte er große Angst davor, dass andere seine Augen berührten.

Der junge Kultivierer bemerkte, dass er zu weit gegangen war und zog hastig seine Hand zurück. »Entschuldigung, es tut mir leid ... Das war keine Absicht.«

Der Mann hob seine linke Hand, an der er einen dünnen, schwarzen Handschuh trug. Er wollte seine Augen damit verdecken, wagte es jedoch nicht, sie anzufassen, wahrscheinlich, weil bereits eine leichte Berührung so sehr schmerzte, dass es unerträglich war. Auf seiner Stirn bildete sich eine dünne Schweißschicht, als er mühevoll hervorbrachte: »Ist schon in Ordnung ...« Seine Stimme zitterte leicht.

Bei dieser Reaktion konnte man sich nahezu sicher sein, dass es sich bei diesem Mann tatsächlich um Xiao Xingchen handelte, der nach dem Fall des Yueyang-Chang-Clans spurlos verschwunden war.

Xiao Xingchen wusste noch nicht, dass seine Identität aufgeflogen war. Nachdem der Schmerz nachgelassen hatte, tastete er nach Shuanghua. Flink zog Wei Wuxian das schwarze Tuch, das heruntergerutscht war, wieder hoch. Als er Shuanghua gefunden hatte, nickte er. »Danke für die Hilfe. Ich gehe dann jetzt.«

»Geht noch nicht. Ihr wurdet mit dem Untoten-Gift vergiftet«, sagte Wei Wuxian.

»Ist es sehr schlimm?«, fragte Xiao Xingchen.

»Ja«, antwortete Wei Wuxian.

»Wenn es so schlimm ist, wieso sollte ich dann bleiben? Wenn es sowieso keine Heilung mehr für mich gibt, sollte ich lieber die Zeit nutzen und noch ein paar Untote erledigen, solange ich selbst noch keiner bin«, erwiderte Xiao Xingchen.

Als die jungen Kultivierer im Raum hörten, wie gleichgültig ihm Leben und Tod waren, schoss ihnen das Blut in den Kopf.

Lan Jingyi hielt das nicht aus und platzte. »Wer sagt, dass es keine Heilung gibt? Bleibt hier! Er kann Euch heilen!«

»Ich? Entschuldige, meinst du mich?«, fragte Wei Wuxian. Er konnte ihnen einfach nicht die Wahrheit sagen. Xiao Xingchen hatte bereits zu viel von dem Giftpulver eingeatmet und sein Gesicht war mittlerweile tiefschwarz und -rot angelaufen. Die Vergiftung war bereits so weit fortgeschritten, dass der Reisbrei wahrscheinlich nicht mehr helfen konnte.

»Ich habe bereits viele Untote in dieser Stadt getötet, sie verfolgen mich ständig und bald werden neue auftauchen, es nimmt einfach kein Ende. Wenn ich bleibe, werdet ihr früher oder später von einer Horde Untoter überflutet«, sagte Xiao Xingchen.

»Werter Herr, wisst Ihr, wieso die Stadt Yi so geworden ist?«, fragte Wei Wuxian.

Xiao Xingchen schüttelte den Kopf. »Ich weiß es nicht. Ich bin nur ein wandernder Kultivierer ... Als ich in der Gegend ankam und von den seltsamen Ereignissen erfuhr, bin ich in diese Stadt gekommen, um auf Nachtjagd zu gehen. Hier gibt es enorm viele Untote und lebende Untote, und sie sind so stark, das könnt ihr euch nicht ausmalen. Einige sind so flink, dass man sie kaum abwehren kann. Wieder andere versprühen Untoten-Giftpulver, sodass man vergiftet wird, wenn man sie tötet und etwas von dem Gift abbekommt. Doch wenn man sie nicht tötet, stürmen sie auf einen los und beißen einen, sodass das Ergebnis das Gleiche ist. Es ist wirklich schwierig, dem beizukommen. Euren Stimmen nach zu urteilen, sind hier drinnen viele junge Männer, oder? Ich rate euch, diesen Ort so schnell wie möglich zu verlassen.«

Im Anschluss an seine Worte hörte man von draußen das unheimliche Kichern der beiden Papierschwestern. Diesmal war ihr Lachen schriller als zuvor.

Lan Jingyi schielte durch den Türschlitz und versperrte ihn augenblicklich mit seinem Körper. Mit weit aufgerissenen Augen und einer verknoteten Zunge stolperte er über seine eigenen Worte. »S...S... So viele!«

»Untote? Wie viele sind viele?«, fragte Wei Wuxian.

»Ich habe keine Ahnung! Die ganze Straße ist voll von ihnen, so mehrere hundert! Außerdem werden es immer mehr! Ich denke, die beiden Papiermenschen halten das nicht lange durch!«, antwortete Lan Jingyi.

Wenn die beiden Papierfrauen, die die Tür bewachten, nicht durchhielten, würden die Untoten von der Straße in dieses Haus stürmen. Wenn sie sie dann töteten, würde sie das Giftpulver der Untoten vergiften, und je mehr Kraft sie dabei einsetzen, desto schneller würde es in ihnen zirkulieren. Wenn sie sie nicht töteten, würden sie zu Tode gebissen.

Xiao Xingchen nahm sein Schwert und wollte zur Tür hinaus, wahrscheinlich um sie mit seiner restlichen Kraft so lange abzuwehren, wie es ihm möglich war. Allerdings schoss ihm plötzlich eine violette Röte in die Wangen und er stolperte zu Boden.

»Ihr könnt Euch beruhigt hinsetzen. Es wird sehr schnell vorbei sein«, sagte Wei Wuxian.

Erneut schnitt er sich mit Lan Jingyis Schwert in seinen rechten Zeigefinger und das Blut tropfte herunter.

»Willst du wieder die Beschwörung durch aufgemalte Augen anwenden? Du wirst unglaublich viel Blut verlieren, wenn du jedem Papiermenschen zwei Punkte in die Augenhöhlen malst?! Soll ich dir etwas von meinem Blut abgeben?«, fragte Lan Jingyi.

Sofort krempelten auch einige andere ihre Ärmel hoch. »Ich kann dir auch etwas abgeben ...«

Wei Wuxian wusste nicht, ob er lachen oder weinen sollte. »Nicht nötig. Hat jemand unbemalte Talismane?«

Diese Schüler waren noch jung und ihre Kultivierungsfertigkeiten noch nicht so weit, dass sie einen Talisman sofort bemalen und dann verwenden konnten, daher waren alle Talismane, die sie bei sich trugen, bereits bemalt.

Auch Lan Sizhui schüttelte den Kopf und musste mit einem »Nein« antworten.

Das machte Wei Wuxian aber nichts aus. »Bemalte gehen auch.«

Lan Sizhui holte einen Stapel gelber Talismane aus seinem Kosmos-Beutel hervor.

Wei Wuxian nahm nur einen, überflog ihn kurz mit einem Blick, hob dann seinen rechten Zeige- und Mittelfinger und kritzelte wild über die zinnoberrote Bemalung des Talismans. Das Tiefrot des frischen Blutes und das Zinnoberrot der Bemalung vermischten sich zu neuen Beschwörungsrunen. Mit einer Drehung seines Handgelenks entflammte der gelbe Talisman und die roten Zeichen in der Luft verbrannten von selbst. Wei Wuxian streckte seine linke Hand aus und fing die Asche des Talismans auf, die nun langsam herabrieselte. Dann schloss er seine fünf Finger zu einer Faust und senkte leicht den Kopf. Als er die Hand wieder öffnete, pustete er die schwarze Asche sanft zu der Reihe Papiermenschen hinüber und sagte leise: »Auch ein Steppenbrand kann nicht alles niederbrennen. Sobald der Frühlingswind über das Land zieht, erwacht erneut das Leben.«

Die Asche des Talismans wirbelte in der Luft.

Der Yin-Krieger, der am weitesten vorne stand, hob plötzlich seine Machete auf, die zu seinen Füßen lag, und schwang sie sich über die Schulter.

Neben ihm stand eine schöne Frau mit einem Haarknoten und edler Kleidung, die langsam ihre rechte Hand hob. Anmutig bewegte sie ihre langen Finger, als wäre sie eine sorglose Edeldame, die frei von jeglichem Kummer ihre scharlachrot lackierten langen Fingernägel bewunderte. Zu ihren Füßen befanden sich Jintong, der Goldjunge, und Yunü, das Jademädchen*. Jintong zog frech an Yunüs Haaren, während Yunü ihm die Zunge rausstreckte – eine fast dreißig Zentimeter lange Zunge. Sie ragte wie bei einer Schlange aus ihrem kleinen Mund und bohrte ein großes Loch in Jintongs Brust, ehe sie sich giftig und kraftvoll wieder zurückzog. Jintong öffnete weit den Mund und entblößte zwei Reihen unheilvoller weißer Zähne, mit denen er ihr in den Arm biss. Die beiden Papierkinder hatten unerwarteterweise angefangen, sich gegenseitig zu bekämpfen und zu schlagen.

Zwanzig, dreißig Papiermenschen fingen nacheinander an, sich zu regen. Ganz so, als würden sie sich aufwärmen, wackelten sie herum, steckten ihre Köpfe zusammen und tuschelten miteinander – überall ertönte ihr Geraschel.

Sie waren keine Menschen, sondern besser als Menschen.

»Haltet die Luft an«, sagte Wei Wuxian.

Dann ging er aus dem Weg, gab den Weg zum Haupteingang frei, verbeugte sich leicht und machte eine einladende Geste.

Wieder sprang die Holztür auf und der süße, faulige Geruch des Giftpulvers der Untoten strömte hinein. Sofort hob die Menge ihre Ärmel und

* In der chinesischen Mythologie sind dies die beiden Lieblingsdiener des sogenannten Jadekaisers.

bedeckte damit ihre Münder. Der Yin-Krieger stieß einen lauten Schrei aus und stürmte als Erster los, die restlichen Papiermenschen folgten nacheinander. Nachdem der letzte Papiermensch hinausgestürmt war, schloss sich die Holztür wieder.

»Es hat niemand das Giftpulver eingeatmet, oder?«, fragt Wei Wuxian.

Die Menge signalisierte ihm, dass dies nicht der Fall war.

Wei Wuxian stützte Xiao Xingchen und wollte eigentlich einen Platz suchen, an dem er sich hinlegen konnte, musste jedoch feststellen, dass er keinen finden konnte, sodass er auf dem kalten, verstaubten Boden sitzen bleiben musste.

Xiao Xingchen hatte immer noch sein Schwert Shuanghua fest im Griff und schaffte es nur mit Mühe, aus seinem halbwachen Zustand zur Besinnung zu kommen. Er hustete einige Male und fragte mit schwacher Stimme: »Das gerade eben ... war das die Beschwörung durch aufgemalte Augen?«

»Ich kenne mich damit ein bisschen aus«, sagte Wei Wuxian.

Xiao Xingchen dachte kurz nach, dann lächelte er. »Hm ... Um diese Untoten zu erledigen, ist das tatsächlich die beste Methode.« Erst nach einer kurzen Pause fügte er hinzu: »Doch bei diesem Kultivierungsweg kann es sehr schnell passieren, dass die bösartigen Untoten und bösen Seelen, die einem einst untergeben waren, sich gegen einen selbst wenden. Nicht einmal der Yiling-Patriarch Wei Wuxian, der diesen Weg begründet hat, ist von diesem Schicksal verschont geblieben. Mein persönlicher Ratschlag lautet daher, dass Ihr von nun an vorsichtiger sein solltet. Wendet diese Kunst nicht an, wenn es nicht unbedingt erforderlich ist, und übt Euch eher in anderen Kultivierungskünsten.«

Wei Wuxian seufzte innerlich und bedankte sich anschließend: »Danke für Euren Rat.«

Die meisten prominenten Kultivierer würden einen klaren Standpunkt einnehmen, eine Linie ziehen und ihre Abscheu gegenüber einer bestimmten Person zum Ausdruck bringen. Dieser Shishu jedoch gab ihm in seinem halbtoten Zustand noch einen freundlichen Rat und erinnerte ihn daran, sich davor in Acht zu nehmen, dass die Kunst sich gegen den Anwender selbst wenden konnte. Offensichtlich war er ein überaus sanftmütiger und gutmütiger Mann mit einem weichen Herzen. Beim Anblick der dicken Bandagen über Xiao Xingchens Augen und beim Gedanken an seine Geschichte konnte Wei Wuxian nicht anders, als zu seufzen.

Normalerweise war die Neugierde bezüglich der dunklen Künste nur bei jungen Schülern, die noch nicht über allzu viel Lebenserfahrung verfügten, größer als die Abneigung und die Ächtung. Abgesehen von Jin Ling, der die ganze Zeit bereits schon nicht gut dreinblickte, drängten sich die anderen vor den Türspalt und verfolgten den Kampf.

»Hilfe … Die Fingernägel dieser Papierfrau sind echt gruselig, sobald sie kratzt, sind da plötzlich fünf Schnitte.«

»Warum ist die Zunge der Frau so lang und hart? Ist sie ein gehängter Geist?«

»Der Mann ist echt stark! Wahnsinn, wie er so viele Untote auf einmal hochheben kann, und nun schmeißt er sie auch noch zu Boden! Seht doch, seht doch! Er hat sie zu Boden geworfen! Sie sind hinüber!«

Nach Xiao Xingchens freundlichen Worten nahm Wei Wuxian die letzte Schüssel des Klebreisbreis vom Tisch, die noch nicht geleert war, und hielt sie ihm hin. »Eure Vergiftung ist bereits weit fortgeschritten. Hier ist eine Schüssel mit Medizin, die den Prozess vielleicht verlangsamt, vielleicht aber auch gar nichts bringt, und außerdem auch noch scheußlich schmeckt. Möchtet Ihr sie probieren? Wenn Ihr nicht mehr leben wollt, könnt Ihr es lassen.«

Xiao Xingchen nahm die Schüssel mit beiden Händen entgegen. »Natürlich will ich leben. Wenn man leben kann, sollte man sich auch bestmöglich bemühen, dies zu tun.«

Dann senkte er den Kopf und nahm einen Schluck. Seine Mundwinkel zuckten und er übergab sich nur nicht, weil er seine Lippen fest zupresste. Nach einem langen Moment sagte er höflich: »Danke.«

Wei Wuxian drehte sich um. »Habt ihr das gehört? Habt ihr das gehört? Was hat er gesagt? Und ihr verwöhnten Bälger beschwert euch noch, nachdem ihr den Reisbrei, den ich gekocht habe, gegessen habt.«

»Das nennst du kochen? Was hast du denn schon groß gemacht außer ganz am Ende einen Haufen seltsamer Sachen in den Topf zu schmeißen?«, erwiderte Jin Ling.

Xiao Xingchen mischte sich ein: »Ich habe gerade darüber nachgedacht. Wenn ich das jeden Tag essen müsste, würde ich lieber den Tod wählen.«

Ohne jede Rücksichtnahme lachte Jin Ling lauthals los, und nicht einmal Lan Sizhui konnte sich zurückhalten und prustete ebenfalls.

Wei Wuxian sah sie wortlos an und Lan Sizhui gewann eilig die Fassung zurück.

Jetzt war es an Lan Jingyi, der freudig verkündete: »Gut, es sind alle erledigt. Wir haben gewonnen!«

Xiao Xingchen stellte eilig die Schüssel ab. »Macht vorerst nicht die Tür auf. Passt auf, es könnten noch weitere kommen ...«

»Ihr müsst die Schüssel nicht abstellen, nehmt sie und macht sie leer.« Während Wei Wuxian das sagte, näherte er sich der Holztür und schaut durch den Türspalt nach draußen. Nach diesem unmenschlichen Kampf war die ganze Straße erfüllt von dünnem Nebel und violett-rotem Pulver. Das Gift der Untoten zerstreute sich allmählich, während die Gruppe Papiermenschen gemütlich auf den Straßen auf Patrouille ging. Überall lagen Leichenteile herum und wenn sie welche sahen, die sich noch regten, stampften sie kräftig drauf, bis nur noch eine Fleischpfütze übrig war.

Davon abgesehen herrschte Stille. Im Augenblick waren noch keine neuen Untoten zu sehen.

Gerade als Wei Wuxian aufatmen wollte, vernahm er ein leises, seltsames Geräusch über sich. Es war kaum wahrnehmbar und klang, als würde jemand in Höchstgeschwindigkeit über die Ziegel laufen. Aber die Bewegungen dieser Person waren merkwürdig leicht und wendig, die Schritte nahezu lautlos. Wei Wuxian nahm das feine Geräusch, das zwischen den Ziegeln aufkam, nur wahr, weil seine Sinne sehr scharf waren.

Einem Blinden wie Xiao Xingchen blieb es aber natürlich erst recht nicht verborgen und er stieß eine Warnung aus: »Oben!«

Und Wei Wuxian schrie: »Auseinander!«

Direkt im Anschluss öffnete sich ein großes Loch im Dach über ihnen. Bruchstücke von Ziegelsteinen, Staub und Gräsern prasselten wie Regen herab. Glücklicherweise hatten sich die jungen Kultivierter sofort in alle Richtungen zerstreut, sodass niemand verletzt worden war.

Eine schwarze Gestalt kam von oben herab durch das Loch gesegelt.

Es war ein hochgewachsener Mann und er trug eine schwarze Kultivierungsrobe. Sein Rücken war kerzengerade und er stand aufrecht wie ein Kieferbaum. Auf seinem Rücken befand sich ein Fliegenwedel, während er in seiner Hand ein Langschwert hielt. Er hatte schöne Gesichtszüge, und als er leicht den Kopf anhob, strahlte er dabei eine überaus arrogante Aura aus.

Allerdings hatte er keine Pupillen in den Augen, seine Netzhaut war totenweiß.

Ein bösartiger Untoter!

Die jungen Kultivierer hatten diese Tatsache gerade erst wahrgenommen, als er auch schon sein Schwert hob und angriff.

Er zielte auf Jin Ling, der ihm am nächsten stand und den Angriff mit seinem Schwert parierte. Die Kraft, mit der er die Klinge geschwungen hatte, war so gewaltig, dass Jin Lings Arme taub wurden. Hätte sein Schwert *Suihua** nicht über so außergewöhnlich hohe spirituelle Kräfte verfügt, wäre es sofort zerbrochen und er wäre bereits tot.

* »Suihua« bedeutet übersetzt »Zeit« oder »Jahre«.

Nachdem sein erster Angriff erfolglos geblieben war, schlug der bösartige Untote mit der schwarzen Robe erneut mit dem Schwert zu, geschmeidig wie fließendes Wasser und brutal wie die alles verschlingenden Untiefen des Meeres. Diesmal zielte er direkt auf Jin Lings Arm.

In der Not zog Xiao Xingchen sein Schwert und blockte den Angriff für Jin Ling. Wahrscheinlich stieg dadurch das Untoten-Gift in ihm hoch, sodass er schließlich zu Boden fiel und sich nicht mehr bewegte.

Lan Jingyi schrie schockiert: »Ist das jetzt ein Toter oder ein Lebender?! Ich habe noch nie einen …«

Einen Untoten gesehen, der sich so flink bewegte und dessen Schwertkunst derart ausgefeilt war!

Lan Jingyi beendete seinen Satz nicht, weil ihm einfiel, dass er so etwas sehr wohl schon mal gesehen hatte.

Der Geistergeneral war genauso!

Wei Wuxian beobachtete diesen Kultivierer genau. Seine Gedanken rasten und er holte die Bambusflöte an seiner Hüfte hervor. Sofort spielte er einen langen und schrillen Ton, der so lautstark war, dass die anderen Anwesenden sich die Ohren zuhielten.

Der lebende Untote hörte das Flötenspiel, taumelte und die Hand, mit der er das Schwert hielt, zitterte unaufhörlich, schließlich griff er jedoch erneut an!

Er konnte ihn nicht kontrollieren. Dieser bösartige Untote hatte einen Herrn!

Wei Wuxian wich dem Schwerthieb, der schnell wie ein Blitzschlag auf ihn niedersauste, aus und spielte dabei in aller Ruhe eine andere Melodie.

Sofort sprangen die Papiermenschen, die draußen patrouillierten, auf das Dach und kamen durch das große Loch zu ihnen herein.

Der bösartige Untote spürte, dass etwas nicht stimmte. Er schwang zweimal sein Schwert in seiner rechten Hand herum und spaltete dabei zwei Papiermenschen in vier Hälften. Mit seiner linken Hand holte er den Fliegenwedel hervor. Die tausend weichen, weißen Haare schienen sich beim Schwingen in harte Giftnadeln zu verwandeln, die bei einem Treffer Köpfe explodieren ließen und Glieder abrissen. Wenn der Angriff einen Menschen treffen würde, würde dieser sich wahrscheinlich in ein blutiges Sieb verwandeln.

Wei Wuxian hatte alle Hände voll zu tun, fand jedoch trotzdem noch eine Gelegenheit, um die anderen zu warnen: »Kommt nicht näher, bleibt schön in der Ecke!«

Danach widmete er sich wieder eilig dem Kampf.

Sein Flötenspiel klang abwechselnd leicht und beflügelnd, während es in anderen Momenten laut und zornig wirkte. Obwohl der untote Kultivierer beide Hände verwendete und überaus brutal vorging, hagelten die Papiermenschen ohne Unterlass von oben auf ihn herab, umzingelten ihn und griffen ihn an. Sobald er die auf der einen Seite erledigt hatte, kamen von der anderen Seite neue und tötete er die Papiermenschen vor sich, kamen weitere von hinten, sodass seine Kraft schließlich nachließ.

Plötzlich erwischte ihn der Yin-Krieger mit einem Angriff von oben. Er sprang auf seine Schultern und drückte ihn zu Boden.

Dicht gefolgt sprangen drei weitere Yin-Krieger durch das Loch im Dach herunter und einer nach dem anderen presste ihn zu Boden.

In den Mythen und Legenden besaßen Yin-Krieger unvorstellbare Kräfte und bei ihrer Erschaffung fügten Künstler noch einige Dinge hinzu, um ihr Gewicht zu erhöhen. Wenn nun auch noch ein wilder Geist von ihnen Besitz ergriff, wurden sie umso schwerer, sodass es sich bereits bei einem Yin-Krieger, der einem im Nacken saß, so anfühlte, als würde ein Berg auf einem liegen. Nun aber drückten ihn vier auf einmal zu Boden, da war es bereits eine große Leistung, nicht die inneren Organe auszuspeien.

Der bösartige Untote in der Kultivierungsrobe wurde von den vier Yin-Kriegern am Boden fixiert und konnte sich nicht rühren.

Wei Wuxian kam herüber und bemerkte, dass seine Kleidung an einer Stelle auf seinem Rücken einen Riss hatte. Er glättete und betrachtete ihn. Durch den Riss entdeckte er eine dünne, schmale Wunde in der Nähe seines linken Schulterblatts. »Dreht ihn um!« befahl er.

Die vier Yin-Krieger drehten ihn um, sodass sein Gesicht nun nach oben zeigte und es dadurch einfacher wurde, ihn zu betrachten. Wei Wuxian streckte den Finger aus, an dem er sich die Schnittwunde zugefügt hatte, und fuhr damit zur Belohnung einmal über ihre Münder. Die Yin-Krieger streckten ihre scharlachroten Papierzungen aus und leckten langsam und genüsslich das frische Blut von ihren Lippen. Es schien ihnen vorzüglich zu schmecken. Danach erst senkte Wei Wuxian den Kopf und fuhr mit seiner Inspektion fort.

Dieser Kultivierer hatte an der linken Brust in der Nähe des Herzens einen weiteren Riss in der Kleidung und darunter eine schmale, enge Wunde. Anscheinend hatte ihm jemand mitten ins Herz gestochen und ihn so getötet.

Der bösartige Untote wand sich unentwegt und ein tiefes Grollen entfuhr seiner Kehle, während tiefschwarzes Blut aus seinen Mundwinkeln floss. Wei Wuxian kniff in seine Wangen, zwang ihn, seinen Mund zu öffnen, und schaute hinein. Seine Zunge war ebenfalls vollständig herausgerissen.

Blinde Augen, herausgerissene Zungen. Blinde Augen, herausgerissene Zungen.

Wieso tauchten diese beiden Besonderheiten nur so häufig auf?

Wei Wuxian beobachtete ihn eine Weile und hatte das Gefühl, dass dieser bösartige Untote Wen Ning, der unter der Kontrolle der langen, schwarzen Nägel gestanden hatte, sehr ähnelte. Ihm ging ein Licht auf. Er streckte die Hand aus und tastete seine Schläfen ab. Und tatsächlich entdeckte er zwei metallische kleine Punkte!

Diese schwarzen Nägel dienten dazu, höherrangige bösartige Untote zu kontrollieren und bewirkten, dass sie ihren Geist und ihre Fähigkeit, selbstständig zu denken, verloren.

Wei Wuxian kannte weder die Identität noch den Charakter des Untoten, sodass er nicht voreilig die Nägel herausziehen wollte, sondern die Notwendigkeit verspürte, ihn gründlich zu befragen. Da ihm jedoch die Zunge herausgerissen worden war, würde dieser bösartige Untote selbst dann nicht sprechen können, wenn er zur Besinnung kam.

»Hat jemand von euch die Seelenbefragung erlernt?«, fragte er die Schüler des Lan-Clans.

Lan Sizhui hob die Hand. »Ich. Ich habe sie gelernt.«

Wei Wuxian fragte weiter: »Hast du deine Zither dabei?«

»Hab ich.« Sofort zog Lan Sizhui eine einfache, hölzerne und glänzende Guqin aus seinem Kosmos-Beutel.

Wei Wuxian kam die Zither sehr neu vor. »Wie ist deine Zither-Sprache? Hast du praktische Erfahrungen? Können die herbeigerufenen Seelen lügen?«

Lan Jingyi mischte sich ein: »Hanguang-Jun hat gesagt, dass Sizhuis Zither-Sprache passabel ist.«

Wenn Lan Wangji sagte, dass sie »passabel« war, dann war sie das definitiv auch. Er würde ihn nicht überschwänglich loben, ebenso wenig wie er ihn kleinreden würde, also war Wei Wuxian beruhigt.

»Hanguang-Jun meinte, dass ich mich auf Qualität statt Quantität konzentrieren soll. Den Seelen, die ich befrage, steht es frei, nicht zu antworten, aber sie können auf keinen Fall lügen. Daher sagen sie auf jeden Fall die Wahrheit, sobald sie gewillt sind, zu antworten«, sagte Lan Sizhui.

»Dann lass uns beginnen«, sagte Wei Wuxian.

Die Guqin lag horizontal am Kopfende des bösartigen Untoten, während sich Lan Sizhui auf den Boden setzte und seine Robe um sich herum ordentlich ausbreitete. Er spielte probeweise zwei Töne und nickte.

»Frag ihn zuerst, wer er ist«, sagte Wei Wuxian.

Lan Sizhui überlegte und sagte zuerst stumm Zaubersprüche auf, bevor er sich traute, einen Satz zu spielen.

Nach einer Weile vibrierten die Saiten der Zither und zwei Töne, die zerspringenden Steinen glichen, erklangen.

Lan Sizhui riss die Augen weit auf.

Lan Jingyi drängte auf eine Antwort. »Was hat er gesagt?«

»Song Lan!«, sagte Lan Sizhui.

Xiao Xingchens Kultiviererfreund, Song Lan?!

Alle sahen zu dem ohnmächtig am Boden liegenden Xiao Xingchen.

Lan Sizhui sagte leise: »Ich weiß nicht, ob er weiß, dass das Song Lan ist ...«

Jin Ling antwortete ebenfalls leise: »Wahrscheinlich weiß er es nicht. Er ist ein Blinder, während Song Lan wiederum stumm und zudem auch noch ein Untoter ohne jeglichen Verstand geworden ist ... Es ist das Beste, wenn er es nicht weiß.«

Wei Wuxian fuhr fort: »Zweite Frage. Frag ihn, wer ihn getötet hat.«

Lan Sizhui spielte den Satz gewissenhaft.

Diesmal war die Stille dreimal so lang wie die vorherige.

Gerade, als alle dachten, Song Lans Seele würde die Antwort verweigern, vibrierten die Saiten und ertönten dreimal schmerzerfüllt.

»Unmöglich!«, platzte es aus Lan Sizhui hervor.

»Was hat er gesagt?«, fragte Wei Wuxian.

Ungläubig antwortete Lan Sizhui: »Er sagte ... Xiao Xingchen.«

Der Mörder von Song Lan soll Xiao Xingchen gewesen sein?!

Sie hatten gerade mal zwei Fragen gestellt und jede Antwort war erschreckender als die vorherige.

Jin Ling äußerte seine Zweifel. »Du hast dich bestimmt verspielt!«

Lan Sizhui widersprach ihm sofort. »Aber ›Wer bist du?‹ und ›Von wem wurdest du getötet?‹ sind die zwei einfachsten und am häufigsten gestellten Fragen bei der Seelenbefragung. Jeder, der sie erlernt, fängt mit diesen beiden Sätzen an und übt sie Abertausende Male. Ich habe mich eben sogar mehrmals vergewissert, ich habe mich auf keinen Fall verspielt!«

»Entweder hast du dich verspielt oder du hast die Antwort in der Zither-Sprache falsch verstanden«, sagte Jin Ling.

Lan Sizhui schüttelte den Kopf. »Wenn es nicht sein kann, dass ich mich verspielt habe, dann kann es noch viel weniger sein, dass ich etwas falsch verstanden habe. Die drei Laute und der Name Xiao Xingchen sind keine häufigen Antworten bei Seelenbefragungen. Hätte er mit einem anderen Namen geantwortet und ich hätte ihn falsch verstanden, so hätte ich sicher nicht ausgerechnet diesen Namen verstanden.«

Lan Jingyi murmelte: »Song Lan suchte nach dem verschwundenen Xiao Xingchen, und Xiao Xingchen wiederum hat ihn getötet ... Wieso hätte er einen engen Freund töten sollen? Er wirkt nicht wie jemand, der so etwas tun würde.«

»Lassen wir das erst mal außer Acht. Sizhui, frag ihn bitte die dritte Frage: Von wem wird er kontrolliert?«, sagte Wei Wuxian.

Lan Sizhui machte eine ernste Miene. Er wagte es nicht einmal, unnötig tief einzuatmen, als er den dritten Satz spielte. Zahlreiche Augenpaare fixierten gebannt die Saiten der Zither und sie alle warteten auf Song Lans Antwort.

Dann hörten sie, wie Lan Sizhui Wort für Wort übersetzte: »Die – Person – hinter – euch.«

Eilig drehten sich alle um.

Xiao Xingchen, der eigentlich ohnmächtig am Boden gelegen hatte, hatte sich aufgesetzt und stützte sich nun mit einer Hand das Kinn. Er lächelte sie leicht an, dann hob er seine linke Hand, an der er einen schwarzen Handschuh trug, und schnippte mit den Fingern.

Charaktere

Hauptcharakter
Wei Wuxian: Yiling-Patriarch (Titel), Wei Wuxian (Hofname), Wei Ying (Geburtsname)

Mitglieder der Familie Mo
Frau Mo: aktuelles Oberhaupt
Mo Xuanyu: hat Wei Wuxian in seinen Körper beschworen
Mo Ziyuan: Sohn von Frau Mo

Mitglieder des Jiang-Clans
Jiang Cheng: Sandu-Shengshou (Titel), Jiang Wanyin (Hofname), Jiang Cheng (Geburtsname), aktuelles Oberhaupt
Jiang Fengmian: ehemaliges Oberhaupt
Jiang Yanli: Tochter von Jiang Fengmian und Yu Ziyuan
Yu Ziyuan: Frau von Jiang Fengmian

Mitglieder des Jin-Clans
Jin Guangshan: ehemaliges Oberhaupt
Jin Guangyao: Lianfang-Zun (Titel), Oberhaupt der Kultivierungswelt
Jin Ling: Jin Ling (Geburtsname), Erbe des Clans
Jin Zixuan: Vater von Jin Ling

Mitglieder des Lan-Clans
Lan An: Gründer des Clans
Lan Jingyi: Schüler
Lan Qiren: Lehrer
Lan Sizhui: Schüler
Lan Wangji: Hanguang-Jun (Titel), Lan Wangji (Hofname), Lan Zhan (Geburtsname)
Lan Xichen: Zewu-Jun (Titel), Lan Xichen (Hofname), Lan Huan (Geburtsname), aktuelles Oberhaupt

Mitglieder des Nie-Clans
Nie Huaisang: aktuelles Oberhaupt
Nie Mingjue: Chifeng-Zun (Titel), ehemaliges Oberhaupt

Mitglieder des Wen-Clans
Wen Ning: Geistergeneral (Titel)
Wen Mao: Gründer des Clans
Wen Ruohan: ehemaliges Oberhaupt

Weitere Personen
Baoshan Sanren: lebt zurückgezogen in den Bergen
Chang Ping: ehemaliges Oberhaupt des Chang-Clans
Cangse Sanren: Mutter von Wei Wuxian, ehemalige Schülerin von Baoshan Sanren
Song Lan: Song Zichen (Hofname), Song Lan (Geburtsname)
Wei Changze: Vater von Wei Wuxian
Xiao Xingchen: ehemaliger Schüler von Baoshan Sanren
Xue Yang: Mörder

Glossar

Bichen: Schwert von Lan Wangji, »weltliche Angelegenheiten vermeiden«

Changdao: chinesischer Langsäbel

Chenqing: Flöte von Wei Wuxian, »an alte Beziehungen/Freundschaften zurückdenken, seine eigenen Gedanken darlegen«

Daozhang: höfliche Anrede für Kultivierer

Dong Xiao: chinesische Flöte

Guanyin: weiblicher Bodhisattva im Buddhismus

Guqin: chinesische Zither

Jiutian Xiannü: Göttin der chinesischen Mythologie

Qilin: Fabelwesen aus der chinesischen Mythologie; steht für Glück, Frieden und Gerechtigkeit

Sandu: Schwert von Jiang Cheng, »drei Gifte; die drei Wurzeln allen Unheils: Gier, Zorn, Unwissenheit«

Sanren: Jemand, der sich von der Zivilisation gelöst hat und somit frei und ohne Zwänge lebt. Steht für wandernde Kultivierer*innen, die keinem Clan angehören.

Shidi: jüngeres, männliches Mitglied des gleichen Clans

Shijie: älteres, weibliches Mitglied des gleichen Clans

Shishu: älteres, männliches Mitglied des gleichen Clans (entspricht vom Alter her einem Onkel)

Shimei: jüngeres, weibliches Mitglied des gleichen Clans

Shixiong: älteres, männliches Mitglied des gleichen Clans (entspricht vom Alter her einem großen Bruder)

Shuanghua: Schwert von Xiao Xingchen, »Eisblume«

Suibian: Schwert von Wei Wuxian, »egal, gleichgültig«

Suihua: Schwert von Jin Ling, »Zeit/Jahre«

Wangji: Zither von Lan Wangji, »sich weltlichen Sorgen und jeglichem Kalkül entledigen, nicht berechnend sein«

Zidian: Ring/Peitsche von Jiang Cheng, »violetter Strom/Blitz«

Mo Xiang Tong Xiu

Junge, abergläubische Frau, die für ihren Sticker-
Gebrauch auf der Socialmedia-Plattform Weibo bekannt ist.
Furchtbare Köchin, die beim Fotografieren anfängt zu zittern.
Langsame Tipperin, die nur schreibt, wenn ihr danach ist.
... Das ist alles gelogen.
In Wirklichkeit mag ich es, nachmittags einen Tee zu
trinken und in die Ferne zu schauen, oder mein geliebtes
Notizbuch aufzuschlagen und Gedichte zu schreiben.
Nein, nein, nein, das entspricht noch viel weniger der Wahrheit.
Na gut, schreiben tue ich ja schon.
Genau.

TOKYOPOP GmbH
Hamburg

TOKYOPOP
2. Auflage, 2022
Deutsche Ausgabe/German Edition

Aus dem Chinesischen von Nina Le

Published originally under the title of《魔道祖师》(Mo Dao Zu Shi)
Author©墨香铜臭 (Mo Xiang Tong Xiu)
German Edition rights under license granted by 北京晋江原创网络科技有限公司
(Beijing Jinjiang Original Network Technology Co., Ltd)
Illustrations by 千二百 (Qian Er Bai)
Logo font granted under license granted by 2016 Reve Books Co., Ltd, Taiwan (平心出版)

Redaktion: Simone Meinecke
Lettering und Herstellung: Annika Meyer-Wülfing
Umschlaggestaltung: Annika Meyer-Wülfing
Druck und buchbinderische Verarbeitung:
CPI–Clausen & Bosse GmbH, Leck
Printed in Germany

MIX
Papier
FSC® C083411

Wir achten auf die Umwelt.
Dieses Produkt besteht aus FSC®-zertifizierten und anderen kontrollierten Materialien.

ISBN 978-3-8420-7122-3

www.tokyopop.de

KONOSUBA! GOD'S BLESSING ON THIS WONDERFUL WORD – LIGHT NOVEL

Natsume Akatsuki / Kurone Mishima

Kazuma glaubt, endlich mal eine große Heldentat vollbringen zu können – aber das Mädchen, dem er zu Hilfe eilt, schwebte nie wirklich in Gefahr und letztendlich stirbt er vor Schreck! Im Jenseits wartet eine zweite Chance auf ihn: Göttin Aqua bietet ihm an, sich in einer anderen Welt als Held zu beweisen. Dazu darf er sich ein legendäres Objekt aussuchen. Kurzerhand wählt Kazuma die freche Göttin! Das ungleiche Paar findet sich in einer an ein Game erinnernden Welt wieder. Doch statt dem erhofften Ruhm erwartet sie bloß harte Arbeit. Bis sie versehentlich die Burg des Dämonenkönigs beschädigen ...

TOKYOPOP®

www.tokyopop.de